周民震作品自选集

下

周民震 著

作家出版社

时间，
把我和我的同行、朋友和家人定格在过去的照片上，
我分外的珍惜！
哦，有一首世界名曲是这样唱的：

当我们年轻的时候……

2017年5月，第三届中国电影编剧终身成就奖获得者周民震（右一）、王迪（右二）、白桦（前）在北京领奖后与中国电影文学学会会长王兴东（左二）合影。

2017年5月，85岁的周民震在北京获中国电影编剧终身成就奖归来留影。

周民震到北京领取第三届中国电影终身成就奖后，《南宁日报》2017年5月27日第6版进行了报道。

1982 年 9 月 11 日，中国共产党第十二次全国代表大会广西代表团全体同志合影（周民震在三排中）。

周民震当选全国政协委员参加政协第八届三次全会时留影。

广西壮族自治区成立 40 周年，自治区党委、政府给周民震颁发荣誉证书及勋章。

电影《春晖》获 1982 年全国优秀故事片
奖时拍照留念。

2002 年北京电影制片厂拍摄《新甜蜜
的事业》(即《甜蜜的事业续集》)后,
周民震与夫人李秀琴展示宣传海报。

1956 年冬,周民震在广西大苗山雨卜寨写电影剧本时住在苗胞家,与苗妈妈及其女儿
合影。

1990年12月13日至24日，周民震在"周民震戏剧创作研讨会"上留影。左起：彩调表演艺术家杨爱民，剧作家、广西艺术学院院长韦壮凡，周民震，宣传部副部长张扬，广西艺术研究所所长、戏剧家顾建国，著名戏剧导演江波，文艺评论家潘健。

《三朵小红花》编剧周民震与舞台戏导演江波（右）、电影导演谢添（左）。

周民震与"中南区戏曲界四大名旦"之常香玉（左三）、尹羲（左四）、陈伯华（左六）在武汉参加中国艺术节。

20年后周民震与在《新甜蜜的事业》中继续饰演田大妈的凌元和饰演老莫的演员合影，大家都很健康快乐。

1992年11月3日，周民震与喜剧演员严顺开。

周民震与赵本山（右），李扬（左）小聚。

20 世纪 50 年代，周民震
创作《苗家儿女》时与房东
苗妹合影。

20 世纪 80 年代，周民震
创作《远方》深入大苗山时
与苗家人合影。

周民震与大苗山雨卜寨的
老农会主席贾玉林。

1983年春节，周民震在古龙坡会上采访苗家姑娘。

周民震创作《甜蜜的事业》前，骑自行车去南宁郊区石埠深入生活。

周民震创作电影《远方》前深入大苗山生活的情景。

广西融水苗族自治县老县长梁彬陪同周民震七上大苗山。

周民震深入南疆边
防哨所法卡山与守
土战士合影。

著名油画家刘宇一根据周民震肖像为周民震作画《叶茂》。该画曾在北京美术馆展览。

周民震，李秀琴夫
妇在美国芝加哥周
氏山作、大荒兄弟
画室里做客。

15岁的周民震在柳州市龙城中学读初二。这时，正在筹建文学社团奔流社并任社长。

中共地下党员同学，新中国成立后摄于柳州，前排左起：周民震、明乐；后排左起：刘明文、陶渲、周民霖，他们都是龙城中学奔流社社员。

五四年元旦

十七——廿二入党五周年纪念

周民震1954年元旦从朝鲜战场归来（摄于柳州）。

18岁的周民震已是中国人民解放军连队政治指导员，参加广西剿匪后赴抗美援朝。

1951年3月，柳州郊区洛埠乡中南军区补训二十八团调赴朝鲜战场加入志愿军三十八军，这是全团动员大会。周民震代表全体战士呼口号，表决心。

1990年，周民震、李秀琴夫妇工作之余在家休闲。周民震时任广西壮语译片导演、宣发处处长。广西电影制片厂李秀琴余任广西电影制片厂厂长，李秀休文为翻译。

1950年冬，周民震从柳北游击队回柳州开会时与两个哥哥民云（左）、民雷（右）合影。

2012年元旦，周民震八十大寿全家合影，左起：老伴秀琴、外孙女小碧、儿子化铁、外孙大地、女儿化冰。

2002 年，在《新甜蜜的事业》北京首映式上，周民震与著名作曲家吕远、导演秦志钰合影。

2000 年 1 月 22 日，周民震与著名作曲家王立平（《大海啊，故乡》《牧羊曲》等作曲）在北京中国文联迎春联欢会上合影。

2002 年 6 月 30 日，周民震与海南大学文学院院长、评论家李鸿然教授在昆明开会时合影。

1996 年 12 月 20 日，周民震与著名导演吴贻弓（右）、中国电影家协会时任党组书记高鸿鹄（左）合影。

2002 年 7 月 1 日，周民震参加全国第四届少数民族文学创作会议时与著名作家、编剧张笑天合影。

在昆明电影节上喜遇《五朵金花》编剧之一公浦（左）。　周民震与邓小平扮演者卢奇。

1996 年 10 月 16 日，周民震与著名藏族歌唱家才旦卓玛（右二）和蒙古族作家、内蒙古政协副主席云照光（右）等。

《甜蜜的事业》，北京电影制片厂 1979 年出品，编剧：周民震，导演：谢添。

《春晖》，广西电影制片厂出品，荣获 1982 年全国优秀故事片奖，编剧：周民震，导演：吴荫循。

《苗家儿女》，上海电影制片厂 1959 年出品，编剧：周民震，导演：陶金。

《远方》，广西电影制片厂 1984 年出品，编剧：周民震，导演：吴荫循。

《三朵小红花》，儿童戏曲喜剧片，北京电影制片厂1965年出品，编剧：周民震，导演：谢添。

《心泉》，广西电影制片厂1983年出品，荣获广西文艺创作"铜鼓奖"，编剧：周民震，导演：吴荫循。

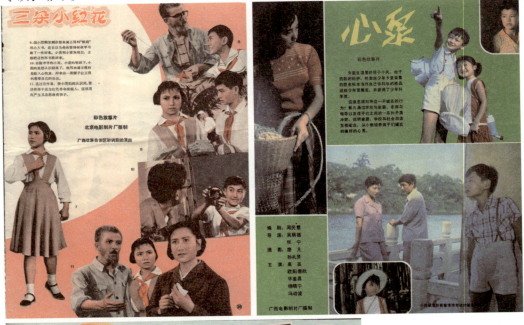

《顾此失彼》，广西电影制片厂1981年出品，编剧：周民震，导演：吴荫循。

目录

小说

散文

文论

爱心并不遥远

　　一只纤细的手，握着画笔，在调色板上调着各种颜色。画布上画着一个正织苗锦的苗家中年妇女。画笔奇妙地把各种色彩涂抹上去，画布上的苗家妇女便逐渐显现出端庄动人的风采。她年华正茂，慈眉善目，蔼然可亲的脸上洋溢着笑意。她身着色彩缤纷的苗族衣裙，头戴熠熠发光的银饰。所有这些都被这支神笔酣畅地挥洒得淋漓尽致。画完之后，画笔在画角写上：1966 年夏于大苗山。

　　画家是一个 20 来岁的汉族姑娘李丹，毕业于北京某艺术院校不久，自费到遥远的广西大苗山体验生活，收集素材，住在高巴寨贾老更家。

　　围观中一个 13 岁的苗族少年培更，对正在火塘边吸竹烟筒的老更喊道："阿爸，快来看，阿妈有多漂亮啊！"

　　憨厚的老更笑着说："嘿嘿！你妈年轻时比画的还漂亮呢！那时我翻过乌云山去坐妹，总是先去坐你妈。我吹卡令（苗笛），你妈唱歌，哪晚不到天亮？"他的话使围观者爆发出一阵笑声。

　　画中人卡娜脸儿腾地红了起来，说："你这死老更！仔女都快要坐妹了，还提爸妈的风流事，丑不丑？"

　　李丹说："苗妈妈，苗家人坐妹只是风俗，并不是风流嘛。"

　　卡娜纠正道："就是风流。风流就是你们汉人的恋爱，没有风流怎样娶老婆生仔呢？"

　　李丹说："我们汉族农村人可不像苗家人那么大方，他们恋爱常常是偷偷地。"

　　"偷偷地？"大家很觉稀奇。

　　卡娜说："我们苗家人是粗人，不懂礼，你别……"

　　李丹连忙说："不不，我觉得这样特好！这点比汉族人先进。我都愿意做个苗家姑娘了，哈……"

　　15 岁的大女儿香更："真的？"

　　"真的！"

　　香更拿出一套苗服来，说："好！穿上这身苗妹衣裙，后生仔就会来找你坐妹了。"畅怀的笑声充满了整座木楼。

身穿苗家衣裙的李丹背着写生夹，由培更引路攀越乌云山。当他们登上了峰顶，极目远眺时，李丹被奇丽的景色惊呆了！那层次多变的远山，呈朦胧的黛色，在蓝天下勾勒出弯曲的金线。绿茸般的树海林涛，无涯无际地延伸。数不清的山泉、溪流像闪光的银线串起连阡带陌的梯田。看不见村寨的踪影，却有袅袅炊烟飘卷在山腰竹林中。高天寥廓，苍古庄严，又不失野趣。偶尔有几声獐子的号叫从远处飘来，与掠空鸣唱的鸟雀相呼应，给这寂寥的四野平添了无限生机。

李丹遥望着这一幅幅山景，不禁顿足叹道："世界上竟有这样的景色！"她伸开双臂，迎风大喊："啊啊……大苗山，我爱你——"山中回荡着她的呼喊声，声浪一波一波地扩展开去，直到消失在辽远的天边。

培更奇怪地看着她，问道："李丹姐，你看见什么了？"

"看见了我梦见过的地方。"

培更呆立着，更加糊涂了。

李丹打开画具写生，激情的笔在画纸上飞龙走凤，画了一张又一张，竟忘记了时间。

夕阳西下，昏鸦归巢。不知疲倦的李丹才恋恋不舍地离开了乌云山。

培更和李丹越沟过涧，穿林走坡，夜幕渐渐落下了。李丹边走边观赏着景色。

培更说："李丹姐，你又看见梦见过的地方了？"

"比梦中见的还美。你看这傍晚的山林，头上戴一顶淡红色的帽子，身上穿深绿色的衣服，下面是黑色的裙子……"

"别看了，天暗当心跌跤！"

他们加快了脚步。随着一声尖叫，李丹踩中了装果子狸的绳套。绳套猛地收紧，李丹的一只脚被套住并吊了起来。弯曲的大树枝弹起，把李丹整个人倒吊在空中。"哎哟！培更快来救我！"

培更回头吓呆了，急忙上树去解绳套，但又没带刀，绳粗扯不脱，急得哭了起来。

李丹吊在空中，开始很害怕，慢慢觉得并不难受，荡荡悠悠倒像打秋千。"培更别急。我觉得很好玩呢！"

"还说好玩，万一出来一头大熊巴你就……"

"你别吓人，大熊巴来了更好玩……听！什么声音？"

培更侧耳听，骤然色变，轻声地说："大熊巴！"

"啊？！"

"你别出声！我把它引开。"

"不行！这样你太危险啦！"

"李丹姐，求你别出声！我有办法。"培更说完迎着大熊巴的声音走去。

一只大棕熊颠颠地走来，不时发出恐怖的吼声。培更走到距离它三米处，与它对峙。培更沉着地把衣服脱下来，捡起一根树枝挑着衣服伸过去。大熊巴站立起来，用前足抓住衣服，闻了，吼两声，表示胜利的喜悦，然后回头走了，一边走一边撕衣服玩。

一张速写画。画中一棵树上倒吊着李丹，树下大棕熊垂涎三尺地仰视着她。随着朗朗笑声，老更颇有经验地说："我们苗山的大熊巴光吃树叶不吃人的，就是有点淘气，喜欢跟人开个玩笑。有一次我上乌云山找冬笋，睡着了，它来舔我嘴巴边的几粒饭。我用手去打它，它喷了我一脸唾沫。我醒来见它在喝我带去的水酒，喝光就摇头晃脑地走了。"

李丹笑道："下次我带瓶二锅头去，让它喝醉再把它背回来。"

卡娜说："下次？这一次就把我急死，以后不许再去乌云山了！"说完给李丹的脚不停地涂药酒按摩。

各种色彩的苗锦、刺绣和蜡染摆满桌上椅上，这是卡娜多年来织绣的。李丹一边赞叹不止，一边把图案描在纸上，说："苗妈妈，你是一位真正的艺术家。"

"艺术家？不懂，艺术家是什么？"

老更一旁插道："你真笨，这都不懂！艺术不就是一种树嘛！我们苗山到处都有。"

李丹、香更和培更笑得前仰后合。培更说："阿爸，就算你说是树，家呢？家是什么？"

老更口吃起来："家？家嘛，树就长在我们家！"

卡娜回敬他："你也真笨！"

香更说："艺术家是特别的人，对吧，李丹姐？"

李丹说："对，就像你妈那样，能织出这样美的苗锦，绣出好看的花样，心灵手巧，就可以称为艺术家。"

晚上，油灯下。李丹教卡娜识字写字。

李丹："苗山—北京。"

卡娜边读边写："苗山—北京。"

李丹："苗汉一家亲。"

"苗汉一家。"卡娜停下笔来思索。

"亲。"李丹提示她。

卡娜抬头望着李丹，泪水慢慢地溢出眼眶。

"苗妈妈，你怎么啦？"

卡娜动情地握着李丹的手说："这个亲字最贵重了，亲……我们和你最亲，是吗？最亲……"

李丹动情地说："苗妈妈，你说得对极了，我们最亲。我爸爸在国外，妈妈把我带大后就过世了。我跟孤儿有什么两样？我在苗山体验生活的这些日子，你把我当女儿看待，我把这里当家，既是一家人，哪有不亲的？"

卡娜点点头，无限慰藉。

香更端来一碗甜酒鹧鸪蛋，送到李丹手上。

李丹说："又让我吃苗家补品，还是给培更吃了长身体吧。"

卡娜："城里吃不到这土东西，补脑子呢！"

"不，我真的不吃。"

卡娜不高兴了："还讲最亲呢，不听妈妈的话还是好女儿吗？好！你吃了，我就把这个'亲'字写得大大的，不吃就不写了。"

李丹无奈，笑道："要是你多写几个'亲'字，我的肚子就要撑破了。"

在山坡的一片密林里，有一座新建的大木楼，这是高巴寨小学的新教室。今天正是落成典礼。学校唯一的教师梁老师邀请全寨的孩子和家长来参加，李丹作为贵宾也应邀出席。

"轰轰轰"，点放了三个火炮铳。两排英武的青年举起鸟枪向空中齐射，以示隆重。

在硝烟弥漫和欢声四起中，梁老师给大家讲话："今天，我们高巴寨小学新教室落成，不能忘记政府的支持和乡亲的捐助。大家出力，三个月就建好了。特别要感谢北京来的李丹，为我们刻了高巴寨小学的匾牌，多气派！"大家热烈地鼓起掌来。

这时寨老高声喊道："请北京来的领导给我们指示。"李丹吓了一大跳。

梁老师悄声对李丹说："这里太偏僻，对外面来的人都称'领导'，对南宁来的人都称'自治区领导'。"

李丹笑说："那怎么行？"

"他们没把你说成中央领导就不错了，嘻嘻……"

正说间，寨老就喊："李领导给我们带来了中央对苗山的关怀。我们请中央李领导讲话！"掌声、喊声一片。

李丹笑着说："亲爱的苗家乡亲们，首先要说明，我不是领导，更不能代表北京和中央。我是一个和你们一样的普通人，甚至我还不如你们呢！苗家人世世代代把苗山开发得这样好，满山的杉树、竹林，肥沃的梯田、坡地，把牛、羊、猪养得肥肥壮壮的。你们还会种香菇、木耳。你们的木楼建得多棒啊！没用一颗钉子就把木楼支起来了。还有各种美丽的苗锦、刺绣和蜡染。你们个个都是音乐家、舞蹈家。吹芦笙、唱苗歌、跳踩堂，所有这些我都不会。我连 13 岁的培更都赶不上！比起你们来，我只算个小学生。"

卡娜插话道："你是大学生啊！苗山自古以来还没有出过大学生。"

李丹惭愧地说："我这所谓大学生除了多识几个字，什么都不会。等苗山的孩子长大了，读了大学，那才是能文能武的人才！"

山坡上，李丹带着十几个小学生在写生，每个学生都在画一幅苗山美景。其中有一个老学生——卡娜，她在李丹的指导下写生。她说："我织绣的图画都是老套套，学些新花样放进苗锦里。"

李丹说："苗妈妈，你心灵手巧，一定可以学会。你画的这些竹林多美呀！"

卡娜说："我真想把苗山全部织进苗锦里呢！"

"那将是无价之宝了。"

卡娜问："有个事总想问你，你有后生哥了吗？"

李丹笑道："苗妈妈想给我当媒人是吗？"

卡娜说："我是说，谁要是娶了你真是幸运。"

"其实你不了解我，我好差劲的，又懒又馋又贪玩，有时还爱哭鼻子呢！"

卡娜说："你心好！"

"苗妈妈，你的心更好！"

卡娜说："什么时候结婚要早些告诉我。"

李丹在卡娜耳边悄语："快了！这次回去可能就要办了。我只告诉你，连我爸还不知道呢！"卡娜兴奋地看着她，微笑地点头，心里在想着什么。

笼罩着山寨的晨雾渐渐散去，放牛的竹梆声宣告新的一天开始了。在环绕寨子的一条清澈见底的涓涓小溪旁，几个姑娘在嬉戏中梳洗头发。李丹正沿小溪跑步锻炼。

姑娘们喊道："李同志，快来！我们给你梳个苗妹头。"

"好呀！"于是姑娘们七手八脚地给李丹连洗带梳，一个苗妹发式便盘在头上了。有的把自己的银针插在李丹头发上，有的随手采朵野花插入发鬓。李丹在水面照了照，说："像苗妹吗？"

大家齐声拍手说："呜啊（美丽），呜啊！"银铃般的笑声洒满了河面。

忽然，有人从岸边树丛中打来了水漂，一个又一个水漂溅湿了姑娘的衣裙。姑娘发现了是培更，就过去把他捉了来，泼水罚他，培更告饶后才放了他。

李丹问："培更，你怎么不上学去？"

培更说："梁老师的妈妈病了，他送她上县里医院去。停课一个星期。"

姑娘们说："难怪今早没听见学校敲钟。"李丹略一思索对培更说："走！我们去学校看看。"

高巴寨小学新教室。孩子们散乱地待在教室内外，有的做功课，有的玩泥巴，有的在追逐游戏。黑板上写了一行字："老师因事，停课一周。"黑板上还有同学批了字："我们自由了。""捉鸟去！""我们要上课！"

当李丹和培更步入教室时，所有的孩子都又惊又喜地看着她，做功课的孩子立即站起来。一个较大的同学高声喊道："老师好！"一时把李丹怔住了，她自然地回了一声："同学们好！"

教室内外嬉戏的孩子骤然停止，迅速回到自己的座位上。李丹看着孩子们企盼的眼光，说："同学们，我不是你们的老师。"孩子们齐声道："是！你是我们的老师！"

李丹笑了，说："你们误会了。"

孩子们七嘴八舌地喊："你是老师！""我们要你上课。"李丹正在犹豫，培更拿了一册语文课本给李丹，向她使了个眼色。李丹翻开课本看了看，便向讲台走去。同学们热烈鼓掌。

这时，不知哪位同学在教室外的荔枝树下敲响了钟："当！当！当！"

这庄严的钟声又回响在山寨四周，它宣示着高巴寨走向文明的脚步没有停止。

李丹心中升起了神圣的使命感。她扫视大家，说："请翻开《语文》第四课。"

钟声在山寨中不断回响，太阳在钟声中西落又东升，孩子们的琅琅读书声此伏彼起，李丹的身影闪现在教室内外……

一天早上，李丹走进教室，孩子们早已坐定。

"老师好！"这喊声特别清亮。"同学们好！"李丹回答后，发现讲台上摆了许多东西，有各种织锦、刺绣和蜡染，有各种木制和竹编的工艺品，还有几个红蛋。

李丹问："这是谁的东西？"孩子们相互望望，微笑着不作声。

"孩子要诚实，对吗？"

"对！"

一个女孩站起来说："那个苗锦袋是我妈织的。她要送给你装课本用。"

另一个男孩道："那个竹编的八月鸟是苗家的神鸟，是阿爸编了一夜送给老师的。"

孩子们齐声说："李老师收下吧！"

李丹很感动，眼眶里早已湿润了。她说："我真心实意地感谢你们的家长，但是我不能收，真的不能收。下午放学请你们带回去。听见吗？"同学们没有回应，失望地互相看看，有的低头不语。

李丹说："请同学们打开《语文》第八课。"

傍晚。李丹上了一整天课之后，迈着疲倦的步履回到老更家，一进门就感觉气氛不对。老更在抽闷烟，见李丹头也不抬，李丹叫了他一声，他用鼻子"哼"了一下。卡娜在做饭，也不像往常那样出来招呼。香更端来一碗山茶，客气地放在桌上便走开。过去像保镖一样不离身边的培更也不见踪影。李丹觉得有点诧异，放下课本便挑起水桶去挑水。香更连忙接过来说："你是客人，哪用你挑水呀？"挑起水桶就走了，把困惑的李丹愣在那里。

深夜，辗转难眠的李丹走出房间，坐在竹晒台上思虑重重。出了什么事，使卡娜一家变得冷淡起来？弯月从云层中探出头来，把清冷的光洒满李丹的身上。

"咿呀"一声，楼门开了，卡娜轻步走进屋来，见李丹在竹晒台上，便过来问："李丹，你还没有睡呀？是不是上课太累了？"

李丹说："不累。只是感到有点冷……"

卡娜摸摸她的额头说："是不是发烧了？"

"不，我只是觉得心里冷。"

卡娜听明白了，长叹一声，说："孩子，你不知道，今天我们苗家人心里也冷啊！"

李丹不理解，说："出什么事了？"

卡娜坦诚地说："你今天把各寨家长送的礼全退回去了，是吗？"

"是呀！我怎么能收学生的礼物呢？"

卡娜说："你伤了苗家人的心。"

"怎么会这样呢？"

"我们苗家人的心就像山泉一样，清朗朗一见到底。他们请你喝酒，你就要喝，他们给你送礼，你就要收，因为这是他们的一颗真心。你要是回拒，你就没有真心，你就是看不起他们。你把礼退回去就更糟，就像在他们脸上打了一巴掌……"

"哎哟！我没想到有这么严重！"

"今天，寨子里的人都在议论，李丹不是苗家同心人，她只不过是客人。"

"苗妈妈，你也这样看？"

卡娜点点头："在这些礼中，就有我亲手绣的一条花带，还有香更绣的背带和老更做的木头熊巴。"

李丹伤心地说："对不起，我错了……"说完流下泪来。

卡娜说："我没有跟你说清楚，是我对不起你。有一次，一位汉族干部来蹲点，与房主感情很好。临别时，房主送给他一个苗锦袋。不知道是他忘了带走还是不想要，反正仍然放在床上。房主见了伤心得流了三天泪，喝了三坛酒，还是想不通，最后上吊寻短见了。"

"啊?!"李丹失声尖叫起来，"后来呢？"

"后来被老婆发现，救了下来。"

李丹怨道："这个干部太浑了！"

"那个干部后来知道了，特意赶来赔礼，还买了一只大公鸡来和房主喝血酒，订老同，才把他的心暖过来。"

李丹焦急地说："苗妈妈，那我怎么办呢？你现在就带我去向各位家长赔礼去，暖回他们的心吧。"

卡娜笑了，说："好女儿，苗妈妈哪能让你去赔礼呢？我刚才就到各家长家里去把礼物拿回来了。我说，李丹老师非常喜欢你们送的礼物，她要带回北京去，叫我亲自来取呢！他们听了高兴啊！都说李老师最懂我们苗人的心。"

李丹听后将卡娜紧紧抱住，光流泪说不出话来。

苗家的"吃新节"到了。这是一年一度开镰收获的季节。

苗家人都到梯田里去"剪禾"，同时放田水捕捉养殖的田鲤，休息时就烧起火来烤田鲤，饱吃一顿，并且把田鲤分到各家，腌制"酸鱼"，这是苗家的美味佳肴之一。

今年的"吃新节"格外热闹，因为有一位北京来的汉族姑娘与他们共庆佳节。

梯田里，李丹在卡娜的指点下快速地剪禾，博得大家的喝彩。

培更和孩子们在梁老师的带领下放水捉鱼。网里箩里的鱼儿跳跃着，在阳光下反射出银光。

烧烤田鲤了，人们围着火堆，唱着苗歌，扬着笑声，烤着鱼串，嚼着鱼肉。

李丹这时正在写生。她要把苗家人的习俗和喜悦统统收进她的画页。梁老师带着一群拿着鱼串的孩子走来。其中一个孩子举着鱼串唱起苗歌来（意译）：

苗山的谷子金黄黄，
苗山的田鲤银光光，
为什么"吃新节"那么欢畅？
为什么高巴寨飘满花香？

唱完把举着的那串烤鱼交给李丹。李丹这次接受教训，拿过来张口就要吃。

"哎——"孩子们齐声阻止她。

"又怎么啦？"李丹慌乱起来。

梁老师笑说："人家敬吃唱了歌，你要回歌才能吃呀！"

李丹为难地说："我哪会呀？"

卡娜立即过来解围说："让李老师唱首汉歌好吗？"

"好！"

卡娜对李丹说："我不是常听你唱那句……'在那遥远的地方'吗？"

李丹笑了，说："我唱新词。"

在那遥远的大苗山，

有位好妈妈。

人们走近她的身旁，

好像回到了自己的家！

在掌声中，李丹一边大口地吃着烤田鲤，一边称赞："好香！好鲜！"

卡娜和香更正在绘制一幅大的苗锦被面图案。

香更说："这被面能赶得上给李丹姐带走吗？"

"所以才让你一起来织，两台织机快多了。"

"可绒线和丝线呢？"

"你爸抬猪上县里卖了，买回材料就开机。"

两台织锦机在日夜不停地织锦。

有一次李丹问："这苗锦被面是给谁织的？"

卡娜含笑地说："给宝贝女儿织的。"

李丹："哟，阿香要结婚了！"

香更和妈妈相视一笑，不置可否。

李丹："对象是谁呀？"

卡娜笑说："我还没见过。"

李丹又说："嘿！阿香真能保密。"

阿香也笑说："我也没见过。"

李丹大笑不止，说："你们可真幽默。"

"什么？"

"就是……真逗！"李丹解释道。

这时，梁老师急匆匆地走进来，交给李丹几封信，说："这是县文化馆老韦托人带来的。"

李丹看信封："压了一个多月。"

梁老师说："怕是催你回去吧？"

李丹说："上次同学来信，说北京搞得好热闹。我可不喜欢凑热闹，我更爱这片安静的绿洲。"

梁老师忙制止："可别乱说话呀。听说这几天县里的红卫兵也出动了。"

天微微发亮了。

卡娜全家要送李丹启程。老更把行装和画具捆在马背上。卡娜一面把糯米饭团包在芭蕉叶里，一面说："为什么走得这样急？"

李丹说："信中通知我一星期内回学院，现在已经耽误一个多月了。"

几双脚步，走出了寨子，脚步声惊醒了寂静的清晨。

"李老师，"大榕树脚下站着一群孩子和家长，"我们是来给李老师送行的。"

"谢谢你们了。"李丹抱起一个小女孩问，"你怎么知道老师今天走？昨晚才定的呀！"

女孩说："我昨晚做梦时听我阿爸说的。"大家都忍不住笑了。

家长说："昨晚梁老师说你接到要你回去的急信，寨子里马上就传开了，舍不得你走啊！"这时，一支芦笙吹起了送别曲，婉转、缠绵的旋律，揪人心扉……

在一片告别的祝福声中，李丹在卡娜一家的伴随下离开了高巴寨。

一匹马，几双脚步，在山路上默默无言地走着，大家都强忍着惜别的眼泪。

他们走到河边的渡口时，李丹把卡娜一家拦住了，说："古人送别也只到十里长亭。现在已经快20里了，再送我就不走了。"

老更说："那好！有梁老师送你，我们也放心。"

卡娜担心地说："李丹，回去后有什么为难事，不要瞒着我们，这里是你的家啊！"

李丹感激地点头："我知道……"

卡娜说："有件事我对不起你，给你织的苗锦被面没织好。"

李丹恍然大悟："那是为我织的？"

卡娜说:"是呀!为宝贝女儿……"

李丹:"哦!我是宝贝女儿,苗妈妈,这些天,你和阿香为织锦都熬瘦了。"

阿香:"没能让你带走,心好痛啊!阿妈昨晚哭了一夜……"

李丹:"苗妈妈,你……"她泣不成声了。

老更老泪纵横地说:"今生今世我们还会相聚吗?"

"会的,会的,一定会的。"李丹语带哭音地说。

香更拭着泪说:"阿丹姐,不要忘了我们……"

培更也说:"你下次来我就长大了。"

这时,一只苗山的八月鸟叽叽喳喳地鸣叫着飞来,盘旋在他们头上。

老更说:"八月鸟是苗山的神鸟,它会带来吉祥的。"卡娜以低诉的情调唱起了苗歌(意译):

乌云从天边吹过来,
月亮悄悄地飘走了。
留给我们满天的星星,
每一颗星星都是思念,
每一颗星星都是忧愁。

卡娜每唱一句,梁老师就翻译一句,李丹就跟唱一句。

歌声从低到高,从轻到重,从一人唱到众人一齐唱,环绕在苗山,响彻蓝天。

卡娜的苗歌声低沉迂缓地回旋在苗山。

歌声随悠悠岁月飘走了。时间的脚步跨过了 30 年。

1996 年的大苗山已经变了样。公路像银色的飘带把许多山峦、村寨连接起来,寂静的山林开始喧闹。拖拉机的"突突"声,小工厂的机器马达声,山路上偶尔飞驰着红色的摩托车,在竹林中劳动的青年们把录音机放在一旁,录音机播放着流行歌曲。

高巴寨也变了,一次山火烧去了往昔的旧木楼,如今,在对面坡上新建了一幢幢分散的木楼,倒像一个度假的别墅区。

当然,变化最大的还是卡娜一家。堂屋里除传统的摆设外,还增加了黑白电视机和一套木沙发。正中挂了一张邓小平的像，两边是各种相框，其中一个相框里嵌着李丹的自画像，另一个是全家福近影。从照片上看出老更已过世了，卡娜已成了白发老妇，培更结婚后生了一女一子，香更招婿上门，已有三个子女，一家十口和睦相处。照片中最引人注目的是培更的女儿培花，她今年17岁，长得机灵健美，充满活力，在县中学毕业后回乡务农，成为爸爸的技术助手。培更承包了两座山林，又开发了两坡竹林，兼种香菇、木耳，成为这一带的富户。

这天，正是苗家"吃新节"。傍晚，卡娜一家十口在堂屋摆宴团聚。已届中年的培更俨然以一家之主自居，给大家斟酒，然后说："阿妈，年年'吃新节'，吃新饭，喝新酒，越吃越新，日子越过越甜。"

卡娜长叹道："日子是甜了，心还是苦的。"

香更说："阿妈，如今儿孙满堂，财丁两旺，还有什么苦呢？"

"是啊！"所有的人同声说。

卡娜陷入往事的追忆，曼声说："记得那年'吃新节'，李丹和我们一起在田里剪禾、烤田鲤。她不会唱苗歌，吃不了田鲤，还是我叫她唱那首汉歌才吃上田鲤的呢！她是唱给我听的——在那遥远的大苗山，有位好妈妈……"

培更接着哼下去："人们走近她的身旁……"

香更接下去："好像回到了自己的家。"

培更的媳妇说："唉！难得阿妈这份情义，我都听过一百遍了。"

培更最理解阿妈，说："这份情义就是讲一千遍一万遍也不算多。"

香更说："每次想起李丹姐，我的心总是酸酸的。"

卡娜继续回忆说："那天，她走了，我们送啊送，一路流泪一路走。你阿爸问她，今生今世还会不会相聚，她说会的会的，一定会的……30年了，你阿爸等不到先走了。可我还在等啊，不知道能不能等到那一天……"

培更说："阿妈放宽心，李丹姐不会忘记我们的。寨子挪了窝、改了名，也许她写信来我们收不到。"

卡娜说："谁知道她现在怎么样？那次回去兆头不好，'文革'中几多青年出了事。唉！我只要她'平安'二字，每想到这里就心痛，哪里还吃得下饭、喝得下酒……"

培花快言快语地说："奶奶别那么死心眼了，说不定李丹阿姨早把我们忘了！"

卡娜制止地说："快别瞎说！李丹人好心善，真心实意地爱我们苗家人，她不会忘记我们的。"

香更说："奶奶花了三个月时间，织成了一幅苗锦被面给她结婚……"

卡娜说："可惜呀！没有送到她手中，心里像压了一块石头。阿香结婚，我没有给；培更结婚，我也没有给；我是要给李丹留着……"

培花笑问："奶奶，等我结婚你给不给？"

卡娜毫不动摇地说："还是不给……就是我死了，你们谁也别想拿走，给李丹留着……"激动中她忽然头晕目眩，坐不住了，大家连忙扶她回房休息。

卡娜回到房里，从木柜里找出那幅瑰丽多彩、绘有苗山景物的大型苗锦被面来，左看右看，手抚摸着它，喃喃地说："李丹啊李丹，你在哪里？这床被面什么时候才能送到你的手中？"说着偷偷抹泪。

窗外，培花在窥视，摇头叹息，眼里也含着热泪。

培更夫妇正在林中劳动。

培花跑来说："这几天奶奶……"说着泪如雨下。

培更心疼地说："还是那块心病，我在卫生所拿的药吃了也没用。"

培花："30年，那么遥远！奶奶怎么就抹不掉呢？"

"你懂什么？感情这东西是说不清的，人往往可以为它而生，也可以为它而死。如果不能了却她的心愿，很难说她会不会……"

"啊?!"培花大惊，"我最爱奶奶了。我一定让奶奶了却这个心愿！"

"你能做什么？"培花妈小看她。

培花说："我去北京找李丹，把被面送到她手中，带她一起来看望奶奶。"

培花妈："好大的口气！"

培花说："这有什么难？又不是上天摘月亮！"

一直在思考的培更点头说："这倒是个主意。"

"是个好主意！"培花说，"阿爸、阿妈，我明天就走。"

培花回到家里，把自己的想法告诉奶奶。

卡娜爱抚着培花，心情开朗起来，说："你去北京找李丹，奶奶当然高兴，只是你一个山里小苗妹出远门……"

"小苗妹？我长得比阿爸还高呢！到了北京，不懂我就问，见人我就笑。有人敢欺负我，哼！小时候我跟阿爸学过苗家猴拳……你看，这叫'双龙夺仙桃'，这叫'飞毛腿掏心'……"

卡娜笑了，她已经好久没有这样笑过了："看你那机灵样，还行。只是李丹的地址在'文革'时丢失了，只记得是个什么学院。"

培更在一旁插问："哎！没有地址你可怎么办？"

培花说："这难不倒我，她不是画家吗？我去美术学院打听准行。"

三位长辈都点头："唔！有点谱。不过，你不认识她，她也不认识你，怎么办？"

培花笑了："我一手拿着她的自画像，一手拿着苗锦被面，还能搞错了？"大家一听都放心地笑了。

从南宁开往北京的6次特快在飞驰北上。硬座车厢里，苗装打扮的培花和旅客已经很熟了。她把蕉叶糍粑分给同座旅客们品尝，大家都非常喜欢她。

两天两夜之后，火车到了北京。培花茫然地走出了北京火车站。一位好心的旅客带她上了出租汽车。汽车在北京城疾驶。

"啊！天安门！"培花惊喜地叫起来。

"北京好玩的地方多了，等你找到了阿姨，让她带你去玩个够。"

汽车到了中央美术学院门前停下来。背着简单行装的培花与旅客告别后，走向门卫室，门卫老头问："你要找李丹教授是吗？"

培花点头："她当教授了？"门卫笑说："还是一级教授呢！给你个地址，自己找去，离这儿不远。"

培花拿过字条看，上面写着"金狮子胡同4号"。她兴奋得跳起来："哇！奶奶保佑！一找就准。"

出学院不算太远，就到了金狮子胡同4号。培花按了门铃。开门的是一位老人。

培花很有礼貌地问："老大爷，你是李丹的爸爸吧？"

老人皱皱眉头说："你说什么呀？我是……"

培花见一个老妇走来又问："那你一定是李丹阿姨了。"

老妇诧异地说："李丹没有阿姨，他才是李丹。"

培花摇头说："不！他不是。李丹是女的。"

老妇笑道："明摆着李丹是男的，她愣说是女的。姑娘，你是从哪里来的？"

培花说："我是从广西大苗山来的，要找李丹阿姨。"

老妇看着她那身半苗半汉的打扮，明白了："看来是搞错了。姑娘，你刚下火车吧？先进屋坐坐。"李教授夫妇热情地把培花让进屋，又请坐又端茶。

培花把苗锦被面和李丹自画像摆在桌上，向李丹老夫妇讲述事情的原委。

培花叹息说："唉！找不到李丹阿姨，奶奶的病就难好。她已经70多岁了。"

李夫人感动地说："难得你奶奶这么重情义。"

李教授感慨万千，说："我以为真情和爱心现在离人们越来越遥远了，没想到从偏僻的大山里流出了一股清泉。从前只听说有千里寻夫、千里寻父的，可没听说过千里寻友的！这保存了30年的苗锦被面凝聚着一个'情'字，情是无价的，也是最纯真的。感情是人类最高的精神境界啊！"

李夫人说："培花，你就住在这儿吧！我们帮助你一起去找李丹阿姨，好吗？"

培花点点头："太麻烦你们了，真不好意思。"

翌日，李教授夫妇带着培花去公安局户籍处查询。

王干警是个戴深度近视眼镜的中年人，面无表情，不苟言笑。他听了培花的简单叙述后，便在便条上写了"李丹"二字，交给打电脑的女干警。女干警敲了几下键盘说："老王，北京市长期户口中有728个李丹，临时户口有241个李丹，共969个。"

培花大声说："我不要那么多，我只要李丹阿姨一个就够了！"

王干警皱眉头："把男的李丹先砍掉！"李教授下意识地缩了缩脖子。

女干警电脑敲击后："还剩下571个。"

王干警："再把50岁以下的……""砍掉！"李教授不无幽默地插道。

女干警又敲打几下键盘："50岁以上的女李丹126个。"大家都感到为难了。

培花拿出那张自画像："我要找的是她。"

两个干警欣赏画像："哟！挺漂亮的！"

王干警："这不是个年轻姑娘吗！你要找50岁以上的干吗？"

女干警："你要找她妈是吧？"

李夫人说："哎呀，这画像是30年前的。"大伙都笑了。

培花说："人家都急得想哭了，你们还笑！我奶奶正病在床上呢……"说着真的抹起眼泪来。

王干警安慰她说："苗姑娘别急呀！只要你那个李丹在我的户籍本里，我一定能帮你找到。你得告诉我，她有什么特征？"

培花摇摇头。

"你见了能认出她吗？"

培花仍然摇摇头。

"那么她能认出你吗？"

李教授笑道："废话！30年前这地球上还没有培花，她们怎么能互相认识呢？"

女干警也笑了："老王，你今天怎么了？"

王干警解嘲地说："我见苗姑娘那么急，也急得乱套了。"

培花说："我听奶奶说，30年前分手时，奶奶唱了一首苗歌送给她。只要能听懂这首苗歌的意思，她就是我要找的李丹阿姨了。"

"那……我怎么操作？"王干警为难起来。

培花说："叔叔，你打电话查找时，顺便唱那苗歌，能听懂的就是她。"

王干警一愣："什么？打电话还带唱歌？"

培花天真地说："叔叔，我教你，苗歌可好听了。"

"这……"

女干警在一旁逗他："唱就唱嘛！寓工作于娱乐之中，嘻嘻！"

李夫人鼓励他："公安干警为解救人民上刀山、入火海都在所不辞，何况唱歌？"

王干警还没转过弯来，培花已放开嗓门用苗语教唱起苗歌来："乌云从天边吹过来，唱！"

王干警只好跟着培花唱起来："乌云从天边吹过来……"

"月亮悄悄地飘走了，唱！"

"月亮悄悄地飘走了……"王干警摘下眼镜，不断擦汗。

王干警学会了便开始打电话，一边还真的唱起苗歌来。

他那高度近视、不苟言笑的认真样，谁见了都忍不住要发笑。

李教授家。门铃响了。培花开门，是送电报的："有贾培花吗？"

"是我。"

"电报，请签字。"

培花拆阅念："奶奶病情加重，尽快找到李丹，解救奶奶。爸字。"

培花急对李夫人说："伯母，看来我等不了啦，我得去各学院找。"

"好吧！一路小心，早点回来。"

培花走进中央戏剧学院，又失望地出来；再走进北京广播学院，还是没有找到李丹；她垂头丧气地走进北京艺术学院。疲于奔命的培花在公共汽车上睡着了。

夜幕降落，华灯初上。到终点站后，售票员才把培花叫醒。

北京的夜是那样绚丽多彩，可是培花的心却是那样灰暗寂寞。她失望地徘徊在街上，又急又饿又疲惫。在她的脑海里出现了奶奶憔悴的面容和阿爸急切的神态……走着走着竟迷了路。

"咦？这条路不对呀？"路上行人稀少，她问一个路人，那人抱歉地摇摇头，走了。她又向一位老人打听，老人说："北京的胡同比天上的星星还多，金狮子胡同没听说过。"

培花急了，拦住一辆出租汽车："去金狮子胡同。"

司机问："东城区还是西城区？"培花摇摇头。

司机："那没法找。"开车走了。

孤独的培花站在街中心，茫然不知所措。各种车辆擦身而过，她浑然不觉。

这时来了两个小伙子，一瘦一胖。胖小子冲着她喊："哎！你站在路中间找死呀！"

培花这才发觉，向人行道走去。

瘦小子跟上去问："姑娘，看你像是外地来的？"

"唔！"

"我们也是外地来的。"

"你们知道金狮子胡同怎么走吗？"

胖小子："我知道，我是北京通！"

瘦小子："跟我们走吧，送送你。"

培花高兴地说："那太谢谢你了！"

当他们路过一家小餐馆时，胖小子说："我们饿了，先吃饭吧！"

瘦小子："我也饿。你呢？"

培花说："说真的，我饿极了。"

胖小子："那咱们吃了饭再走吧！我请客。"

培花："不，我请客。"

一张小圆桌上摆了几盘肥腻的肉菜，两个小伙子大嚼大啃，向培花频频劝酒。

"喝吧！我们还是第一次和苗妹喝酒，有缘啦。"

培花一面吃饭一面来者不拒地喝酒。她豪爽地说："这算什么！按苗家风俗，喝酒要用碗盛。"

胖小子亢奋地说："好！服务员，端碗来！"服务员端来一碗白酒给培花。

培花笑道："我们苗家还有风俗，就是女的喝一碗，男的要喝两碗。服务员，请再端两碗酒来！"两个小伙子吓呆了。当服务员端来两碗酒时，培花已经把一碗白酒一饮而尽，然后对小伙子说："喝呀！要尊重少数民族风俗啊！"

胖小子端着酒说："我服你了，大姐大！饶了我们吧！"

瘦小子说："我们醉了，谁带你回家呀！"

培花笑了："我们苗家还有个风俗，谁不喝要挨揪耳朵。"两个小伙子连忙自己使劲揪耳朵，笑得服务员前仰后合。

出租汽车在夜街上行驶。车上坐着两个小伙子和培花。培花微闭两眼，车子直向郊区驶去。

车子停了下来。两个小伙子扶着培花下车，然后，向一片僻静的杨树林走去。

培花有点儿醉意，但心里很清醒："这是什么地方？"

"快到了！"胖小子把培花放在草地上，"到家了，这是丝绒软床，你好好睡吧！"

两个小伙子伸手乱摸培花，发出浪荡的淫笑。

培花猛地跃起来，圆睁怒眼，吼道："你们想干什么？"胖小子凑过去，涎皮地说："苗姑娘，我好爱你！"就要吻她。培花"啪"地给了他一记重重的耳光。

瘦小子从后面抱着培花："快来脱裤子！"

胖小子正要上来，培花借着酒劲使出苗家猴拳，来了个"金猴大旋转"，把瘦小子甩出老远，然后给胖小子来了个"双龙夺仙桃"，紧捏着他的脖子不放。胖小子直喊救命。

这时，瘦小子拔出了一把牛角尖刀，向培花的背上刺去。

陡然一声大吼，一个黑影手执大棒冲来，手起棒落把尖刀打掉，接着左右开弓，横扫二人，打得他们喊爹叫娘。培花一个箭步上前，每人给了一个飞毛腿！两小子抱头鼠窜，消失在黑夜中。

此人便是刚才那位出租汽车司机。司机说："刚才我就看出这两人不是好东西，就跟着你们呢！"培花对司机表示感谢后，司机把她送回家去。

李教授夫妇听了司机的叙述，对培花的有惊无险嘘了一口气，对司机见义勇为千恩万谢。李夫人拿出 200 元送给司机。

司机反感地说："这是干吗？"

"谢谢你见义勇为，表点儿心意。"

司机粗声粗气地说："拿回去！路上培花姑娘都跟我讲了，你们不也是见义勇为吗？这是北京人应该做的。"

李教授说："车钱总要给吧！"

司机笑道："请问李教授收她的饭钱吗？哈哈，帮人帮到底嘛！"

培花向他们深深鞠躬，说："伯伯、伯母、叔叔，你们都是好人，都是我的亲人！都不必客气了。我和奶奶真心感谢你们！"

司机说："我琢磨着，北京城这么大，找个人不像海里捞针吗？不如在报纸上登个寻人启事，城内城外都能看到。"

李教授说："这个主意好！"

第二天一早，培花便去《北京晚报》广告部。

培花递了一份写得密密麻麻的"寻人启事"给女经理。女经理看也没看就退还给她，说："太长，删去大半再拿来。"

培花为难地说："昨晚写了一个通宵，每个字都是用眼泪写的。"

女经理这才注意到这个苗装打扮的姑娘，又把启事拿回来。"《苗妈妈梦中呼唤李丹》，这题目很有感情。"女经理继续读下去，周围几位职员也在听，"李丹阿姨，你还记得 30 年前分手的苗妈妈吗？她如今已经老了，白发苍苍，卧病在床。她把一生走过的路程都淡忘了，只把对你的思念留在心上。30 年前你在大苗山体验生活的那几个月，她现在还能把每一天的事情细说出来。分手那天，你说过一定会再相聚，我奶奶为这句话盼了 30 年。她无时无刻不在挂念你的一切，常在梦中呼唤你！李丹阿姨，我从大苗山来北京寻找你，不为什么，只为圆一个相聚的梦！

李丹阿姨，你在哪里？你听见苗妈妈的呼唤了吗？……"女经理读到这里已泪眼蒙眬，哽咽着读不下去了。围着听的人也有偷偷抹泪的。

女经理说："照登照登！"说着交给一个女会计。女会计用计算器算了算说："500元。"培花傻了眼，她手上只有300元。女经理见状无言地从钱包里掏出100元，女会计也默默地拿出50元，在场的职工纷纷拿出10元、20元不等。

培花看在眼里，转过脸去轻轻地哭了。

"寻人启事"在《北京晚报》广告栏中的醒目处刊出了。

街头巷尾的阅报栏前，感兴趣的人围读着，感慨的、叹息的、同情的、议论的，不一而足。

"难得人间见真情！"

"不是亲生，胜似亲生啊！"

"李丹可不能辜负了苗妈妈一片爱心啊！"

"30年沧桑，不知人还在不在！"

李丹教授家。电话铃声不断地响。

李教授接电话："谁？李丹？哦！同名的李丹。你是医生，谢谢你的关心，还没找到……"

对方声音："我也在替她找线索，有消息再告诉你。"

"谢谢！"

电话刚放下，铃声又响了。李夫人拿起话筒："喂！你是李丹？……哦！是国家科委的，同名李丹。谢谢你关心了。只要她还在北京，就一定能找到。"

对方的声音："我能帮点什么？"

李夫人："不用了，你们也忙。"

当电话铃声又响起时，李教授问："你是李丹吧？"

对方："你怎么知道？"

"这几天，同名李丹来关心的太多了。"

对方："也许我是所有李丹中你们最需要的李丹！"

"啊？！你就是……"

"我请你尽快转告培花，让她到民族大学宿舍区54栋302号找我。"

"请问你就是……"对方的电话已经放下了。

培花满面春风地背着苗锦袋连跑带跳地走进了民族大学。

今天，她心中的天气是阴雨转晴，而脸上则是阳光下鲜花盛开，在大学里看见许多少数民族男女学生格外亲切，逢人便笑，把喜悦奉送给人们分享。

培花终于站在 54 栋 302 号门前，敲门的手举起又停住了。她的心情太紧张了。

培花内心独白："奶奶，你听见我的心在怦怦地乱跳吗？可我已经看见你的笑容了……"

培花敲了门，50 多岁的退休女教师李丹开了门，一见面就抓住培花的双手："你是大苗山来的培花吗？"

培花口还未开，抱着李丹老师痛哭失声："李丹阿姨！我终于找到你了！"

李丹老师心疼地抚摸着培花，眼泪也不由自主地流了出来，说："卡娜妈妈的病好点了吗？"

培花边泣边说："奶奶是想你想病的，找到你了，她的病就会好的。"说完她把苗锦袋里的苗锦被面拿了出来，"我带来奶奶的一颗爱心。30 年来，她常常对着它流泪……"

李丹老师把培花让进屋里坐好，又给她倒了一杯热茶。培花见她走路有点瘸，便问："李丹阿姨，你的腿……"

"关节炎，现在好多了。"李丹长叹一声，遗憾地说，"培花……"但欲言又止。

培花："阿姨，你……不舒服？"

李丹老师摇摇头，说："培花，不怕卡娜妈妈失望，你要找的那位画家李丹不是我……"

培花大惊，瞪圆了眼睛，久久地看着她，又拿出那张自画像，反复对照，然后频频点头，说："是你，就是你！和这张画像一个样。阿姨你是故意逗我的，对吧？"

李丹老师拿过画像看着，陷入了痛苦的思念中，叹道："小李丹啊！你到底在哪儿？"培花困惑地望着她。李丹曼声地说："30 年前，她毕业后分配在民族学院艺术系当助教，正好与我共事。我比她大三岁，又长得很相像，所以大家叫我大李丹，叫她小李丹。我们就像姐妹一样……"

培花以狐疑的眼光审视她，说："那你怎么知道我奶奶叫卡娜？"

"那年她去大苗山的事，她回来全告诉我了。"

培花一听，气不打一处来，愤愤地站起来，说："别东拉西扯啦！你是不是不敢认？嫌我们是山里的苗古佬，怕我们来麻烦你，是吗？我奶奶想你想了30年！都想出病来了，现在快要死了！你却不愿认这门亲！哼！算了吧！"

"培花，你听我说……"李丹老师还没讲完，培花已拂袖而去，头也不回。李丹老师追到门外："培花，你别走！我还有话跟你说呢……"培花悲愤的身影已消失在远处了。

培花怀着一颗悲凉的心，漫步长街。十几天来她那热切的盼望忽然冻成冰块，李丹竟这样来回报奶奶的一片爱心！

培花喃喃自语："感情为什么这样不公平？我要回去告诉奶奶，那个爱你的李丹已经死了……"

培花泪痕斑斑地步入北京火车站，走到售票窗口："买一张去南宁的5次特快车票。"

培花回到李丹教授家搬行李。使她惊异的是那个"大李丹"正和李教授夫妇在一起，他们好像已谈了好一阵了。培花一看见大李丹在座，回头便走。

李丹老师顾不得关节疼痛，起身追过去："培花！"由于膝盖无力，跌倒在地。

培花回过身来扶她，李教授夫妇也来一同扶她坐下。培花这时发现茶几上放了许多陈旧的照片。她选出一张大小李丹的半身合影照片仔细看，的确，两个年轻的李丹真相像，都是齐耳短发，瓜子脸，大眼睛……

李丹老师对培花说："你看，你那位画家李丹额头上不是有颗豆大的痣吗？"

培花看着照片，又看看自画像，反复几次，然后歉疚地对大李丹说："阿姨，对不起，我错怪了你。因为我受不了这突然失望的打击。我多么希望你就是她！然而不是……那么，我那位神秘的李丹阿姨呢？她在哪儿？她为什么这样难见？她是位艺术大腕吗？特别高傲吗？"

李丹老师心平气和地说："别急呀！我的小培花。"

李夫人说："你听这位阿姨慢慢跟你讲吧！"

大李丹悲声说："'文革'时，她被三道勒令从大苗山召回来之后，就被隔离审查了。因为她爸爸在国外，她有海外关系而被打成间谍，游街罚跪，七斗八斗，打得遍体鳞伤。有时还拿我去陪斗，就因为我也叫李丹！唉！几个月的折磨，她已经不成样子了……"

培花心如刀绞，问："阿姨，现在她还活着吗？"

"后来，她被关进监狱，从此再也没有消息了。也许'文革'后释放出来，她爸爸把她接到国外去了；也许被判刑后她流落在哪个边远农场了；也许……她已经不在人间了……"

大家听了悲戚万分，低头不语。

大李丹打破了沉寂，说："小培花，你现在明白了吧！你的李丹阿姨为什么这样难见？她哪儿是高傲呢？"

培花双手捂面，痛哭欲绝。忽然，她走向阳台，"扑通"跪了下来，面对深远的天空，遥望着朵朵白云，说："李丹阿姨，原谅小培花错怪了你！不论你在天上还是地下，你会了解我奶奶那颗心的！我们确信你还在人间，因为我奶奶天天都在为你祈祷！她会保佑你的！"培花的惊人之举深深打动了三位长辈。

大李丹在案前灯下奋笔疾书。她在稿纸上写出一篇报道，题目是《爱心并不遥远》。《北京晚报》上登载了这篇文章，文章感动了许多相关和不相关的人。

晚上，李丹教授的家高朋满座，来了五位李丹。除大李丹外，还有一位女医生李丹，男记者李丹，科委农学家李丹，以及女大学生李丹，大家相约来商量一件事。

由于苗妈妈病情不佳，心情更差，他们打算组成专程探望苗妈妈的"李丹团"，前去大苗山为卡娜送药治病，并做安慰性心理治疗。

医生李丹说："我看了李丹老师文章中的倡议，我们全家都赞同。我要第一个报名，我是医生，给苗妈妈送医送药，迫不及待。"

记者李丹说："我早有这个念头了，苗妈妈为思念而病情加重，无非是一种爱的失落。我们这么多李丹，大家都有一颗热爱苗妈妈的心。她会得到补偿和慰藉，病就会好起来。"

大学生李丹激动地说："妈妈已经把路费给了我，就是一个人我也去。我要对苗妈妈说，'我妈虽然不叫李丹，但我妈非常热爱你'。我妈说，人活一世，最珍贵的就是那一片真情。"

培花感动地说："看来奶奶的病一定会好起来。我相信，爱是世界上最神奇的药！"

李教授说："我赞同这个倡议，只是李老师的关节炎……"

大李丹说："不要紧，我随身带着药，现在苗山不是有公路了吗？"

培花说："公路直达寨子。"

李教授说："就这么定了。我留在北京通过国外朋友继续打听。我想在互联网上呼唤，让全世界的人都知道大苗山的这段感人的情结。"

一列飞驰的火车，风驰电掣地向南奔去。

坦直的公路上，班车在疾驶。

班车转换成一辆小面包车，在苗山的盘山公路上缓缓行进。车头扎上了彩带绸花，一块红色的牌子上写着"探亲车"三个大字。车内除了培花和五位李丹外，还有已调到县文化馆工作的梁老师。

"奶奶——奶奶——"

"苗妈妈！卡娜妈妈！"培花和五位李丹围在卡娜床前亲切地呼唤。

卡娜衰弱地微睁两眼，不明白发生了什么事。

培花说："北京的医生和专家特地来看你。"

卡娜问："李丹呢？"

培花笑答："他们都是李丹！"

五位李丹同声说："我们都叫李丹。"

卡娜听后笑了："真的？"

大学生李丹说："你看我像吗？"

卡娜左看右看，高兴起来："像，像，那时李丹就是这样年轻漂亮呢！"

医生李丹说："苗妈妈，我来给你看病送药。"

卡娜坐了起来，感激涕零地说："老天！我做了什么善事，有劳你们来看我？"

大李丹说："苗妈妈，我们都是你的儿女！"

大学生李丹说："那我只能是你的孙女了。"

大家都欢笑起来，卡娜也开心地笑了："培更！快杀鸡，贵客来了！"

翌日晨。医生李丹对大家说："经过昨天的观察和诊断，看来苗妈妈的病不太严重，有点支气管炎和哮喘。由于长期思绪不宁，夜不安眠，食不甘味，营养很差，体质较弱。昨天我给她打营养吊针，又服安定片，再对症治疗，我看很快会好起来。"

梁老师说："寨子里的乡亲，都想来看看北京人。"

大学生李丹笑说："北京人未必多长条尾巴。"

农学家李丹打趣地说："你那男小子的头发就值得他们看看。"

记者李丹说："别开玩笑了，我们倒应该去看他们。"

五位李丹首先去拜访了90岁的寨老。

记者李丹问："寨老，你今年高寿？"

寨老戏说："不高也不瘦，不老也不小，今年才90岁。"

大伙儿笑个不停。

医生李丹问："你是怎么保养的？"

"苗山风水好呀！……你们别笑！苗山要不是风水好，怎么引得凤凰来？"

"凤凰在哪儿？"

"凤凰就是你们哪！30年前李丹来寨子，大家永远忘不了。如今五位李丹来看苗妈妈，真是千古奇事啊！"

他们拜访了寨老又去乡亲们的家里做客，大家都开心极了。

教师李丹和卡娜坐在竹晒台上聊家常，卡娜精神好多了。培花在一旁，有时也充当解说员。

教师李丹说："苗妈妈，你对小李丹的爱，我们把它看成是更广泛的人与人之间、民族与民族之间最纯真的爱。所以在北京，许多与你素不相识的人都想来看望你，这是因为你那片真情感动了他们，就像在荒山野岭上忽然看到了一片绿色的树林。"

培花做了进一步解说后，卡娜频频点头："我们山里苗人，文化低，不懂礼，又穷困。可当年北京来的大学生李丹，不嫌弃我们，不分高低贵贱，对我们像亲人一样，还把我叫苗妈妈……使我有了个汉人女儿！苗家古话说，石头不能当枕头，汉人不能交朋友。李丹和我们交朋友、认亲人，在我们这里还是头一回啊！今天，你们又从老远来这深山老林认亲，怎不叫我们苗人开心呢。"

培花插话："奶奶，这几天，几位李丹都在寨子里为苗家做事，治病的、上课的、下田治虫的、干农活的，可忙呢！"

卡娜说："大李丹呀！你让他们多歇息，多玩玩，不要累坏了身体。你们对苗家这么好，苗家人怎么报答呢？"

大李丹诚挚地说："苗妈妈，真情换真情，心换心嘛！你说对吗？"

卡娜："对！对！"

中秋节这天，古马坡要举行芦笙赛会。因为北京来了客人，将给古马坡会增添浓浓的色彩。

寨子的清晨到处飘荡着欢声笑语。溪旁梳头的姑娘和试吹芦笙的后生哥，个个面露喜色。木楼上，卡娜和培花把五位李丹全都打扮成苗装。培更夫妇和香更夫妇提供所有的苗装和头饰。

记者李丹不停地按着快门，把用新奇的苗装打扮起来的李丹们摄入镜头。

古马坡锦装绣裹，色彩缤纷。各寨的芦笙队和踩堂队从各路进入坡上。各队自成一圈，吹奏芦笙，跳踩堂舞。洪亮的乐声震荡四山八岭。大学生李丹成了坡会的"公主"，各队的姑娘都抢她去踩堂。这种舞步简单易学，大学生李丹很快便学会了，并且在节奏中创造出迪斯科来，博得男女青年欢呼喝彩！

农学家李丹试着去吹大低音筒，尽管他使出了吃奶的劲，也没有把它吹响，引得大伙儿猛喊："加油！加油！"

各寨前来赶坡的青年，除了观看芦笙赛事外，各觅对象，悄然相约到坡边小丛林中唱歌调情。而中年以上的人热心地穿梭于许多百货摊点选购。欢喜雀跃的孩子们追逐嬉戏，点放鞭炮，把坡会搞得沸腾起来。

坡会的一角，传统的斗马开始了，引得观众潮涌而去。先是两匹公马牵出来遛场。然后，牵来一匹母马挑动公马。于是，两匹公马为争夺母马的青睐而开始斗勇。双方使出全部招数表现自己，嘴咬、脚踢、冲撞，其势凶猛。当斗狠的公马东奔西突时，围观的人群被撵得东逃西躲，发出狂喊，颇似西班牙街上奔牛追逐人群的情景。

今天，风和日丽，秋景宜人。

卡娜心情格外愉悦。她梳理了头发，换了一套新装。在香更的陪伴下走下木楼，到寨口去听古马坡顺风传来的芦笙声和欢笑声。她们迎着温馨的阳光走去，脸上泛起微红的光泽。这时，一只八月鸟叽叽喳喳地鸣唱着从远处飞来，在她们头上盘旋。

卡娜抬头看看它，半自语地说："八月鸟是苗山的神鸟，它会带来吉祥的。"

阿香说："我才不信！记得30年前送李丹姐走的那天，八月鸟也飞来在头上旋来旋去……"

卡娜说："那是八月鸟舍不得李丹走啊！"

山路尽头有一个蠕动的黑点，母女俩没在意。

那是一个走过来的人。

"那是谁？"卡娜眯着老眼望去。

阿香说："是一个赶路的人。"

那个人大步流星地走过来了，啊，跑过来了！

"苗妈妈——"随着一声震荡山岭的呼喊，风尘仆仆的李丹，那位30年前的画家李丹，奔过来，直扑卡娜。卡娜还没有回过神来，就被伸开的双臂抱得紧紧的了。

"苗妈妈，我是李丹！你的女儿李丹！"

老泪纵横的卡娜没动声色，反应平静，转脸向香更问道："阿香，我是在做梦吗？"

香更欢快地说："不是做梦，李丹姐真的来了！"

卡娜一边抚摸李丹，仍不相信："是梦……我做过不知多少次这样的梦了！"

李丹凝视着卡娜的脸，早已泪洗双腮了，说："苗妈妈，不是梦，梦已经过去了。我真的来看你了。"

李丹替卡娜抹去了泪水，低声哼起30年前临别时卡娜唱的那首苗歌："乌云从天边吹过来，月亮悄悄地飘走了……"

卡娜破涕笑了："不是梦，不是梦，我没有做过你唱苗歌的梦。"

香更说："李丹姐，你从哪里来？我们等了你30年啊！"

李丹说："'文革'后我被释放出来，爸爸就把我接到法国去了。这次，我在电脑上看到呼唤，马上买飞机票飞香港，转南宁，径直赶来了。在法国我写过几封信来，有的退回，有的没下文，到底是怎么回事？"

阿香说："'文革'时，一场山火把高巴寨烧光了。我们在另一个山坡建了新寨，寨名也改了。"

月圆如盘，银辉四泻。中秋之夜，对于卡娜家是一个名副其实的团圆之夜。

卡娜木楼前的草坪上，摆了一排长桌，桌上铺满了翠绿的芭蕉叶。苗家的美食：煎烤酸鱼、生切酸肉、糯米血肠、白切鸡、竹鼠等，还有大坛大坛的米酒，摆满长桌。

卡娜坐主人席，两旁各三位李丹，随后是培更、香更及家人。

卡娜笑得合不拢嘴，举杯道："各位李丹！你们都是我们苗家的亲人。

我们不同姓，不同乡，不同年龄，不同民族，可我们是真正的亲人。为什么？我说不出……我不会说。我心里明白，你们心里也明白。是不是？"

"是啊！苗妈妈！"六位李丹不约而同地齐声说。

画家李丹说："一声'苗妈妈'再明白不过了！世界上还有比妈妈更伟大更亲切的称呼吗？"

苗家人特殊的敬酒方式——揪耳朵开始了。六位李丹当然成了被揪耳朵的对象。以培花为首的苗家主人，每人一手端酒，一手揪对方耳朵，在"咦—呜"的叫喊声中将酒灌进客人嘴里。若是不胜酒力拒喝，耳朵就被揪长了。揪耳朵带来的必定是狂欢的场面。

酒足饭饱之后，画家李丹把从法国带回的个人画展的画册画页展示出来，其中许多就是30年前在苗山生活的写照。

"看呀！这是苗妈妈吧！"大家都在欣赏卡娜当年的风采。

培花说："奶奶好漂亮啊！长得像我姑。"

培花妈啐她说："是你姑长得像奶奶！"大家都乐了。"这不是乌云山上画的吗？为画这幅画，差点给熊当晚餐呢！"

画家李丹兴趣盎然地说："培更，那头大熊巴呢，它还在吗？"

卡娜笑道："怎么？你还想去拜访它？"

"你们看这幅画。"李丹展出一幅画页，树上倒吊着一个姑娘，树下一头大棕熊张开大嘴望着她。

"这幅画在巴黎可受欢迎了。"

培花一面翻看画册一面说："这是爷爷，这是爸爸，这是姑妈，这是梁老师……咦？怎么没有我？"大伙又是一阵大笑。

这时，卡娜拿出那幅苗锦被面，展开在大家面前，顿时满屋生辉，赞美之声蜂起。卡娜无限遗憾地说："李丹啊李丹！这床苗锦被面……太迟了，太迟了啊！"

李丹笑了，抱着卡娜轻声地说："不迟不迟，正好让我带回去结婚！"

"啊？！你还没有结婚呀？"卡娜大为惊诧。

李丹说："急什么？苗锦被面还未到手，怎么能结婚呢？哈……不过，快了。下个月，我要接苗妈妈到法国去为我主婚呢！"所有的人都欢呼起来。

此时寨子里来了许多人，他们捧着月饼、山果、糍粑等来招待李丹们。有个后生哥吹起了芦笙。那是一支迎宾曲，和送别曲不同，它热烈轻快明朗，把人们的心都激荡起来。

画家李丹建议，请苗妈妈唱首苗歌。卡娜正兴致勃勃，爽朗地答应了。她唱道（意译）：

当芦笙吹响的时候，
古老的苗山更年轻了。
当姑娘梳洗头发的时候，
后生哥就变得更英俊了。
当八月鸟飞来的时候，
吉祥的贵客就进寨了。
当贵宾们被揪耳朵的时候，
苗家人的心花就开放了。

歌声展开了翅膀，飞翔在苗山顶上，沐着盈盈皓月的清辉，飞向远方、远方……

后台老板

　　年夜已过，城市在星月淡淡的夜空下渐渐入睡了。清风徐徐，凉意爽人，正是催人入梦的时刻，而文小菲却躺在床上辗转难眠。这几天，她为自己出国演出的名额被人夺去而伤心欲绝。在她的感觉中，整个世界都变得冷冰冰、凄清清的。一种孤立无援的绝望占据了她的内心。正在这个时候，团里一位老演员李大姐向她伸出了救援的手，一席循循善诱的长谈，使她获得了一丝温暖，一线希望，当然也有一点儿疑惑。李大姐最后斩钉截铁地对她说，必须以闪电般的速度找一个后台老板，出国的事才有可能"起死回生"。但文小菲一想到她传授的那个"搞定"领导的四字诀，就浑身哆嗦，不寒而栗："一笑，二跳，三哭，四抱。"尽管这种事早已不是小说中的离奇情节了，但无法想象的是，这个可鄙而难堪的角色却要她本人在现实中来扮演，每想到这里，文小菲便不由得感到尴尬和恶心。好像要去喝下一碗美味但却混入了一只苍蝇的鸡汤一样。
　　"唉，谁叫你没有一个过得硬的后台老板呢！"
　　文小菲是本市歌舞团初露头角的优秀青年歌手，艺术学院毕业两年，正值"花开季节"。论其相貌，不敢说倾国倾城，在美女如云的歌舞团内也算得艳压群芳。论其唱歌，音色华丽，音质洪亮，乐感和素养方面虽然还有点稚嫩，但艺术潜质颇好，尤其在表演时，自然地流溢出青春少女的纯情本色，却也使不少青年歌迷为之倾倒。像她这样极佳的条件，如果遇上了极好的机遇，一夜之间便可能成为红得发紫的"歌后""明星"。扫描一下现在的那些艺术大腕们，有不少条件还不如她，连自己也觉得稀里糊涂地成了名。但是对于文小菲来说，条件和命运并不成正比，甚至还是反比。艺术家，就像玉石一般，质好的玉石稍加雕饰即可成大器，质差的玉石即便是能工巧匠也只能出次品，更不用说有些压根儿就不是玉，而是一块顽石。顽石哪有不妒忌玉石的呢！自从文小菲分配到团里来，一些"流水落花春去也"的老演员撇撇嘴说："我年轻时的条件比她还好呢！"与她同辈的青年演员当然不甘心仰首翘望这位新来者，虽然她们自知比她"矮"了一大截。好在文小菲为人真诚热情，勤奋好学，加上生活作风严谨，没有多久便与大家相安无事了。唯有几个原来的"当场"演员始终对她侧目，这个年轻的竞争者的出现，会不会使歌舞团的艺术历史翻开新的一页呢？尤其是那位三十好几的本团台柱吴彩霞一直对她傲然相视。这个在团里独领风骚近十年的吴彩霞在全市歌手大奖赛中获得过三连冠金奖，是艺术界叱咤风云的人物。文小菲的骤然出现，她本能地预感到一种危及自己荣誉地位的严重威胁。但名演员也得有名演员的"风度"，所以表面上她对文小菲还是倍加赞美，嘴边常把文小菲称为"好苗子""金凤凰"，叫人听了有点儿肉麻。但是，到了关键时刻，遇着关键问题，吴彩霞是毫不含糊的。比如凡重大政治性演出，参加省级和全国级的比赛，在电视台上亮相，出国演出以及其他定级别、评职称、选先进，还有一些抛头露面的社会活动等等，吴彩霞是寸步不让，寸土必争的。由于她与市文化局一把手关系不一般，团里的领导往往只好退让三分。说到吴彩霞和市文化局袁局长的不一般关系，就是迟钝到有点老年痴呆的看门老头也看出了端倪，更不用说团里那一双双聪明过人的艺术眼睛了。在这些具有"穿透力"的眼光中，两个人的一言一行、一顾一盼、一颦一笑，就像和尚头上的苍蝇一样明白无误。再加上吴彩霞有时在得意忘形之时，不经意地露出一点"尾巴"来，比如，她曾对歌舞团的张团长夸过海口："团里有什么为难的事只管对我说，我打个电话给袁局长就可以解决。""你们别看袁局长做报告那副严肃样子，其实呀，他经不起我三句话就给'搞定'了"。当然还有其他不大成体统的传闻，所以背后那些多嘴的演员戏称她为"袁二夫人"。最近，又闹了一场"掉马换将"的出国风波，更使吴和袁的不一般关系更加不一般了。

原来市外经委要在美国办个经贸展销会，并带一个演唱小组去助兴演出。吴彩霞因借到省歌舞团去新加坡演出归来还不到半年，团里就决定让文小菲参加演唱小组出访美国。这个名单一公布，吴彩霞一跳三尺高，在这个关键时刻，她是拼死也不让步的。除了破口大骂团长瞎了眼之外，还到处数落文小菲一番，什么"包装演员"，"卖脸蛋的角色"，"一没有乐感、二没有音准"，"杀鸡不断喉的破嗓子"，"跑调跑到西半球三年回不来"，极尽诬蔑挖苦之能事。还说文小菲的出国与张团长有着不可告人的"协议"，气得张团长狠狠地批了她一顿。当晚，吴彩霞捧着一把眼泪出去一夜未归。第二天一上班，张团长就被召去了文化局，整整一上午未回来，团里的人都预料：凶多吉少。果然张团长中午回来，话也不讲，饭也没吃，买了一瓶白酒，关起门来独自喝闷酒。下午上班，醉意未消就召集全团开会，重新宣布出国名单：文小菲改成了吴彩霞。面对着一双双瞪大的眼睛，张团长只说了一句话："这是局领导的决定！"虽然这句话使全团哗然，但也算有了答案。人们只用嘲笑来宣泄，谁也不愿出头去干预这件关系着领导的事。得罪了领导有百害而无一利，还没听说过谁与领导对着干会得到提拔、重用或者增加工资的，相反的例子倒是随处可见。所以现在团里是：牢骚怪话不断，拔刀相助不干。对于刚走出多梦时节的文小菲来说，这当头一棒，打得她傻愣了半天，没有明白过来。之后，当然是拿出女孩子唯一可以取得心理平衡的招数——眼泪。不同的是，文小菲只躲在被子里，或者面向自己卧室的墙壁抛洒眼泪，她并没有去找团长或者局长诉说自己的委屈，她知道她是一个孤立无助的弱女子，但又不愿让团里的人把她看成一个受委屈的弱女子。只有一个老演员李大姐看出了文小菲是打掉牙齿往肚里吞，受着不露形迹的痛苦折磨。李大姐把她请到自己家里，亲手做了一碗辣辣的卤菜米粉强制已两天没到食堂打饭的文小菲吃下去，然后与她谈了一夜的话。

李大姐问她："吴彩霞靠什么出国的？"

"这还用问，谁不知道她有后台老板！"

"那你就不会找个后台老板？"

"我？我去找谁？"

"找个管她的后台老板的后台老板！"

文小菲先是一愣，然后茅塞顿开地笑了，说："找市领导告状？"

李大姐摇摇头说："如今告状有个屁用，哪里不是官官相护。要'搞定'他！"

"什么叫'搞定'呢？"

"'搞定'……就是……就是……"李大姐也难以把这句方言翻译得十分准确，便说，"打个比方说吧，要像吴彩霞那样，她打个喷嚏，袁局长就得感冒！"

文小菲又是一愣，怔怔地望着李大姐，李大姐挑明了说："比方说，你要想办法做到，你打个喷嚏，劳副市长就会感冒！"

文小菲这才恍然大悟："要我去做劳副市长的第二夫人呀？我可不干，我决不干！"

李大姐大笑起来："你真是个傻丫头，做不做第二夫人全在你自己，但这不妨碍你把他'搞定'呀！'"

李大姐略带神秘地凑近文小菲，一字一顿地说："有人总结出一个口诀，一笑，二跳，三哭，四抱。"

"等等，你解释一下，我听不懂。"

"一是送去媚笑，取得好感；二是陪跳舞，唱卡拉OK，混熟；三是要会抹眼泪，女人一哭男人心就软；四嘛……"

"四就别说了，不就是上床吗！"文小菲脸红了起来。

"有了四，这就彻底'搞定'了！不过，也未必非走完四步不可，如果三步能搞定，何必还往下走呢？你说是不是？"

现在文小菲躺在床上，就是反复地咀嚼着这四字诀，似乎越嚼越苦辣，越酸涩，哪儿有一点儿甜味？此时，天已经亮了。她忙起床梳洗，对着镜子，久久地看着自己。父母赋予她的这张靓脸，是多么的和谐而动人，正如小说描写的那样：眼如秋水，唇如丹月，齿若扇贝，颜如莹玉……看着看着，文小菲充满信心地笑了："我一定能找个管她那个后台老板的后台老板！"

本市常务副市长劳军打了一个饱嗝，呼出一口浓烈的酒气从宴会厅里走出来，他陪着几位台商，由外办主任领路，径直向宾馆的豪华歌舞厅走去。劳军对台商们说："只要你们看看我们的歌舞厅，你们就可以感受到我市改革开放的水平了。"这话引来了台商们一片赞誉声。

北园宾馆是本市最豪华的宾馆，歌舞厅自然也是一流水平的。厅内装潢是香港的公司设计，材料是香港运来的，音响是美国狮龙全套设备，灯光是购自日本的90年代新产品，家具是从台湾进口的，桌上摆的开心果、红富士、高山茶、雀巢咖啡，自然没有一件是国产货。只有乐队是地地道道的本地产品，而市歌舞团电声小乐队也属国产优质，本市一流。今晚演唱的歌星中，亮出了一块新的牌子，上书"青春偶像派艳丽红星文小菲初次在本厅献艺"，并在标题的前面显著地方书有："仙女下凡，一曲销魂"。

劳副市长对音乐可以说一窍不通，还在县城里读小学时，音乐课总是不及格，好在教音乐的是个好心的女教师，每次都给他加到60分，总不能因音乐不及格而留级吧。青少年时代正逢"文革"，唱语录歌和样板戏是政治任务，只要态度好，勤唱而每唱必声嘶力竭，加上面部表情虔诚严肃，管他唱得好不好听、跑不跑调、音符节奏对不对，有人背后说他不是唱歌而是喊歌。前几年当了领导，又正好时兴唱卡拉OK，作为改革开放的一代领导人物，不会唱几首流行歌曲似乎显得"保守"了点儿，于是学会了《潇洒走一回》，几年来这个"潇洒"已经走了几百回了。背后议论别人长短这本是中国人之恶习，对于劳副市长的唱歌当然也是免不了的。有人说，他唱起歌来不但未见"潇洒"，反而使人吓三跳：嗓子一打开犹如猛虎出山，吼声震荡，先把人吓了一跳；大嘴洞开，犹如鳄鱼捕食，这让人吓了第二跳；歌声连带唾沫喷出，没边没际地荒腔跑调，一口气跑到大洋彼岸去了，而且有去无回，这又让人吓了第三跳。这"吓三跳"是别人对他的总评，极尽挖苦之能事。至于他本人，自我感觉还是非常良好的，因为公开反馈到他那里常常是掌声雷动，赞声如潮，自然有点沾沾自喜了。只有他读小学的小女儿说过一句老实话："听爸爸唱歌叫我一天吃不下饭。"这多少给劳军扫了点兴，但他认为小孩说话是没准的。悲剧正在这儿，其实小孩说话是最真实可信的。

这时劳副市长正在向台商大吹本市歌舞厅、夜总会、卡拉OK厅如雨后春笋般地兴起，标志着本市改革开放的大好形势，并自豪地说："人家把我市称为'小香港'呢！"一位台商不无讽刺地说："按人口平均算，据说你市歌舞厅、夜总会数量已超过香港了。"引起大家一阵笑声。

这时，随着灯光转暗，各种彩色射灯、球灯转动起来。电声乐队以炸耳的轰鸣奏起了开场曲。一个珠光宝气、婀娜可人的小姐款款而行，走到小舞台中心，这就是今夜下凡来勾魂的仙女——文小菲。

"亲爱的嘉宾，晚上好！"开始了千篇一律的开幕词。接着她话锋一转，送出了格外妖媚动听的一串嗲声："今晚，在我初次登台献艺的时刻，我市受人爱戴和尊敬的劳副市长亲临捧场，真是我一生中最大的幸运，也说明我和劳副市长有缘分。所以，今晚我第一支歌曲就要献给劳副市长，我唱的曲目叫作《花心》，将一颗鲜花一样的心献给劳副市长，不知道劳副市长愿意接受吗？"

舞厅里立即响起了一片掌声。

"劳副市长，你快表个态呀？"外办主任一旁打趣道。

文小菲一席软语绵绵本来就把劳军说得"舒心润肺"，早已笑得嘴巴大开，正不知如何回报文小姐的一片盛情，外办主任一提醒，便站起来，举起双臂向文小菲喊道："谢谢！谢谢！"

"劳副市长，光谢谢不行啊，你到底接不接受文小姐的花心呀？"一位台商夹着闽南音的普通话挑逗地说。

劳军频频点头："接受，接受。"

立时，乐声奏，歌声起。一曲温软而轻佻的《花心》飘了过来，像拂着浓香的熏风，像含着凝露的雾霭，像一个神奇的梦幻，向劳副市长的身心弥漫而来。

人生为欢有几何？
……
春去春会来，
花谢花会再开
只要你愿意，
……
让梦划向你心海。
……

曲终，在掌声和喝彩声中，文小菲以欢笑和感谢回报大家。她发现劳副市长的掌声格外清脆，当掌声平息下来时，他还站在那里独自一人不停地鼓掌，以示他的高度赞扬之意。此刻文小菲心里扑扑地乱跳，站在面前的这个盯着她大声鼓掌的男人，多像一只狼来到羊群中在物色自己的猎物，难道自己就是甘愿送入狼口的那只羔羊吗？也许这是一只不吃羊的狼呢？不，不会，哪有不吃羊的狼啊！文小菲不禁战栗起来，原想走过去邀请劳副市长跳舞，以便顺利地进入第二个字"跳"，但似乎双脚被钉住了，抬不起步来。

这时，乐队奏起了一曲圆舞曲。劳副市长大步走了过来。文小菲的心突然紧缩起来。啊，狼来了！但她已无路可退，只好强装笑脸相迎。

劳副市长赞扬地说："你叫文小菲？我过去很少看到你的演出。"

"我刚毕业不久，希望劳副市长多关照。"

"没问题，是人才就得培养，我是爱才如命的。"说完哈哈大笑起来，旋又加以解释，"可不是钱财的财，而是像你这样的人才。"

文小菲这时紧张的弦好像松弛下来，她觉得劳副市长还是一个很爽朗的人。即使是属狼的，也不是那种青面獠牙的狼。文小菲向劳军认认真真地专门送去了一个媚笑，并说："谢谢劳副市长。"这样，李大姐传授的四字诀中的第一个字"笑"，已顺利而完美地完成，下一个字就是避免不了的"跳"了。

文小菲从未有主动去邀请一个男舞伴跳舞的经历，她真的不知道该怎么启齿。劳副市长站在那儿一个劲地和她说唱歌的事，当然没有一句是说到点子上的，听了叫人心烦。文小菲想了好久，才想出一句话来："听说劳副市长是舞林高手。"

劳军又是畅笑了一阵："不能说高手，只能说业余爱好。"

文小菲说："能不能教我跳个舞呀？"

"你们歌舞团的还要我教？"

"哎，隔行如隔山嘛！我们唱歌的没几个会跳舞的。"

性情直爽的劳军也相信了："那好，我来教你。这是快三，嘭嚓嚓，嘭嚓嚓……"

文小菲就势与劳军旋转起来。劳军的节奏感极差，又加上喝了酒，当然舞步就颠三倒四的了。好在那位所谓隔行如隔山的文小菲带着他，推着他，逼着他在节奏中就范，跳了一阵子也就顺了下来。于是，劳军便渐渐地进入了自我陶醉之中了。

劳军当然并非第一次跳舞，但是与这样"高水平"的舞伴跳舞还真的是第一次。这个"高水平"是全面的高：容貌、身材、乐感、风度、神采……无一可以挑剔。过去劳军在县里当书记时，舞伴往往有点土气，而在市里一般社交中，舞伴又有点儿俗气，而今亭亭玉立站在面前的是一位毕业于艺术学院，服务于歌舞团体，在社会上初有名声的红歌星，当然就不能与过去同日而语了。跳着跳着劳军似乎产生了一种异样的感觉。这种感觉是过去从未有过的。不但步子特别轻快，而且音乐也分外抒情，节奏感也异乎寻常地跟上了，每踩在一个鼓点上就像拨响一根琴弦那样，具有特殊的弹性，人也就自然而然地飘飘然起来。劳军当然知道，这是因为这位舞伴的潜在作用，她像在使用某种魔力指挥着劳军一双粗大的脚板和那将近有80公斤的肥多瘦少的一身肉。劳军边跳边想，难怪当今歌舞厅和卡拉OK厅如此鼎盛，因为它给异性之间提供了一个合法的亲近场所，包括感情交融和肉体触摸，均贴上了无可非议的合法标签，纳入了受保护的社交范围。而且只有在这种特定的场合才允许，除此必成为越轨行为。也许做出这样的判断未免有失偏颇，因为人也有君子和小人之分。君子者，心里没有邪欲，眼里没有邪气，社交就是社交，娱乐就是娱乐。而小人者，就不一样了。至于怎么不一样，只有小人自己最清楚。今晚此刻，劳副市长的感觉如何？心里想些什么？是君子还是小人？却是一个极为复杂而难以说清的问题。直到午夜，他怀着一种从未有过的精神满足离开歌舞厅，回到家里躺在床上，也还是难以把君子和小人截然分开来。

45岁的劳军调到平山市担任常务副市长还不到一年，之前是一个县里的县委书记，再之前是县里的农业局局长，再再之前是一个农业技术员，再再再之前当然是农业大学的学生了。他万万没有想到，他这个与"农"字打了半辈子交道的农家子弟，竟调到都市里，去管平时喜欢嘲笑"泥腿子"的那些小白脸们，尤其是去管在舞台上经常拿农民来出洋相的演员们了。大概组织部门有意给城市干部掺沙子吧，搞个"土洋结合"。劳军调来时，因为孩子转学问题和当教师的妻子尚未放假，所以家还未搬来。每天工作极忙的劳军，单身住在一套宽敞的四房两厅里，倒也感到安宁和惬意，常常是深夜回屋，躺到床上三分钟就熟睡，连梦也很少做。可是，从歌舞厅回来的这个晚上，劳军却反常地睡不着了，耳畔老是回响着文小菲那支《花心》的歌声，"让梦划向你的心海……"真的有"绕梁三日"之功。当然，爱美之心，人皆有之，记得小时候，每逢过年，爸爸都要在赶圩时买几张美女年画回来，贴在堂屋和房间的醒目之处。全家男女老少都爱看她，冲她笑笑。当然，那画里美人儿也是脉脉含情地冲着你笑，不论你在什么角度看她，她都是在向你笑。今晚，他看到文小菲那双眼睛时，忽然联想起小时候看见的那些年画了。文小菲在台上唱歌或者在舞池中跳舞时，那眼神也总是朝着劳军微笑。临告别时，她的眼睛似乎要向他说什么话似的，以致劳军离开了歌舞厅后，还一直感到那一双眼睛在背后盯着他，而且是一双极为亮丽的眼睛啊！

劳军辗转在宽软的席梦思上面，久久不能入睡。他想，人都有爱美的天性，这本来没有什么可指责的，但爱美归爱美，可不能有什么胡思乱想及非分之欲，毕竟是领导，要注意领导的尊严和形象。再说，别人也许是出于对领导的尊重和信赖，也许是一种职业的反应吧。演员嘛，观众就是上帝，能不向上帝送送秋波吗？如此而已，岂有他哉？劳军想到这里，便放下了遐想，渐渐地入睡了。

第二天上午，是劳军副市长少有的没有安排会议和活动的星期天上午，下午有一个合资公司开业典礼，晚上又是宴会加舞会。早上8点多钟，劳军才起来，还没有洗漱就照例先上厕所。正在厕所出恭未尽之时，电话铃响了，劳军皱皱眉头，当然未加理会。电话铃声无奈地停了。半分钟后，铃声又急促地响起来。劳军怕有急事，提着裤子从厕所出来，拿起电话，先狠狠地说一句："这么急？出什么事了？"

对方愣了半晌未回话。

"说话呀，我是劳军。"劳军拉长了脸说。

"对不起，劳副市长，打扰你了。"

劳军一听，是一个又熟悉又陌生的姑娘嗓音："你是哪位？"

"我是小文呀！"

"哪位……"

"劳副市长，贵人多忘事呀！昨晚你送给我名片时，还说'有空给我打电话'。"

"哦，哦，小文呀，你好。"劳军的脸忽然由长变扁了，忙说，"没忘，没忘，昨晚……"他差一点儿脱口说出失眠的事了，"小文，有事找我？"

"没事就不能拜见市长大人了？"

"哦，欢迎，欢迎，你在哪儿？"

"我已经到市委大院门口了。"

劳军骤然有点手足无措起来，他绝对没有想到，昨晚下凡的"仙子"，今早就下凡到了他的家里。房里还未整理，脏衣服、臭袜子东丢西扔，水果皮、剩饭菜随处可见。他本该收拾打扫一番，但又发现自己尚未梳洗，更没有更衣剃须。此刻的"市长大人"比起昨晚的衣冠楚楚、满面春风已判若两人。他下意识地照了照镜子，简直像个收破烂的或者换煤气罐的临时工。于是，他以电影里快速镜头那样的动作，对自己的颜面仪表和狼藉的房间做了一次风卷残云般的简易清扫。

"叮咚！"门铃在紧张的气氛中响了。

门打开了，花一般的文小菲提着沉重的礼品袋站在面前，未启齿先送过来一个令人目眩的笑容。

劳军当县太爷时，因基层农村干部和群众来访频繁，已习惯了不讲究什么礼仪。客人进来自己找地方坐下，或者站一会儿说完就走。今天可不一样了，进门的是一位高雅的艺术家，又是顾盼生姿的美丽小姐，除了要保持领导尊严外，还得有点儒雅风度。劳军微笑着缓步上前，故作幽默地说："什么风把你吹来的呀？欢迎欢迎！"

文小菲顽皮地做个鬼脸："不欢迎我也要来，靠近领导嘛！"

文小菲此时心里一闪念，出现了李大姐的话：一笑，二跳，三哭……今天已到了第三步了。可怎样才哭得出来？

一番寒暄之后，劳军问起歌舞团的一些事来。文小菲像打开了话匣子，口若悬河地讲起团里那些演出和排练的事来。劳军听着听着插问了一句话："哎，小文，你出国演出过没有？"真是哪壶不开提哪壶！

"哇哇……"文小菲大脑里主管泪腺的那条神经被重重地触动了，止不住的泪水泉涌而出，伴以颤抖的抽泣声，一时把劳军吓住了。

文小菲悲痛欲绝地说："劳副市长，有人欺侮我……"

劳军见状，确实同情，说："小文，有什么委屈就说，我帮你做主。"

文小菲哭了一阵，好不容易拭干了眼泪，才把吴彩霞在团里如何称王称霸，怎样更改出国名单的前因后果述说了一遍。

劳军听了，愤愤不平地说："这不行呀！不能这样不讲理呀！"

文小菲说："可他们就这样不讲理了！"说完递给劳军一张报告，要他在报告上做个批示，恢复文小菲的出国资格。

劳军一边看着报告，一边在琢磨：毕竟这还只是文小菲的一面之词，虽然他已相信了她的哭诉，人不伤心不流泪的，但要处理好这件事，凭着他多年当官的经验，也绝不可以简单地下结论：非此即彼，非是即非，非好即坏，非正即反。如果他批示支持文小菲，万一文化局袁局长提出许多意想不到的理由更换吴彩霞，他又如何下台？而袁和吴的不正常关系是不能摆出来明说的。再说，对这位袁局长接触不多，性情不明，不知道他吃软的还是吃硬的，或者软硬都不吃？贸然在报告上批示，白纸黑字……劳军正在思虑之中，半天没有表态。文小菲一看有可能吹了，便又"哇"的一声哭了起来。这次的"哭"多少像号啕，泪水已不像刚才那样多了。她说："我的委屈不在出不出国，可总得讨个公道呀！得有个说法，心里才平衡。劳副市长一向公正，谁不知道你是有名的劳青天呀！……"

"小菲，"劳军打断了她的话说，"有些情况我还得了解一下。"

"那你就是不相信我了？"

"相信。那也要想出一个妥善的办法。"

"不用想什么办法，只要你大笔一挥，就解决了。"

劳军的脸上有些踌躇，他真想帮她，却又不愿在这张报告上做批示。他过去办事总是喜欢采取折中哲学，最好谁也不得罪，两全其美，不要把弦绷得太紧，如果不得不伤害某一方，也要事前做好安抚工作，给一些足以弥补损失的好处，这样就比较安心、放心了。

这时，出现了难堪的沉默，其难耐是以秒来计算的。

文小菲的心一直在怦怦跳。她想，李大姐传授的四字诀、四步棋，已走完了第三步，"一笑，二跳，三哭……"如果还不奏效的话，就只有逼着走第四步了，这个"抱"字她是多么不愿意走啊！这一步走出后，后果不堪设想，因为只要一抱，想脱出来也就不可能了。她无奈地长叹一声，看来只有半途而废了。

文小菲站起来，以低吟的悲声说："劳副市长，你既然很为难，我就不打扰你了。"劳军立刻走过来挡住她，诚恳地说："小菲，事情总会解决的，你放心好了。"

文小菲一听，出于真挚的感动，下意识地伸出一双纤纤玉手，紧紧地握住了劳军那双肥厚的手，好半天也没有松开，又是感激、又是欣慰、又是羞涩地点了点头，这双细嫩的小手默默地传递着一丝温馨的信息。

文小菲走了。劳军像定格似的站在那里，是回味？是窃喜？是企望？是茫然？好像都是，又好像都不是。

下午，在给合资公司开业典礼剪彩之后，劳军特意把市外经委主任叫到跟前，说："去美国经贸展销会的演唱小组名单定了吗？"

"我这就去问问文化局袁局长。"

"不要问了，你打个电话给歌舞团团长，就说他们原来定的青年歌手文小菲就不要再改变了。"

"文小菲？哦，我看过她演出，挺漂亮的。"

"人家向我推荐她。但文艺界的事情很复杂，争名夺利，既然团里已经定了她，就不要换来换去，越换意见越多。"

"好的。我马上就去打电话。"

劳军经过深思熟虑之后，觉得还是得用那个"权"字来解决，只是不必亲自出面，也不必签字批示。只要有人转送上这个"权"字给团长就行了。至于上面的局长、下面的吴彩霞，统统由团长去对付。团长拿着这个"圣旨"还行不通就不配当团长了。万一袁局长要亲自向劳军申诉，劳军也想好了对付的办法，就说，你怎么不早跟我说？现在我的话已出口，要收回来，以后我这个当市长的怎么再做指示呀。这样一来，责任是在袁局长没有及时汇报，让袁局长先吃一闷棍，再挨一明棍。

　　劳军这一招果然灵验。张团长得到了外经委主任转达劳副市长的指示，高兴得又喝了一瓶酒，然后去袁局长那里传达"圣旨"。袁局长一听，好像重重地挨了一记耳光，虽然怒容满面却没有吭声。

　　团长见他不表态，有些着急，说："劳副市长虽然不是分管文教的，但他是常务副市长，又是市委常委，这次出国任务是由他组织的……"

　　袁局长毕竟老奸巨猾，立刻转怒为笑，说："那就照劳副市长的指示办吧！难得他在百忙中这样关心我们文艺工作。"

　　当着众人的面，吴彩霞两手叉腰，挺立在排练场中央，指着文小菲破口大骂："文小菲，你不要以为只有你会吃荤，老娘也不是吃素的！"

　　这次文小菲可不像过去那样惧怕她了。昨天下午，团里布告栏贴出了一张最新通告，重新列出了出国人员名单，文小菲就结结实实地感觉到她有了一个很硬很硬的后台老板。劳副市长说到做到，行动迅速而果断，是一个值得信赖的后台。从此，她不会再害怕吴彩霞那张泼妇的脸孔了。今早练功场上的交锋，她一反常态，镇定自若，把许多替她捏一把汗的姐妹们惊呆了。

　　文小菲大声笑了起来："你当然不是吃素的，你早就吃大荤了，鸡鸭鱼肉你哪样没尝过？"这话说得如此痛快淋漓，而且出自一个弱者之口，引起在场的人们哄堂大笑。

　　吴彩霞没有料到这个平时只会对着墙角流泪的小辈竟如此猖狂，一时也惊诧得哑了口。"姓文的！你算说对了，老娘什么肉都敢吃，你只不过会舔舔骚臭的鸭屁股！告诉你，你不要笑得太早！"

　　"我笑什么？本来就是宣布我出国，你凭什么抢我的位子？"

　　"我抢？你瞎了眼，我出国不是团里宣布的吗？"

　　"可我也是团里先宣布的！"

　　"当然是以后宣布为准！"吴彩霞理直气壮地说。

　　"对呀！昨天下午宣布的是先还是后？"文小菲逮住了她的尾巴，毫不放松地追问，把吴彩霞问得张口结舌。这时，观战的人们一齐大笑起来。

　　吴彩霞输了理，一跺脚便走，边走边嚷道："好呀！大家听见了吗？后宣布为准！按后宣布的为准！咱们走着瞧吧！"

　　吴彩霞这句话，大家都当作"死鸡撑硬颈"，不过下台阶而已，没怎么去深究它。

　　文小菲脸上挂着胜利者的笑容，奚落而嘲讽地向她招招手，说："彩霞姐，祝你好运！"

这些天为出国的事闹得沸沸扬扬的歌舞团似乎平静如水，团里大多数人心里得到了某种平衡，好像吃了一颗顺气丸。当然，最为顺气的要数文小菲了，真是一顺百顺，看见什么都顺眼，听见什么都顺耳，想起什么都顺心。甚至在门卫那里，也能和那位别人说他有痴呆症的看门老人津津有味地话家常。

看门老人愤愤地说："全团上到团长，下到炊事员，都叫我老大爷，唯独那个名演员把我叫作'呆老头''瞎老头'，你以为我真的呆，真的瞎？我可看得出谁好谁坏。这次出国，我就是坚决支持你！"

这时，门卫的电话铃响了。老大爷拿起话筒："找谁？文……文什么？"

文小菲插道："是不是文小菲？"

老大爷："我听不懂，你来听听。"

文小菲接过电话："我是文小菲，您是哪位？"

对方是个男中音："这么快就忘记了？"

文小菲觉得嗓音陌生，不高兴地问："对不起，请报个姓名吧！"

"你还是猜一猜嘛！"

文小菲曾接到过不少歌迷的电话，大多是带有骚扰性的，所以没好气地说："你有什么贵干，请讲吧！否则我就放下电话了。"

对方哈哈大笑起来："好大的脾气，既然猜不出来，那就算了吧！"

"等等！"文小菲忽然觉得这语气有点儿像劳副市长，连忙问道，"你是……劳副市长吧？"

"你终于猜到了！"

"哎呀！劳副市长，真对不起了。我还以为是那些歌迷的骚扰电话呢！"文小菲下意识地张望周围，见无别人，便说，"劳副市长，我真不知道该怎么感谢你！"

"不再哭鼻子了？"

文小菲笑道："我现在笑还来不及呢！"

"那就好！今晚我正好没有会，来这里玩玩，我也替你高兴高兴。"

"今晚？"文小菲有一种本能的戒备。

"怎么？有约会吗？"

"哦，没有，真的没有。"

"那就来吧！"

"那……好吧。"文小菲好像被逼到角落里，也只好这样回答了。

文小菲放下电话，心里乱跳乱蹦，刚才的欢跃情绪一下子消失殆尽。是的，劳副市长这次帮了大忙，替她出了一口气，使她像人一样挺直了腰杆，应该重重地谢他。但一想到李大姐说的四步棋，她已走出三步半，剩下的那半步她实在不愿迈出去。这半步是关键的半步，可能要陷入一个永远不能自拔的泥沼，可能给她留下一生难以填平的遗憾，可能导致她身败名裂、前途无望。而最最主要的还是她不但根本没有把这位市长大人的形象留在心上，而且在内心里经常滋生一种感情上的排斥，过去的种种亲近的语言和表现，只不过是扮演了一个角色而已。如今舞台上的戏暂告一段落，角色已卸了装，早已不是浓妆艳抹的文小菲了。而刚才电话里的那个男性阳刚之音，潜藏着某种可怕的诱惑，难道真的要为这件事付出惨重的代价吗？不，不，文小菲在心里不断地重复着这个字。

文小菲又去找那位"导师"李大姐，请她出个好主意。李大姐听了不觉畅怀地笑起来。

"人家急得心乱如麻，你还笑呢！"

李大姐说："傻姑娘，去呀，干吗不去呀！他来约你，说明你彻底成功了。你从此有了这个强有力的后台老板，还怕事业不成功呀？"

"我……我不愿意走出第四步。"文小菲把头摇了摇。

"那就别走，这全在你。"

"要是他提出来，要求这样那样，我拒绝，他肯定就会恨我，报复我，那不是更糟了？"

李大姐笑了笑，指了指小菲的脑袋说："死脑瓜！干吗要拒绝？"

"可我决不顺从。"

"干吗一定要顺从？不能找一条既不拒绝又不顺从的路走吗？"

文小菲傻愣愣地望着李大姐那双神秘的眼睛，不知道她有什么魔术戏法。

李大姐说："如果他要求走第四步，必不会用粗暴强迫的手段，毕竟是个领导嘛！他会诱导你，挑逗你，你就装糊涂、装傻，听不懂，只是笑笑，不断地把话题扯开去。"

"他要是直截了当地提出来呢？"

"你就笑他，甚至撒娇地说，条件还不成熟呢！以后再说吧！"

"以后？这不是等于答应他了？"

"傻姑娘，到了以后，不是还有以后吗？"

文小菲一拍脑袋，笑了，说："李大姐，你真有一套。哎！你是不是过去也经历过这种事？"

李大姐收敛起笑容，感慨地说："没有，我年轻的那个时代，还真没有见过或者听说过这种事。那时当领导的一个个都正襟危坐，见了女青年脸就红，躲还来不及呢！我们这些女孩子也从来没有在生活中扮演过另外的角色，人与人都很坦诚，也没有人想到要告状，遇到什么不公正的事，大家互相让一让就解决了。不过，当时的人除了吃饱穿暖，有份工资菲薄的工作也就满足了，没有什么欲望和要求。领导和我们的待遇也差不多，没有豪华小轿车，没有丰盛的宴席，也没有什么歌舞厅之类，更没有出国的可能性。人们下了班回来就是看书或看电影，然后睡大觉，脑子里什么也不想，一切全都由党给我们安排好了。"

"那个时代真好，可惜我没有赶上。"

"不过，话又说回来了，一个没有任何欲望的社会，历史前进的车轮也就放慢了。生活太平静，人也就没多大意思了。有悲有喜，有爱有恨，有美有丑，有起有伏，这样的生活才有色彩嘛！"

文小菲沉思一下，说："我还是喜欢你们那个时代。现在太复杂了。说实话，我真斗不过吴彩霞。与这种人斗，我觉得太累了，真没意思。"

李大姐深深地看着文小菲的眼睛，说："我也不希望你成为吴彩霞那种人，她给我们女人丢脸。但你要学会适应现在的社会，适者生存嘛！你这次找个后台老板，说白了，不过是借把老虎钳来拔掉一颗钉子罢了。"

文小菲望着她，频频点头，既表示深切领会了她的教导，也表示对她真诚的感谢。

这晚，文小菲鼓起勇气，到了劳副市长的家里。情势并不像她想的那样可怕，看来这位身居高位的男人，与那些腰缠万贯的色狼还是大有区别的。但他毕竟是个年富力强的男人，在丽人面前，表现出特殊的亢奋和甜蜜也是可以理解的。这晚的主题是劳军要文小菲教他唱卡拉OK歌曲，而且要求文小菲教唱当前最流行的通俗歌曲，什么《花心》《在雨中》《涛声依旧》《你悄悄地蒙上我的眼睛》等等，以表现出他这个领导不落在时代后面，有点儿开放意识。而文小菲这位艺术学院本科毕业生还真没有这方面的修养和兴趣。于是，她教他唱一首当前国内最流行的通俗歌曲《纤夫的爱》，并且两人可以对唱，给这晚的两人世界增添一点情调。可是，没想到这个堂堂大汉与音乐如此无缘，教了整整一个晚上，纤夫的三句唱只会了两句"妹妹你坐船头，哥哥在岸上走"，而第三句"恩恩爱爱纤绳荡悠悠"就是学不会，正像歌词说的那样，旋律老是荡悠悠，声调也老是荡悠悠，而且一荡就荡到遥远的地方回不来了。文小菲实在太失望太不能容忍了。但她来此毕竟是扮演一个角色的，所以也只好笑嘻嘻地说他乐感好得很，能发挥想象力和创造性，声音洪亮有力，在"拉纤"中唱出来，真可震撼两岸青山，江水也会翻起白浪。这些恭维话内行人一听便知蕴含有嘲讽意味，而劳军却高兴得心花怒放。临告别时，文小菲当然不会再像上次那样柔情地去捉住劳军的手了。但冷不防中，文小菲的一双小手忽然被劳军的大手紧紧地握住了，文小菲暗中跌足叫苦，立刻想起李大姐的那句救生圈式的话来，慌忙脱口而出地说："条件还不成熟呢！"

劳军本无他意，不过表示一点儿过分的热情而已。文小菲猛地说出这句不搭调的话来，却把劳军搞得莫名其妙："什么条件？"

文小菲自知语失，灵机一动，急中生智，笑了起来，解释地说："我说你学唱歌的条件还不成熟呢！"

"啊，"劳军有点儿茫然，说："你刚才还表扬我呢！是不是……"

"没错，可我现在要按专业水平来要求你了。"

"哦……"劳军这才如释重负地笑了，"对对，条件不成熟，那就创造条件嘛！"

文小菲终于安全而又安心地回到了团里。啊，一切都那么顺，顺得叫人欢欣，也叫人怀疑，那是真顺还是假顺？

"怀疑"像一个魔鬼，果然来敲文小菲的门了。

文小菲做梦也没有想到，挨了吴彩霞一个狠狠的回马枪！

这天，歌舞团张团长忽然接到市委宣传部副部长打来的电话，传达市委于副书记的指示：在这次出国演唱小组一男一女两名演员中，女演员指定吴彩霞，理由是为保证出访演出的质量，传达者的音调是斩钉截铁的。

张团长拿着话筒，全然呆住了。他还来不及做出反应，对方电话早已放下。紧接着，文化局袁局长也来了电话，除了内容一致外，还加重语气说，于副书记是分管文化的，而且党管干部是重大原则问题，因此嘱咐张团长排除干扰，坚决执行，马上就出榜宣布市委的指示。

张团长此时的脸真像个苦瓜，要多难看有多难看：你们上面好潇洒，翻烧饼，翻过来翻过去，就不怕把我们下面烤煳了吗！此刻的张团长真的是被烤煳了，一边是常务副市长，另一边是分管文教的副书记；一边是组织出国的主管部门外经委主任，另一边是顶头上司文化局袁局长，哪一边也得罪不起啊！要说"官大嘴大"也好办，只听官大的，不听官小的，可这是势均力敌，两边官一般大，两张嘴当然也一般大。如果张团长只是个木头人也好办，让上面去打仗，我照执行，翻烧饼就翻去，再翻它几次又何妨？难就难在张团长是个有血有肉有思想的人，他对这件事有看法。当然，他明白他的看法顶个屁用，就像部队里说的"兵头将尾"。在干部中，随便摸出一个阿三阿四来也比他大，哪有他讲话的余地？他只能夹在中间受夹板气罢了。

张团长当晚又是一瓶白干喝到天光，企图冥思苦想出一个两全其美的办法来。当他把那瓶白干的最后一口喝完之时，忽然酒劲上头，掀动了天灵，骤然生出一个妙计来：既然你们都把矛盾压给我，难道我就不会把矛盾原封不动地还给你们吗？甲把球踢给我，乙把球踢给我，我就不会把乙的球踢给甲，又把甲的球踢给乙吗？我这里只当个中转站，不是很轻松吗！

清晨，趁未上班之际，张团长从内部电话本中查到了劳副市长的家里电话，便把宣传部传达的于副书记指示照说了一遍。劳军先是一愣，半晌没说出话来，然后拉长了嗓门说："这次出国搞展销嘛，是政府的行政性活动，也可以说是一种商业行为，何必要给党委添麻烦呢？你跟于副书记解释解释，说明说明，还是照政府的意见办吧！"

哎哟，没想到这球刚踢过去，又被踢回来了。张团长说："劳副市长，我找于副书记说，怕不大好吧？"

"有什么不好？向市领导反映困难嘛！"

"劳副市长，事情恐怕不那么简单，肯定是吴彩霞去找过于副书记，于副书记当面答应过她，我看他不大可能再改变的。"

劳副市长语调变得严肃起来："怎么？他不改变，要我改变吗？我问你，这次出访是政府的工作还是党的工作？"

张团长顿时为难地讷讷说："我…我也说不清楚……"

劳副市长把一腔怒气全撒在张团长身上，重重地说："那就由你这个团长来定吧！但我告诉你，你要主持公道！"说完电话断了。

"劳副市长，劳副市长……"

果然，甲的球踢了回来，中转站不灵了。张团长又打了电话给于副书记，于副书记的夫人说他在北园宾馆开会，房号405。张团长拨通了电话。

"喂……"一个女人的声音。

"请找于副书记。"

"他在洗手间，请等一会儿打来。"

电话放下之后，张团长倒抽了一口冷气："咦？这女人的声音有点像吴彩霞……也许是过敏了吧……"

20分钟后，张团长又拨通了电话。这次是个男高音："我姓于。"

"于副书记，我是市歌舞团张仓。"

"张团长，刚才服务员打扫房间，我不在，对不起。"

他为啥要主动解释呢？不怕此地无银三百两吗？张团长顾不上去分析这些，便把"球"踢给了于副书记，如同刚才踢给劳副市长那样。

"这种小事找我干吗？宣传部不是通知你了吗？"

"是的。"

"那就照办嘛！"

"但是……"

"吴彩霞是有名的歌唱家，水平高，有经验，能代表我市的演员还有谁能和她比？"

"于副书记，你千万不要听一面之词。"

"我听谁的一面之词？吴彩霞？其实我跟她也不太熟悉。"

又是一个"此地无银"，张团长还想解释一下，却被于副书记打断了："如果你觉得可以不按市委的意见办，那就由你这位团长来决定吧！但要坚持原则！"

"于副书记，于……"

于副书记的电话已经放下了。

这下，乙的球又踢回来了，"球"仍然在中转站。

张团长放下电话，真是欲哭无泪。他哪里顶得住这双重重压？常务副市长和分管副书记，不论他怎样处理这件事，反正命定他今后是不会有好日子过的了。

张团长只好再去请示袁局长。袁局长这回是一副轻松的样子，笑吟吟地说："既然两位大人物都表示由你团长决定，你就定吧！"

"哎呀，局长大人！他们说话的口气不是真的放权由我来定呀！都想要我出面来按他们的意见办，我又不是傻蛋！我豁出去团长不当，这事我定不了，还是由你当局长的来定吧！"

"我？本来我早就定了。可现在把局面搞得那么复杂，矛盾那么尖锐，我才不去当你的替死鬼！要我去得罪劳副市长，不不，我们文化局属于政府机构，要钱要物要编制都要劳副市长签字的！要我去得罪于副书记？不不，党管干部，我的乌纱帽随时都可以由他拿掉。他管意识形态，搞不好挑出我们一点儿小毛病，无限上纲上线，叫你检讨写不完。"

"那我活该去当替死鬼了？替死鬼？我这是去替谁死啊？简直是当了个稀里糊涂、死不瞑目的替死鬼……"张团长语带哭音地说完便起身走了。

张团长茶饭不思、夜不能眠。老婆见他如此痛苦，便替他想出个好主意来，说："官大嘴大，难道就没有比他们那两张嘴更大的嘴了吗？"

"对！对啊！都说市委金书记廉正严明，原则性强。我何不把矛盾原封不动地交给金书记呢？只要他一句话，不管是劳还是于，谁又敢不听呢。这个球既然踢给甲、乙都不行，只好踢给丙了。"

张团长挑灯伏案，写了一封长信给金书记，他力求客观准确地把事情的经过从头到尾说一遍，不加自己的任何观点，以免这封信万一落在劳和于手里于他不利，最后恳请金书记做出最后的决定。

金书记确确实实是一位十分廉洁守法的领导干部，他有个外号叫"三不沾"，即一不沾钱财，二不沾女人，三不沾请客送礼。在当今官场上，能认真同时做到这三条的的确不多。所以，他在本市干部群众中威望很高。

金书记接到了张团长的信后，立即派自己的秘书不声张地去做了调查。事实与来信基本一致。金书记听了秘书汇报后，气不打一处来！心想，这叫个什么事呢？说它大，它却很小，不过是一批出国人员名单中的一员；说它小，它又很大，牵涉到市委和市政府两大班子的关系，还牵涉到两位市里的主要领导。金书记平时给人的印象是清心寡欲，铁面无私，还在他当市委秘书长和市委副书记时，就是出名的处理棘手问题的能人。无论是部队和地方的纠纷，集体单位和国营部门的纠纷，中央业务部门与当地业务部门的利益冲突问题，还有那些看来事小却影响极大的诸如民房搬迁、领导干部轿车分配甚至还有省及中央个别领导的子女来本市经商横行霸道的行为，他都基本上处理得井井有条，既解决了问题，又保持了安定团结。可是今天，他面对着这样一件既极其简单又极

周民震作品自选集
后台老板

其复杂的"小"事，却使他有点束手无策了。按说，文小菲出国比较占理，本应当下决心支持她。但是，支持了她就等于支持了劳军。而复杂之处又在于有人反映文小菲与劳军常到舞厅跳舞，晚上又到他没有夫人在场的家里去唱卡拉OK，有点说不清楚，搞不好就支持了腐败现象。如果支持吴彩霞出国，群众对她反映不好，她平时飞扬跋扈不说，和袁局长的暧昧关系已较明显，现在又把于副书记扯进去。听说吴彩霞手段高明得很，拉人下水易如反掌。他妈的！我们有些领导干部怎么尽跟女人纠缠不清呢？……什么事情只要有女人掺和进去就复杂起来，复杂之处又在于掺和进去的女人都像个"幽灵"似的，隐隐约约，真真假假，似有似无，时隐时现，只可意会，不便言传。再说，如果撇开女人的因素，两个演员出国都有其冠冕堂皇的理由，支持了一个，就实际上打击了另一个。要命的是，现在支持了一个演员，实际上等于支持了一个市里的主要领导，而打击了另一个市里的主要领导。对待这两位市领导更不能等闲视之。一位是刚从外地调来的，据说是省里接班人培养对象。人家刚从外地来，就受到了打击，会不会被省里的领导误认为市里有宗派主义呢？而于副书记此人也是个不好剃的癞子头，金书记原来与他同是副书记时就有过一些别扭，升了书记后，于当然满肚子不服气，工作关系本来就不顺。如果不支持他，他肯定会认为金某人有意给他穿小鞋，借此事来打击他的威信，这样一来，市委一班人就会由此而闹不团结，甚至分裂。想到这里，金书记不觉打了个寒战。

金书记左右为难，忐忑不安地在办公室里踱步，偌大一个办公室走来走去也走不出困境。此刻，秘书推门进来说："金书记，吴彩霞要求见你。"

"啊?!"金书记敏感的神经跳动起来，严肃而略带紧张地说，"你说我很忙，没时间。"秘书刚要走，金书记又特别交代一句："千万别放她上楼来。"

金书记对女人的原则是一贯的：一本正经，不苟言笑。而对付像吴彩霞这样的高手，他还真没有什么招数。只有一招，就是躲，回避。就怕像巴麻油，粘上就甩不脱。

下班时间到了。金书记收拾好公文皮包，一边下楼，一边庆幸，终于躲过了一场麻烦。要不然，这个吴彩霞恐怕一直能缠住他下不了班呢！金书记走出办公楼，向他平时乘坐的那辆本田牌黑色轿车走去。当他打开车门时，他突然惊得两眼发直，正抬起的右脚顿时定住了。原来，轿车的后座里竟坐着一个打扮华丽的女人，一股法国香水的浓烈香味扑鼻而来。还没等金书记回过神来，那女人就自我介绍说："金书记，我是歌舞团吴彩霞。"

"你……你怎么……"金书记又急又气，真不知说什么好。

"我找你有点儿事，你很忙，我只好挤你一点车上的时间。你再忙，在车上总不会办公吧？"

金书记此时真想臭骂她一顿，但又碍于书记的形象，不好太粗鲁。况且，下属干部找谈话，说起来也没有什么错。他只好平静下来，说："有事下车来谈吧！"

吴彩霞一蹦跳下了车，笑嘻嘻地说："那好，谢谢金书记，实在不好意思啦！"

金书记带着吴彩霞回办公楼，心想，第一回合就败给了这个女人，终于没能躲过她，这巴麻油是粘上了。

金书记灵机一动，回过头去叫了司机，请司机把秘书和办公室吕副主任一齐找来。

不一会儿，金书记的办公室坐了四个人，两男两女，吕副主任是一位50岁的老妇联干部，也可以说是妇女问题专家。

吴彩霞看看这气氛，既严肃又严谨，一派公事公办的样子，她早就准备好的或者说过去惯用的那套"靠近领导"的手法和程序全给打乱了。吕副主任拿着笔和笔记本准备记录，秘书打开小收录机准备录音，而金书记目光定定地看着他的公文。办公室门口还坐着那个膀大腰粗的司机，像个打手和保镖。

"说呀！"吕副主任冷冷地说。

吴彩霞觉得自己似乎站在被告席上受审，一股委屈直冲心头，忍不住"哇"的一声哭了起来。可是，这三位听哭的人没有什么反应，屋里除了吴彩霞的干号之外，就只有墙上的挂钟嘀嗒地响。

哭了一阵，吴彩霞自己也感到没意思了，便开口把她的"委屈"添油加醋、胡编瞎唠地说了一遍。这时已超过下班时间一小时了。

"金书记，我吴彩霞可是你亲手培养起来的。记得那次大奖赛，你亲自给我发了奖，紧紧地握着我的手说，'小吴呀，要更上一层楼啊！'我感动得热泪盈眶，从心眼里感谢你。我想，我一定要争气，为金书记争光……"

金书记实在听不下去，到了忍无可忍的地步了，便站起来，说："好了，你要讲的话也讲完了。我看你也累了，肚子也饿了。吕副主任，你到市委食堂里请小吴吃顿便饭吧！"

"我不饿，我不饿。"

吕副主任拉着吴彩霞："不要客气，到了市委就像到了自己的家嘛！走吧！"

这时，金书记和秘书、司机急匆匆地下楼，上了车，一溜烟开走了。远处传来吴彩霞的声音："我不饿，不用客气了。"还有吕副主任的声音："去吧，都是现成的饭菜。"

金书记在车上重重地吐了口气，对付这号女人，最好的办法一是躲开，二是躲不开就少说话，以免她们会拿着鸡毛当令箭。今天的处理还算符合他的原则，但问题还是没有解决。

金书记回到了家，刚一进门，又吃了一惊，客厅里坐着文小菲。她忙站起来向金书记毕恭毕敬地鞠躬："金书记，我有事要和你谈谈。"

"你是……"

"文小菲……"

金夫人走过来插话道："老金，你看这小文长得多清纯、多可爱，还是跟我们女儿同年的呢。你一定要帮帮她！"

金书记瞪了老婆一眼，叫她别多管闲事，然后径直走进卧室，把公文包一扔，倒在床上，闭上眼睛。金夫人奇怪地问他，他也不说话。过了一会儿，金书记缓过神来了，对老婆说："你告诉小文，事情我全知道了，要她先回去，现在再谈也没用。"

"你这个父母官，到这时候好意思叫一个小姑娘走呀，我留她吃晚饭了。"

金书记立即从床上跳下来，急忙说："不可不可！这件事是个解不开的老疙瘩，我还想不出办法解开呢！你留她吃饭，人家会说我站在她那一边了。不可不可，万万不可！"

金夫人不明原委，也只好作罢了。

这一夜，金书记也是在冥思苦想中度过的，喝干了一个五磅重的热水瓶的茶，外加半包红塔山，到拂晓时终于想出了一个好办法。

上午一上班，他沉稳地把秘书找来，胸有成竹地说："请你用电话通知歌舞团张团长，把文小菲和吴彩霞都从出国名单中取消，由团长另派一名女演员。"这叫"快刀斩乱麻！"过去，他在处理下属单位的领导班子闹纠纷时也采用过这种一锅端的办法:通通调离,另起炉灶。这样处理干净利索,不留后遗症。这也许是这位被誉为处理棘手问题的能人之撒手锏吧!

这个撒手锏打了出去,好像平静了两天,第三天开始,形势便有了突然的变化,而且以难以控制的规模和速度发展。申诉信、告状书、电话、来访、说客(包括老婆孩子和那些七大姑八大姨之类),川流不息,应接不暇。金书记没有想到,这样一个决定,居然会引起如此巨大的反应,几乎大多数市委、市政府的干部都在议论、争辩,有赞同的,有反对的,有讲怪话的,有看热闹的。更出乎意料的是,这些干部自然而然地分成了两派,支持吴派和支持文派,虽然不像"文革"那样对立,但观点是不含糊的。这其中也包括了两位演员各自的歌迷、崇拜者和友仔哥们。让金书记直接感受到的还有劳副市长和于副书记冷峻而不悦的脸色。往日那种亲善和气的态度不见了,在开会和商量工作时发言不多,敷衍塞责,甚至沉默寡言。原想避免班子不团结,现在关系更加僵了。金书记曾对劳、于二位做了如此处理的解释,二位分别以几声冷笑表示无异议,搞得金书记心里忐忑不安。他此刻开始怀疑,他这个著名的处理棘手问题的能人,是不是已"黔驴技穷"了。

可是,金书记并不服气,他想,自己面临着两种选择:一是铁板钉钉,就这样定了,管他意见不意见,闹腾一阵也就会自然平息,这种事并不会大到"死人"的地步!而自己在这件事的全过程中,仍然保持着一贯"三不沾"的纯洁性和原则性,何惧之有?但现在无情的矛盾焦点集中到自己身上了,本来可以做到一半骂一半拥护,现在是两半都骂,加以看热闹的也撇嘴,对自己的威信极为不利。当然还有另一个选择,召开市委常委会来讨论,最后付以表决,少数服从多数,再形成市委正式决定的文件,这样他可以不承受各方压力,集体决定,一推了之,这不失为解困的一个妙策。但是一想到这样一件事,由他市委书记召集常委会来讨论表决,恐怕是我党历史上空前绝后的创举,他也许将成为政坛上的千秋笑柄!

这时,办公桌上的电话铃响了。正在困境中徘徊的金书记不想再接电话,因为这两天来电话总是给这件缠绕不清的事添乱。电话铃响了几下,秘书进来接了,他立时严肃起来,把电话交给金书记,轻声地说:"林副省长找你。"

金书记接过了话筒:"林副省长吗,是我,我在听着呢!"

对方的声音："老金呀，听说你们那里为出国演出名单问题闹得不可开交？"

"你也知道了？"

"怎能不知道呢？吴彩霞可是我们老省长的座上客啊！"

"他过问这件事了？"金书记大为惊讶，因为这位刚刚离休的老省长原来是一手提拔他的老上司。

"不但是他，还有我们省委钱书记也问我这件事。"

"钱书记？他也认识吴彩霞？"

"那倒不一定。可你们的劳副市长是钱书记特别赏识的第三梯队人物，这也是公开的秘密了。"

"哦……"金书记此时傻了眼，整个身子全瘫在转椅上，一时说不出话来。

"别把它看成小事啊！文艺界可是个特殊的部门，演员通天的本事也是特殊的。他们有名气，有才艺，有活动能力，当然加上脸皮也厚点儿，哪里不敢闯？搞不好还真干扰我们的工作呢！"

"那……那……我该怎么办呢？"金书记自认无能为力了，"请林副省长替我想个办法。"

"哈……你这个能人，也让两个小演员给制住了！其实很简单嘛！这次出国演出，你就让她们两个都去不就行了吗？"

"可是……可是人员有定额……"

"把别的人拉一个下来嘛！"

"一个萝卜一个坑啊！"

"那就把出国团的副团长呀顾问呀减少一个。领导干部嘛，要顾全大局，这点步都不能让？可以下次再给他一个机会弥补嘛。"

"好！好！"金书记像得救似的大声说，"还是林副省长高明。"

"别来这套，赶快把这件事办好。你听说过吗？曾有两个全国著名演员闹矛盾，最后是由中央领导亲自做工作才解决的呀。"

金书记放下了电话，心情豁然开朗，马上把秘书叫了进来，让他认真记下自己的最新指示。

金书记俨然发表公报般一字一顿地说："请通知外经委和文化局，决定吴彩霞和文小菲两人都参加演唱小组，随市经贸展销团出访。"

秘书拿着笔记本和笔愣愣地望着金书记："书记，前天不是通知两个都取消了吗？"

"前天？这是今天！事物在不断地发展变化，对立和统一，你学过辩证法吗？"

"那……"秘书嗫嚅着，"那以后还会不会再发展变化和对立统一？"

"这是最后的决定，是一次断然措施！你告诉所有的有关部门和同志，以后谁也不准再因为这件事来找我了！"

"是。"秘书在笔记本上记好之后便轻步出去了。

金书记长长地嘘了一口气，双目紧闭，以手抵额，他已经心力交瘁了。

这一天，果然没有任何关于这件事的麻烦来打扰他，他感受到一种从未有过的解脱。下班了，他打算回去好好地吃顿安然饭，睡上个清静觉，但愿永远不要再见到和听到通天演员们的纠纷。

回到家里，屁股还未坐下来，金夫人就兴冲冲地跑来，说："下午吴彩霞和文小菲分别来了。"

"她们？又来了？又有什么麻烦？"金书记大惊失色，几乎要晕了过去。

金夫人笑道："不要以为人家一来就是找麻烦的。"然后指着客厅的两大袋礼品说，"送礼品来感谢你的。"

"我，我才不要她们感谢！"金书记几乎用哭腔喊道，"马上派人把礼品送回去。怎么搞的！事情已经结束了，还没完没了地纠缠我，好像不把我整死她们就不甘心似的。"

金夫人说："看你，没一点儿人情味儿。她们说，'金书记人真好，他才真是我的后台老板！'"

"啊！谁说的？"

"她们两个都这样说的。"

金书记头轰地一响，跌坐在沙发上，说不出话来。

金夫人吓了一跳，过来摸摸他的额头，说："你怎么啦？"

金书记喃喃自语道："我决不做谁的后台老板，我自己也没有什么后台老板。我恨死那些当后台老板的……什么时候，我们共产党和人民政府里没有人去当别人的后台老板，那时天下就太平了……"

副省长上任

这些天，马拉松式的省人民代表大会在省会阳城召开，其中最重要的议程是选举省的换届新领导班子，各种舆论工具均以头条新闻报道了会议进程。对于一个省来说，还有什么事比这更重大呢？省人大发言人说，这是关系到全省人民建设有中国特色的社会主义成败的头等大事。

然而，人们并没有把这看成自己的头等大事。街道上仍旧是车水马龙，人群熙攘。酒楼里的生意人唾沫四溅地讨价还价，菜市里为三分钱小葱而争吵，摆地摊的小妹子吆喝拉客，并未把这头等大事放在嘴边和心上。机关里一如既往地上下班。那些坐在办公室里一杯茶、一张报纸的侃爷们，照样侃完了股票又侃路边新闻。总之，太阳照旧从东方升起，阳江照样向东流去。在妇产医院新生儿的哭声中，殡仪馆的生意照样很兴隆。

当然，例外的情况也确是有的。这几天，沈玲的家里就不同寻常，这全省的头等大事也确是她一家的头等大事。全家人都处于极度的兴奋和忙乱之中。因为沈玲的丈夫——省工学院院长、60年代的留德博士练达已被提名为省人民政府换届副省长候选人，即将在这届人代会上产生。这对练家及其亲朋好友来说确确实实是一件千载难逢的头等大事。

练达今年55岁，见多识广，学识渊博，教学有方，为人正直。他的学生已有好几位当上了地厅级干部，所以在干部中有一定的威望。加上他的学历和年龄这两个过硬的硬件，省委在换届中提名他为副省长就不是事出无因了。练达本是学化工的，在研究甘蔗的综合利用方面曾有过新的突破，为此得了全国科学奖。近年来，他在院长工作之余仍醉心于科研项目，对政治一无经验，二无兴趣。当省委朱书记找他谈话时，他开头瞠目结舌，继而摇头摆手，连声说："不行，不行，万万不行。"朱书记少不了做细致的思想工作，把党的干部政策和改革开放的需要说得头头是道，还对练达的谦虚表扬了一番，直说得练达无言以对。最后练达说："我……我还不是党员。对党的方针政策理解得很少……我曾申请过入党，支部说我……"

朱书记和善地笑了，说："你不一定要入党啊，在党外也同样可以为党为社会主义奋斗嘛。"

练达这才明白省委的意图，同时也为朱书记的一片诚意所感动，就不再申辩了。但他并未把此事放在心上。反正人代会还要进行差额选举，选得上是党的统战工作的需要，选不上也不会影响大局，何必如此认真呢？

但认真的却大有人在！

首先，他的妻子、曾当过三流歌唱演员后来在省文化厅当办公室副主任的沈玲就是最为认真的一个，整天价拉着儿子晓东和女儿晓玲开三人家庭会议，讨论如何为即将上任的副省长提供生活和工作的最佳条件。赶制什么样的衣装，准备什么样的补品，甚至戴什么样的眼镜，都做了设计安排。尤其要紧的是如何在他百忙中经常调节他的情绪，过去那种面对实验室的木讷表情和面向学生讲课时的师长态度都不适宜了，必须是活跃而又严肃，原则而又灵活，紧张时显得从容，繁忙时又表现亲切，还要时时注意自己的仪表举止。总之，要像电影里的省部级领导干部那样，情绪昂然，精神饱满，说话铿锵，举手投足都要经过导演。对于练达这个书生来说，得全家总动员帮他进行一番脱胎换骨的改造。在这方面沈玲因当过演员，自信心是很强的。

但是，这几天来，使她忙得团团转的还是那些应接不暇的来访者。由于消息不胫而走，练家顿时门庭若市。虽然练达去参加人代会住在宾馆，但家里的来客仍未减少。故亲常客自不待说，有些八竿子打不着的"亲戚"和从未见过面的"朋友"也骤然出现了。沈玲在频频应酬和客套交际中似乎得到了一种自身价值的满足。尤其使她扬眉吐气的有两件事：过去管着老练而有时给他穿穿小鞋的省教委的头头，居然亲自打来了电话，对老练嘘寒问暖，关怀备至。另一位就是她的顶头上司、省文化厅副厅长萧荣专门派人送来了一幅自己书写的条幅，条幅的五绝诗中有这样两句："群山皆黯然，一峰擎神州。"提起这位萧副厅长，沈玲还有点咬牙切齿呢！女儿晓玲去年从艺术学院音乐系毕业，原本分配在省歌舞团，却被这位副厅长大笔一挥，改成了省群众艺术馆，从专业演员变成了辅导干部。晓玲要人才有人才，要身材有身材，又是班上的尖子，硬是给省人大某副主任的女儿让了位。沈玲气不过，揭了萧副厅长的底，狠狠地吵了一架，问题没解决，反而结下了怨。从此，沈玲这个副主任基本靠了边。当时，全家联合起来向练达施加压力，要他去找分管文教的副省长。练达只是口头答应，却一直没有行动。

沈玲责骂丈夫："你怕什么？你这个正厅级院长搞不过他那个副厅级？"

练达说："人家有权。"

"有权就不讲理了？"

练达笑了："别人说我是书生，我看你也是个书生。'理'是精神，'权'是物质，一个是软件，一个是硬件。有时候，'权'还管着'法'呢！"

沈玲也只好哑然不说了，但这口气一直没有咽下去。沈玲回忆起这段往事时，不觉笑出了声："现在我们家也有硬件了。"

人代会开了13天，今天是选举和宣布新领导班子的关键日子。

一早，沈玲就把儿子晓东和女儿晓玲招来，以昨晚因过度兴奋未能成眠的沙哑喉音下达命令："今晚举行隆重的家庭宴会，为你爸爸当副省长庆贺，破例让大家喝个一醉方休！我来分工，晓玲负责打扫卫生、洗洗涮涮，我负责接待客人，晓东负责采购。对了，把你那位娟娟也请来帮忙，据说她会做粤菜盐焗鸡。"

晓东说："人家还没有和我确定关系呢！"

沈玲说："今晚就当着你爸爸确定关系。"

晓东说："她说还要考验考验。我看这次她不一定肯来。"

晓玲使劲捶了晓东一下："别傻了！早晚时价不同，我不信她不想当副省长的儿媳妇？"

晓东大悟，"哦"了一声便笑着走了。

这套三房两厅经过一番打扫和重新布置，焕然一新了。沈玲将她与练达的一张放大的合影照片移到客厅的醒目之处，以便让照片上笑容可掬的副省长向来访者表示友善之意，同时又展露一下副省长夫人的艺术风韵。

上午接待了七批来访者。每次来访都是礼节性的，无非是率先表达自己对副省长的祝贺和诚意，希望副省长今后多多关照。由于练达不在家，大多是"点"到为止，有如"报到"一般。也有的趁此机会与副省长夫人说说家常，近乎近乎，以留下较深的印象。

午休时，沈玲颇为得意地给宾馆里的练达打了电话，向他报告来家里祝贺和送礼的名单及数量、质量等等。

"××厅的孔厅长，××局的袁局长，××委李副主任夫人，国贸大厦的林总，腾飞房地产公司的季董事长……还有一位你绝对猜不到的，就是那位誉满全国的流行歌曲大明星苏婷婷小姐。你记得吧？晓东和晓玲花240元买了两张票一睹她的扭屁股风采，今天她亲自送票来了。哟！长得好妖艳，难怪迷倒了那么多的少男少女……"

"好了，好了！啰唆了！"练达早已不耐烦，打断沈玲的话，说，"对这些人，我不知说什么好！"

"你别自恃清高，人家是尊敬你呀！"

"哼！尊敬我？尊敬的是副省长！"

"对呀！尊敬领导有什么不好？"

晓玲在一旁抢过电话插道："爸，我调歌舞团的事，你要跟文化厅厅长说一下啊！"

"看看吧！"练达不置可否。

"有权不用，过期作废！"女儿教训起父亲来。

"好了！我要休息一下。下午选举没准选不上呢！"

晓玲："别担心，哪次选举不是先内定好再让代表画圈的？"

"现在是差额选举啊！"

"差额也差不掉你这个博士专家，再说了，按政策也得有个党外人士。"

刚放下电话，晓东和娟娟笑声朗朗地回来了。娟娟今天打扮得清秀淡雅，落落大方，宝石蓝的套裙，外加一件乳白色的背心，头发已不再是那个鸡窝式，梳了一个朴素的马尾巴，脸上也看不见浓妆艳抹，不经意的淡淡修饰，显得端庄可爱。副省长的儿媳妇，总不能像歌舞厅的陪跳女郎嘛！娟娟今天的心情和神色也不同往日，一进门便把一张笑脸抛给了大家，大大方方却出人意料地叫了一声"妈"，让沈玲惊喜得愣了半响，连忙上去抚摸着像花儿一般的儿媳妇。调皮的晓玲斜着眼睛扫了他们一眼，用广东普通话开玩笑地说："细不细（是不是）搞错了？"

晓东傻笑："没搞错，没搞错。我们决定今天就去登记。"

"哟！今天双喜临门啊！"沈玲喜不自胜。

嘴巴不饶人的晓玲说："不用再考验了？"

沈玲瞪了晓玲一眼，忙打圆场："天生的一对，还考验什么？登记吧！我们全家都同意了。"

说着说着，大家忙起了家宴的准备工作。洗、切、腌、炖、炸，按照沈玲的菜单有条不紊地逐一操作，一丝不苟。

刚过2:30，门铃又"叮咚"地响了起来。祝贺和送礼的各色人等依次上门，忙得沈玲不停地上茶上烟，陪着讲些客套话，无非是说老练为人厚道，缺少心眼，希望诸位都扶他一把等，而宾客们也都煞费苦心地选择一些既是褒誉又不流于俗气的赞语。沈玲听得很顺耳，不时还情不自禁地做"画龙点睛"式的补充。

今天下午来访的宾客中，有两位是沈玲最感兴趣的：一位是机关事务管理局的曹处长，另一位就是省文化厅的萧副厅长。

曹处长天生一副公事公办的行政管理干部形象，头上顶着个旧军帽，身着蓝色中山装，外加两个白色袖套，脚蹬一双早已失传了的塑料凉鞋，好像刚从基建工地回来。他进了门，没说半句祝贺的话，也没有一点礼节性的笑容，就像走进寻常百姓家去通知"风干物燥，小心火烛"一样。他之所以使沈玲一家感兴趣，并不是他那张不苟言笑的脸，而是他手上拿的那张房屋设计图纸。他说，现在正计划为新任的几位副省长盖住房，图纸中设计的部位、安装等要请副省长过目，如有不中意或新建议可及早做修补增添，以做到尽善尽美。沈玲一家一听这事都欢喜地围了过来，面对着这幢别墅式的住宅设计图，无不啧啧称赞。只是娟娟不以为然，提出了许多不尽如人意之处，比如客厅必须是落地窗，阳台的门必须是茶色玻璃门，所有天花板都应当是"吊顶式"的，墙脚应有一米高的镶木板等等。曹处长不声不响地一一记在本子上，记完，曹处长说："明天开始请练副省长乘坐新购的日本'凌志'豪华车上班。"说完便告辞了，走到门口才想起手提袋中的两卷电光鞭炮，拿出来交给沈玲，仍然没有一丝笑容地默然走了。

晓东不觉脱口而出："真是个办实事的老头儿。"

晓玲说："如果多一点儿这种办实事的人，少一点儿甜言蜜语的人，这个世界就会安静得多。"

正说间，门铃响了一声"叮"，而第二声"咚"却间隔了五秒钟才柔和地响出声来。这大概是一位谨小慎微的小人物吧！晓玲冒了一句："干吗这样拖泥带水的。"便去开门。啊！原来是她恨之入骨的省文化厅萧副厅长。

沈玲见是顶头上司来了，当然笑脸相迎，又是让座，又是上茶。晓玲到底是个孩子，把不高兴写在脸上，扭头就进房间了。

萧副厅长只用半边屁股坐在沙发的一角，以示歉意："练副省长不在家？"

"不是去开人代会了吗？"沈玲答道。

"哦，今天是最后一天。从明天开始，练副省长就是我们的顶头上司了，听说他分管文教科技呢！"

"他可不懂艺术。"沈玲说。

"哎，不是还有你吗？你是他最得力的艺术顾问了。以后，还得为我们文艺事业多美言几句啊！"沈玲当然回报以礼貌的微笑，心想，他还有脸说叫我当顾问呢，十足一个马屁精！不过，沈玲见他空着两手来，倒觉得有点书生气，和练达很相像，老练从来是空着两手去看望上司的。这时，萧副厅长拿出一封信来，说："这是一张调动工作的通知，请晓玲明天去省歌舞团报到。"

哎哟！原来这是一份大大的厚礼呀！

晓玲在房内听到了，急不可待地跑出来，接过通知，说："谢谢萧副厅长了。"

"哎！要叫我萧叔叔嘛！"萧副厅长套近乎。

"对呀！得好好感谢萧叔叔。"沈玲说。

"不用，不用，以后有事就直接去找我。"萧副厅长以叔叔的口吻说。

沈玲说："你这么忙，晓玲可不敢去打扰你。"

"不算太忙。副手嘛，只分管一个方面，像丁厅长那样管全面可就忙死了。不过，他也快要退休了。"

"丁厅长快要退休了？不知谁来接他的班。"

萧副厅长说："这就要看练副省长慧眼识英雄了，哈哈……"

沈玲："你给老练推荐一位嘛！"

萧副厅长："我看，一要内行，二要听话，否则练副省长不放心啊！"

话到此处，不言自明了。

时钟敲响了5点。

餐桌上已摆上了餐具和酒具，大碟盐焗鸡和炸春卷已上了台，其余的汤菜，要等练达回来后才下锅。

这时，电话铃响了起来。

晓玲急忙拿起听筒："爸，你还不回来吃家宴呀？"

"什么家宴？"

"为副省长祝贺呀！"

对方稍稍停顿了一下，不悦地说："谁让你们搞什么家宴？"

"哟，当了副省长就摆谱了。"

"什么副省长，你以为我一定能选上？"

"什么？没选上，你落选了？"晓玲急得大喊起来，把全家都震惊了，一齐跑到电话机旁。

沈玲夺过电话，冲着喊："老练，你说什么？你疯了？"

"你们才疯了！"对方冲着电话发泄道。

"真的没选上？"沈玲几乎用哭腔问道。

"没选上又怎么样？我还回去搞我的科研！"对方把电话摔了。

沈玲："喂，老练，老练……"

晓东和娟娟急问："爸爸怎么了？"

"落选了……落选了……他心情不好。"沈玲颓然坐在沙发上，茫然失措。

晓东偷偷地瞄着娟娟，娟娟把目光移向窗外。

晓玲愣在那里，几乎还没回过神来。突然，她冲进餐厅，把桌上的两个酒杯横扫到地上，发出"叮当"的脆响。

然而，大家都不制止她这种反常的狂举。

一阵难耐的沉默。各人在脑海里闪现着自己的思绪。

晓东打破了难堪的沉寂，愤愤地说："爸爸就是不会拍马屁！"

晓玲冲着哥哥说："干吗要拍马屁？不当就不当，去他的副省长！"

晓东说："不当副省长，你能调到歌舞团吗？"

晓玲从口袋里掏出那封调动通知，三把两把地撕掉了。

沈玲制止已来不及："爸爸当不当官，你明天照样去报到。"

"明天？明天那个姓萧的就会变脸了！我才不去看他那副狗脸。"晓玲把碎片扔出窗外。

"那你的事业、前途……"

"靠我自己，不靠爸爸。这几天，我算看透了，精彩的人生舞台，每个人都在表演……"

这些话似乎也刺伤了娟娟。她觉得这个局面很尴尬，便转过脸来，说了一声："伯母，我先走了。"

"你……"沈玲还没有反应过来，娟娟已夺门而去了。

晓东追出门来，喊道："娟娟，还去不去登记呀？"

娟娟停下来，以失望的眼光瞟了瞟晓东无奈的眼神，欲言又止，只用手做了一个"暂停"的动作，然后就冷冷地走远了。

现在，家里只剩下母子三人。谁也不愿意提起这突然发生的叫人揪心的难堪事。

沈玲想得比孩子们更多也更深些。她觉得当不成官也就罢了，万万不该让丈夫受这样大的委屈。你照样一头钻进实验室，两耳不闻窗外事，而我们却要天天见人呀。孩子们的前途会受到致命的打击！

天渐渐地暗下来，厨房里还是冷冷清清。谁也没去想这个家宴将如何收拾残局。

沈玲从沙发上站起来，走进了阳台。远处街景在朦胧中已华灯初上，学院里的常绿树在初春的微寒中发了新芽，嫩绿和暗绿交杂繁茂，显得一片葱茏。只有那几棵老梨树，披了一身"雪花"，绿里泛白……这与往年的春天没有两样，生活又回到了它常规运行的轨道上，"出轨"的这几天在一场梦中付出了惨重的代价。

沈玲从阳台回到客厅，平静地对孩子们说："家宴照常举行，而且要举办得更隆重更热烈。要好好地安慰爸爸，就像没有发生过任何事情一样。好吗？"

晓东和晓玲一致拥护妈妈的提议，并且赞赏她的大将风度。于是一起动手，做菜的做菜，打扫的打扫，没多久一切就绪，只静等着爸爸那熟悉而沉重的脚步声了。

晓玲见大家心情沉郁，便即兴用调侃的态度唱起一首流行歌曲来，其声调的呐喊和嗓音的嘶哑对于学声乐的她来说都是从来没有过的：

星星还是那颗星星哟，月亮还是那个月亮。
山还是那座山哟，梁还是那道梁……

晓东与其说被感染，还不如说这歌正好宣泄了他心里的郁闷，也和着大声喊起歌来。妈妈呢？也不知不觉地跟着哼唱。孩子们出于自我解嘲，而妈妈却多少渗透出一些悲凉情绪。

门上的暗锁"咔"的一声响了，歌声戛然而止。大家一齐望去，门口已站着与往日没有两样的爸爸。只是这回脚步格外轻，好像怕触痛他们本已痛楚的心。

母子三人迎上去，脸上都挂着极不自然的笑意，又上菜，又让座。晓东接过公文包，晓玲要给爸爸脱外衣，弄得练达一头雾水，莫名其妙。

周民震作品自选集
副省长上任

065

"怎么？歌声嘹亮，服务周到。"练达傻了眼地站在那儿一动不动。

"没事，没事，就等你回来开宴了。"

"这几天过得真紧张，是该放松放松吃顿安然饭了。"练达坐上餐桌，沈玲给每人倒了酒。

沈玲举杯说："晓东，你是业余诗人，说句祝酒词吧！"

晓东举杯说："歌德有句格言，'人生最美好的东西是希望，而不是现实'。让我们为希望而不是为现实干杯吧！"

大家一饮而尽。

晓玲说："我还读了一本奇书，叫作《厚黑学》。说的是古今中外凡是想当皇帝和大人物者，一要脸皮厚，二要心肠黑，故称为'厚黑学'。爸，你读过这本书吗？"

练达笑了笑，说："没有读过。"

晓玲说："所以你当不成副省长。"

练达说："哪儿来的奇谈怪论！"

晓玲说："这是立论有据的，只举一例吧。三国时期，刘备的脸皮厚，但心肠不黑；而曹操的心肠黑，又脸皮不厚；孙权则'黑'不如曹操，'厚'不如刘备。所以，他们三人只能三分天下，而不能独霸于世。而司马氏父子则集厚黑学之大成，天下最后就归司马氏了。"

练达大笑起来，说："这是一段封建历史，可不是现在啊！你们看，爸爸我脸皮不厚，心也不黑，不是当上了……"

晓玲奚落地打断他："候选人，是吧？"沈玲插道："别提那件事了，大家喝酒。"

晓东鼻子一酸，眼睛眨了眨："爸，别安慰我们了，只要你心里好受些，再大的打击，我们都能承受。"

"什么打击？谁打击我们？"

沈玲凄楚地说："这也算不了什么打击。几十年来，我们不是也习惯了！'文革'那阵儿，你当了'牛鬼蛇神'，我抱着一个，拉着一个……"说着说着，眼泪涌流而下。

"妈！"晓玲抽泣起来。晓东低垂着脑袋，不敢正视爸爸。

练达这才明白过来，沉思了一阵，严肃而又充满感情地说："我明白了，原来是这么回事……说真的，当不当官，对我都一样。不同的是，当了官，肩上的担子更重了；对你们来说，各方面的要求也就会更严了。

如果当官只是为了住上好房子，坐上好汽车，而你们又可以得到更多的照顾和方便，那就会给别人指着脊梁骨，编出顺口溜来骂……"

晓东说："我们工厂最近又出了个顺口溜，'职工拼命干，赚了几十万，买个乌龟壳，装个王八蛋'。"

练达说："是呀！那样当官，我宁可不当，保持我一生的清白。"

"清白值多少钱一斤？"晓玲故意说。

"清白是无价之宝。"

"可现在清白的人太少了。"沈玲感叹地说。

"少了才更珍贵啊！"练达说完起身，打开了电视。这时正好是8点钟，电视台的地方《新闻联播》开始了。

当播音员清朗的话音明白无误地宣布了当选为省长、副省长的名单时，大家惊喜地望着练达。

练达平静地笑了笑："我真的希望选不上，但还是选上了。"

这时，餐厅里并没有爆发出热烈的欢呼，也没有特别冲动的表情，而是一颗颗宁静而欣慰的心在交流。

停了半晌，晓玲打破了沉寂，说："爸，当心我编顺口溜骂你。"

"该骂就骂。"练达爱抚地望着女儿笑了。

局长的公文皮包

　　潘华副局长一反常态，今早上班铃还没响就到了办公室。

　　年富力强、官运亨通的潘华，有着一头浓密的乌发和刚毅的男子汉方脸，粗眉大眼，"油"光焕发，壮实的身体略为发胖，一看就感觉到，这是一个具有代表性的营养过剩、精力过人的所谓开放型领导形象。他走进办公室的第一件事就是寻找自己那个鼓鼓囊囊的大公文皮包。办公桌上，公文柜里，各种抽屉，均不见皮包的踪影，他便坐下来自言自语地说："肯定是昨晚忘在莉莉那里了。"提到莉莉，他面露笑容，甜在心里。这个刚满30岁就死了丈夫的小寡妇，不但人长得"浪"，眼睛会勾人，而且干起那种事来绝对一个行家里手，非叫你灵魂出窍不可。因为她在潘华下属的一个公司做事，趁工作之便，和潘华搭上了线，就像电线短路一样，一碰就冒出了火花，从此便成了潘华的情人。有了这层关系，她的日子就好过多了，而潘华的日子也丰富多彩得多了。双方获益，何乐不为？

　　潘华拨了电话。电话筒里一个慵懒的娇声慢吞吞地说："昨晚还不够呀！一大早又来打扰我，还想干什么？"

　　潘华着急地说："对不起，昨晚我把公文皮包忘在你那里了。"

　　"没有呀！"

　　"没有？"潘华突然紧张起来，忙说，"再找找。"

　　停了一会儿，电话筒里又说："找了，没有。昨晚你来的时候，根本没见带皮包来。"

　　"你记清楚了吗？"

　　"记清楚了。过去你来，总是从皮包里拿出点新鲜玩意儿送给我。哼！昨晚空手来了，还好意思说呢！"

　　"这下糟了！"

　　"怎么了？"

　　"完……蛋了。"

　　潘华突然面如菜色，眼睛发直，放下了电话。闪电般的回忆在脑海里出现。昨天下午，下班后先到蓬莱大酒店吃宴请，又急急忙忙赶到大剧院看了一场欢歌劲舞，演出之后才到了莉莉的家。如果皮包没有在莉莉那儿，那必定是遗忘在酒店或者剧院了。当他一想到这个鼓鼓囊囊的皮包被酒店服务员或剧院经理打开时，他的心立刻"咔嘣"一下，停止了跳动，头脑一阵晕眩，差点儿瘫了下来。霎时间，竟出了一身冷汗。

并非这个公文皮包里装了重要的机密文件，遗失了要受纪律处分。即使那样，这种处分，他也可以咬咬牙承受下来，未必就会影响他的现状和前程。要命的是，公文皮包装的是些……什么？到底都是什么？潘华极力而又恐惧地回想：鼓鼓囊囊的公文皮包里除了笔记本和几份紧要的文件外，还有些什么见不得人的东西？他急得有点糊涂了。

哦，有两小袋他最爱吃的花生米和肉松。这没关系，最多是说这个领导嘴馋。还有一本在地摊上买的书。叫什么来着？哎呀！是一本淫书，叫《床上动作七十二变》，这怎么见得人？不过，也还可以说是专门买来送给有关部门的，反映当前文化市场的混乱……还有……糟了！一个没打开的"红包"。是昨晚宴请时林董事长送的，摸摸它的厚度恐怕不下3000元，这不是受贿吗？中央三令五申禁止接受红包……啊！还有，还有托人到香港给莉莉买的两条最时髦的女三角裤，一直忘了给她，也塞在公文皮包的内层……这可是说不清道不明的事……没有了，没有了。可这些东西加起来已足够构成一件官场丑闻了。自从本局马局长离休之后，组织部两次派人来考核干部，也曾向他暗示过局长要在本局干部中产生的意图。为此，他有意无意地在局里做了不少"工作"，造了一些舆论。加上他自身的条件：年龄、学历、身体，还曾在党校培训过，少说也有七成把握。这下，"皮包丑闻"一曝光，一切都泡了汤。唉！一个只值300元的公文皮包丢了也就丢了，公家再买一个更好的，偏偏里面装了这些乱七八糟的东西……哎呀，不好！潘华猛然想起皮包里还有一件最为"尖端"的东西，在皮包里装眼镜的小袋中还有几个散装的避孕套呢！……这可真是"雪上加霜"了。这件丑闻若是闹出去，还有一个"致命伤"，叫作"后院起火"。说起来也有点奇怪，虽然潘华道貌岸然，一副男子汉大丈夫的雄姿，大有一夫当关、万夫莫开的气概，但却是一个出名的"惧内"之人，在他的同级干部中，被公开封为"气管炎"（妻管严）协会主席。平时与老婆上街，绝对正人君子，目不斜视，如果被老婆发现偷盯了漂亮女人，回到家里就要……其滋味如何，只有潘华自己知道。你想想，这件丑闻一旦被老婆知道了，将会出现什么样的惨状？潘华一想到这里，毛骨悚然，又冒了一身冷汗。这两身冷汗加在一起，犹如洗了一个冷水澡。

这时，秘书拿着文件进来，看见潘华满头满脸大汗如泉涌，惊讶地问："潘副局长是不是病了？"

"没……没有。"

"都冬至了，看你一头大汗。"

潘华强颜为笑："哦，我……做气功。"

秘书半信半疑地走了。

潘华立刻关了门，紧张地给剧院和酒店打电话，追寻公文皮包的下落。但回答都是一样的：没见到什么公文皮包。

潘华冷静地做了详尽的分析。皮包如果被贪财的人拿走了，也许倒是一件幸事。他们把"红包"以及有用之物一一收下，皮包当旧货出售，或者给了个收破烂的，这样事情就永远石沉大海了。怕就怕遇到了"雷锋"。现今这种人虽然少，却也不能说没有。雷先生一见公文皮包内有一些文件，又有一盒名片，就会送到派出所去，照例不留姓名就走了。派出所的同志打开皮包一看……啊？潘某人身为领导干部，竟如此这般，赶快送交纪检会邀功去。这其中如果遇到新闻界的好事者，那就更有热闹可看了。

事不宜迟，潘华不能坐以待毙。他马上找来局办公室副主任张连平——他一手提拔起来的信得过的"友仔"，便向他面授机宜，要他组织几个"友仔"对剧院和酒店进行"暗查私访"，采取"重奖私了"的政策，要原封不动地把皮包拿回来。末了，他着重地对张连平说："这皮包里全是机密文件和重要笔记本，任何人不能打开，否则以严重泄密论处。"

从此，每天上下午下班时，潘华都要等张连平做了详细汇报后才离开办公室。三天过去了，一点儿影子也没有，反而弄得满城风雨。局里局外，公安局派出所以及街委会，都把潘华丢失公文皮包当作一件"大案"来查。这下，等于把潘华推上了万丈悬崖的边缘，一旦有了"风雨"，他必定"落崖身亡"。

皮包啊皮包，这该死的魔鬼，找不到你叫人心惊，找到了你更令人胆战！

潘华整日焦躁难耐，心跳平均加快了一又四分之一倍。日不思饭，夜不成眠，没几天，敦实厚壮的身子如脱了一层壳似的消瘦下来。不仅如此，人的精神一垮，一切都像"泄"了下来。头发蓬松，目光无神，面色黯淡，忧心如焚。局里的同志都以关怀的眼光看他：潘副局长这些天工作太忙了，整个儿熬瘦了一圈，真不愧是人民的好勤务员。只有秘书知道底细，向人们神秘地透露，潘副局长最近练一种新的气功，每天大汗淋漓，哪能不消瘦？这可是"减肥"良方。

但是，潘华的"苗条"却躲不过老婆何大仙的第六感官。她曾问他的近况，他总是微微一笑，摇头说："工作太忙。"

有一晚，潘华看了《新闻联播》后，何大仙突然问他："今晚《新闻联播》都有什么新闻？"

潘华愣了一下，竟支支吾吾答不出来。

何大仙又问："刚才不是有中央首长的讲话吗？"

"中央首长？"潘华这些天神不守舍，惶恐度日，每次坐在电视机前，脑子里就想着那件事，连国家领导人在他眼前过来过去也没注意。

何大仙心想：不好！他心中必有大事搁着，今晚非问个水落石出不可。

何大仙两只小眼睛一瞪，像两道看不见的光，直逼潘副局长而去。"快说，最近出了什么事？"

"没……没什么事。"

"瞒得地，瞒得天，瞒不过老娘何大仙！"

"没有……瞒什么。"潘华还想做垂死挣扎。

"你当我是木头疙瘩？你这几天少说掉了十斤膘，我就没有感觉？"

潘华实在无言以对，只好把丢失皮包的事说了一遍。当然，皮包里装的什么东西，对于何大仙来说属于特级机密。

何大仙一听哈哈大笑："这是件小事，把你吓得人不像人鬼不像鬼。"

潘华正色道："皮包里全是机密文件和重要笔记本，属国家特级保密范围，弄不好要杀头的！"

何大仙这才沉下脸来，真的着急了。

何大仙究竟靠什么制服了潘华，对人们来说永远是一个谜。一不靠娘家有钱有势，二不靠天姿国色，竟凭着她个头不高、嗓门不大外加一对小眼睛，就把这个体壮如牛的男子汉治得服服帖帖。这还要从年轻时说起。当初潘华大学毕业后分配在一家国营工厂里当技术员，结识了女工何大仙，从恋爱到结婚，整整五个年头，连吵带打数以百计。人们取笑他们的恋爱是"谈谈打打，打打谈谈"，就像当年越南抗美战争一样，最后得出了一条结论，"谁也离不开谁"，终于携手言欢，举行了正式婚礼。接着，又生了一个又白又胖的儿子，双方爱不释手，才算彻底宣告"停战"。随着年龄的增加，潘华进入了官场，而且官越当越大，而惧内的心理也越来越重。大概何大仙也利用了潘华的升官梦而有恃无恐吧！当官的和老婆打架，谁吃亏是不言而喻的。所以，这些年来，何大仙不管你官有多大，那一对放射出光芒的小眼睛，该瞪就瞪，毫不留情。潘华知道，当那对小眼睛射出的光芒变成火焰时，起码要砸烂五六件东西，损失钱财不说，那"哐啷"的粉碎声惊得四邻八栋楼全都听见，其恐怖超过了原子弹爆炸。另外，还附带予以三天不做饭的惩处。所有这些，均构成综合治理潘华的撒手铜。

但是，何大仙也是个处处维护丈夫的妻子，甚至有不惜上刀山下火海的义勇精神。谁要说丈夫一个"不"字，她会和你纠缠个没完没了，直到你否定这个"不"字为止。这次，丈夫大难临头了，既然是关系到"杀头"的大事，她怎能袖手旁观？她决心请三天"病"假，亲自出马，为丈夫找回这个公文皮包！

"啊？不用，不用。"被吓得魂飞魄散的潘华一听老婆要插手，急得大喊起来，"这是小事，哪能惊动你的大驾。"

"不是要杀头的吗？"

"那……那是我吓你的。"潘华装着泰然的样子笑着说，但却逃不过那一对明察秋毫的小眼睛。

"不要演戏了。领导的公文包就像我们当会计的账本，都是命根子。我一定会找到你的公文包，放心好了。"何大仙一锤定音，没有商量的余地了。

这一下，潘华的心病更加重了。外患未除又有内忧，这内忧外患就像一颗定时炸弹，随时都有引爆的可能。一旦爆炸，其结果必是身败名裂、家破人亡无疑。于是，潘华也无心上班了，表示要请假，陪着老婆一起找，目的是寸步不离老婆。

何大仙见丈夫情绪反常，又是同情又是焦急，一再劝慰他不要过分紧张。她说："现今的人，眼里都是钱，谁要你那些机密文件啊！"

潘华说："不要归不要，连看看也不行啊！我要负严重罪责的，就是你也绝对不能看。"

"不看不看。我找到了皮包原封不动地交给你，好不好？"

潘华知道老婆说话总是算数的，便稍稍地放了心。事到无奈，也只好听天由命了。

这两天，他身在上班，心却在晃悠，只要有人敲门，或者电话铃一响，便心惊肉跳，是祸是福，鬼才知道。他觉得活得真他妈的累，真他妈的窝囊，也真他妈的懊悔！

这时，张连平欢喜万分地跑进来，说："公文皮包找到了！"

"在哪儿？"

"在派出所。他们打电话来说，有人拾到一个公文皮包。"

"打开了吗？"

"不知道。"

"我马上就去，你打电话告诉他们内有绝密文件，不能擅自打开。"

潘华此时心情极为复杂，是喜是悲，是惊是怕，一时说不清楚，就像站在法庭前眼睁睁地等着法官宣判罪名一般。当他硬起头皮乘车去到派出所时，却发现原来是一场虚惊，也是一场空欢喜，那个皮包根本不是他的。

回到办公室，惊魂未定，电话铃又响了。

"喂……"潘华试探地问。

"我是省委办公厅。"

"啊？！……"潘华打了个冷战。

"怎么，连我的声音也听不出来了？"

"你是陈……陈书记？"

"哎呀，我是老王呀！连老同学都忘了？"

"哦！老王呀！你把我吓了一跳。"

"干了什么亏心事吗？"老王嘲笑他。

"唉！我把公文皮包给丢了。"

"哎哟，"老王语带关切地说，"这可是个事啊！赶快想办法找回来，你知道现在你正处在关键时刻吗？"

"知道，知道。我尽量去找。"

"找不回来也要力求缩小影响，千万不能因小失大啊！我当然会助老兄一臂之力的。"

"谢谢！谢谢！"

电话刚放下，张连平又来敲门。

"找到了？"潘华本能地反应。

张连平拿了一张新报纸给他看，广告栏里有一则大字"寻物启事"。

潘华满面苦相，说："这个何大仙，她不闹到全世界都知道不罢休！"

"重赏之下，必有勇夫嘛！"

"唉！唉！"潘华长叹一声，刚才说要尽量缩小影响，这下却大大地扩大了影响！他像爆发似的喊道："算了！算了！老子不找了，宁愿去自首！"

"自首？局长，你要去自首什么？"

潘华这才醒悟说走了嘴："哦，我快疯了！"

张连平见领导如此失态，不敢久留，急匆匆地离去了。

潘华双手抱着脑袋，真是欲哭无泪，欲骂无由，欲逃无路，欲死无勇气。

电话铃急促地响起来。

已处于歇斯底里状态的潘华拿起话筒说："他妈的是谁？"

话筒里的声音："什么他妈的？我是你妈！"

"啊？"潘华回过神来，"是大仙呀！"

"没见过这样的局长，这样粗言滥语的？"何大仙教训他。

"是你呀。我……快要发疯了。"他的嗓子带着明显的哭音。

何大仙大叫一声："我给你治疯病来了。告诉你，你的公文包找到了！"

"啊？！"潘华不知是祸是福，半晌说不出话来。

"你高兴得说不出话来了，是吗？"

"你……你……打开了吗？"

"打开了！"

"你！你怎么敢打开偷看绝密文件？"

"绝密文件？哈……"何大仙的笑对潘华来说简直是魔鬼的号叫，令人发抖。

"告诉你吧！一个空皮包，里面什么也没有。"

"空皮包？"潘华大喜过望，简直欢呼起来，冲口而出地喊道，"那太好了！太好了！"

"太好了？丢失了绝密文件你不怕杀头？"

潘华顿悟语失，忙嬉皮笑脸地说："我宁可杀头。"说完收拾桌上文件，提前下班，直奔家里。

原来何大仙在家里家外四处寻找，没有踪影，正在失望之时，读中学的儿子把皮包拿回来了。他说学校里演戏，他正好装扮一个局长，这个局长整天带着一个公文皮包。他自告奋勇地把局长爸爸的皮包借用了，并且以这是绝对真实的道具而自豪。皮包上了锁，他倒是一直没有打开过。何大仙拿回了皮包，哭笑不得，抱着它左看右看。这皮包丈夫不轻易带回家来，儿子又怎么拿到的呢？经过"审问"，儿子说，他怕爸爸不肯借用，便到办公室趁人不注意时"偷"了来。何大仙真想打他一巴掌，可又一想，就这么一个儿子，他想当局长，拿个真皮包在舞台上炫耀一下，也还是挺可爱的，便又把手收了回来。至于刚才打电话时，她在大喜中使用了先抑后扬、情节跌宕的手法，谎说皮包找到了，文件却丢失了，让他先喜后悲，最后再来个大团圆，可没想到丈夫的反应却如此反常，听到皮包找到了声音恐惧惊惶，而听到公文不见了却又狂喜欢呼，完全颠倒过来了。难道，他这几天掉了十几斤肉，仅仅为了一个空皮包吗？难道丢了文件他就不怕"杀头"吗？这里有什么怪事呢？本来不想打开皮包的何大仙，却被反常的潘华勾起了好奇心。

　　何大仙等儿子出去上学之后，便冒着违反保密纪律的风险，毅然撬了锁，打开皮包看个究竟。

　　正如人们常说的："不看不知道，一看吓一跳！"

　　晚上，当潘华瘫软地成了"床头柜（跪）"时，一场12级风暴的势头已经过去。这一回，砸烂的东西创了空前的纪录，除了锅碗瓢盆之外，台灯、热水瓶、茶具、镜框、时钟等所有带响声的物体均已荡然无存。那台大彩电如果不是潘华及时当了"床头柜"，也难逃粉身碎骨的下场。

　　何大仙躺在床上，两眼射出凶光，仍然火焰般灼热，似乎还在搜寻着带响的东西。满脸苦瓜状的潘华张嘴嗫嚅，眼睛跟着老婆的两道凶光转来转去。当凶光停留在潘华的脑袋上时，他不由自主地双手抱住脑壳，一声不吭，因为脑袋也可以砸出响声啊！

　　何大仙冷冷地说："这皮包里的东西我明天一件不少地拿到省委组织部，给部长看看，看你这个官儿还当不当得成！"

　　潘华低声地说："当不成也就罢了，我还是搞我的技术去。可是，儿子的脸往哪里放呀？同学、老师都会指着他，说他是个腐败分子的仔！而你也成了腐败分子的老婆了。"

　　"那就离婚！"

"离了婚人家就不说了？嘿！你看她是那个腐败分子原来的老婆！"

何大仙突然笑出声来："哼！这么说，我还没法治你了？"

潘华见气氛有了好转，趁势站了起来，说："你不看看，现在正是关键时刻，我很有可能提拔呢！"

何大仙坐起来，愤怒地大喊道："伪君子！"

"小声点儿。"潘华恳求。

两口子经过一夜谈判，最后达成了一项协议：甲方（妻子）把这件事全包下来，乙方（丈夫）立即与情人一刀两断。甲方有监督乙方的权力；乙方有随时主动汇报和接受检查的义务；甲方保留所有证据，一旦乙方不履行义务，甲方随时向上级举报揭发；乙方宣誓永远忠于甲方。协议一式两份，双方规规矩矩地签名盖章，各执一份。至此，这场风波算是告了一个段落。

过了几天，潘副局长的贵体又慢慢地发福了，那个鼓鼓囊囊的公文皮包又不离身地抱在怀里，虽然里面已经没有那些乱七八糟的东西了。

又过了几天，任命通知下达了。从此，人们不再叫他"潘副局长"，而是恭恭敬敬地尊称他为"潘局长"了。

升官之谜

　　今天一大早，就下起暴雨来，"哗哗"地昏天黑地，没有一点儿要停的样子。人事处处长孙子建照常是第一个到机关上班，这已是多年的惯例，风雨无阻。没有想到，在这暴雨如注的时刻，办公室陈主任却捷足先登，把各办公室向南飘进雨的窗子全都关上了。

　　孙子建怀着敬意说："陈主任早啊！"

　　陈主任半开玩笑地说："孙处长，对不起了，今天我可抢了你的早。"

　　孙子建笑了，说："我怎敢和你竞争啊？你是有名的'陈水牛'哟！"

　　陈主任也笑了，说："牛魔王可是孙行者的手下败将啊！"

　　说着大家畅怀地笑了一阵。

　　提起孙处长和陈主任，厅机关里的人都是有口皆碑的。孙子建在厅机关的人事工作岗位上已干了20多年，属三朝元老，人们对他一向怀有敬意。他不仅长着一副笑面佛的善相，而且，他善于把那些不符合人事原则规定的事诸如升降、调动、工资、职称以及招工、转干、奖惩等极为棘手的事在和蔼可亲的笑脸中"化干戈为玉帛"，使想走后门的人束手无策，送礼不收，请客不吃，高帽子不戴，尚方宝剑不灵。对那些一把鼻涕一把泪的女士和眉目传情、频送秋波的小姐，也是视若无睹。偶尔遇到个别耍蛮的汉子和骂街的泼妇，破口大骂什么"今天不得好死""来世变猪变牛"之类的粗言咒语，他总是以一副笑脸从容对付，使骂街发火的人不好意思再纠缠下去。这叫作"豆腐掉在灰里，吹（催）又吹不得，打又打不得"。总之，孙子建办事认真，坚持原则，软硬不吃出了名。人们又怕他，又恼他，又尊敬他，还拿他没办法，于是就送给他一个雅号"孙原则"，褒义贬义都在其中了。

　　办公室陈主任的外号"陈水牛"又是怎么来的呢？当然不仅仅是他长得敦实、黝黑，主要是他事无巨细地干活儿，分内分外、本职兼职，见什么活儿都干。除了办公室的日常公务外，如修理门窗、检查电路、打扫院子、清理垃圾，有时还到食堂帮忙打菜派饭，整日里不声不响地干这干那，像头老黄牛，但因为他长得特别黑，大家戏叫他"陈水牛"。

"喂，老孙，听说这个星期天是你 50 岁生日？"陈主任问。

孙子建点点头，不无感慨地说："是呀！一事无成两鬓斑了啊！"

陈主任说："我看老兄快要走红运了。"

"怎么讲？"

"组织部不是派了考核组来厅里选拔纪检组组长吗？"

"这我知道，与我有什么关系？"

"恭喜恭喜，考核组对你的评价很高。"

"你怎么知道？"

"这你就不用问了。"

"又是小道消息，这不合组织原则啊！"

"哎哟！'孙原则'到底是'孙原则'。"

在一阵舒畅的笑声中，上班的铃声响了。

组织部半个月前派了一个考核组来厅里，要选拔一个人接替已办离休的厅纪检组组长，这确是事实。而群众对孙子建广泛推荐、交口赞誉也正确无误。本来厅纪检组组长是副厅级干部，一些处室的头儿都有觊觎的意图，但群众的眼睛是雪亮的，早已暗中把处室领导排了排队。独占鳌头的当然是孙子建处长，屈居其后的是办公室陈主任，其他人就只好望尘莫及了。

今天是星期四，再过两天就是孙子建的 50 岁生日了。这消息不胫而走，机关和下属各公司、企业的一些干部正在议论要给这位老处长做寿，逢五逢十嘛！也因为这些干部包括厂长、经理和科、股长们，哪位的升迁提拔不是经他的手具体办理的？他虽然不是厅领导，但讨论干部问题的厅党组会他是必然要列席参加的，是个有发言权的人。

还有那些高级职称的受益者，招工转干的当事人，都多多少少沾过人事处长的光。当然，更为重要的是孙子建不但牢牢地坐在人事处长的座位上，还有挺大的可能升任纪检组组长。这个副厅级职务将使他名正言顺地进入厅的决策机构——厅党组。就在这样的情势下，刮起了一阵要为孙子建操办五十大寿的小旋风，到时送寿礼自不待说，还准备办一个规模不小的寿宴。陈主任以工会主席的名义牵头，各单位出些钱，拟在西园酒楼举办。这风声传进孙子建的耳里，差一点儿把他吓昏过去。他知道，中央 50 年代就有红头文件，不允许搞祝寿这一套。近几年改革开放虽也破了一些禁忌，但大办婚丧寿庆经常被列为不正之风。孙子建想，自己坚持了大半辈子原则，岂能毁于一旦？当然对热心好意的同志们包括早晚见面的陈主任，他打心眼里表示感谢。吃餐饭，送点礼，这在当前来说虽是件区区小事，已成为现时公认的一条社交原则了。但是，"孙原则"毕竟是"孙原则"，对待原则问题，他决不会含糊的。

这天下班时，孙子建来到了办公室，进门先把一副笑脸送了过去，对陈主任说："老陈呀！原来是你在为我的 50 岁生日操心呀！我真心实意地表示感谢。但是，这件事我看就免了，你也明白，这不符合……"

"红头文件？"陈主任爽朗地接过他的话，并且哈哈大笑起来，"'孙原则'啊'孙原则'，上个月经委副主任才四十大寿，请了多少客，收了多少礼？你没听说过那位王市长王大炮 45 岁生日，还搞了专场文艺晚会来庆祝吗？"

"他们是他们，我是我。"

"'只许州官放火，不许百姓点灯'吗？我们这些当牛做马干实际工作的处级干部就低人一等？"

孙子建无心也无须去与他争论这些问题，便说："陈主任，我不喜欢搞这一套。"

"其实，也没有什么大排场，工会出面，搞个聚餐会热闹一下。至于各人送礼，那就不是我管得了的了。"

"老陈！"孙子建一脸严肃地说，"你与我共事这么多年，应该知道我的性格脾气，到时候我拒绝参加，你这位工会主席可不要说我老孙不讲情面！"说完回头就走。

"哎——老孙！"陈主任一把拉住他说，"你看，这不是好心当作驴肝肺嘛！"

孙子建也觉得自己说话过了头，忙又转为笑脸说："哪里的话，你看我一进门不是先表示感谢了吗？这件事一搞起来，我这个'孙原则'还有没有一点儿原则啊？"

"这……也对，这样吧！聚餐会不搞也行，开个祝寿会怎么样？念个祝词，切个蛋糕什么的，你看……"

"什么会也别开，什么礼也别送，到那天晚上，欢迎你到我家坐坐，一杯清茶侃大山，比什么都来劲。"

"这……那……"

"别这呀那的，就这么定了。请你转告下面各单位，什么祝寿会我也

周民震作品自选集
升官之谜

不参加，什么礼物也不收，深深感谢大家的好意就是了。"

孙子建说完就走了，再也没有商量的余地。

陈主任感慨地摇摇头，暗暗地自语："好廉洁的干部！……共产党不提拔你还提拔谁呢？"

孙子建回到家里，在吃晚饭时和老婆、儿子把事情讲述了一遍。老婆是幼儿园的阿姨，对丈夫的廉洁奉公、安于清贫她本能地接受，就像上市场买菜不应该白拿人家的东西一样。儿子孙敏则属于"实惠派"，他对人事关系和社会交往的观察，总是从务实这个角度切入的。他说，陈主任之所以如此热心于替爸爸搞祝寿，那是因为他的儿子陈勇，也就是自己的同学，现在正好在厅下属公司里工作。

"这又有什么关系呢？"孙子建说。

"你不知道？公司正要报他当人事科副科长呢！"

"现在权力下放了，公司的中层干部由他们自己任命了。你不要总是从坏处去想人家。"

儿子说："你是人事处长，忘了人事干部都要通过上级人事部门同意才能任命？"

孙子建点点头，似乎明白了陈主任的用心所在，微笑地自语："'陈水牛'啊'陈水牛'，你放心好了，只要符合原则，我自然会开绿灯；如果想走后门，那就别怪我'孙原则'要讲讲原则了。"

由于孙子建到处去游说，由衷地感谢大家的好意，同志们放弃了为他搞的祝寿活动，什么聚餐会、祝寿会以及登门送礼全都免了，使孙子建过了一个自在的50岁生日。儿子买了蛋糕，老婆做了长寿面，几个亲朋好友来坐坐谈谈，直到深夜才散。

时间过得真快，一眨眼三个月了。孙原则还是在他的办公室里，用原则和笑脸处理那些没完没了的公事。陈水牛也还是分秒必争地干着分内分外的活儿。而纪检组组长的办公室仍然是空空如也，谁是它的新主人仍是一个谜。

这天，厅长办公室的电话铃声响了。厅长不在，陈主任代接了电话。电话是组织部打来的，说季部长约孙子建处长下星期一晚上到他家里去谈话。

陈主任把这件事如实地报告了厅长。

厅长听了非常高兴，纪检组组长大概有了着落，便请陈主任把孙子建找来，当面把这一喜讯告诉他，说："当然这只是一次谈话，也许是起关键性作用的，你不要紧张。季部长是一位很平易随和的老同志，把你请到家里谈话便说明了他想和你海阔天空地畅谈。你可把话题拉开，对社会现状、人生价值等都可以涉及。对了，他特别喜爱书画艺术，一谈起来，兴致勃勃。你顺着他，这样才能有个很和谐自然的谈话气氛。"

孙子建频频点头，表示感谢厅长的提醒。

陈主任在一旁插话道："孙处长，下星期一晚上，派个小车送你去。"

孙子建连连摇头说："不用不用，骑单车最方便。"孙子建虽然不是那种"升官欲"非常炽烈的人，但是几个月来，总觉得有一个"影子"在他眼前晃来晃去，似乎看得见，却又摸不到。同志们早都向他表示祝贺了。厅长也做了十分明显的暗示。如今，这个"影子"比过去更清晰了。对他来说，这确是一件令人兴奋而又盼望着的大事。

孙子建一家三口，大家早出晚归，各有工作，只有在晚饭时，饭桌上才成为一次难得的家庭聚会，一边吃一边说，高谈阔论，其乐无穷。但今晚的饭桌话题比以往任何一次都重要。孙子建把组织部长约谈话以及厅长的一番提醒复述了一遍，母子俩争着替这个心眼不多的"处长"提建议、出主意。

妻子说："部长是个老同志，必讲究保健，何不带点保健品去。"

孙子建直摇头："给领导送礼，我一辈子也不干。"

儿子说："所以，你一辈子也升不上去了。"

孙子建瞪他一眼："哪个红头文件规定了要送礼才能升官的？"

母子俩不禁相视一笑，觉得和这个不合时宜的原则脑瓜争辩是毫无意义的。

妻子说："那你就空着手到人家家里去？现时哪有空着手去敲人家门的？"

孙子建说："要是人家部长拒收，叫我怎么下台？"

"谁会像你这个不讲人情的死原则！人家大领导才不这样，平易近人，和蔼可亲。说不定要招待你喝高级茶，抽高级烟，嗑瓜子，吃糖果呢！你反而去白吃，脸不红呀？"

儿子机灵地说："带着礼品去见领导，也的确太俗气了些，空着手到人家家里，也显得少了些感情色彩。我倒有个两全其美的办法。"

"你说说。"孙子建颇感兴趣。

周民震作品自选集
升官之谜

081

儿子就说："既然季部长对书画艺术有特殊的爱好，何不投其所好，送一幅国画给他？"

孙子建略一思索，不禁叫好："好主意！一边欣赏画一边谈，这样就不拘束了。只是我书柜里的那些画拿不出手呀！"

儿子笑了，说："爸爸，算你走运，命该升官了。真巧，今天有人送了我一幅古画，是画竹子的。我看很高雅，没准是幅名画，我看不懂。"

"快拿来看看。"

儿子把一幅陈旧发黄的古画打开，画中只有简练有力的几株剑竹，全是水墨，没有色彩，画角处还写了一大段草书题词。孙子建认了半天也认不完这些跑马式的草字，就说："反正这画挺古老，也雅致，我就当给季部长鉴定鉴定，欣赏欣赏。如果他喜欢，就留下好了。"

"你就说是我们孙家的传家宝，不是花钱买的。"妻子补充道。

三个人终于把这个难题妥善地解决了，这顿饭也就吃得格外香甜。

星期一晚上8点整，孙子建拿着一轴古画，敲开了季部长的宅门。

孙子建从未与季部长见过面，只是在电视上瞻仰过他那慈祥和善的面容。而季部长压根儿没有见过这位孙处长，虽然早已熟悉了他那"孙原则"的雅号。这次一见面，似乎觉得与想象中不大一样。他原以为，这个"孙原则"一定是面孔冷峻、态度严肃、精瘦的高个子，说话声音沉稳有力，是一个标准的男低音。而如今，出现在他面前的却是个笑容可掬、步履轻快、稍稍发胖的矮个子，说话喜欢用高亢的左嗓子，倒像个"花腔男高音"。

客套一番后，两人在挂满字画的客厅里坐了下来。

季部长说："孙处长一贯坚持原则，倡廉拒腐，在当前我们干部队伍中是很难得的。"

孙子建谦虚地说："季部长过奖了，这是按照党的要求应该做的，不值一提。"

季部长说："原来有人告你大肆铺张操办五十大寿，要到大酒楼搞寿宴……"

"可这事……"孙子建想申辩。

"我已派人去调查了，确实没有此事。这点你真的坚持了原则，难怪大家管你叫'孙原则'，哈哈……"

一场虚惊使孙子建冒了一头冷汗。

季部长又询问了近来的工作情况，孙子建一一做了公文式的回答，没有什么多余的话，气氛当然就显得有点儿拘束了。

季部长见状忙递过烟去，孙子建谢绝了。季部长又递过去一碟糖果，孙子建也婉拒了。季部长有些尴尬，幽默地说："这是在我家里，与倡廉拒腐挂不上钩啊！"

这下子气氛不仅拘束，而且有点儿紧张了。

孙子建额上渗出了汗水，正不知如何说话，忽然急中生智，想起手中那幅古画，如遇救星，说："听说季部长是位书画鉴赏家，我有一幅古画，送给季部长玩赏玩赏。"

"啊?!"季部长霎时间有种高山流水遇知音的感觉，立刻眉飞色舞起来，"快让我看看。"

孙子建打开古画。季部长以行家的敏锐第一眼就看出了它的价值，赞赏道："哎呀！郑板桥的墨竹！真是件国宝呀。"

"国宝？对，是国宝。"孙子建见季部长兴高采烈，暗暗感谢妻子和儿子的好主意。

季部长再仔细地看第二眼时，却遗憾万分地摇起头来："可惜，可惜，这是一幅赝品。"

"赝品？"孙子建有些惊讶，好像突然挨了一记重重的耳光。

"也许是个仿真品。"

"不会的，不会的。"不知所措的孙子建面红耳赤地争辩。

"或者是临摹他的，现在这种临摹的古画不少呢！"

"我这是……家传的。"

"郑板桥活着的时候，就有临摹的伪作，而且水平几可乱真呢！你不信，我恰好有一幅真迹，与这幅一模一样。一对照你就看出来了。"

季部长说完便去书房拿画。

此刻，孙子建在客厅如坐针毡，尴尬万分。他暗暗地咒骂不懂画的儿子："人家骗了你，你又骗了我，倒霉的是我竟拿来骗部长！"更可恨的是妻子："两手空空来见部长有什么不好？这下倒好了，拿个假冒伪劣产品来送礼！好呀！坑蒙拐骗，假冒伪劣，全让我占完了，叫我怎样下台？如何走出这个挂满书画真品的部长客厅？"

季部长在书房里翻了半天，不见要找的画，急得满头大汗。奔到内室，不见人，又从内室奔到厨房，神情慌张地向老伴和刚参加工作的孙

周民震作品自选集
升官之谜

子季军大声问道：“我那幅郑板桥的墨竹呢？”

“你放在哪儿？”老伴问。

“一直放在书房柜子里。”

“谁会开你的柜子？”老伴嘟哝着。

“就是不见了！你去看。”

季军长得愣头愣脑，满不在乎地说：“爷爷总是这样小题大做。不就是一幅画嘛，大不了叫那个郑板桥同志再画一幅。”

季部长顿足道：“我的小祖宗！郑板桥是清朝的‘扬州八怪’，早已作古了！”

季军觉得问题严重了，说：“哎呀，你怎么早不说呢？”

季部长一怔，问：“你拿走了？”

季军后悔地回答：“我以为画也和衣服一样，新的值钱，旧的不值钱。”

季部长近乎咆哮：“你拿到哪里去了？”

“送人情了。”季军埋下脑袋，“我赔你一幅呗。”

季部长气得七窍生烟，想打他一个耳光，又下不了手，喘了半晌，说不成话：“这是价值连城的国宝啊！”

老伴护着孙子，对季部长小声地说：“算了算了，犯不着发这样大的火。再值钱也不是我们掏钱买的，还不是人家送的吗？”

“送？”

“人家送给你，你又送给别人，没准别人又拿去送给别人……”

季部长霎时间给噎住了。

经过简单盘问，季军交代了事情的原委。

季军所在那家公司的“友仔”陈勇，正在办理提升为人事科副科长的手续，想要一幅画去送给厅里的人事处处长，这样可以办得顺利些。既然朋友有难处，怎能不两肋插刀？就在柜子里随便拿了一幅画……

“那么，你那个‘友仔’的事办成了吗？”

“嗨！马到成功！”季军得意地说。

“是哪个人事处处长？”

“就是厅里那个孙子建处长。”

“哦……‘孙原则’？……”季部长一听，头顶轰然一声，有点儿站不住了。老伴忙挪了张椅子让他坐下。

此刻，季部长像在一锅鲜美的汤中发现了一只苍蝇似的，又惋惜又厌恶。名画没有丢失，原件又回到了手里，这是值得庆幸的；但他仿佛丢失了一件价值更高的东西，有一种重重的失落感。是什么呢？是失落了自信？失落了期望？还是失落了对党、对社会、对未来的那种理想主义？如果说连大家公认的廉洁楷模都不能信任了，他这个组织部长又怎么当下去呢？他长长地叹了一声，眼前一阵晕眩，闭上眼睛，陷入了极其痛苦的思虑之中。

老伴轻声说："老季，你怎么啦？客厅里还有客人呢！"

季部长缓缓地抬起头，又缓缓地站起来，一步步走了出去。

季部长脸色苍白，但他尽力调整自己的情绪，对孙处长说："我看了我的那幅郑板桥的画，证明你的这幅才是真品，我那幅是临摹的。"

孙处长好像忽然在灭顶的深渊里抓到了一块木板，嘘了一口长气，笑道："既然是真品，就请部长留下欣赏吧！……反正这是我家祖传的。"

季部长的心好像忽然被蜇了一下，明明是自己的东西，却成了他家的祖传。收下吧！不但欠了他的人情，还背个受贿之名；不收吧，那怎么可以白白给他这幅爱不释手的画呢？戳穿这件事吧，一方面，叫孙处长无地自容；另一方面，这国宝也不是我季某人掏腰包买来的呀！事情闹出去，大家都不好看。

季部长皮笑肉不笑地愣了半晌。他本应当表示由衷的谢意，但实在表达不出来，停了一刻，才咬紧牙关，吐出了冷冷的两个字："好吧！"

孙子建毫无察觉，反而如释重负地吐了口气，点头退出了。

这次谈话之后半个月，组织部的任命下达了。红头文件加上红色大印，好不威严。但是，任命的厅纪检组组长不是孙子建，而是办公室的陈主任"陈水牛"。这使机关里的同志大为诧异，连厅长也纳闷起来。厅长去组织部找了几位处长探听原委，他们也觉得事情变化得很突然，很奇怪。于是，这件事成了一个谁也猜不透的谜。至于孙子建本人，他更猜不着这个谜底，如果说他送画给部长犯了忌，有行贿之嫌的话，那么，部长欣然接受了画算不算受贿呢？

陈主任已经搬进纪检组组长的办公室了。分配给他乘坐的是一辆桑塔纳小轿车。有一次，他把孙子建请到办公室来，非常谦虚又十分诚恳地说："孙处长，这个座位让我来坐实在是不合适。唉！这本应当是你坐的，不知怎么阴错阳差地把我搞进来了。说真的，那次民意测验，我的的确确投了你一票。"

孙子建笑笑，表示十分感谢。他这些天心里总琢磨那个谜底，越想越没个头绪。经过陈主任这一番表白，他似乎有点"线头"了，是不是"陈水牛"在背后做了手脚？

有一天晚饭时，孙子建问儿子："那幅郑板桥的画到底是谁送给你的？"

儿子说："本来，送画的人是不让我告诉你的。不过，现在事情已经过去，说说也无妨。"

孙处长："谁？"

"陈主任的儿子，陈勇。"

"哦！他干吗好好地送一幅画给你呢？"

"这是他爸爸的一片好心，说你要到组织部那里去谈话，可能用得着。他们父子俩可真是关心你。"

"唔，"孙子建苦笑了一下，"他还好心要给我操办祝寿呢！可是，陈主任那幅古画又是从哪儿弄来的呢？"

"爸！你干吗要刨根问底？世界上的事不是都可以弄清楚的。"

"是呀！"孙子建沉思地说，"这个谜底我还是没有猜透呀！"

妻子爽快地说："这谜底不是明摆着的吗？人家陈主任背后帮你，好心扶你一把，你自己烂泥巴一堆，糊不上墙，怨谁？"

"看来我是以小人之心，度君子之腹了。"

孙子建陷入了永恒的茫然之中。

散文

月光隧道

今年的中秋夜，月圆如盘，银辉满地。

人们仰首望月，观赏她的风采，品味她的清纯，沐浴她的光辉。

今夜的她，哪里还是自然界的月球，她是一个人见人爱的月姑娘呢！你看她披着轻纱羽衣，高洁素雅的神态，温婉亲昵的面容，以其清光之纤手，抚摸着人间万物，演绎着人与月之间缱绻的心灵恋情……

当我痴迷望月之际，好像望见了早已烟消云散的历历往事。因为，我真诚地相信，永远年轻靓丽的月姑娘，在她那明镜般的光照中必定收藏有我人生之旅的点点足印！只要我走进这永恒的"月光隧道"，就会寻觅到我已逝去的从前。

今晚，在"月光隧道"里漫步的我，将脚步停留在60年前的那个格外明媚的中秋之夜。

月姑娘当然记得，那时我是一个刚满十岁的孩子。中秋节的夜晚是我专程从城里学校请假回乡里度过的。

这是一个盛大的节日，众多的表姐、表哥们（在我们村里，凡年长于我的青年，我就统称他们为表姐、表哥）在晒谷坪上忙碌着简单的布置。一个表哥动情地告诉我，年年中秋都要把歌仙刘三姐从月亮里请下来唱歌对歌的。我听了大为惊惑地愣在那里，半天回不过神来。这个表哥说，你还小不懂，等着看热闹就是了。记得奶奶曾给我讲过刘三姐的故事，她不是早就骑着鲤鱼升天了吗？好奇和兴奋使我眼睛都不敢眨一下，要盯着看刘三姐怎样从月亮下凡来。

只见表哥们忙着制作"柚子香"，在柚子皮上插满了点燃的香，像一个个香烟火球，然后插在一根根长长的竹竿上，高高的竖成一排排，间杂着许多灯笼，说让天上的刘三姐看清楚，别下错了地方。这时，香烟火球和灯笼交织辉映，红光闪烁，紫烟缭绕，香气扑鼻，倒真的有点儿"仙气"呢！梳妆打扮好的表姐们把盛满了茶水的茶杯摆上一排又一排，还有几个碟子的月饼、水果，真像是招待天上来的贵客似的。

这时几个姑娘拥着一个身穿旧"戏装"的表姐走进晒谷坪。我一看，她不是隔壁的潘表姐吗？她只比我大几岁，总以大姐自居，把我当作小孩，带上山去捉蟋蟀，带去果园爬树、摘番桃，有次看见两只白蝴蝶，我正要捉，她忙制止，给我讲梁山伯和祝英台的故事，让我感动得直落泪。但她却不识字，还是我这个小学生教她写名字。

潘表姐进到晒谷坪就被安排在一张竹席上睡下。于是八个表姐每人手持一炷点燃的香，围着潘表姐摇曳，齐声唱着一首山歌，反复地唱，又反复地念，我至今仍记得。

"八月十五点灯台，灯一盏，茶一排，请你三姐下凡来。三姐本是农家女，天生肚里有歌才。歌成山，歌成海，歌山歌海胜钱财……"表姐们围着潘表姐边唱边转圈儿走，直唱到潘表姐呼呼入睡。

忽然间，有人喊道："三姐来了！"我瞪着眼睛向空中搜寻，并未见有人从天而降，忙问那个表哥，三姐在哪里？他指了指竹席上的潘表姐，只见她正缓缓坐起来，双手揉着惺忪的眼睛，好像刚从梦中醒来一样。

我失声喊道："那是潘表姐呀！"表哥一把捂住我的口，忙说："莫乱喊，她是刚从月亮下凡的刘三姐！"

我半信半疑地紧盯着她，她好像已不认识周围的人了，动作、神情也和过去不同。她真的变成刘三姐了吗？这时所有的表哥、表姐们都向她顶礼膜拜，表现出对刘三姐敬仰和爱戴的虔诚。潘表姐，啊不！那刘三姐大大方方地站起来，开口就唱起山歌，表哥说那是见面歌，歌仙以歌代言的。当时我听不懂她唱什么，只觉得她唱得很好听。我从来没有听潘表姐唱过山歌，今晚出口成歌，清朗流利，我有点儿相信，她真的是刘三姐了。

我翘首望着月亮，好想问她，这是不是小人书里的童话世界呢？什么白雪公主和七个矮人的故事呀，什么黑熊装成外婆敲开孩子的门却露出了尾巴呀……啊！潘表姐难道是中国的潘多拉魔盒吗？

刘三姐唱了一阵，表哥们又唱一阵，表姐们也唱一阵。大家围着刘三姐唱，你来我往，一浪高过一浪，还夹杂着欢笑和狂叫，把村里的老人们招引来了。老人也结伴唱起歌来，他们帮刘三姐解围，对付那些表哥、表姐们。

晒谷坪上成了一片歌海！

我们这些下不了"海"的孩童们，只能站在岸边看热闹。俗话说：常在河边站，哪能不湿脚。那个热心的表哥现教我唱一首山歌，并怂恿我去和刘三姐对歌。我很快学会了，表哥就把我推到刘三姐身边，在大家的助威下，我勇敢地直起嗓门唱起来："夜了咧，夜了蚂叫连连。夜了蚂连连叫，想讨老婆没得钱。"

　　"呼啦"一阵狂笑，把刘三姐也笑弯了腰。大伙起哄要刘三姐对歌，以为这下把她难住了。刘三姐从容地一把拉我过去，扯了张矮凳让我坐下，拍着我的肩膀，唱道："夜了咧，想讨老婆没得钱。端张板凳排妈坐，妈哄一年又一年。"

　　啊哈！好厉害的刘三姐，对了歌不算，还收养了个仔！

　　那个表哥不服气，冲着刘三姐唱道："桐籽开花球打球，哪有姑娘来看牛。哪有牛牯背牛母，得意出来耍风流。"

　　刘三姐随口作答："看牛娃仔嘴巴尖，点把火来我吃烟。有钱给你两三个，无钱给你两脚尖！"

　　在哄然的嘲笑中，表哥沮丧地败下阵来。

　　夜深了，晒谷坪上的歌声越唱越起劲。而我却被歌海淹没在沉沉的梦乡里了。

　　早晨在床上被奶奶叫醒，还以为睡在晒谷坪上呢！

　　我问奶奶，我怎么回来的？奶奶笑说，是刘三姐背你回来的。

　　我惊喜地跳起来，问刘三姐在哪里？她还没有回月亮去吗？奶奶说，刘三姐回去了，明年中秋夜再请她下凡来。

　　"那……我的潘表姐呢？"我急得想哭了，问道，"她也走了吗？"

　　"我在这里。"潘表姐站在门口正笑眯眯地看着我。

　　我使劲地揉搓着眼睛，问她："你到底是刘三姐还是潘表姐？"

　　"我当然是潘表姐，刘三姐是我装的呀！城里人会演戏，我们不会，就装来玩耍的。"

　　"那你怎么会唱刘三姐的歌呢？"

　　潘表姐瞄了奶奶一眼说："问奶奶。"

　　奶奶笑说："那是刘三姐传下来的，我们壮家人谁不会？只是你潘表姐比别人聪明伶俐，记性更好些。"

　　哦！当我从"月光隧道"里走出来，时序又回转了60圈！此刻，那个光艳美丽的月姑娘正在温情地俯视着我。

　　请问月姑娘，今晚在我的壮乡，那个晒谷坪上还有没有下凡的刘三姐呢？那个新的潘表姐又是谁？

　　良久，我好像听见月姑娘轻轻地回答说："永远的中秋夜，永远的刘三姐，永远的潘表姐……"

鸟语奏鸣曲

人类的语言是丰富而美丽的，但人类的语言在表述悦耳动听的鸟的啼鸣时，却显得十分贫乏，比如直接描写的："嘹嘹呖呖""啁啁啾啾"，间接形容的："鸟声依依""如丝如管"，多么单调无味。如果我们走进森林中，或伫立在花丛里，或朝霞临窗时，或夕照映户时，你会聆听到各种鸟鸣啼唱，合奏着一曲曲仙乐般的音律声韵，令你心驰神往，赞叹不已，自然而然地发出"此曲只应天上有"的感慨。

古人把这种美妙的乐曲喻为"鸟语"，与花香并列，"鸟语花香"便成了人间最理想的美景。因为这四个字使人的听觉、嗅觉和视觉全面得到了最高的享受！

为什么别的动物发出的声音被说成是"叫""吼""吠"？而唯独鸟类发出的声音被称为"鸣"和"语"呢？是不是那千啼百啭的鸟语与人语有一条沟通的渠道呢？

生物学家说，鸟的啼鸣是为了求偶，当然不错，但我说也未必全是。当每天晨曦映入我的窗户时，小鸟立在窗棂上向我高唱晨曲，难道也是在求偶吗？当然不是，它是在催促我起床呢！那鸟语一定是："天亮天亮！快快起床！"

记得童年时，暑期回乡和村里的小伙伴爬上村背的大树上掏鸟巢，把小八哥抱回来喂养，没有长毛的小八哥也有它的"鸟语"呢！每次捉来蚂蚱喂它时，总是张开大口说"要吃要吃"，吃完之后就喊"还要还要"。母亲在一旁笑道："这是你们想象出来的，它哪里会说话呀？"我们坚持说是真的说话，要不喂它前和喂它后说的鸟语为什么不同呢？母亲更乐了，连忙点头笑说："对，对，你们说得对。但你们要善待它，否则它会用鸟语来骂你们的啊！"

不知是一种感觉，还是一种愿望的驱使，在后来的岁月中，我总喜欢倾听"鸟语"，而且每次都有意无意或自然而然地去揣摩它的含意。同样叽叽喳喳叫的小麻雀，高兴时听到的鸟语是"嘻嘻！"伤感时听到的却是"凄凄！"我在山林中行路，听到的鸟语似乎总是在问我："去哪里？

去哪里？"大苗山里有一种不知名的鸟是不怕人的，常常飞到你的跟前，甚至停留在你的肩上，态度非常亲和，它的鸟语只有两个音节，酷似："你好！你好！"也许它在深山里很少见人，以为人是头新品种的牛吧？因为它们习惯在牛背上叮食牛身的虱子。其实鸟类不单是牛的朋友，更是人类的朋友。且不说它是捕捉害虫的能手，给人类以实际利益，只要它那缤纷多姿的身影在你的视线里翩翩掠过，再送上一句柔婉问候的鸟语，这个世界就会立刻变得更加温馨和美丽。

我的屋前有两棵华盖大榕，屋后有一株浓密的龙眼树，因而我的生活覆盖着交织的鸟影，充盈着婉转清丽的鸟语的交鸣。我在鸟趣中享受着生态和谐的愉悦！有时我伏案写作，它们那神秘的鸟语会把我带进想象中的另一个世界，诱发我去编织一个个奇特而有趣的故事。偶尔，一只金碧华彩的小鸟飞进我的窗口，在斗大的书房里扇着友善的羽翼转上几圈，表示来访者的问候，然后拖着一声温情的"鸟语"，告别而去。顿使我平静的心湖轻荡起一层妙不可言的涟漪。

今年春天，我患流感住了医院，家里发生了一件"喜事"。有一天，一只黑白相间的高冠鸟误闯客厅，老保姆喜出望外，立即关闭门窗，经过一番"疲劳战术"，终于捉到了它。她兴致勃勃地买了个鸟笼，挂在阳台上，逢人便说："猫来穷，狗来富，鸟来有大福。"等我出院时才见到了这位新朋友。它比八哥小巧，头上竖起一绺羽毛，好像戴了一顶小桂冠，所以叫高冠鸟。它一见了我就叫个不停："丁吉朗！丁吉朗！"

老保姆说它与我有缘，叫得特欢。

我笑说："那不是叫，是鸟语呢！你听，它说，顶吉祥！顶吉祥！"

老保姆击掌大喜说："对了！猫来穷，狗来富，鸟来有大福！"

我说，福不福不要紧，要紧的是要善待它。

从此，我们家又多了一个小宠物。老保姆给笼子做了挡风的布罩，喂它小米加蛋黄，还有水果、蔬菜，有暇去公园草地上捉来蚂蚱，让它享受一顿美味佳肴。老伴说它近日叫得格外优雅，想必是求偶吧？于是专程到花鸟市场买回一只雌性高冠鸟来与它做伴。新婚之后的它们，相处甚睦，每天鸟语相鸣，嘤嘤成韵，与阳台种的茉莉花相邻，真正是"鸟语花香"了！

上个月的一天，我和老伴散步，来到一个新开辟的街边小花园，这里花木扶疏，竹径青幽，还有一块绿茵草地，倒是一处小憩之所。这时传来一阵杂乱的鸟叫声，我从来没有听到过如此不悦耳的聒噪，便循声而去。

原来在竹林背后草地上有十几笼画眉鸟。也许它们被关闭太久，长期没有见过大自然的神光异彩，没有闻过繁花芳草的清香了吧，它们在笼子里狂跳嘶叫，汇成一片鸟的"轰鸣"。这哪里还是我心目中的画眉鸟呢？我紧蹙着眉头，叹息不止。画眉鸟是林中歌王，它不仅彩毫翠翼，鸟语温婉，而且善于歌咏。记得有次我正沉浸于书海时，一只画眉鸟飞到我窗前的花盆边，轻声地咏唱，喃喃地细语，音如柔丝，好像生怕打扰我的书兴。但我的心还是感应到了，慢慢地抬起头来，深情地看着它，也生怕打扰了它的歌兴。这样，我们都沉醉在一种特殊的和谐之中。虽然只有十几秒钟的瞬间，足可以让我铭记一辈子！

可是眼前的画眉鸟却使我感到如此陌生。我询问了蹲在一旁的鸟主，才知道了原委。他说这些画眉鸟是专门养来打斗的，斗画眉鸟和斗鸡一样，是一种娱乐，更是一种赌博。他们使用了各种方法，据说还有祖传秘方，把这些雄性画眉鸟培育成性情凶悍、喜打斗狠、嘴尖喙利的"斗士"，为鸟主大赚其钱。斗鸟时把两个鸟笼的门对着打开，画眉鸟就猛扑过去，斗个你死我活，直到其中一只伤痕累累败下阵去才分胜负。有时也会落得两败俱伤、奄奄一息的可悲下场。

我问鸟主，在山林中的画眉鸟也打斗吗？

他说，它们亲密得很呢！白天飞来飞去，到处旅游，夜晚安乐窝里，交颈而眠。是人把鸟捉了来，关在笼子里，关久了，雄鸟变得怒气冲天，欲火熊熊，无处发泄，见了雄性同类，还有不拼命打斗的？

我这才明白，罪魁祸首原来是人！有的人唯恐天下不乱，搅乱了人的世界不算，还伸手去搅乱鸟的天堂！

这时，我可怜起面前的这些画眉斗士来，它们的狂呼嘶叫声在我的心里变成了另一种鸟语，那是一片愤怒的抗议声！是对人类的斥骂！是对命运的悲鸣！是渴望自由的呐喊！

回到家里，我直奔阳台，把鸟笼打开。那一对关在笼里的高冠鸟，先疑惑地看着我，好像在问，这是真的吗？我向它们肯定地点点头，它们似乎明白了，欢天喜地地飞了出来，栖在那盆茉莉花的枝条上，连连向我说了几声："顶吉祥！顶吉祥！"就向着辽阔的蓝天振翅高飞了！

音乐之花

　　《夏日的最后一朵玫瑰》是一首著名的爱尔兰民歌。它真挚、婉约而深情，洋溢着欧洲田园的风情和爱尔兰民族的浪漫色调，歌中似乎还隐藏着一丝淡淡的哀怨，给人更深层的遐想。多少年来我特别偏爱这首歌曲，还因为它搅动了我的感情，丰富了我的心智，它常让我愉快、怡情、幻想、梦游、嗟叹，甚至思绪纷沓……

　　那么，这首飘逸在大西洋彼岸的爱尔兰民歌是怎样跨越万顷波涛和崇山峻岭飞进我的心扉，而使那永不褪色的旋律频频跳动在我心的琴弦上的呢？这就要去打开那个尘封久远的童年记忆库了。

　　那是20世纪40年代一个平凡的盛夏，在桂林读高中的民云哥、民雷哥和素新姐回到乡下度暑假。每到月朗星繁的夜晚，这些意气风发的年轻人就在晒谷坪上铺上一张张草席，纵情地歌唱，用歌声把沉寂的乡村唤醒，把欢乐带给乡亲。他们如痴如醉地唱着，直唱得炎热的夜空变得温馨款款，凉风徐徐。当时我和民霖弟还是天真的稚童，歌声激荡着我们幼小的心灵，优美的旋律像夏夜里的萤火虫飞闪在我们的眼前。有时我们在草席上睡着了，歌声也会闯入梦乡，萦绕在朦胧的意识中。于是，他们常喜爱唱的这首《夏日的最后一朵玫瑰》就深深地刻印在我的心坎上了。因为这朵玫瑰的诞生地实在太遥远了，我只能用童话中的卡通形象来想象它。每当唱起来，在幻觉中的那朵玫瑰花就会鲜活起来，叮当作响，光芒四射，化成一个美艳绝伦的小姑娘，和我一起唱歌跳舞，一起徜徉在神秘的爱尔兰原野上。后来长大了，对音乐有了更多的理解，但对这朵来自远方的"玫瑰"始终情有独钟，它成了我憧憬中美的化身，是一个用想象编织起来的色彩斑斓的梦，一个"仲夏夜之梦"。

　　奇妙的是，这个梦竟然在1988年之夏骤然来到了我的现实中！

　　那次我带广西杂技团横跨欧亚大陆到爱尔兰做访问演出，神秘的爱尔兰面纱终于被撩开了。但在那里演出的一个月中，时时激动和牵挂着我的，还是那朵亦梦亦幻的"夏日玫瑰"！

　　有一次，我们在巡演中住进了一家乡间旅馆。那天，东方泛白的晨光，把大地映照得格外柔和清丽。我步出旅馆，大自然的和风顿时把我的睡意阑珊席卷而去，嘤嘤的鸟鸣引着我奔向原野。这里，无际的绿洲有如海洋，起伏的丘陵有如波涛，星星点点的花丛有如浪花，纵横的公路上车辆有如航船。最令人叹为观止的是，夏日的田野被那一片片极有规则的各种绿色图案所覆盖，嫩绿、新绿、翠绿、墨绿、羽绿、苍绿……即使画家在自己的调色板上挥洒色彩，也会自叹弗如。此刻展眼凝神的我，真是不酒而醉了。

我漫无目的地信步走着，把自己淹没在绿色的芳丛中。忽有乐声飘入我的耳畔，原来不远处有一座别墅式的农舍，清朗的钢琴声是从一扇窗户飘出来的，我循声而去，驻足聆听，顿然心旌飘摇，惊喜万分！啊！玫瑰！那朵夏日的玫瑰！我直奔农舍的窗前，陶醉在钢琴演奏的乐曲中。怦然心动的我，不由自主地伴着钢琴用中文哼唱起来……

夏日的最后一朵玫瑰，还在孤独地开放，
所有它可爱的伴侣，都已凋谢衰亡。
再也没有一朵鲜花，陪伴在它的身旁，
映照它绯红的脸庞，和它一同叹息悲伤。

一阵热烈的掌声，从农舍门里传来，一对中年夫妇和一个十来岁的女孩迎出门口，欢迎和兴奋布满脸上。我连说带比画地说明了身份和来意，他们明白了，也连说带比画地告诉我，今晚在小镇的俱乐部将观看我们的表演。由于语言的障碍，我无法表达对这首民歌的特殊情结，友善好客的爱尔兰人似乎完全了解我的心语，音乐就足够让我们相通了。他们请我进屋喝黑啤酒，吃酸奶酪和燕麦面包。小女孩又弹起钢琴，要我教他们唱中文的《夏日的最后一朵玫瑰》，可是他们的舌头总是转不过弯来，后来他们教我用英语唱时，我却学得很快。最后索性各用自己的语言合唱倒反而非常和谐。

告别了他们回到旅馆，立刻把小乐队召集起来，要他们排练这首歌曲，没有乐谱，只好由我来唱，他们记录下来。虽然只有几件民乐：二胡、琵琶、笙、扬琴、笛子等，但经过中国化的配器，竟也奏出不同凡响的洋曲子来。

在晚上俱乐部演出结束时，加演了这个令全场观众意外惊喜的特别节目，起到了狂热的轰动效果！演出谢幕后，观众不走了，纷纷拥上台来与我们狂欢。大家唱着跳着，尽管音调各异，舞步不齐，但节拍却是一致的。

这时，早晨认识的那个小女孩冲上台来，手里扬着一束紫红色的玫瑰，跑到我的面前，用华语说了两个字："玫瑰！"我热情地把她抱起，翻译小杨忙走过来，小女孩把玫瑰送给我说："这是爱尔兰送给中国的！"她的话立刻掀起一片更狂热的欢呼声。

是啊！夏日的最后一朵玫瑰，盛开在两国人民的心上，开得多么灿烂，多么芳香，多么热烈，而又多么倾情啊！

这哪里是一朵玫瑰，它是一朵音乐之花，是人类共有的永开不败的心之花。

马克思墓前的沉思

英国是海洋性温带阔叶林潮湿气候。伦敦又是著名的雾都。可是，我们从爱尔兰首都都柏林乘海轮横渡爱尔兰海到英国的那天，却是一个难得的晴好天气。只见海碧天青，万顷波平，不到半天就登上了英国的海岸，再乘火车两小时，古老的伦敦城就尽收眼底了。

进了市区，我和翻译小杨先到大使馆会见大使馆文化处的同志。因为是路过伦敦，只有一天的逗留时间，文化处问我们，要去哪里看看，白金汉宫、大英博物馆、泰晤士河的塔桥、圣保罗大教堂、海德公园……说实话，这些地方我都想去看看，但在我心目中排在第一位的是去瞻仰共产党的老祖宗卡尔·马克思墓。这位掀开人类历史新篇章、推动时代车轮驶向新世界的伟大人物，就长眠在伦敦的海格特公墓里。怀着朝圣的心情去凭吊他的英灵，作为共产主义信徒的我，难道不是最重要的心愿吗？

文化处处长热情地陪着我们驱车前往。伦敦的街道大多很古老，有些还保留着用鹅卵石砌成的路面，古旧的房屋也很多，我似乎觉得曾在电影上看过狄更斯作品中的这种景象，只是街道上已不见了四轮马车和衣衫褴褛的乞丐。汽车在街道上转来转去，忽然停了下来，处长说到了。我大为惊讶的是，这个海格特公墓门面并不怎么壮观，甚至比起我们一些单位的门面还要狭小简陋。我们步行进入园区，各种风格样式的坟墓展现在我们面前，它们拥挤而整齐地排列着。墓碑有平放的，也有直立的，大多刻了名字和生卒年月，有的还镶嵌有死者的瓷照和铜像。但每座坟墓只有两三平方米左右，占地很少。给人的印象是，人活着的时候，等级森严，贫富不均，贵贱有别，死后基本上一视同仁，每人只有仅供平卧的一张"泥床"而已。

我们在墓群中穿行，终于来到了马克思的墓前。啊！马克思就长眠在这里。这位划时代的历史巨人，也同样只拥有约两三平方米左右的墓地，与中国历史上的名人和帝王陵园相比，令人感慨不已。马克思生前为人类做出伟大贡献，身后和普通人一样与长眠的平民百姓相处无间，昭示着他永远属于人民，永远活在人民心中。于是，在庄严肃穆的气氛中，又多了一份亲切和感动的心情。马克思墓地虽小，但庄重简洁，一座两米高的基座上，端放着马克思的青铜头像。就像他的著作封面上的那幅头像一样，在蓬松的卷发和浓浓的络腮胡子之间，是一副哲学家深沉的面庞，那深邃的眼睛里，射出犀利的目光，既看穿了世上一切罪恶的渊源，又充满着对理想的渴望，那一道道深深的皱纹里，蕴蓄着人类文明智慧的精华。墓碑上刻着两行字，一行是：全世界无产者联合起来！一行是：哲学家只用不同的方式解释世界，问题在于如何改变世界。我肃立在墓碑和铜像前，久久地瞻仰，默默地悼念。然后按照我们中国的礼仪，行了三鞠躬礼，并把带来的一束鲜花放在墓前。此时，我在心中轻轻地说："马克思啊马克思，你的信徒从遥远的中国来看望你，记得我第一次知道你的名字是在 14 岁的时候，那还是在国民党黑暗统治下，提到你的名字便有杀头之虞。那年暑期回到乡下老家，和民霖弟在阁楼的旧书箱里无意中找到大哥一峰留下的《共产党宣言》，我们躲在角落里把它读完。虽然当时并没有完全读懂，但它像给了我们一道闪电般的光亮，一次认识上的震撼，一次思想的洗礼。在我们幼小的心灵里，深深地刻下了'马克思'三个大字，成为两年后我们参加地下革命和地下党的启蒙。今天，数十个春秋过去了。虽然如今有人说，你的伟大思想和哲学已不那么时兴了。我说不！无论是毛泽东思想还是邓小平理论，都是你的主义和中国革命实践相结合的产物，它永远是照亮中国革命之路的灯塔。今天我以站在你的墓前而感到无限的自豪和荣光……"

这时，一位英国老人站在我的背后发出唏嘘的感叹。我回过头去，发现这位衣着陈旧、头发稀疏的老人，正以一双含泪的老眼望着我，并主动上前与我握手。靠着翻译的帮助，我们相互致意和交谈。原来老人是马克思墓地的志愿守墓人，今年已 86 岁了，是一位英共老党员、马克思的崇拜者。他说他在此守墓已经 30 多年了。墓地的花草都是他来护理的。每天他都要带来一束鲜花放在墓前，不让长眠的老人家感到寂寞。他说每当看见来自世界各地的人们向马克思表示敬仰和悼念时，他就会感到无限的欣慰。

他以颤抖的嗓音问："你们是中国人吗？"我说是的。老人说："过去来凭吊的中国人都一色穿中山装，我一眼就能认出来，现在中国人穿西装了，我就认不出来了。"老人的口吻有点儿遗憾的意思。

我说:"穿西装不好吗?"

老人说:"这倒不要紧。可是我坦诚地说,穿中山装时的中国人,来瞻仰马克思墓的很多,而改穿西装后,中国人来得就少了。这是为什么?"

老人这句不经意的话使我感到剧烈的震撼。面对着这位英共老党员的问题,我一时答不上来。我只有紧紧地握着他的双手,真诚地说:"老同志,我可以告诉你,马克思对中国太重要了,中国人会永远纪念他的,不论穿什么服装。"

离开了马克思墓,老人的话久久地萦绕在我的耳际,这是多么值得深思的一句话啊!当然不是因为服装的变化,那么是什么原因使得老人产生这种变化的感觉呢?中国的确在日新月异地变化,国力越来越强,生活越过越好,但无论怎么变化,总应是万变不离其宗啊!这个宗,就是社会发展的规律,时代前进的趋势,也是中国人民世世代代特别是近百年浴血奋斗的理想。

彩色的思绪
——出访英国、爱尔兰

每个人都有自己的思绪。

大海也有思绪。当狂风呼啸而来，那腾起的浪花，不正是它的思绪吗？森林也有思绪，当银色的月光映照着它时，那宁静的、滴着露珠的叶子，不也是思绪吗？一个民族也有思绪，它以历史的脚步走在时代的键盘上而回响着的旋律，不就是它的思绪吗？

此次出访，我有意把视觉神经和思索神经相接通，让思绪闪出火花。也许，彩色的思绪有点费解。其实，思绪本来就是自我的主体意识，一种心态的抽象，一种感情的过滤。即便是带气味的带形状的思绪，都可以作为一个概念的延伸来加以意会。这篇东西，一非游记，二非见闻，三非掠影之类，实在是非驴非马，不成体例。我想引用一位名人的话说："我在思考，所以我还活着。"聊以解嘲吧！

绿色的泪

假如我是一个画家，到爱尔兰去写生，调色板上只带一种颜色就足够了，那就是绿色。

在爱尔兰，我仿佛每天都在绿色的梦中。

这里黎明的脚步总是悄悄地走来，当你还在酣睡之中，那一片连一片的山畴、草地、田园便从灰白的曙光中渐渐地醒过来了。于是，整个大地披着绿色的轻纱，飘逸着一股春的温馨。夏日的白夜，凌晨3点多，天就蒙蒙地隐亮了。我似梦非梦地走出乡村别墅，去饱览一下被称为"绿色岛国"的奇景。当我走上一个小山丘，展目骋怀，我好像第一次看见层次如此丰富的绿色：嫩绿、新绿、油绿、翠绿、豆绿、碧绿、墨绿、盈绿、苍绿……啊！我吟哦着，不由得陷入了语汇贫乏的绝境。这些不同的绿色像七巧板似的拼成各种巧妙的图案，成为一整片"彩色"的绿海，一种令人陶醉的绿趣，一个绿色的梦。

于是，我心中翻起的思绪，被绿色久久地笼罩着。

为什么，绿色这样厚爱这块土地？为什么，这块土地又如此眷恋着绿色？我终于明白了。

绿，是春的信息，是生机的萌动。

绿，是青春的脚步，是和平的翅膀。

绿，是大地的乳汁，是花果的母亲。

绿，是丰腴的仓库，是财富的矿藏。

可是为什么绿色对我的祖国如此吝啬？"黄土地"是我们的民族的骄傲吗？世世代代的华夏儿女，生息在这黄土地上，曾做过多少绿色的梦，醒来仍旧是那片苍黄的颜色！

并非我们不钟爱绿色，也并非我们没有力量把苍黄变成绿色。

但是，冷酷的现实告诉我，中国的森林面积只占土地面积的17%，而且逐年在缩小；中国的耕地面积约占土地面积的12%，而且逐日还在减少；中国的草地只有……

我的思绪不禁在流泪……那是绿色的泪。

红色的风

天色如晦，细雨霏霏的午后，我怀着一个信徒的虔诚，以极为庄严的步履，徐徐缓步，走到马克思的墓前。那是伦敦的一个很大的公墓群，有数不清的墓碑和墓葬。这位历史上伟大的哲人、思想家、革命家的躯体，就长眠在这不到四平方米的区区之地，真是一个袖珍的陵墓。与我国的帝王陵园相比，他的"归宿"显得太"寒碜"了。就是与红场上的列宁墓和天安门前的毛主席纪念堂那种堂皇的气派相比，也逊色得很。"他，死了还和平民在一起！"我在心里不由得轻轻地说。

我默默地望着墓碑上的马克思的巨大头像，哀思萦绕着心怀。他那宽阔的天庭、深邃的目光和浓密的胡须，仍然给人以一种震撼的力量！啊！你这人类的巨子，集德国古典哲学、英国古典经济学、法国空想社会主义和意大利人文主义于一炉的伟大头脑，由此而刮起了马克思主义旋风，曾使地球的颜色发生了多大变化！红色的风，红色的旗，红色的血与火……全世界无产者和劳动人民都受益于你。奇特的是，据说资产阶级也从反面受了教益。他们害怕你的思想，研究你的著作，采取对策，来延缓他们的生命。这，你一定没有想到吧，你的伟大的"哲人预见"也不会料到吧？

但，无情的现实却摆在全世界无产者面前，谁去解释它？思考它？谁又是当代的马克思？

当我正陷入沉思默索时，一位腰背佝偻的老人——86岁的英共党员、自愿来此守墓的忠实信徒，我被他这种诚笃的心意而感动。

"每次，当中国同志来这里，我都要重复地说，我有点忧虑。过去中国同志来瞻仰马克思墓时，手中都拿着毛主席语录，现在不见了。过去的中国同志都是穿中山装，现在穿西服了，我不认为这是一种进步！"老人的语气困惑多于责备，但却使我感到吃惊。我良久地注视着老人，我似乎看见那佝偻的躯体和浑浊的眼睛里，有着一个古老时代的印记！啊，哲人马克思，你听见了吗？你也在思考这些问题吗？你能告诉这位忠诚的守墓人什么呢？如果你在天有灵，你能再写一部新的《资本论》吗？

啊！你毕竟已经长眠了100多年了。你把信赖和灵犀交给了后人，你那么自信地瞭望着这个你从未见过的世界，坚信着总有一天会实现你的设想。但要达到这个目的，后来者必须和必然要超越你的思想，丰富你的著作，完善你的预见，发展你的理想。你是这么想的吗？你那创造过唯物辩证法和辩证唯物论的头脑必定是这么想的！值得告慰的是，我们正是按照你的期望这么做的！

于是，我迈着依恋的脚步告别了你，像告别了一部伟大的史册。我觉得你长眠得更加安稳、更加慰藉了。

黑色的酒

爱尔兰的夜虽然短暂，但却是热烈的。

在一间装潢并不精致的大厅里，乐队演奏着爱尔兰民谣——《夏日的最后一朵玫瑰》。人们按着节奏击掌高歌，一些男女在舞池里跳民间舞，舞步狂放不羁。人们边歌边舞之中，手持大杯，豪饮黑色啤酒，然后开怀大笑——这就是夜总会中的一幕。

爱尔兰是黑啤酒的故乡，他们嗜啤酒如命。据说有的人一天要喝八至十公斤。

有人说，爱尔兰是西文世界的东方，爱尔兰人是绅士英国的农民。他们淳厚、豪爽、粗犷，甚至有点"土气"。看他们仰脖倾倒黑啤酒时，那气质便统统显示出来了。

每天下班之后，酒吧、夜总会、俱乐部总是挤得满满的，去那里豪饮、放歌、狂舞，这就是他们的社交和娱乐，直到人尽兴，歌已醉，才深夜归去。一觉醒来，又去迎接紧张的工作的一天。他们真会玩儿，也真会工作，干起活儿来也一定像玩时那么狂热。

有一次，我们被邀请去参加这一类聚会，面对着这一片狂歌酣舞的"狂潮"，敝同胞们都正襟危坐，不苟言笑，好一副东方式的"持重"。其实，在这异国的良宵，充满情趣的狂欢之夜，谁能没有一腔热切奋跃的豪兴？谁能不被引发出如潮似涌的激情？我已感到在座者们那颗颗跃跃欲试的心，早已怦然而动了，可就是拉不下那"东方式的面纱"，觉得不够庄重，有失体面，有失文雅，如此大哭大笑、狂歌欢舞都是难登大雅之堂的举止。

当我正在思绪万千时，居然我们中也有几位"勇士"被邀参加一同歌舞，使我情绪为之一振。却又见其半推半就，半遮半掩，半进半退，半放半收，动作奇特，可谓不伦不类。

本来，东方人和西方人在气质、修养、性格、情趣上各异，这并不足为奇，何必千篇一律！就如我们有一位年轻女演员长得典雅秀丽，穿着古朴，引起不少西方人的注目。当她闲坐在旅馆大厅时，不少人借故与她搭腔。这女演员不卑不亢、端庄大方。一位西方人借机向她索取一枚中国硬币作为纪念，并与她闲谈起来，然后掏出 20 镑钞票回送给她"作为纪念"。他以为缺少外币的中国穷光蛋，见了这 20 镑会如获至宝，谁知被我们这位女演员淡然一笑、不动声色地婉言谢绝了。我相信她当时把自己的民族尊严看得比那英镑值钱得多，这难道只是东方式的腼腆吗？与此对照，有一回我在公园里闲步，突然走来两个满口酒气的西方青年，直截了当地把手掌伸出来向我讨钱，直率倒真够直率了，但总觉得有点不雅。所以"丑陋的中国人"也有不那么丑陋的一面，而不丑陋的外国人，也有其丑陋的一面。丑与不丑，无须遮掩。把外国异邦当作一面镜子，照照自己，对比一下，这不也是开放的初衷吗？

无色的眼镜

都说英国绅士派，高视阔步，恃财傲物，不把穷鬼放在眼里。每当我们漫步于铺红砖的步行街道，或徜徉在目迷五色的高级商店，跻身在那些红发碧眼的人群中，似有一点戒心作祟，总觉得人家发现了我们的口袋里是空荡荡的，没有"做贼"也心虚。见人家拎着一袋又一袋的商品，而我们只有看的份儿，如果遇着热情的售货员向我们招徕生意时——恕我直言，这种情况往往是由于把我们当成了日本人——我们就千方百计地想法走开，以免出现窘境。并非我们对购物没有兴趣，也非超尘脱俗地反感物质生活，说句实话，只因囊中羞涩。不过，我有点阿Q精神，心里想，别看我们穷，但我是精神富有者，未必渺小。于是，"一肩明月，两袖清风"地走出商店，倒也有点儿精神胜利的快慰。

当然，这不过是一种自我解嘲而已。我们为之拼命奋斗的20世纪末的小康和21世纪中的中等发达，难道只是为了精神需要吗？如果我们不戴任何有色眼镜来看一切事物，不以某种固定的框框作为衡量的标准，也许我们可以对一些现象做深入的探讨和"无色"的反思。把心中的"？"和"！"透明起来，测度一下个中的奥秘，对我们的改革开放不无裨益。每次出访发达国家，尤其这次在爱尔兰，总是有一个问题缠绕着我：人家也是一个脑袋两只手，并非三头六臂，每周工作时间只有五天，比我们少。他们每天劳动所创造的价值有一部分要交各种税，还有一部分理所当然地进了资本家的口袋，那么为什么还能有这样丰富的物质生活？住的是一栋栋别墅式的楼房；行的是私家小汽车；家里设备一应俱全，热水系统、地毯、空调……到超级市场购物，一车一车地装。他们哪儿来的那么多钱？一个旅馆服务员的月工资为1000多英镑，她的劳动能创造出这么高的价值吗？一个失业工人的救济金每个月也有300多英镑，加上妻子儿女补贴和医疗住房免费，这个国家能承受得起吗？我无意宣扬西方的物质生活，我只希望对物质生活并不厌恶的中国尽快地赶上去，如果不是仅仅靠领导和经济学家，每个中国人都在思考这个问题，事情就好办得多，失误也会少得多。现在正在讨论生产力标准问题，的确抓到关键处，但如何提高生产力，归根到底是靠人的积极性和智慧。而积极性是主导的方面，有了积极性，中国人的智慧绝不比别人差，什么尖端的科技拿不下来？什么样的管理方式掌握不了？因此，我以为提出凡是对发展生产力有利与否是一切是非的标准，同时还要提出调动人的积极性是发展生产力的关键。

"儿不嫌母丑"，"金窝银窝不如自己的草窝"。我们常常用这句话来慰藉自己。仅仅靠这种民族的凝聚力和自尊心来维持心理平衡是不够的，一个民族更伟大的是产生于其自身的民族精神。

两个文明一起抓绝对全面正确。

多色的美

"多色"指的当然不仅是颜色，正如"美"也绝非只是视觉上的感受一样。生活上的多色调，思维上的多方位，艺术上的多视角，文化上的多层次，审美上的多元化，以及所有精神上和物质上的多形态……于是，才有"万紫千红总是春"，"风翻白浪花千片"的诗句。

"花园节"是一个令人神思目眩的盛会。爱尔兰之夏，名花佳草，滴翠流丹。在都柏林大学校园里，展出了数以百计的"庭院花园"和"室内花园"，都是慧心巧思、各具风格的佳作。从设计到构图，从修剪到色彩，有的厚重鲜艳，有的淡雅闲逸，有的清秀古朴，有的野趣横生。那假山幽径，小桥流水，亭榭石雕，花草树木，风姿绰约，各具神韵。花园节里的"小花园"不仅作为艺术品来展出，还是供人选购的商品。游客们兴趣盎然地从其中买一个"花园"回去，以美化住宅内外的环境。由于它已进入了商品竞争的行列，就更加缤纷多彩了。西方人偏爱标新立异，别出心裁。据说，在服装店里定制了一套时装的妇女，如果一旦发现另外有人穿了完全相同的时装，她可以向法庭起诉，要服装店赔偿损失的。在都柏林，有一位漂亮的妙龄女郎，把美丽的秀发剪掉，在头上修剪出各种图案，实在叫人瞠目。我们还以为她是个"嬉皮士"呢！谁料到她是市政府的办事官员。这种标新立异妨碍了什么？损害了谁？只不过显示出她的一种反俗套、反潮流的精神，我们民族有句颇具唯物精神的话："大千世界，无奇不有"，千奇百怪才组成了人类社会。正如由各种不同的元素才构成了千变万化的物质世界，才构成了一个个的星球，千万个不同的星球才组成了一个银河系。而无限的宇宙中又有多少个银河系，岂能用"一"字可以概括出来的？……

那么，美，必定是多色的。

莎士比亚有一句名言："世间并无黑暗，只有愚昧。"

庆幸的是，愚昧离我们越来越远了。

苗山走寨散记

走寨前夜

大年初一，寨子里的姑娘和后生都手忙脚乱起来了。因为明天要去"走寨"（每年春节时，苗族人常常组织整个寨子的青年男女集体去走寨，去与别的寨子比赛芦笙，踩堂，找朋友选对象，认同年，唱苗歌，交流感情等。走寨是青年男女在年节中最大的一种集体游戏。1957年，我和著名作家肖甘牛就参加了大苗山的走寨活动）了，每个青年的心里都闪烁着一颗难以捉摸而又不可告人的星火。

我和老肖住的那家有三个姑娘，今夜她们连说话的工夫也没有了，忙着赶缝踩堂的新衣。平时爱歌爱舞又贪玩的三姑娘线宝急得手直打战，穿不进针，口里连喊我道："老周，老周，快来帮我穿针！"爱笑的大姑娘馨宝（我们称她为"甜姐儿"），是绣花能手，她的新衣早就缝绣好了，正帮二姑娘蓉宝烘烤着用鸡蛋白胶漆过的百褶裙，看见三妹急得想哭的样子，便前俯后仰地笑个不住。三妹气得嘟起嘴巴说："你笑，你笑，明早要是没有新衣去不成，我也拉着你不给你去！"甜姐儿听了有点着慌了，忙说："别急，今夜我和蓉宝帮你缝到天亮，包你有新衣去走寨！"我见三妹还生着气，便插嘴道："还包你选个好后生回来呢！"三妹这才"扑哧"一声笑了，骂了一句："死老周！"

后生们更忙得不可开交，有的请师父来修理芦笙，有的在练习吹各种曲调。粗壮的小伙子令方一边修刮着芦笙竹筒，一边对着它说："这回走寨就要看你的本领了！"母亲正在火塘边为他绣着红缨头巾，笑眯眯地对我说："我这个仔门门都好，就是一见了姑娘就发呆，所以到现在还没有爱人。"我说："这回走寨一定可以选上一个，我来帮忙！"

令方也忍不住大笑起来说："等你给我帮忙找爱人，不如等涨大水推来一个还可靠些！"

晚上，山寨里芦笙通夜响着，姑娘们围坐在火塘边缝着衣裙，绣织着准备送给男友的花带，缝好了的，一遍又一遍地试穿着，逢人便问：

"什么地方还不合身？"

云中之寨——云姑娘

我们寨子参加走寨的有 80 多个青年男女，由一个老芦笙头领着向安陲区云抱山方向出发了。这一天，我们爬上了一个高耸入云的陡山，走了 60 里路才到达乌翁寨。

乌翁寨是云中之寨。

按照走寨的风习，还未进寨之前，先在附近隐蔽的林间或山谷吹一阵芦笙，一个曲子是向这寨子拜年致意，一个曲子是通知他们，今晚要在这里住寨了。

趁着吹芦笙的时候，姑娘们就打扮起来了，首先跑到田水和潭水边去照着影儿梳理头发，然后换上新衣裙、绸彩带、新鞋子，我和老肖常常去当她们的活镜子，帮她们看看，指点着哪些地方还整理得不好，她们就又重新打扮过，毫不苟且。

于是老芦笙头吹着进寨的曲子，领着我们一起走进寨子。

芦笙坪上围满了欢迎的人群，我们的芦笙队围成了一个圈子，开始吹奏起来，姑娘们踏着曲调和节拍，围着踩堂跳舞了。

寨子里的后生，紧围着我们踩堂的姑娘盯着，选着，评论着，我们的姑娘也斜着眼偷看他们的后生。

这时忽然下起白粉粉的细雨来，对面几步都看不清人，烟雨浓雾滚动着，舒卷着，向我们的身上脸上扑打过来。怎么突然就下起雾雨了？一个老人家笑着说："什么下雨，一朵浓云飘来了。"啊！我们站在云里了啊！

我和老肖走到一个高坎上，欣赏着从云中飘来的芦笙的仙乐，看着云中的姑娘踏着云彩在翩翩起舞，卷动的云雾时而蒙住她们，时而现出她们，我不禁失声问道："我们是在天上还是在人间？"

老肖说："在天上，这是天堂，这不是仙女吗？比仙女还要美还要多的仙女啊。"

夜间，我们和后生们一块去寻找最美丽、最合意的云姑娘"坐妹"，而我们来走寨的姑娘则陪伴着寨子里的后生。

顺着歌声和笛子声，我们走进了一户人家。

这一家的三个姑娘早已经被七八个后生包围了，见我们来，扯扯拉拉地让了座位，一个姑娘把我拉到她的身边坐下，递给我一支苗笛，虽然我吹得不很准，但他们也欢愉地唱起来了。

后生先唱：

（苗语）好王达海朵，　　（汉语）请你唱支歌吧，
波俄静怕影，　　　　　　当作礼物送给我们后生，
达海歪答送唔岭，　　　　好让我们心满意足地回家去，
兄俄令忙弄啊！　　　　　留下我对你的思念啊！

姑娘接着唱：

（苗语）达海罗扬达朵，（汉语）后生啊，你来自哪寨？
借梅扬张跌笔啰，　　　　请告诉我吧，有朝一日，
俄捞朵细梅扬捞晒啊！　　我也好去寻找你啊！

一个很美的我们称她为"云中公主"的姑娘，见我吹得不很准确，就移坐到我身边来教我吹，她叫我只管吹，而她的手按着笛孔变化着指法，然后又叫我把手指轻轻地按在她的指尖上，随着她动弹。

这是集体"坐妹"，通过这样的方式，后生和姑娘先作一般的认识，互相交换着第一个印象。

夜深了，各人都找到了自己喜欢和合意的对象了，你听，从各个竹楼、木屋里传出来的笛子声更低沉了，歌声宛如细语，笑声咭咭，絮语唧唧，多么醉人的云中之夜啊！

我们刚走到一家门前，瞧见令方这鬼仔正蹲在一个白胖胖的姑娘面前，用哀求的低调唱着歌：

（苗语）达配啊——　　（汉语）姑娘啊！伸出你的手来吧，
些摆将摆豆，　　　　　我只要轻轻地，
美摆莫引印，　　　　　握一下你那软绵绵的手，
打木裁摆向！　　　　　我回家后就永远忘不了你的！

姑娘脉脉含情地微笑着，故意不作声，也不伸出手。失望的令方又重复地唱了一遍，姑娘偷瞟了他一眼，伸出白嫩嫩的两个手指来。

我想这回令方准妥了，心中暗喜。

夜，就在这样奇妙的歌声里过去了。

夜，就这样把一个个姑娘和后生的心连起来了。

云烟小径情绵绵

第二天早饭后，盛大的芦笙比赛开始了，双方的芦笙队和踩堂队先各自表演一次，然后两队芦笙同时吹奏，混成一股浩大的震动心弦的声流，把云都冲散了。

下午我们的芦笙吹着告别的曲调，离开了寨子。他们的后生送我们的姑娘已经跑到前面了，我们一帮后生在后面等着云姑娘打扮好来送行。有些心急的后生喊道："松摆尼鸡，达配啊！"（快来送我们几步，姑娘啊！）

云姑娘打扮停当，风姿袅袅地姗姗走来，手里捧着一包包竹叶裹好的午饭。她们先集体送出寨子后，就分别选择对方个别送了，她们的眼睛多利呀，在昨晚一夜里，各人就看中了自己的异性朋友了。

一对对，一双双，他们是那样大方豪放地握着手、挽着臂、攀着肩走着，有的蜜语缓缓而行，有的边走边唱着叮咛的歌，有的站在路旁低头细谈，有的互相追逐着，朗笑着。走走又停停，停停又走走，多么难舍难分啊！

令方和那个白胖姑娘走在我前面，忽然姑娘笑一声，飞旋起裙子跑开，钻进路旁的小丛林中。令方急得喊道："再送一送吧，姑娘！"姑娘无语地回头对他笑了一下，就隐没到丛林里去了。令方失望地呆站在路边。我说："傻子，她暗示叫你追进去啦！"令方扬了扬眉毛，恍然大悟，箭一般地射进丛林里去了。

这条情绵绵的曲径，笼罩在云烟中，云烟又像一幅含情的纱幕，垂挂在男女的面前。

最后，愿成为朋友的姑娘和后生互相赠送花带和礼物。这时你可以看到，这里姑娘抓住后生的手不放，那里后生又拦住姑娘不让走，有的甚至伏肩哭别。

到乌吉寨只有七里路，可是我们足足走了三个半钟头，这条送行的情路是多么绵长啊！

狂欢的吉曼寨

吉曼是云抱山山腰上的一个大寨，今晚恰巧有三个芦笙队来这里走寨，寨子里挤满了青年男女，四堂芦笙同时吹奏着，成百的姑娘围成三四层圈子踩堂，真热闹啊。

按照苗族的风俗，他们在过年时，要搞一种叫"忙篙"和"矮赛"的游戏，在吉曼，今天就看到了。

有七个人，脸上戴着木制的假面具，有红脸白脸也有黑脸，有獠牙钩鼻，有红胡子鼓眼睛，形象十分丑怪。他们身上穿着用干禾草编织成斗篷似的衣服，戴顶破草帽，手和脚全用锅底灰涂得墨黑，拿根木棍子，疯子似的连跳带喊地在寨子里乱跑，专找姑娘，吓她们，逗她们，或者用身上的禾草沾上水，甩在她们身上。全寨的人都被引出来了，狂笑着、乱喊着，姑娘则被撵得到处飞跑，把尖笑声带遍了全寨，馨宝和蓉宝怕极了，忙抓住我和老肖做挡牌。这七个"魔鬼"把人们引出来了，就到芦笙坪上跳起舞来，他们踏着锣鼓的节拍，粗犷地舞着，跳着，滚着，喊着，有时又互相抱着摔跤，有时又挑逗围来看的姑娘和小孩。周围的人群笑得前仰后合，一片狂欢。

"矮赛"是一个画了花脸的人，背着一条狗，插上野鸡毛，带着十几个青年挨家挨户去唱歌跳楼板，讲好话，预祝他的家里丰收，然后这家主人就给他一些糍粑之类的东西。

在吉曼又演了苗戏，人们通宵不眠。

狂欢的吉曼寨啊，狂欢的人啊，让你们为这个美好的时代狂欢吧！

把爱情和友情带回来

七天，我们走了七个寨子，姑娘结识了许多后生，后生也看上了不

周民震作品自选集
苗山走寨散记

少姑娘，在归来的路上，谁没有一点儿自己的心事呢？

不知是哪个顽皮的后生提了个意见："不论是后生还是姑娘，谁得了花带和礼物的都要拿出来向大家汇报一下。"

人们的脸儿都有些红了，得到礼物的固然不好意思拿出来，没有得到东西的失败者也觉得有些害臊。

令方把我拉过一边，偷偷地扯出一条花带说："就是那个假装跑进树林的姑娘送给我的。"

"你们就谈成了吗？"

"还没有，但已经是好朋友了！"

甜姐儿馨宝默默无声地走着，我问她为什么不笑，她才勉强地笑了笑。嘴欠的线宝在我耳边说："大姐这回走寨选中了一个后生啦，她舍不得离开他。"

馨宝半笑半气地追打着她，说："明年我不帮你缝新衣了！"

线宝说："不帮我算啦，明年我不贪玩了，可明年我叫妈妈不给你去走寨，看你死不死！"

男男女女都把友情和爱情的种子带回来了，深深地种在心田里，来年也许就会开放出朵朵鲜艳的花儿来啊！

苗山入梦

梦是虚幻的吗？梦想，梦境，梦乡，梦游，梦呓……梦的确是虚幻的。

然而，我的大苗山之梦却不是。因为，它深深地烙印在我"十进苗山"的足迹里。

大苗山是我的第二故乡。

大苗山是我的第二母亲。

大苗山的最高峰是著名的元宝山，元宝山上流出一条著名的贝江。50多年前，一名17岁的中学生，受地下共产党的派遣，怀着一腔革命热血，徒步跋涉，逆贝江而上，来到元宝山脚，参加一支苗民游击队，用青春点燃了这丛山密林的革命烈火。这就是我"十进苗山"的开端。解放后，为剿灭反动派残余匪帮，在血与火的拼战中，写下了我"二进苗山"的纪录。之后的几十年中，大苗山经历了社会大变革的无数次成功与挫折，对我的文学创作事业，给予了源泉般的滋润。那斑斓的"十进苗山"的生活剪影，为我铺设了一条多彩的人生之路。

忘不了与苗家父老兄弟的交杯酒和交心歌，忘不了那嘹嘹呖呖的苗笛声和通宵达旦的火塘夜，忘不了那梯田埂上的烤田鲤和满山烂漫的杜鹃花，忘不了苗妈妈亲手织成的五色锦和苗姑娘注满深情的彩花带，忘不了达亨手中的金芦笙和达配脚下的踩堂舞……啊！"十进苗山"谱成的华丽乐章，怎能不在我的梦乡中回响？

而最令人难忘的是那座具有苗山标志性的高耸入云的元宝山和从元宝山倾泻而下的狂放而秀丽的贝江。

海拔2000多米的元宝山，在广西可与莽莽的十万大山和巍巍的猫儿山齐名。常被一层层云屏雾幛遮掩着的元宝山，充满着神秘和传奇，山上除了有无数的稀有动植物外，最令人惊奇的是，传说有野人出没，说是长得两米多高，红毛褐眼，声如巨浪，直立行走，快步如飞。苗人称它为"山枭"。老人们说得有声有色，说曾有某女人上山挖笋被野人追赶坠崖而亡。又说古时有采药人在山上洞中与野人相遇，竟与其相处三日，相安无事，遂祖辈传言不可伤害如此"善物"。在我1956年"三进苗山"

时，对此事怀有浓烈的兴趣，那时年轻气盛，好奇心强，竟心高胆大，想去揭开这个"野人之谜"，便与苗家青年结帮上山探险。

那天是个朗朗晴日，我们背着鸟枪、砍刀，带着糯米饭团出发了。山上果然气势不凡，野树幽深，瘴雾沉沉，地上腐殖盈尺，步履维艰，一股阴森的冷气袭来，几声鸟兽的凄厉号叫，偶有野果落地的声响和残叶无声地飘落，真有点令人发怵！爬了大半天的山，竟在盘旋中迷了路，走出森林，杂草过人，蔓藤阻路，加上老天忽然变脸，浓云飘来，骤雨突降。我们只好半途而废，无功而返，成为我"十进苗山"中一大遗憾，也酿成了一桩耿耿心事。20世纪70年代闻有科考队上山考察"野人"谜团，最后也无结果，还是一宗悬案。

神秘的元宝山中流泻出来的贝江却并不神秘，它是一条养育了两岸众多苗寨的母亲河。它清澈透明，游鱼可鉴，倒映着两岸连绵的翠竹绿丛，把一江水波染成了碧波，有如青罗缎带，飘然而去。江上常有竹排、木排放流，这是苗民赖以生存的特产。由于河道弯环，时缓时急，又有陡滩险瀑，放排人当然绝非等闲之辈。只见他们傲立排头，手舞竹篙，迎浪闯滩。波涛将木排高高托起，又重重地抛下，木排与浪涛相撞，发出雷鸣般的轰响。此时放排人像被钉在排头，纹丝不动，有时还高亢地唱起苗歌，以显示他们的豪情。过了险滩，怒吼的贝江又闲静下来，现出它那碧玉般温柔的容颜。放排人放下竹篙，捧一掬清凉的江水滋润心肺，躺在排上，顺流漂下，悠悠之中，享尽恬然惬意。

我曾有幸与苗家小伙子一同在木排上漂流过。那是一次大自然的洗礼，一次绿色旅行。躺在贝江的怀抱里，那种感觉就像幼时睡在妈妈的怀里，听妈妈唱着催眠曲那样悠然神往。现在，贝江已开辟为旅游景点，游客可以任意漂流江上，享受原汁原味大自然的风情意趣，还可吃上一顿地道的苗家野味佳肴，和彩饰华服的达配们对歌，当一回幸运的达亨呢！

更令我魂牵梦萦的是贝江两岸的苗家人，他们中许多是我水乳交融的亲朋好友，每次当我进寨时都使寨子欢腾起来，而每次惜别时都互抛真情的泪水，苗家朋友拖着绵绵的离情，沿江相送，难舍难分，叫你一步一回头地离去！这就是大苗山的心！它给了我灵魂的亮点，给了我感情的财富，给了我创作的源泉，他们以淳朴灿美的形象活跃在我的作品中，又以亮丽的品格、独特的风习、生活的风采、悠久的历史培育了我的文学生命。我写的电影《苗家儿女》《心泉》《远方》，戏剧《苗山颂》，以及电影小说《爱心并不遥远》，还有许多散文等等，都是大苗山这块肥沃的土地孕育出来的文艺作品。这些作品中的人物卡良、迈香、卡里、杨春、卡娜、培花都是苗山的绚丽之花，他们是我心中的偶像，也是我血肉灵魂中的一部分，而他们的原型都是我的朋友。早年大苗山的县委书记梁彬同志（苗人尊称他为"苗王"）说过，要授予我"荣誉苗民"的称号呢！表示我已与苗家融为一体，这对我是最大的褒奖。

　　心理学家说，梦是潜意识的复现，那么我的"苗山入梦"复现过什么呢？复现过当年陶金导演率领《苗家儿女》摄制组在元宝山下雨卜寨的日日夜夜；复现过我与苗家芦笙队和踩堂队欢度苗年时走过了七个山寨，熬过九个通宵；复现过古龙坡元宵坡节上的斗马、斗牛、赛芦笙的壮观场面；复现过苗家"吃新节"收获香糯、烤田鲤的美味；更复现过那些在硝烟迷漫、枪林弹雨中用血写成的时光；复现过苗妈妈的爱心，小伙子的豪饮，姑娘们的长发，苗娃娃的笑声，甚至苗家餐桌上的肥竹鼠和门楼外勇猛无比的猎犬……都在我的梦中活生生地复现。真是千丝万缕，千头万绪，千言万语也画不了句号的一笔相思债啊！

　　最近，一个从苗山来的晚辈"乡亲"兴奋地告诉我，元宝山的野人之谜终被揭开了。所谓"野人"，不过是一种体魄硕大的棕熊，它们直立起来足有两米高，红毛褐眼，与人为善，为国家一级保护动物。又说神秘的元宝山也"开放"了，人们常常结伴组队攀登探险。山上珍禽异兽、奇花怪树数不胜数。登上雄奇的顶峰鸟瞰，真是一览众山小，为我独尊高！若是万里晴空时，视野之内竟能把几百里远的柳州市尽收眼底呢！

　　说的人绘声绘色，听的人跃跃心动，我在想，早过花甲之年的我，难道还有雄心壮志去挑战年少时的夙愿吗？

　　我多么希望再上元宝山不会是梦，而成为我第11次进苗山的新纪录。

古榕正绿

居住在绿城南宁，有如泡在绿海里。而我的住处恰巧与几棵巨伞般的古榕为邻，傍榕而居，不止是"开门见绿"，而且"出户入绿"，一举步便掉进绿海的旋涡中了。这句话谁听了都会"垂涎三尺"。苏东坡向往的"居不可无竹"的最佳雅居，也不过如此吧？

这几棵巨大的古榕，其荫盖足有两三亩之阔，像一个高大宽敞的绿色帐篷，环立周围的三栋宿舍楼便成了最大的受惠者了。它是我们最好的空气清新器、温度调节器和环境保护器，又是一座大自然的"音乐厅"。每天晨曦初露或夕照傍晚，那优雅的鸟歌雀唱，鸦咏莺啭，合奏着一曲曲悦耳的交响乐，会叫你不酒而醉！若艳阳晴日，太阳透过丛密的枝叶洒下点点流动的银色光珠，给人一种冬暖夏凉的款款轻抚，格外温馨怡然；若细雨纷纷，绿帐内飘逸着朦胧的雨帘，如烟如雾，恍若梦幻，别有一番意境。

最佳还是在酷热的仲夏，这里是一处天然的避暑胜地。一张躺椅，半壶清茶，新凉拂体，绿意入心，此刻，你就会自然而然地将陈毅元帅的诗句稍改二字为："愿做榕下人，不愿做神仙"了。

每当我躺在榕树下做"神仙"的时候，脑海里仿佛生出一股仙气，把我渐渐送入冥思遐想之中。我的家乡有许多老树成精的民间传说：有兄弟二人，父母去世，哥嫂吞并家产，虐待弟弟，直到把他赶出家门。可怜弟弟无家无钱，沦为乞丐，每晚都睡在村头一棵老榕树下。老榕树因老成精了，愤愤不平，显灵变成一位须发皆白的老翁来帮助他。问弟弟最想要的是什么，房屋、田地、美女还是钱财？弟弟直摇头说，这些他都不要，他最想要的是哥嫂对他好。老翁满意地频频点头说，好，你明早醒来，身边会有一堆树叶，你捧回家去，哥嫂就会对你好了。第二天一早，弟弟果然见身边有一堆榕树叶，便高高兴兴地捧回家去。哥嫂正要赶走他，忽见他手中捧的是许多价值昂贵的翡翠叶片，大喜过望，对他立即笑脸相迎，并百般殷勤。弟弟心满意足地笑了。第二天，哥嫂探问弟弟翡翠从何得来，弟弟坦诚告之。贪心不足的哥嫂便依样画葫芦去那棵老榕树下睡觉，醒来果然见身边有两堆榕树叶，便兴高采烈地抱回家去。到了家门口，忽闻臭气冲天，原来他们抱回的不是翡翠，而是两泡牛粪！哥嫂气极，抡起斧头就去砍树，把树砍倒了，但倒下的树把哥嫂压死了。

说来真的有点奇怪，有一天我看见有一位须发皆白的老翁，拄着拐杖，忽然出现在住处这几棵古榕之间。他用那双布满云翳的老眼，久久地仰视着正绿的树冠，流溢着一丝深藏心底的恋情。

我颇感蹊跷，便上前询问。还没等我开口，他便操着郊区平话的口音问我："听说这一带要大拆迁，是吗？"我说好像有这种说法。我反问，拆迁旧房建大楼，改造市容不是很好吗？他喟然长叹："唉！那，那……"他似乎哽咽起来，讷讷说不出话，回头就要走。

我觉得有点怪异，下意识地心里发怵，难道真的出现老树精了？我追去问他，他说："这几棵大榕树原是我们村的神啊！它保护我们平安。要是把它砍掉，灾难就临头了。"

我惊诧地问："谁告诉你要砍树？"老翁认真地说："我惊过几次梦了，都是神树托梦给我的！"我这才放心地笑了。

我安慰他，谁也没有这么大的斗胆，敢砍这几棵百年老树！国家有政策的。他摇摇头说，好多事情都是上有政策下有对策，特别是那些发财发昏了头的商人，他们眼里只有钱！

老翁拄着拐杖蹒跚地走了，我却良久地站在那里陷入了深深的思索。在我的人生中，时间老人伴着我的足迹走过了南方许多村庄，在我的记忆中，好像每个村庄都有几棵巨大的古榕树，它们成了村民赖以生存、绵延祖荫的象征，甚至有一种潜在的亲和力。人们在这绿荫下休憩，沟通，聊天，融合感情，排遣愁绪，缅怀先人……就很自然地把信仰托给这些提供绿色荫盖的"神树"了。

于是，千古流传的"前人栽树，后人乘凉"这句成语，忽然让我得到了新的感悟。看看这些笑傲风雨、经年常绿的古榕，它们有的已具有千道年轮，最年轻的也届百岁了。这些前人的辛劳，庇荫了多少代后人？受益了多少代子孙？怎能不让我们扪心想起那些种树的前人呢？当时他们很明白，他们辛苦栽树的时候，是无缘享有阴凉的。也就是说，他们只有付出，没有收获；他们只有奉献，没有回报。这样，在我虚幻的眼前，出现了一个巨大的形象：他，粗大的身躯，一脸的沧桑，污染

周民震作品自选集
古榕正绿

的泥足，松皮般的手板，面朝黄土，背向蓝天，寒来暑往，用如注的血汗去灌溉大地，用生命之火点亮了世间的繁华！……

而我们这些躺在绿荫下乘凉的后人，你会透过这些正绿的古榕想些什么呢？你觉得很幸运？你认为很应该？或者你躺在树荫下埋怨着生活对你不公平？你是否想过，现在的我们就是将来子孙的"前人"啊！那么，你为后人"栽树"了吗？你栽了哪些"树"？栽了多少树？还是不但没有栽树，倒去砍了许多树？或者没有栽树，反而栽了许多"刺"？

想至此，我震撼了！我甚至不愿想下去。

当我走出大门，迈向城市新建或正在建的无数条"十里花街"和林荫大道时，我的心慢慢地舒展了。我好想对那位忧心忡忡的老翁说，天天在这座城市里栽花、种树、铺草的人，怎么会去砍树呢？

但是，我找不到他了。我又不可能托个梦去告诉他……

绿海中的小叶子

"春阳夏雨清光满，历到秋冬翠更多"，初秋的南宁，无限绿趣。那广厦幢幢的十里花街，扑面生香；那林影绰绰的浓荫道路，百鸟争鸣。美景如画的南宁，近日又平添新景，常常把我的一双脚板引出家屋，逛绿城去！逛出一脸笑容，逛出赏心娱目的一副好心情。

那天一早，惠风和畅，日朗天青，我沿着新铺的由彩色石块镶拼的人行道信步走去。兴致极高地走了好远好远，也没有把这条新扩展的大道走完。虽不觉疲倦，但已满头大汗了。为了找个歇息的地方，便走进了一家新开的美容美发店，店名"爱美"也颇有诱惑力。是啊！城市美了，人也要美，才能相称呀！于是我坐在理发椅上，请理发师替我修饰一下脑袋，也是一件爽事。

年轻的女师傅见来了一个陌生顾客，热情有加，洗头、按摩特别加劲，剪发、吹型更是精细。全过程让我无可挑剔地满意。新城新景给我的好心情又添了几分愉悦。

当我笑容满面地掏钱付账时，笑脸蓦然凝固起来，一件令我心惊肉跳的尴尬事突然发生了！"糟糕！"我失声喊起来，"钱包忘了带！"

话一出口，霎时间把整个美容店的工作人员愣住了。有人偷偷地笑，这下有好戏看了。有人板起脸孔瞪着我，哼！你想赖账呀！有人投以轻蔑的眼光，穷老头找剃头挑子去，何必来这里充阔气！也有人流露出同情的脸色，唉！你怎么这样粗心呢？

我的眼睛就像一台摄像机的"摇镜头"，把他们的各种反应统统收入镜头，正如俗话说的：虱多了不痒，债多了不愁。我平稳了情绪，歉意地笑了笑，便在沙发上坐了下来。

操外乡口音的女老板走过来，上下打量了我一番，冷冷地说："快回家拿两张大团结来吧！"我刚应声说"好"，她便把脸一沉，说："对不起，请把手表留下。"我一摸左手，呆了，连手表也忘了戴。女老板瞄着我身上的衬衣又不值钱，说："不是不相信你，如今讲诚信的人太少了！20元也不是小数，万一……"

我听了不但没有生气，反而笑起来，情绪放松了，说："老板娘，我理解你。我借你的电话用用行吗？"不巧，新开的店尚未安装电话。正僵着，给我理发的姑娘说："看你不像赖账的人，倒像个文化人，不过如今文化也不值钱啦！"

我说："是吗？常言道，钱财如粪土，文章抵万金啊！"

大家听了个个捧腹大笑，好像是痴人说梦话，但气氛却缓和了。

我说："你们不要笑，我讲个真实的故事给你们听，好吗？200多年前，德国有位著名的作曲家叫舒伯特，听说过吗？"大家摇头，都表示没有听说过，但却都提起了兴趣。我继续说下去："舒伯特当时很穷困，有次去一个餐馆吃饭，突然灵感骤至，便边吃边在一张菜单上写了首歌曲，等吃完饭掏口袋付账时，却发现自己囊空如洗，身无分文。他十分尴尬，只好把写在菜单上的这首歌曲给了老板，当作一顿饭钱。老板不屑地瞄了菜单一眼，见是一些看不懂的五线谱，愤愤地扔到地上，说这不值一文！舒伯特正在窘迫之时，一个服务生走来，小心地拾起这张菜单，对老板说，这顿饭钱由他来付了。你们知道吗？这首歌曲就是轰动全世界流传至今屡唱不衰的不朽名曲——《舒伯特小夜曲》。"

大家被这则故事感动了，各抒感慨，女老板那张冷脸也好像热了一些。

她笑问，难道你也是一位作曲家？我说："不是，我是一个普普通通的离退休老头儿，我没有歌曲给你，但我可以把一个诚信给你，如何？"

给我理发的姑娘真诚地说："老板娘，这20元钱账我先付了。"没想到她的话牵动了所有的人，纷纷表示相信我。老板娘也改变了态度，说不用什么抵押，有空送钱来就行了。

我站起来，郑重地表示感谢，并说："我想把刚才说的两句话改两个字好吗？'钱财如粪土，诚信抵万金！'"

大家一面点头称是一面目送我从容地走出了大门。

两个钟头以后，我把钱送过来了，也就是说，我把诚信送过来了。

老板娘拿着这20元钞票还给我，真挚地说："你说得对，诚信抵万金！今天我只收你的诚信就足够了，钱就不在乎了。"我也真挚地说："你们让我回家取钱也是一种诚信，钱是你们劳动的报酬，应该收的。"

老板娘由衷地说："我到南宁来发展，只看到南宁的风景好，今天让我感受到南宁的人更好！"

在南宁的幅幅新景中，不是也包含着一件件这样的新鲜事吗？

这不过只是泱泱绿海中的一片小叶子罢了。

在密歇根湖畔
——访旅美壮族画家周氏兄弟

　　这不是浩瀚森渺的大海吗？那湛蓝湛蓝的海水涌着洁白的浪花轻拍岸沿，成群的海鸥贴着水面长啸短哨地穿梭飞掠，点点白帆在天光云影中荡漾，连天接涌，一望无际。只是扑面来的风却没有大海狂放的性格，也没有夹带着微微的咸味；那和畅的惠风丝丝吹来，感到格外清纯和温馨，柔和的水姿浪态，加上絮语般的涛声，好像母亲怀抱中的一支摇篮曲呢！广厦群集、高楼峥嵘之芝加哥市就偎依在她的身旁。这就是世界第二大湖——密歇根湖，它从美国的中北部一直延伸到加拿大。这是芝加哥人的母亲湖，是它用甘甜的乳汁孕育了这一片绚烂的大地。站在密歇根湖畔，眼前异乡的美景使我陶醉。但此刻更激荡着我的心潮、撩起我的感慨的，是站在身旁的两位来自中国的壮族艺术家，他们像那些高耸入云的高楼大厦一样，坚实地屹立在密歇根湖畔，英风浩气地跻身于世界艺术之林。他们就是当今蜚声现代画坛的旅美画家周氏兄弟。

　　他们指给我看，说密歇根湖畔著名的海军码头上这一片草地，曾经诞生过一幅世界上最大的油画《风·智慧》，画布铺在草地上占地 3200 平方英尺。这是周氏兄弟应第十五届芝加哥国际艺术大展之邀于 1994 年 5 月 13 日制作的。那是芝加哥市的一件节日般的盛事。这幅硕大无比的油画的惊世之处，在于他不仅由周氏兄弟执笔，还特邀了数以百计的艺术家和自愿参与者一齐作画。在自主创作的灵感和智慧交织的激荡下，由周氏兄弟再行创作，组织成《风·智慧》的巨大主题，将艺术的理念做了无限的延伸，成为当今世界现代艺术中引人注目的一个成果。

　　周氏兄弟告诉我，当天，风和日丽，游人如织，围观如堵。芝加哥市的头面人物及艺术泰斗都乘兴而来，并参与开画仪式剪彩。几架直升机专程在天空盘旋，以示隆重和庆贺，同时拍下了现场作画的壮丽场面。这次创纪录的艺术盛笔，不仅轰动了芝加哥，也震撼了美国及欧洲的现代画坛。新闻媒体竞相报道更是如火如荼。

　　面对着这 3200 平方英尺的绿茵草地，那巨幅油画在我脑海中浮现，真无法想象当时作画的情景。我随意问，这幅油画用了多少颜料？他们说用了好几辆卡车专运颜料，光颜料费就达 20 多万美元，可见这幅画的气魄和规模了。我又问，哪里有这么大的展厅来悬挂呢？他们笑道，这幅画大概永远也不能在室内展厅悬挂，在这片草地上展览的两天中，观赏得最清楚的，当然是那些在直升机上的观众了。大家都不由得笑了起来。这幅巨画现已分成几十个方块，由芝加哥市现代艺术馆收藏了。

十年前从广西花山脚下走出来的两位壮族青年，他们是怎样突发奇想，在偌大的美国、偌大的画坛干出如此惊世骇俗、艺技超群的壮举的呢？实在令我瞠目结舌。

他们说壮家的花山崖画是他们的启蒙老师。这话不错。沿广西明江而上，两岸的崖壁画有上百处，都是壮族先人祭礼的标记和艺术的结晶，尤以宁明花山崖壁画最为壮观。这百丈见方的悬崖陡壁，犹如一块巨大的画布，壮族先民用风雨日照不会变色的特殊颜料，画了 2000 多个人兽和物体，古朴、雄浑、单纯和神秘，至今还是一个谜。我忽然有了一个联想，如果把之铺在地上，我想不会比密歇根湖畔这片草地小吧？古今中外这两幅巨画，它们是否有着历史的巧合与艺术的渊源？许多许多年之后，它们是否被看作一对艺术的姐妹篇而成为另一个谜？我敢肯定地说，周氏兄弟这幅《风·智慧》构思的萌动，绝不会与花山崖画无关，这一定是两颗壮族的心灵在异国他邦迸发出思恋乡情的一声呐喊！也许是抒发积淀在胸中的恢宏浪漫的民族豪情吧？我想它的力量必定来自"根"，这个"根"就是花山崖壁画！

早就听闻周氏兄弟在美国事业发迹，声名鹊起。艺术的脚步不但走出中国和亚洲，而且横跨欧美，成为世界级的画家，被评选为当今世界现代艺术最活跃、最有成就的 26 位画家之一。由于他们使用自己特殊的"艺术语言"，在极短的时间，便融入了西方艺术的生态系统，取得了世界多元文化的认同。而且以东方原始古朴的神秘色彩和超俗姿态，拨响了西方人共鸣的心弦。从 1986 年怀揣着 30 美元到芝加哥办第一次个人画展时的门可罗雀，到现在每年在世界八大国际艺术大展的无一缺席；从对东方艺术抱有成见的欧美现代艺术画坛严厉冷峻的态度，到近几年来欧美各国著名博物馆竞相举办他们的巡展且竞购收藏；从世界画坛上名不见经传的无名之辈，到最近获得 1996 年度最具权威的海伦艺术基金会纯艺术大奖，这个奖不仅是中国人第一次获得，在美国历史上也只获得过一次而已。十年来他们获得过许多国际的奖项，不过是他们艺术皇冠上的装饰物，他们并没有受宠若惊，仍然"布衣素食"地过着东方人勤奋的生活，默默地在现代艺术画坛里创作耕耘。

当然，西方的报刊除了连篇累牍地赞扬他们的艺术魅力之外，也毫不掩饰地惊呼他们是罕见的幸运儿。唯物主义者从来不否认机遇。周氏兄弟一生中几次重要的机遇如果某次发生了"梗阻"，即便他们有超凡的才华，也会因为机遇不佳而面壁长叹。所以有人说，才华、努力加机遇是成功不可缺少的三个要素，而周氏兄弟正好是"万事俱备，又遇东风"了。

周氏兄弟的家在芝加哥市区内一栋欧式的三层大宅里。除了有许多住房、客厅和餐厅外，还有宽阔的作画室、雕塑工作间以及陈列室、会议室。作画室中还有个小舞台，常作为举办数百人的酒会或招待会的场所。作画室的四壁挂满了大大小小的已完成和未完成的画，还有一些草图，据说有些收藏家专门购买他们的草图来收藏。

我对周氏兄弟的画并不陌生，当他们刚刚起步时，我算是他们的第一批知音。1984年春，我到广西文化厅工作不久，听说有两位剧团的舞美设计借住在伊岭岩一个亭子间里日夜作画，创作和生活条件十分艰难。我去看望了他们，并给他们安排了新的创作环境。这是我第一次看到他们的画，却深深地吸引了我。它的造型和构思，色彩和线条都很独特，意蕴较深，不是一览无余，而是神韵无穷，很是耐看。我觉得这种扎根于壮族花山崖壁画而又加以创造的风格，才情并存，值得推崇。况且当时改革开放之风方兴未艾，文艺界有一批年轻人正在跃跃欲试地进行突破，充满生机和创造力。我们当然热忱地支持他们，鼓励他们继续创新，攀登艺术高峰。他们也不负众望，努力奋发、废寝忘食地工作，终于在北京中国美术馆及南京、上海、深圳、桂林等地举办了"周氏兄弟花山艺术展"，引起了社会及专业界的强烈反响，好评如潮，甚至被美术界称为来自广西的"冲击波"。

时隔十来年了，如今我站在他们的画室里，再一次欣赏他们的新作。我觉得他们来到美国后，结合了美国的抽象表现主义，更注重直觉和情绪的表达，艺术风格更加鲜明。看得出来他们力图走30年代林风眠、刘海粟倡导的中西融合的艺术道路，而更以中国道家无为出世为基点，追求一种精神上的自由和洒脱。在潜意识里表现的哲学思想，看起来似乎很随意，图案、变形、线条以及颜色随意地搭配，但它的"随意"常常使你获得一种跳跃的想象，一种精神情绪的宣泄，一种渴望的满足。无形的精神震荡和灵犀的相通，大概就是周氏兄弟作品能直接沟通东西方的力量所在吧！著名的女评论家希克森说得好："周氏兄弟把两种文化转换成一种全新的、独一无二的艺术境界，他们吸收了中国画传统的精髓，又从西方文化中汲取了毕加索的感觉主义、米罗的超现实主义和迪比费早期的原始画风。"

尽管在国内美术界有人不以为然，但任何人到了美国或欧洲，就会感受到周氏兄弟在世界画坛上强大的影响力。他们在几乎所有世界级的现代艺术大展中获得成功的事实是抹杀不了的。当你在芝加哥的象征——两座最高层大厦中看到被永久性陈列在那里的周氏兄弟的三幅巨型油画《生命交响曲》《生命的诱惑》《芝加哥之梦》时，你会有什么感想呢？而且这三幅画是大厦中唯一的陈列品。当你在德国看到国家级博物馆门前永久性地耸立着周氏兄弟的大型雕塑作品时，你还会不以为然吗？一个艺术家能够把自己的创作结晶永久留给历史、留给后人，这是多么崇高的荣誉！我国美术界的前辈们，如刘海粟、吴作人、李可染、李苦禅、张仃、常书鸿等看了他们的画展都大加赞赏并热情地题了词。刘海粟的题词是："瑰玮博达，开创一代新风。"李苦禅的题词是："发掘民族艺术，荟萃中华文明。"这对怀有偏见的人，无疑是一个很好的回答。

周氏兄弟的艺术之路，当然还在无止境地延伸。创作决不能重复和循环，已经走向辉煌的他们，未来将会怎样，这对艺术家来说是个严峻的考验。正如他们自己说的："这只是我们的艺术走向世界的前奏。"这样说来，他们未来的艺术创造道路，还任重道远呢！

在周氏兄弟家里做客，首先使人感到一种浓浓的中西合璧的气氛。房子是西式建筑，室内的摆设却是东方式的。待客不是咖啡，而是中国绿茶。为了更好地学透英语，家里成员之间常用半英语半中文来交谈，有时也冒出几句壮话呢！更令人叫绝的是，他们家里的成员也是由中西方组成的，哥哥山作的妻子秀玲是广西同乡，一派斯文的古典仕女形象，而弟弟大荒的妻子尼柯是一位开朗坦然而有修养的德国姑娘。为了融入这个东方家庭，尼柯居然学会了中国的烹调技术，常出手不凡地做出几道如红烧五花肉之类的广西菜。山作的儿子来美国五年了，现已是当地的高材生，对于他，全家的任务就是让他不要忘记中文。所以白天在英文学校，晚上进中文补习班，在儿子身上也体现了中西合璧。挺有意思的是，家里养的两只聪明可爱的牧羊犬，都是经过狗校培训、有毕业证书的，但它们本来只能听懂英语，现在又能听懂中文了，也可戏称为中西合璧吧！

事业的成就，必定带来较为丰厚的经济收入，这在美国绝对是相一致的。周氏兄弟的画，既被世界各大博物馆收藏及众多收藏家所购置，当然是按当今世界一流画家的水准结算的。这就给他们的事业进一步发展创造了物质条件。除美国之外，他们在德国和法国还建立了自己的绘画工作室。最近他们想把住宅周围的民居购买下来，建立一个"雕塑公园"，以陈列他们的雕塑作品向外开放。他们的雕塑已成为周氏兄弟艺术特色的另一翼。作品都是新奇特异的变形人和物，充满憨拙和粗犷、动态和意念。每一尊似乎都是具有灵性的生命体，它们像在思考、宣示或论述着什么，那种不拘一格又有格的艺术造型，令人神往。

晚餐由山作的妻子秀玲和我老伴秀琴合作做了一桌典型的中国广西菜，大家斟满了葡萄酒，举杯为祖国繁荣、事业辉煌、身体健康而干杯！此时，餐厅里播放着《刘三姐》音乐，大家尽兴之时，早已忘了这是远在西半球的芝加哥。尼柯说，她在中国走了许多地方，印象最好的是广西南宁。这话我相信，因为南宁流溢着浓郁的乡情。这时不知谁举杯喊道："老乡见老乡，两眼泪汪汪！喝啊——"

临别时，山作紧紧地握着我的手，情真意笃地说："我们不是为了追求西方的生活方式而来的，我们怀着中华民族特别是壮族的一颗心灵走向世界。只要我们的作品是民族的，它就必然是世界的。我们永远信奉这个真理。"

邕江之龙

　　南宁有条邕江，江中有汤汤流水，水上有点点轻舟，这不是邕江一景吗？是的，但不足为奇。沿江两岸高楼栉比，绿地成片，大桥如虹，桥上人似潮水车如龙，这不是邕江的另一景吗？是的，还是不足为奇。那么，邕江有更奇特的景致吗？有。

　　今年的隆冬季节特别冷，号称"绿都"的南宁，被来自西伯利亚的强寒流笼罩着，灰蒙蒙的天空，乌黑的低云层，呼啸着朔风，猎猎作响，风中飘洒着纤纤细雨，那尖利的雨点拍打在脸上，对于习惯过暖冬的南宁人，不由得打起寒战来。这时我发现在邕江大桥的人行道上，许多人把匆匆的脚步停下来，扶栏向桥下远处江中注目看着，像在欣赏一件艺术品，又像在好奇地观察着一则新闻，都顾不得清冽的风雨袭人。我也随着大家的目光望去，眼前一幅邕江奇观出现了：在湖蓝色的江水中，浮动着几个白点，分外醒目，好像一幅光鲜亮丽的绸缎上绣了几朵白色的鲜花，而这朵朵白花又在不停地涌动着，点染出一圈圈涟漪来，一漾一漾地扩展开去，直到无声消失了身影。啊！原来是几朵"白花"激活了一江平阔的河流呢！

　　身旁一个退休妇女情不自禁地赞叹说："这就是人们传说的邕江之龙呢！"

　　"龙？不就是几个白发老头儿在冬泳吗？"旁边另一个青年说。

　　退休妇女瞪了他一眼，说："年轻仔，你怎么不下去呀？穿着鸭绒大袄还缩着脖子呢！"

　　年轻人也不生气，讪讪地笑着。

　　退休妇女继续说："本来寒冬游泳就有点儿奇了，又是一帮老人就更奇了，而他们天天坚持风雨不改那就太奇了。"

　　说得年轻人直点头："是有点儿不同凡响！"

　　退休妇女对我们说，每天清晨她过桥到水街买菜，总是要在这里观赏这道风景，看着他们在江中翻波逐浪，一副蛟龙戏水的神气，好像自己也浑身是劲，不觉得老了。在他们的带动下，也有许多中青年男女、儿童来冬泳，不管刮风下雨，天寒地冻，从不间断，大年初一也照样……

说到这里，青年表示怀疑地笑了。

退休妇女指着他喊道："年轻仔！敢不敢打赌？过几天就是春节了。"

小青年没敢应战，笑了笑悄然走了。

这个赌却悄悄地打在我的心里。到了大年初一那天，我竟像个好奇的孩子一大早就跑到邕江南岸大桥底下看个究竟，是不是真有这样执着的人？可我独自一人大年初一站在江边清冷的晨雾中守望徘徊，倒有点古怪了，江沿一条小渔船上站着一个渔夫老向我张望，莫不是以为我有什么想不开要寻短见呢！自己想想也觉得有点滑稽，人家过年迎财神，我过年来迎"江龙"，不也是别有兴味吗？

大概9点多钟还未见龙到，失望的我正要回身返家，忽闻一阵水响，一位老人蓦地从江中钻出来，真有点儿神了！我高兴地向他招手，竟忘了与他并不相识，他倒像老友似的边走上岸边向我道声"恭喜发财！"

此人庞眉皓发，面如枣色，红彤彤的身体散发着白白的蒸汽，走起路来，龙行虎步，呼呼作响，好像掀起了一阵风似的。等他穿上了衣服，我才做自我介绍，开始了随意交谈。

他说在这里冬泳可不是一般的冬泳，不只是锻炼身体，磨炼意志。还有更深的意义，这里是毛主席当年冬泳的地方，对面就是董必武题词的冬泳纪念亭，在这里冬泳是对毛主席最好的纪念。

1958年1月7日那天，正是南宁最寒冷的时候，65岁的毛主席毅然跃入邕江冬泳，震惊了亿万人民，也鼓舞了亿万人民。毛主席在邕江上写下了这首雄伟的浪漫诗篇，讴歌了顽强拼搏、坚韧不拔、藐视艰险、奋发向前的精神！据我所知，"冬泳"这个词还是从毛主席冬泳邕江之后才流行起来的。如今流行于世的当然不止是这个词，而是敢在冬季下江河游泳这个反季节、反潮流的壮举，给国人留下了磨炼意志、振奋精神、强壮体魄的巨大动力和精神财富！难怪这位冬泳老人显出一副格外自豪的神情。

他说："我们是踩着毛主席的脚印走的！"

我以赞赏的语气说："使我倍感敬佩的是，大年初一还能坚持冬泳，这个头奖就非你莫属了。"

他听了放声大笑起来，说："你来得太晚了，我的那些冬泳的老伙伴、小伙伴、女伙伴早就游完回家过年了！"

哇！我失声惊叹起来，由衷地说："难怪人们赞誉你们是'邕江之龙'呢！"

老人一听直摇头，声如洪钟地说道："同志！你搞错了！这里有个传说呢。当年毛主席下邕江冬泳，一直游到下游十几里远，两岸许多壮族农民从未见过，都惊奇不已，却并不知道是毛主席。有一位壮族阿婆看了回来到处说，她看见了邕江龙了！"

哦！原来是这样传开的。

这时凛冽的北风更狂放地刮来，江水激起了层层浪花，我下意识地把大衣裹得更紧。在我们握手告别的时候，我感到他的手像冰块一样凉，但却更像铁块一样坚硬，我相信，他确实是踩着毛主席脚印走过来的人。

过了几天，我怀着庄严的心情专程去大桥旁的冬泳纪念亭细细观赏。那里已成为老百姓休憩观景的去处，董必武的亲笔题诗赫然刻在石板上："盛会南宁主席临，邕江冬泳纪碑亭。工农奋发思跃进，大势如高屋建瓴。"

我凭栏远眺邕江，浩荡激越，又不失娟秀美丽，像一个婀娜多姿的淑女，由西到东，蜿蜒而来，给"绿都"送上一泓秋波，又款步盈盈而去。40多个春秋过去了，邕江依然，人却变了，当时的青少年如今成了白头翁，但变得难以辨认的更是邕江两岸，南宁已成为我国南疆的一座美丽富饶的大都市。

此刻我冥冥中进入了遐想，如果毛主席还健在，再次来邕江冬泳，看看南宁的巨变，看看在邕江中翻腾的后继者们，他会怎样的欢愉，怎样的欣慰！

邕江之龙啊，你将永远活在壮家人民的心中。

百花图

十月金秋，枫红菊黄。北京正是晴空一碧、白云浮玉的好天气，我趁在京公务闲暇之隙，想去领略一下花团锦簇的首都风采。正好我的一位朋友——电影美工师要去颐和园写生，我们便结伴同行了。

这天，正是国庆假日，乘着秋晨的凉意，登上了公共汽车，车上大多是兴致勃勃的游客，彼此交谈起瞬息万变的北京新貌，无不交口赞誉。车到中央民族学院站时，拥上来十几个盛装华服的兄弟民族大学生，好像忽然抛进来一大束鲜花，映得车厢五光十色，绚丽多彩。大家友善而好奇地看着他们，有朝鲜族、蒙古族、藏族、维吾尔族、壮族、瑶族、苗族……还有几个无从判断，他们已经半改装了。有个姑娘满头金翠，身上却穿着时髦的布拉吉；有个青年上身穿件西服，脚上却裹着绑带。美工师指着一个长发上别着花发夹的姑娘问我："那不是个越南人吗？"她手中拿着越南式尖顶竹笠，更是无可置疑了。我告诉他，她不是越南人，那是居住在广西海边的京族人，也是我们祖国各民族大家庭中一朵艳丽的鲜花。前几天，我们一同去看过全国工艺美术展览，曾久久地停留在一幅贝雕画《百花图》前赞叹不已。它是用千百种金翠华彩的天然贝壳经过雕磨镶拼而成的。那一朵朵、一丛丛奇花异卉，姹紫嫣红，竞吐光华，真是出神入化，巧夺天工。我告诉他，京族人很擅长这种精美的艺术。13 年前，我曾到北部湾一些岛屿上采访过京族人民的生活风貌呢！那时，正是越南人民抗美救国的严峻时刻。中国人民支援越南的一些物资常在这些岛上装船，趁着夜色冒着风雨运往越南。为了躲避美帝国主义的狂轰滥炸，许多越南老幼妇孺投奔到岛上，受到我国京族和各族人民的热情接待。他们同吃一锅饭，共席一张床。晚上，优雅动听的独弦琴互诉衷情。我曾住在京族人的家里，听过一位老人弹拨过独弦琴。那是一个月朗星稀的夏夜，老人坐在新盖的砖房前，对着万顷波平的南海，把自己的全部心声灌注在琴弦上，弹出了京族人民欢乐幸福的琴音。我能听得出，在那优美、开朗而舒恬的琴音中，蕴含着对党和毛主席多么深厚的感激和爱戴之情啊！这位和善的老人，还是个业余的贝雕画能手，曾作了一幅《京族人民上北京》的贝雕画挂在墙上。他自豪地告诉我，那个站在天安门观礼台上向毛主席挥手致敬的人就是他。老人的家庭是无比幸福的。他有两个儿子和一个女儿，可是他却跟着女儿生活。女儿是驰名南海的"三三八号"渔船船长，招了个壮族丈夫，是个拦海造田的土专家。女的出海打鱼，男的在家种田，这种反常的分工，使家庭更增添了另一番乐趣。他们生了两个女儿，大的读中学，是个不爱说话爱绣花的女孩；小的才上小学二年级，爱唱爱笑，是有名的淘气妹。阿公最喜欢淘气妹，她常到海滩上捡回许多精美绝伦的贝壳，供阿公作画……

这时，车厢里的"鲜花"们唱起了歌，歌声打断了我向美工师做的幸福追忆。是啊，京族人民的幸福生活曾强烈地感染过我，使我分享过他们的欢乐。而今阔别13年了，岛上发生了多大的变化呢？如果说一滴水珠可以反映出太阳的光辉，那么，那幅贝雕画《百花图》的光彩和这位京族姑娘的歌声，是不是闪映着神光异彩的水珠呢？

大概受了我的追忆叙述的感染，美工师的画笔早已飞速地给京族大学生勾勒出了一张速写画。我惊异地发现，画家多么准确地捕捉到了她唱歌时最传神的一个瞬间，而这个神态又多么叫人觉得眼熟。她唱歌时那微微仰起的头，自然地伸出一只右手，特别是那双总是含着询问的眼神，似乎在探索着听众的反映："我唱得对吗？唱得好吗？"哦，我骤然想起了那个京族阿公的宝贝小孙女——常带我去拾贝壳的淘气妹来了。那时她只有八岁，每次唱歌时就是这个姿势，探询的眼光一直盯着我，直到我拍手喝彩，她才肯把视线移开。她姓阮，大家都叫她小妹，而她对不管来干什么的外地人都统统叫作"工作叔叔"。

我想起这样一件事来。阿公对我说过，小妹脑子里像有个算盘，很会算术。阿公赶圩买东西或卖什么，常把她当个活算盘带了去。"小妹，三斤四两螃蟹，每斤二角四分，多少钱？"小妹郑重其事地拿出笔，在小手掌上算一下，马上就能准确地告诉他。"耳听是虚，眼见为实，你考考她看。"阿公自豪地对我说。我知道，信心百倍地认为自己的孩子比别人聪明，这在十个父母中可以找出五双来。为了不让老人失望，一天夜里，我在全家乘凉时考了考她："小妹，你们家储蓄在银行里有1850元，全家五口人平分，你能有多少存款？"小妹拿出笔来，在小手掌上习惯地演算，一会儿说："370 元。"

"对，对呀！"全家人都赞扬她。

我又问："每尺花布四角七分钱，你那 370 元能买多少尺花布？"

小妹认真地摇摇头，说："我不买花布，我有的是衣服。"

大家都笑了，小妹没笑，一本正经地说："我要买书。"

阿公笑道："全买了书，能把你埋在书堆里。"小妹拍手说："那才好呢！"

我抚摸着小妹满是数字的小手说："你倒是应该多买点纸，看这小手！"

妈妈责备道："草稿本买了一大摞她不用，每天放学回家，手板上全是数字。"

小妹撒娇道："这张纸才好呢！洗了又能用！"说着，把手浸到脸盆水里，拿出来，抹在阿公的脸上，阿公顿时成了个包公啦！全家人前仰后合地大笑不止……

汽车里歌潮刚一停息，笑浪又掀了起来。京族姑娘笑得格外爽朗奔放。此刻，我有意仔细地观察她。使我惊喜的是，她那睿智的眼睛、韶秀的面孔以及豪放的性格，与我记忆中的阮小妹紧紧贴在一起，十分相像；可是，遗憾的是，那苗条的身材和细长的柳眉又把她和小妹分开了。她究竟是不是 13 年前那个阮小妹呢？

汽车到了颐和园，"鲜花"们忽地变成了一群采花蝴蝶，扑向万紫千红的花圃中。我和美工师一边走一边谈。我说她与阮小妹不大像，可是美工师一口咬定她就是阮小妹，理论根据是"女大十八变"。也许还受着一种好奇心的驱使，他对阮小妹一家发生了兴趣，特别想了解一下京族人民的生活。然而，她是不是 13 年前那个淘气妹呢？这样唐突地去采访一个素昧平生的姑娘……

远处，传来了一朵"鲜花"的喊声："喂！快上船，小阮！"

啊！小阮！是她。我和美工师急忙向湖边走去。但是，小阮已经上船，飞速地离岸而去了。看她划船的熟练动作，谁还会怀疑她不是海边人呢？美工师冒失地喊了一声："阮小妹——"也不知是没有听见还是根本不是她，小阮头也没回，小船似箭一般射向湖心了。

美工师泄气地坐下，摆开画架写起生来。我也就只好在万象纷呈的颐和园中自顾寻幽探胜去了。

我时而在林间幽径里漫步，时而在名花佳草中徜徉，最后登上了万寿山佛香阁，纵目远眺，只见红枫翠竹、绿柏青松、夭桃秋李，在这红遮绿掩之中，浮现出一幢幢琼楼玉宇，一顶顶雕甍绣槛。昆明湖上白光浩渺，烟波荡荡，更有山河绵邈一望无涯之感。这里，游人如蚁，照相的、歌咏的、游览的、休息的，当然还有热恋的……今年更有一种独特的景况：在林深之处，假山之角，有许多专心读书的青年和排开纷扰来此独自思考的学者。这也是一种兴致，一种幸福，还多少带点时代的特征呢！

中午，我和美工师坐在小吃部的圆桌旁，喝着汽水吃点心，话题自然又转到那个京族大学生上。美工师为失去采访阮小妹的机会而遗憾，也为我阔别13年而失之交臂感到惋惜。说来也巧，话未落音，忽然眼前霞光一闪，那群"鲜花"又蜂拥而至，而且就选了我们身旁的桌子围坐下来。美工师拉着我就要起身，我按住他，表示不要着急。

过了一会儿，"鲜花"们都在尽情地笑着说着吃着，唯有京族姑娘娴静地坐在那里，翻阅一本新书。忽然，她取出一支笔来，又掏了掏口袋，问身旁一个瑶族青年："带纸了吗？"瑶族青年不明其意地摇摇头。京族姑娘歉然一笑，说："这道题出得太有意思了！"倏忽，一个熟悉的动作出现在我的眼前，姑娘毫无顾忌地伸开手掌，笔尖在上面刷刷地演算起来。

"啊！是她！"美工师失声喊起来。此时，我也按捺不住兴奋的心情，走到她跟前，带着长者的气度和悠然的笑意问道："小阮，你还记得我吗？"

小阮停止了手掌上的演算，举眉扬目，久久地注视着我，然后抱歉地摇了摇头。我提醒她说："我就是曾经住过你们家的'工作叔叔'。"小阮的眼里似乎现出困惑莫解的神情。在一旁着急的美工师插嘴道："嗨！你准是忘记了，那时你才八岁呢！"

小阮只好笑笑："也许，我……忘了。"此刻，我觉得有点儿尴尬，虽然"鲜花"们都热情地招呼我们坐下，还端来了汽水。

我说："我还记得，你叫阮小妹。"

"不。"小阮申明，"我叫阮小珠。"

"改名了？"

"没有，我一直叫阮小珠。"

我越发奇异起来："你阿公不是喜爱贝雕画……"

"我没有阿公。"

"啊？！你妈妈不是'三八号'渔船船长……"

"哈哈哈……"小阮昂首畅笑起来,"同志,你认错人啦!"

"啊!"美工师与我惊愕相视,哑然失笑了。所有的"鲜花"都友善地朝着我们笑起来。

小阮笑完,说:"你问的那个阮小妹,现在叫阮小云,是上海复旦大学数学系二年级学生了。"

"哟!"我惊喜万分地说,"可我总还觉得她是个淘气妹呢!"

小阮从小皮夹里拿出一张照片,是她们俩的合影,说:"我们俩同一个村,同一个学校,又同时考上了大学。你看,她还是那么胖乎乎的,哪像我呀!"

"可是我上了一种错误理论的当。"我狠狠地盯了美工师一眼。小阮不解地望着他。美工师憨直地笑了,说:"女大十八变嘛!哈哈哈……"

阮小珠笑了,说:"说得对,不但人有十八变,我们那个小岛更是变得叫你认不出来了,变化可大呢!就说阮小妹一家吧,她妈妈领导的'三八号'渔船再也不是机帆船,换成了50吨的渔轮,还带冰仓呢!岛上拦海造田已经一万多亩了,全用拖拉机耕种,小妹的爸爸成了生产模范。你还记得她的姐姐吗?那个不爱说话的绣花姑娘,如今可神气啦,成了海底石油钻探队队员啦!"

"海底石油?"

"你还不知道?就在我们岛不远,发现了海底石油。去年引进了外国海底钻探的大平台,黑色的金水已经流进祖国大地了!"

"那位老阿公呢?"我急切地问。

小阮故意停了一会儿,诙谐地笑了笑,说:"也许,你们最近已经见过他了。"我一点儿也不明白,美工师认真地做证:"没有,确实没有。"

"没有去参观过全国工艺美术展览?"

"哦!《百花图》!"我明白了。

小阮怀着崇敬和思念的心情说:"从那幅贝雕画里,你们已经见到老人的一切了。他的生活、思想、精神,以及他对祖国、对各兄弟民族的爱……那也是我们京族人民对祖国的爱呀……"

幻象中出现了那幅美不胜收的《百花图》,那一朵朵、一丛丛扬辉璀璨的鲜花一瞬间和眼前的鲜花协调地吻合在一起了。啊!多明亮的阳光,多甘美的雨露,生活中的《百花图》,不正以它的千姿百态展现在新长征的康庄大道上吗?

就在这一会儿工夫，激情飞扬的美工师用他那神奇的画笔，把眼前华彩夺目的"鲜花"们全都收进他的速写画里了。"啊！又一幅《百花图》！"大家赞美地欢呼起来。

分手的时候，小阮真挚地对我们说："阮小妹一家不过是我们京族人的缩影，欢迎你们再去岛上看看。我们那个美丽的小岛呀，也是祖国的一幅《百花图》啊！"

啊！《百花图》，我们辽阔绮丽的祖国就是一幅壮伟灿烂的《百花图》啊！那是我国几十个民族的精华集锦而成的，那是八亿多人民用血汗精心绘成的！

花中之花

　　南湖公园有一个花圃，离我们住处不远。黄昏，沿着霞光灿烂的柏油路，闲步一会儿就到了。过去我们不大注视它，倒不是无心赏花，只是觉得那里花色不多，品种寥寥，栽培也不很精巧。时隔一年，据说花圃已经焕然一新。一个星期天，风清景明，春意盎然，我忽然有了闲适的心情，想去满足一下赏花的心愿。邻居那个五岁的小女孩新新，一个劲地扯着我的衣角追问："花好看吗？花是什么做的？……像我裙子上的红花花吗？像我辫子上的绸花花吗？"问得我不知怎样回答，只好说："我带你去看看就明白了。"新新高兴得跳起来，连忙换了一件花衣裙，梳好了两条小辫，还特意扎上两朵绸花花，好像有意要和花圃里的群花去比美哩！

　　新新是个讨人喜欢的孩子，平时很爱干净，常常洗手，还会洗自己胸襟上那块小花手帕。她嘴巴很甜，见人就喊，话说起来没完没了，有股黏糊劲。所以，不但妈妈很喜欢她，同住这栋宿舍的叔叔伯伯们也都很疼爱她。

　　"叔叔，为什么公鸡的嘴是尖的，鸭子的嘴是扁的呀？""叔叔，为什么哥哥戴红领巾你不戴呢？""把玻璃杯吊起来会不会像电灯那么亮呢？"……她多想把所有不理解的事物在一个早晨全部弄懂啊！有一次带她去看戏，角色一出场，她就迫不及待地要问清楚，这是好人还是坏人。要是好人，她就满意了；要是坏人，她的眼里立刻射出疾恶如仇的光芒。"为什么坏人欺侮好人呢？"我把戏中描写的旧社会的情形做了浅显易懂的解说。第二天，她就向小伙伴们说开了："你们听着，以后谁要是欺侮好孩子，谁就是旧社会！"

　　来到花圃，果真是一片红娇绿嫩的花花世界，迎面扑来一阵阵袭人的芳香，叫人好不赏心悦目。

　　新新更是东顾西盼，喜如雀跃。"这些都是花吗？这个呢？……这个也是吗？……"她简直不敢相信，这里的花竟比她特意穿来的这件衣裙上的花还要美哩！

是的，这里的花实在太多太美了。朱英紫萼，艳卉奇葩，有富丽华贵的牡丹，也有娇柔欲滴的玫瑰，但是我却更喜欢那几株渥丹色的石榴花。它开得挺秀、炽热而不谄媚，像一团火球似的显露着坚贞质朴的性格。当你凝视它的时候，你的一双眼睛好像给它的光焰点燃了，发出灼灼的金辉！我也爱那冰清玉洁的百合花，看它微微地欠着身子，含羞地歪着脸儿，欲语又止的神态，正像一个沉吟中的少女哩！还有那繁花灿烂的白婵花，灿星般的茉莉，色淡香浓的丁香，豪放不羁的美洲菊。特别令人称奇的是那种绿叶中点染着一圈圈红晕的圣诞红，据说是国外移植来的珍贵品种……我们观赏着这些神姿各异的花，总像没个够似的。特别是好奇心盛的新新，每当我移步时，总要催促她好几遍呢！

我们来到了一排排整齐的状元红面前，那些手掌般大的红花，像一盏盏红灯似的照亮了新新的脸蛋。她兴奋得失声惊叹起来："好红呀！好红呀！"她靠近花前，痴望着它，默然肃立，好像站在一尊神圣的雕像前。

"叔叔，这叫什么花？"

"这叫状元红，也叫美人蕉。"

"为什么呢？"显然，新新不了解这个花名的含义。

"因为它是一切红花中最红的。你看，它那副样子，像不像唱戏中那些打扮得漂漂亮亮的美姑娘呢？"

新新看了又看，想了又想，然后失望地摇摇头，说："不像，一点儿也不像……"

"那么，像什么呢？"我有意考问她。

"像哥哥的红领巾哩！"

啊！像红领巾，我被她这新颖而又寓意深长的联想惊住了。真的，细细地观察，它的确像一个生气勃勃的孩子扬起手中那一方红领巾，在向你招手，向你呼唤哩！时代变了，人的思想感情也变了，人的审美观也随着变了。此时，在这个小小的心灵里，我是那么明显地触摸到了这种变化的纹迹。

"对！那就叫它红领巾花吧！"我说。

"红领巾花！多好看的红领巾花！"

于是，新新对红领巾花产生了特殊的感情，仿佛这是按照她自己的心愿开放的花。她一直舍不得离开那里，一双水灵灵的眼睛，一会儿盯着花，一会儿又转向我，试着想伸手去触它，却又缩了回来。我知道她心里又怀着一个新的愿望了。果然，忸怩了一阵，她艰难地吐出两个字来："我要……"

我连忙认真地告诉她说："公园的花是不能摘的，懂吗？"

新新噘起了嘴，摇摇头，表示不懂。我着急了，又向她解释了半天，话总没有说进她的心里去，她还是用不解的眼光对着我。

这时，传来了一阵尖嫩的歌声。一个保育员带着十多个孩子，活蹦乱跳地扑进花圃里来。新新的注意力一下子给吸引了过去。

孩子们像小蝴蝶似的在花丛中游来转去，一面嬉笑，一面品评，一面还帮着拾净地上的残花败叶哩！

新新的视线又落在红领巾花上了。她细声细语地向我求着："叔叔，摸一下行不行？轻轻地……只轻轻地……"

我答应了。因为我知道，新新的整个心已被这红花的魅力全部占有了。

新新伸出两个手指，轻柔地抚摸着一叶花瓣，然后满足地笑了，说："比哥哥的红领巾还要软和，像绸子一样。要是我能戴上红领巾，也一定要用绸子做，像这花一样……"

此刻，眼前的红花和她心中最美好的向往融合起来了，她在幸福的想象中飞翔……

背后来了几个孩子，其中一个胖男孩，提高了嗓门喊道："喂！别乱摘花啊！"

新新一下惊醒，小手立刻触电似的缩了回来。

我看见那个胖孩子十分认真的神气，又见新新那副委屈的脸孔，便向他们做了解释。可是，孩子们却说：

"摸花也是不行的！你也摸，我也摸，它会死的！"

"这花是给大家看的，这是公园里的花，又不是你辫子上的花。"

"阿姨说，谁要不爱护公物，他就不配戴红领巾！"

孩子们的这些话深深地刺进了新新的心房，她低下了脑袋。我仿佛看见一朵乌云忽地飘进了新新闪动的眼里，这预示着一场"大雨"将要难以避免了。我正急着要去哄她，可是，几个严厉的孩子马上改变了面色，一齐拥上来，亲近地抚摸她，安慰她，甚至挑逗她，还对着她的耳朵说了许多不可告人的"悄悄话"。于是，新新眼里的乌云渐渐消散了，阳光又重新回到她红亮的脸上。她笑了，又用一双水灵灵的眼睛望着我，向我传达着另一个内心的企望。我明白了，便说："去吧！和他们交朋友吧！"

"呼啦"一下，孩子们拉着新新快活地跑了。

回家的时候，新新情绪好极了，一路上嘴里不停地给我讲了许多事儿。她说他们去看了金鱼池，也像红领巾花那么红，好玩极了，真想去摸它一摸，可是谁也没有这么做。他们又去看了小鸟，和小鸟一块儿唱歌，一块儿学吹口哨，谁也没有向它们扔石子。她还说，孩子们都要和她比一比，看看将来谁最先戴上红领巾。

"叔叔，你说我能先戴上红领巾吗？"

"能，一定能。"我鼓励她。

新新欢喜得边走边唱，唱着她自己编的词儿："红领巾，红又红，像红领巾花那样红……"

以后，新新差不多每天都吵着要去花圃看红领巾花。她妈妈说，在睡梦中她也常叨念，妈妈真想给她买回一束，让她好好地欢喜一场，可妈妈从没听说过有这种红领巾花。不是吗？红领巾和花，在新新的心灵里，那是最最美好的两件东西呀！而恰恰它们又结合在一起，怎能不使她神魂颠倒呢？

那天，下班以后，我特意去鲜花商店选购了几朵开得最艳的状元红。我想好好地满足一下新新的夙愿。回到家里，新新已经吃过晚饭了，正立在凳上扶着窗栏，向花圃的方向遥望。她的眼神是那么凝聚，又是那么缥缈，仿佛充满了幻想。谁知道在她的幻想中，又是一种什么奇妙的世界呢？我不忍惊扰她，便把花交给了她的哥哥。哥哥是个急性子，忙把花拿去给新新"献宝"去了。新新一见，大声呼叫起来："红领巾花！红领巾花！"一脚从凳子上跳下来，险些摔倒。

"忙什么呀？这是专门给你的。"

"给我的？"新新刚要伸手去接，霎时间，她停住了，脑子里闪过了一个念头，急忙把伸过去的手缩了回来，不住地摇晃着脑袋，说："我不要，我不要。"

这出乎意料的反应使哥哥发怔了。新新收敛了笑容，显出一副认真的样子，说："这是公园的花，你怎么敢把它摘下来？我不要，我不要！"说着又倒退了几步，把两手背到屁股后面去了。

"这是叔叔给你的呀！"

"不，不，这是公园的。我认得它，叔叔不会摘公园的花。"新新执拗地拒绝，可是，她又贪馋地痴望着这一束向往了许久的红领巾花啊！

我在门外瞧见，一股爱流涌上心来，使我有点儿激动了，忙进去把新新抱了起来，亲着她的脸颊说："新新，这不是公园里的花。这是叔叔在鲜花商店买给你的。"

"鲜花商店？"

"是啊！那里的花是专卖给爱花的人的。"

新新似乎有些明白了。哥哥把花束插进了花瓶，搁在茶几上。新新立刻变成了一只欢快活跃的小蝴蝶，盯着花，围着花，她的心又一次给这红领巾花的魅力全部占据了。

第二天下班回家，我发现茶几上的花瓶不见了。正在疑惑之间，新新的妈妈笑着指了指屋背，说："你去看看吧！"

我撩开窗幔，看见屋背的几棵凤凰树下，一群小伙伴们围着个石凳，石凳上端端正正地放着那瓶鲜红鲜红的花朵，把孩子们的脸蛋都映红了。

她妈妈对我说："刚才新新把花瓶端出去，我就对她说，你把花瓶拿出去玩，叔叔回来要怪你不爱惜花啦！她却说，叔叔才不会怪呢！放在外面，多好呀！像公园里一样，大家都来看，叔叔一定更喜欢。看这孩子，自己是个小花迷，也把别人都当成花迷了……"

听了这些话，我呆呆地立在窗前，深深地望着新新那张小红脸，我的心好像给一种美丽的幻象牵动了。

过了几天，新新见了我，一头扑进我的怀里，难过得想哭。她把我拉到凤凰树下，淌着满颊热泪，说："你看，花低头了，它快死啦！它不再像红领巾啦！"真的，花瓶的花快凋谢了。这可真伤透了新新的心。

我擦去了她的眼泪，对她说："你知道吗？放在花瓶里的花，生命总是不会长久的。只有种在泥土里，生长在阳光下，它才会常年不败地开花哩！"

"真的吗？"新新那含泪的眼睛里闪着希望的光。

"真的！"

新新笑了，笑得那么甜，好像充满了理想。

"叔叔，快教我种花吧！我要种花，把花种在泥土里，种在我们屋前屋后，把我们这里也变成个公园才好哩！让大家都来看我们种的花……叔叔，我们今晚就种，明天一早就会开出又红又大的红领巾花啦！是吗？……"

新新欢喜得合不拢嘴了。好像只要明天一早醒来，她的眼前真的会出现一排排整齐的红领巾花了！

我怀着深情凝视着沉浸在理想中的新新。我忽然觉得，那个曾经牵动过我的心的幻象出现了。啊！是一朵正在萌发的花，这朵鲜嫩、灿丽而饱含着晨露的花，在阳光中渐渐地绽裂，渐渐地开放了。

啊！这是一朵共产主义花园中的新花，这是一朵花中之花！

我情不自禁地把新新举在阳光中。

心灵的复苏

　　时间真是一个万能的精灵，它可把世界涂抹成千种颜色，也可把人变成万般形态。地球不就是时间造就的吗？时间是有生命的，有感情的。我一直这样感觉。

　　最近，我目睹了一件"时间"与人的故事。那天，我乘92次快车去桂林。我喜欢下意识地把明净的车窗当成移动的银幕，看不尽那沉睡的峰峦，梦游的云；看不厌那欢快的溪水，含笑的花草；看不透那神秘的丛林，爱情的小屋。这一幅幅"水彩画"变幻着我的遐想，大自然的灵性，多会撩人思绪！

　　忽然，一个中年妇女叫了我一声。我转脸看去，霎时记忆空白起来。她是谁？穿着朴素，神态从容，微黑的脸上架着一副金边眼镜，微笑中露出一种格外的亲切。与她并肩站着的显然是她的女儿，一个"现代打扮"的姑娘。

　　她们到底是谁？正当我记忆的触角伸向广州、上海、北京去寻觅被遗忘的角落时，我听到了一句叫我无法置信的话："我是30年前那个小画眉呀！"说着把眼镜摘下来。

　　我像从沉睡中突然醒来，睁开惺忪的眼睛看见明丽朝阳那样，有一种兴奋感。是她！那个大山里的壮家小妹。

　　"你贵人多忘事。"她爽朗地说。

　　"是你变化太大了。"

　　"老了。"

　　"不，更年轻了。"我由衷地赞叹。

　　母女俩朗朗的笑声，把我的意识闪回到一个壮乡山寨里。漫长的30年，我只见过她两次。1957年冬，我去写剧本时曾到那里体验生活，住在她们家。那时她只有12岁，每天翻山越岭去"乡小"上学，下午放学归来还摘回一大箩野菜，晚上切菜煮潲，洗衣做饭，给弟妹洗澡，简直是个小忙人。凭着她的聪明伶俐，勤快能干，成了妈妈的好帮手。她总是穿着一件镶蓝花边的壮家花布衫，总是笑口常开地向我问这问那。那稚嫩的嗓音和镶蓝花边的布衫，构成了一个斑斓而跳跃的可爱形象，加上张口就能唱山歌，"小画眉"就是由此而被我取的雅号。50年代的中国大地，充满着生机、希望和向往，似乎统统反映在小画眉那一双水灵灵的明眸中。我曾问她的父亲，一个淳厚的壮家农民，小画眉长大了，让她干什么。他毫不思索地说："跟毛主席干社会主义！"

一个星期天，小画眉带我去后山挖冬笋。走出竹林，登上山巅，我们骋目远望，只见无限苍穹，云山万里，绿水逶迤，一只山鹰在悠悠滑翔。

我问她："你知道世界有多大吗？"

她思索有顷，摇摇头，说："不知道，那个山鹰知道。"

"哦，这是诗化了的回答。你愿意做一只小山鹰吗？"

她默默地点点头，笑了。

流年似水，18年后的一天，一个偶然的机会我路过这个山寨，想起了小画眉，便去看她。小屋依旧，但已破败。屋内除了一双老人，再也听不见山歌声了。她的父母告诉我，小画眉早已出嫁邻村，已经是三个孩子的妈妈了。我急切地想去看看她，便奔到邻村她的住处。只见三个孩子衣不蔽体地趴在地上玩耍，爸爸出集体工了，她上山打柴未归。我环顾屋内，家徒四壁，简陋不堪。最大的女孩只有八岁。我似乎在她的眼里发现小画眉的影子，情不自禁地把她抱起来，当我辨认出她身上穿的破旧衣衫竟是18年前小画眉穿过的那件蓝花边布衫时，不由得心酸起来，时间停滞了吗？历史在原地循环吗？问她会不会唱山歌，她摇着头，然后略为兴奋地说："我会唱语录歌，是妈妈教我唱的。"啊！小画眉，从你女儿身上，我好像已经透视出你那已被时间尘埃染成暗色的心灵。

夕照里，一个挑着沉重柴火的女人走到家门。她怀着戒备把我当作一个来割"资本主义尾巴"的工作队员，一开口就向我解释，柴火是自己烧的，不是拿到圩上卖的。尽管我提起往事，她还是直愣愣地望着我，回忆不起来。急得我大喊了一声："小画眉！"她这才猛地拍打了自己的额头，脸上绽开了早被遗忘了的欢笑。在这刹那间的笑容里，却让我在她那过早出现的皱纹里看见了智慧的空白和对命运的屈从。

坐下来，她只用了几句话说了那漫长的18年。"大跃进"，人民公社，她停了学去大炼钢铁，之后三年"自然灾害"，一家人吃树根、野菜，全身浮肿，之后被迫过早嫁了人，迎来了"文化大革命"，之后一连生了三个孩子。她说得很冷淡而平静，好像是在讲一段别人的身世一般。

　　"生活很苦吧？"我关切地问。小画眉淡然一笑，说："不苦，能吃饱。"然后露出很满足的神情。

　　"孩子上学了吗？""读书人挨批斗，给队里看牛还有工分。"她见我哑然无语，脸上掠过一缕胜利的微笑。但我的心是凄楚的。18年前曾满怀着求知的渴望，每天翻山越岭去上学的那个小姑娘哪儿去了？看来历史的失误造成的愚昧还要传宗接代下去。真可怕的现实！当晚，我决定住在她们家里，好好和她说些当时连我也不尽相信的未来美景。我为她和孩子们描绘出一个"理想的天国"——那个带有浪漫色彩的社会主义社会，就像那年指着那只翱翔的山鹰，鼓动她那心的翅膀向上高飞一样。

　　然而，我失败了。第二天告别时，她说了一句使我的心久久扭痛的话："壮家祖先布洛陀保佑我的娃仔能像我这样好命就好了。"

　　就这样，在我和她最后告别的印象里，除了留下一张又黑又瘦的面孔外，还有一颗干枯了的心。

　　第二次见面转眼又是12个春秋了。这是中国历史上多么重要的时代，一个令全世界瞩目的神州新纪元的开端。一切都在渐进而迅猛地变！时变，物变，人变，观念在变。变得洒脱，变得缤纷，变得神奇，变得令人瞠目结舌！此刻，站在我面前的小画眉母女，不就变得不可思议了吗？

　　小画眉告诉我，女儿考上了广西师范大学，她亲自送她去上学，自己也到大学府去看上一眼，总算没有白活在这个世界上。

　　我开玩笑地抚着她女儿的头说："不看牛了？"

　　"我爸爸看。"

　　"那一定是个小铁牛吧？"

　　小画眉笑说："你们以为我们发了好世道的财吗？生活比以前是好过了，比起城市，还是苦的。我们住的还是那间旧屋，吃的还是玉米，家里也没有电视机。不过，别人搞电气化，我们家有钱搞知识化。"

　　"你现在也知识化了吧？看！还戴上了眼镜呢！"她忽地羞红了脸，仿佛30年前那个聪明伶俐的小画眉又飞回来了。女儿把妈妈那个壮锦袋打开，里面装的全是书本。我惊喜而感慨地看着它，啊！好一个心灵的复苏！

　　小画眉微微地抬起头，说："做了半辈子蠢人，也变得聪明些了。"多么质朴而又具有历史概括力的精粹语言。我们的民族和国家不也是这样吗？

30 年过去了，新中国成立 40 周年即将来临。离 20 世纪末只剩下十来年了，21 世纪中叶的伟大目标转瞬即至，中国要巨变，这已是历史的大潮。但值得思索的是，这不仅仅是时间这个精灵的赐予，时间只是历史巨变的载体，天时地利，还要靠人杰啊！人的变化，人的素质变化，人的思想观念的变化，这才是推动时代前进的内在原动力！

　　碧空丽日，壮山的鹰飞腾了。

访澄碧湖

——大海的女儿

"澄碧湖——大海的女儿",这是一位诗人曾在诗篇中赞颂过的澄碧湖水库!我受着这股艺术力量的强烈感染,在一个晴朗的日子拜访了她。

从百色出发,沿着山边公路徒步走去,一路上,我不断用想象的笔触勾勒她的容貌,一次又一次地描绘,一次又一次地抹掉。大海的女儿长着一副什么模样呢?先睹为快的心情使我加快了脚步。这时,传来了震撼山谷的开山炮声,它告诉我:澄碧湖水库并没有停止她的步伐,隆隆的炮声正是她勇往直前的战鼓。哦!大海的女儿,她以战斗的英姿映入了我的眼帘。

于是,山头的红旗出现了,栉比的工棚出现了,激溅的水花出现了;于是,红色的压土机出现了,长龙般的车队出现了,劳动的歌声伴着民工的欢容笑脸出现了;于是,一座平地拔起的高达68米的巍巍大坝挡住了我的视线。我不觉驻步停在它的面前,仰望着这座地球上新诞生的人造山。左边的山被铲平了,右边的岭被削去了,大自然按照人们的意志改换了容颜。正像工地上流传的豪言壮语所描绘的:

> 左斩长龙岭,
> 右削狮子山,
> 大坝骑在马鞍滩!
> ……

不是吗?矫健的苍龙不见了,昂首的雄狮也永远失去了它的威名,多少年来被人们崇拜的像土崩瓦解了,一个崭新的名称传诵在人们的口中:澄碧湖水库大坝——通往幸福的天桥。

工程党委宣传科的老赖同志是我访问的引见人,他那热忱而流露着自豪感的介绍,使我更真切地了解了水库的全貌。

澄碧河发源于凌乐县的水源洞,这是一个罕见的奇迹。一个深不可测的山洞,滔滔吐出一条清澈的河流,洞口有十数丈宽,洞里有许多古迹名胜、壁画石雕。过去，为了揭开这个水源洞的秘密，历代都有人深入探险，但都没有结果。据说，在数百里之外的贵州某山区，曾有一条河水的流向不知去向了，谁知道它是不是澄碧河的真正源头呢？

从石牙交错的山洞里吐出了一条澄碧河来。它那碧绿明净的脚步在丛山岭壑中蜿蜒地走过107公里，然后汇入浩荡的右江怀抱之中。可是两岸的农民却没有从它澄碧的颜色中得到幸福的恩惠，人们像惧怕毒蛇猛兽那样躲着它。澄碧河有个最凶残的脾气，它每年的洪水期比其他河流都要晚，正当早稻收割和中稻扬花的时候，它便伺机伸出魔爪，无情地攫取人们的劳动果实。过去，每到这个季节，善良的农民除了用烧香拜佛的祈祷企图取得它的怜悯心之外，还能有什么办法呢？只有今天，人们才能用自己的力量制服它的狂暴，把它握在人们的掌中。如果要问，大海的女儿是怎样来的？那是用不着去"深深地想"的，工地上每一个民工都会告诉你，是数以万计的各族人民的汗水汇成的，是人们的心意"邀请"来的。

滞洪只是澄碧湖水库效用的一个方面，更积极的功能是灌溉和发电。百色专区有一条特旱走廊地带——田东、田阳和百色。这一带雨水稀少，连年干旱，据说乌云飘到这条走廊的上空也会变成火云。有人说也许与这里地下埋藏着大量的石油资源有关。庄稼从种下那一天起就开始抗旱，直抗到收割为止。一场雨，一滴水，在这里真被视为生命的琼浆。而澄碧湖水库将以最大库容量十几亿立方米的琼浆，送给她们一条终年不绝的涓涓河流，给那里的20万亩土地和数十万人民带去丰收。同时，她还将以强大的电力点燃百色地区工业的火花。为着这样美好的目标，还有什么艰难能阻挡那些为自己切身幸福而战的民工们呢？他们说："多填一层土，多添一层幸福！""多得一滴水，多收一粒粮！"这是多么真切的衷言啊！

老赖带我在工地上巡礼一周，参观了现代化的电动起闭闸、白浪滔天的排洪消力池，参观了输水洞、输水渠、副坝工程和溢洪道。最后，我们爬上了大坝的顶端。这座用270多万立方米泥土垒起来的庞然大物，是全国屈指可数的几个大土坝之一。就是它，把十几亿立方米的洪水控制在37平方公里的几十座山谷内；就是它，把一湖荡漾的水，举在50多米高的半空中，听凭人们使唤。只要输水隧洞和干渠修好，放水的日子就要来到，那时，滚滚的澄碧湖水将要去彻底洗除这一带的千年旱史，特旱走廊也将永远被绿洲宝地代替了。

第二天上午，阳光璀璨，风停水静，我们登上汽艇，遨游澄碧湖。

大海的女儿，今天显得多么的娇娆风采。看她戴着翠绿的凤冠，披着羽蓝的纱衣，铺开了晶莹的锦缎，用娓娓动听的歌声，迎接我们的来访。

啊！真是一派令人目夺神摇的奇景！水光映绿，山色送青，一片平阔的碧波，色浓似染。天光云影，远山如黛，宛若走进了一个童话世界。立在船头，展眼四望，视界为之一宽，胸襟豁然开朗。

汽艇以每小时五公里的速度破水前进。我和工程党委书记席地坐在船头的凉棚下，铺开一幅澄碧湖的地图。书记告诉我，这个湖究竟有多大，连他也没有走完，有许多湾环谷流还没有去过。湖水深处有50多米，可是清朗得像一块翠色的玻璃，透过湖面，还隐约可以看见被淹没在湖水中的一簇簇大树，多么像斑斓多姿的大珊瑚。他告诉我，澄碧湖不是生来就这么平静驯服的，在大坝合龙以后的两年施工中，她不甘于受到这样的束缚，每到洪水期，她的凶暴的性子就要猛烈地发作，以每天上涨一米的速度向大坝挑衅。要是一旦让她得逞，这一湖从数十米高空倾泻下来的滔滔洪浪，不但将使百色、田阳、田东几个县淹没于汪洋之中，就是南宁城也看不到一片瓦顶了。现在，她总算被彻底驯服了，她的暴性永远改邪归正了。她将永远像现在这么娴静温顺，姿容绰约，正像一个温文尔雅的淑女，正像诗中咏诵的"大海的女儿"。

澄碧湖有展眼收不尽的万顷平波，也有岸狭势逼的谷流，这里又有一番令人迷惘的景致呢！两岸堆青叠翠，幽鸟乱啼，青山绿水，相映如画。凉风习习地吹来，野花悄悄地送香，颇是一处避暑胜地。书记说，这里将来要建一座规模不小的疗养所哩！

汽船发出欢快的马达声，寻幽探胜地在湖中游荡，惊起了湖面戏水的野鸭和岛上啼唱的锦鸡，它们舒开华彩夺目的翅羽，在我们的面前掠目而过。偶然发现了几只羽丰毛白的天鹅在空中盘旋，更使我惊喜万分，我除了在舞台上欣赏过柴可夫斯基的"天鹅"之外，在生活中，还是第一次饱了眼福。啊！难道我们来到了天鹅湖吗？我迷惑了。更有趣的是，沿岸山林里，常常有獐子、黄猄和马鹿三三两两来湖边饮水作乐、雀跃欢跳，用好奇的眼睛窥伺着汽艇。老赖对我说，澄碧湖是打猎的好场所，有一次，他们曾猎获了七只黄猄和一只山猪哩！

湖中岛屿甚多，而且姿态各异，有的像匍匐的海龟，有的像饮水的鸵鸟，有的像条长蛇，有的又像个螺蛳。在这些还没有命名的岛上，偶尔出现两间人字草棚，一堆青烟篝火，给人一种神清雅致之感。据说这是渔人猎鱼的临时住所，他们凭着一叶扁舟，两条钓竿，每天得鱼不下十数斤哩！

我们的汽艇来到了一个山边的村庄，有趣的是，这个世代隐藏在千山万岭中的山寨高强大队，如今变成了绿洲渔村了。过去，他们住在僻远的山腰上，出进都要身背背篓，而今，船只可以直达村前。这个生产队的社员又添了一项经营的副业，增加了一笔收入。我看见他们正在造船织网，放排垂钓。昔日的山中樵夫，今天成了捕鱼能手了。我们登岸在那里逗留了片刻，一个看牛的老爹欢容满面地向我倾诉着澄碧湖给他们带来的崭新的好生活，他竖起大拇指，感慨地说："共产党要山走，山就走，要水来，水就来，真是万能神啊！"

尽管汽艇加快了速度，从上午9点到下午5点，我们只游完了东湖，还不及二分之一哩！我们的船，满载着豪情和赞誉返航了。归途中，斜阳映在潮面，余晖亲吻着绿水，湖光山色，几片帆归，涛声轻轻荡去，渔歌隐隐飘来，对着这种景象，谁能不扬眉展眼、心旷神怡呢？据说画家叶浅予在游湖时禁不住蘸饱毫笔，即兴作画。中央民委主任谢扶民同志在参观时也曾诗兴大发，作过"春风吹到澄碧河，遍地红花亿万朵；人浪千叠车成线，夜来灯海照山坡"的诗句。

老赖问我："游了澄碧湖有些什么感想？"

我说："的确是一位美丽可爱的大海的女儿。"除此之外，还能找出什么样的语言来概括她的精神和容貌的美呢？

啊！时间

当我的父亲和母亲把我"制造"出来之后，就托付给了"时间"。于是"时间"便带着我由一个胚胎走向了婴儿，走向了童年、少年、青年、壮年，直到老年……

现在把我在青少年时的照片和几十年后的照片放在一起时，我除了看到照片上两个已经完全不同的人像外，并没有看到"时间"。

那么时间到底是什么？它在哪里？我常常问自己，也请教过智者名士，都因得不到圆满的答案而感到困惑。时间是看不见、摸不着、听不到、嗅不出的一种非物质而又非精神的东西？或称概念？

打开权威性的辞书查询一下："时间是运动和变化的表现形式"，"运动和变化是时间的本质，是世界和万物内在规定的组成部分"等等。嗬！这是高深哲学家的阐释，虽然精辟，但有点儿一头雾水。从普通人的角度看时间，用普通的道理来解读时间，倒是件令人感兴趣的事情，但却有点儿难！

是谁把当时宇宙大爆炸后的一团熊熊燃烧的、由岩浆凝聚起来的火球，变成现在花团锦簇、美妙绝伦的温馨地球的？是时间，那是50亿年的时间！是谁从2700万个物种中脱颖而出进化成现在主宰世界的智慧人类的？也是时间，那是250万年的时间！又是谁把一个极度贫弱的"东亚病夫"变成昂首挺胸屹立于世界民族之林的东方巨龙的？还是时间，那仅仅是50多年的历史瞬间！当然，这里指的只是过程的概括，不是变化的因素，显然，没有时间就不存在任何变化因素。

如果把时间放在现实世界来审视，时间是一种人人平等拥有的、最平常又最珍贵的财富。时间是如此之奇妙，人人获得的时间感都不一样。穷人说：我什么都没有，但有的是时间；富人说：我什么都有了，就是没有时间。有志者惜时如金，说"一万年太久，只争朝夕"；庸人怕时间太多，要想方设法去"消磨时间"。孩子埋怨说：时间过得真慢，盼过年盼得脖子都长了；老人却叹道：光阴似箭，一眨眼又过了一年！当前又流行着"时间就是金钱"这样惊世骇俗的口号，时间真的是万能的、变幻无穷的魔怪吗？

英国大喜剧家萧伯纳讲过一则幽默，他断然说：时间是个怪物，当你在等待恋人约会时，时间就会过得很慢很慢，几分钟就像几个小时那么漫长；而当你和恋人在一起时，时间却过得很快很快，几个小时变得像几分钟那么快。我想，谁都有过这样奇特的体验吧？只是萧伯纳把它精辟地说了出来。可见时间的值不是绝对的。大科学家爱因斯坦挑战了牛顿的"绝对时间"的论断，而创造了广义相对论。他把时间纳入了"相对"的理念之中。他认为，当速度达到了光速以上，时间就会停止了。比如，你乘坐着一艘达到光速的飞船离开地球去遨游宇宙外太空，光速就会使时间停顿了！等到你回到地球时，你还是你离开地球的那个"时间"，假如当时你40岁，不论过了多久，你现在还是40岁，尽管那时地球已过了100年或者1000年。因为你在光速中已没有时间的概念了。这不是很有趣的科幻电影吗？但这确是爱因斯坦在实验室里推论并证实过的，虽然如今也有新思维在挑战他的理论。

时间是如此的抽象而又具体，奇幻而又现实。我们又何必咬文嚼字地去捕捉它的身影呢？还是让我们回到现实中来吧！既然时间是相对的，那么人们便有了极大的"自由利用"的可能，以放大时间的最高价值！比如，有些人在同一时间里可以做几件事情，也有些人做一件事要花上比别人多几倍的时间；有的人做出一件事来可让许多人节省下许多的时间，也有的人做出一件事来让许多人多消耗了数不清的时间。我国的成语"事半功倍"和"事倍功半"说的就是这个理。

当今流行的"过好每一天"并非一句消极的话，更非歪曲为"及时行乐"。而是要在每一天的时间里充实着创造的意义和欢乐的心情。相对的时间虽然有限，却实实在在地掌握在你手中，时间由你来支配，你不是时间的奴隶而是主人！时间就是你进行物质和精神创造与享受的载体，但时间会带给你成功，也会带给你失败；会带给你快乐，也会带给你痛苦，这一切都由你说了算，与时间无关。

怎样过好每一天，是一个人的人生观和价值观的具体体现。李白在他的《春夜宴从弟桃花园序》中写道："夫天地者，万物之逆旅也；光阴者，百代之过客也。而浮生若梦，为欢几何？……吾人咏歌，独惭康乐。幽赏未已，高谈转清。……不有佳咏，何伸雅怀？"大诗人在感慨人生苦短之时却从不忘记咏歌、高谈、佳作、雅怀，为追求艺术真谛而毫不懈怠。岳飞更是直抒胸臆，仰天长啸："莫等闲，白了少年头，空悲切。"以激励世人：少壮不努力，老大徒伤悲。我永远记得《钢铁是怎样炼成的》一书中，保尔·柯察金的一段名言："人最宝贵的是生命。生命对于我们只有一次。人的一生应当这样度过：当他回首往事时，不因虚度年华而悔恨，也不因碌碌无为而羞耻。这样，在他临死的时候，就能够说：我整个的生命和全部精力，都献给了全世界最壮丽的事业——为人类的解放而斗争。"

我们现在还有也许很多、也许很少的"每一天"。时间啊时间！你对每个人，是如此的慷慨而又吝啬，是如此的平等而又不均，你究竟身为何物？叫我爱你还是恨你？

"时间"却严肃地回答我：不要问我为何物，要认真地问问你自己，时间归根到底是什么？就是你的生命！你爱惜自己的生命吗？

我"读"美女

美女除自我感觉良好外，一般来说是让人看的，文雅些说，是让人欣赏、赞叹和羡慕的。任何美的事物，都会让人赏心悦目。用现代青年的说法，看美女，第一眼可"养眼"，第二眼就会"养心"。这虽有调侃之嫌，但还真有人写文论述过看美女养眼养心的生理根据呢！说看了美女能使你体内产生一种什么"素"？（原谅我忘了）让你欢愉、怡情，还滋润保养你的眼球。当然有人质疑，甚至非议。我呢？属于半信半疑者也。所以，我这篇文章没有用"我看美女"，而是选择了"我'读'美女"，读，就不仅是看，而且有进一步研究剖析之意。

在选美泛滥的当今社会，现代美女是在怎样的背景下产生的？还真有必要回顾和考证一下。记得八九十年代上海出了一本小说《上海宝贝》，媒体把这本书的女作者卫慧称为"美女作家"，之后，各行各业照葫芦画瓢地出现了一批冠以美女称号的女职业从事者。例如"美女医生""美女教师""美女记者""美女经理""美女运动员"等便应运而生，甚至"美女"入侵了政府，竟出现了这样的称呼："美女部长""美女书记""美女县长"等等。在这个时期里，以各种服装模特、广告模特选拔竞赛的形式进行了广泛的选美活动，美女便成了最时尚的宠儿。

在社交中，我曾见过这样的见面礼："你好！美女，好久没见你了。"对方笑答："帅哥，你上哪儿去？"现在不仅是满街美女，而且满嘴都是美女！我概括为"泛滥"不太为过吧！

何谓美女？有诗为证。诗经中是这样描述美女的："手如柔荑，肤如凝脂，领如蝤蛴，齿如瓠犀，螓首蛾眉，巧笑倩兮，美目盼兮。"白居易在《长恨歌》中描写古代四大美女之一的杨贵妃，有"回眸一笑百媚生，六宫粉黛无颜色"的名诗句，真美得绝顶了；恍惚记得前人还为美女做过这样精彩的概括：以花为貌，以鸟为声，以玉为骨，以雪为肌，以月为神，以秋水为姿。西方人对美女则赞颂得更彻底，说美丽的女人是上帝的杰作，就是说美女是神灵造就的最完美无瑕的化身。

美女如果只有天赋的外表，那只是不完全的美。孔夫子在论语中说：

"子谓韶尽美矣，也尽善也。"孟子也说："可欲之谓善，有诸己之谓信，充实之谓美。"圣人说了话，后人便归纳为做人的完美标杆："真善美。"把美和真、善融合为一体，其实就是美学中论述人性美、自然美和艺术美统一的美的最高原则。如此看来，要当真正的美女还真不容易呢！

在我国悠久而灿烂的文明史中，从不拒绝美女，她们在史册中也不乏闪光的篇章。古今中外的影剧文学作品中，以美女作为主人公数不胜数，她们的生活、爱情、命运和悲欢离合牵动了多少人的心，所谓"红颜薄命"常成为故事的主要情节，红颜即美女，她们的悲惨命运被说成为凄美。

既然美女在社会生活中有如此重要的"戏份"，于是美女就如雨后春笋般的"浮出水面"了。近些年来，只要打开电视，几乎每天都有各种名目的选美竞秀节目，什么世界小姐、环球小姐、亚洲小姐、旅游小姐、模特小姐、广告小姐、形象大使、形象代言人……连某些大学、中学都在竞选校花、班花，一时争议的海选"超级女声"也实际上有极重的选美分量，真是林林总总。呜呼！泱泱大国，美女如云。

有次我去商店购物，见一位顾客唤女营业员，她正忙着没听见，顾客便大呼一声："喂！美女！我问你啦！"女营业员转过头来，对他一笑，不知她心里是高兴还是难过。因为我偷窥了她一眼，那位美女营业员的形象实在有点对不起观众的眼球。

社会上凸现了一种美女现象，先不论它好与不好、正面还是负面，但大凡是用滥了的语言总会走样的。过去人们之间普遍称呼"同志"，现在只在一定范围内使用了。如果你去吃米粉，称呼那位端粉给你的女孩为同志，她会发愣地看着你，手足无措。改革开放以来，出现了对女孩较文雅的称呼："小姐"，在社交中一时颇为热络。然而近两年来，"小姐"这个称呼有点变味了，什么三陪小姐、坐堂小姐、应召小姐……逐渐多了起来，有的顾客进宾馆第一句话就问，有小姐服务吗？于是"小姐"的称呼格调大降，许多正派的女性听到叫她小姐就侧目、反感，甚至反击你一句："谁是小姐？"让你尴尬万分。

我真有点担心，如此泛滥的美女，会不会也逐渐地变味呢？据报道，英国在一次选美中，一位绝代佳人经层层竞争，脱颖而出，勇夺冠军。正当她大红大紫之时，发现她在三年前曾混迹过红灯区，组委会立马摘掉她的桂冠，毫不留情，这是为了保护美女这个"上帝的杰作"的圣洁称号。我国也有一句成语，叫作"秀外慧中"，这是众多美女们追求的目标，千万不要做一个内装糟糠的"绣花枕头"，也不要做一个肚里空空只作摆设的花瓶。

我们有些人办什么事总喜欢搞一窝蜂，跟风起哄。这样常常把本来是好事却办成了坏事，本来是正当却办成了邪门。比如娱乐性的文艺晚会和各种各样的选拔歌手，本来是一件好事，结果也是给一窝蜂搞歪了！晚会越搞越多、越来越大、越搞越豪华，引起大众反胃。除了惊人的挥霍浪费，给人的印象是，只要歌舞升平就可以强国富民，社会主义中国就可以平地升起。从上到下各级电视台为什么花如此大的精力在黄金时段热衷于搞那么多、那么重复的纯娱乐性节目？当然也包括选美！为什么不多搞些科教竞赛、知识传播、民族艺术、工农诉求及选拔培育各种人才的节目？也许又是那精灵般的四个字"利益驱动"在作怪吧！

但愿目前正在热络的"选美之风"不要成为精神台风"格美"，给社会和人民带来灾难，而是让人们真正地获得耳目一新的美的享受。

减肥进行曲

减肥，是近些年来人们口中频频出现的时尚语，它像一个多棱镜，反映出各种各样人的心态。现今减肥已不是胖人的专利，胖人固然热烈地谈论它，潜在的胖人也在忧虑中谈论它，不胖的人更在高度警惕中谈论它，就连苗条的人也作为预防来谈论保持瘦身呢！可见减肥已成为社会上流行的一个热门话题了。

曾几何时，当社会物质还不丰盛甚至缺乏的时候，肥胖是人们富有的标志。所谓发福，必定是丰衣足食的象征。那时候你见到了某亲友，说声恭维的话："哟！多日不见，你发福（胖）了。"对方也必定谦恭地回应："同福同福！"于是相互一笑，皆大欢喜。现在正好相反，如果你在路上遇见了一位女士，说一声："哟！几天不见，你胖了！"女士立马面呈愠色，回敬你一句："你老婆才胖！"让你下不了台。可见"肥胖"已成了不受欢迎的词语了。

本来也是，人胖了，会带来生活的不便，生理的不适，还会使你的形象大受损伤，臃肿、赘肉、颟顸，动作迟滞，五官集中（脸面大了），连说话都带有"肥"音。原本漂亮的人，就不那么漂亮了；原本平常的人，就有点丑了；原本就丑的人，那就有点对不起观众了。于是，减肥就成了胖子和准胖子的一根救命稻草。

其实，人发胖有各种原因，有遗传的，有病态的，但大多数还是自己不合理的生活方式造就的。俗话说：胖子不是一口吃成的。当然也还有因审美观念促成的。汤加就是一个以胖为美的国家，国王体重达195公斤，臣民还不纷纷看齐？！非洲有个民族，姑娘出嫁前必须大力催肥，否则夫家是不欢迎的。我认识一位堪称重量级的"肥妹"，是个大款，生意做得虎虎生气，就是在本国难觅夫婿，后来移民到了新西兰定居，那里的毛利族也是以胖为美的，她当然就成了"香饽饽"，上门求亲者众多。我国唐代也崇尚肥胖，这可从当时绘画的美女图中得以证明。唐玄宗的第一美女杨贵妃也是一个"肥妹"，广西电影制片厂拍摄电影《杨贵妃》时，饰演此角的演员周洁原是一位著名的舞蹈家，其苗条婀娜的魔鬼身材与杨贵妃相去甚远，于是导演下了命令，每餐给她加食一斤饺子，必须在一个月中增加体重20斤。周洁为了演好这个角色，每天填鸭式地填进两斤饺子，其艰辛困苦的程度可想而知。听说拍完此片后她接拍另一部电影时必须急遽减肥，这就更为艰巨了。据有经验的人说，增加一公斤和减去一公斤绝对不同，后者比前者要艰难十倍！可见当演员也得有点牺牲精神呢！除了演员，许多职业也是谢绝胖人的，听说当警察的腰围超过一定尺度就要调离岗位，更不说公关小姐之类了。

为了工作或者为了形象而减肥这只是一方面，更重要的是为健康必须减肥，肥胖带来许多病是大家认同的，高血压、糖尿病、心脏病……都会使人的生存质量下降，甚至折寿，所以人们对肥胖决不能掉以轻心。十多年前，我从美国访问回来写了一篇散文:《在芝加哥看胖子》，就表达了我的一点忧患意识，说美国这个胖子之国会不会将来传染给我们，不过弹指十年，中国也戴上胖子国的帽子了。据统计，美国的胖子占世界胖子的23%，而中国已达到20%。尤其令人担忧的是"小胖墩"正在直线上升，有的小学已超过30%了！

说到减肥，感慨甚多，我家就有一位百折不挠地与肥胖斗争了30多年的顽强斗士，此人吾妻也。而我自从离休后，心宽体胖，腰围暴涨，也进入了准胖人之列。于是我们夫妇便成了"减肥进行曲"中的一对战友。积十余年之经验，深知欲达减肥目的，千万不要相信媒体广告中的减肥药物，那些说得天花乱坠的效果都是骗人的，即便能抑制一下饮食欲望也是暂时的，反弹将更加可怕。我常和医生探讨减肥秘诀，得出的结论很简单，就是五个字:"少吃多运动。"可是实施起来并不简单。少吃自然会产生饥饿，饥饿之时还可能去多运动吗？再说多运动之后，能够做到少吃吗？这道理和财政"收支"是一样的，要做到支出多于收入，也就是说，要做到"透支"才能减肥！而且要经常保持着"财政赤字"才行。

我在日本住过一段时间，几乎没有见过一个胖子，他们每天吃的东西少之又少，中午带去上班的"便当"只是一个小小的饭盒，像一只猫的食量。他们为何不感到饥饿？还是他们对自己太残酷？但他们是世界上最长寿的民族啊！看来减肥并非一个轻松的话题，要有一点精神的，没有捷径可走，坚持信奉"少吃多运动""支出大于收入"，协调好这一对矛盾，是可以做到对立统一的。

　　胖人减肥是正常之举，但生活中却有另一种怪事，不胖的人甚至是瘦人也在减肥，她们大多是赶时髦的小姐。"窈窕淑女，君子好逑"嘛！审美过了头就走入了审美怪圈。本来就是一个窈窕淑女，硬是减肥减成了个"皮包骨"，自诩为"骨感美女"，怎不叫人扼腕叹息！更有甚者，个别人为此患上厌食症，最后把小命也搭上了。

　　所以说，"减肥进行曲"属于肥胖人们合唱的劲歌，非胖人请勿加入，还是去当观众和听众吧！

人看衣装马看鞍

你会穿衣裳吗？这好像是对幼儿园孩子说的话，其实不然，这是针对当代的男女老少提出的一个问题呢！

长久以来，穿衣对于穷人是个大问题，所以古人把衣食住行的衣字放在第一位。如今一家人轮流穿一条裤子的悲惨事早已绝迹了，"新三年旧三年，缝缝补补又三年"的现象也不复存在了。现在大家不仅有衣裳穿，还可以选择自己最喜欢的衣装，品种样式也多，可以说满街满城甚至满世界都是各色各式的衣裳，这样就出了个新问题：你会穿衣裳吗？

因为衣裳是不能乱穿的，虽然《宪法》上并没有关于穿衣的规定。比如：你是一个婀娜美丽的姑娘，在游泳场上穿上一件比基尼，多么迷人，多么潇洒。但如果你穿上比基尼上百货公司去购物试试看，会是什么效果？西方人举办丧事是穿黑色衣服的，中国人是穿白色衣服的，如颠倒过来是极不合礼仪的，要是你穿上一件大红大绿的衣裙去参加葬礼那就犯大忌了。我的一个朋友平时马马虎虎，有次去机场迎接女明星，特别穿了一套崭新的衣裤，但白衬衣把领口扣紧，而黑西裤却忘了拉上拉链，结果是：该露的不露，该藏的不藏，出了大洋相。

舞台上表演的节目中有埃及和中东的"肚皮舞"，女演员利用自己丰满的肚皮表演着多姿多彩的舞姿，产生美感，这是舞蹈百花园中的一朵奇葩。然而如今一些女子，东施效颦，穿上低裆裤，也把自己的肚皮露在光天化日之下，黄肚皮、白肚皮、黑肚皮以及各种形态的肚脐招摇过市。别的不说，我真担心肚脐着凉容易感冒呢！

所以说，衣裳是不能乱穿的！古人说："黄帝尧舜，垂衣裳而天下治。"孔子在论语中也说："君子正其衣冠，尊其瞻视，俨然人望而畏之……"所以自古以来中国人把衣装看成一件十分严肃而严谨的事。外国也一样，莎士比亚有名言："衣裳常常显示人品。""如果我们沉默不语，我们的衣裳和体态会泄露我们的经历。"唐代诗人李白有首著名的词《清平乐》："云想衣裳花想容，春风拂槛露华浓。若非群玉山头见，会向瑶台月下逢。"就是说花一样的美女穿上云霞一般艳丽的衣裳，才会显得更加美轮美奂。可见穿衣已不仅是防寒和遮羞的原始功能了。它是一种实用、审美和民族特色的文化现象，用现代的话说，是一种形象工程。

新中国成立前，大多数人衣不蔽体，新中国成立后以穿暖整洁为目的，一时间大家都穿上一个样式的衣服，被外国人称为"蓝色的蚂蚁"，的确那是一个封闭状态的时代，男的中山装，女的列宁装，统统是蓝或灰色。这样的衣装反映出一种特殊的政治理念和文化现象，是对革命化的狭隘的理解。改革开放以来，社会发生了巨大的变化，在千变万化之中衣装的变化是最快和最大的。本来是件开放的大好事，但中国历来的一窝蜂让人莫名其妙，好像一夜之间，所有的中山装、列宁装一扫而光！如今男人穿的全是外来的西服和夹克，女性的时装更是五光十色。今年国庆我很想穿一穿中山装，居然跑遍全城数十家商场没见到一件！

每个国家或民族都有自己的国服和族服，阿拉伯、印度、缅甸、印尼……欧美、非洲全都有。我国的国服是什么？中山装？唐装？难怪我去美国迪斯尼乐园的中国馆参观，看见展出的中国服装竟然还是清代的男女服装。APEC首脑在中国聚会时，穿了一色唐装，大概这算国服了吧？可我们的政府工作人员在国务活动中从未见唐装现身。中国古代历来很讲究官服、乌纱帽，而且等级森严，这当然应当废除。但现今公务员应有标志性的公务服装，这是一种责任加身的标志，或许渐形成一种国服，不就顺理成章了吗？泱泱大国竟无国服，所以，呼唤"国服"成为国民的一种愿望了。

现在人们的服饰已解放了，这也是一种思想解放和文化多元的现象。裤脚宽大窄小，裙子长短，腰身肥瘦，悉听尊便，五颜六色，随心所欲，只要不把不该露的露出来，本该藏的又不藏不住就行了。当然现在穿衣还讲究"TOP"（缩写），即Time（时间），Occasion（场合），Place（地点）。搞错了就会显得不得体不礼貌，甚至闹笑话，如穿背心、拖鞋去上班，穿礼服去旅行游览，穿时装去劳动，或上穿西服、下穿休闲裤，还有像胖妇穿旗袍，矮人穿长衣等不合体形的穿着。美国规定女职员不能穿袒胸露背的衣服上班，以免男性职员不专心工作。我见过有个别女教师穿着很露的吊带裙去上课，这对孩子会有负面影响的。要认真讲究穿衣装饰，恐怕写一本书也说不完。

总之一句话，人看衣装马看鞍，现代人要学会穿衣裳。

"粉丝"之痛并快乐着

近年来，当"粉丝"一词刚出现在报端时，着实让人一头雾水，甚至还有点悚人。请看这样的大标题："×××登陆本市，数千粉丝疯了！""星光灿烂，并未被粉丝狂潮淹没！"……你能不惊吓一跳吗？后来大家才明白，"粉丝"原来是一个英文名词 fans 的译音，是"追星族"之类的意思。大概粉丝比追星族更神秘莫测些，更铁杆些，汉语已不够表达其"迷"的深度，才借用了英文译词吧！

有次我和两位老友韦老、何老喝早茶，这是我们常常进行"化疗"（话聊）的保健措施之一。话题扯到了粉丝（当时正在吃一盘牛肉炒粉丝），韦老就讲了一个有关"粉丝"的趣事。

一天晚上，上中学的孙女狂喜地跑回家，一把将她奶奶抱住，边哭边喊："奶奶！我看见周华健了！呜……"

奶奶吓了一跳，连忙替她抹泪，说："什么贱？哪个贱仔打了你？"孙女一听立刻破涕为笑："哈哈……你好糊涂啊！是华哥呀！"

奶奶越发糊涂了，忙问："华哥是谁？"

"我的偶像！"

"什么像？你疯了吗？"

"是的，我快乐得真要疯了！我见到了鼎鼎大名的明星周华健了！他还和我握了手呢！"

奶奶这才明白过来："这有什么稀奇，又不是见了胡总书记！"

"不稀奇？我是他的粉丝啊！"

奶奶慌了："粉丝？哎呀！好好一个孙女，怎么一下子变成粉丝了呢？"

……

此刻，三个老头儿早已笑得直不起腰了。

韦老说完，何老又接下去，他说他的孙子是中医学院的大一学生，那次周华健来南宁演唱，他问他爸要钱去买票，他爸说，这跟中医有何关系？几百元一张票可以买好多书了。孙子说："我的同学都是他的粉丝！我也……"他爸懂得粉丝是什么意思，便斥道，你干吗不做书本的粉丝呢？

还是当爷爷的心肠软，叫他奶奶悄悄给了他200元，就让他去当一回粉丝吧。奶奶嘟哝着："哪有这么贵的粉丝！不如吃面条更便宜些。"

"哈哈哈……"三个老头儿又是一阵大笑，差点儿没把吃进嘴里的牛肉炒粉丝从鼻孔里呛出来。

这回轮到我来说了。我还没有孙子，外孙又在国外，不过我想起十多年前的一件有关粉丝的事来。有个部门花了高价请香港号称四大天王之一的歌星来本市开演唱会，当晚体育馆座无虚席。当天王唱歌正酣时，出人意料的事情发生了，一些女青年不断地上去献花，她们竟拥抱着天王，把嘴伸过去闪电般地来了个亲吻，天王猝不及防，手足无措，一副窘态，只好任由她们这种不雅之举，没多久，天王已满脸口水和口红印迹了。此时全场观众像吃了一个苍蝇般反胃起来，真令人尴尬不已。现在想起，这些女子堪称为绝对的"骨灰级粉丝"了。

第二天，有关领导出面宴请天王时，听到了他一些不咸不甜还有点儿苦涩的评语，更叫我们陷入窘境。

"这里的观众好热情啦，太过热情啦！"

"我演唱完回宾馆洗了七八次脸都洗不干净啦！"

"没想到本地女仔比香港妹还开放啦！"

有位领导只好红着脸说，她们都是你的歌迷，她们好欣赏你呢！

"这我知道，歌迷好让我感动，只是希望她们更文雅点啦，当着几千观众这样做叫我下不了台啦！"

讲到这里我们三个老头儿都笑不出来了。大家感慨地说：这都是粉丝惹的祸！难怪香港至今还有人把我们这里看成是蛮荒之地。

本来，每个人都有自己的崇拜偶像，幼儿时期，自然会崇拜父母，连走路、说话都照着父母的样子学；进了学校，就会崇拜老师，老师是权威，又是知识库；走进社会就不一样了，你可以自主地选择自己的偶像。比如你喜爱数学，自然把华罗庚当作偶像；你爱文学，你也许崇拜鲁迅、郭沫若；你喜运动，那么你绝对是当今刘翔的铁杆粉丝。这都可以理解，也属正常。但当前的粉丝们并非如此，给人感觉好像是一种风潮、随大流，甚至在起哄。韦老的孙女就是一个例子，她并不知周华健其人，更不是特别喜爱音乐，韦老说曾问过她，看了演唱会，有什么感想，她一脸茫然连说不懂，只说好热闹，好快活。"反正大家尖叫我也尖叫，大家鼓掌我也鼓掌，进场时还发给一根荧光棒，要我们不停地摇，哎哟！膀子现在还痛呢！这也许就叫作'痛并快乐着'呢！嘻嘻……"她还好得意。

何老的孙子更有趣，他看了回来说，周华健真漂亮，她那浓重的女中音好性感，同学们都想写情书去追求她。何老忍不住大笑，说周华健是个男生呀！

"啊？！"孙子摸着后脑勺愣了半天才说，那晚座位太远，男女都看不清，就怪只给了200元买了一张差票。何老收起了笑容，沉痛地叹息道："还是大学生呢！简直就是一个糊涂而又愚蠢的小粉丝！"

我们听了都不笑了，反而心痛起来，孩子们是天真无邪的，哪能责怪他们呢？

其实我们年轻时也有过崇拜的偶像，他们是毛主席、周总理一些老革命家，他们领导中国人民推翻了三座大山，解放了全中国，使中华民族豪迈地跻身于世界民族之林而无愧！他们的丰功伟绩值得我们去崇拜。但是如果把崇拜化作迷信和盲从，那也会使自己成为一个糊涂而又愚蠢的政治粉丝了。"文革"时把语录当成了圣经，早请示晚汇报，饭前饭后背语录，还跳什么忠字舞，这样的"粉丝"比之现代的小粉丝们有过之而无不及啊！

总之，崇拜没有错，偶像也没有错，而没有思想、没有信念的迷信和盲从是不可取的。现在的孩子们是快乐的，他们还没有痛感，社会应该让他们在快乐中知道痛心是什么，这样就会分辨复杂的东西了，他们才会获得真正的快乐。

贫穷后遗症

"贫穷后遗症"在医学辞典上是找不到的。它也不是我造出来的新名词，而是时代发展中一个小小的"副产品"，是我常常听到被称为新新人类的大孩子们用以善意嘲讽长辈的一个口头禅，看来属于代沟之一种吧！

八九十年代出生的大多数人没有经历过我们曾经历过的那种贫困生活，且不说新中国成立前民不聊生、饿殍遍野的惨状，就是新中国成立后，由于天灾人祸和极"左"路线带来的贫困，至今还记忆犹新。现在虽然贫困在全社会来说还没有绝迹，但多数人已大大地改善和提高了生活水平，有部分人进入了小康和富裕的行列。他们中一些人把贫穷抛给了历史的同时，却留下了被后辈们所戏称的"贫穷后遗症"。

回想一下，我们这一代经历了 50 年代的供给制，60 年代的物质奇缺和 70 年代的清贫日子，粮食不够吃，用瓜菜代，甚至挖芭蕉根和野菜来充饥，每人每月半斤油、半斤肉的日子，现在后辈们听了惊呼：你们当时是如何的"馋"！记得那时有位诗人请我做客，买了一副鱼肠炒酸菜，外加一只生煎老鼠，这已是一顿颇丰盛的晚宴了。到了 70 年代中，城市人还不知道冰箱、电视机为何物，有越南华人回国带来一台"砖头录音机"，简直成了"圣物"而被人"顶礼膜拜"。至于农村，更因贫穷而带来了可叹的愚昧，有个从山区初来城市的农民兄弟曾指着行驶的汽车认真地问我：这家伙力气那么大跑得那么快，一天要吃多少粮食？那时山区没有公路，哪见过汽车？让现在的青少年听了不是天方夜谭吗？可幸的是，这都成为历史笑话了。

那么，什么是"贫穷后遗症"呢？按他们的说法：舍不得吃，舍不得用，舍不得花钱，外加一个舍不得"丢"（丢掉旧的东西），总之，把富日子当作穷日子来过。

洗衣服是生活中最费力费时的事，当单桶洗衣机刚上市时，我就买了一台，引来许多同事争先参观。其中一位女士看后不屑一顾地断言说，你这几百块钱白花了。我正不解，她说，我回去花十几元钱买个大水缸，放进衣物和水，然后用根锄头把不断地搅来搅去，不就是洗衣机吗？我说，你不觉得那样太费力？她说，费力不要紧，省钱才要紧！还有一位老干部，别人都买了电冰箱，就他不买，他说，每天耗电的钱就够买一天青菜了。结果直到他病终，也没有用过电冰箱，却留下了许多钱，存在银行里。这算不算"贫穷后遗症"呢？

再举我自己的例子吧，有次儿子儿媳星期天回家吃饭，我亲自去买了排骨来炖莲藕，结果炖了三四个小时，还坚硬如铁，啃都啃不动。儿子说你八成买了母猪排骨。我不服，说我哪知道它是公是母，只觉得它比别的排骨便宜了一半啊！我们这一辈人有个购物习惯，什么便宜买什么，至于质量和式样就无所谓了。嘴边常挂着一句话：想想困难时期，也该满足了。这是不是"贫穷后遗症"的思维在作怪呢？孩子们也懂得上纲上线，说都像你们这样，怎么扩大内需，国家又怎样发展生产、繁荣经济？不是又回到了"新三年，旧三年，缝缝补补又三年"的日子了吗？

我常自省，孩子们说的也许有点道理，但也不尽然。终于我有了一次反击的时候。那回外甥女过生日，请我们到餐馆吃饭，我习惯用自己带来的手绢擦嘴，却被她当成了笑话，说，现在谁还用手绢？真是太古老了，如今都用一次性餐巾纸啦！说完给我一包新的餐巾纸。这次我可要反击了。我问孩子："你知道环保吗？你知道绿色吗？我告诉你们，报上登了，我国生活用纸每年 440 万吨，这意味着要砍掉 2000 多万棵成年大树，一棵树成年要生长 30 年啊！不要以为时尚都是进步的，我的两条手绢已用了十几年，还好好的，如果这十几年不用它而用餐巾纸，算算得用多少？如果全国有 20% 的人用手绢，一年能节省多少钱？少砍多少树？减少多少造纸排污？节能减排有多少？你们想过吗？"我一连串的反问让她张口结舌，尴尬地说，你说得倒是有理，可是现在买不到手绢呀，可见它已是淘汰之物了。我说，如同精美的塑料袋淘汰了菜篮子一样，现在不是又要把菜篮子捡回来吗？像号称世界首富的美国，两亿多人使用着三亿辆汽车，成为世界排污耗能之首，20% 的人成了胖子，浪费资源，害人害己。我们切不可学他们患上了另一种后遗症。大家惊问：什么后遗症？我说：叫作"富裕后遗症"。

于是话题又转向了另一种争议：是"贫穷后遗症"好，还是"富裕后遗症"好？我说，我国是一个发展中的人口大国，人均水平离富裕还很遥远，贫穷仍是很多人面对的现实。攀比、豪华、奢侈对社会发展弊多利少，而发扬勤俭、节约、进取的精神，才能使我国逐步走向民富国强。于是我做了个小结说，凡后遗症都不好，但是归根到底富裕总比贫穷好！大家听了畅怀大笑，鼓掌表示赞同。

新娘之述

时尚天天有，生活才多样。我曾给《广西日报》的《时尚我见》栏目写过一些文章，对当今的种种"时尚"，做点调侃式的评头品足，并无褒贬之意，不时幽它一默，让人们在观赏现代时尚风景中会心一笑而已。

近年来，漫步华街闹市之时，常有一道时尚景色映入眼帘：在众多出双入对的情侣里，不时发现有来自西方的外国老头儿和本国的中青年女同胞亲密无间地混迹其中。在都市里涉外婚恋本不足奇，但由于在形态上表现出来"一老一少、一白一黄、一高一矮"那种似乎有点不大和谐的样子，吸引了一些路人的眼球。偶尔见之，倒也正常，成不了时尚；但随着时间的推移，此类景致多了起来，甚至颇有蔚然成风之势，便成为一种社会时尚了。仅我的亲朋好友和认识的女士中，就可以数出好几例这种时尚来，如用"管中窥豹，可见一斑"来反证，其"时尚"便当之无疑了。

据了解，原来这是一些西方如英、美、法、德等大国退休下来的老人（大多是蓝领），拿着相对丰厚的养老金，到了发展中国家便成了令人羡慕的"富翁"一族。他们为了追求一种新奇的婚姻生活，享受一下东西方不同的幸福感，不远万里，来到异国，通过网络信息和各种关系，与当地相对年轻的女性共筑爱巢，购房租屋，或交友、或同居、或结婚。如果双方自愿，又按正常程序办理，不但无可厚非，也是一件好事，"有情人终成眷属"嘛！但是近些时日，常有一些关于这类时尚而生发出的逸闻絮语，源源流入我的耳际，遂才生出了这篇"时尚我见"来。

"我和一位60多岁的美国老人一起生活了几个月，现在分手了。什么原因？生活和观念有太多的不协调……"一位颇有文化品位的中年独身女士闲聊中向我述说。

我问："可否说得具体些？"

"仅举一个小小的例子，有一次，物业管理人员来收当月的水电费，正好我不在家，他看了账单上写着200元，于是他掏出了100元给来人，说还有100元你去向她取。事后竟毫无愧色地对我说，每人负担二分之一是很公平的。你说我当时心里是好笑还是好气还是好恨？"

我不解地说，两人世界里能做到事事都算得毫厘无差吗？

"他能做到，而且他要求必须做到。每天开销，柴米油盐酱醋茶，都要记下明细账，细到一角一分，用计算器来结算。"

我说这是西方民族对事格外认真的习惯吧。"我也这样想过，但有些事叫人很难接受！他曾经在情人节时送过很高级贵重的化妆品给我，出手还算大方，可是有一次我们去超市购买家用物品，在付费时居然当着收款员的面把我买的一盒并不贵的妇女专用品挑出来，叫我自己付款。还用刚学的汉语说，这件物品与他无关。大庭广众前一点人情面子也不给，叫我多么难堪！"

我沉思起来，西方哲学的基础就是个人主义，人情面子都要服从它，对他来说，有什么不对呢？

"这还是小事，更难协调的是一日三餐。这几个月我们基本上是吃麦当劳和肯德基，这些垃圾食品吃得我体重飙升了十公斤，他还埋怨我越来越不苗条了。我说我是东方人，受不了你们的奶油、炸鸡！他耸耸肩表示不理解。还有，中国一家一日三餐都在一张桌子上吃饭，有说有笑，特别温馨欢畅，他呢，吃饭不许说话，吃饭就是吃饭，不能兼做别的，就像他们西餐的菜，一个碟子中，肉在一边，土豆在一边，蔬菜又在一边，绝不混在一起。似乎吃饭就像给汽车加油一样，呼呼地灌满为止……"

我忍不住笑了："这可说不上谁对谁错，的确只是不协调。不过，这些都是小事呀！婚姻大事的关键在于他是不是爱你，爱的深度如何？"

她沉吟了一阵，说："说他不爱也不公平，有句话总是挂在他的嘴边，'甜心！你那难以置信的美丽，叫我爱你爱到发疯！'我们中国说海枯石烂吧，他却说，'一直爱到地球毁灭的那一天，上帝做证'。"

"真有那么执着吗？"

"天晓得。我有个嫁到美国的女友说，西方老外的爱情观可用'坦诚'二字概括，爱你时是真诚的，不爱你时是坦率的，没有欺瞒蒙骗。一对多年夫妻突然一方告诉你，'亲爱的，我们分手吧！'当你惊问他为什么时，他会很痛苦地说，'我已经不爱你了！'并说没有爱的婚姻是不道德的。至于为什么突然没有了爱，那是没有理由的。"我问，难道婚姻没有承诺、信守和责任吗？她说："有，但是他们认为爱是高于一切的！"这就是东西方文化和观念的差异了。

此刻，这位失败的"新娘"不但没有困惑和懊丧，反而有一种如释重负的轻松感，她说，他们之间没有什么是非曲直，只是大家都走进了一个时尚的误区而已。

由于古今中外婚姻向来是最复杂的社会现象，本人才疏学浅，不敢妄评，只能照录当事人的自述罢了。

老友遭遇时尚

今年的春节终于在严寒中过去了，明媚的阳光又把春天的温情暖意洒满了邕江两岸。那天，几位老友在公园里散步偶尔相聚，在互拜晚年之后，免不了对刚过的春节各抒见闻，话题自然就形成了："今年春节中你遇到什么新鲜时尚之事？"

张老以眉开眼笑的表情率先发言："往年春节前我都准备好给孙子和外孙女压岁钱，用漂亮的红纸包装好，大年初一他们来拜年时每人送一个封包，孩子们高兴得欢跳雀跃，'谢谢爷爷'之声响彻云霄，那份亲情的烈火烧得我快融化了！咦？今年怎么变了？孙子和外孙女来拜年，不但婉拒我的红包，而且每人还塞给我一个大红包！这是孙子给爷爷的压岁钱？我正大惑不解，他们说：'爷爷，今年我们都毕业工作了，这是我们自己挣来的钱，先孝敬你老人家，这红纸包的不是压岁钱，而是我们的一片孝心！'谁能拒绝孩子们的真诚孝心呢？"张老边说边笑，泪眼闪亮，说："你们说，这是不是春节中一件好时尚的事呀？"

"好时尚！好时尚！"大家连声赞赏。

李大姐百感交集地接着说："每年的年夜饭都是我来筹划的，全家老小三代，各有各的口味，要大家吃得满意，得绞尽脑汁精心设计，少说也要准备一星期。可是大家吃饱喝足之后，抹了抹嘴，就开始评头论足起来。又是咸了，又是甜了，又是老了，又是肥了，油炸不保健，清蒸不够味……最后我那倔老伴瓮声瓮气地开口了，说，'你们评价得都对，就是少了一句，奶奶辛苦了！'这一说，大家的脸唰地变红了，抱歉万分地冲着我齐声喊道，'奶奶辛苦了！奶奶做的菜最好吃！哈哈……'欢笑声把房子快掀起来了。你们说这些儿孙们有多么可爱！

"今年老伴出了个主意，除夕宴不做了，到饭馆订餐。大家拍手叫好。可儿子竟在大宾馆订了一台高级西餐。这可苦了我和老伴，没有筷子怎么吃饭呀？孙辈们便一点一点地教我们如何使用刀叉，如何按西方的规则程序用餐，不然要惹出笑话来。哈哈！当年小孙子是我们一点一点教他们如何吃饭的，现在他倒来教我们如何吃饭了，爷爷又轮回成了孙子啦！你们说，这算不算一件新鲜时尚呢？"

大家说："当然算啦，如今不只是吃饭要儿孙教，还有许多要向儿孙学的，例如电脑、外语、股市、MP4，都是半通不通的，连游戏机都不会玩。"

"说起吃饭的事，可把我弄苦了！"董老迫不及待地插道。

他说："孙女阿春在东北读大学，寒假回来，见她瘦了许多，我们二老心疼不已。想到东北人平时大多吃的是馒头咸菜小米粥，星期天加菜也不过白菜猪肉炖粉条，哪有不瘦的？于是我和老伴下决心给阿春好好补一补。今天白斩鸡，明天柠檬鸭，接着是红烧圆蹄、香芋扣肉、牛腩土豆、糖醋大排、清蒸肥鱼、生猛海鲜……你们想想，从'好吃不如饺子'的东北回来，见到这些美味佳肴能不动心吗？阿春不仅动心，而且动口，胃口大开了！每餐都狼吞虎咽地吃个痛快。看见孙女打着饱嗝心满意足的样子，我们心里不知有多少欢愉！寒假连同春节20来天，光白斩鸡就吃了12只，阿春戏谑地说，'我快成黄鼠狼了。'没想到返校前夕，阿春忽然跑来，抱着老伴痛哭不止，还咆哮如雷地喊道，'都怪你们！害得我体重增加了五公斤！我原来身材多苗条，同学都说我像王菲，现在呢，同学肯定会说我像香港的肥肥了！呜……'泪如泉涌，伤心欲绝。我们霎时给吓蒙了，老伴说，'你回来时也太瘦了，肩膀都现骨头了'。'什么骨头？那叫骨感，是一种时尚美啊！好呀！现在成了肉感，我怎么好意思去见同学？'"

董老说到此，脸上似笑非笑，还残留着几分尴尬。

这刻大家反而沉默起来，好像都在琢磨着这个"时尚美"呢！时尚到底是什么？从字面上看，时尚就是一个时期里大家崇尚的风气，属于一种趋时的爱好吧！时尚古已有之，唐代朱庆余有诗："妆罢低声问夫婿，画眉深浅入时无。"可见当时如何画眉毛也成为一种时尚。这时老友们指着我："你老周在春节没有见到什么时尚吗？"

我说："春节期间我见到一件事，不知算不算时尚。"

刚过大年初三，我们那个大院子就有人来扫地了。"哗……哗……"扫地的声音比原来的清洁工周大嫂扫得更有力更快速。我推窗望去，扫地的不是往日的周大嫂，而是两个戴眼镜的小青年。他们是谁呢？好奇心驱使我下楼问个明白。

"小伙子，过年好！你们是……"

一个青年笑答道："哦！老伯伯好！我们是替妈妈来做工的。"

哦，原来他们都是周大嫂的儿子。曾听说过周大嫂有两个儿子，一个在天津读研究生，另一个在武汉读大学，而她和丈夫都是工薪菲薄的临时工。为了供儿子读书，他们日夜不停地干活儿。

"你们寒假回家过春节，也该多休息休息嘛！"

"春节让妈妈和爸爸多休息点儿，他们辛苦一年了。"

"再说，妈妈从小就让我们劳动，这是人生的 ABC，如果连劳动都不干，怎么去为人做事？"

两个现代青年简短的话，让我感到久违了，这不是我们年轻时常说和常听到的话吗？

我不禁问大家："这本是我们民族最悠久的传统啊！现在还算不算是一种时尚呢？"

"算啊！算啊！"

"这是春节中最最时尚的事了！"

几位老友不约而同地鼓起掌来。

这是送给"现代孟母"周大嫂的掌声，也是送给"拿着扫把读大学"的两位最时尚青年的掌声。

老人与狗

　　那天，晴空丽日，风清气爽，我和老伴兴致勃勃地去逛花鸟市场。用一个"逛"字最恰切不过了，因为进入这个市场的人往往购物是次要的，而玩赏娱目才是真正的主题。别看这市场拥挤在一个狭长的土坡上，却是一个五彩缤纷、无所不包的观赏品大展览。凡是超市、商场、店铺买不到的东西，这里应有尽有，不应有的也有。就看那数以千计的花草盆景，也会把人映照得满脸春光，还有古董字画、陶瓷玉器、手工艺品、根雕奇石，更有供人玩赏的各种可爱的小宠物、鸟虫鱼龟、猫狗鼠猴。更为令人称奇的是，猪也作为宠物成为人们的掌上明珠，真是见所未见、闻所未闻，很难想象，在一间豪华的客厅里，居然窜出一头小猪来，会是一种什么样的感觉呢？

　　总之，在花鸟市场逛上一圈，不仅让你目不暇接、大开眼界，还让你猎奇逐异、赏心悦目。难怪每到节假日，这里人头攒拥，摩肩接踵，成了南宁市的一道特别景观，难得的开心去处。

　　我们逛了一圈又一圈，兴犹未尽，迎面碰上了退休多年的老友张某，握手言欢之后，他幽默地说，他是特地来抱个"孙子"回家的。我脱口而出地笑说，哦！你也想演电影《老人与狗》是吗？他击掌赞道：你真灵！我说，我们早就是狗爷爷、狗奶奶了。

　　于是一阵开怀的笑声把我们带到了狗市。本来任何幼小的动物（包括人类）都是格外可爱的，但幼小的狗仔以其笨拙的动作、滑稽的神态和好奇的眼光更叫人忍俊不禁。长发披身的西施狗，扁鼻大眼的北京狗，尖嘴蓬松的松鼠狗，满脸皱纹的沙皮狗，各有其天赋的趣态。老张挑得眼花，要我替他拿主意，我就权且当一回"导狗"吧！

　　我替他选了一只北京狗，我对老张说，此狗聪明过人，更通人性，不信有故事为证：话说有位阿婆养北京狗多年，有次出远门去探亲，小狗思念阿婆，两天两夜不吃不睡，时常痛苦呻吟，阿婆的女儿又心疼又无奈。第三天，小狗忽然安静起来，沉睡在窝。女儿甚觉蹊跷，去狗窝察看，见小狗正枕着阿婆的一只鞋子安心地熟睡呢！故事刚讲完，老张一拍手说，竟有如此恋主之狗，有情有义，就是它了。

卖狗的是一对小孩，兄妹俩抱着这只北京狗面有愁容。老张付了钱，双手接过小狗，小哥哥忙说，轻点，它才三个月呢，用衣服兜着。老张照办。正要离开时，小狗忽然吱吱叫起来，似向兄妹俩痛苦呼救。妹妹立刻站起来唤它："小乖！小乖！"小狗听见了，拼命地挣扎往外蹦跳，老张怕它摔着，把它放在地上。小狗飞快地向兄妹俩跑去，一边吱吱乱叫，好像在说："不要卖我！不要卖我！"妹妹把它抱起，心疼地贴在脸上，两颗豆大的泪珠落在小狗的鼻子上。这时我们都被感动得不知所措。

小哥哥对妹妹说，快放手！老伯是好人家，他会照顾好小乖的。小哥哥说完一把从妹妹手里将小狗夺过来交给老张，说，老伯，你们快走吧！妹妹被小哥哥的强制行动吓呆了，无奈地看了小狗一眼，便低下了头，不作声了。

我老伴走过去抚摸着妹妹的头，安慰地说，小乖到他们家一定会很快乐的，你就放心好了。此时老张拿出一张老名片给小哥哥，说，什么时候想念小乖，欢迎到我们家看望它。

妹妹一听，立马抬起头来看着慈眉善目的老张，破涕为笑了，虽然笑眼里还闪着泪光。

从此，我们成了"狗友"，两家近乎起来了，电话、互访不断，都是小狗给搭的桥。

老张经常不厌其烦地给我们讲述小乖的逸闻趣事。最有意思的是张夫人与小乖的曲折关系。张夫人虽已退休，但仍在一单位应聘当会计，工作忙，家务多，对小乖的到来不以为意，常冷漠待之。但小乖却很精明，它不但对夫人的怠慢宽宏大度，反而更亲近她。每当张夫人下班回家，远远地听见脚步声，小乖就跑到门外恭候迎接，伴以特别温柔的噷噷声，以示欢迎；进门后，还施以老张教会的礼节，后足直立前足合拢做作揖状，引得张夫人心花怒放、疲劳顿消。每晚看电视时，它总是匍匐在张夫人的脚前，把头枕在她的脚背上，亲昵之态暖人心田。当张夫人疼爱地把它抱在怀里时，它以温馨的目光予以回报，以摇尾的语言表示谢意。如果犯了"错误"批评它，它就会夹着尾巴躲在屋角里"反省"呢！

可是当来访者敲门进屋时，它便换了另一副面孔，大声吼叫着猛扑过去，以履行它忠诚的守卫职责。但它从不咬人，只是虚张声势而已。有趣的是，它对着来访者吼叫的同时，不断地观察主人的脸色态度，如果主人对来访者分外客气，它吼叫了几声就变了调门，改为另一种呜呜的"狗语"，甚至摇尾欢迎。反之如主人不认识的生人，它便把吼叫变成怒吼，好像说，快走快走，不然对你不客气了！

由于小乖业绩突出，张夫人早把冷漠扔出了窗外，把一副热肠加倍送给了小乖。张夫人对保姆郑重地说，我们不许把小乖当成狗，它是我们家的一名正式成员，与我们享受同等的待遇。老张说到这里忍不住笑了，他说："哪里是同等啊，夫人每天下班回来，第一件事是把小乖抱在怀里，和它寒暄一阵叽里咕噜的'狗语'，然后才问，爷爷呢？我倒成了家里的二等公民了。"还有一次张夫人回来见小乖的脚爪又黑又脏，半心疼半责怪地对小乖说："看你这一双手啊，脏成这个样子，简直成了一对狗爪子了！"

"经典"之语出口，害得我们全家差点儿笑破了肚皮。

笑声余音还在，老张忽然陷入了沉思中，神情特别的严肃。

片刻后，他困惑而半自语地说："老人与狗，狗与老人，两者之间有什么因果关系吗？或者有内在联系？或者有值得探索的哲理？"

我被他突如其来的问题一时噎住了，也进入了思考中，那神态好像都在求解着一个世界级的难题似的。

一分钟，两分钟，五分钟，我们相对无语……还是站在一旁的保姆一语道破，她说："看你们这些文化人喜欢猜谜语，我们农村有句老话说，'儿不嫌母丑，狗不嫌家贫'，狗有狗的品性嘛。"

哦！我明白了，原来是"狗不嫌人老"呢！

品　格

　　我每天例行晨练时，都要经过一个街头的袖珍公园，说它是公园实在有点夸张，其实就是一块有树有花的草坪。我把它叫作"城市海洋中的小绿岛"。如今这种绿岛渐渐多了起来，市民脸上的喜色也随之多了起来。

　　有座绿岛特别吸引着往来行人的视线，远远看去，在金色晨光映照着的那一片碧绿的草坪上，有一个色彩鲜艳的方阵在整齐地晃动，很像一个花坛在迎风摇曳。走近一看，原来是一群女子在学练舞蹈。本来这不足为奇，晨练中有打太极拳的，有练气功的，有跳健身舞和集体舞的，还有扭秧歌的，大多是老年人为了健身除病，延年益寿。可是在我眼前的这支晨练队伍倒是有点儿稀奇，首先她们当中鲜有老年人，更多的是年富力强的中年人。其次她们的穿着也比较讲究色彩和身段，跳起舞来婀娜多姿，体态轻盈，还真像回事呢！还有令人称奇的是，她们学练的舞蹈看来不是只为了健身，而是在追求一种艺术境界和效果。看看她们学跳的蒙古族的挤奶舞、藏族的青稞舞、维吾尔族的玫瑰花舞等都是著名的民间舞蹈，而且正儿八经地由一位中年女教练教授，一招一式，有板有眼，还播放音乐呢！近两天，我路过此处时，见她们竟练起现代舞了。现代舞节奏快，律动强烈，肢体伸展幅度大，而且蕴含着丰富深刻的寓意，岂是一般业余爱好者能跳好的？但她们勇敢地在学在练在跳了，这使我产生了难以抑制的好奇心。她们到底是些什么人？如此执着地学习艺术舞蹈又是为了什么？

　　我想，所有过路人的目光中似乎都凝结着这个谜团。不过，大家都在工作和生活的忙碌中无暇顾及这些闲事，只有像我这样的闲人，才有兴趣试图去解开这个"闲谜"。

　　女教练是一位略为发福的中年妇女，我还以为她是退出了艺术舞台的舞蹈演员呢。"哈哈哈——你看我像个演员吗？腰有水桶粗，脸黑像包公……"她那粗放的笑声和巨大的嗓门也成了她不是演员的佐证，"我和这一帮学员都是下岗女工呢！大家没事干，推我出来教跳舞。我呢，每天花钱去找专业人员学舞，然后回来教她们，这叫'现买现卖'。"

我问，学员来学舞要交学费吗？

女教练收起了笑容，轻叹一声，说："你想想，下了岗，连吃饭都成了问题，哪还有闲钱来交学费啊！但学员说，你花钱去学舞蹈，还要买电池来放音乐，我们怎忍心不交钱呢！这样，就象征性地每人每天交一角钱……"

我顿觉心酸起来，在当前社会的消费单元里，早已没有"角"的位置了，这一天一角钱的学费里，使我们窥见一种什么样的景况呢？那就是一个巨大的、穷困的阴影！下岗了，失业了，或者靠政府的"低保"度日，她们心中要承受多大的压力！

女教练接着说："有些学员一个月三元钱也交不起，可又舍不得离开，含着眼泪对我说，这个月少交一元行不行。我对她说，你有困难就是不交钱我也不会让你走。说着说着我们俩都落泪了。"

我垂下了头，为的是不让她看见我的泪花。

我说，既然这么穷困，当务之急应该是千方百计地去赚钱过日子呀！

"谁说不是呢？你别看她们早上来跳舞时一副好轻松愉快的样子，可一回去就得挑青菜上市场去卖，或者去摆水果摊、摆地摊，有的去做钟点工，有的要赶去学技术，这还是幸运的，有的家里还有瘫痪在床的老人和要去上学的孩子，要赶着回去照顾。你说她们苦不苦？"

我真诚地同情她们，脱口而出地说，那跳舞能跳出好生活吗？

女教练仰首大笑起来。我困惑地看着她，眼里充满了疑团。只见她把手一招，一位下岗女工走过来。"阿萍，你告诉这位老作家，你为什么每天早上来学跳舞？"

阿萍奇怪地看了我一眼，微微一哂，不无幽默地说："大伯，我也问你，你为什么每天要吃饭？"我先是一愣，接着窘笑起来。本来嘛，我问的问题太有点儿"小儿科"了。阿萍似乎觉得她的反问太唐突了，便圆场地说："大伯，爱玩爱美爱艺术就像吃饭一样，生活中是不能没有的呀！这并非是富人的专利，穷人也照样爱。再说，生活穷困总是暂时的嘛！爱美才是永远的！大伯，你是一位作家，你写作品与你穷困还是富有有关系吗？"

她的这番话撞击着我的心怦怦乱跳！出自一位普通女工的语言，闪烁着如此光灿的哲理，不得不使我敬佩！不得不使我愧煞！我一时找不到恰当的词汇来表达此刻深沉而复杂的感慨，令我十分尴尬。

这时，女教练一声吆喝，几十个学员自动排成方阵，又开始学新的舞蹈了，女教练洪亮地喊道："我们现在学练现代舞——《品格》。"

啊！品格！

街头偶事

　　去年冬，某日，阴沉沉的天，还飘落着迷蒙小雨。我正走在一条清冷的人行道上，忽然从树干旁冒出一对年轻夫妇，男子像个打工仔，女的粗眉大眼，怀里抱着个两岁多的男孩，他们虽身强体壮，却一脸疲惫，双目无神，无力地唤了我一声"老伯！"我停下脚步，以为是问路的外乡人。不料男子向我伸了手，说他们来自贵州的山区，本想出来找工作，碰运气，也好改变一下自己的生活，没想到来到南宁被小偷扒去了现金，又找不到活儿干。他说已饿了两天，大人还能顶住，可孩子饿得直哭，太可怜了，求我给些钱，让孩子吃碗面。

　　我听了，真的很同情他们，特别是那孩子闪着一双极度饥渴的眼光，满怀希望地盯着我，谁能不动恻隐之心？我当即伸手去掏钱，真不巧，今天刚换了衣服，钱包忘了带。年轻夫妇的脸霎时由期望的舒展变成了失望的苦涩。男子似乎不大相信，一再乞求我先救救孩子。此时我真的感到很难堪，也很抱歉，竟把衣服的口袋全翻了出来，他们才相信，只好叹着气无奈地走了。可是那孩子的一双眼神并没有走，一直跟着我的脚步回到了家。

　　我立刻拿起钱包又赶出去，到那条人行道上寻找他们，真想让孩子吃上一碗热乎乎的面条。但遍寻无着，我骤然冒出了一种内疚的痛惜，好像失落了什么似的。

　　我把这件事告诉了家里的老保姆，她笑我犯傻，说这都是"乞丐专业户"，他们的收入不比你少。我说这种人当然也有，如果你看见那孩子的眼睛，你就会相信，他真的是饿了两天，那是装不出来的。

　　几天来，我步行健身总是重复地走这条路，当然不会忘记带上钱包了。希望能再碰上他们，把我失落了的同情心拾回来，让那三张苦涩的脸孔稍稍舒展一下，但我未能如愿。

　　我边走边想，也许他们已找到了活儿干，有了一个最简陋的栖身之地，孩子不再挨饿受冻了，既然来到了这个世界，就应有生的权利。我又想，也许他们现在更加可怜无助，落魄地在郊区垃圾堆里觅食，或蜷缩在粪棚里忍饥挨饿，那可怜的孩子已奄奄一息……

一种抱憾的心理常常困扰着我。

终于有一天，当我行走在繁华的七星路时迎面与他们碰了个正着。他们还是那副可怜的样子，向我讲述着意外的困境。显然，他们早已把我忘得一干二净了，而我不但没有忘却他们，反而为这偶然的重逢非常激动和快慰。我像还债似的掏出钱包，拿出了20元给他，并关切地问他是否找到活儿干了？这时他似乎记起来了，说："我们实在没办法才……"我劝他如果再找不到工作，就赶快回乡去，不要让孩子跟着他们受罪了。他们表示已筹集了一些钱，过两天就可以登上回家的路了。我听了很欣慰。

至此，十数日来我心里那个耿耿于怀的重负放下了，回家的脚步也格外地轻松了。

回到家里，把这件快事得意地告诉老保姆，她却嘲讽地对我说："你还会第三次、第四次碰见他们的，可别忘了带钱包啊！"我对她这种世俗的看法不以为然，凭我这双具有穿透力的作家眼睛，我不相信他们会是那种乞丐专业户。他们这样年轻就失去了人的尊严，又怎么对得起怀里抱着的孩子呢？我坚信他们确实是山区的农民，农民是很有自尊的。记得我们村里有个农民，因为太穷，老婆弃他而去，留下一个两岁的女儿，还患有软骨症，又生来一对斗鸡眼，奇丑无比，可是这个农民爸爸对她关爱备至，呵护有加。每天一早，把女儿喂饱，便背着她上山砍柴，还在田边地头搭了个小小的草棚，为女儿遮风避雨挡太阳，白天劳作万分辛苦，夜里抱着她席地而眠，这都是为了有尊严地活下来，不让孩子受委屈呀！人类要绵延自己，这不是最起码的天职吗？

我诘问老保姆，难道你愿意让自己的孩子去当乞丐？老保姆被我说得无言以对。我的信念胜利了。

但奇怪的是，每当我步行长街时，老保姆已败诉了的话总在我的耳边转悠："你还会第三次、第四次碰见他们的。"真的会吗？我甚至心虚起来，如果我真的再次碰到他们，这将对我是一次信念的否定，一次纯真的亵渎，一次心灵的伤害，一次期望的失落！

我每天照常行走着，眼睛四处扫描，我真怕那个令人发窘的场景赫然出现！

然而我的步履越来越自信，我的神情越来越自得，因为我走遍了长街小巷，始终没有再见到他们！

寻找露宿者

一条以浓密的扁桃树和热带棕榈树为纵线，以繁茂的兰草、冬青、美人蕉、满地金等花草为横断面的锦绣大道展现在邕江南岸。两边人行道上，新设置了一些运动器材和精美的长椅，供市民休闲享用，这使绿城在人文景观上又提升了一格。可是有点煞风景的是，有些长椅常被露宿者作为安乐床而独占。

本来，在社会上的弱势群落中，最弱势的要数露宿者了，他们属于令人同情的社会底层。虽然这只是人数极微的一个层面，或因某种特殊的变故暂时进入了这个一贫如洗的社会层面。这种状况的原因很复杂，就是世界上最富裕的国家，经济最发达的社会，也同样有露宿者。我曾在爱尔兰首都都柏林的一座公园里，遇到一个睡在长椅上的露宿者，他见我是外国人，兴奋地一跃而起，把帽子摘下来伸向我，明显是讨钱，我摸出一个硬币放在他的帽子里，没想到的事情出现了，他冷冷地笑了两声，不屑地把硬币随手扔进了草丛中，又伸着懒腰睡在长椅上。翻译告诉我，他嫌你给得太少。这使我想起了中国古代一个笑话来：有个乞丐登门讨钱，好心的秀才每次都给他五文钱。有一次秀才零钱不够，只给了他三文钱，颇觉歉意。乞丐大方地说，没关系，下次补够就行。这个中国乞丐虽不大识抬举，但还比较有礼貌，不至于把钱扔进草丛中。当地人告诉我，这些人大多能拿到每月的失业津贴，如果不酗酒或吸毒，是够糊口的。

我在美国、日本也见到这样的露宿者，他们被称作无家可归者，在公园里、廊桥下、河堤旁、废弃屋等都有他们夜宿的身影，同时这里也常有犯罪的踪迹。警察拿他们没办法，在没有拿到他们犯罪的证据之前，他们是有权利睡觉的呀。

那么我为什么要"寻找露宿者"呢？这里面有一个真实的故事。

有一天，午夜时分，街上已车少人稀，暗淡的路灯下，人行道上匆匆走着一个下夜班的妇女。忽然后面猛蹿出一个抢劫者，强力夺走了这个妇女的皮包，撒腿就跑。妇女惊吓之余，勇敢地迅即追去，一边高声狂喊："有人抢皮包！抓歹徒啊！"

妇女哪里追得上？那抢包人得意洋洋地逃走，并不慌张。有些零星的行人走过，妇女喊他们帮抓抢包人，却没有一个人响应。正当妇女非常失望时，忽见跑在远处的抢包人重重地摔倒了，皮包被甩出去好远。

原来是一个睡在长椅上的露宿者爬起来，故意伸出一条腿，把抢包人绊倒在地，并冲去捡起了皮包。抢包人见是一个露宿者，连忙爬起来说："大佬，二一添作五，一人一半。"

露宿者瞪着两眼，大吼一声："滚！"

"你他妈要独吞？"抢包人发怒了，拔出一把牛角尖刀，直向露宿者刺去。没料到，刹那间一条"飞毛腿"迎面扫来，"砰"的一声，尖刀被踢飞了。抢包人见露宿者颇有武功，吓得拔腿就逃。真像俗话说的：光棍遇着了擂锤！

妇女追了上来，见是一个蓬头垢面、瞪着两只牛眼的大块头露宿者，手里拿着她的皮包，便吓得发抖，心想，这家伙比刚才那个抢包人更可怕！

露宿者问："这是你的皮包？"

妇女不敢作声，只是点点头。

露宿者二话没说，把皮包扔给了她。

这个意外的举动，使妇女惊喜过望。连忙打开皮包查看，这包里有她今天领到的工资和别人托她购物的钱，还有一个手机，最使她担心的是她的身份证和工作证及那一大串钥匙。因为她是单位的财务主管，保险柜有着让她一辈子也赔不起的公款。

在她一一翻查之后，才无限欣慰地放了心。妇女出于真诚的感动和感激，抽出了三张百元钞票，作为酬谢给这位露宿者。

当她抬起头来，啊！人不见了，露宿者呢？她扫视四周，没见一个人。又急忙喊了几声，也无人应答。她说她当时非常懊悔，非常失望，甚至比丢了皮包时还要难过！

这个妇女正是与我们同住一栋楼的邻居，她每次向我讲述这次亲历时都是饱含着泪水的。她说她和丈夫多次深夜到这条人行道上去寻找那个露宿者，但都未果。现在，已成了他们的一块化解不开的心病。

从此，我每天清早出去晨练，偶尔见到躺在长椅上的露宿者，自然而然地产生一种亲切感，十分留意地打量着他，好似也在为邻居寻找那位露宿者：蓬头垢面，瞪着两只牛眼的大块头……

　　于是，我心里涌动着这样一个愿望，即使永远也找不到这个露宿者，我也要如实地把这件事、这个人写出来。让我们大家都在自己心里去寻找人的尊严、品格和善良，无论他是圣贤、伟人、英雄，还是露宿者！

"走"向健康

当无名的小鸟儿衔着熹微的晨光飞到我的窗前，我便把片片残梦收藏起来，拨开蒙眬的睡意，告别了柔软的席梦思，用一双坚实的脚板去敲响静谧的林荫道。有时沐着朝阳，有时披着风雨，总是行色匆匆，从容不迫，节奏铿锵地走着，走着。引来不少行人向我投以猜测的目光，好像在问：这位大伯既不像去上班，又不像去做生意，带着一脸庄严的神情，到底要走向哪里呢？

"啊！早上好！朋友，告诉你吧！我正在走向健康！"

人在出生一年以后就开始学会走路，从儿童走向青年，从壮年走向老年，为了生存和生活，也为了工作和学习，在人生路上不停地走啊走啊，走了几十个春秋，直走到离退休了，以为可以歇歇，坐享清福了，相反，老了有更多的时间和更多的需要走路，走路成了我每天生活的主要内容之一，就像过去上班一样不可或缺。不同的是，现在走路的目的有时叫人费解罢了。

其实这种"上班"最为惬意，最为潇洒。"上班"时间可长可短，可快可慢，可以身心放松，头脑空冥，也可以想入非非，思维翱翔，甚至"上班"时可兼顾采购，办点儿私事。最奇特的是，在这惬意和潇洒中，你会获得最高的奖赏：健康！

医学界和保健专家早把老年人防治疾病的运动，首选为"走路"，这已是大家所熟知和认同了的。那么，走路怎样使人健康，说法颇多，可见诸众多的书报杂志，不必赘述。但我有自己特别的体会。除了生理上的好处外，我认为还有更多心理上的好处，人有七情六欲，喜怒哀乐，情绪的起落常需要平衡。当你走在路上，五光十色映入眼帘，行人车辆穿梭不停，你会感觉社会在运行，时代在流动，生活在奔涌，而你自己也置身于这样的节拍中，在滚滚的洪流中浮沉。于是既觉得自己仍是社会机体中的一个细胞，又会感到很微不足道，自己心理那一点儿情绪当然就不屑一顾了。看着人们为了生活在拼命地奔忙，而你享受着社会给予你的一切，还会有什么怨言呢？失落、消沉、孤独、怨气就会顿然消失。所以，我觉得走路对于老年人是一种接触社会的好方式，也是一种平衡心理舒展胸怀的好方法。

但是，对我来说，走路还有更难忘和更亲切的历史情结呢！我少年入党，不久奔赴游击队，之后参加过剿匪和抗美援朝战争，我和战友们是如何用两条腿一步步走向胜利的，却有着许多酸甜苦辣的故事呢！每当我迈开双脚走在路上时，就像拨动了那一根根记忆的琴弦，弹奏出令我心灵上特别滋润的旋律来。

1950 年在大苗山剿匪，那天我们连队刚吃过晚饭，接到了立即出发的命令。向南行进了 20 里，天已全黑。这时部队突然掉头向西北方向，要用一夜的急行军，跨越 100 多里山路，在天亮以前赶到隆岩镇，包围并歼灭盘踞在那里的顽敌。这一招当时叫作"奔袭"，是很有效的剿匪战术，土匪常在梦中被擒，惊呼解放军是天兵天将，自天而降。其实靠的就是敌人难以想象的一双过硬的铁腿。回忆起那个通宵强行军，与平时走路绝不是同一概念，争分夺秒，马不停蹄，前面的战士跌倒了，后面的战士只能跨越而过，不许停留，而爬起来的战士要加速跑步才能跟上队伍。那时我虽然是连队的政治指导员，但却是个战斗经历不足的学生哥，并不怕枪林弹雨，就怕那超体力极限的强行军。走着走着，两条腿开始成了机械腿，然后就渐渐麻木了，脚板起泡了，关节疼痛了，脚步不稳了，坚持到天快亮时，整个身体摇晃起来，简直就是趔趄着向前拖行。忽然，我一脚踏空，翻下路边深幽的沟里。通信员急忙奋不顾身地跳进沟里搭救，好在沟不深，草很密，虽有伤却无大碍，但双脚已不可能活动了。这时走在队伍后面的马县长骑着马来了，见状二话没说，下得马来亲手把我扶上马背，又亲自给我牵马小跑赶路，终于追上了队伍，我坐在马背上看着马县长宽厚的背影，感激的泪水夺眶而出。马县长是位南下的领导干部，已届中年，布衣草鞋，笑容可掬，北方农民的淳厚气息扑面而来。时已过半个世纪，而马县长牵马的形象犹在眼前，永志不忘。拂晓，部队准时到达并包围了隆岩镇。枪声一响，我"嗖"的一下跳下马来，竟忘了伤痛的脚，迅速回到了战斗序列中。那次"奔袭"取得了战斗的全胜，在战评会上，大家一致把头功记在两条铁腿上。而我只好低下头来看着两条不大争气的腿，暗下决心一定要打造一双战士的铁腿。

1951 年 3 月，我们连调往朝鲜战场参加抗美援朝，当时美军飞机掌握了制空权，我们一过鸭绿江，就得靠夜行军奔向前沿。每晚行程120里以上。而且必须在天亮前到达指定的丛林隐蔽。有一次刚到目的地就发现有一个排掉了队，可能迷路了，营教导员命令我立刻去寻找，连长见我走了一夜，脚已微肿，便要我休息，他亲自去找。我哪里肯？两人争执不下。教导员过来了，说："我记得小周出国时的请战书上有一条，要在朝鲜战场上炼出一双铁腿来，是不是？"我连忙郑重地大声说："是的！"教导员笑了，对连长说："那就给个机会让他去炼铁腿吧！"我庄严地敬礼，说："感谢首长！"就一瘸一拐地回头走了。我听见连长心疼地在背后喊道："指导员，我替你去吧！"我说："那谁替我去炼铁腿呢？"

写到这里，历史和现在奇妙地重现了，如今每当我走路时，常有路边的"摩的"手向我招生意："老伯去哪里？送你一程吧！"我说："你能送我一双铁腿吗？""摩的"手不解地愣看着我，可能把我当成老年痴呆症患者呢！

关于走路的情结，人生路上俯拾即是，但只有在每天走路时才"见物生情"。它给了我身体健康，更多的给了我心理健康。所以，我要大声地呐喊："'走'向健康！"

呼唤"书虫"

在现代青年中，被戏称为"书虫"的已很少了，而代之以另一个绰号："网虫"。何谓"网虫"？即上互联网之痴迷者也。网络是现代信息社会的标志，那里有个无所不包的知识世界和智慧源泉。进入网络并在其中浏览、徜徉、探索、吸收，不仅是时代的需要，也体现了人类的一大进步。

但任何事物都有正负两面，成了"网虫"的痴迷者，往往是正负兼容，甚至负大于正，这就有悖于上网的初衷了。例如有些人把上网当作追求刺激或排遣寂寞的手段，广交"网友"，搞什么网恋、网婚之类的游戏。当然这只是负面效应，责任不在于上网，而在于成了"虫"！换句话说就是走了"邪"，过了"度"，有哲人说，真理往前再走一步，便成了谬误。同样的理，什么"酒虫""烟虫""扑克虫""麻将虫"，什么歌迷、戏迷、球迷、气功迷，还有那些发烧友、追星族、老友茶……都应划入"虫类"之列。这些原是千姿百态的一种社会现象，是现代开放大环境中的产物。只要无害于社会和他人，大可不必反应过度，更不要上纲上线，如引导得法还可以变弊为利。比如举世瞩目的世界杯足球赛，我国的球迷们自费去韩国当啦啦队，为国足助威，不是一件很好的事吗？就说那些"酒虫"吧！只要不过分损害健康，他们可是国家税收大头的解囊人呢！虽然我并无意提倡把人都变成各种"虫"，但在社会的万花筒中，多一点花色品种，多一点奇观万象，生活不是更有情趣吗？人们不是更有个性吗？

然而，使我感到特别遗憾的是，在众多的"虫"和"迷"中，却罕见那些痴迷于书籍的可爱而可敬的"书虫"和"书迷"。

何以见得？我曾参加过由某图书馆举办的知识竞赛，大多是大学学历的青年参加，他们对一些中外经典名著的作者，几乎不能正确地回答，给人知识分子无知识的感叹。闻某著名歌星，演唱了悲怆壮烈的《满江红》，得知词作者叫岳飞，竟提出要请岳飞老师为他写首歌词。诺贝尔物理奖获得者杨振宁被邀去某大学演讲，居然有个大学生问，杨先生是哪部电视剧里的明星。这并非编出来的笑话，而是现代社会的悲哀。我想，如果我们的学生和名流中多一点儿"书虫"和"书迷"，就会少闹些笑话了。

要说"书虫"，我看应首推高尔基了，他说："我扑在书籍上，就像一个饥饿的人扑在面包上一样。"书成了他维持生命的粮食。我的少年时代，受了"高老师"的影响，与几位志同道合的同学，酷爱阅读文学名著，如托尔斯泰的《复活》、高尔基的《母亲》、狄更斯的《双城记》、斯坦贝克的《愤怒的葡萄》和艾思奇的《大众哲学》等。当时我们都是寄宿学校的初中学生，借书很不容易，许多还是禁书，为了赶紧看完，经常半夜起床，站在昏黄的路灯下看书直到天亮，而这是违反校规的。

有一次被值夜的老师抓了个正着，便在全校师生面前"亮相"，并给我们封了个绰号："书虫"，每人记了个小过。后来我们采取了游击战术，转移到学校厕所的路灯下看书，发现值夜老师来了，便躲进便池装着出恭。老师无奈，又在全体师生会上羞辱我们说，"现在书虫钻进粪坑里了"，引起哄堂大笑。从此我们这些"书虫"，便"臭不可闻"了。

这件事不但没有刺痛我，反而有一种饶有趣味的充实感，俗话说"秀才偷书不为贼"，何况偷着读书？同学们也只把它当作没有贬义的玩笑话。"书虫"并不真臭呢！

可是20年后的"文革"却真正地把我这个"书虫"给刺伤了！被划入"文艺黑线人物"和"毒草专家"的我，首当其冲的就是我那个"书虫之家"的大书柜。这是我多年勒紧裤带积下来的精神食粮，岂能被他们付之一炬？为了不让它们遭灭顶之灾，我想了个招数，在所有名著的封面上，用毛笔浓墨重彩地写上了七个大字："大毒草，供批判用"，当时谁敢阻拦"大批判"呢？这才逃过了厄运，保存至今。现在每当我看到自己亲笔书写的这些字迹时，不由得心酸苦笑，虽是违心之举，也深感对文坛各位宗师之大不敬。这种内伤是很难平复的。

前些年我的侄女从农村来念书，翻阅了我那些书籍时，指着封面上的那几个罪恶的字问道，这是谁写的？为什么要批判它？她的话不啻在我的伤口上撒了一把盐。对这个"文革"以后出生的孩子，我又怎能把当时的心情说清楚呢？

欣慰的是这已是陈旧的历史了。改革开放翻开了新的时代篇章，这些年来，古今中外的书籍如潮水般涌来，令人目不暇接。然而，令人百思不解的是，那些摆着琳琅满目图书的书店却变得雅静了起来，而有些图书馆门前竟开起了茶座，年轻人的新房里多见衣柜少见书柜，中老年人手中常拿着的书是《中西餐美食大全》或《生活保健手册》之类。这是历史的后遗症，还是社会转型的必然，人们以实惠的态度与书籍结成了新型的关系。而像莎士比亚说的"书是全人类的营养品"，歌德说的"读书就是和高尚的人谈话"以及罗曼·罗兰说的"和书生活在一起，永远不会叹气"的那种心灵的感应和浪漫的享受已经很难找到感觉了。

把读书仅当作实用主义的人当然无可厚非，而把读书当成升官发财敲门砖的人就有亵渎书籍之嫌了。当然他们都够不上被称为"书虫"。因为书是思想的曙光，是感情的甘露，是心智的乳汁和崇高的纯真。所以"书虫"本应是一个雅号，是一种品位，是一种素质，它与世俗是格格不入的。这顶桂冠不是随意可以戴在任何人头上的。

但我还是希望出现多一点新时代的"书虫"，且是各种各样的"书虫"，例如像陈景润那样的"书虫之王"，愈多愈好。

我的侄女插话说，去年某电视台一位节目主持人写了一本自传，飞来本市签名售书，曾有数百人踊跃去排队认购，不是一下子涌现出大批新"书虫"了吗？

我以笑作答，不予置评。

随话旅游

　　过去，久违的朋友见了面，总要问一句："近来忙些什么？"如今不同了，见了面常问："近来上哪儿旅游了？"尤其在每年三个黄金周前后，旅游的话题更是频频出现在人们的口中，成为一个十分时尚的词。

　　旅游在我国成为时尚还是改革开放以后的事。之前，旅游是一个犯忌的贬义词。"游山玩水""东游西逛"被斥为资产阶级的一种生活方式，至少也可扣上"革命意志衰退""游手好闲"的帽子。那时基本没有旅游业。有些干部或名士，若要去名山大川和名胜古迹看看，也只有假开会之由或考察巡视之名，而绝口不能提旅游二字。而绝大多数的人是没有这种机缘的，也怯于此事。现今截然相反，旅游不仅是社会中很正常的生活现象，而且是件挺值得夸耀的事情，有时还把它当作衡量人的品位和文化修养的标志之一。这都是人的观念大变所致。同一个事物因观念不同而价值相反的事，如今是见怪不怪了。比如"选美""性感""按摩""浴足"，过去不但犯忌，而且是大逆不道之举，现在却成了"时尚""风潮"，堂而皇之地公开亮相并加以炫耀。不知这些现象包不包括在"与时俱进"的范畴之内呢？

　　但是，我认为，无论你怎么评价"旅游"，它始终应是一种高尚健康而有益的社会活动，它的兴起和发展除了观念上的进步外，还是社会安定、政治昌明、经济繁荣的体现。现在不仅是旅游成风，而且国家专设了各级旅游局来加以管理和指导，旅游业成了社会的新兴生产力，使国家每年的 GDP 增加了好几个百分点呢！

　　随着旅游业的发展，有关旅游的趣闻也常在人们的"口头文学"中传诵起来，我随意拾它几则记之，供人们在旅游行程中解解闷。

　　你相信旅游能治病吗？我就见过。有退休朋友李某，平时乏力头晕，身体不适，食不甘味，寝不安席，成为医院的常客，每天服药也未见起色。一次老伴突发奇想，带他去旅游。按她的话说，内病外治，体病心治。于是桂林山水，烟雨漓江，靖西八景，北海银滩，竟奇迹般地把他的病逐渐治好了！

　　"这下可糟了。"老伴跌足道。我不解地询问她，此乃大好事，何以言糟呢？她苦笑答道："从此他成了一个旅游迷了！"身体有点儿不宜，不看病不吃药，背起包包就出去旅游，从区内游到区外，从国内游到国外。老伴说："我把老头子带去旅游，害他上了瘾，我哪有闲暇整天陪他去旅游，再说每年的退休金全花在他那没完没了的旅游里了！如今不出去旅游他就生病，你说糟不糟？"说完又哈哈大笑起来："只要他身体好，就随他去旅游吧！"

　　是的，旅游时心情舒畅，视野宽广，活动量大，又不断接触新事物，转移了身体的各种不适，又增强了免疫力，怎能不治病呢？老伴说，有一次他参加了旅游团去欧洲，十多天游了八个国家，拍了一大堆照片回来，他逢人便拿出来给大家欣赏。有趣的是，每张照片在何国何处拍的已全然记不清了。老伴为此给他编了个顺口溜，说他欧洲八国游的最大收获是："上车睡觉，下车尿尿，到处拍照，一问不知道。"老头只是憨笑不语，但从他那张健康而愉悦的笑脸上，你会感觉出这才是他真正的收获呢！

　　为了吸引旅游者，各地旅游产品花样百出。有一次我和几位名人去某地少数民族村寨旅游，那天夜晚，导游带我们去参观他们隆重的婚礼仪式表演。正当我们沉浸在奇异婚礼的欢乐中时，忽然另一位新娘打扮的姑娘，手持绣球，笑容可掬地走过来，将绣球抛给了坐在我旁边的王济夫同志，他高兴地接过绣球表示谢意，不料姑娘款款走来，向他伸出一双纤手，王济夫不知所措。导游说，这位姑娘看上你了，要请你做她的新郎。王济夫原是文化部副部长，后为全国政协常委，此时也顿觉窘迫，说："这怎么行啊！"我笑说，这是一种旅游游戏，好像孩子玩过家家一样。王济夫还是不大好意思答应，导游说，要尊重少数民族的风俗习惯啊！王济夫一听，这可是个大原则问题，立即起身，让姑娘拉了过去。先举行了拜堂婚礼仪式，然后要新郎当众背着新娘上楼上的新房。这时围观的人群齐声高喊："背新娘进新房啊！"王济夫只好入乡随俗地背起新娘，摇摇晃晃地向楼上走去。围观的人群又是欢呼又是鼓掌，欢乐充满了整个村寨！我以为这场游戏到此可以结束了，可是意外的事发生了。王济夫突然从新房里跑出来，匆匆下楼，神情紧张地对我悄声说："快给我些钱，按照风习我要给新娘打个封包，可我分文未带呀！"我急忙掏出 20 元钱给他才解了围。王济夫后来对我们说："当时让我好难堪啊！说不打封包不吉利，几个伴娘不让我脱身呢！"我们笑他，你这新郎当得太便宜了，20元就娶了个"娇妻"。王济夫笑说："我和老婆结婚还未办过如此隆重的婚礼，这次权当作补办了。"此事让大家欢乐了好一阵，且久久难以忘怀。

还有一位文友，观念颇前卫，20年前就自费到欧洲各地旅游，当时价格惊人，成天文数字，为此倾家荡产在所不惜。老婆不理解，争执不下，愤然离异。此公在旅游中详尽记录，悉心研究，回来后写了许多游记和文章，并著书立说，自成一家。他说，虽然此行倾家荡产，但我已是"文化富翁"，而且这些"财富"将伴我一生，谁说旅游只是一种消费？

当今流行一种更为时尚的旅游，叫作"探险旅游"。这倒勾起我年轻时的一段难忘的经历来。那时我正在大苗山深入生活创作电影剧本《苗家儿女》，住在遥远的元宝山脚一个苗寨里。元宝山是桂中地区最高最大的山脉，常年被云层覆盖着，只有每年秋高气爽时才能见它的真面目。历来人们对它有着许多神秘的传说，其中有一件最吸引我。据寨老说，在元宝山绵延百里的原始森林里，有一种他们称为"山枭"的动物，似猿非猿，不但可以直立行走，而且会笑，笑声尖厉悚人！当它见到人时，就死死地抓住你的两只胳膊边摇边笑，笑得眯起眼睛沉醉不醒的样子。它虽然不吃人，但会把你吓得半死。寨老说，他小时候还有人见过这种怪兽。"山枭"出没在远离村寨的高山密林中，从不出山伤人，苗人也不去伤害它，老祖辈还把它们当作山神敬畏呢！当时我想，这些被称为山枭的动物会不会是传说已久的"野人"呢？于是好奇心驱使我和两个苗族青年决定上山去探险。寨老告诉我们，每人手臂上套两个竹筒，如果遇到了山枭，不要惊恐，主动把套竹筒的手伸给它，它抓住竹筒以为是手臂，就会昂首大笑，此时你就悄悄地抽出双手，溜之大吉。那天天还没大亮，我们三人带着苗家砍刀并牵着一条猎狗就勇敢地上山了。森林过于茂密，腐殖层厚，行走艰难，我们在山林中转悠了一整天，也没有见到山枭。倒是见到了许多珍禽怪兽、奇花异树，好像进入了一个奇异的自然王国！有一种小鸟，大概从未见过人吧！居然飞来停在我们的头上肩上唱歌，当你用手去抓它时，它就拉一粒屎"回敬"你，然后才飞走。还有一种会飞的鼠类，在大树之间飞跃自如。许多五颜六色的飞虫在你耳畔嗡嗡地呼唤，它们大概也像我们一样兴奋吧。这时一大块乌云飘来，顿时林中昏暗了，山风狂起，兽禽惊骇号叫，阴森恐怖，大家不敢久留，匆忙摸出丛林，连滚带爬下了山。寨老笑了，说老辈人上元宝山只有在秋天旱季才行。20多年后，我在报上看到一则消息，一支探险队上了元宝山寻觅传说中的"野人"未果。这个山枭之谜是误传还是山枭为逃避喧嚣迁徙而去了呢？可惜如今年岁已不允许我再去元宝山经历一次探险了，成为我的一件憾事。由此我想，当今盛行的"探险旅游"是多么有趣而又有益的活动。

旅游品种很多，旅游者可根据自己的兴趣来选择。但有一种旅游颇为新鲜，国外称它为"购物旅游"，旅游者常选择无关税及商品便宜的地方去旅游，目的就是购物。香港就因此被旅游者称为"购物天堂"，去那里别的不管，整天逛商场买物品，以此为乐，然后扛着大箱小箱回去，便完成了旅游之行。这种旅游当然只是富有者的时尚了。

旅游的话题很多，仅此随话几句，以引出更多的旅游佳话和美文。

清纯的眼睛

张艺谋拍摄了一部新影片《山楂树之恋》，据说是一个非常干净纯洁的爱情故事。所以他要寻找一位清纯、质朴而又透明的女孩来担纲女主角。于是派了四路人马跑遍了全国所有的艺术和电影院校遴选，历时数月，面试上万名女生，竟没有一个符合要求，首先是难得见到一双清纯的眼睛。张导表示，找不到理想的女主角，这部影片就砸了。一个偶然的机会在石家庄某高中三年级学生中发现了完全符合清纯、质朴而透明条件的周冬雨。

报道后，一些人把这事当作一件趣闻来谈，而更多的人却不由得品出了一种辛酸苦涩的滋味来。张艺谋很直率地说："你看任何一张上个世纪六七十年代的照片，都会觉得照片上的人非常单纯。这是一种历史的印记，现在的年轻人很难有这样的脸孔。"张导比我年轻了一代，却与我的感觉如此相同，可见具有相当代表性。张导入木三分的洞察力和敏慧深邃的艺术良知，让我击掌赞赏！从一些简略的爆料看，现在艺术院校和演艺界的状况令人担忧，用一句概括和含蓄的话说：在他（她）的眼睛里有许多"故事"，不够清纯，不够干净，有了污染。点到此已足够了。眼睛是心灵的窗口，说穿了，眼睛的污染就是心灵的污染。但是如果要问是什么污染了天然就一尘不染的那些清纯的心呢？回答很简单：社会上的污染源是最根本的原因。当各种诱惑的魔爪伸向那些幼稚的心灵时，我们的前辈们和师长们都做了什么？我们的新闻媒体和社会舆论都做了什么？我们的文化宣传教育部门都做了什么？所以，我不但不歧视他们，更多是同情、理解和引导。我想起有一首很流行而优美动听的歌：《听妈妈讲那过去的事情》，每次当我听这支歌时，我就想到了孩子们，他们多么需要听那些"清纯"的故事啊！今天，我想借张导选演员的事，唱一首《听爷爷讲那过去的事情》。在我人生的旅程中，拾起几则关于"清纯的眼睛"的小故事，与大家一同来品味吧！

那是将近50年前的事了，我还是一个寻觅伴侣的青年。当时正号召干部下放边远山区去建设新农村，作为青年作家，我积极申请下放，要求一辈子在山沟里与工农相结合，实践"生活是创作的源泉"这一信条。但已到了要结婚的年龄，多么渴望能有一位与自己牵手同往的伴侣。这时，我发现了一双格外清纯的眼睛。她对我说，本来领导要培养她去学习电影摄影，但她放弃了，积极要求到最艰苦的农村献出自己的青春，锻炼自己的意志。她说她生长在农村，种地、打柴、养猪样样在行，切身体会到要改变农村的穷困、落后，"我不下地狱谁下地狱？"就这样，她那双清纯的眼睛就成了丘比特的爱情之箭直射入我的心中。也许现在的姑娘觉得她很傻，我说，傻到清纯的境界时就会升华成一种高尚的美了！

再讲一个"傻"的故事吧！约20世纪60年代，有一天，我的一位好友发生了一件为难的事来求助于我。那天他带了十元钱上街购买日用品，回来时算了算账，发现多出一元钱，肯定是商店多补了给他。为难的是，他那天共在三家商店购物，不知送还给哪家（当时一元钱币值约为现在20多元），不能让商店亏了。我说的确有点难，如果三家都说是他多补的，你不是反而倒贴两元了？他说，现在难就难在三家都说没有多补，不肯接受这一元钱。当时我不禁感叹，连商人都不贪了，我们不成"君子国"了吗？好友求救似的看着我："这一元钱该怎么办呢？那绝不是我的钱啊！"我看着他那双清纯得有点儿傻气的眼睛笑了，张口唱起一首儿歌来："我在马路边捡到一分钱，把它交给警察叔叔手里边……"他听了猛拍脑袋，两眼闪着如释重负的笑容："哦！好主意。"此刻，回忆起他那句"好主意"和商店"拒收的奇事"，瞬间使我与张导说的"清纯"联系起来了：他们的眼睛没有被金钱污染啊！

还有一件发生在当前的事。一位老阿妈，老伴不幸先走了，只有一个成年的儿子。儿子要结婚了，可未过门的媳妇却说：连自己的房子都没有，结什么婚？阿妈疼儿子，便把自己住的房屋过户给了儿子名下，结婚时又把自己多年的积蓄花光了。过了一年媳妇生了个娃娃，欢天喜地的阿妈抱孙子了，她多么开心啊！可是儿子媳妇嫌阿妈年迈体弱带不好孙子，便请了个年轻保姆，这样两房一厅就不够住了，只好把多余的阿妈送到远郊便宜的养老院。从此阿妈就很难看到心爱的小孙孙了，思念之情日夜煎熬着她，竟患上心脏病。医师要给她心血管安放支架，儿子说，媳妇刚买了小轿车，还欠了大量的债，哪能付得起安放支架的高费用呢？阿妈知道了，体谅儿子欠债的困难，便拒绝安放支架而改用出院服药治疗。不久，阿妈突发心肌梗塞去世了。儿子儿媳告别遗体后，养老院护工交给儿子一包东西，说是阿妈临终前的托嘱，儿子打开，原来是一对沉甸甸的金手镯！护工说，阿妈说这是她结婚时的聘礼，让儿子变卖了去偿还欠债。儿子哭了。本来这对金手镯足够她安放支架的，可她却留给儿子还债！儿子痛绝地跪伏在地呼唤着阿妈，泣不成声。如果有人要问，什么是清纯？那就是一颗母亲的心！

"人之初，性本善。"人，生来就是清纯的，闪现在眼睛里，你能看到：明丽、清澈、善良、温存、爱怜、诚挚、童稚，甚至有点儿憨傻木讷；而受了各种污染的眼睛里，你也可以窥视出：金钱、轻浮、心术、贪婪、取巧、算计、欺诈、诡秘，甚至人面兽心……清纯和污染当然不只是演艺界的现象，但演艺界的人把它们放大了，在千万公众眼前展示，所以人们特别地关注。张艺谋执意寻求清纯的眼睛来表现他的作品主旨，不仅是顺应民心的艺术构想，而且标志着"老谋子"又回来了，回到了高尚艺术的创造层面上。《三枪拍案惊奇》的一败涂地让他惊醒过来，再不能用污染过的东西去污染观众了，让清纯还原于人的本性。我们都在引颈企盼着《山楂树之恋》和那双万里挑一的"清纯的眼睛"。

厚爱文艺的开国上将

——记广西壮族自治区首任主席韦国清二三事

　　一个少数民族自治区，最有代表性的人物是谁，当然首推自治区主席，他不仅是地区的行政长官，而且是这个少数民族精神和品格的体现。在广西壮族自治区成立 50 周年之际，我们怀着崇敬和感念的心情，想起首任的老主席，是情之所至又理所当然的了。

　　韦国清主席是土生土长的壮家子弟，一个穷山沟里吃苦菜长大的看牛娃，十来岁就跟着共产党闹革命，参加了红军。这位几十年来身经百战、功勋卓著的老将军，是壮族人民的骄傲，在广西壮族自治区成立时，选举当家人当然非他莫属了。

　　与文艺结伴一生的我，有幸曾与老主席有过一些难得的接触，聆听过他有关文化艺术方面的教诲。我要说，他是一位特别厚爱文艺的领导人和钟情艺术的挚友。我可以随手从记忆中拾起几个片段来加以见证，虽然可能只是挂一漏万而已。

　　1966 年初春，北京电影制片厂导演谢添拍完我创作的彩色戏曲喜剧片《三朵小红花》，专程送来向广西领导汇报审看。韦国清主席亲自出席观看，并在明园饭店宴请谢大导演。在宴席上，韦主席对我们说："青少年教育问题非常迫切而重要，关系到我们党和国家的前途命运。你们抓住了这个主题，用人民喜闻乐见的彩调来表演，生动活泼，让人们在笑声中受到教育，我看，比我们当领导的作几个报告还要有效呢！"韦主席把文艺的社会功能提到如此高度来审视，除了表现出他的谦逊和精辟见解外，更是他对文艺厚爱的一种情感流泻吧！最令我难忘的是，他还记得几年前看过的电影《苗家儿女》，他对我说："你那个《苗家儿女》批评了砍林种粮，我很赞成。我们广西虽然是亚热带，但森林还是太少了，要大力植树造林。当然粮食也很重要，那是纲啊，关键是要科学种田，绝不可砍林造田嘛。你用一个故事让大家不知不觉地明白了这个道理，这就是文艺的优势。"

　　韦主席谈起文艺来兴致勃勃，说战争时期部队在观看歌剧《白毛女》时，剧场上哭声一片，自发的口号声此起彼伏，有个战士对黄世仁的恶行怒火中烧，竟向舞台上的"黄世仁"开枪，从此上级下令，战士看戏一律不准带枪。为什么会出现这样的事呢？韦主席说，文艺的感染力太强了，文艺家把自己的思想观点和喜怒哀乐通过人物情节传达给观众，引起共鸣，这就是文艺家的本事，所以我们要尊重文艺家，使他们为社会、为人民做出特殊的贡献。韦主席的这番论述让我们叹服不已。

宴后，谢添由衷地感慨说："韦主席是一位上将，打起仗来指挥千军万马，奠边府战役名扬世界，这样的军事家对文艺工作竟有如此精到的见解，真是少见啊！"谢添是喜剧家，以幽默见长，他笑说："韦主席不说话时威仪凛然，一副将军形象，开口后却温文尔雅，笑容可掬，像个秀才，而且生得一表人才，英俊帅气，真算得上是你们壮族的美男子。"我也开玩笑说："你这大导演在习惯性地选电影主角吧！"谢导认真地说："他的气质和形象在我选主角时还真难碰上啊！"

"文革"中，全国只剩下"八个样板戏"，是我国文艺界最萧条的时期。这时刻，韦主席亲自抓一台反映广西剿匪题材的大型京剧《瑶山春》的创作排练和演出，其意义非同一般，风险自不待说。后来到北京参加会演时，让广大观众耳目一新，受到戏剧界的大加赞许，接着全国数以百计的剧团蜂拥而来向广西京剧团学习，再返回各地演出，一时形成了全国戏剧界的《瑶山春》热！

但是，你们知道韦主席是怎样亲自抓《瑶山春》创作的吗？作为创作组的执笔者，我最知详情。

那时，韦主席委托自治区革委会副主任、军区副政委许圣亭亲临剧团蹲点，具体抓这一创作，这已是超越的重视了，还要求他随时向自己汇报进程和改稿情况。韦主席每稿不仅审读而且常来审看排演，日理万机的领导如此，让我们十分感动。但更令我震撼的是，当《瑶山春》剧本快定稿时，他竟召开自治区党委常委会来讨论。这可是广西的最高决策之所啊！常委们都在会前审读了剧本，有的还看过彩排，会上都认真提出各种意见和建议，还帮出主意、出点子。当时常委都是老革命、老战士，大多是剿匪的指挥员和亲历者，的确对剧本创作大有裨益。记得还有一段小插曲。有位部队的常委一直未发言，韦主席点名问他，他笑说："我只爱看戏，没有文艺细胞，俗话说，'内行看门道，外行看热闹'。我看这个戏还挺热闹的，我赞成，我赞成！"他的话引起了一片笑声。

也许现在看来这难免有点行政干预创作之嫌，但在当时的政治大背景下，却是对"四人帮"独霸文艺、排斥异己的一种特殊的斗争。从以下两点可以看出端倪来：常委讨论后，一是韦主席公开在会上表态，常委的意见仅供创作组参考，不是领导指示；二是立即派我携带剧本乘飞机赴京，指名找某两位著名戏剧家过目评阅，并没有叫我去找当时"四人帮"掌控的所谓文化组如浩亮他们，这是很耐人寻味的。

我问，如果自治区党委的意见和北京专家意见不一致时，以谁为准？韦主席断然答道："当然以专家意见为准。"随后又笑着拍拍我的肩膀说："听了专家意见回来大胆地改，放心，不会抓你的小辫子啊！"我也笑了。心想反正是自治区党委常委参与集体创作的，又有韦主席撑腰，还怕什么？当《瑶山春》快要上京演出必须印制精美说明书时，有关领导对编剧一栏如何署名感到为难，因为样板戏一般是不署作者名的，谁敢破例啊？韦主席则毫不犹豫地说："实事求是嘛！集体创作，周民震执笔。"我听了惊吓万分，"文革"以来，批判"三名三高"的大棒把我打得还不够吗？竟然又伸颈脖去挨刀呀！于是坚决向领导要求重新考虑不署名。韦主席则理直气壮地说："尊重作家的创作，再说，自古以来都是如此，是谁破了例？"这就是战火中锤炼出来的老将军的胆识和品性啊！

在韦主席任内，广西文艺界还有好些堪称在全国文化界第一的纪录：例如，广西在 1958 年就建立了全国第一个省级电影制片厂，韦主席亲自审批经费、选址，调集各方人才，进口高级器材。50 年来广西电影制片厂拍了许多名闻中外获得大奖的影片，给广西、给壮族带来了盛大荣誉。吃水不忘挖井人，我们是不会忘记韦主席的。

另一件全国第一是：60 年代初，举办了全区各级《刘三姐》大会演。一个广西壮族民间传说刘三姐的故事，由上百个剧团创作排练，演出不同风格、不同剧种的舞台戏，这是全国没有过的空前创举！会演之后，集中优势特色，汇成一台更完美的民间歌舞剧《刘三姐》，轰动北京，巡演全国，拍成电影，流传世界。刘三姐的山歌自此成为真正的大地飞歌！当时国内外不少人，因为知道刘三姐才知道有壮族，因为知道刘三姐才知道有广西，一点也不言过其实。

说到这里，我有件事一直心存歉疚。

大约"文革"前一年吧，韦主席要去武鸣双桥蹲点，指名要两位作家跟他同去，一位是包玉堂，一位是我。这是他对我们最大的信任和培养，也表明他对文艺工作的关怀和感情。可惜的是，当时我正在治病中，失去了这样好的机会，留下了终生遗憾。

老主席离开我们许多年了，作为文艺工作者，我们特别怀念他。他那颗炽烈而真诚的厚爱文艺、钟情艺术的心，就像高山上的木棉花，红光灿灿地照耀着壮族文化发展的征程，在中华民族文化史册上，将永远留下老主席绚丽的一页。

一掬抱憾的泪水
——祭亡友李准

我国著名的乡土作家李准驾鹤西去之后，我对他的思念与日俱增。文友的情缘固然常常萦绕脑际，更有一件令我抱憾不已的未了情结，搅动我的心间。

记得1997年春天，我在北京参加全国政协八届五次会议，会议结束时，少数民族委员与党和国家领导人在大会堂宴会厅举行隆重的联欢晚会，我和李准、玛拉沁夫有幸重逢，便单独围坐在靠后的一张小桌，难得老友们在这样有特殊意义的时间和地点相聚，感到格外欢快，当然也就无心观赏节目，大家倾诉别来的情况，畅谈新时期以来民族文学创作的动态，各抒感慨。

我与李准已有40年的交往，知道他不仅文如其人，而且也字如其人，他那平实、稚拙、内功极深的书法，近年来在书坛上声名鹊起，我便向李准索要墨宝一帧，他慨然答应了。

就在他离世前两年吧？他认认真真运笔特书一联并及时给我寄来："松性淡逾古，鹤情高不群"。我精心地请人装裱好，挂在书房的醒目处，每日赏心悦目，以其情高趣雅之文义，陶冶我的性情，这是永久的友谊纪念。我曾多次写信问他，我能给他些什么可作纪念的表示？他想了很长一段时间，这时他好像已在病中了吧？他给我来了一信说，听闻广西素称"奇石之乡"，如得一方奇石玩赏，余愿足矣。于是我到处托人寻觅奇石，欲找奇中之奇者，但东挑西选，总不太遂意。有些奇是奇了，又因太大太重，一时难以托人带去，这样就耽误了些时日。决然没有想到，在还没有收到我的奇石之前，他便悄然离世了。也许他在弥留之时，早已忘掉了这件小事，可是我却永远忘不了这件使我抱憾终生的大事！

我和李准文缘不浅，当我们还年轻的时候，结识于那个清纯的1957年，我在上海电影制片厂修改《苗家儿女》，李准也在那里修改《老兵新传》，我们相邻而居。他虽然比我年长几岁，但品性相近，文气相投，写作之余，神聊无边，开心畅怀。当时我在文坛还是个初出茅庐的"绒毛鸭仔"，而他已是初有名声的蓝天飞雁了。但是在上海那样的超级都市里，一个来自河南农村的乡土，和另一个来自边远壮乡的小伙子，都显得有些"土气"，也许正是这点儿土气把我们系在一起。经过几个月的修改、讨论、再修改，当我们的作品完成的时候，我们的友谊也就结成了。

过了几年，真是"无巧不成友"，我去北京电影制片厂修改儿童片剧本《三朵小红花》时，李准突然闯入我的房间，我们情不自禁地拥抱起来，原来我们又相邻而居，他来修改电影剧本《龙马精神》。此时彼此已"触电"多次，少不了都有一肚子的酸甜苦辣，共同语言更多了。两次带"电"作业中狭路相逢，不能说没有点儿缘分呢！

在"文革"后的文艺复苏时期，我们又在各种创作会议上见面，每次都肝胆相照，欢谈甚笃。1982年，在首届中国电影文学学会成立时，我们同被选为副会长，交往的机会就更多些了。

说真的，在交往中，我向他学到了许多书本上没有的活鲜鲜的东西，他向我讲了许多至今还认为是比较经典的创作经验。就拿他经常挂在嘴边的一句座右铭来说吧，这就是看似轻易而其重如山的五个字："生活的浓度"。他说，有人以为文学作品最难的是编故事的能力和表达它的文字功夫，其实不然，最难的是作品的生活浓度，生活有多少"浓度"，才是衡量作品高低的不可缺少的标准。所以他常用一分的时间和精力来编织故事，而用九分的时间和精力来搞生活的浓度。他说生活的浓度不是一种技巧，而是体现在作品的各个方面的生命线。比如：主题思想的鲜明度，选择题材的切入点，人物形象的立体感，故事情节的自然流泻，以及语言、细节、风格、氛围等等，生活的浓度无所不在，无所不包。如果说"生活是创作的源泉"是个原则，那么，他的这个经验，则是在创作实践中具体操作的方法了。生活是不大可能从书本上学来的，也不是可以由老师教会和传授的，它基于作家长期丰富的人生经历，又与他的艺术敏感和美学趣味水乳交融，而逐渐形成的感情和气质的自然流露。这是他多次和我谈起过的话题之一。我想只要从他的代表作品《李双双》和全部小说中就可以窥觅出他那生活观的精髓来。

其实李准本人就是一部我国中原乡村生活的百科全书，不仅各种人物形象烂熟于心，呼之欲出，而且这些人物的俗话俚语信手拈来，皆成文学。他曾幽默地对我说过："我出身农家，长在乡村，不修边幅，又黑又粗，乍看起来少点斯文，有些导演和演员初识时以貌取人，颇不以为然。但他们只要与我交谈一个小时后，就会完全改变印象。靠什么？靠的就是我身上散发的和口中倾吐的'生活的浓度'呢！"这时他那精练的河南方言又出来了："就这，没啥！"

他还对我讲过一件事，香港中文大学请他去讲了一堂文学课，竟把在座的教师和学生震呆了，说从来没有听过如此新奇而生动的课，用生活把理论讲透了、讲活了，强烈要求他继续讲下去。如痴如醉的大学生一连听了一星期，才放他回来。临行时，一个学生问他："像你一样浑身上下充满生活、知识和幽默感的作家，在大陆没有第二位了吧？"李準大笑道："像我这样的作家在大陆作家群中俯拾即是，我算老几啊？"说得香港的大学生个个惊叹不已。

还有一个例证，可以说明他的生活观。"文革"后，他把别人的小说改编成好几部电影。如《牧马人》《高山下的花环》《清凉寺的钟声》等，都很成功，影响很大。有次我问他，你这大作家，又不是不能创作，老去改编别人的小说，毕竟不是自己的原创作品，将来收录文集都不好办。他颔首，却诚恳地对我坦言说："老弟，说老实话吧！我是一辈子写农村的，可是'文革'后，我已经不熟悉现在的农村了，我的'生活的浓度'不够用了，我不能胡编乱造啊！"

是的，这是一位严肃作家的肺腑之言。如今像他这样的作家、艺术家少了，许多作品中的"生活的浓度"也就淡之又淡了！于是，我倍加怀念起文友李準来，如果你还健在，给我们年轻的作家上它一星期的"生活的浓度"课有多好啊！

呜呼！此刻，我只能借这篇追念的小文，向九泉之下的亡友，洒下几滴祭奠的泪水，以表我内心的哀思和深沉的抱憾吧！

老有所悟

"年年岁岁花相似,岁岁年年人不同。"不同者,又老了一岁也。老不足惧,老有所思,老有所悟,感悟人生,何尝不是一件好事。

邓小平同志说:"发展是硬道理。"这是一句意蕴深邃的至理名言。一个民族,一个国家,一个社会如果不再发展,就意味着衰亡了。所谓硬道理,就是统管一切道理的最高道理。唯物辩证法告诉我们,无论是自然形态还是社会形态,一切事物都在运动中,这个运动就是发展!我受这个经典的启示,用来观照人生,结合自己,得以"三悟"。

一悟曰:"创造也是硬道理。"人的一生就是创造的一生,包括创造物质财富和精神财富。改造自然,变革社会,经营生活,都是在创造,只是创造的类别和贡献的大小不同。农民和科学家都是创造者,一切为了生存和生活而从事劳动的人也都是创造者。社会在创造中发展,人类在创造中进化,世界在创造中更加宏伟而美丽!但剥削者、寄生虫和社会渣滓除外,他们自己不创造而去享用别人的创造。社会产生了不公平,便发生了革命。于是又进入了新一轮的创造。创造是永恒的!

我的一生和大多数人一样,也是创造的一生。我的一生交织着两件事:革命与文学。因为追求革命而从事文学,因为文学而必须革命。革命与文学是互相依存、互相促进的统一体,我的全部思想、感情、才智都融入这个统一体中了。近些年区内外出版社出了我几部书:《广西作家丛书·周民震卷》《周民震散文选》《广西戏剧家丛书·周民震专卷》等共百余万字,实际上就是对我一生这两件事所做的总结。褒贬自有读者评说。但是,回首自己,无论是革命还是文学,我都未能进入本人的"最佳境地",常为此感愧不已。客观条件众所周知,不必说它;主观原因是明显的。除了学养不深,底气不足外,坚韧、毅力、勤奋和艰辛均不够,以致自己的潜质潜能未得以充分展现,付出少了,收获当然不会多。不过,庸庸碌碌,行色匆匆,毕竟还是在认真地创造,并未混迹人间,玩世不恭。现在客观条件好些了,而主观条件则大不如前。颇有少壮不努力,老大徒伤悲之慨。虽创造力减弱,但创造之心未泯,在客厅上挂着高占祥写的一幅横匾"未闲居"三字，也算我的座右铭吧！如今力不从心，笔也不从心了。只写点补白小文，正像岑参诗云："庭树不知人去尽，春来还发旧时花。"聊以自慰罢了。

二悟曰："健康也是硬道理。"健康不仅是生命力，健康还是生产力。美国一位学者做过精确的计算，他说，对健康投资一美元，可以获得六美元的回报，这比当前利润最丰的金融业和房地产业还高！且不论他这种计算是否科学，但说明了促进健康是大有好处的。

本来，"生老病死"的自然规律早已说明，人一生出来就在和"老、病、死"做斗争。"健康"就是在这场连续不断斗争中的胜利者。如果失败了，后果不堪设想！这个硬道理直到老之所至才幡然醒悟，不禁埋怨当时为什么没有个洪昭光教授出现呢？那时我们完全过着一个"自然人"的生活。只谈思想健不健康（这当然也很重要），但从没想到身体健不健康。甚至谁要谈论和讲究保健就是资产阶级，保命思想，检讨、批评、大棒都来了！不过，那时也确实没有物质条件来关注健康问题。现在精神、物质条件都有了，特别是我们离退休者，把健康摆在首位绝对是应当的。所以有一位老同志建议说，老朋友相聚，少谈国事，多谈保健；少发牢骚，多讲笑话。此说无道理，国事不能不谈，但可少谈，谈多无用。牢骚发多了容易患疾，笑话却能治病。

当然健康的含意还包括心理健康，它比上述说的"思想健康"范围更深广，连性情、修养和品格都应在内。心理健康的话题值得探讨，就像看心理医生一样，是一个颇为时尚的新事物。总之，即使是迟到的健康意识也是非常重要的。我国不是有"亡羊补牢""塞翁失马""略胜于无"这样的生活哲理吗？如今不只有一个洪教授了，你自己就是"洪教授"，最近有句极高明的流行语："最好的医生就是你自己！"

三悟曰："开心也是硬道理。"当前流行语：高官不如高薪，高薪不如高寿，高寿不如高兴。这真是一则高度概括的生活哲理。没有了高兴，前三高不是等于零吗？有了高兴，前三高就是低一些又何妨！穷快乐不比富忧愁好吗？何谓开心，应是有原则界定的。非法的富贵，无限的物欲，不道德的淫念，损人利己……不但不会给你带来开心，可能还会给你更多忧心，甚至"心惊胆战"！我认为真正的开心，是在国家富强、社会进步、人民幸福的前提下，个人的舒心、遂意、和谐、乐观、调适、淡泊、平和、雅趣、怡情、幽默、爱心等等感情的自然流泻。

开心是"创造"和"健康"的最佳和最高表现形式！所以我把它也当成人生感悟中的一条硬道理。不论身处顺境还是逆境，愿天下人都寻找到自己的"开心"！外国有句夸张的谚语："小丑进城，医院关门。"

有了健康，就能去更好地创造；创造的成果当然会使人更加开心；开心必定会带给你健康的身心！这是一个永恒的良性循环。我因得此"三悟"，正在这个循环中从容地走着那未完的人生之路……

老了？

我老了？

本来这是一个极为简单的问题，只要自报年龄就可以回答了。偏偏在报刊上有权威人士说，人老不老不完全在年龄，因为人有五种年龄：自然年龄、心理年龄、健康年龄、外表年龄，还有什么社会年龄。这就把事情变得复杂了。所以，要问我老了吗？这个不成问题的问题倒成了问题了。当有人称呼我"周老"时，难道我要问他，你指的是哪一种年龄？真是一大笑话了。当有人说：你不见老啊！我是否也要问他，你指的是哪方面不老呢？这不是给人找麻烦吗？于是，对这个老字，颇有些糊涂起来："我老了？"

老不老总是对比而言的，自己比自己，当然是老了。记得我 30 岁生日那天，竟觉得自己已经老了，写了一首五言律诗聊发感叹，其中有"惊捻唇上髭，方知已三十"两句慨叹，现在想起来真傻，男人三十一枝花嘛！何来如此叹息？当然比起《西厢记》里张生对崔莺莺说的"小生年方二十三，尚未娶妻"是老了点，对短跑运动员和体操运动员来说，30 岁也该退休了，还不老吗？但是比起我的长辈来，我永远不会老。时至今日，还有个别老领导习惯性地叫我"小周"呢！那位年长我十几岁的大姐，前几年在美国见到她时，还以我的乳名相称呼，把我这个年过花甲的小弟弟叫到身旁，乖乖地听她讲述家族的故事，听得津津有味时，眼睛不眨，口水直流呢！这样说来，我又何老之有呢？

然而，我毕竟还是老了。

见到一位老熟人，握手言欢，好不亲热，就是记不起他是谁了，尴尬的是，为了打探底细，试问他从哪里来？他笑了，说他一直在本地工作，说上个月在看戏时还见过面。哎呀！此刻我真想遁地而逃，狠狠地暗骂自己：没记性的老家伙！

但当我读书看报时，虽不能像年轻人那样一目十行，但长期积累的知识和经验，使理解力和分析力大大增强，从而写作起来，思维旋转的速度和想象辐射的张力，以及信息摄取、遣词造句等几乎不减当年。前些年我的三哥（退休了的高级农学讲师）在医学院做了一次智商测验，医师惊讶地说，70来岁的人智商指数竟能达到130，甚至超过了一般年轻人。有意思的是，三哥是我们兄弟中被认为老得有点脑子不大灵光了的。这样一来，我又觉得自己不算老了。

然而，我毕竟还是老了。

在我生活的视野里，常常出现那些被称为新新人类的少男少女们，本来年轮赋予他们太多的自然美，而他们却刻意去寻求另一种"美"。染个红头发，剪个刺猬头，穿双松糕鞋，描个银眼圈，涂张黑嘴唇……热衷于成群结队地去追逐明星，夜泡迪吧，摇头狂舞，在昏昏的彩灯下，消耗能量，抛弃光阴。一个个熬得骨瘦如柴，还自诩为"骨感"。当我一看三叹，百思不解时，有人告诉我说，这叫作"酷"，是一种现代美，他们要和国际时尚接轨呢！我无言以对，我质疑，是不是我老了？

每当我打开电视机，想选看电视剧时，常常是十个频道有九个播放着千人一面的武侠打斗、男女滥情、宫廷帝王以及俗不可耐的香港搞笑片。难道泱泱大国的文艺百花园只有这样几朵畸形的"花"吗？我为中华文明的黯然失色而忧虑，但有人告诉我说，这是现代生活的刺激剂，茶余饭后的消化品，也是一种时代的需要。我听了在困惑中茫然，无奈，只好质疑，大概又是我老了。

有媒体报道，某歌星在成都的个演中，出场费高达155万元；另有两位男明星联袂做了一段十秒钟的广告，竟获得1000万元的报酬。令人瞠目结舌的是它并非天方夜谭中的荒诞情节，而是一张张数过的钞票。我翻遍了中外经济学关于价值和使用价值关系的论述，始终找不到答案。这时又有人告诉我，这是现代知识经济，新的文化市场规律。无可奈何的我，还得质疑，也许我真的老了？

我有一个亲戚的女儿，大学毕业后托我替她联系到某单位工作，交给我一个沉甸甸的"信封"，供我去疏通关系用。我严词拒绝，并斥责她助长不正之风。结果我两袖清风地去办，没有办成。后来她靠着一个"信封"的魔力，却马到成功地办成了。这事让我仰天长叹，思绪难宁，她却讥笑地对我说："叔公，你老了！"

啊。我真的老了？

老来俏

那天，我们应邀去观看老年活动中心的老年时装表演队演出。只见满台红男绿女，百花争妍。模特们一个个浓妆艳抹，步态姗姗，扭动腰肢，婀娜可人，面露微笑，目送秋波。座旁有人对我说："赏心悦目之余，是不是有点太那个……"

我问："你说的那个是什么意思？"

她坦直说："时装不错，表演也好，只可惜人老了点。"

我说："这就叫老来俏嘛！"这句话得到了周围几位观众的普遍认同。大家都说："老来俏好！""老年人就是要俏嘛！"

记得，在很久以前，"老来俏"是一个贬义词，老了还想要俏，这是不正经，被称为："老不正经。"这常常是用来骂人的话。随着社会进入老龄化，人们的观念大变了。"笑、跳、俏"成为老年人保健长寿必须遵循的三原则呢！所以现在如果有人称你"老来俏"，这是恭维话，是个褒义词。

"老来俏"不仅指狭义的服装穿着而言，我以为应有其广义性，凡是敏锐地接受与时俱进的新鲜事物，并和现代生活的精神面貌相吻合的，突破了世俗对老年人陈规陋习的思想行为，均可归于"老来俏"之列。

但是对这个"俏"字，仁智互见，颇难掌握。

我有两位朋友：黄、王二老。黄老天生一头浓密的白发，由于身体较弱，未退休就显得十分苍老，同事们过早地称呼他"黄老"，这常使他很伤感。而王老则身强体壮，头发黑亮，只是过早谢顶，这头好像茂密的森林包围着一片大海，这也令他好遗憾。他们俩同时退休，相见时，黄羡慕王头发黑亮，王向往黄一头浓发，各有所缺，又无法互补，王劝黄染发，黄劝王戴个头套，都来改变一下自己的形象，也顺应"老来俏"的趋势。果然，效果惊人，黄、王二老成了老年同胞中"老来俏"的典型。

只可惜好景不长，黄老经过多次染发刺激，原来浓密的头发，迅速脱落，渐渐向王老靠拢了。王老由于长久戴头套，头上闷热不透气，原来黑亮的周边森林也开始破败，迅速变白，此时两位"老来俏"者相对苦笑，别有一番滋味在心头。黄老说，我原来银发飘逸，风度翩翩，像个老学者，人们向我投以敬重的眼光，而今头上只剩下稀疏的"三毛"，而且还是黄白黑三色混杂的，真是不伦不类，像个瘌痢。王老更是满腹怨气，他说，自从戴上那个倒霉的头发套，别人把他看成个怪物，背后的话就更难听了。什么"以老卖小""老脸少头""假冒伪劣"，不一而足。有次他带孙子去公园玩，与孩子们一起玩捉迷藏，在树林里东跑西颠，忽然一根树枝把头套给钩了去，顿时原形毕露，头套吊在树枝上迎风摇曳。孩子们惊呼："王爷爷的头挂在树上了！"吓得周围许多游人跑过来，见后笑声四起，他双手抱着秃头，羞得入地无门，孩子们叠罗汉把头套取下，孙子急忙帮他戴上，恰又戴反了，成了非人非鬼的丑态，竟把围观的人笑倒了好几个！那次出了大洋相后，气得他一根火柴把头套烧了。

听起来好像在说个笑话，却是真有其事呢！可见老来要俏也并非易事，搞不好不仅可笑，还会可悲可厌。

本来"老"嘛，象征着成熟，阅历丰富，饱经世故，表现出年轻人难以达到的深沉、从容、风度、雅趣、大气以及尊严，如果盲目地去追求时髦，迎合时尚，以此为"俏"，就会有悖初衷，俏出问题来。我见有个别老年人去整容，割双眼皮，烫平皱纹，拉紧脸皮，刮老年斑，纹眼圈，画眉毛，这些既危险又无效果。有时还给你那张本来就不大顺眼的老脸雪上加霜。这并非危言耸听，有位割双眼皮者，把一双慈祥的人眼变成了凶恶的狼眼，谁见谁怕。还有个别老妇仿效时髦姑娘，留个披肩发，人字发，拉直的瀑布发，配上那张"沟渠纵横"的黄脸，夜晚忽然出现，会把人吓晕，以为见了鬼。总之，这些都是俏得不合时宜所致。

那么要真正做个"老来俏"者也不难。比如许多老人学用电脑，有的上培训班，有的自学成才。他们已成精通电脑的专家了，有的年轻人还去请教他，你说俏也不俏？

还有一位老友，执着地学英语，我问他学来何用？他开玩笑地答，连小孙子都会的爷爷反而不会，爷爷就该下岗了。这当然是句玩笑话，他说现在不懂英语寸步难行，君不见中国的书报文章及一些专家报告中，常夹有英语或简称字母吗？不知是一种显示高深还是确有必要，所以我也要跟上时代才行，这样的追求时尚不也是一种"俏"吗？

我当然也有一"俏"，就是驾驶电动车到郊外去兜风，给自己平静的生活湖水添些风险的浪花。因为毕竟我已不能上高空去跳"蹦极"了。

　　当然，并非每位老人都用一个标准来衡量"老来俏"的。俏不俏全是自己的感觉，生活过得平实，甚至平淡，但不平庸；他每天含饴弄孙，给家庭更多的爱心，读报看电视，对祖国的日益强大倍感欣慰；他心胸坦荡，笑对生活，每天起得很早，迎接东方升起的太阳，心里想："这样的好日子，要过好每一天啊！"这就够了，够俏了！

　　要过好每一天，这是所有老年人（也许还包括中青年人）的心声！

　　让老来俏各显其俏吧！

不知老

　　有些老年人容易看到别人老，却看不见自己也老了，甚至更老了，常会闹出一些无伤大雅的笑话来。

　　离休后有次去北京，到某机关访老友，见门卫室值班的一位须发斑白的老同志，便以多年来的惯性，随口称他一句"老大爷"。他睨了我一眼，嘴含笑意，欲言又止。在我填单写下年龄后，他慢条斯理地幽了我一默，用地道的京腔笑说："您呀！那才是真正的老大爷呢！"我猛然醒悟过来，尴尬地干笑："没错，没错。"心里直骂自己：你以为你是谁呀？活脱脱一个"糟老头儿"了！

　　这又使我想起了一位老文友，他是个老编辑，平时衣冠楚楚，绅士风度，性格有点古怪。退休之后，有次上公共汽车，一个姑娘见他花白头发，好心给他让座。他立马脸色骤变，不满地瞪了她一眼，说："干吗？"姑娘笑答："老同志，您请坐。"这位老文友更是火上加油，郑重其事道："老同志？！（重音在老字上）你看我很老了吗？你看走眼了，我不老！"他的话引得全车乘客都笑起来。姑娘只好又坐回去，脸上说不清是种什么样的表情。这也是"不知老"惹的事。

　　我也有过类似的事呢！年轻时坐公共汽车，习惯给老幼残孕让座，到了老年，这种惯性动作还来不及改掉。有次乘车见一个乘客抱着孩子上来，前排的几个小伙子把脸朝向一边装没看见，我习惯地立起让座。当乘客落座之后，车子晃动了一下，我几乎要跌倒了。刹间一个姑娘把我让到她的座位上，说："老爷爷快坐下。"我暗暗吃了一惊，难道在别人眼里我真的是位"老爷爷"了吗？竟油然生出一丝悲凉来。

　　说到老，人人都会感慨万千，但感慨各有不同。我的老文友乔羽，写了一首著名的歌词：《夕阳红》，第一句就是"最美不过夕阳红"。这显然是从古诗"夕阳无限好，只是近黄昏"中截取前面一句演绎而来的；后面一句被理解为无奈的悲叹而被扬弃了，不是吗？黄昏过后便是黑夜，再好的美景也将消失殆尽。这是人人皆知又无法改变的自然现象。其实，中国有句极富哲理的话："天下没有不散的宴席"，大概也有这样的含意。

我曾在一篇科学论文中读到过，说地球未来将会有数十种可能出现的偶然现象使其走向必然的毁灭，或被宇宙的黑洞吞没，或因太阳熄灭而凝固，或被无数个彗星的撞击而瓦解……既然如此，人生最洒脱最实际的境界就是"顺其自然"。地球绕着太阳转，月亮跟着地球行，人类随着时光走，春夏秋冬，生老病死，"上苍"永远是公平、公正、公开的，无一例外。

但是，并非每个人都能把这个"老"字如此理性地加以透析。我们不是常把一句话挂在嘴边吗？——难得糊涂！我想，那些"不知老"的老年人，堪称一种最明智的"糊涂"了，这与我们通常说的"老糊涂"当然不是同一含义。其实这种非糊涂的"糊涂"，只是一种心态而已。

记得我过去曾接待过一位国内外驰名的粤剧表演艺术家，当时她可能已年届古稀了，可在宴席上居然有位领导贸然问她今年有多少岁了，这个有违女演员大忌的问题，使欢愉的宴席突然陷入难堪的窘境，正当大家面面相觑沉寂难耐之时，那位女艺术家从容泰然地笑道："最好忘记自己的年龄。"这句解围的睿智的回答，博得了全席由衷的掌声！

我当时的直接感受，这不仅是一句智慧语言的闪光，我更被一种潇洒、恬淡、雅趣的心态所感动。一个进入了无畏无私、无求无欲的人生境界的艺术家，她只把岁月当作事业的载体，而以忘我的精神去与时间争夺艺术的成果，年龄对她还有什么意义呢？

"不知老"当然不只是名家所独享，这是所有老年人在升平盛世中反映出的一种心理常态。我有一位当教授的兄长，他的这种心态可说表现到了极致。他乐观豁达，办事认真，年近八旬成了学院离退休老"歌星"。有次去商场购买衣物，反复探询和研究它的结实度，它能穿用多久？10年？20年？营业员面对这位白发老者的"远大抱负"，强忍住了笑，她心里怎么想，不说自明。还有一回，他去药店，营业员向他推荐某种补药，他竟说："现在就吃补药，到老了怎么办？"这次营业员实在忍不住笑了，大概想说：你现在还不老吗？但她没有说出口，谁也不会忍心去破坏老人的那份良好的心态。

那么，"不知老"真的很可笑吗？不！所有的人都会说：他们很可爱！太可爱了！

他从壮家山村走出来
——记我的父亲周公谋

阴霾的清末时代的一天。

鸡叫三遍，天还未晓。雾气蒙蒙的一条崎岖小路上，两双穿着草鞋的脚在匆匆行走。一个是挑着担子的中年农妇，担子一头是粗布棉被、草席，一头是裹着衣物的包袱；另一个是她的十来岁的独生子，背着一袋干粮：红薯、芋头和一个装满在私塾读的书本、笔墨纸砚的书包。他们从榴江县（现鹿寨县）的一个壮家小山村走向100多里远的桂林府。这对母子就是我的祖母周黄氏亲自送我的父亲周公谋去桂林读"新学"的真实剪影。祖父虽然是乡野农耕之人，却头脑精明、慧眼独具。因父亲自幼聪颖过人，少年老成，学业出众，就读乡村私塾时常提出一些新问题，让师爷张口结舌、不知所答。祖父认定他怀有奇才，变卖田产也要送他去外地求学深造，以功成名就，光耀门庭。祖母把儿子送到桂林，交了入学银两，安排好食宿，把一双亲手做的布鞋给儿子穿上，自己光着脚板（草鞋早已穿破）一步步又走回山村，临行时只说了一句话：要争口气，别让人看不起我们"壮古佬"（当时城里人对壮族乡下人的蔑称）！

父亲在学校，迅速接受了当时在青年学子中传播的反清革命思想。他们三五成群，聚众热议朝廷的腐化衰败，以及各地风起云涌的革命思潮。这引起了教育当局注意，有一次派了个督学大人来校训诫，父亲被指定在台上做记录。当督学造谣革命党人杀人放火、祸害社会时，父亲怒不可遏地站起与他争辩，督学斥骂他是野蛮的"壮古佬"，父亲一怒之下拿起桌上的石砚向他砸去，受到数百学子的呼应，纷纷冲上台去赶走了督学，引发了一场不小的学潮。由此，父亲和一些激进的同学被捕入狱。因校方颇有背景，说情后以开除学籍了事。此事使父亲他们暗中接近了在桂林的秘密革命党人，他当即破指血书，立志反清！在他们的协助下，父亲去了上海，进入复旦公学深造，并加入了上海的革命党组织进行秘密的革命活动。

两年后，与革命党同学结伴，东渡日本，进入了日本名校早稻田大学，那里是革命党人集中的地方。在校期间，父亲参加了孙中山先生领导的革命组织，从此经常聆听中山先生的教诲。待父亲获得政治学硕士学位后，中山先生便让他留在身边，做了秘书的工作。这已是民国初期，中山先生二次流亡日本，组建中华革命党的时候了。

1919 年"五四"运动爆发，父亲领奉中山先生的使命，回到广西，到梧州、柳州等地活动。"1919 年 5 月下旬，柳州全城 1000 多名学生聚集文庙举行成立大会，会上宣告柳州道救国联合会正式成立，周公谋做了慷慨激昂的宣传演说。"（摘自《中国共产党柳州历史》15 页）"刚从日本留学回来的周公谋……四处进行宣传，鼓动学生开展爱国运动……学联会成立后，当即组织学生走上街头，向群众开展爱国演讲活动，进行抵制日货的斗争。"（摘自《中共广西地方史稿》18 页）父亲在广西各地的活动，为中山先生成立广州革命政府在广西做了一些组织和舆论的准备。

广州革命政府成立后，1921 年初，孙中山总理派父亲就任广西桂林县县长（当时桂林尚未设市）及周围四个县的督办。当年父亲只有 20 多岁，正是少年得志之时。同年 11 月，孙中山偕夫人宋庆龄率革命政府要员一行乘船沿西江而上，从广州到桂林视察。据孙中山的卫士长后来写的回忆录记述：周公谋县长率数万民众在码头及沿街热烈隆重欢迎，锣鼓喧天，鞭炮轰鸣，彩旗如潮，呼喊革命口号，激情沸腾。"孙中山先生和宋庆龄夫人抵达桂林时，孙先生在日本时的亲密战友、当时桂林县县长周公谋率各界人士夹道欢迎，盛极一时。"（摘自《广州文史资料》第十九辑 48 页）中山先生感受到广西人民对革命政府之真诚拥戴和强烈要求北伐统一国家的愿望，深感欣慰。中山先生在桂林视察并部署政事后放心地回到广州。

后来，中山先生对父亲委以更重的任用，将他调回任命为广州革命政府的陆海军大元帅府大本营委员（蒋介石、孙科、胡汉民也是委员）。由于当时毗邻香港的东莞县成为支撑革命的财政大户，中山先生立派父亲兼任县长。总之，这个在日本就跟随其左右的名校硕士青年，成了中山先生的亲信和爱将。1965 年父亲曾对我说过：当时孙中山总理与宋庆龄的内室，除他可以进出外，任何要员是不能的。

正当父亲的仕途如日中天之时，中山先生不幸于 1925 年 3 月 12 日逝世，蒋介石趁群龙无首时夺取了大权，国民党内一片倒蒋声。据母亲说，当时父亲参与了一个倒蒋的派别，进行过活动。失败后，父亲就开始坐上了政坛的冷板凳！蒋介石不敢剪除像父亲这样资历的对手，只把他放在一个虚位上：国民政府军事委员会少将参议。从此几十年未变，父亲成为游走在政坛边缘的失意政客，除做些一般工作外，便是访访故友，发发牢骚，写诗感怀，情绪消沉。

1936年4月和5月，广西军阀李、黄、白（李宗仁、黄绍竑、白崇禧）蠢蠢欲动，准备发动反蒋的军事行动。蒋介石这才想起了父亲，利用他在广西的资历和威望去游说与李、黄、白和解，父亲本不愿卷入他们这些利益集团之间的矛盾，但又不好拒绝，便以拖延的办法，先到了梧州住下，再择机前往南宁、桂林。不料路途中被一股土匪劫持，把父亲绑架到山寨，匪首知道父亲的身份后，予以款待，企图敲诈一大笔钱。父亲晓以大义，劝说匪首招安归顺政府。由此又拖延了些时日，6月初，李、黄、白仓促地发动了反蒋战争，队伍进入湖南就被蒋军联合粤军一举击溃，李、黄、白狼狈逃回广西，暂避香港。这时父亲说服了匪首，被礼送下山。桂蒋之争既已结束，父亲正好返回南京复命。以后蒋介石再也没有起用过父亲。抗战胜利后，国民党成立了国民党革命勋绩委员会、国民党政策设计委员会，加聘父亲为委员，无职无权，相当于我们的文史馆员和顾问之类。最后，授予了"国民党元勋"的荣誉称号。

1949年国民党溃败广州，父亲原想把住在广西柳州的全家跟他一起迁逃香港，安排孩子们就读洋学堂，将来另谋出路。但当时我和弟弟民霖早已参加地下共产党，正奔赴大苗山打游击；民云哥和民雷哥刚大学毕业，正热情满怀地迎接解放，要为祖国建设贡献力量。我们拒绝了他的本意，并劝他回来，重新安排自己的余生。父亲碍于身份，对党的政策不相信，便孤身一人出走香港。没想到此时国民党竟又想起了他，企图借重他是广西名流，有影响力，要他潜回家乡组织反共救国军。他想这一辈子也没有和共产党较过劲，到了这时还去送死？便进了香港竹林禅院做了"居士"（不剃度的和尚），远离政坛，混碗饭吃罢了。1957年响应周总理"爱国不分先后"的号召，毅然回国，和母亲住在沈阳二哥民云家。

综观父亲政坛生涯，先不做功过曲直的评说，作为一个出自壮族山村的青年，在清末民初的时代大潮中，展示过短暂的"时代弄潮儿"的身段，也可以算地方历史进程中留下过足印的人物吧！

我是父亲第六个孩子，如果把从小夭折的两个哥哥算上，我应排行第八了。所以我和父亲的年龄差距较大，加上他长期在外，很少在家，对父亲的了解很少。多是小时从母亲、祖母、哥、姐那里听来的片段，事实基本不会错，具体日期就不那么准确了。

在我幼小的记忆中，有几件事对父亲印象较深。

"七七"事变前，我们家住在上海，大哥周一峰（原名周民风）在复旦大学读书，参加了党的地下外围组织，在全国"一二·九"学生爱国运动中，发动了上海浩大的学生运动并游行示威，大哥和几个激进的学生被当局逮捕，并声言要对他们杀一儆百。父亲为此四处奔走，极力救援，多次找了上海警备司令杨虎、市长吴铁城，请求他们对热情抗日的年轻人手下留情。又通过一些国民党元老出面说情，终于救出了被关押的大哥及一些学生领袖，他们大多是地下共产党员。大哥释放后不久被党派往苏中地区开辟革命根据地。以后十多年一直在江苏参加抗日战争和解放战争，担任过中共江苏南通中心县委书记、军分区政委，直至新中国成立。十几年中，我从未听过父亲谴责大哥叛逆，或认为他误入歧途之类的话，可见他并不是国民党内的顽固反共派。新中国成立后，大哥历任苏州地、市委书记，浙江省委常委、常务副省长等职。

虽然父亲留学日本，但对日本侵华深恶痛绝，抗日前后他一直是国民党内主张抗日的人士。"九一八"后，他写了一首诗："危楼一夜风兼雨，黯淡河山撼怒潮。四万万人同入梦，共谁拔剑舞中宵。"反映了他作为国民党人中抗日派的心志。记得我们从上海回到桂林避难时，他和李济深等在军委会驻桂办事处为抗战共事多年。还有一件小事，我那时在八桂小学读书，桂林举办全市小学生抗战演讲比赛，我被学校选为代表，是父亲替我写的演讲稿，慷慨激昂地痛斥日本帝国主义的野蛮行径，呼唤中华儿女奋起挽救国家危亡，情词动人，鼓舞心魄！我的演讲获得第一名，由此也能折射出他的一点抗战之激情吧！1944年日寇入侵广西，父亲没有携家逃往重庆，毅然留下在家乡敌后抗日，临危受命担任流亡在山村里的榴江县县长，团结民众，重整武装，与日伪拼死战斗，迫使敌人龟缩县城，不敢放肆出来祸害民众，直至抗战全面胜利。关于这一年多的艰险斗争经历，我曾写过《临危受命》一文在广西政协《文史春秋》上发表，这里就不赘述。

我记得家里有个红木大柜，装了许多字画卷轴和大量的黑白照片，都是当时一些国民党元老和达官要人赠送的墨宝，现还有印象的是孙中山、廖仲恺、于右任、谭延恺、胡汉民、吴铁城等要人手迹，我们当时太小，还有许多名人并不认识。照片很多都是在广州革命政府时与政要们的合影或大小集体相，最珍贵的是一幅与孙中山、宋庆龄的合影，孙、宋坐在室外草坪的藤椅上，父亲西装革履立于后面。可惜新中国成立后，被当作反动物件，全都付之一炬，实在遗憾！

　　1965 年秋，我和大嫂因公赴沈阳，去二哥民云家看望了父母，这也是最后一次见面。当时父亲 72 岁，精神还好，生活安定。我们建议他写些回忆录，特别是广州革命政府时期的情况以及孙中山、宋庆龄的逸事，作为史料是很有意义的。他当时说，当过孙中山的机要秘书，常参与核心层，知道许多内情，但写出来很有顾虑，不知深浅轻重，还是少惹是生非！我们打算慢慢再做他工作，不久就进入了"文化大革命"。像他这样的经历，在劫难逃。好在公安部门早早就把他监管起来，没有受到红卫兵的冲击。1969 年底审查结束正要释放回家，未料父亲由于兴奋过度，突发脑溢血去世，终年 76 岁。

童心向党
——兼忆大哥周一峰

　　无论你有多么老迈，无论你一生的记忆长河汇成了多么无边的汪洋，但源头上的那一湾小溪，永远是清澈透明的。

　　抗日战争时期，我们全家从上海逃难回到桂林，父亲仍旧挂着一个高官的闲职——国民政府军事委员会少将参议，很少住在家里。母亲虽是一位知识女性，因一连生了七个孩子而成了相夫教子的全职妈妈。大哥民风（参加革命时改名周一峰）在上海复旦大学加入了共产党的秘密组织，抗战开始时受党的派遣离家去了江苏农村，开辟根据地打日本鬼子；二哥民云、三哥民雷、二姐素新在桂林读高中；我和民霖虽然还是八桂小学的"鼻涕虫"，但当时桂林是全国大后方的"文化城"，著名的文人、学者齐聚这里，高雅精博的文化氛围，抗战救国的昂扬激情，也催生小一辈孩子的加速成长。

　　每当寒暑假期，我们兄弟都由妈妈领头回到老家——离鹿寨20多里的壮族山乡——新村，去看望年迈的祖母和亲友，也让过惯了城市生活的孩子到农村中去感受一下艰辛。我和民霖面对着野趣横生的山野，兴奋得疯了似的，整天和村里的孩子上山下河，掏鸟窝，摸鱼虾，烧王蜂，斗蟋蟀，还与看牛仔去放牛、唱山歌。可急坏了祖母，顿足道，两个小孙子简直成了野孩子了。母亲倒不以为意，说乡下好玩的东西太多了，哪管得住孩子的好奇心？祖母听了暗生一计。晚上我和民霖照例是要给祖母捶背的。她故意神秘地说："乖孙仔，我告诉你们一个秘密，千万不要对别人讲。"立刻撩起了我们的好奇心，便赌咒不会泄露。祖母悄声说："屋顶角上有个秘密的小阁楼，那是你们大哥读大学回家过年时常待的地方，一定有许多好玩的东西，他好多年没回来了，我也从不让人上去过。"

　　第二天一早，我们不再外出疯玩了，找个楼梯，怀着探秘的心情爬上了尘封很久的又脏又黑的小阁楼。除了到处是蜘蛛网外，只有一张书桌和一张椅子，上面全堆满了书、报、杂志。民霖说：找找看有没有好看的"公仔书"（连环画、小人书）？翻遍了也找不到一本！都是些厚本的书。记得有本书名叫《新世界的人和人的新世界》，是讲苏联十月革命后的事，还有一本《瞿秋白访苏日记》，我翻了翻就扔下了。正失望时，忽然发现一本令我意外惊喜的书，马上拿给民霖看，民霖大声念道："共产党宣言。"我制止他小声点。当时"共产党"三个字简直就是危险、恐怖的代名词，同时又使我们感到很亲切、很神秘，大哥在江苏一带打日本鬼子，家人都知道，但他是共产党，对外是守口如瓶的。我们有个在桂林当中统特务的堂哥，常讲述他们怎样抓共产党人，夸耀如何拷打上刑的惨状，甚至暗杀处决，每听到这些恐怖的事时，感到悚然惊骇，幼小的心灵总是站在属于被害者的共产党一边。同情弱者是每个孩子的天性，害人者的骄横狂暴更会引起孩子的厌恶！所以我们对这个邪恶的堂兄是很鄙视的，他们的残酷迫害反使我们对大哥勇敢的正气产生敬佩。

记得在上海时，虽然我们还是幼童，但对大哥依稀留下了深深的印象。"一二·九"学生爱国运动，大哥是学生组织领导者之一，带领各校学生到南京，配合北平南下的学生抗议请愿而被捕，和一批学生领袖被关押在上海，国民党当局声言要杀一儆百。父亲靠着国民党元老的身份，四处奔走，甚至闯进上海警备司令部找了司令杨虎才把他们营救出来（当年在广州革命政府时杨虎是孙中山总理的卫士，父亲是孙中山的机要秘书）。父亲把浑身是伤的大哥关在家里休养，不让他再回学校参加革命活动。大哥说服了二哥、三哥偷偷开锁放他出走，我那时只有三岁多，拉着他说："大哥，你去哪里？我也去！"大哥亲昵地摸摸我的头笑说："小牛（我的乳名），大哥去的地方，将来你也会去的！"

还有一次，大哥在上海虹桥参加抗日志愿宣传队给市民做演讲，遇日本飞机轰炸，许多人伤亡，大哥的同学来说大哥在宣传抗日时被炸伤送医院了，急得全家跑遍全上海医院去找，却不见人，以为没有人了，大家哭成一团。未想到娘姨忽然跑来说找到大哥了，急带我们去看。在某医院的大病房中，娘姨认得病床下大哥的皮鞋，病床上躺着的大哥因头脸部受伤被纱布层层包裹起来，只留一个嘴巴，谁能认得出呢？

1937年"七七"事变后，我们全家撤离了上海到长沙，我问父亲大哥去了哪里？父亲不答还斥，小孩子别多管闲事。我不服气去问妈妈，才知道大哥去打日本鬼子了，顿时对他肃然起敬。后来二哥悄悄告诉我，大哥是打鬼子的共产党。这又给我增添了一层神秘感！可是共产党究竟是干什么的？一直是我心中的谜团。今天发现了这本书，想来将会明白无误地告诉我们，毕竟《共产党宣言》这个书名，意思我们还是懂的。特别是看到书就像见到了大哥一样，一股亲近崇仰的心绪升了起来。

于是我和民霖郑重地拂去书上的尘埃，把"大哥"请下阁楼，端放在客厅八仙桌上，打开了第一页："一个幽灵，共产主义的幽灵，在欧洲大陆徘徊……"读下去渐渐有了点兴趣。碰巧，那个在桂林当特务的堂哥忽然进门来，他母亲病了，他回家看视，顺便来串门。他那双特务眼睛立马就盯上了书，翻看封面，惊愕地说："嘿嘿！难得的好书呀！是老师给你们看的吧！"我们急摇头说"不是"。"不是？想骗得了我？讲讲是哪个老师的书？……其实我早就晓得了！""晓得个屁！"民霖愤愤地揭穿他。他笑说："八桂小学的地下共产党名单都在我手里，不过看你们讲得对不对？姓廖的教导主任是吧？陈捷老师？张军老师？"我们偷笑，笑他那套特务手段太蠢了，我们学校根本没听说有这些老师。他伸手要拿走这本书，我紧紧抓住不放。堂哥说："给我有用处，回桂林请你们吃马肉米粉。"祖母来了，昂然地说："这本书是民风的，他现在抗日去了，你去抓呀！你们就会躲在后方抓共产党，有本事上前线打鬼子呀！"祖母倚老卖老，对他一点儿也不客气。堂哥尴尬地只是赔笑脸。我们在一旁发出胜利的笑声，大声唱起当时流行的抗战歌曲："枪口对外，齐步向前。不杀老百姓，不打自己人！我们是铁的队伍，我们是铁的心，维护中华民族，永做自由人！"妈妈从房里出来，插道："民风是当了共产党，现在不是联合抗日吗？连他父亲都不说什么，你想干什么？"堂哥张口结舌，说："我不过怕这本书会给弟弟们惹麻烦，我帮忙收走安全些。""算了吧！你想拿去加害别人、邀功请赏是不是？"祖母无情地揭了他的老底。妈妈从我手里拿过了书，说："行了，你也别收走，我们也不留，烧掉就是。"堂哥这才下了台阶，讪讪然走了！

深夜，在房里昏黄的煤油灯下，我睡觉中好像似梦非梦地看到妈妈在看那本书，翻页的纸声似乎也听见。

第二天一早，我和民霖走进厨房，见妈妈正在灶口点火烧书，我们边喊边扑过去，书刚烧掉了一点角，被我们救下来了。"别烧！是大哥留下的！"妈妈也不坚持，说："这本书你们还看不懂，留下惹事。"我问："妈妈，你昨晚看懂了吗？"妈妈欲言又止，却略伤感地说："民风好多年没有音讯了，留下它当作一个挂念也好！"

我们以小学四五年级的语文水平，用了几天时间，终于读完了它。

虽没有完全读懂书中的内容，但深感到书中有一种要改变一切的崇高精神和理想！是大哥这样的人才会去追求它，因为我们崇敬大哥，自然就信赖并去追求这样的理想了。

要回学校上课了，这本书收在哪里呢？带去桂林是绝对不行的，放回阁楼又怕丢失，于是我和民霖想个办法，把它埋在地下。想象中可以长期保存下来，说不定哪天大哥回来，我们挖出来奉还给他该多好啊！

扛上锄头带了些石灰，我们把书埋在村后洛清江边一排小树下，就像埋下了一粒种子。几年后，我和民霖在柳州龙城中学读书时，先后参加了地下共产党，谁又能说不是这粒种子在阳光雨露中发芽、开花、结果的呢？

时光如梭，几十年过去了。2002年，我和民霖回到老家新村，兴之所至，专门去河边寻找那个埋书的地方。唉！哪里还找得见？小树长成参天大树了，又发过无数次洪水。不过如今《共产党宣言》不仅仅是一本书，"共产党"三个金色大字，早已在中国大地光芒万丈了！

我们默默地站在河边，默默地思念着大哥，他一直跟着陈毅、粟裕在华东打天下，出生入死十几年，新中国成立前就担任了中共江苏南通中心县委书记、地委书记，军分区政委，还是华东野战军的旅政委，参加过七战七捷及孟良崮战役。新中国成立后担任了中共江苏省苏州市、地委书记，1956年进入浙江省省委常委，担任常务副省长。1983年中央派他来广西担任处理"文革"遗留问题小组组长，解决了当时广西发展的重大障碍。其间，他没有忘记故乡，亲自回到新村看望乡亲。可能还上过那个小阁楼，或许还来过这洛清江边呢！

1991年，他积劳成疾，不幸逝世了，他走了，也许他把那本书也带走了……

此刻，洛清江涨水了，汹涌着向前奔去，后浪推着前浪，一浪高过一浪，这就是历史长河永不停息地奔腾向前的规律吧！

大　姐

在冥冥梦乡中，只觉得在汹涌的海水中漂浮着，身子随着波涛起伏颠簸，却没有感到一点惊骇，似乎还有一种悠悠的惬意。

一阵嘹嘹呖呖的鸟鸣，叩着我耳膜的门环，恍惚中好像一群嬉闹的孩子在呼唤。我睁开惺忪的眼睛，刹那间神志还没完全回到大脑：这是什么地方？只见一大群小鸟，竟然跳跃在床前的窗台上，大唱晨曲，丝毫不在乎室内的人高不高兴。透过窗户望去，明丽的晨光下，一片绿色草坪。还有几只松鼠和野兔在吃草芽，再往远看，是一片幽深的密不透风的森林……

此时，神志清晰地告诉我，经过十几个小时的越洋飞行，我和妻子来到了居住在美国新泽西州的大姐家。我已在西半球的土地上了。

这次应有关方面邀请我偕夫人来做学术交流的美国之行，顺道探望大姐一家。探亲，对于中国人来说，是一生中至为隆重甚至有点神圣的幸事。年近八旬的大姐亲率外甥等远至几十公里外的机场迎接，亲情之深，相聚之切，西方老外是无法理解的。

好多年没见大姐了。她还和从前一样，是出名的"快节奏"，说话快速，举止灵活，步履轻盈，目光炯炯，毫无倦意，给我的第一印象就是：大姐不老。

大姐一家来美国定居已有好几十年了，子女在这里读高等学府，然后就业，然后结婚，然后生儿育女，然后成为典型的美国中产阶层，现在孙辈也刚刚大学毕业，开始走入社会了。按理说，漫长的时日，应该把他们造就成为一个美国式家庭。然而，当我来到这个家，这里却像是美国土地上的一块小小的中国飞地呢！

大姐对我们说，几十年不算短了，因为这个家始终是中国式的家，家里的人上班在外讲英语，回到家里一律讲中文。当然，几个孙辈有点儿为难，他们在美国出生长大，语言环境的影响极大，要他们学中文是多么的艰难。大姐说："但我一直坚持与他们讲中文，至少从来不用英语和他们对话。我对他们说，你们要是爱奶奶，就要爱中国，就得讲中文，孙儿们从小就答应了，因为他们热爱奶奶。"

在美国，三代同堂而又三代同住是极为罕见的。儿女长大了，就要离家自立；儿女的儿女长大了，同样要独立出去，另立门户，因此连两代同住都是暂时的。大姐与儿女孙辈长期融融一堂，就显得很突出了。大姐和姐夫也有自己的房子，他们可以不依赖儿女生活。但几十年来，他们都没有单独居住。这里除了有感情的因素之外，起更大作用的是一种民族的传统意识，东方家庭的基石是一种亲和力所凝聚的尊老爱幼的伦理道德观，它维系着家庭。外甥和甥媳都是事业有成的 50 开外的人了，下班回来还一声爸爸一声妈妈地请安，孙儿们从小受到影响，爱奶奶、尊爷爷就不足为怪了。这个中国式的家庭，在美国几十年纹丝不动地保留着。

吃早餐了，餐桌上摆了蛋糕西点、牛奶饮料。大姐说让我们尝尝美国口味，可她却一个人在吃水煮红薯。我们都感到有点诧异。姐夫说："她专吃这些土东西，越土越爱吃，木薯、芋头、粽子、米粉、年糕。没有卖就自己做，几十年不变。"

大姐嗔他说："我做的东西个个都说好吃，你也没少吃，吃饱了反来说我土……"

我说，这不叫土，这叫继承传统，大家都笑了。在美国居住一幢独立的楼房并不算豪华奢侈，几乎工薪阶层都能达到，只是室内的装修摆设大有区别。大姐住的三层楼房属中上水平。客厅、餐厅、酒吧间、视听室、健身房，另有五间住室，全地毯，中央空调，全天候热水系统，以及四个大小卫生间。所有的厅、室，均按中国式古香古色的布置，墙上的书画和书架上的各种工艺品，全是国粹。屋前屋后有大片绿茵草地，间有花木，延伸过去就是翠绿交碧的森林。环境十分幽静，周围几十米外的林中，间有数座形式各异的楼房，形成一个林中别墅小区。住在这里，悦目清心，享尽乡间的恬静和绿趣，这种环境在中国只有那些门垂松柏、宅近青山的名刹古寺才可比拟。

特别引起我们注意的是，在后门的一片木制大平台上，养了许多精心培养的盆景式花草，如茉莉、蝴蝶兰、四季桂、红海棠、玉兰花、昙花等，与我们在南宁种的一模一样，是巧合还是默契？美国人也爱花，但他们喜欢那些华美灿丽、累累成丛的格调，像浓妆艳抹的女郎；而中国人却更钟情于典雅幽芳、扬芬吐秀的风韵，似轻描淡写的姑娘。大姐亲手培育的这些花草，使我顿生一种感觉，这不仅仅是花，也是一颗颗思乡的"中国心"呢！

住在大姐家，你决不会感到寂寞，她会给你讲许多鲜为人知的故事逸闻，大都是有名有姓的真人真事，而且还带有明显的评论和褒贬。我在孩童时候，就常爱听大姐讲故事。没想到，已届花甲之年、饱经沧桑的我，还兴趣盎然地坐在大姐跟前听她讲故事，讲的人头头是道，听的人津津有味，天真稚气不时从满脸皱纹中款款流露，倒真有点像喜剧中的一个镜头呢！

大姐讲起了一件有趣的往事。1990年她回国到柳州探亲。那天，她坐着侨办的一辆小轿车要去青云菜市，司机问她想买什么，她笑了笑，没说什么。到了菜市，她下车踩着泥泞去寻找几十年前吃过的那一摊萝卜糕。她说那摆摊炒卖萝卜糕的阿婆姓李，人都称她为"婆婆糕"。怎么现在到处找也找不到了呢？司机问大姐，那时你有多少岁，大姐说才20多岁，司机大笑起来，说那位婆婆就是活着，还能炒卖萝卜糕吗？大姐这才猛醒过来，笑说："半个世纪了，自己也成了婆婆，还能见到当年那位婆婆吗？"

大家听了没有不捧腹大笑的。大家都称赞大姐的心态年轻，感觉良好，所以青春常在。我也打趣地说，半个世纪前爱听大姐讲故事，现在胡子都白了，还兴致勃勃地爱听大姐讲故事，我的心态如何？大家都说是"童心未泯"呢！

我问大姐，听说纽约唐人街什么都有，未必就没有柳州萝卜糕？

"没有，我到处都找过。广西的东西太少，偌大一个中国城，看不到桂林小南路的马肉米粉，南宁的香肉火锅，梧州的纸包鸡。我曾想自己做，但是在美国哪里见得到马肉和狗肉呢？那是犯法的！"

大姐忽然问："小金凤还唱戏吗？"

我忍住了笑，说："你又忘记年龄了吧？"

"是喽，我在桂林读中学时，爱看她的戏，少说比我要大几岁……现在记性不好，一忘就是几十年啊！"

不过，我们都非常敬佩大姐的记忆力。

大姐这时情不自禁地哼起桂剧来："孙玉姣，坐草堂，自思自想……"那是桂剧《拾玉镯》中的一段唱腔。真亏她还记得！

晚饭前，小孙子回来了，他正上大学二年级，长得牛高马大。他用生硬的中国话向舅公舅婆请安。大姐问他是否和他的美国女朋友游泳去了，他用英语回答她，她却用中文问他，一个鸡一个鸭，叽叽嘎嘎，倒很有趣。完了大姐颇为遗憾地对我们说："去年，有个漂亮的美国姑娘追了他好一阵，听说后来吹了，最近又和一个美国女同学相好，真叫人心烦！"

我说在美国，这种事何必管他，入乡随俗就是了。

大姐立即正色道："那不行。中国人就是中国人，美国人那一套受不了。大孙子刚毕业工作，和一个上海姑娘恋爱上了，不错，他的中文大有进步了。现在打电话回来，都讲上海腔的中国话。"

第二天一早，大姐带我们去纽约唐人街购物。从新泽西开车到纽约，大概有一小时的车程。一路上只见浓荫夹道，花草铺锦，车如流水，却未见一个人，在美国车比人多，绝非虚言。过了海底隧道，就是纽约市了。

大姐说今天要到唐人街买上海年糕。

"吃年糕？中国过年还早，是不是过什么美国年？"

大姐笑道："美国哪有什么年过！我们明天要过一个中国大年。"说着瞧着我笑："还想不起来？"

老伴在一旁忽然拍手说："哦！香港回归主权移交仪式！"

"对啦！"大姐说，"按时差是明天中午 12 点整，中国的国旗就在香港升起了。"

"我还以为是今天午夜 12 点呢！"

吃年糕，小时候总是和过年连在一起。因为中国人最热闹、最隆重的节日莫过于过年了。大姐把香港回归当作过大年，真是一种具有中国特色的庆贺方式。

进入挂着许多中文招牌的唐人街时，我一方面感到亲切，另一方面又感到懊恼。比起美国其他街道，唐人街怎么这样脏啊？地上常见纸屑、杂物，人行道上偶见污水坑，墙上、门上竟有不少涂鸦。街上人头攒拥，大呼小叫，俨然一派闹市景象。我问大姐，中国人怎么把这些"传统"也带来美国了，大姐愤愤地说："唐人街最不争气的就是这点，某些人只忙着赚钱，至于什么文明、卫生全都抛到脑后了，这可不是中国人的传统。"

我问，听说美国人搬家最怕与中国人为邻是吗？

大姐说："过去是。现在不同了，中国富裕了，强大了，人的素质也提高了。他们对中国人客气多了。美国人说连克林顿都要让中国三分呢！"

买完了东西回到家里，我一直被唐人街的景象缠绕着。吃晚饭时，我感慨地说:"唐人街的环境什么时候能治理得好?"

一直不爱说话的姐夫摇了摇头说:"难啦,这也是某些中国人的弱点吧!"

大姐不满意地打断:"这是恶习。现在不同了,在电视里,你也看见中国大连多么洁净漂亮!"

外甥低声告诉我,说妈妈是"大陆派",爸爸是"台湾派",经常争得不可开交呢!

大姐耳尖,听到了,纠正说:"我是'中国派'!"

啊!"中国派!"我的精神顿然一振。不由得深深地注视着这位侨居美国数十年的老人。她,瘦削的黄脸孔,深陷的黑眼睛,羸弱的身躯,单薄的肩头,却担负着那么厚重的中华民族的传统精神,支撑着中国人的自尊、自爱和自强,维系着那说不清道不明的千丝万缕的华夏情结。

第二天中午,大家都端着一碟炒年糕,坐在电视机前,等待着震撼本世纪末的历史大事的那一刻到来。

啊——中华人民共和国的国旗升起来了!

"过大年了!"

"吃年糕喽!"

"干杯吧!"

大家都在忘情地喊着。

姐夫举杯郑重其事地说:"祝香港明天更好!祝中国更富强!"

大姐半玩笑地:"你怎么也成了'中国派'了?"

姐夫笑说:"台湾也是中国的一部分嘛!"

大家听着江泽民主席的讲话,一边碰杯、干杯,吃年糕。

在美国的国土上,此时此刻、此情此景的"中国派"们,一定都在开怀畅饮。但吃年糕庆祝的,我想可能只有大姐这一家吧!

花博士

　　房屋必有窗户，窗户必有窗帘。如今品种繁多、花样翻新、色彩斑斓的窗帘，在某种程度上反映了人们生活的富裕、品位的提高和情趣的多样化。而我们家却有些特别，窗帘设在窗外，且每个窗帘的形态不同，四季各异。有时新绿成片，有时花团锦簇，清风拂来，摇曳生姿，常有蜂蝶鸟影，喧闹成趣。从室内往外看，视线所及，每扇窗户都像一幅"工笔花鸟画"，故我戏称它为"花鸟窗帘"。

　　原来，这是我家老伴的精心创作，她利用窗外的防盗网，摆满了种植花草的各种花盆。有红花簇簇的三角梅，有星落满地的日日新，有浓香醉人的鸳鸯茉莉，有娇媚羞态的蝴蝶兰，还有君子兰、蓝宝石、发财树、富贵竹和一些我叫不出名的花草，总之，每扇窗户都是花繁叶满，争艳斗妍。到了花事正繁的季节，就引来了蜂飞蝶舞，雀鸟成群。每天，它们把黎明吵醒，把曙光点亮，搅乱了人们好梦的七巧板，拼成一个微笑的新的一天。这是"花鸟窗帘"每天送给我们的第一件礼物。

　　那天，我的一位来自外地的老朋友登门造访，走到单位门卫处，询问我的住房时，门卫小伙子不无幽默地笑道："在那鲜花盛开的地方。"老朋友先愣了一下，旋即不满地说，请你不要开玩笑！门卫小伙子还是笑嘻嘻地说："我没有开玩笑，是在那鲜花盛开的地方。"

　　老朋友不得要领地走进院子，东瞧西望，果然在一片绿叶红花紧裹的楼层里与我相逢了。他说起这段佳话时，眉飞色舞，兴高趣浓，一直流连在那一盆盆花草之间，询三问四，好像他来此不是看望我，而是专程赏花而来。他说他家里也养了些盆花，但总不成气候，这是为什么呢？我说很简单，因为你们家少了一位"花博士"，老朋友困惑地看着我，不解其意。

　　我说，你可能是买肥料来种花的吧？可你见过买各种不同的泥土来种不同的花吗？你种花也许会修枝剪叶，可你见过常给每一张叶子"洗脸"来种花的吗？你是到花鸟市场买花种花苗的吧？可你见过专门从美国和日本购买花种来养花的吗？你当然是把装满泥土的花盆放在固定的位置吧？可你见过养花人抱着数十斤重的花盆随着对光线的需求而经常移动的吗？

老朋友忽然问道："难道你就是那位'花博士'？"我含糊地笑了笑，暂未作答。

这时老伴端了两杯热茶出来，笑道："什么'花博士'？别听他瞎说，'文革'那年，我用烂脸盆种了几株玫瑰花，他竟说我是资产阶级生活方式，硬把它连根拔了去，改种了几根瘦葱。"

老朋友笑指我说："你也'左'得太可爱了！"我辩解道，当时正批判我的电影《苗家儿女》，因为这几株玫瑰花，又多了一条罪状，说我又写毒草又种毒草，是"毒草专家"，一毒到底。

大家都笑了起来，虽然笑声中含有心酸。

老伴说，也真怪！自那以后，我总是种不好玫瑰，不是生虫就是生病，玫瑰生气了，与我们绝交了。

老朋友打趣地说，玫瑰是象征爱情的花，老两口要同心合力才种得好啊！

老伴说，是啊！美丽是用感情浇灌出来的呢！

老朋友说，在那鲜花盛开的地方，必定也是感情丰富的地方。

老伴接着说："花不但是有生命的，而且也是有意识的，通人情的。你信不信？告诉你，百合花是纯洁的化身，康乃馨是亲情的流露，紫罗兰代表诚实，白茶花象征真善美，水仙花有尊敬之意，紫丁香代表初恋，豆蔻花示意别离，红郁金香则是宣布爱情成熟了……"

老朋友听得眼都不眨，两耳竖起老高。

我说花的学问还多着呢！你知道形容花的美丽有多少词汇吗？奇花异卉，名花佳草，花树婆娑，花木秾华，花繁果硕，山花烂发，春浓花艳……还有不带花字的：含苞吐萼，送媚含情，姹紫嫣红，酡颜醉脸，披黄缀红，红娇绿嫩，绛紫红萼……简直是妙语连珠啊！人类对花的倾情之深，可见一斑。

老朋友听完，对我俩说："咦？你们两位到底谁是'花博士'？"

老伴笑指我说："当然是他。"

我摇了摇头，说："我的论文还未获得'花博士生导师'通过呢！"

老朋友又是一愣，急问："谁是'花博士生导师'？"

我把视线转向老伴，恭恭敬敬地鞠了一躬说："这位就是我的'花博士生导师'。"

　　一句话引发了一阵畅怀的大笑！

　　这就叫作"老有所乐"呢！

首任外公

都说隔代相爱，其爱之深，意之切，心之诚，比起当代某些年轻恋人爱得"死去活来"有过之而无不及，恋人们可能此一时彼一时，今天"死去"，明天又"活来"，而祖孙的亲情，却是永恒的，无私的。过去不仅耳听为虚，就是眼见也为虚，只有躬身亲历才算为实。

沐着5月的骄阳，披着一身春天的花香，我和老伴秀琴因私出国，做一次休闲之旅。但此行的"私务"却非常隆重，非常喜庆。我们专程赴樱花之国的日本去迎接一个小生命的诞生。在日本攻读硕士学位之后留在那里搞科研的女儿，快要生孩子了。女婿是个日本青年科学家，正在研究世界热门的难题——超微型天线。他们邀请我们去，一来为女儿分娩壮胆，二来去分享无限的喜悦，圆一个异国天伦之乐的梦。

说实在的，我这个即将"升级"的准外公此时心情颇为茫然。作为作家，我过去笔下也描写过一些外公外婆，坦白地说，那都是臆造的，自己没有一丁点儿体验。记得十多年前，著名诗人顾工和评论家胡惠玲夫妇来广西采访时，对我说过一件事。他们说，当他们的女儿开始怀孕，全家就发愁了。因为女儿与他们同住，这对于这对搞创作的夫妇来说，无异于大难临头。孩子要哭要闹，要吃要拉，白天夜里都不会有一点儿安宁，怎么能静心写作呢？但是，外孙女还是按时造访了这对愁眉相对的外公外婆。顾工夫妇神秘地对我说："你猜猜，外孙女出生之后，我们的心情怎么样？"我说："烦死了，赶快往外跑，不想回家了，是吧？"他们立刻爆发出一阵畅怀的笑，连说："不，不，不，现在我们做梦都想回去，想她想得要命啊！"

"谁？想谁？"我一时没转过弯来。"想我们的那个只有半岁多的外孙女小公主啊！"我愣怔了一下，不觉也大笑起来，不过我的笑声却是这样的含意："嘿嘿！诗人到底是诗人，想象，夸张，还带点蒙人呢！"

胡惠玲补充说，外孙女出生后，全家人争抢着要抱她，长大一点又争抢着和她同睡。没办法只好这星期跟爸妈睡，下星期就跟外公外婆睡。而且，外孙女必须睡在外公外婆的中间，否则就会闹矛盾。

当时我只当作笑话听，并不全信。我虽然喜欢孩子，但我更珍爱安静，平日里所有杂乱的噪音都会使我心烦，何况孩子的哭闹。所以，早就到了当爷爷、外公的年纪而又迟迟没有当上并不介意，觉得迟一点来个小捣蛋不啻塞翁失马。

我和老伴乘飞机从广州到日本大阪只用了三个半小时，迎接我们的是兴高采烈的女婿神波诚治，我们只能用表情、手势和汉字书写来交流。又乘坐两个多小时的高速电车，才到了京都府草津市。

5月28日夜，小外孙降临人间。

当我和老伴透过育婴室的大玻璃窗去寻觅小外孙时，只见好几个赤身裸体的婴儿被放在一个个隔离的小玻璃盒内。婴儿们几乎都一模一样，稀疏的头发，紧闭的双眼，血红的皮肤，短小的四肢缩成一团，真像个小动物、小肉团。"就是他！"我立刻指着一个盒子里的婴儿说。老伴说："刚出生的婴儿都差不多。"我说："是他，多像当年刚出生时的女儿！"

此刻，我回忆起女儿出生的情景。

那天清晨，阳光特别亮丽，我连跑带冲地去医院。当我跑进产房时，妻子告诉我，生了个女儿，现在育婴室里。我来不及回话，立刻往育婴室冲去。育婴室里一排排小床，里面躺着十几个婴儿，我顾不上察看床头的小牌牌，以闪电般的速度扫描了一遍，然后认定了一个："她就是我的女儿！"护士笑了，说："没错。咦？你凭什么认出来的？"我不无幽默地说："你听，她在叫我爸爸呢！"护士瞪了我一眼，说："神经爸爸。"

往日的"神经爸爸"如今又成了"神经外公"了吧？老伴认真看着，说："你说对了，就是他。你看他那么靓，那么乖，眉毛浓浓的，头发黑黑的，眼睛往上飞，小鼻子尤其像妈妈，简直是一个模子打出来的饼。"我和老伴在玻璃窗外指指点点，赞不绝口，惹得路过的日本护士小姐也驻足观看，然后扬着日本姑娘特有的清朗笑声离去。

女儿生下个男孩，当然是件大喜事，我和老伴均已年过花甲，终于迎来了一个完整的人生。延续后代，本是动物的天性，何况人乎？看着女儿抱着孩子的那种神情，充满着母爱的自豪和温馨，给我的感觉，一夜之间，女儿成熟了，那种隐约的孩子气让位给母亲的沉稳和从容。怎么不使我们感到欢愉和慰藉呢？

外孙的确很乖，不哭不闹，肚子饿了，就轻轻哭喊两声，只当向母亲发出个信号而已。吃了奶又乖乖地睡觉，有时，连信号也不发出，只把头歪向一边，小嘴巴张得大大的，把要想吃奶的欲望用动作演绎出来，大概是他知道外公喜欢安静，听了孩子的哭声会心烦，所以尽量不想打扰这位远道而来的老人家。每天就这样吃了睡，睡了拉，拉了又吃。偶尔也睁开眼睛观察一下这个新奇的世界，这些陌生的面孔，听听周围的声响，风声、雨声、人声还有音乐声。记得当他出生15天的时候，外婆抱着他靠近阳台的玻璃门边，让他看看外面的景物和阳光，他真的睁大着眼睛在看，不，他似乎在观察，在思考。看他微微地锁起眉宇，专注地凝聚着神情，仿佛满怀思绪。此刻，他在想什么呢？我快捷地以百分之一秒的速度拍下了这一瞬间，拍下了一个费解的谜。等他长大以后，我会拿着这张照片，要他解开这个谜底——当然，如果我那时还活着而又没有糊涂的话。

外孙很少哭吵，这倒使外公着急起来。我知道，哭对于婴儿来说，是最好的运动，可以扩大肺活量，加强新陈代谢，还可以活跃血液和细胞。外孙不爱哭怎么办呢？我抱着他，说："外孙啊外孙，你怎么不哭呀？多哭哭才好啊！"老伴一旁嗔我："哭了你又嫌吵！"我说："不嫌吵，你就大声地哭吧！哭吧！"果然，不一会儿，他便张开嘴巴大声地哭起来。啊！哭得我好开心哟，有如久旱逢甘霖。那哭声真动听，真悦耳，真美，简直是一曲交响乐！我似乎陶醉了，这是我当外公以来最满足的一次亲情的慰藉。外婆这时跑过来说，看你连抱孩子都不会，抱得他不舒服才哭的。哦！原来如此。也好，只要他能得到运动就行。之后要想让他哭，非我抱不可了。

给外孙取个什么名字呢？这是一个煞费苦心的事。女儿叫化冰，融化了冰就意味着春天来了；儿子叫化铁，熔化了铁就会炼成钢。外孙出生在日本，这是一个岛国，别忘了他的亲情在大陆，于是大家商量着给他取个"大地"的名字。大地，祖国的大地，那是他母亲的母亲，血缘的源头啊！

满月之后，外公外婆要回去了。离开"大地"，回到那个日新月异的大地，那里的人们正在为自己和子孙们——当然也包括像"大地"这样的外孙们——建造21世纪的人间乐园。临别时，向外孙说一句祝福的话，希望他成为21世纪对人类有贡献的男子汉，我们不舍地抱着他亲了又亲，把几滴老泪留在他的脸上和身上，就在这一瞬间，大地忽然咧开小嘴，眯缝着两眼笑了，笑得好甜，把大家惹得又是哭又是笑。回来了，日本之旅成了一场梦，深深地留在记忆里。偶然想起诗人顾工夫妇，真是感慨不已。人说诗人的感觉是最敏锐的，他十多年前的那种感觉，如今我加倍地体验到了。不同的是，他们当时可以随时回到外孙的身边，呵护他的成长，而我们现在只有遥望东海，寄托那遥远的亲情。外孙！你在哪里？你现在只能在外公外婆的梦里……

　　女儿在电话里说，年底或春节他们将怀抱大地回国，看看祖国母亲，让外公外婆再抱抱外孙，再听听那交响乐似的哭声，不，还有奏鸣曲般的笑声呢！也许还会给我们一个意外的惊喜，将会听到一个稚嫩而热情的呼唤："外公！外婆！"

黑夜中的阳光少年
——忆解放前柳州龙城中学奔流社

每当老年人回望自己的一生时，常把记忆停留在最珍惜和最激情的少年时代，因为少年是认识社会、了解世事的开启，是迈步人生道路的起点，对未来充满着纯真而热烈的憧憬。

1946年初，比一张八仙桌高不了多少的我，考入了柳州龙城中学（以下简称"龙中"）。14岁的初一学生，曾是一个极顽皮的孩子，爬窗越墙，下塘上树，打斗摔跤，用弹弓打鸟，甚至打路灯，练就"神枪手"，堪称班里几个著名的"顽皮学生"之一。但我考试成绩出色，各科皆优，老师常爱抚又无奈地拍着我的脑袋直摇头。

到了初二，我忽然像变成了另一个人，安分守己，足不出教室，埋头看书。原来是文学把我迷住了，我像走进了一个新奇的世界，应该说，紧紧抓住了我那颗动荡的心的，还是我的班主任丘行老师。他常在课外时间给我们朗诵小说，如苏联的《第四十一》《钢铁是怎样炼成的》片断，还有中国的抗日故事《洋铁桶的故事》《李有才板话》等。当时私立龙中的老师中几乎有半数是地下党员或进步人士，整个校风氛围可以想见。而先后担任我们班主任的陈光、丘行、方宏誉三位老师都是地下党员，陈光还是柳州地下党的领导人，后调到桂林任城工委书记，解放前夕被捕后牺牲。解放后桂林七星岩前立了一座陈光同志纪念塔。他离开龙中时在我的纪念册上写下了谆谆教诲的话："你聪明，你活泼，要好好学习上进，将来为社会做出更大的贡献！"他的临别赠言对我影响极大，成为我人生道路的起跑线！当时，趁国共和谈的短暂期间，柳州书商从香港进了大量中外进步的古典和现代书籍，成了我们丰盛的文化大餐！我们班里有几个"书迷"，除上课外，都在暗暗比赛看谁读的课外书多，记得两个学期里我读了30多部长篇小说。图书馆里托尔斯泰、屠格涅夫、契诃夫、高尔基的小说几乎读完，苏联的卫国战争作品如《虹》《青年近卫军》等，中国的如巴金的《家》《春》《秋》、茅盾的《子夜》、鲁迅的《阿Q正传》等经典也一部不落。周而复在香港主编的《北方文丛》都是反映解放区抗日斗争生活的作品，如赵树理的《李有才板话》《李家庄的变迁》及长诗《王贵与李香香》等，还有当时较流行的艾芜、碧野、姚雪垠的书也不放过，像个贪婪的猴子来到一棵结满鲜桃的树下，吃得双腮鼓起、肚子凸起，手上还抱着一堆。

"书虫"成了我的雅号，原来我是住校生，常在半夜悄悄起床到路灯下看书，被生活指导发现记了一个小过，并斥为犯校规的"书虫"。后来我转移到厕所灯下看书，有人来方便时，我就进入厕所内装着出恭。生活指导没法，便在全校大会上挖苦说：那个"书虫"居然钻进粪坑里了！引起同学们哄然大笑。但同学笑完后并没有觉得那只钻进粪坑的"书虫"很臭，反而认为"书虫"很执着、很可爱，这更鼓励了我的求知欲。书看多了，每周的作文大变样，丘老师每周都要把同学中写得好的作文朗诵并加以点评，我们那几个"书迷"常在其中。更重要的是，正义、人道、革命的思想情感潜移默化地渗入我们的心灵，影响并初步形成了自己的世界观、人生观与价值观。

于是我与另三名同学：陶溢、李应宏、赖瑞明组织了以研读和宣传革命的进步文学为宗旨的"奔流社"，1947年10月19日鲁迅11周年忌日那天正式成立。丘行老师抓住了这一时机，鼓励扩大奔流社组织，以爱好文学为口号，发展到数十名同学参加，并选我为社长，那时我只有15岁。参加的主要社员有潘瑞才、叶肇盈、赖瑞明、周民霖、明乐、刘明文、陈盛德、刁蕴冰、陶溢、陶渲、覃裕然、苏鉴、贺志华等，大家写文章、小说、散文和诗歌，出版《奔向太阳》刊物，抨击当局的反动腐败，揭露社会黑暗，向往解放区的新生活，引起全校师生的关注和赞赏。后来出版油印本或石印本，俨然成了一本似模似样的小文学刊物，社员们是写稿的主力，由刘明文负责主编，在学校中广为传播，影响逐渐超出了校外。

记得我发表了一篇小说《清明祭》，影响较大，一个持反动观点的高班同学把我逼在墙角，威胁我说："你吃了豹子胆？敢公然写小说骂国民党政府？"我说："那是事实，我回农村家乡亲眼见到的。"他猛推我一把说："以后再写不但要收拾你，还要把你老子抓进监牢！"我笑了笑说："谁敢？知道我老子是什么人？"他"哼"了一声说："大不了是个小老板。"我骄傲地指着他的鼻子说："国民党军事委员会少将参议周公谋！"他瞪大双眼，说不出话来，悻悻然溜走了。之后我们更放胆以奔流社名义召开文学讲座、小说研讨会和读书报告比赛等，爱好者蜂拥而来。这事终于惊动了反动当局，派了中统驻柳州的特务头子徐来，专程到学校找我，见了面斥问："你是奔流社的社长？"我点头。他断然道："奔流社被人利用了！现在是战乱时期，本可以采取行动，但考虑到你们年幼无知，再说你爸爸我知道，你不要给周参议找麻烦！"我辩解说："我们只是爱好文学而已。"他说："那好呀！张恨水呀，林语堂呀，梁实秋呀，还有胡适，都是大文学家，向他们学习嘛！"我蔑视地说："向谁学用不着你教，你不是专门抓共产党吗？可惜我们不是，也不够格，我们只是初中学生。"说完回头走了，把他撂在路边，铁青着脸不知所措。此人作恶多端，新中国成立后受到了严惩。

不久，奔流社及刊物《奔向太阳》被国民党有关当局明令取缔。我们打算组织同学去柳州专署抗议，丘老师对我们说："抗议授人以柄，暂可不必。"年轻气盛的同学们不听，愤慨说："'奔流'着的大江大河能被阻断吗？"丘老师幽默地眨了下眼睛："我不是教过你们一个成语，'名存实亡'吗？现在我们把它倒过来'名亡实存'不好吗？"大家听了茅塞顿开，击掌称好！自此"奔流社"换成另一个名称"读书会"，刊物《奔向太阳》不出了，换成每周搞壁报比赛和单篇活页文选传播。党引导社员们从读进步文学书转向读革命理论书，如《大众哲学》（艾思奇）、《政治经济学》（薛暮桥）、《历史唯物论》《辩证法唯物论》等，大大提高了我们的革命基础理论知识。按我们的说法，奔流社转入地下了，柳州党的城工委从此把它当作党的外围组织来操作，部分社员被引导加入了地下共青团（当时的名称叫"爱国民主青年会"，简称"爱青会"），《柳州党史》一书中也记载了奔流社是当时党的地下外围组织。1948 年 7 月 1日，我就在这个转折时参加了爱青会，成为党的地下工作成员。民霖在同年 11 月也加入了爱青会组织。当时秘密宣誓的誓词中有："在党领导下，为积极从事旨在推翻国民党反动统治、解放全中国的秘密革命工作而献身。"

1948 年下半学期，党指示地下奔流社成员积极竞选学生自治会，结果我和潘瑞才、刁蕴冰、周民霖、刘明文均当选，我被推选为拥有 1000多名学生的龙中学生自治会主席，这样，学治会基本在党的掌控之中。

1948 年 12 月柳州城工委批准我入党，1949 年 1 月 2 日深夜，在丘老师房中举行了秘密宣誓仪式，成为一名不到年龄的特殊党员。民霖也在 3 月被批准加入了共产党。因为当时都是单线秘密发展，奔流社许多社员都陆续在不同的联系线上参加了爱青会或地下党。

　　1949 年 5 月，龙中迎来了一场革命风暴，那就是当时震撼全广西的龙中"寻师运动"。私立龙中的"偏红色彩"早已成为反动当局的眼中钉，因校长高天骥是当地很有威望的绅士而无可奈何。但特务决定先逮捕几位老师以示警告。其中就有丘行老师，方宏誉老师，毛恣观老师，罗杰林、唐美真老师夫妇。卧底内线把信息紧急传来，党决定当夜立即撤走五位老师，让敌特扑空。情势紧急，五位老师当晚 11 点同时分散撤离，并指示我们第二天以学治会名义发起寻找失踪老师的"寻师运动"，扩大影响，打击敌人！当时柳州的特务组织派系很多，有中统、军统，有桂系，还有宪兵等，为了邀功，他们互相猜疑，以争最先下的手以邀功。窝里内斗，这样却可让老师有时间从容离柳隐蔽。"寻师运动"在社会上造成很大影响，我们派遣众多同学组队上街宣传老师失踪事件，要求当局"还我老师"，提出我们要学习、要读书的诉求，还在《广西日报》上登载大幅"寻师广告"，召开记者会等，轰动了广西，许多学校奋起响应，人民愤起谴责。（这个运动的全过程曾由周民震、周民霖专题撰文详述发表）反动当局不但没有抓到老师，反而挨了一闷棍，气不打一处来，本拟报复，大肆逮捕迫害龙中师生。此时党在全市又大规模散发传单，其中就有"警告柳州特务书"，特务终被震慑住。于是反动省政府公然下令：解散龙城中学，开列师生黑名单，并准备大逮捕，这时党有计划地把一些地下党、团员分送到全省各地武装游击队，有的就近隐蔽，准备迎接解放。我和民霖、叶肇盈、潘瑞才秘密转移到大苗山柳北人民解放总队，莫翠云、冯宝屏、柯文斌等也到那里参加了武装斗争。陶溢、陈盛德、贺志华到了都宜忻游击队，英勇参加战斗。后来，陈盛德、贺志华两位同学在大塘战役中壮烈牺牲，令人痛惜！明乐、陶渲等在柳州坚持工作到迎接解放。

　　丘行老师隐蔽在郊区农村的一个地窖里，意外的幸运降临他的身上，在这里他邂逅了另一名龙中女同学、地下党员李月清，以后竟成为一对患难中结缘的革命伴侣。

八角楼之夜

50多年了，漫长的岁月以浓重的颜色抹去了人们多少多姿多彩的记忆，把往事化为一缕青烟飘走了。然而，有些记忆是深深铭刻在心里的，永远不会被抹掉，岁月的风尘，只能使它更凸显，更鲜明。

我常常喜欢举目遥望窗外挂着的那一弯明月，因为它是我人生之路转折的见证。50多年前，也是那一弯明月，但在它那凄冷的光照下，神州大地在重病中呻吟，那时的广西还在国民党统治下，哀鸿遍野，凋敝破败。在柳州龙城中学相思湖边，有一幢单身教师住宿的小楼，却隐蓄着革命的勃勃生机。因为楼上楼下共八间房，屋檐又呈八角形，所以都叫它"八角楼"。别看其貌不扬，它可是当时柳州地下党长江支部的所在地，八位教师中有好几位是地下党员和进步人士。这里成为青年集结阅读进步书籍，探讨革命道理，谈论国家大事的场所。反动当局先是派遣"特务学生"，后来直接住入"特务教师"来进行监视。于是八角楼就成了敌我斗争的一个特殊的前沿阵地。

1948年，作为一名中学生，我已经参加了党的外围革命组织——爱青会，在党的直接领导下，做着地下革命的组织和宣传工作。那年冬季的一个晚上，我去八角楼丘行教师的房间汇报工作。

丘老师是一位1937年入党的地下党员，公开身份是我们的班主任兼国文老师，现在又是我从事地下革命的单线领导。他今晚格外庄严，说："从你组织进步文学团体'奔流社'以来，党已经考验你一年半了。加入爱青会后，我们一同做了许多革命工作，但你不一定知道我是什么人。"

我笑了笑说："怎会不知道？你是我的导师，地下工作的单线联系人。"

"我是一个共产党员。"他神秘地盯着我，紧张地等待我的反应。

我很平静，说："我早就猜到了。只是不敢问你，因为我还不是党员。"

"那么，你想成为共产党员吗？"

我心里一热，大声说："想！想！"

"小声点！别忘了楼下有狗！"

从那个晚上开始，我一直被党组织以文字的方式进行审查和询问，包括家庭、社会关系、经历及考卷式的提问，这是地下党的审查程序。

这段时间，我忽然长大了许多，变得少年老成起来。连与我同床睡觉、同桌上课的弟弟周民霖也发现了我的异样，他当时已参加了爱青会，是最年少的地下工作者，因有极严的"地工条例"，我只好极力掩饰着那澎湃于心的巨大激情。

大约一个多月后，那个使我永远不能忘怀的日子到了。1949 年 1 月 2 日的夜晚，那是一个窗外挂着一弯明月的夜晚，我被通知立刻去丘老师的房间。我不知道发生了什么急事，进得门来，丘老师一脸庄重，没见平时那副亲切的笑容。

"坐下。"他只简短地说。

当我在书桌前坐下后，他把电灯关了，点上了一根白蜡烛。这越发使我感到神秘起来，我用询问的眼光看着他。只见他忽然伸出右手，紧紧地与我相握，用低沉而又非常郑重的嗓音说："同志！"

这两个铿锵有力的字，虽然说得很轻微，但在我耳际却像雷鸣般的巨响。我明白了这"同志"二字的分量和内涵。

"批准了？"我万分兴奋地期待着他的肯定。

"中共柳州地工委批准你为中国共产党党员。"

此时，我什么话也说不出来，只握着丘老师的手不放，好像这只温暖有力的大手就是党，党的一切思想感情和期望都通过这只手传遍了我的全身。

丘老师拿出了一本香港出版的毛主席著作《论联合政府》，封面上有一幅戴着八角帽的毛主席的木刻像，他端正地把书直立在书桌上，又把一张用红黄蜡纸剪贴成的党旗插在书本上，然后从容地说："今晚我代表党组织为你举行入党宣誓，党派我为监誓人，誓词在这里，你认真看看。"

我用激动得发抖的手接过了誓词，在闪烁的烛光下，一字一顿地念了一遍，又念了一遍。丘老师异常严肃地说："现时做共产党员随时可能掉脑袋的。"

我说："一切都献给党了，当然也包括脑袋！"

丘老师满意地说："好！现在你把右手举起来，向着党旗和毛主席宣誓，我念一句，你跟着念一句。"

我庄严地站起来，举起了握拳的右手。

这时候倏忽响起了敲门声："笃！笃！笃！"我们猛然怔住了。

我们惊惶对视，不知所措。丘老师急忙想把书本、党旗等收进抽屉，我伸手拿了过来，一闪念想，我是一个未成年的中学生，万一出了事比丘老师好办些。

"笃！笃！笃！"又响起了敲门声！

丘老师稳了稳情绪问："哪位？"

门外一个苍白沙哑的声音："丘老师，我是老陆。"

这个住在楼下的陆老师就是搬进八角楼不久的"特务教师"，他不是放假回乡了？怎么又突然出现了呢？

丘老师泰然地去开门，陆老师站在门口，手里拿着一个口盅，现出一副过度的笑脸，说："对不起！向你要点开水。"

"有，有。"丘老师把热水瓶端来给他。

"丘老师，怎么不开灯呀？"

"哦，电灯泡坏了。明天再去买。"

陆老师倒了开水，扫了我一眼："这不是学生自治会的主席吗？怎么晚上还有公务呀？"

我强作镇定说："我来请丘老师讲解古文《陋室铭》的。"

陆老师阴阳怪气地说："哦！山不在高有仙则名，水不在深有龙则灵……"然后挤了挤眼睛，补了一句："人不在大，有志则成……哈哈！"

陆老师走后，关上房门。我们虽然嘘了口气，但气氛已是十分紧张了。相对无语地坐了片刻后，我毅然决然地说："丘老师，我继续宣誓吧！"

丘老师以严峻的口气说："这样的宣誓更有点战斗气氛呢！记住，革命是严酷的，甚至是残酷的！要随时准备付出一切。"

我坚定地点点头。然后，拿出藏在身上的书本、党旗，端端正正地放好，举起右手，在监誓人丘行同志的引导下，一字一句地向着党旗和毛主席像宣誓。

虽然宣誓的声音压得很低很低，但涌动的激情却高涨更高涨！

此刻，我抬头遥望着窗外的夜空，窗外那一弯明月格外地明亮起来，啊，是它亲眼看见我在庄严宣誓的！它是我开始革命人生的见证。

春节失踪：*1949*
——并悼念明乐同志之冤魂

　　1949 年春节，我突然失踪了！这是我出生后第十七个春节，却第一次没有和家人一同度过。那时我是柳州龙城中学的高一学生，却已是中共柳州城工委所属长江支部的地下党员。那是解放战争第三个年头之初，全国的战争形势很好，三大战役打胜了两个，淮海战役还未开始，国民党仍占据着全国大半地盘。广西正处在反动当局变本加厉地施行白色恐怖的严酷局面。

　　1949 年 1 月 28 日春节除夕下午，我突然接到秘密紧急通知，要我当晚 8 点钟到柳州郊区的社湾村，村口有一个熟人在等候我，然后带我去一个地方过春节，什么行装都不带，只穿厚暖一些就行。我猜想，也许是一次重要的会议？但地下秘工条例规定，党员之间只能单线联系，怎么会集中开会呢？也许是接受一项重大的任务，参加一个壮烈的行动吧？于是我悄悄告诉民霖弟转告母亲，就说我去外地同学家过春节了，让大家不用担心。然后，便迎着凛冽的寒风，迈开兴奋的脚步启程了。

　　社湾村在哪里？经打听才知道，柳江南岸往东郊走七八里路就到了。天刚刷黑时，我已站在村口了，正东张西望时，忽然从竹林里钻出一个黑影，把我吓了一跳。此人个头不高，着学生装，昏暗中闪着一双警惕的眼睛。我一看高兴得跳起来！这不是我们班里的同学明乐吗？我正要喊他，他立即以手势制止我，说了一句："跟我走！"

　　我们踏着黑路轻步走进了村庄，边走他边告诉我："你的代号叫'小龙'，见到熟人不准相认，都以代号称呼。"我们来到了紧挨着他家旁边的两间土屋，明乐拿出钥匙打开木门上的铜锁，便走了进去。两间土屋点着几盏如豆的茶油灯，三张临时搭起的木板床，几张高矮不等的竹椅围着一张旧方桌。如此简便的屋子却已有六位"大人"（对我来说）在埋头看着油印的文件。我一眼就认出了两个人：龙中训导主任方宏誉和我的单线上级丘行老师，其他四位全不认识。我们进去打破了屋内的平静，大家抬头向我投以欢迎而又有点意外的眼光，好像说，怎么来了个娃仔头？

　　这时一个自称"老胡"的中年人热情地与我握手，向大家介绍"小龙"，同时也一一介绍了所在人的代号。方主任、丘老师的代号让我最难改口，有次叫了一声"丘老师"受了批评。老胡打圆场说年轻人见谁都习惯叫"老师"的。老胡告诉我，过大年正是最安全的时候，中共柳州城工委办一个党员干部学习班，学习毛主席最近的几次重要讲话，如"目前的形势和我们的任务"，还要传达学习最近广西城工委桂林会议精神，研讨柳州当前的斗争形势和布置我们的工作对策。我觉得其实就是一次会议，而我是最小的一个与会者，可能代表着学生运动方面吧！

老胡说得很有条理，很有水平。解放后才知道，当时他是中共柳州城工委的领导人之一呢！于是我们这帮"春节失踪者"就在这拥挤简陋的土屋里过了几天严肃惊险而又十分有趣的学习生活。东道主明乐同志却忙坏了，他也要参加会议，学习、讨论尽量不缺席，又要为大家的安全保卫费尽脑筋，更需解决吃喝拉撒睡的烦琐之事。比如，明乐对家里说有位老师病后来乡下休养，另两位老师放假后来陪他。可是三个人每天怎么吃得下这么多的饭？明乐巧言哄住长辈说：他们在城里从未吃过乡村又新又香的大米，饭量都加倍了！引得我们捂着嘴无声地大笑（说话也只能细声细语）。却有一件为难的事，土屋除了有扇小门与家相通外，对外大门是上锁的，不能让村里人知道这里住着几个陌生人。因此白天不能出门大小便，小便在屋角放个大桶解决，大便必须到晚上才能开锁出去"拉野屎"。白天急了只能忍，忍多自然屁多，由于窗户小又糊上纸，空气当然很差，加上一桶尿液，其气味如何不说便知。后来方宏誉提出个有效办法：大家吃饭减量，饿了多喝水，避免多便，果然有效。只是人家过大年，我们却虐待了肚子。为了革命这又算得什么？

这次学习班办得很顺利。会上决定5月前将在全市大规模散发传单，宣传党的城市政策，打击反动当局的嚣张气焰；同时大力发展组织，特别是工人和近郊农民；另布置对柳州所有重要的厂矿单位做好财产调查，防止敌人破坏；学生方面广泛发展各校学联成员，使之成为"爱青会"的外围组织。总之，这次学习班对柳州后来对敌斗争开展起到了很积极的作用。而顺利完成这次学习班的首功者，当是明乐！

写到这里，本可以收篇了。但是此刻，明乐的冤魂忽然附着在我的笔尖上，我不得不含着泪水继续写下去。

明乐，柳州羊角山乡社湾村人，生于1926年，1946年至1949年就读于柳州龙城中学，1948年4月加入地下党。在我们班里，他是一个来自农村的大龄同学，老实稳重，从不张扬，很受同学的尊重。1947年10月，由我发起进步文学社团奔流社后，平时未见对文学有特别爱好的他，却积极要求参加，让我们感到有点意外。有一次他约我在校园里散步，忽然问我："你知道有一个'爱国民主青年会'的革命组织吗？"我说没听说过。他又问："你想参加吗？"我正视着他的眼睛问道："你参加了吗？"他迟疑半刻含糊未答。当时国民党当局常派一些所谓"特务学生"到学校来监视破坏学生的革命组织及进步运动，他觉得我在怀疑他，便说："我们一同参加好吗？"并悄声告诉我："这个组织是共产党领导的。"我更怀疑了，像是那种"特务学生"在诱套我吧？便说让我考虑考虑。第二天就去找我最信赖的丘行老师，把此事说了一遍，丘老师笑了。原来是丘老师让他去试探我的，没想到他如此老实直白地说。我说："我受丘老师教育了两年多，还不相信我吗？"丘老师严肃地说："这可不是奔流社，而是有组织、有纪律为革命献身，从事地下斗争的革命组织，和过去共青团没两样。"我兴奋地插道："就像是党的'青年近卫军'吧！"（当时我正在读苏联法捷耶夫的小说《青年近卫军》）这样，经过丘老师多次谈话考查及申请审批的程序，终于在1948年7月1日那天，我正式宣誓加入了党的外围组织——爱青会，16岁便开始了我革命生涯的起步，说起来这事与明乐还有一段有趣的佳话呢！

此后明乐的家成了地下党重要的活动基地。1949年7月，中共广西城工委书记陈枫在他家召开了桂、柳、邕及广西大学地下党的领导人会议（称"社湾会议"），明乐列席并负责后勤安保工作，会议开得很顺利完满，受到陈枫同志表扬。龙中被解散后，明乐受党的委派护送民主人士龙中校长高天骥等到鹧鸪江隐蔽。解放前夕，城工委还在他家设立第二指挥所，他成了身负重任的"城乡联络员"，直到柳州解放。

柳州解放后，他被任命为新民主主义青年团柳州市委学校工作部部长、学联主席。1950年11月调任柳州郊区工作大队三中队副中队长，参与领导郊区的"清匪反霸"运动。1951年5月，工作队里有某个人捏造事实，诬告明乐"通匪"而被停职审查；8月，市纪委对案件未做深入调查取证，盲目相信某人的"检举"，以"通匪""丧失革命立场"为由开除他的党籍。市法院也未调查取证，未听取本人申辩，竟据此立即判刑八年，送劳动改造，造成了一个令人惊叹甚至近乎荒唐的冤假错案！老婆改嫁，家人受株连，房屋、家产被没收。明乐在劳改期间不断申诉要求平反未果，感到冤屈难申，前途无望，于 1956 年 2 月 2 日含冤沉尸柳江，终年 30 岁。

1985 年 4 月，柳州市委处理地下党遗留问题小组设立了调查组，配合市法院认真复查此案。7 月 24 日，市法院经过复查核实，原判认定明乐包庇窝藏土匪，事实不清，证据不足。遂以（85）刑复字第十二号文件判决，撤销原判，受明乐同志冤案株连的亲属和同志，一律给予平反。2004 年柳州市文物管理委员会在社湾村设立"明乐故居"的文物标志。

写到这里，我心中稍稍得到一丝慰藉，明乐在九泉之下也可闭目安息了。

当年参加社湾村党员干部学习班的几位同志，他们的命运又如何呢？方宏誉同志离休前担任南宁市委宣传部长、市政协副主席，十多年前就去世了。胡习恒同志离休后还任柳州市委顾问，也在五年前以 87 岁高龄离开了我们。丘行老师一直在从事新闻和文艺的领导工作，还是知名作家，著有两部长篇小说及大量散文。他是 1937 年 4 月参加党的红军时期老干部，享受省部级待遇。今年过了九十大寿，遗憾的是他一直重病在床，与疾病做顽强的斗争。还有几位现在何处，几十年没机会联系，连他们当时的代号也忘记了。年岁最小的我，而今也踏入了耄耋之年，虽风霜满面，还贱体粗安，所以这篇文章不可推辞地当由我来做了。

在战斗中迎接共和国诞生

1949 年 9 月，灿丽阳光照耀下的北平正在隆重召开中国人民政治协商会议第一次全体会议的时候，地处南方边疆的广西柳州仍在恶雾弥漫的黎明前的黑暗之中。月初，国民党反动派下令解散柳州革命青年的摇篮——龙城中学，大肆迫害进步青年学生。作为学校学生自治会主席的我，早已上了特务的黑名单，这次更是搜捕的对象。地下党组织为了保存力量，迎接解放，让我转移到来宾县，由那里的党组织把我隐藏在一个小学里。当时我想，在全国胜利即将到来的前夕，是隐蔽等待还是以战斗的行动迎接解放，我毫不犹豫地选择了后者。于是，我又秘密地潜回柳州，要求党组织派我到柳北人民解放总队去参加游击战。原来的地下党员同学潘瑞才已转移到了那里，成为一名拿枪的武装战士，这大大地鼓舞了我。我和地下党员弟弟民霖说，要像《国际歌》里唱的："这是最后的斗争！……"我们决不放弃这最后的机会，用自己的热血去迎接新中国的诞生！

恰在这时，地下党员同学叶肇盈从香港潜回柳州，隐蔽在我们家，她父亲叶琪曾当过桂系军队的总参谋长，可说是豪门之女，却偏偏是豪门的叛逆，她和我在学校里是早期参加革命而后加入地下党的。学校被解散之后，她母亲强行把她送到香港，她却毅然抛弃荣华富贵的生活，秘密飞回柳州，也是出于同样的心愿，要求组织批准去柳北打游击，参加祖国解放的"最后的斗争！"

地下党领导非常理解我们的热望，批准了我们的请缨，当我们拿到联络符号的第二天，这"书生意气三少年"就步上了硝烟滚滚的战斗征程。从柳州乘小客轮逆水行舟，到融县和睦圩，再步行通过敌人封锁线，才能进入游击区。叶肇盈从香港带回了几张最新报纸，其中《华商报》头版报道了北平正在召开全国人民政治协商会议的消息，毛泽东在开幕词中宣布："占人类总数四分之一的中国人民从此站起来了。"周恩来作了《共同纲领》的报告，并定于 10 月 1 日在天安门举行开国大典宣告中华人民共和国诞生！这个震天撼地的消息对于尚在黑夜中的人们，犹如看到万道霞光烘托中的太阳！我们必须尽快地把它带到游击队去，让正在山林中艰苦战斗的游击队员们欢呼庆祝！这也成了我们此行的一项政治任务。

启程那天已是 9 月 29 日了，我们必须在 10 月 1 日赶到那里，任何耽搁都会造成遗憾！小客轮"突突突"地逆水而上，像一头老牛拉车上坡那样吃力地喘息。忽然轮船停驶靠岸检查，上船时已被检查过了，除了行李外还带了许多药品，这是游击队急需品，组织要求尽量多带，为此险些出了麻烦，全靠同船一个大嫂说是她带去做生意的，才过了关。而那几张香港报纸由叶肇盈贴身扎在身上才算安全通过，当然也出了一头冷汗。这次检查的是保安队的兵痞，什么事都干得出来的。果然一个班长搜完行李后还要搜身，搜完我又搜民霖，轮到要搜叶肇盈时，我的脸色唰地变了。叶肇盈急中生智，"哎哟"一声，双手捂着肚子，佯装肚痛，要那个大嫂陪她上厕所，班长怀疑地看着她，跟在后面。一会儿叶肇盈出来了，班长还是要搜，大嫂一边说情，叶肇盈另一边暗中塞了两块大洋给班长，这才了事。回到舱里，我问叶肇盈："报纸扔了？"她笑道："丢了命也不能丢它！"

到了和睦圩已是晚上 9 点钟了。为了报纸的安全，不敢上岸住客栈，就在船上凑合一夜吧。这一夜倒是异常安静，除了偶尔鱼儿跃出水面的响声，真是万籁俱寂。想到有生第一次离家远去，离开妈妈和亲人，心里总有点凄清，但一想到明天就要成为一名扛枪的战士，全身又立时振奋起来。做了一年多的地下工作，心里真憋得很，想到明天到了游击区，可以高唱《国际歌》，高呼"共产党万岁"，可以举枪向敌人射击，俨然已是一副战士的形象。

民霖戏问叶肇盈："叶小姐见过枪吗？"

叶肇盈答："何止见过，还开过枪呢！"这话把我们怔住了。

叶肇盈又说："我有过好几支枪呢！"

这下露了马脚，"那是小时候的玩具枪吧？"大家都哈哈大笑起来。

第二天一早，柳北总队派潘瑞才秘密来接我们。他说敌人垂死挣扎，近来对游击区进行了多次围剿，去游击区的通道封锁得很严密，我们必须绕小道走才行，随时可能遇到敌人盘查。我们听了不但没有丝毫惧怕，反而兴奋起来，觉得有点惊险才过瘾呢！

老成持重的潘瑞才一脸严肃地说："敌人正疯狂，抓住游击队员就杀头，还讲过瘾！就算你们视死如归，不是还有传递共和国诞生的大喜讯的任务吗？"

"对！还是小心点，一路听老潘的。"

这样，初生之犊的四少年，迎着风险悄然上路了。住惯了城市的我们，对山野的一切都感到新鲜好奇。叶肇盈也许是第一次下乡吧，看见路边的各色野花大为欣喜，摘了一朵又一朵，看见蝴蝶更为欢跃，又捉几只玩玩。我对植物标本颇感兴趣，摘了不少奇形怪状的树叶夹在书里。老潘说，这样也好，遇到敌人可以做掩护。

中午过后，大家吃了干粮，又继续往前走。老潘说，快到封锁线了，这一带常有国民党乡警巡逻，大家脚步轻些，不许讲话。说着大家的情绪立刻紧张起来。

崎岖小路引着我们进了一个山冲。远见山口有一个卖粥的竹棚，棚里有两个穿黑制服的人，老潘顿足道："糟了！那是两个乡警！"

"回头走吧！"我说。

老潘忙制止："不行！那就此地无银了。"我们只好硬起头皮走过去。刚才还说有惊险才过瘾的我，心不由自主地乱跳起来，我见民霖和叶肇盈的脸色也铁青了，只有老潘泰然自若。

我们还未走到粥棚，两个乡警把枪一端，如临大敌地吼道："什么人？"

老潘操起当地的土拐话搭腔："亏你们还是堂堂乡警，连学生哥都认不出来了？"

稍胖的乡警戒备地盯着我们："学生哥？土共里好多都是学生哥！"

老潘大笑起来，说："你看手上拿着野花的那位小姐，白白嫩嫩的，她要是土共，那你们这碗饭就好吃了。"

"你是本地人？"

"我是小长安潘家的大仔。"

瘦高的乡警把枪放下，笑说："哦！潘家，你们开苏杭铺的。"

老潘说："到底是乡警，够眼力！今天我接三个同学到家里做客。"

稍胖乡警也把枪放下，说："如今乱世还有心思做客？"

我说："就是乱世才来乡下避难嘛。"

"你们在外面听到什么消息吗？"

民霖说："听说解放军已经打到湖南了。"

"不怕。上司说，共产党再厉害也搞不过李、黄、白，连老蒋都怕桂系呢！共军是进不了广西的。”

卖粥老头插道：“莫吹了！当年李、黄、白也说日本鬼进不了广西，话没落音，日本人就杀进来了，李、黄、白跑得比兔子还快。后来还是共产党组织了抗日挺进队打日本鬼呢！”

“你替共产党宣传呀？”

“你我都是本地人，眼见耳闻，还用什么宣传！”

稍胖乡警说：“乡长说，共产党也和当年日本军一样，长不了。”

民霖脱口而出地反驳道：“长不了？明天北平就要宣告成立中华人民共和国了！”

瘦高乡警问：“你怎么知道？”民霖哑然不知所措，我们面面相觑显得紧张起来。

稍胖乡警：“我看有鬼！你们到底是什么人？”

瘦高乡警把枪一举：“跟我到乡公所去！”

“走！不走就要捆人了！”

我灵机一动，笑说：“成立中华人民共和国的消息全柳州都知道了，你们还蒙在鼓里。叶肇盈，把香港的报纸拿给他们看！”叶肇盈从包里拿出报纸给他们。

两个乡警看了大惊失色，一边看报一边嘀咕。“真是要改朝换代了。”“国民政府要迁台湾了。广西呢？”“看这报纸好像是共产党的天下了。”

稍胖乡警问：“你们从哪里得来的香港报纸？”

老潘指着叶肇盈说：“你们知道她是谁吗？她是叶琪总参谋长的女公子！她管白崇禧叫‘白叔叔’的，刚从香港坐飞机回来，你们想怎么样？”

两乡警吓得眼都大了。卖粥老头说：“天下分久必合，合久必分，我看是要改朝换代了。你们积点德，不要为难这些学生哥啦！”

两乡警相互看看，说：“管你是不是学生哥，反正我们没有看见就是了。”说完起身就走。

卖粥老头说：“这就对了，留条后路啊……哎！你们还没给粥钱！”

叶肇盈说：“两位大哥的粥钱我们付了。”

民霖伸了伸舌头说：“好险哟！”

“以后说话小心点。”老潘说。

“有了通行证还怕什么？”

“什么通行证？”大家不明白。

民霖举起报纸说:"中华人民共和国!谁不敬畏三分?!"

"哈哈哈……"一场惊险喜剧落下了帷幕。

黄昏时分,我们来到了一个小村,进入村里一家交通户。吃了晚饭,一个中年人来和我们接头。这人黑黑的脸上架着一副深度近视镜,像个教授,却背着一支盒子枪,原来他就是柳北总队第一大队大队长覃宗义同志。他开始与我们见面时态度冷峻,当对上了联络符号后就热烈地把我们拥抱起来,高声地说:"同志,辛苦了!"听到这样热情而高声地叫我们"同志"时,禁不住热泪盈眶,说不出话来。

我们立即把香港报纸交给他,说明天是中华人民共和国成立的大喜大庆之日。他说前些时候总部从收音机里听到北平正在召开政协会议,但明天开国大典可是你们带来的独家头号新闻呢。说完立即带我们到几里以外的大队部去,一边走一边告诉我们,目前,敌人在南区和西区正集中众多兵力对我进行大规模围攻,第四次反围剿的战斗一触即发,到了大队部我们再好好研究一下,抓紧时机举行庆祝,以扩大宣传,鼓舞军民斗志。

几天后的一个月朗之夜,军民联欢庆祝晚会在丛林中隆重举行。大家正尽情地为新中国诞生而欢唱狂舞时,突然报警的枪声响了,晚会立即中止。战士们带着对新中国的热爱和庆祝的饱满情绪,奔赴战场去迎击敌人。

拂晓时分,覃宗义同志匆匆来说,战斗已经打响了,要我们立即与总部的同志上后山掩护。我说:"等反围剿胜利后,庆祝晚会再继续开。"覃宗义说:"在战斗中庆祝,是最好的庆祝!"说完他挥了挥手中的盒子枪快步走了。

枪声越响越密,我们在枪弹嗖嗖中登上了后山制高点。我心里激动万分地想,在战斗中迎接共和国的诞生,真是一件终身难忘的幸事啊!

险渡鸭绿江

当部队乘坐的闷罐火车进入安东市（今丹东市）时，已是傍晚时分了，市区却是一片漆黑。原来这里实行严密的灯火管制。静静地倾听，不时有一阵阵美国飞机的马达声从朝鲜方向飘来，还夹着隐隐的轰炸声。

那是 1951 年初春，由广西各地方部队组建的第一个志愿军团——中南军区补训 20 团，经过近一个多月的旅途劳顿，终于来到了抗美援朝的前沿地安东市。3000 名广西各族人民的优秀子弟，怀着对朝鲜人民的无限热爱和对美国侵略者的无比仇恨，戎装焕发地来到这碧波荡荡的鸭绿江边。

当时只有 19 岁的我，是该团第 16 连的政治指导员。我们连原是柳北游击总队 12 中队，战斗在大苗山一带，中华人民共和国成立后编为融县（今融水苗族自治县）县大队二连，由于在广西剿匪中表现出勇猛的战斗力，屡传胜利捷报，被广西军区从剿匪前线全建制调集而来，光荣地参加抗美援朝、保家卫国的行列。在柳州附近的洛埠镇集中动员时，战士们个个情绪高昂，斗志坚定，誓以满腔热血与侵略者拼搏！却没有料到，北上时思想工作最难做的竟是吃饭问题。闭塞的广西山区，从未见过馒头，而在北方当时根本见不着大米，每次吃饭都要费老大的劲来动员战士吃馒头，甚至提出"吃下一个馒头就是消灭一个敌人"的口号。现在听起来一定觉得很可笑。

到安东的第二天，召开了排以上干部大会，由前线来的 38 军政治部主任做动员，他如实地介绍了前线艰苦残酷的战争现实，号召大家要充分做好战胜困难甚至流血牺牲的思想准备。被朝鲜人民称为"万岁军"的 38 军，出国后给予敌人沉重的打击，目前刚打完著名的"汉江南北岸"战役，虽予敌重创，但自己也需要大量补员。他们向中央提出指名要广西战士，说广西兵能打能拼能吃苦，光着脚丫子爬山比猴子还快。说得我们都笑了起来，更添了几分自豪和勇气。

当晚深夜，部队在无声中出发了。由于鸭绿江上的大铁桥早已被敌机炸毁，我们只能行军到上游的一座临时搭起的浮桥过江。春寒料峭，来自西伯利亚的朔风，呼啸怒号，刮得沿路老树、枯藤猎猎作响，特别悚人！但大家知道今夜就要过江，进入抗美援朝前线，每个人心里就像燃烧着一团火。通信员小程一边走一边没完没了地问我，朝鲜人长得什么样子？朝鲜妹仔会唱山歌吗？朝鲜人吃大米吗？我说，明天早上你就会看见了。其实我也是一问三不知，那时谁也没有出过国呀！

摸黑行军20多里，3000名战士来到了浮桥头，传来了就地休息的命令。原来浮桥在白天被敌机炸毁了一大截，工兵正在抢修呢！

夜越深，风越肆虐，还夹着一些冻雨。战士们坐靠在地上休息，时间久了，个个冷得瑟缩着。宋瀛洲副团长（后任广西军区副司令员）巡视各连，走过来关切地问我："小周，冷不冷？"我说实话："这风像刀子割肉一样，哪有不冷的！"他笑了笑说："告诉你一个好办法，这样的气候越歇越冷。站起来，原地跑步！"

咦！这办法真灵！战士们原地跑步十分钟，个个热气腾腾，额上渗出了微微的汗液。部队又活跃起来了。

东方出现了些许曙色，敌机的马达声开始在空中嗡嗡作响了。连长悄声对我说，糟了！天亮才过江，就会把目标暴露给敌机。我说团部会考虑的，也许要等到今晚才过江吧？话还未落音，团部通信员传来了命令，桥已修好，部队立即过江，时间就是胜利！

迎着朦胧的晨雾，3000名战士依次鱼贯地踏上浮桥，宋副团长焦急地站在桥头指挥，口里不断地喊着："快！快！"在部队秩序井然地快速过江中，敌机的马达声老在高空中环绕，大家不顾它的威慑，趁着迷漫的雾气，镇定地过江。

一个钟头过去了，天已大亮，云开雾散。正轮到我们16连过桥，大家昂首前进，兴奋地望着对岸渐渐近了的异国山地田畴，和身穿白衣白裙的朝鲜人的身影，谁还不加快自己的脚步？通信员小程看着对岸看得着迷了，踏空了一脚，险些掉进江水中，我连忙把他拉起来。

恰在这时，一架敌机突然破云而出，俯冲下来，发出震耳欲聋的呼啸声。正走在桥上的战士一时不知所措，有的战士伏在桥上不敢乱动，怕暴露了目标。这时首长传来命令：不管敌机，只管前进！我们立即带领部队继续过江。

敌机飞过头顶后，绕了一圈又转头回来，开始向桥上的部队扫射。子弹在桥上桥下爆响，把水花激起老高。连长告诉我们，这是一架火力侦察机，不必害怕。于是部队加快了脚步，继续勇往直前！

这时敌机好似无奈地盘旋一周，然后拖着无力的号叫，渐渐远去。战士们见敌机遁去，兴奋难抑，有名战士自发地唱起了刚学会的《志愿军战歌》："雄赳赳，气昂昂，跨过鸭绿江……"歌声一唱，立刻群起应和。歌声可以壮胆，歌声可以扬威，歌声藐视敌人，歌声长自己志气！一时间，整条浮桥上的队伍都以各自的调门唱了起来："保和平，卫祖国，就是保家乡。中国好儿女，齐心团结紧，抗美援朝，打败美帝野心狼！"

这时，团部传令："跑步前进！敌人的火力侦察机发现了目标后，只需15分钟，大批轰炸机就会赶到。"

啊！15分钟！时间就是生命！

当我们连队顺利跑过了江再回头眺望时，最后一个连队的战士还正在飞快地过江，像一条矫健的苍龙，呼啸着向江这边飞腾而来。他们昂起头，扬起战歌，甩开膀子，与时间赛跑！我禁不住泪眼蒙眬起来，暗暗祈愿：快呀！15分钟快过了！每一秒钟都连着亲爱的兄弟们的生命啊！我们这些来自遥远边疆的各族同胞，肩负着父老兄弟的重托，是要以自己的血肉之躯来捍卫神圣祖国的尊严的！

15分钟刚过，敌军的轰炸机群果然隆隆地飞来了。庆幸的是，3000名战士已安全地过了江，隐蔽在森林里了。敌机扑了空，只好向一座空桥胡乱投掷炸弹，然后夹着尾巴飞走了。

早上的太阳升了起来，鲜亮而带有血色，我们披着伪装行进在苦难的朝鲜土地上，向着前沿阵地日夜兼程地前进！

甜蜜的怀旧

　　人们在追寻散落于过往岁月里的一段情节、一种情绪的碎片，然后把它拼嵌成一幅幅人生旅程的画图，再现出来以供回味者，或谓之"怀旧"吧？这常是中老年人的一种悠闲的雅趣。年轻人总是充满理想地昂首仰望着未来，只有历练过时代风雨沧桑、尝过人生的酸甜苦辣的中老年人才有回望过去的欲念，这不仅是一种心绪的排遣，还包含着一些比照现实的感慨之意。怀旧与回忆不同之处在于：它更多了一层理性的认知和感情的色彩。

　　但为什么说怀旧总是甜蜜的呢？

　　当你在怀旧时，除了再现了一幅幅美好的情境如阳光灿烂之外，难免也有不少令人不堪的往事或酸苦的阴郁闪现，但是毕竟都已成为过去了。或收获成一种精神财富，或笑言悔不当初，或提供了谈资话题，或化成了一声叹息……总之，都可成为津津乐道或聊以自慰的一种甜甜的回味！

　　我就随意"怀"它几段"旧"，看看，虽有酸苦辣涩，却也含有丝丝甜意呢！

　　当我把怀旧的拼图再现在大苗山森林中充满革命友爱情结的雨卜寨时，我又看见六甲河边那块平台式的巨石了。1956年初冬，我怀揣着一支笔和一沓稿纸，徒步走进了这个几年前我曾在这里打过游击的苗族根据地，这次是为了创作电影剧本《苗家儿女》而来的。一住就是三个多月，而且过了一个独特而多彩的苗年，建立了亲人般的情谊。过年时，我和寨子里的达亨、达配们（苗语：小伙子、姑娘）吹芦笙、跳踩堂，伴着卡令唱苗歌，翻山越岭走寨半个月，通宵"坐夜"，吃酸鱼、糯米饭，扯耳朵灌酒，感情很快水乳交融。男女老幼都亲昵地称我"周"，这个字音成了好朋友的代名词。

　　三个月后，这个早已化为苗家人的"周"，写完了剧本要离开了。那天一早，数十个达亨、达配依依不舍地送我出寨，总是不舍离去，沿六甲小河山路送了好几里。我多次动情地劝他们返回，他们不肯，又默默地送了两三里。我看见一块河边巨石，便走上去，哽咽地说："送君千里，终有一别。你们不回去，我就坐在这块石头上不走了！"于是大家也都坐在石头上，说了许多告别的话。说着说着，忽然有人大哭起来，唱起苗家别离歌，引得大家又唱又哭，一片哭声震惊了林中的小鸟，感动了水中的游鱼。

我的感情从没有如此震撼，解放前，17岁告别妈妈去苗山打游击时我没哭过；1951年奔赴抗美援朝前线与哥哥告别时也没哭过，此刻，我竟像孩子般放声大哭起来！友情之泪一齐洒满这块石头上，我激动地说："我一定会回来看你们，这块'断肠石'可以做证！"没想到，我即兴命名的"断肠石"成为我永远的心碑！在以后的几十年里，我七次回过寨子探望朋友，每次路过"断肠石"时，都要坐在上面，寻觅和回味那咸咸的，又是甜甜的、已渗入巨石中的点点泪痕。这段怀旧，有酸有苦，但却有一种难以言表的浓香的甜意，它是人的心心交融酿造的蜜酒，更是民族之花怒放的奇葩！不是吗？

20世纪50年代初，我参与了极其严酷的广西剿匪战斗。为了消灭狡猾的残匪，部队实行了"远距离奔袭"的战术，有时通宵急行军100多里，中途不休息，绕山道，还不得埋锅造饭，以免惊动敌人耳目，天亮赶到匪窝，突然天降神兵，土匪常在梦中就擒。1950年初冬一天夜里，我们连队奉紧急密令，从融水和睦镇连夜直奔罗城县龙岸乡，必须拂晓赶到，突袭韦家恩股匪。通宵超常急行军，近乎小跑，还要爬一座远近最高的巍峨大山：鹅颈坳！这就要有一双难以想象的坚韧铁腿。我这个学生哥，哪里吃得消？真的是苦不堪言！可是当时我是连队政治指导员，要带头当表率啊！走到最后那段路程，就像个醉汉，步履摇晃着坚持再坚持，跌倒爬起来，咬破嘴唇挺下去！我当时想：人生最幸福的是什么？就是能够站一会儿，连坐一下的奢望都没敢想，更不用说躺一下了。因为站一下，哪怕只一分钟就可以睡上一小觉，缓缓疼痛难忍的腿脚。但那会儿连站一下的欲望也太奢侈，根本别想能得到！现在当我舒适地躺在沙发上怀想着那段经历时，你猜我心里是什么滋味呢？是苦吗？是痛吗？是懊悔吗？当然不是，而是战胜了艰苦岁月的胜利者的喜悦，是骄傲，是得意，更是当下的甜蜜！

怀旧不但是件很惬意的事，而且常与现实接上轨，有点警示和比照的意义。记得1984年初，我刚接文化厅厅长的岗位，首次带了几个同事下县市去调研，第一站到了桂林，住在市府招待所里，文化局局长给我们每人发一个大碗、一双筷子，让我们自己到食堂买饭吃。当时我们都觉得这是天经地义的事，几毛钱一餐吃得特香。过了两天，我们一行人到了荔浦县，谈完工作后，局长说，县委书记要陪我们吃饭。走进食堂只见摆上了一桌酒菜，竟有白切鸡、荔浦芋扣肉这样的佳肴，还有一瓶三花酒呢。我感到惊讶而不知所措。按当时风气，领导来了就在饭碗里加个把菜而已。我本想谢绝入席，但又拉不下面子。饭后我对随行的一个同事说："每人拿出五元钱交这餐伙食吧！"（当时大家的工资也就是几十到百元不等）同事为难地说："要是这样一路走下去，怎么受得了，我们还要养家糊口啊！"我很为难，但还是坚持要交。当然县里死活不收，最后每人只收了五毛钱略超基本伙食费了事。这事让我心里歉疚了好久。回南宁后就去找韦纯束主席问下县下乡常遇到盛情招待怎么办？能否政府下个通知杜绝此事。韦主席无奈地说："通知早就有了，我也常遇这种尴尬的事，多做说服工作吧……"现在说出来，别人听了觉得迂腐可笑，甚至像是编出来的笑话段子。

现如今全国三公消费每年上万亿，吃喝一桌菜少则几千、多则几万元，还不算茅台酒。主客均吃得顺理成章、安然自得。相比之下，时代真是"前进"得太快了。好在如今中央已经动真格来限制三公消费了，是否有成效还要拭目以待。像这种怀旧，与当下相比较，不是也很耐人寻味吗？

当下老人中流行一句颇有哲理的话："在你的余生中，今天是最年轻的一天。"可是，在这最年轻的一天里，你又能做些什么呢？老有所学、老有所乐以及老有所为，这自然要去争取的。而常常沉湎于怀旧之中也是一种不可少的课题："老有所忆。"重温过去的一些有意思的事，把它回想出来，甚至说出来、写出来，先别说对人有什么警示反思的作用，至少自己会感到一点愉悦吧！

愉悦总是甜甜的，故曰："甜蜜的怀旧"。

钟　声

　　曙光照耀着群山，又一个黄金般的早晨来到了边疆。

　　雄鸡引颈高声啼叫，黄莺也吹起了婉转的口哨，山泉快活地流着，发出叮咚的声响，微风沙沙地舞弄着树梢，牛羊嗷嗷地叫，马帮将要出动了。听，山寨里荡着醉人的歌——边疆啊！你早！

　　我喜欢听早晨的一切声音，因为它们注满了诱人的青春和旺盛的生命。可是，我最喜欢听的还是那久久回荡在山峰之间的钟声。

　　"当！当！……"

　　它把我一步步、一步步地引进了山腰上的一所小学校。

　　钟声响处，我看见在一棵浓密的荔枝树下，站立着一个梳短发辫的姑娘。她正举着手上的木槌，不紧不慢地往钟上敲。铜钟晃动了，在朝阳的光辉里，一下一下地闪耀。

　　她是谁呢？为什么她起得这么早？

　　钟声响过，我看见一群群装饰不同的壮族和彝族的孩子，从山坡上，从茶林里，从一条条小路上跑来。他们唱着歌，披着霞光跑进了学校。

　　孩子们把姑娘围在中间，向她行礼，亲昵地向她说："老师好！"

　　"同学们好！"女教师吹了一声哨子说，"我们现在做早操！"

　　孩子们幸福的一天开始了。

　　这是一个山寨的小学校。它有两间新盖的木房和一块不大的操场。40多个孩子就像40多只小鸟，围绕在这个从外地来的姑娘身边。她既是校长，也是教师，还是杂工。敲钟，这是她每天早晨的第一件工作。

　　是她的钟声，把孩子们从朦胧的梦中唤醒；是她的钟声，集合孩子们学习和参加课外劳动；是她的钟声，陪送孩子们放学后愉快回家……

　　荔枝树在钟声中抽芽了，荔枝树在钟声中开花了，荔枝树在钟声中结果了。

　　孩子们在钟声中度过了一天，度过了一月，度过了一年。

　　孩子们在钟声中长大了，长大了。

　　啊！我要赞颂这样的钟声。山寨里有了钟声，它赶走了愚昧和无知，给人们带来了智慧和文化；山寨里的钟声打开了每一个孩子幼小的心灵，给予他们远大的理想和抱负；山寨里的钟声给人们以朝气、振奋和鼓舞。

我要加倍地赞颂那个敲钟的姑娘。是她，把自己最美好的心灵、青春和情操凝聚在那把木槌上，敲响了这样的钟声。她是社会主义花园里的新苗，也是社会主义花园里的园丁。

傍晚，当我离开这个山寨时，远远地、远远地又传来了那久久回荡的钟声。我不由得止步回头望去。

在夕阳的余晖里，在那果实累累的荔枝树下，女教师的身影在徐徐摇晃，铜钟在微微颤动。雄浑的钟声一波一波地扩展开来，扩展开来……

"当！当！当！当！……"

踏 月

　　今晚的月色太好了！今晚姑娘的心荡起来了！

　　竹格子的小窗前，姑娘借着银亮的月光，用蜂蜡细细地描画着花头巾。苗家姑娘都是画蜡染的能手。她们从来不用画谱，却能够画龙成龙，画凤像凤。她们说，画谱是藏在心里的，心想画什么，就画出什么来。可是，心灵手巧的姑娘，今晚什么也画不出来了。她想画鸟，却画成了鸡；她想画桃，却画成了李！这是怎么搞的？

　　只因为今晚月色太好了，今晚姑娘的心荡起来了。

　　寨子外面传来了轻轻的脚步声，想必是踏月（每到月圆之夜，苗家青年怀抱月琴，到附近寨子里邀请姑娘出寨弹琴唱歌，结交朋友，互诉衷情，苗语原意系"踏着月光玩耍"，即为踏月）的后生来了。不知他们是哪个寨子的青年，一共来了多少，有没有她们熟悉的相知，或者全都是新交？为什么不弹奏你怀中的月琴呢？为什么不用你的琴声来邀请我们姑娘出寨呢？……姑娘抬眼望着窗外，窗外的月华照亮了她们盼望的眼睛。

　　寨子外边传来了轻轻的笑语声，果然是踏月的后生来了。可不知是什么样的后生，生得怎样的一副体貌？人品如何？劳动可出色？月琴弹得好不好？……哎！为什么不弹奏你怀中的月琴呢？我能在月琴声中认出你的人品和相貌！……姑娘的心里想着月琴，姑娘手中的蜡笔也无意地画了一把月琴……

　　终于，撩人心扉的月琴声传来了！像风摆银铃，像露滴芭蕉，像窃窃私语，像莺啭燕鸣。如丝如管，如倾如慕，嘹嘹呖呖，有如一根根丝弦，挽住了姑娘的心……于是，姑娘膝头上的头巾滑下来了，姑娘手中的蜡笔掉到地上了。

　　于是，在月静风闲中，在花荫叶影里，那纤细的琴声，那委婉的歌声，从这里传到那里，从近处飘向远方。寨头的核桃树下有一对对，寨尾的板栗树下有一双双；寨外的火麻丛里和杨瓜棚下，谁又知道藏着多少倾诉衷情的双双对对呢？

今晚的月色太好了！月色也惹动了老队长和几个寨老的情怀。他们围坐在芦笙坪的月光下，畅饮一葫芦山菠萝香酒，满怀笑意地回顾和畅谈着今年的丰收。金风把琴音和歌声一阵阵送了过来，引得老人们的歌兴勃发了。拿一把老月琴来吧！莫让你们当年的歌嗓结上蜘蛛网啊！

尽兴地弹唱吧！宽心地踏月吧！今年的秋粮全部入仓了，超产和奖励的数字也公布了。有这样好的社会，又遇着这样好的年景，人们欢愉的心还怎么拢得住呢？

月光如练，银河淡荡。充满欢愉和喜气的歌弦之声缭绕在绀青色的寨子上空，而那歌弦声中的深情厚谊却飘向千山万水之外的首都北京……

一朵早霞

一朵早霞飞上了天边。

山坡像抛撒了一层红粉，树叶摇闪着金光；红花果醉意酩酊，滴下了五颜六色的露珠……

一朵早霞飞上了小达娜的脸颊。小达娜苏醒了，敏捷地下了竹床，穿上了一套妈妈亲手绣制的苗装。苹果绿的短上衣，胭脂李的花边，多么鲜艳！靛蓝的齐膝裙，拖着两条绣花锦带，腰间扎上一条团花短围裙，把一个八岁的小达娜打扮得秀秀丽丽的，真像去参加跳坡踩堂的姑娘哩！只是那还没有长齐的辫发盘不成凤髻，学着汉族姐姐梳了个解放装。

妈妈早就把小达娜的书包准备好了。那是一个苗锦袋，袋里装着小书、小本、小笔和小画片，还有一块大大的仙米糕——啊！妈妈真好！

小达娜唱着跳着，飘舞起两条绣花锦带，朝着早霞的方向跑去了。她的心里多么欢喜，这是她上学读书的第一个早上。

去年，学校里的周老师来到她们家里，劝说小达娜的妈妈，请她把适龄的小达娜送到学校。可是妈妈摇摇头说，小达娜年纪还小，身体较弱，每天下坡过桥去学校放心不下；又说妈妈要出工，爸爸去赶山，刚满周岁的小弟弟要她照看，小达娜还是个离不开的管家哩！妈妈抱歉地把周老师送走了。为了这，小达娜哭哑了嗓子。

可是今年不同了。小达娜长大了一岁，像山顶挺拔的小杉树那么健壮，弟弟又送进了小队的托儿所，妈妈的心也就放下了。妈妈去学校找到了周老师，要把小达娜送去拜师求学啦！为了这，妈妈还给她亲手缝制了一套新衣裙，做了新书包，赶圩买了笔、墨、书本，晚上在火塘边，又向小达娜亲口嘱咐了许多训诫的话，要她听周老师的教导，敬爱老师像敬爱妈妈一样，读书要记牢，写字要用心，打从妈妈往上数，苗家没有哪一代妇女进过学府，舞过笔墨，只有在毛主席领导的社会里，我们苗家妇女才有这样的福分……小达娜把妈妈的话一字一句地刻在心坎上，决心要做一个毛主席的好学生。

小达娜唱着跳着，飘舞起两条绣花锦带，朝着早霞的方向跑去了。

啊！那不远的山脚下不正是学校吗？红瓦白墙在霞光里耀人眼目哩！在操场的另一边，又新建了一间宽大素净的竹盖木房，那一定是给新招收的孩子们上课的。是啊！我们苗乡的学校越来越大了，我们苗家人的文化也要越来越高了！

　　啊！那学校门前站着的不正是亲爱的周老师吗？她手搭凉棚，正向着这边引颈瞭望。她在等谁呢？她正在等我们的小达娜哩！你看，周老师向小达娜招手了！周老师亲热地呼唤小达娜了！周老师向小达娜跑去了！

　　小达娜唱着跳着，扑进周老师的怀抱啦！

　　这时，又一朵早霞飞上了天边……

周民震作品自选集

一朵早霞

263

碧玉盘中

在那山高云低的谷地，有一张碧绿的"玉盘"。它绿得那样鲜明而纯粹，绿得那样丰盈而华美，像一个少女纯贞的爱情，像一颗孩子的心。

是谁把一串脱了线的金黄和银白的珍珠抛撒在这碧玉盘中？一颗颗珍珠在盘中缓缓滚动，那金黄的珠儿滚过这边，那银白的珠儿滚向那边；一会儿，那金的银的又渐渐掺和起来，混在一块儿，构成了一幅活动的金斑银点的图案。

我不禁神驰目眩了。

微风送来了悠悠的牧笛声，它唤醒了我的神志。原来，这张碧绿的"玉盘"就是高巴生产队的牧场。它以得天独厚的水丰草满闻名于这一带高山峻岭上。

我迈着兴奋的步子，走进了这张碧绿的"玉盘"。

牧牛的是一个彝族的男孩，牧羊的是一个苗族的女孩。彝族男孩头裹蓝巾，身披短褂；苗族女孩腰缠白裙，项戴银圈。他们都是十二三岁的模样，同样有一双聪颖的眼睛，同样光着一双粗健的脚，同样拿着一管彩色丝绦的小笛子，同样系着一条鲜艳的红领巾。

一个生产队里说着两个民族的语言，一块牧坡上却吹出了一个调子的牧歌。

彝族男孩的牛圆滚茁壮，苗族女孩的羊膘肥身胖。他们都是队里常受表扬的好牧童，又是一对形影不离的小伙伴。

彝族男孩讲不好苗话，而苗族女孩也不大精通彝语，可是牧场里却整天笑语传扬。原来他们都学会了普通话，夹杂着苗腔彝调的普通话，把两个民族的孩子的心给接通了！

我迷醉地看着他们笑，似乎从他们的身上看见了什么！

我想起了队长曾向我说起过的往事。新中国成立前，为了这块绿坡草地，老一辈的苗族人和彝族人不知械斗了多少年月。反动政府更是挑拨和利用民族间的隔阂，坐收渔人之利。在那乌云覆盖的日子里，绿坡哪有这样的颜色，它像死了一样的沉寂。没有人敢来这里放牧，谁的牛羊只要跨进这绿坡一步，就立刻遭到对方的射杀。牧场上没有牲畜，有的是血迹斑斑。最后，鲜丽的牧草被放火烧掉，成为一片焦土黑灰，再也不是牧场了。

如今呢？同样的春风，同样的阳光，同样的雨露，牧场却以最新最美的翠色打扮起来了。碧玉盘放出了更加诱人的异彩，获得了真正的生命。生产队里的人都说，这是在毛主席的英明领导下，民族团结开了花啦！

要问这民族团结的花开在哪里？我说就开在这张碧玉盘中，开在这些金黄和银白的珍珠上面，开在这个彝族男孩和苗族女孩的心田里。

这时，一支牧笛和谐的协奏曲又在这丰美的牧场上空飘响起来。于是，我仿佛觉得这民族团结的花儿也开在这两支笛管里，它吹出了满天馥郁的芬芳，那是喜悦和睦幸福的芬芳。

笛声使我飘然欲醉了。

白云深处走马帮

金钟山，云笼雾锁的金钟山。

这里，千里雾海，万里云涛。这里，风高气冷，草径迷漫。这里，灯火稀，人烟少。

这是边远山区人迹罕到的地方。可是每天都有一串叮叮当当的铜铃声，从这里摇过一趟。雾中来，云里去；由远而近，由近又远。叮叮当当，像山谷涧流那么清朗，像玉盘滚珠那么圆亮，又像早起的晨雀润开了喉嗓，对着群山高亢地欢唱。

啊！这是山区的运输马帮，这是山里人心中的盼望。

赶马人鞭鞘一响，那领头的青骢骏马引颈长嘶，四谷应和，传开了满山遍岭的马声！于是，一串昂头竖尾的马儿，拨云寻路，健步如风。

赶马人是个苗家老汉。风霜的纹迹布满了他乌亮的脸庞。他曾千百次踏过这条崎岖的山路，在漫长的旅途中，只有山鸟林雀为他唱歌做伴。这些年来，山里不像过去那么寂寞了。这一路上，他新结识了许多来自祖国各地的好朋友。

雾中来，云里去，叮叮当当……

铜铃摇过山顶的观察哨，哨所的战士们欢腾起来了。亲人的信息，生活日用品，物质和精神的食粮，党和人民的关怀问候，一齐来到了他们身旁。战士们为了感谢这位亲人的使者，请他喝一碗自己酿造的山葡萄酒。满溢情谊的酒浆，暖和了苗族老汉的心肠。他笑呵呵地喝光了酒，告辞说："下次，我一定来得更早。"

雾中来，云里去，叮叮当当……

铜铃又摇过了山谷里勘探队的帆布房。小伙子和姑娘们立刻奔过来，将他紧紧抱起，举到头上。苗家老汉乐呵呵地把一件件东西交到他们手里，而勘探队员们也把一包包珍贵的矿石标本交给老汉，要他带回部队去。这是他们多少个山野生活的日日夜夜得到的结晶！老汉小心谨慎地捆在马驮上，自豪地说："嘿嘿！我老汉的马驮装满了祖国的珍宝啦！"

雾中来，云里去，叮叮当当……

铜铃又摇过密林中的森林研究所，同志们的欢笑声差点儿把树叶摇落。感谢的话语道不完他们的真情，索性把老汉拉到篝火边，一块儿吃一顿丰盛的山珍野味饭。然后，大伙儿掏出了一封封沉甸甸的信——那些写满了他们最有意义的经历和森林中奇异生活的信，托老汉带出去，寄给他们的亲朋战友和心上人。老汉笑容满面地捻着胡子，诙谐地说："多写一些吧！年轻人，不要担心我的马儿驮不了！"

　　雾中来，云里去，叮叮当当……

　　铜铃摇过了一个个高山小寨，一个个小寨沸腾了！青年人吹起芦笙，姑娘们弹着月琴，表示对他的热烈欢迎。大伙儿拉着他问长道短，有农药吗？化肥多少？办喜事的红被面带来没有？还有什么新产品、好货物？老汉应接不暇，忙得不可开交。他在供销社办完了手续之后，还要向寨里人讲一讲外面的好消息，哪里又丰收啦，哪里又有新创造啦！……

　　雾中来，云里去，叮叮当当……

　　铜铃不停息地摇在金钟山上，永远响在山里人满怀希望的心上。

三月三随笔

啊！三月三。

飞红流绿的三月三，情浓似酒的三月三，醑歌曼舞的三月三，春意盎然的三月三……

如果把神州缤纷的鲜花汇集起来，那就会成为一片花海；如果把祖国优美的民族声乐汇合起来，那就会成为一片歌海。而壮家这个遍布于我国南疆的少数民族，把花海和歌海汇流起来，集为一体，成为一片有色彩的歌声和有歌声的彩色，花的歌海，歌的花海，这就是壮家三月三独特的风采！

歌，自古以来，就是壮族人民的风韵，人心的凝聚，精神的象征，爱的传递，情的缱绻，美的向往，生的追求……对于这个民族，没有歌，太阳将没有光亮，星月将失去魅力，百花不放，芳草不青，生活将进入精神苍白——没有歌，就没有这个民族的文明。

壮家爱歌，以歌代言，以歌抒情，以歌达意，以歌当"饭"。尽管一年到头，无歌难活，但兴犹未尽，还要在融融春日的三月三，举办民族最盛大的文化节日——歌圩。本来赶圩、赴圩，是一种商品聚散的经济活动，是人们赖以生存的物质生活交流的必要形式。而冠以"歌"的圩，便神奇地使它升华到一个风雅高洁的境界。人民盛装炫服地去赶圩，带的不是生产的商品，而是"爱"，而是"情"，而是"美"，而是"心"。通过多姿多彩的歌和舞，来进行精神汇流、文化融合和心的交吻！这是多么令人悠然神往的艺术集锦和高尚的民俗活动。仅就其壮观的场面，已使你惊喜得瞠目！在岭坡上，幽谷里，密林中，火塘旁，数以千计的青年男女，以各种声部，各种音色，各种旋律，唱出各种山歌民谣，盘歌、对歌、夜歌、挑逗歌，真是歌涛汹涌，响遏行云。从日出唱到日落，又从月夜唱到天光。哪儿来的这许多歌？哪儿来的这许多情？

因为，这是壮家的三月三！

年年都过三月三，今年更添了新彩、新韵、新意。不仅有群众性的歌声缭绕山寨，还有专业性的歌舞纷呈舞台。广西第二届三月三音乐舞蹈节将以华彩绮丽的新容展出十台民族歌舞节目。这项从民间民族艺术土壤里生长出来的艺苑之花，雅俗并陈，浓淡兼美，既基于传统的质朴，又扬着时代的风貌，就像古老奔腾的红水河上建起宏伟巨大的水电站，以源远流长的江水，发出现代化的熠熠光芒！

当前，伟大的社会主义事业，正进入一个新的历史时期，改革和开放的浪潮同样推动着民族音乐和舞蹈的发展。封闭僵化、因循守旧和否定传统、全盘西化，这两股来自相反方向的阻力都会影响民族艺术的前进步伐。唯一的出路是勇于探索，立足创新。因此，本届三月三音乐舞蹈节的口号是："改革，创新，适应时代需要；团结，竞争，繁荣民族艺术。"诚然，要实现这个目标，并非易事，特别是目前民族音乐舞蹈正处于暂时的困境，需要漫长而辛勤的努力。但只要路子走对了，哪怕布满了荆棘险阻，步履维艰也可以一步一步地向前，而不会是倒退。歌德说过："如果是玫瑰，它总会开花的。"对于热衷于继承、创造和发展民族艺术的人来说，应当有理由成为乐观者。"心诚则灵"，我们终会以一颗为发展民族文化艺术而献身的至诚之心，和由这颗心汁灌溉出来的民族艺苑的精英群，来打动"上帝"——广大的观众。

今年的"三月三"，肯定地说，应当成为这个历史进程中一个深深的足印。

我的民族魂

50 年代中期，在中国的文学园地里，电影文学还处于新芽破土的萌发时期。我在一个刊物上首次发表了一部少数民族题材的电影剧本，稍稍引起了一点儿"轰动效应"。我想，一是因为"电影"，二是因为"少数民族"。这在当时都是颇为新奇的字眼，编辑又偏偏在我的署名前面赫然冠以"壮族"，更是引人注目，甚至瞠目了。当时，少数民族不但是愚昧、落后、穷困的同义语，可能在一些人的眼里，还是个什么"稀有动物"呢！而一个年轻的少数民族作者竟与最时髦的现代文学形式"联姻"，似乎不大门当户对。可悲的是，连我自己也觉得不大"顺理"，所以从那之后，在我寄出去发表的作品，总要特别声明一句，请勿标出我的族别。这是我当时很真切的心态。

前几年，我带一个电影观摩团到香港参加国际电影节。开幕式的聚餐会上，一群中外记者围了过来。自然是问这问那，提了许多问题。突然有一位记者问道："传闻你是少数民族作家，请问，你是哪个民族？"也许是时代变了，感情也变了，我脱口而出地回答说，我是壮族人。记者中顿时出现了一片惊讶的细语声。另一位记者紧接着问道："什么是壮族？壮族有什么特别吗？"这却把我给问住了。我无法用三言两语概括出这个复杂而微妙的问题。少顷，我急中生智，微微笑道："诸位记者想必都看过电影《刘三姐》吧？她是壮族的歌仙。在她身上体现了壮族人的一切特别之处。"

"哦——"记者们顿开茅塞似的发出一片赞誉声，热情地鼓起掌来。我明白，他们并非为我回答的机智鼓掌，而是为我的民族在鼓掌。就在那掌声四起的一瞬间，我感到一种特殊价值的发现，人格的升华，感情的提纯……从那时起，在我的心里，常常涌动着一种东西，撞击着我的思维、心绪、感情。勾起我许多遐想，甚至，牵出我眼眶中激动的泪珠。这是什么？哦，这是不是民族魂呢？

我无法准确地道出民族魂的含意，就像我说不清楚宇宙有多大、原子有多小一样。"魂"，是一种精神？一种素质？一种心理？一种特色？

一种用悠长的传统之经和闪电般时代之纬而编织成的锦缎？是血色的光环？是心灵的鼓声？是爱和恨的力度？是呼吸与呐喊的声波？啊！它在哪里？聚集在眉宇间？流动在血液中？闪烁在眼神里？凝结在心坎上？……

我始终在寻找自己的民族魂。

那瑰丽无比的、耸立在历史里程上的民族文学和艺术珍品，不正是民族魂的一种奇特的闪现吗？哦，原来每个民族的文学艺术家都在竭尽自己的精血，寻找着自己的民族魂之所在。

然而，我又多了一层思绪。

我的壮家祖先是怎样以自己的血汗开拓营造了这一片山山水水，使它如此绮丽动人？而这神奇的土地又是怎样塑造培育了我们壮家硕大无朋的体力、智力和魅力？在这相互交融、相互转换之中，它的运行机制又是什么呢？

我终于明白了：因为我的民族是一个胸怀豁达的民族，它是面向未来的纵向型和面向外界的横向型相结合的民族；它的历史就是一部与朋友兄弟共饮交杯酒的历史。

我的血管里流着壮族的血液，却出生在一个汉族人民聚居的地方，我的少年与中华民族共同度过了灾难深重的时代，我曾把青春献给了苗、瑶、侗、彝，又从他们那里吮吸了文学养料……我从漠漠的荒林中走向丰腴的水乡，又从崇山峻岭走向辽阔的海洋。白雪，热风，冰川，大江，名山，巨谷，苍林，平野……中华神州大地啊！何处不烙印着我、我的民族和兄弟民族交织的一双双足迹，一摊摊血汗，一片片情，一颗颗心……

啊！民族文学和艺术就是这一切的见证人，它证明了我的民族魂，乃是中华民族的大魂、巨魂之火星！

文论

登泰山而小天下

　　文学艺术虽然具有自己的特殊规律，但是，从事文艺创作却离不开马克思主义哲学的指导。哲学虽不能代替创作方法，但由于它是世界观和方法论，就必然把文艺创作包括在它的指导范围之内，这本来是一个明晰易懂的道理。

　　但是，这个道理并非为所有的文艺创作工作者所承认。特别是有些青年作者，认为学习理论会干扰形象思维，总是把形象思维与逻辑思维对立起来。还有的作者认为，只要忠实地反映生活就行，提什么"指导思想"，那都是框框条条，会妨碍解放思想。当然也有人连哲学是什么也不甚了了，以为那是与文艺风马牛不相及的东西。有个勤奋的青年作者给我寄来了许多习作，他的文字能力还不错，想象力也较丰富，生活底子也还厚实，但他的作品大多未能在报刊发表。我仔细地研究之后发现，尽管作品写得流畅练达，生活气息较浓，有时也不乏一点闪光之处，但总觉得缺少些什么。直到我系统学习马克思主义理论特别是哲学之后，才悟出来，他缺少一个总管一切的指导思想。他的作品没有对生活的真知灼见，缺乏对事物的辩证认识，透过作品可以看出，他的世界观还处于模糊不清的状态。如果这确是我替他找到的症结所在的话，结合我自己的创作实践，也可以得出一些印证来。我写的作品中，平庸的不少，稍好的不多。平庸的多半也是由于上述原因所致，有幸的是，比起这个青年作者，我参加革命的经历要长一些，多少读过一些马列主义的书。我想，如果我能早一些自觉地、系统地学习马克思主义理论，用它来指导自己的创作，也许会少走一点弯路，作品的水平会提高一些。

　　哲学与文艺创作到底是怎样的关系呢？可以说，它贯串在整个文艺创作之中，或者说，它自始至终都在影响和制约着创作，包括创作思想、创作方法和创作技巧。一部作品的诞生，本来就是客观事物通过作家头脑加工的产物，这个头脑（世界观）如何，直接决定这个产物的"加工"情况。鲁迅一语破的地说："从水管里流出来的是水，从血管里流出来的是血。"这也可以说明世界观与文艺创作的紧密关系。清代诗人袁枚在论诗时说："诗宜朴不宜巧，然必须大巧之朴；诗宜淡不宜浓，然必须浓后之淡。"这一巧一朴、一浓一淡的关系生动地体现了辩证的思想。巧朴和浓淡，既是矛盾的，又是统一的，它们相互依存，相互影响，相互转化，使作品达到更高的境界。苏轼评韦应物和柳宗元的五言诗说："发纤秾于简古，寄至味于澹泊。"也同样包含着深刻的辩证统一观点。可见，对于文学创作中的辩证法，古人早已论及。

近几年来，广大读者和观众对一些虚假的作品深恶痛绝，文艺界对"真实性"问题进行了各种争论，也开了不少克服不真实的药方。我认为，"真实性"不仅是一个艺术范畴，也是一个哲学范畴。因为，并不是反映了客观的实在性，作品就一定真实。生活的真实和艺术的真实，必须辩证地统一起来，才能对复杂的社会生活进行艺术典型的概括，这其中又包含着形象思维和逻辑思维的辩证统一。所以，艺术绝不是超然于理性之外的纯感情的产物，艺术这块领地，不自觉地被划入了哲学的管辖范围之内。不同的是，它是通过生动丰富的艺术形象而不是抽象的概念来反映真实。这里，我想通过学习和创作中的一些体会来谈谈哲学与文艺创作的关系。

《文心雕龙》的作者刘勰说过："情以物迁，辞以情发。"任何一个严肃作家的作品都是由情而生，有感而发的。比如，对于当前青少年的一些问题，我早有所感触。而生活比我感触到的更为严峻。由于高考的竞争性，导致片面追求升学率和重智轻德的现象，一些学生缺乏集体主义精神，利己主义有所抬头。有的学生思想平庸，情操不高，同学老师间的关系比较紧张。甚至还有不愿入团的青年。1981年我到一个县去深入生活，那里有个高中学生，是县委宣传部长的儿子，他在高一时表现不错，团支部要发展他入团，竟遭到了他爸爸的暗中反对，怕影响了学业，考不上大学。这个学生拒绝入团的事，在班里产生了很坏的影响。有人说，宣传部长的儿子都不入团，必定有什么"奥秘"，引起了思想的混乱。到了毕业前夕，这位部长以到学校检查工作为名，却暗示学校要发展他儿子入团，为的是捞取高考录取中的优势。这件事使我痛感到，青少年思想中的问题都是社会上不良风气在他们身上的反映。当然，生活并不是单一的色调。十一届三中全会以来，社会各方面逐渐发生了变化，风气也有了好转的趋势。一度被历史的尘埃所掩盖的光彩，渐渐地又显露了出来，我在生活中也接触到许多令人感动的人和事。在真善美和假恶丑交错并存的情况下，就提出了一个怎样反映社会生活更真实的问题。近两年来，我对这个问题做了一些思索，也曾借助于哲学思想的指导，试图解决好这个问题。这对于我进一步总结创作思想，是大有裨益的。

美与丑，先进与落后，正确与错误，光明与黑暗，是在一定条件下相互依存的，矛盾的双方在斗争中又不断变化和转化。如果舍弃任何一方，把歌颂光明面和暴露阴暗面对立起来，要么纯粹地歌颂，要么一味地暴露，那就会陷入形而上学的泥沼。恩格斯在《反杜林论》中批判形而上学者时说："他们在绝对不相容的对立中思维；他们的说法是：'是就是，不是就不是，除此以外，都是鬼话。'"（《马克思恩格斯选集》第三卷，第61页）形而上学认为，要么这样，要么那样，不能同时既是这样又是那样。这是一种孤立的、静止的、片面的观点。

然而，矛盾的双方又并非天平上等量的砝码，它有主导方面和从属方面，亦即主流和支流两个方面。主流是事物本质和发展趋势的反映，具有强大的生命力，但主流并不等于多数。蒋筑英、罗健夫、张海迪这样的先进人物，在现实生活中并不是多数，但他们是时代思想的先驱者。同样，我在《春晖》里展现出的人与人之间的崭新关系——一环扣一环的克己助人的链条，也许现在还较少见，但它是我国已经萌芽破土的共产主义因素，是符合历史发展趋势的新生事物，在以共产主义思想为核心的社会主义精神文明的建设中，必然会从幼小到壮大，成为一股势不可当的滔滔洪流，这是不以人们意志为转移的社会发展趋势。文艺创作的首要任务就是要从生活中发掘尚处于萌芽中的共产主义因素，起催生助长的作用，推动历史前进。具体地说，就是以满腔热情去讴歌社会主义新人形象，拂去掩盖在人们心灵中的尘埃，加以净化，以美的心灵来呼唤心灵的美，作为一种仿效对象和道德力量引导人民激发崇高的信念感和强烈的事业心。列宁曾说过，应该把美作为根据，把美作为构成社会主义社会中的艺术的标准。这应成为我们进行文艺创作的座右铭。但是，这只是问题的一个方面，即主流方面。按照辩证法的观点，支流方面不仅不能忽视，而且是构成对立统一体的不可分割的部分。没有支流，也无所谓主流，正如没有丑也无所谓美，没有慢也无所谓快一样。所以，必须把塑造社会主义新人形象和勇于揭露社会矛盾二者结合起来，它们是相互依存，相辅相成的。任何粉饰现实、拔高人物和堆砌英雄行为的做法，其效果只能适得其反，因为它失真了，背离了唯物主义原则。所

登泰山而小天下 周民震作品自选集

277

以，我在《春晖》中，在着力歌颂利他主义的同时，也写了陈淑珍的利己主义、钟晓星的嫉妒心、陆霞走入生活歧途以及凌燕一度产生的"信仰危机"等等。这样做，是与辩证法的理论指导分不开的。

作品成败的主要标准，是能否塑造出各式各样真实可信的人物形象，给艺术的画廊增添几个典型，从而表达出深刻的主题思想。而人物形象的塑造与辩证法的规律是丝丝入扣、难解难分的。下面，我试举几个方面的关系加以简述，也许是以偏概全，也许可以举一反三。

第一，生活是一切艺术的母亲，要塑造好真实可信的人物形象，当然必须具有客观实际生活的深厚基础。然而，处于纷繁复杂的社会生活中的各种人，并非是可以一眼看穿的"玻璃人"。这就要求作家独具慧眼去分辨假象和真相、外部表现和内部本质。《人到中年》的作者塑造的一个十分成功的典型——"马列主义老太太"，就是从社会上那些言行举止无不"正确合理"，而本质上却十分自私伪善的人当中概括出来的。这种现象与本质的对立和差异，就需要作家具有一定的洞察力，而哲学就能帮助我们提高这种透过现象看本质的能力。

第二，真实的人物形象就是个性，也可以说是个性和共性的统一体，但归根到底还是个性的体现。马克思主义哲学认为，没有个性就没有共性，没有特殊性就没有普遍性；共性、普遍性是寓于个性、特殊性之中的。个性在艺术上就是通常说的"这一个"，而"这一个"就是通过个别反映一般，通过个性反映共性，通过特殊性反映普遍性，也就是通过社会典型反映社会本质的。我们知道，文艺作品有一个特殊的功能，就是以小见大，一以当十。正如有人比喻的那样：一滴水可以反映出太阳来。它靠的就是典型的力量。那些只有共性而无个性的"千人一面"的作品，恰恰是不懂得辩证法的精髓——矛盾的普遍性和特殊性的关系所致。《白毛女》中的喜儿，是旧社会里千万个受地主老财欺压凌辱的妇女中的一个。但是这个形象之所以能给人以惊心动魄的艺术震撼力量，就是因为她是一个具有鲜明而特殊的个性色彩的人物。她既有一般贫农的女儿受苦受难的共性，却又以"白毛女"这一特殊的遭遇和命运表现出来，使之成为不朽的艺术典型。再举一例，为什么凡看过电影《骆驼祥子》的人，都深深地记住了虎妞的形象，而把主人公祥子给淡忘了呢？我想当然不只是演员表演的原因，而是因为虎妞的个性鲜明夺目，而祥子身上只有更多的共性色彩，编导者把他的特殊命运给简单化了。由此可见，学习辩证法的精髓与我们塑造典型有着多么直接的关系。

第三，真实的人物形象不是静止的、绝对的，而是发展的、相对的。我们知道，任何事物都具有两重性，而生活中的人物，即使是英雄人物，又怎么能没有两重性呢？这是唯物辩证法对待一切事物的两分法和两点论的观点，而在创作中我们常常忽视了这一点，好人绝对的好，恨不得把所有的桂冠都往他头上戴；而坏人则绝对的坏，一切罪恶行径都加在他身上。好坏、美丑、对错，自始至终，毫无发展，更无转化。这就是造成人物概念化和简单化的通病。影片《董存瑞》为什么真实感人呢？就是因为作家把董存瑞这个英雄人物塑造得亲切可信，能够为人们所理解。他首先是一个"凡人"，而不是一个"完人"。在他的身上，人们既看到了先进的一面，也触摸到不成熟的一面。他是一个发展中的人物，他性情倔拗，好胜心强，又有股冒失劲；为了参军，假报年龄，"欺骗"组织；还顶撞过领导，受了批评不服气，甚至也会哭鼻子，耍脾气。《春晖》中的中学生覃健，我也没有把他作为一个"高大全"的人物来写。他对同学轻蔑地叫他"乡巴佬"不能容忍，竟慨然接受了一场格斗的挑战。当陆霞向他搬弄是非时，他立刻勃然作色，不能自持，跑去狠狠地呵责了钟晓星一顿，把一个暗中帮助他提高物理成绩的同学委屈得心酸落泪。试想，如果覃健听了挑拨之后，冷静地分析思考，再去做缜密的调查研究，然后去正确处理好这件事，那就不是倔强憨直而又不够成熟的覃健了。

第四，真实的人物形象必须受生活逻辑的指导。任何事物的运动和变化都是它自身内部矛盾对立统一的结果，而不是受外力随意推动的。列夫·托尔斯泰说："我的男女主人公有时做了我所不愿有的事情：他们做的是现实生活中必须做的事，这是现实生活中发生的事，而并不是我希望有的事。"福楼拜在写《包法利夫人》时，忽然伏案痛哭，不能自已。他的朋友见状大惊，问其原因，他泣不成声地说："包法利夫人死了！"朋友劝说："既然如此痛心，就不让她死好了！"福楼拜摇头说："不行啊，她必须死，我救活不了她。"大师们在塑造人物形象时，从来是受人物性格内部矛盾发展的逻辑指导的。

所谓符合生活逻辑，实际上就是符合辩证法所讲的因与果的关系。世界上不存在没有原因的、不可思议的孤立现象，一切事物都要受因果规律的支配。我在《春晖》中一个失败的教训也从反面印证了这一点。陆霞就是一个有果无因的人物形象，作者让她最后以满身珠光宝气的打扮走上生活的歧途时，并没有从因与果对立统一的关系中反映她堕落的必然性，这就明显地表露出这不过是作者一个意念的图解，一个贴在人物身上的标签。另外，作为热爱学生超过自己女儿的凌老师，没有表现出他对陆霞的关怀、帮助和挽救，也是不符合这个人物的性格逻辑的。如果我现在来写《春晖》，可能就不会出现这样的败笔了。恩格斯说："蔑视辩证法是不能不受惩罚的。"（《马克思恩格斯选集》第三卷，第482页）真是至理名言。

以上，我只就文艺创作中的几个问题做了一些浅谈。而对于一个作家来说，以马克思主义哲学为指导，认真观察和研究分析社会生活的各个方面，无疑是更加重要的。马克思主义哲学是一个浩瀚的知识大海，是人类先进思想发展的结晶。孟子曰："登东山而小鲁，登泰山而小天下。"我要说，登上马克思主义理论的高峰，就能高瞻远瞩，目穷千里。文艺作家只有登上这个时代思想的高峰，才能驾驭波澜壮阔的生活现象，抒写我们灿烂的时代风采和历史画卷。

本文系周民震1982年至1983年在中央党校学习时写的毕业论文，党校校刊《理论动态》选上发表，并评选为范文。后《红旗》杂志和《人民日报》先后全文转载。

把恶习变成人人的笑柄

别林斯基把喜剧誉为"文明之花"。千百年来，它盛开不败，只是栽培起来并不容易。它好比艳丽而带刺的蔷薇，华美诱人，却有些扎手，玩赏时说不定会挨刺一下两下，只有不怕刺的人才愿意去栽培它。

我试写过几个喜剧剧本:《三朵小红花》《甜蜜的事业》《真是烦死人》《顾此失彼》等，未摸到规律，刺倒挨过不少，可我并不泄气，仍在执意追求，用心探索，因为广大人民群众需要喜剧，热爱喜剧。

群众为什么爱看喜剧？除了剧目内容吸引观众外，不能不看到喜剧这一独特形式是为人民所喜闻乐见的。因为人的基本精神状态应该是乐观向上的，就是在旧社会也还要苦中作乐。人们见面相互都愿意说"祝你快乐"，只有疯子才会说出"祝你苦恼"的蠢话来。最近，国外还有人经过研究，认为笑能治病，笑可长寿呢！更主要的是，喜剧作为一面具有特殊功能的镜子，它能照出社会日常生活中各种畸形的人和事来。鲁迅先生说:"它所写的事情是公然的，也是常见的，平时是谁都不以为奇的，而且自然是谁都毫不注意的。不过这事情在那时却已经是不合理，可笑，可鄙，甚而至于可恶，但这么行下来了，习惯了，虽在大庭广众之间，谁也不觉得奇怪；现在给它特别一提，就动人。"因此，人们在前进中借助于它的特殊威力，可以甩掉身上过时的、沉重的负荷。"在笑声中向旧事物告别"，已成为人们对喜剧的一种赞誉。正是在这个意义上，赫尔岑指出:"在笑中有革命性。"古往今来的许多优秀喜剧，都以它特有的艺术魅力，为推动历史起过作用。今天，我们向四个现代化进军，要变革一切不利于"四化"的生产关系和旧思想、旧习惯。在这场广泛而深刻的大革命中，喜剧可以而且理当大显身手，帮助人们清除流毒，匡正世风。喜剧大师莫里哀说得好:"一本正经的教训，即使面面俱到，也往往不及讽刺有力量；规劝大多数人，没有比描绘他们的过失更见效的了。把恶习变成人人的笑柄，对恶习就是重大的打击。"更何况，这种对旧事物的嘲笑和对新生活的欢笑，还能使人赏心悦目，陶冶性情，提高精神境界，满足艺术享受。

林彪、"四人帮"是各种丑恶势力的总代表。他们最怕别人戳到他们的疮疤,对带刺的喜剧恨之入骨。他们横行十年,没有一个喜剧作者没挨过棍子的。由于余毒未消,好些无形的棍子至今仍在飞舞。

一曰题材不重大,主题思想不深刻。喜剧当然应该把主题思想尽可能挖得深些,但不能一律像对正剧和悲剧那样去要求它。有的喜剧不过是嘲讽一种不良习惯或批判一种生活现象,如果脱离实际地硬要它具有多么重大的历史意义和深刻的社会意义,这就等于要求一幅漫画去表现壮丽的时代风云和丰富的历史长河,同样是不大可能的。故意去拔高主题往往弄巧成拙。

二曰不够典型,不合常理。我斗胆地说:太合乎常理了是难写出喜剧来的。卓别林的喜剧中正因为有许多破了常理的情节才引人大笑不止,如吃了肥皂的人说起话来嘴里不断吐气泡,吃面条时将一条很长的彩纸带也吃下去,人掉进机器里经过复杂的转动后又爬出来,这一切都不合常理,但由于它都是植根于现实土壤的夸张,是大有助于表现人物心理和行为的。不看作品所反映的生活本质,抓住某一具体情节去和现实生活的原型做机械的对比,稍有不合就惊呼不合情理,那还谈得上艺术创造吗?

三曰含沙射影,丑化人物。《甜蜜的事业》放映后,也挨过这根棍子。有说丑化计划生育积极分子田大妈的,因为她思想上曾产生矛盾;有说丑化贫下中农唐二叔的,因为他有点儿怕老婆;有说丑化宣传干部老莫的,因为他说了"宣传归宣传,这是说给别人听的"这句话;甚至还有人说唐二婶生了六个孩子就是否定了整个国家计划生育的伟大成绩。《真是烦死人》嘲笑了一位厂长,也挨过"丑化领导干部"的棍子,有的工会不敢在俱乐部代卖票,因为怕厂长不高兴。照"丑化"论者的逻辑,任何有血有肉的人都难以入戏,喜剧也就只好打入冷宫了。

四曰低级趣味,噱头主义。诚然,有些喜剧中的低级趣味是应该批评的,但把它当作一条棍子乱打一通,含义就不一样了。对影片《甜蜜的事业》就有人说,无论怎么写法,把计划生育搬上舞台银幕,就是"低级趣味"。《真是烦死人》里堂堂厂长,光着膀子出现在众目睽睽之下,也被说成"低级趣味",那么白求恩在银幕上不也有光膀子的镜头吗?光膀子不行,反映计划生育的戏也不能演,还能上生理卫生课,放科学教育影片吗?

五曰无冲突论，专靠误会。喜剧当然不能没有冲突，问题是对冲突如何理解。是不是一定要争论、吵架、决裂、动武，或者明确地摆出两种观点来对峙才叫冲突？喜剧由于自身的样式体裁和风格丰富多彩，对于生活中各种矛盾冲突的表现可以各不相同，强用一定之规去套它就必然成为棍子。有些戏，虽然没有明显的冲突，但却有非常强烈的悬念，《五朵金花》即是一例。它的戏剧冲突表现在人物遭遇的悬念上。冲突是构成情节的基础，是刻画人物的手段，是不能可有可无的；但误会则是组织情节的有机部分，没有理由要排斥它。

我们不能随意否定戏剧创作的一般法则，同时又不能把这些法则绝对化，用来处处死套，以致捆住自己的手脚，扼杀了喜剧的生机。莫里哀说，在所有的法则中，最大的法则是"叫人欢喜"，"如果照法则写出来的戏，人不欢喜，而人喜欢的戏不是照法则写出来的，结论必然就是：法则本身很有问题"。这些大胆的创见是颇有意义的。繁荣我们的喜剧创作，必须彻底解放思想，这不仅是指题材选择方面，对创作技巧、表现手法等等，同样要打破障碍，推倒陈规，大胆探索，勇于革新。

喜剧的主要要求是笑，它以笑的手段来达到作者的目的。但并不是凡能引人发笑的都是喜剧。喜剧首先要求是一部戏剧，它要反映现实生活的本质，具备一切戏剧所不可缺少的要素，此外，还必须具有喜剧的特质。观众不但要求在戏中引出他们的笑声，而且要求笑得由衷，笑得舒服，笑得满足，笑得有道理。否则，笑过之后会骂人的。也就是说，喜剧要喜在情节之内，性格之中，喜得有点意思。寓理于情，寓教育于娱乐之中——这一文艺的共同规律必须在喜剧中得到更好的体现。就艺术技巧来说，以我的浅见，一部好喜剧应该具备这样几个特质：

第一，奇巧的构思。

"巧"对于喜剧来说有着特殊的要求，也可以说"非巧不喜""非巧无笑"。巧，首先要巧在构思，即立意加结构。《五朵金花》的构思巧就巧在一个公社里好多同名的金花姑娘，这一巧思是具有非常抒情的喜剧特色的。卓别林的《城市之光》通过诚实善良的流浪汉和一个醉了是一副好心肠、醒了是一副狰狞相的资本家之间的所谓"友谊"，来揭露资本主义的疮疤，中间插入一个温顺深沉的卖花盲女的命运，使它构成了一出寓意深刻的含泪喜剧。

喜剧结构上的巧不是为巧而巧，而是为了更好地突出主题。比如《球迷》中两个近似疯狂的球迷为了看一场球赛，千方百计去搞票而老搞不着，经过无数难以想象的艰辛困苦，好不容易弄到了票，又心甘情愿地放弃了看球赛，因为他们的责任心占了上风，都要去执行自己的工作职责。这就是为主题服务的喜剧巧思。

为使结构奇巧，常常使用误会这一手段。我似乎还想不出一部完全没有误会情节穿插其中的喜剧来。当然，完全靠"误会法"来构成喜剧会失之肤浅单薄，但也不是绝对的。误会、巧合即事物表现的偶然性。偶然之中有必然。必然性通过偶然性为自己开辟道路。看来凡是偶然性在起作用的地方，偶然性本身始终服从于内部隐藏的必然性。只要我们以现实生活为基础，精于提炼，善于运用，误会、巧合也能出人意料之外而又在情理之中，使观众不能不信服它潜在的必然性。《五朵金花》等影片的主要矛盾冲突基本上是一场误会，《他俩和她俩》中也有许多误会，但都构成了引人入胜的喜剧情节，表达了一定的主题思想。

喜剧有各种类型，一般分为讽刺喜剧、抒情喜剧（即轻喜剧）和闹剧。在戏剧家族中，喜剧像个最任性、最淘气的孩子，它不受任何拘束，只有让它到生活中去发展自己的个性，生活才会使它就范，并使它茁壮成长。所以，我觉得只有不拘一格、标新立异，才能使喜剧结构达到奇巧的境地。

第二，捕捉和挖掘喜剧性格。

普希金说："崇高的喜剧并不是仅仅依靠笑，而是依靠性格的发展。"性格即形象，而形象是一部作品的基础。换句话说，就是产生可笑因素的人物和人物之间的关系。观众看喜剧时发出阵阵笑声，说穿了就是笑剧中人，笑他们独特的、可笑的性格：或笑他们迂腐、憨直，或笑他们愚蠢、狼狈，或笑他们自食其果，或笑他们自作多情，或笑他们被命运捉弄，或笑他们让生活戏谑。当然也有为他们淳朴的品质和美好的结局而发出由衷的笑声。因此喜剧作者必须在人物身上挖掘出可笑的因素来。短片《废品的报复》，男主角是个马马虎虎、大大咧咧的人，钉扣子时常不小心将扣子吞下肚去，自然在工作中不负责不认真，加之正在谈恋爱，光想着去约会，更加心不在焉，结果自食其果，在舞会上由于裤扣一个个断线，以致当场出丑，恋人也吹了。这样具有喜剧性格的人物，怎能不令观众捧腹大笑呢！

第三，夸张的手法和细节。

"夸张"二字使人很容易联想到漫画。在一般文学作品中，是很忌讳把人物和情节漫画化的。唯独喜剧，如果恰如其分地把一些人物和细节漫画化，往往会收到极好的效果。

"夸张"也容易使人联想到噱头，后者是喜剧中应尽量加以避免的。那么，夸张和噱头之间的界限在哪里？我以为有这样几点：

一是看它是否有生活根据，是否合乎人物和情节的逻辑。《马路天使》中的号手偷看了花轿中的新娘，满以为是个如花似玉的娇小姐，没想到是个奇丑无比的"斗鸡眼"，以致自己的眼睛也忽然"斗鸡"起来。这个令人捧腹的细节夸张得似乎没有医学根据，故意在耍噱。但仔细分析起来倒很有兴味，因为新娘子是个"斗鸡眼"太出人意料，以致号手不相信自己的眼睛而使劲盯着她，这使劲就造成自己眼睛也暂时出现"斗鸡"的模样了。

二是看它是经过着意铺垫还是突如其来或任意拈来的。《真是烦死人》中，杨厂长把苦瓜当作黄瓜来啃，吃了"苦头"。有人提出这一情节不合情理：50多岁的厂长怎么连苦瓜、黄瓜也分不清呢？但是，事实证明，对于这一夸张，观众不仅能接受，而且高兴地赞同，因为戏的前面对厂长做了许多铺垫，观众非常希望他吃点"苦头"，也就不去追究那么多了。

三是看它是经过艺术处理的、比较高雅的夸张，还是低级庸俗、廉价兜售的笑料。《五朵金花》中阿鹏与金花建立爱情，难道分手时竟不问一句姓什么，家住哪里？在何工作？这夸张不是太过分了吗？我认为，由于编导者对这一夸张做了精彩的艺术处理——他们是在幽静的蝴蝶泉边唱着迷人动听的歌儿倾吐爱情的。此情此景真是太美了，太抒情了，连观众也不愿意他们之中谁说一句话来打破这令人迷惘的时刻，于是观众就谅解它了。

那么，什么是噱头呢？那些纯粹为了出洋相逗人笑的滑稽动作，比如毫无道理的两人相撞，莫名其妙地跌落水塘，或者单靠挤眉弄眼、张牙舞爪、装疯卖傻的过火表演引人发笑，还有的把人们的生理缺陷如驼背、麻脸、跛脚、结巴等拿来戏弄一番以博取笑声，这些都是招人反感的噱头。

第四，诙谐幽默的语言。

喜剧语言除了和其他戏剧一样要求做到准确、形象、生动外，还必须幽默和诙谐。手边无其他剧本可查，只举自己习作中的语言为例。我和观众一起看戏时，很注意观众在什么地方发笑，是大笑、中笑还是小笑，为什么笑，笑在哪一句上。比如唐二婶又生了个女儿，她怨气冲天却又无可奈何，既不能责怪自己，也无法迁怒他人，结果，在抽泣中蹦出一句叫人啼笑皆非的话来："这倒霉的医院，净生女的！"无论在哪儿演出，这句话总是引得满场笑声。又如，唐二婶打女儿招弟时，错打了唐二叔，招弟心疼地问爸爸："打疼了吗？"唐二叔一边弄着蔗苗，不在意地说："我习惯了。"一语道破了他的性格特征和生活遭遇。又如，招弟向田大妈说为了国家、为了革命准备做个人牺牲之后就走了，田大伯端了一盘菠萝出来见田大妈愣在那里，问她："招弟呢？"田大妈失望地重复着招弟的话："牺牲了。"短短三字夸张而又真实地流露了田大妈当时的复杂心情。可见，无论多么幽默诙谐的语言，都是与人物、情节结合在一起的，只有符合规定情景，为主题服务、为人物性格增光的语言才能发出光彩。如果作者为了使观众发笑而故意用俏皮话逗趣那就叫人难受了。

喜剧人物性格琐谈

要我写篇文章谈谈喜剧创作的体会，这倒使我煞费踌躇。对我来说，写喜剧是件颇为惬意的活儿，而谈喜剧创作则是件令人苦恼不堪的差事了。每当我构思好一段具有浓烈喜剧味的情节或寻觅到一句诙谐妙语时，就禁不住独自失声笑起来，笑完之后，又由于自己太傻气（自己竟被自己愚弄了）而觉得更为可笑，如此连锁反应，索性开怀笑个痛快。这种景况，在创作中每每出现，你说这不是一件赏心乐事吗？而现在要我写篇谈喜剧的文章，面壁而坐，头发搔脱了一把，废纸增添了一堆，还是些妄语虚词，言不及义，难以成篇。这使我想起一位老战友来，那时我在连里担任指导员，我们连长是个能打能冲的老兵，枪一响，就像一条龙似的腾跃起来。可是每当整训学习时，就像个陀螺屁股似的坐不稳，干脆去给老乡挑水或给伙房打柴去了。当时我实在拿他没办法。想不到历史在我身上报应了。我迟迟交不出稿来，大概你也会觉得拿我没办法了吧！

煌煌大文写不出，只能说几句闲言碎语，诉一诉创作中的酸甜苦辣吧。

一谈起喜剧电影，大家就不约而同地想起卓别林来，想起那个银幕上可爱、可笑而又可怜的夏尔洛。的确，喜剧电影和其他叙事性文学形式一样，也是写人的，是塑造各种典型来反映社会生活的。不同的是，喜剧中着力刻画的人物被称为"喜剧人物"（或称"喜剧性格"）。英国哲学家昂利·柏格森在《笑的研究》一文中说道："高级喜剧的目的在于刻画性格，也就是刻画一般的类型。"那么，何谓"喜剧人物"呢？我因孤陋寡闻，还未见过有这样的定义。试姑妄言之，以求教于高明。浅白地说，凡喜剧中人物，不论他是令人喜爱的、同情的、欣赏的、轻蔑的抑或憎恶的，也不论他的阶级、职业、思想、性情、志趣甚至长相如何，除了与正剧和悲剧中人物同样具有一定的典型意义外，他还必须让观众从他身上（性格、行为、命运等）获得笑声：或畅快的笑，或辛酸的笑，或会心的笑，或苦笑，或冷笑，或嘲笑……只有达到这一点，才能谈得上"喜剧人物"。当然，也并非只要能引人发笑的人都是喜剧人物，比如马戏团中插科打诨的小丑，生活中出洋相的"活宝"，都不属于"喜剧人物"这个范畴。那么，喜剧人物的喜剧效果到底是怎样产生的呢？就是说，他是怎样引起观众不谋而合地、由衷地发出各种笑声的呢？这是很值得探讨的一个带有艺术技巧性的问题。要说清说透它，以我的水平和经验是困难的，不过，我倒是很有兴趣想来探索一下。

一是一个人物之所以产生喜剧性，我认为首先在于他与周围的环境相悖，他老是不适应环境，不适应潮流，常与社会"撞板"，被生活戏谑、嘲弄，成为一个逆情理而行的人。柏格森还说过："一个人是好是坏，关系不大，而他如果与社会格格不入，就会变得滑稽。"英国文艺批评家赫斯列特说得很透彻："它不仅违反习尚，而且违反情理和理性，或者说，有意背离了我们对于那些能够识别言论、容貌、行为是否适当的人们理应抱的期望。"比如《甜蜜的事业》中的唐二婶，已生了五个女儿，还满怀希望地想生个儿子，结果又生了个女儿。她的意愿与社会潮流背道而驰，产生了不协调、不平衡。这种"格格不入"，当然会使人感到可笑。但唐二婶仍不服输，下定决心执意还要再生下去。她那种逆潮流而走的荒谬行径，引起了社会及人们咋舌的惊讶和严重的不安，终于使她自己成了被人嘲笑的"喜剧人物"。另一个人物老莫，老想生个女儿，可是他自己偏偏是工会搞宣传的干部。而田大妈紧紧地抓他来宣传计划生育，他的意愿与环境相悖，不得不伪装起来，说一套，做一套，一面抱着唐二婶的女儿垂涎三尺，一面"气壮如牛"地做她的思想工作。这种"违反情理和理性"的格格不入的行为，就展开了反常和正常、宣言与行动之间的可笑的矛盾，便自然地产生了喜剧性。

二是人物的喜剧性经常是在窘迫的境遇中产生的。我们能在"狼狈不堪""进退维谷""左右为难""捉襟见肘""啼笑皆非""顾此失彼""哑然失措""弄巧成拙"……这些成语所表达的窘境中窥到人物的喜剧形态。可是怎样才能把人物放在情节中，合情合理地把他（她）"逼"向这些窘境中去，让观众产生自然的笑声呢？《一仆二主》中的仆人，由于同时侍奉两个主人，而迫使他不断地坠于"窘境"。为了解脱窘迫，又自作聪明地运用了许多临机应变的办法，结果事与愿违，更使其"捉襟见肘""欲盖弥彰"，产生了喜剧效果，把这个人物的喜剧性格推向了绝妙的高度。《五朵金花》中的阿鹏，屡寻金花不晤，每次找错了人，都使自己面临窘境而博得观众的畅笑。苏联喜剧影片《忠实的朋友》中，当工人们把三个朋友（其中有科学院院士、畜牧专家和外科医生）误当作名演员推上舞台表演节目时，窘迫使得他们无论是举手投足、一颦一笑，还是呆若木鸡，均能产生笑料。那个大个子官僚主义院士，在木筏被冲走后，不得不穿上借来的既短又窄的衣裤到工地管理处检查工作，而被当成小偷和精神病患者，观众怎能不为他的种种窘态而捧腹大笑呢？《真是烦死人》中的杨厂长之所以能产生喜剧性，这是因为他不关心群众生活的官僚主义作风，被合情合理地推到了一个自食其果的"窘境"中去，让他在女记者面前"丑态百出"。所以，合乎逻辑地给人物制造窘迫，而又不断地力图解脱窘迫，这无疑是产生喜剧性的重要手段之一。

三是喜剧人物必然产生在他（她）自己的思想性格的逻辑之中，而排斥对人物摆布的随意性。作家利用人物个性中的某些固有的特质，合乎逻辑地加以夸大、加浓，甚至可以达到偏激和畸形的地步。川剧喜剧《评雪辨踪》中的吕蒙正是一个穷极寒碜的秀才，在衣不蔽体、饥肠辘辘的情况下走在雪地里，还有兴致作诗，斟字酌句地在推敲着"愁容相对实可哀"的"哀"字好呢，还是"实难挨"的"挨"字好。这不是很可笑吗？当他冻得颤抖索索时，妻子给他披上一件罗裙，他拒绝了，认为"罗裙乃下体之物，搭在读书人身上，有辱斯文"。妻子问他："难道你不冷吗？"他一边颤抖一边说："大丈夫虽寒不冷。"这些发自人物性格的言行，只要加以渲染，便自然会披上喜剧的颜色。又如传统小喜剧《秋江》中的老艄公，性格乐观诙谐，幽默逗趣，还带一点儿唠叨，偏偏遇上了追赶情人、心急如焚的陈妙常。作者紧紧抓住两人性格上的特点，着力渲染，做足了戏。这样尽管情节非常简单，却构成一出精致有趣的喜剧。《顾此失彼》中的周副局长由于不求甚解、自以为是的性格弱点，把工作搞乱了套，被迫施行"商品搭配"出售（看球赛买票要搭配买一个氢气球），当人们怀着善意的嘲讽向他"敬献"气球时，他还自以为是地认为是对他的表彰和赞扬，以致自己竟被大量的氢气球牵引上天去，闹了大笑话，获得了喜剧效果。

四是喜剧人物往往在情节中阴错阳差的误会里诞生，并得以充分地、淋漓尽致地表现。我要说喜剧与误会是一对形影不离的伴侣。为什么大凡喜剧均有误会，这是值得研究一下的。"误会"，这根法力无边的魔杖，是怎样把喜剧搞得光怪陆离而迫使古今中外的作家不厌其烦地运用它呢？首先，"误会"是一种偶然现象，但它往往能更准确更深刻地体现事物的必然性。巴尔扎克说得不无道理:"偶然是世上最伟大的小说家,若想文思不竭,只要研究偶然就行。"小说创作尚如此,喜剧就更离不开了。用别林斯基的话说:"喜剧的内容"就是"缺乏合理的必然性的偶然事件",误会就是一种巧合的偶然事件。《钦差大臣》不是由一场大误会而展开了人物和情节的吗?产生这场误会是偶然的,但当时俄国官场的昏庸腐败、社会风气的败坏和道德的沦丧,难道不是这场误会的必然根据吗?《评雪辨踪》的喜剧基础也出于一场误会:恰好吕蒙正出去的这工夫,岳母派人送了银米来,在无人问津的寒窗前留下了足印,于是在一场盘问之中产生了这场喜剧。细想,如果不是穷酸书生吕秀才这个内在的必然因素,而换一个赳赳武夫,当然就不是喜剧了,也许成了一场大悲剧。其次,误会又通常在一个戏里表现为情节开展的纽带。由于"误会"而使情节产生了连锁反应,一误再误,误中有误,节外生枝,交错发展,使故事情节复杂化,推动了原有的戏剧冲突迂回前进。而当解开误会而又同时解决冲突时,往往就形成戏的高潮。古今中外的喜剧中,这种例子举不胜举。我国著名传统喜剧《花田错》不就是一个典型的范例吗?误会表现在情节组织中常显出一个"巧"字来,不仅是巧合的巧,更是精巧的巧。《一仆二主》中就是通过一系列阴错阳差的误会,在穿插跌宕、变化无穷之中刻画出仆人机智而又憨拙、善良而又狡黠的喜剧性格的。《甜蜜的事业》中如果没有唐二婶和田大妈相互误会的几场戏,她们的喜剧性格就会大为逊色,整个戏也就显得拙而不朽、平而不俏了。因此,误会用得好,用得巧,必然使喜剧人物如鱼得水,如鸟投林,可以大显身手。"喜剧的实质是生活现象同生活的实质和使命之间的矛盾"(别林斯基语),问题的关键不在于能不能写偶然的误会,而在于所写的偶然误会是否反映出一定的生活内容,是否终究令人信服,是否有助于矛盾的揭示和发展。滥用误会,生搬乱套,东施效颦,只能是弄巧成拙。

五是喜剧人物又常被人称为时代畸形的产儿。他(她)必须带有时代的烙印、社会的共同性和现实的可信性。这样才能引起人们普遍的关注,才具有进步的社会意义。乱"出洋相"换来廉价的笑声那不是喜剧。如果人物的命运、遭遇、行为和性格不能为观众所接受和理解,不能引起心理共鸣,即使剧场里满堂笑声,也不能说喜剧性格已经诞生。卓别林的时代,诞生了夏尔洛这样一个令人难忘的喜剧人物,社会主义的中国出现了马天民(《今天我休息》)这样的喜剧人物,而在实现"四化"

的新长征中又产生了杨厂长（《真是烦死人》），这与时代是不能分离的。试设想把他们的时空关系打乱，在现代的中国出现一个夏尔洛，而在过去的美国出现马天民和杨厂长，不仅不伦不类，而且也很难产生喜剧效果。别林斯基又说："在喜剧中生活所以要表现成它本来的样子，目的就是要使我们清楚地认识到生活应该有的样子，我们要塑造出多种多样典型性格的喜剧人物来反映时代的面貌，探索生活的真谛，推动社会的前进。如果喜剧人物只能博人一笑，那就不过是过眼烟云，在观众心目中，在历史长河中是留不下印记的。"

喜剧与正剧、悲剧有许多共同之处，或者说有基本上的共同点，但它的特殊性也是显而易见的。我很希望在刊物上看到具有丰富创作经验或有精湛理论修养的同志写些专著来加以探讨，以推进喜剧创作。我们这个时代需要喜剧，广大的观众尤其喜爱喜剧。对于林彪、"四人帮"搞坏了的社会风气，对于我国长期封建主义遗留下来的旧意识以及形形色色的资产阶级歪风邪气，如果运用喜剧来加以规劝、讥讽、鞭笞、揭露，就可以发挥出别的文艺形式所不能达到的独特威力来，让笑声成为一股强有力的社会舆论，去扫清新长征路上的各种绊脚石。而且喜剧也可以诙谐地歌颂新生事物，表彰好人好事，树立新风尚；还可以给人以赏心悦目、消除疲劳的娱乐享受。这种有百利而无一弊之举，何乐而不为呢？

喜剧正面人物之我见

在我还没有接触喜剧创作那时，每次听到别人对自己的作品提出正面人物塑造得还不够高大完美的批评后，便恭而敬之地去修改、加强，并没有半点质疑。塑造好无愧于我们时代的英雄形象，教育人民，推动历史前进，本来就是无产阶级作家的责任。这些年来，我写了几个喜剧，而当我同样听到诸如"正面人物不够高大完美"，"英雄人物站不起来"，"先进人物在戏里没有起主导作用"等评语时，虽然从理论上我依旧是虔诚信奉的，但在实践中却不免有些茫然失措了。几经努力仍渺不可得。于是，我带着怎样认识理解和塑造好喜剧性的正面人物这个问题，翻阅了一些古典美学家的论述，学习历史上喜剧大师们的经验，发现他们大多没有提到和阐明过这个问题。莫里哀说："把恶习变成人人的笑柄，对恶习就是重大的打击。"别林斯基说："在喜剧里，生活以它现有的样子表现给我们看，是让我们清楚地观察到它应有的样子。"鲁迅说："悲剧是将人生有价值的东西毁灭给人看，喜剧将那无价值的撕破给人看。"果戈理说得更为彻底，当有人问他的喜剧中为何没有正面人物时，他一语破的地说："我的喜剧里的正面人物就是笑。"在传统的美学论述中，几乎都认为喜剧的主要功能在于揭露、谴责社会的不良现象，它应该成为一面反映社会恶习的镜子。因而，喜剧人物就必然作为被嘲笑的对象出现了。

本来，我们现在习惯于把一部作品中纷繁多姿的人物划分为各种类型，并非科学之举。像英雄人物、正面人物、中间人物、转变人物、反面人物等，概念很不清晰。但既已相沿成习，也就约定俗成了。否则，便失去了探讨这个问题的前提。

那么，什么是喜剧性的正面人物？也就是说，正面人物能不能具有喜剧性？要弄清楚这个问题，必须对喜剧的本质从理论上有所认识和理解。

喜剧的本质，历来就是一个众说纷纭、莫衷一是的美学问题，概念上的官司至今还打不清楚。我们常说，喜剧是笑的艺术，它以引起人们各种各样的笑作为自己本质的体现，但是喜剧是怎样引起人们笑的呢？

即笑是怎样产生的呢？这就各说不一、仁智互见了。最早是亚里士多德下过这样的定义，他说："可笑的东西，是丑的东西的一种"，"可笑的东西产生于无害的悖理现象"。康德则认为，可笑的东西是由于那紧张期待着的事件得到突如其来的解决而产生的。英国唯物主义哲学家托马斯·霍布斯说："笑一般是代表一种突然的感觉——感到自己在外人的过失面前显得优越……笑的产生必须有三重原因，首先，是发现过失，其次这个过失是外人的，而最后，感受上又是突然的。"西塞罗却说："可笑的东西总是含有某种丑的、畸形的东西在内。"而车尔尼雪夫斯基更为直接地说："丑便是喜剧性东西的起点和本质。"卡尔·马克思对喜剧说了一段最为概括和精辟的话："堂·吉诃德已经为他的错误付出代价，因为他错以为游侠骑士是同样适合于一切社会经济形式的。历史不断前进，经过许多阶段才把陈旧的生活形式送进坟墓。世界历史形式的最后一个阶段就是喜剧……这是为了人类能够愉快地与自己的过去诀别。"

从以上罗列的一部分具有代表性的论述看，尽管他们的论点各有差异，但我从中学习到一条根本的规律：那就是喜剧（即笑）产生于事物中的不协调。这条规律正像"冲突是戏剧的基础"一样，我看可以说万古如斯，垂之永恒的。一个人只要不是疯子，他不会无缘无故地笑。当然，由于一种情绪的满足，一种幸福的陶醉，也可以引起欢笑，但这只属于一种心理范畴，不属于美学范畴的问题。

通过对生活的概括，把种种不协调的事物，用典型化的手段写成一部喜剧，去嘲笑社会上一切衰亡的、落后的、荒谬的现象，嘲笑一切人身上的恶习和陋习，以此来反映社会矛盾和性格冲突，这已成为喜剧自身的特征。喜剧中所包含的美，应主要体现在它对丑的揭露和鞭挞的深度上，也体现在人们之间劝人为善的热情里。卢那察尔斯基说："实际上，莫里哀缔造了一个出色的自律学派。可以说，莫里哀的四分之三的喜剧都是旨在以自觉和自尊来教导资产阶级的。"普希金对喜剧的看法也一样，他说："法律的剑达不到的地方，讽刺的鞭子能达到。"

以上就是一些美学大师对喜剧本质的阐述和解释，这样似乎带来了喜剧性正面人物这一提法是否合乎逻辑的问题了。正面人物也能产生可笑的、不协调的因素吗？正面人物也可以对之加以讽刺和嘲笑吗？这的确是一个新课题。

在阅览了一些历史喜剧和现代喜剧，并总结了自己学习创作喜剧的经验教训之后，我的回答是肯定的：正面人物不仅可以具有喜剧性，而且也可对之加以有分寸的嘲讽。如果有人把"正面人物"理解为必须是站在时代的峰巅叱咤风云的英雄，或者必须是一个阶级最完美的代表，或者必须是理想中最美好的化身，那就变成另一个概念的争议了。不是生活中没有这样的"正面人物"，也并非反对在文学作品中塑造这样的典型。问题是提"必须"两个字就绝对化了。因为这已经超出喜剧的范围，这里就不再去讨论它了。

以我的一隅之见，喜剧性的正面人物可分两类：一类是以机智和幽默去嘲笑不合理、不协调的事物而引起笑的正面人物，另一类是自身具有某些不协调的因素而被人嘲笑的正面人物。

对于第一类正面人物，他的喜剧性表现在他在嘲笑和揭露丑恶现象时所表现出来的惊人的机巧和回味无穷的幽默感。这一类人物起始于民间传说为多，反映在舞台和银幕上往往成为人们喜爱的典型，阿凡提就是具有代表性的一个。他机敏善辩，智慧无穷，往往出奇制胜，化险为夷。他以特殊的方式和手段扬善抑恶，为人民除暴安良，而没有见诸刀光剑影。最重要的是，他的一切言行均可引起人们笑，从而使他具有极大的喜剧性。广西民间流传的刘三姐也属于这一类人物，人们不会忘记那场精彩的对歌吧？她的山歌既讽意尖刻，又余味回甘，是智慧的结晶，又是幽默的艺术。作为一种独特的斗争方式，在一场对歌里，把饱读诗书、满腹经纶的秀才们嘲讽奚落得哑然失措、窘态百出、无地自容而至纷纷落水，谁能不报以捧腹大笑吗？莫里哀的《史嘉本的诡计》中仆人史嘉本，当他拿着棒子痛打装在布袋里的守财奴热伦，一面还哎哟叫喊，仿佛自己在挨打似的。匈牙利的《牧鹅少年马季》中的马季三次化装，巧妙地痛打财主的屁股，伸张正义，为民除害……至于像我国的《今天我休息》中公而忘私的马天民，《五朵金花》中助人为乐的阿鹏，都以新思想、新风尚的崭新形象，成为喜剧性正面人物的典型。这一类喜剧性正面人物，比较容易认识和理解，不必赘述。

第二类所谓由于自身的某些不协调而被人嘲笑的正面人物的提法，是我在学习中和实践中体会出来的心得，也许是一种不经之谈。因为乍一听起来，理论上是说不通的，逻辑是不严谨的。而实际上，生活中，喜剧里，这样的"正面人物"是大量存在的。我们常常会遇到一种"好心办蠢事"的人吧！他们的思想是纯正的，心地是善良的，性格是可爱的，行为是端正的，态度是积极的，但却常常办出一些叫人哭笑不得的事情来。或因为过于性急，或因为争强好胜，或因为顾此失彼，或因为简单轻信，或因为热情过分、积极过头，或因为心眼太死、缺乏灵活，或因为自以为是、不求甚解，或因为自作聪明、表错心情，或因为抱残守缺、不合时宜，或因为头脑简单、想法天真……这些人物在生活中和作品里是不可胜数的。他们之所以划入喜剧性的正面人物中，是因为他们的思想品质是好的、可爱的，但他们的性格特征和某些言行却又是不协调的、可笑的。人们既爱他，又笑他。这种笑虽然也是一种嘲笑，但却是善意的。人们在笑剧中人的同时，往往也在笑自己。比如《锦上添花》中的主人公段志高，满怀热情地到一个偏远的小站工作，却因为缺乏经验，闹出一系列的笑话来，他好心为大家扛木头谱一首劳动号子，想减轻劳动的重负；但他不懂乐理，唱出的劳动号子反而使大家在扛木头时手忙脚乱，气喘不休，帮了大倒忙。观众这时仰脖大笑，却又并不怪罪于他，反而觉得他挺有趣挺可爱的，因为他在谱写这首劳动号子时不仅认真苦思，而且还熬了个通宵，险些被一只闯进房来的狗熊吃了呢！像这样被"嘲笑"的人物，难道不应当划入喜剧性正面人物之列吗？朝鲜喜剧片《摘苹果的时候》中的老班长，苏联喜剧片《忠实的朋友》中被批评的胖院士，《瞧这一家子》中的父子俩……他们都因为某些方面的不协调而被人嘲笑过，但他们都应当是喜剧性的正面人物。甚至我认为像卓别林毕生塑造的夏尔洛也大可以进入正面人物的队列中。他穷极无奈，流浪街头，虽然有时也做一些为"正人君子"所不齿的事（如偷小摊上的苹果吃，把烟头无意扔在凳子上烧了妇人的裙子，把冰淇淋不小心滴在贵妇人的脖颈里等等），但他心地善良，富有同情心，主持公道，扶助弱小，痛恨旧制度，也做一些力所能及的反抗。因此，人们同情他，喜爱他，随着他的命运时坏时好而产生哀乐之情。如果不是一个正面人物，大家对他能有如此真挚的共鸣吗？

但是我的这一隅之见未必为一些同志所接受，他们要求在喜剧中加强正面人物形象时，是把以上这一类人物排斥在外的。这方面，我有过切身的体会。当我创作喜剧《真是烦死人》时，由于嘲笑了一个只抓科研和生产而忽视关心群众生活的厂长杨成，让他被迫在三伏天穿上呢大衣接待一个女记者的采访，造成了喜剧性。而他的老伴杨大妈则是一个关心别人、公而忘私的家属主任，由于她积极组织推动家务劳动社会化，与丈夫发生了矛盾。剧本出来后，遇到了责难，认为，这个戏主要应塑造好杨大妈这一正面人物，要以她的行为作为全剧的贯串动作，否则就是没有突出正面人物。但我无法照改，因为我没有忘记这是一个喜剧，杨大妈不大可能在剧中产生强烈的喜剧性。无独有偶，在创作《顾此失彼》时，又听到过同样的意见，认为那位自以为是的周副局长的分量大大超过代表正确经商思想的杜海，有正不压邪之感。要求加强杜海，削弱周副局长，以加强"正面人物"形象，而他们却不管杜海是否具有喜剧性。显然，第一，在他们眼里，周副局长和杨厂长这些人根本不属于正面人物范畴，只有马天民、阿鹏才是喜剧中正面人物；第二，喜剧中一定要有一个代表正确的人物作为正面形象，否则就是"正不压邪"。

然而，我的观点与上述看法不同。我是一直把杨厂长和周副局长当作一种类型的正面人物来塑造的。他们没有私心，不是追求私欲的满足，没有弄权取巧，没有害人之心，且都兢兢业业地扑在工作上，满以为可以为党为人民多做贡献。他们之所以闹了笑话，是由于自己缺少经验或切身体会，缺乏认识事物内部联系的辩证观点。他们并不固执己见，当他们受到生活的惩罚和嘲弄之后，会迅即省悟过来，"吃一堑，长一智"，甩掉包袱，继续前进。这样的人物难道很可憎、可厌、可恨吗？不，他们还是很可爱的。没有任何理由把他们摒弃于"正面人物"的队伍之外。记得《甜蜜的事业》中的田大妈也经历过一段这样的遭遇。她是一个思想先进、行为积极的人物，只是当她知道自己的独生儿子给别人上了门（入赘），心里产生了暂时的矛盾，使她堕入了喜剧性的尴尬境地中。于是责难之声一时蜂起，有领导的，有文艺界的，有业务单位的，也有来自观众的。"正面人物能产生思想动摇吗？""先进人物内心里有矛盾不是具有两重性吗？""这不是给英雄人物脸上抹黑吗？"现在看来，这些责难，仍带有无形的"左"的影子。即便对正剧这样来要求也是不适当的。如果要求每一部喜剧都要塑造像阿凡提、马天民、阿鹏那样的正面人物，而否认大量存在于生活和作品中的所谓不那么高大完美的正面人物，那么不仅会在概念上引起混乱，而且在实践中将会使喜剧束缚在极小的圈子里，对发展喜剧形式多样化不利。

那么，是不是大凡写了人民内部矛盾的喜剧，其中被嘲笑的人均可列为正面人物呢？否！这里面有明晰的界线。界线在于他的本质是可爱的还是可厌的，他的缺点和陋习是出于品质问题还是非品质问题，他的一切言行表现是基于为自己还是为大家，他所造成的后果是严重的还是轻微的。（如果因为他好心的过失，误把别人害死了，能引得起观众的笑声吗？）比如《不拘小节的人》那个被请去作报告的作家，他旁若无人，只为自己，到处留下劣迹，还洋洋自得，毫无愧疚悔改之心。虽然也是人民内部矛盾，但人们能把他当作"正面人物"吗？又比如《新局长到来之前》中的牛科长，他阿谀奉承，捧上压下，谋求私利，弄虚作假，这种被嘲笑的对象当然更不应是"正面人物"了。

概而言之，喜剧有它自己的特征和规律，喜剧性的正面人物不应当用正剧中的正面人物概念去硬套它。要充分发挥喜剧的特殊功能，正如我们并不要求相声和漫画去塑造高大完美的英雄形象一样。（过去曾有过这方面的尝试，得失自有公论。）每一种武器有它自己的特殊性能和作用，用反坦克炮去轰一间茅屋，或者用手榴弹去炸一座碉堡，当然不是不可以，但却没有物尽其用，没有扬长避短，往往是事倍功半的。如果我们在一部讽刺喜剧中看不到一个"高大完美"的人物或看不见惊天动地的英雄时，请不要觉得失望。车尔尼雪夫斯基有一段话说得极好："当我们笑一个蠢人的时候，我感到我懂得他的愚蠢，懂得他为什么愚蠢，也懂得他应该怎样才不愚蠢……"本来喜剧的功能不过如此而已，岂有他求。

漫谈喜剧的夸张

　　曾写过几部蹩脚的喜剧电影剧本，又发表过数篇谈喜剧的小文，虽然早已"改喜归正"了，却也还算是个喜剧的"涉足者"，这次参加"喜剧电影讨论会"，领教了诸位的卓识宏论，倒也引起了我的话题，权当狗尾续貂吧！

　　搞喜剧创作的人，从接触生活开始，就要善于用夸张的眼光去观察夸张的生活（素材），然后，在进入创作时，要以夸张的构思和夸张的手法，去完成这部喜剧。这是因为喜剧除了其他种种因素之外，夸张是必不可少的一个因素，也可以说是一个原则。什么叫夸张呢？我认为，夸张是使事物的本质得到更鲜明、更深刻的体现的一种手法。艺术上的夸张，是在现实生活的基础上，借助想象和虚构，赋予特有的强调，以便更突出地反映作品的主题。喜剧是笑的艺术，它以引起人们各种各样的笑作为自己的本质体现。因此，喜剧的夸张和其他艺术样式相比较，其最大的不同点，就是能够更强烈地引起人们各种各样的笑。

　　笑是怎么产生的呢？古今中外，众说纷纭，至今没有人能把它说得清晰透彻。但，作为一种情绪的反映，笑只能产生于外界的某种刺激，即便是独自会心地笑，或者暗暗地窃笑，也是因为想起了什么可以刺激情绪的事物才可能引起的，不可能无缘无故地笑。所以说，一般的、正常的事物是引不起笑的。只有那些异常的、反常的、不合时宜的、极不协调的、畸形的事物以及某种悖理现象，才会引起不同人的各种各样的笑：欢笑、苦笑、嘲笑、讪笑、奸笑、傻笑、嗔笑、皮笑肉不笑……我们在生活中，常常会遇到一些令人捧腹的事，大体都是因为这些事已超出了一般合乎常理的生活规范，都是夸张了的生活，出了轨迹的事情，或者已经变了形的、漫画化了的事物。亚里士多德早就对笑下过定义："可笑的东西产生于无害的悖理现象。"后来西塞罗又加以补充说："可笑的东西总是含有某种丑的、畸形的东西在内。"为了证实他们的论点，我随举一个例子。"文革"前有一次，我与几位同行在火车上遇到一个爱吹牛的小伙子，他发现我们在看电影刊物，便高谈阔论起来，大吹他如何写电影剧本的"经历"（原来座位旁有一位挺标致的姑娘呢！），越谈越来劲，越吹越忘形，当我请教他的尊姓大名时，他竟脱口而出地道出了我的名字，不禁引起同行们仰首大笑。冒名顶替的事，本来就有些离奇，恰巧又"撞在枪口上"，怎能不叫人捧腹呢？这件似乎已被夸张的却又是真真实实的事，说明了生活本身也只有夸张的那部分才能引起笑。而以笑作为自己特征的喜剧（当然不是指生理范畴的笑），如果不是大量地运用夸张的手法，以概括集中地反映生活，怎么能达到它预期的艺术目的呢？这本来是顺理成章的，然而，问题的提出并非多余，从主观来说，作者对夸张缺乏正确的认识，或者过于拘谨，自缚手脚，或者随意滥用，适得其反，这自不待言。但来自一些人的指责和非议，却也常常萦绕于耳："难道生活是这样的吗？""难道这符合真实吗？""难道这是典型的吗？"于是，轻者被斥之为"胡闹""胡编乱造"而贬入冷宫，重者还要戴上"歪曲""丑化""污蔑""攻击"之类的大帽子。不从喜剧的特点出发，用正剧来要求喜剧，把夸张与真实性对立起来，我认为，这是当前我国喜剧繁荣的主要阻力之一。于是，有一种正剧加点笑料的所谓"喜剧"就应运而生了。诚然，喜剧也可以各种各样、不拘一格，但喜剧毕竟是有自己的特殊内涵的，如果含混了质的规定性，对发展真正的喜剧是不利的。

有一些夸张的表演就是喜剧吗？把各种笑料堆砌起来就是喜剧吗？非也，马克思说过一段这样的话对于我们理解喜剧是极有帮助的："历史不断前进，经过许多阶段才把陈旧的生活形式送进坟墓。世界历史形式的最后一个阶段，就是喜剧……历史为什么是这样的呢？这是为了人类能够愉快地和自己的过去诀别。"喜剧嘲笑和揭露现实中反面的、腐朽的东西，正是为了肯定生活中正面的、理想的东西。但要达到这一目的，喜剧必须通过自己的特殊手法，而夸张便是其主要的手法之一。我认为，喜剧和夸张是同时诞生的，或者说，夸张是喜剧的出发点。首先喜剧的构思和喜剧的结构方式就必须是夸张的。也就是说，一个喜剧在它尚未出生前，就应当有一个夸张的胚胎，如《钦差大臣》的夸张构思已是众所周知。最近我看了美国导演马田·史高西斯拍的一部喜剧:《喜剧之王》。故事是说一个很有喜剧天才的小人物，渴望在电视台的喜剧节目上露一次面，以便一举成名，但垄断喜剧节目的恰是一位红极一时的喜剧大师，小人物三番几次、想方设法地恳求他给予自己一次表现喜剧才华的机会而屡遭拒绝，逼着他竟采取了暴力绑架那位喜剧大师的鲁莽行动。电视台报了案，警察局到处侦察搜捕，不料小人物给警察打了个匿名电话，按一般情况，必定是勒索一笔款，电视台为了让喜剧大师按时出镜，宁可出巨款交换。但出乎意料的是，小人物声言，不取分文，只求让他在电视屏幕上露面三分钟即可。这一条件把所有的人惊呆了。于是由警察作保，条件谈妥了，这个小人物终于得到了在电视屏幕上展露喜剧天才的机会。三分钟的喜剧表演，他博得了千万观众强烈和狂热的喝彩，成了真正的"喜剧之王"。可以想见，出于这样一个夸张的喜剧构思，剧中所有的人物，人物之间的关系，人物的行为、细节，也必然富有喜剧的色彩。再举一例，有部喜剧片《罗马假日》，说的是一位连衣服也不会自己穿的妙龄公主，对生活中的繁节缛礼和周到的安排已极度厌倦，于是在罗马访问期间，私自于夜间溜出宫廷，到了"人世间"，度过了一天一夜"凡人"的生活，闹出了许多笑话。由于依托于这样一个夸张的喜剧构思，几乎处处都能派生出喜剧因素来。也许有人认为，只有那些讽刺喜剧和荒诞喜剧才需要夸张，其实不然，那些被称为歌颂性的喜剧，其构思也必须带有很大的夸张性。《五朵金花》便是一例。金花与阿鹏定情时故意不告诉他自己的住址，要他来年到茫茫的洱海一带寻找，以致闹出五个金花的阴错阳差的一系列喜剧情节来，这一构思本身就是夸张了的，如用那句"难道生活是这样的吗？"来质问，这个戏剧就很难成立了。

我写喜剧电影剧本时，也注意运用了夸张的构思作为内核。《顾此失彼》中，写了一个不懂业务瞎指挥的县商业局长，违反市场供求规律，随心所欲地用一种紧俏商品去换取另一种紧俏商品，以为可以解燃眉之急，结果造成市场供求失调，而又惊慌失措地去拆东墙补西墙，更使他陷于顾此失彼、捉襟见肘的窘境。这一构思必然引出一系列的喜剧性来。所以说，喜剧要夸张，首先是构思上的夸张。谢添同志在导演《甜蜜的事业》时对我说过一句话：只要构思本身是喜剧性的，你就像获得了一大团棉花球，点哪儿，哪儿就着火（指笑）。这实在是经验之谈。

诚然，任何一种表现手段都要使用准确恰当，才能发挥其最佳功能，夸张也不例外。滥用夸张不仅达不到预期的效果，反而损坏了夸张的声誉。夸张有时可以达到怪诞的程度，但却不能变成"荒唐"。怪诞与荒唐是有本质区别的。怪诞作为艺术的一种表现手段，也是评价生活现实的某种方式，它从尖锐的嘲讽出发，把生活现象加以极度的变形和以玄妙的幻想来达到作者在思想上和美学上的目的。"荒唐"一词的古语解释是漫无边际的意思，后来成为不合情理、没有根据、胡说八道、胡作妄为的同义语。在艺术上，荒唐指的是一种没有依据、没有意义、没有目的的胡闹，随意性的编造，无聊的逗趣。我们有些喜剧的这一类夸张常被斥为荒唐，不是没有道理的。目前，从我国喜剧创作现状来看，倒是荒唐的东西多了，夸张的东西少了。更值得注意的是，有些人把喜剧性的夸张也当成荒唐而加以否定、加以指责，这样就扼杀了喜剧的健康发展。于是才出现了正剧加笑料的所谓"喜剧"，或者喜剧不喜的怪现象，使我国喜剧园地中的闹剧受到严重窒息，几乎到了死亡的地步。

　　既然夸张与"漫无边际"绝缘，当然也必然有自己的规范。我觉得，夸张必须建立在以下三个基础之上，才是为人们所接受的。一是必须建立在主题思想的体现和人物性格塑造的基础上。比如《阿混新传》中，阿混由于缺乏文化知识而被奚落后，竟要去投水自杀，从而引出许多喜剧性来。这个"自杀"的设计，显然就是一种夸张，本来是不可信的。但是，由于它有助于阿混后来的转变，有助于女朋友对他的转变怀有信念，完成全剧的主题思想，观众就接受了。《真是烦死人》中的杨厂长，在众目睽睽之下，让他赤身露体，大现其丑，是对他不关心群众生活的惩罚，虽然夸张，却也被认可。当然，喜剧中某些细节的夸张，包括一些纯粹的噱头，也并非一定要与主题扣得很紧，只起到调味作用，增加喜剧色彩，也是必要的。然而构思上的夸张则不能只是调味，因为，构思本身就贯串着作家的世界观、倾向性和审美思想。二是必须建立在大体符合生活与科学逻辑的基础之上。卓别林的喜剧中，尽管有些夸张达到无以复加的程度，但大多还是事出有因的。比如吃了肥皂后说话吐气泡，吞下哨子后打嗝时发出哨音等。《意大利人在莫斯科的奇遇》可称为一部闹喜剧，其中许多夸张令人瞠目结舌。但细细揣摩，多数夸张也大体有生活依据。如飞机落在高速公路上，而不是落在山顶上；半身露在机窗外冻成冰棍也还符合高空寒冷的事实。《顾此失彼》中的氢气球把商业局长升向天空，原则上符合氢气球的升力原理，还是没有完全离谱。三是也确实存在一些完全违反生活和科学的夸张。这种夸张，必须有这样几个条件：要么你把这部喜剧的调门就定在"离谱"的弦上，那么奏出的所有音符都是可以离谱的。神话和童话不正是这样吗？要么你顺应观众的某种心理要求和联想，满足观众的某种愿望。《半张订婚照》的末尾，小孩用一支魔术枪开了一枪，把一个漂亮的小伙子打成了个杂技小丑。这显然是毫无根据的，但却顺应了观众的愿望，同时魔术枪与杂技小丑之间也易发生联想，于是在一阵畅笑中就接受了，类似这种夸张，只有喜剧才可以有，正剧与悲剧绝对排斥，这就是喜剧的独有的特性。就像人们在欣赏漫画时，由于被它的寓意和讽刺的力量所征服，并不要求它的形似一样。

喜剧是一个大家族，绝不可能只是一种模式。由于喜剧的样式、体裁、风格多种多样、层出不穷，夸张的程度和分寸也不同。但喜剧必须要夸张，却是共同的规律，这不是哪位哲人给它定下的，而是决定于它自己的特性——它毕竟是笑的艺术。如果一部喜剧写得很完整、很正确、很深刻，就有一条，它没有引起人们的笑，这样的喜剧就只好呜呼哀哉了，喜剧作者也就成为"悲剧人物"了。

探求人物形象的真实性

　　记得《电影艺术》曾发表过于敏同志《求真》的文章，广征博引，文采飞扬，且理深意切，很有见地，使我受益匪浅。多年来，广大观众对一些影片的"不真实"啧有烦言，早已引起电影界同行们的重视。讨论文章固然很多，在创作实践中刻意"求真"的作品也逐渐多起来。近两年来，我从《心泉》《彩桥》到《春晖》也试图在这条"求真"的路上进行探索。如果说，限于自己各方面水平不高，还写不出高质量的作品，但至少要求写得稍微真实些，却是我的一点愿望。

　　我认为，真实性是一个既简单又复杂的艺术范畴。说它简单，因为文艺作品本来就是客观事物通过作家头脑反映的产物。生活是客观存在，是第一性的；作品是对于客观存在的反映，是第二性的。只要作家遵循这一唯物主义的基本观点，作品自然就应当会真实。这样看来似乎是很简单的。但是，作为艺术范畴的真实，又并非这样简单。它不能像镜子那样消极地、直观地反映生活，也不能舍去丰富多彩的具体现象去用抽象的概念来说明生活。它既要反映出事物的本质，又要通过具体的、生动的形式和丰满的艺术形象。也就是说，生活真实和艺术真实必须辩证地统一起来，必须经过艺术典型化的概括过程。这样看起来，它又是个十分复杂的问题。

　　我曾读过清代诗人张问陶一首论诗的绝句："凭空何处造情文，还仗灵光助几分。奇句忽来魂魄动，真如天上落将军。"陆游也有一首类似的绝句："法不孤生自古同，痴人乃欲镂虚空。君诗妙处吾能识，尽在山程水驿中。"这虽是古人论诗，却对文艺创作具有普遍性的启迪。"凭空造文"，光靠"灵光"是不能使人"魂魄动"的。"镂虚空"不过是"痴人"而已。唯一的出路是从"山程水驿中"去寻求"妙处"，实际上，这正说明了"求真"的正确途径。

　　一部影片的真实性，表现是很广泛的，包括主题思想、人物形象、矛盾冲突、情节、事件、细节、语言，以至环境、服装、道具等等。但是，其中人物形象的真实性是起决定作用的。用哲学语言说，它是事物诸矛盾中的主要矛盾,是影响其他矛盾的主要方面。因此,它又是一部作品的基础。如果你写的人物形象是真实的,那么由他们真实的思想性格和行为所产生的关系和矛盾冲突必然是真实的,由此而产生的事件和情节也顺理成章是真实的,因为情节是人物性格发展的历史。因此,我想抓住这个主要矛盾,谈谈关于人物形象真实性的问题。

要使人物形象真实可信,我的体会,不妨归纳为四条原则:

第一,真实的人物形象必须来源于生活,他必须是在现实生活中能见到的或感受到的或能理解的人。我写剧本时,脑子里总有一个或几个生活中的"模特"作为创造形象的依托。凭空去"捏"一个人物出来,心里往往觉得很虚。有些中学生看了《春晖》中的几个中学生形象后说:"这就是我们,而不是演员。"我是很感欣慰的。记得有位领导同志在谈到一部影片有人自动对号入座时说:"这说明这个人物写得很真实,才有人觉得像自己,去对号入座。"当然,创造典型不一定要写真人真事,但典型毕竟生活在现实中而不是幻觉里。因此,"根据"是人物真实性首要的标志。

第二,真实的人物形象就是个性,或者说是个性和共性的辩证统一体。马克思主义哲学认为:没有个性就没有共性,没有特殊性就没有普遍性。共性、普遍性寓于个性、特殊性之中。个性在艺术上就是通常说的典型,即"这一个"。而"这一个"是通过个别反映一般,通过个性反映共性,通过特殊性反映普遍性,也就是通过社会典型来反映社会本质的。它们的关系是辩证的对立统一的关系。

第三,真实的人物形象不是静止的、绝对的,而是发展的、相对的。我们知道,真理具有相对性和绝对性两重属性,而生活中的人物——即便是英雄人物,就没有两重性吗?这是唯物辩证法对待一切事物的两分法和两点论的观点。真实的人物总是在不断地发展中、成长中,正如一切事物总是在矛盾中运动一样。并不是说写英雄人物时一定要写他缺点的一面,而是要注意他的相对性,也就是主客观的局限性、历史的具体性。那种脱离实际、主观拔高,将人物神化或随意堆砌英雄行为的做法,是形而上学的片面性、绝对性的静止观在文艺创作上的反映,绝不可能塑造出真实可信的人物来。我在《心泉》中写了几个具有相对性的所谓"中间色彩"的人物,如温莹、蒙玉民和卡里、小民等。他们都是在不断克服自身不同程度的弱点中前进的先进人物。事实证明,在真实性上,他们已被广大观众"批准"了。

第四，真实的人物形象必须受生活逻辑的指导，不能由作者主观随意性所左右。任何事物的运动和变化，都是它内部矛盾对立统一的结果，而不是任何外力所能随意推动的。人物也一样。我在《甜蜜的事业》中塑造了一位先进人物田大妈，她一直在做"多产户"唐二婶的思想工作。但当她知道自己的独生子要去唐二婶家"上门"时竟"卡了壳"，思想矛盾起来。有人说这损害了先进人物形象，要改掉，我说不行，这是由田大妈的内在逻辑所支配的，我无权改变她。所以作品从来是遵循人物性格内部矛盾发展的必然性和生活逻辑的指导。

根据上述的人物形象真实性的四条原则，我在创作实践中做了一些探求，初步尝到了甜头。尽管《甜蜜的事业》《心泉》《彩桥》和《春晖》几个剧本在思想性和艺术性方面存在着这样或那样的缺陷，但一般反映都还比较真实。自然和流畅，生活气息较浓。有人说我写电影剧本的成活率高，我想"诀窍"大概就在这里。

我想从《春晖》中几个主要人物的剖析再来印证一下，我在遵循上述原则塑造人物形象中的得失，作为自己在这方面探索的一个小结，也可趁此就教于大家。

覃健这个中学生，是《春晖》中我着力要歌颂的先进人物。他生长在质朴无华的壮族山区。小学时一次植树活动中遇到瓢泼大雨，别的孩子都跑去避雨了，唯有他留下来继续在雨中挖坑。他从小这股执着和倔强的性格——做什么事一定要做到底，为以后的几个关键性情节做了铺垫。凌师母伤病瘫痪，给凌老师一家带来了极大的困难和无助的处境，他有着深切的感受。凌老师中午不休息拉煤那场戏，使他看到了那副衰弱的身上承受着不胜负担的重压，他曾含着热泪帮助凌老师卸煤。凌老师的女儿凌燕为了让爸爸安心教好毕业班，自己退出了补习班，放弃了考大学来照顾妈妈。凌老师为了让学生"以合格的高中毕业生离开学校"尽自己最大的努力而宁愿牺牲了女儿考大学的机会。这父女俩的崇高思想和行为，使覃健深深震动，受到了"他人第一"的榜样教育，这就是他在高考前的关键时刻宁可牺牲自己的复习时间热忱地去帮助凌燕补习数学的主要根据。在遭到了不愿拖累别人的凌燕的拒绝时，他诚恳地说道："我承认，如果是一个陌生人，也许我不会自告奋勇，但是你是我老师的女儿，凌老师为了我们把心都操碎了，难道我就不能为他分担一点困难吗？"这里，我为了避免凭空拔高人物，又给他找了人情上、良心上的感情根据。我认为，革命者高尚的情操中都怀有一颗诚挚的良心和革命的人情。这样处理，覃健的行为就更易于为人们所理解了。

凌燕考上大学之后，母女俩感激涕零，多么想把覃健这半年来辛勤帮助凌燕的事告诉凌老师，但覃健执意不同意，使凌燕觉得他太固执、死心眼。做了好事不让人知道，这是高尚思想的进一步升华。但不能无缘无故地让他升上去，也要挖出他的根据来。不是也有一个暗中帮助他提高物理成绩的人吗？他要尊重那个人"不准打听我是谁"的意愿。在他心目中，受到了一种无形的教诲和深沉的感动。他把这些都看成是社会主义人与人之间的新型关系的正常现象。他说："如果要说报答的话，我们用一辈子的努力也报偿不了老师对自己的培育，更不用说为我们创造了那么优越条件的革命前辈了。"这样，先进人物的先进思想就不是高不可攀的，而是人们可以理解也可以做到的了。

对于这个只有 17 岁的中学生，必须承认他有不成熟的方面。当他第一天转学去上课时，妈妈要他换上新式夹克衫，以免同学们说他乡巴佬，他却挥挥拳头说："谁敢说，叫他尝尝这个！"后来同座的同学黎明果然欺生，轻蔑地叫他"乡巴佬"，还要和他比试高低，他慨然接受黎明的挑战，准备格斗一场。这是否有损于"先进人物"的形象呢？不，先进人物也会有自己的个性、脾气和不容践踏的自尊心。还有，当陆霞向覃健搬弄是非，他立刻勃然作色地呵责了钟晓星，把一个正在暗中帮助他提高物理成绩的好同学委屈得心酸落泪。试设想，如果覃健像一个"先进人物"应做的那样，不听信任何挑拨，把陆霞的话看得一清二楚，正确地处理好同学的关系，哪里还是倔拗憨直的中学生覃健呢？

另一个人物是中学生钟晓星，她勤习苦学而有进取心，身上有着一个好孩子纯美的素质。但她心眼小，好嫉妒，当老师把覃健的作文当作范文朗读时，坐惯了"第一把交椅"的她，心疼如割，甚至暗暗掉下了两滴嫉妒的泪水。为了超过覃健，她使了歪心眼，提议选覃健当班长，以便让额外的工作拖住他。我在处理她这方面的缺点时，力求找到她主客观的根据。一是高考在社会上形成的强烈竞争的风气对她的影响；二是她妈妈那种不顾一切、不择手段要女儿考上大学的影响；三更重要的是她连续两学期当了班上的"一号种子"，在家里是个"宠儿""中心人物"，在班里被称为"女皇"所造成的好胜心和骄矜感。按照作用力愈大，反作用力也愈大的原理，强烈的反差必然使她承受的刺激愈大；反过来，当她对覃健的嫉恨达到顶点时，她突然发现那是一颗闪耀着光彩的高尚心灵，而自己在相形之下，反衬出多么卑微丑陋，她又一次由于强烈的反差受到了震撼。良心的谴责，愧疚的鞭挞，使她无地自容，而这时，当听到妈妈那些出于市侩的私心说出的伪善的言辞，美与丑的强烈对比，骤然使她改变了对人生的看法。生活的教育把她那颗曾经被污染过的心灵终于洗净了，那隐含着的纯洁美被呼唤出来，焕发出异样的光彩。这就是钟晓星——"这一个"性格必然发展的结果。

凌燕，这个不幸的女孩子，命运对她和家庭的突兀袭击，使她的满腔热望化为冰水。"为什么好人总遭到不幸？""今后的前途只有厨房的四面墙了。""难道社会主义社会应该是这样的吗？"她回答不了这些问题，心中的不平和对命运的无法抗争使她对生活产生了绝望，对社会主义也丧失了信念。这是目前社会上一部分青年实际存在的思想状态，是消极的一面。我决定不去回避它，而把它放到生活中去解决。社会的热流，人与人之间春天般的温暖，使她经历了一段不平常的生活，一颗冰冻的心终于回暖了。过去，她在提到爸爸是一个共产党员、一个理想主义者时，语气中是不无讽意的。而后来，爸爸又用理想主义的话来反问她时，她却悔愧地笑了，吐出了一句衷心的话："这就是社会主义。"在我写这句台词时，曾想把它删去，怕她说不出来，成为外加的说教。但终于留下来了。后来证明，这句话已是这个人物性格逻辑发展的必然性和有机部分了。

对凌老师这个人物，我是倾注了很强烈的感情的。我在深入生活中，发现了一件使我激动不已的事。那是一所很普通的中学，老师们为了教好学生，夜以继日地拼命工作，把心都操碎了。而生活的重担又压在肩上，哪里还顾得上自己的家和孩子呢？有位老师对我说，上期毕业班由于成绩优良考上大学和中专的占班里学生的80%，但是谁会知道，却有八个老师的孩子参加高考，没有一个被录取的。老师的学生纷纷考上了大学，而老师的孩子却纷纷落第，这说明了什么呢？正像剧本中的凌老师对女儿说的："我有几十个像你一样的孩子，说丢开就能丢得开吗？"和生活中的老师一样，他并没有讲一句豪言壮语，不过是一种职业道德而已，可是其中包含着多么深沉的爱和高尚的美。当然凌老师不仅是个教师，也是爸爸，他并没有一开始就做出让女儿退出补习班的决定，而是千方百计地想办法，直到万般无奈时才做出了这个不得已的抉择。作为一个先进人物，我没有掩盖他内心的痛苦，甚至还让他奔出门外，背着女儿擦去了泉涌般的泪水。我觉得这样处理，并无损先进人物的本质，反而使他更具有人情味，也就更真实了。

　　我之所以这样不厌其烦地叙述《春晖》中的几个主要人物塑造的想法，仅仅表明，我是沿着上述的"根据、个性、辩证、逻辑"这四条原则的路子探索着走过来的。只是一己之见。归根到底检验人物形象真实性的尺度还是生活的深浅，只抓到生活中一点点东西，无论是四条原则或六条原则也写不出真实的人物形象来。对于我来说，今后努力的主要方向，恐怕还是如何更多地积累生活的问题。

法不孤生自古同

　　"法不孤生自古同"是陆游诗中的一句格言，意思是说，客观存在的事物都有其内部和外部相联系的规律，这些规律是不会因主观意念而随便改变的。文艺工作作为一个事物的系统工程，它的规律性是不容忽视的。我们常讲要加强和改善对文艺工作的领导，从哪里入手呢？我认为，主要是掌握好文艺工作的规律。

　　第一，文艺功能及其社会作用。文艺工作在社会中的作用和地位，不是由人的意志随意来规定的。过分强调或者忽视了它，都会使社会整个机器运转失调。自党的十二大以后，一直强调精神文明和物质文明两手抓的决策。精神文明建设就包括了文艺工作。文艺工作，是上层建筑，是为经济基础服务的。虽然，文艺工作的地位和作用，在整个社会结构中是被规定了的，但是，文艺的能量有时超过它的地位，产生的影响更深远。当一个时代前进到某个阶段，文艺往往就是这个时代的"晴雨表"，成为这个时代思潮的折光镜。18世纪美国女作家斯托写了一本小说《汤姆叔叔的小屋》，反映当时美国黑奴的悲惨生活以及不甘受庄园主的剥削压榨和种族歧视，进行反抗起义的现实，写得非常生动，在美国和世界各国引起很大的反响。这本书在18世纪出版时，据说第一次印了三万册，后来发行到100万册，几乎是人手一册。时隔不久，爆发了美国的南北战争，也就是解放黑奴的战争。战争结束后，林肯当了总统，召见这位女作家，在接见时他诙谐地说：你的小说《汤姆叔叔的小屋》，使美国发动了一场战争。虽然这句话有点言过其实，但说明文艺的作用和影响，确实会超过它本身的地位。德国作曲家梅亚贝尔有一件逸事：有一次梅亚贝尔和妻子吵了架，已到了不可收拾的地步，闹着要离婚。他们的朋友肖邦给他送去刚刚创作完成的《夜曲》谱子。梅亚贝尔通看谱子，坐在钢琴边弹了起来。当时梅亚贝尔的妻子正在勃然大怒，可是听着梅亚贝尔弹的《夜曲》，火气慢慢地消了，当梅亚贝尔把肖邦的《夜曲》弹完了，妻子已经抱着丈夫亲吻起来。一支曲子，竟弥合了夫妻破裂的感情。从这两个例子可见，文艺的作用大到可以引起一场战争，小到可以弥合夫妻濒临于破裂的情感，所以说，文艺的作用是很难简单地用一句话来说清，或者用一个概念来概括的。因为文艺的功能和社会作用，是一种复杂的社会现象。

作为上层建筑的文艺，必然有其阶级属性，但仅仅把文艺当作一个阶级战胜另一个阶级的斗争武器，是不全面的。按文艺自身的特性和规律，文艺对社会所起的作用，是综合性的，是多功能的。文艺的多功能往往又互相联系，不可分割。一个作品，有教育功能、认识功能，也有审美功能，几种功能同时并存于一体。但也可以只有独立的一种功能。老舍曾经题了一句诗"蛙声十里出山泉"给齐白石作画。齐白石画了一片远山，山里流出一股清泉，泉水里游动着几只蝌蚪。这样一幅简洁素雅的画，有什么教育功能呢？没有。有什么认识功能呢？也没有。这幅画主要有审美功能，它通过"迂回"的手法，含蕴地表达了主题，使人从观画中联想到一片蛙鸣之声绕耳不绝，透出一派春的意境。有一幅古画，上面题有"踏花归去马蹄香"的诗句，而画中有一个姑娘神采飞扬，乘马踏青，有两只蝴蝶绕着扬起的马蹄翩翩起舞。这幅画，用马的蹄子浸透出花的香气，招惹得蝴蝶起舞相随的细节，给人们体会到诗、画、意、味一体的联想，反映出一种美好的情思。这就是审美功能。我之所以强调谈一下文艺的审美价值，意在我们今后指导和从事文艺工作中，不要忽略了文艺的审美功能，这对文艺事业的全面发展是有利的。究竟什么是美？这是历来有争论的题目。我个人认为："艺术美，是一种崇高的理念而得到了恰到好处的感性的表现。不管怎么说，美是一种崇高，是真和善。"所以高尔基说："按照天性来说，人都是艺术家，他无论在什么地方，总是希望把美带到他的生活中去。"马克思总结地说："人是按照美的法则来生活的。"由此，我们了解到艺术的审美价值和艺术美在生活中的作用。

文艺的教育功能，是普遍承认的，在一定的历史时期，则具有特定的能量。毛主席在抗战时期强调说："文艺……作为团结人民，教育人民，打击敌人，消灭敌人的有力武器，帮助人民同心同德地和敌人作斗争。"文艺的教育功能的党性、阶级性是非常鲜明的。只不过它常以"潜移默化"的形式出现，那种直接说教的"文艺"反而没有教育作用。大家对这个问题，已较为理解，就不多说了。

我现在要谈谈文艺的认识功能。巴尔扎克说过："我企图写出整个社会的历史，拿破仑用刀没有完成的事，我要用笔来完成。"恩格斯赞扬巴尔扎克的巨著《人间喜剧》说:"我从这里,甚至在经济的细节方面(如革命后的动产和不动产的重新分配)所学到的东西,也要比从当时所有职业的历史学家、经济学家和统计学家那里学到的全部东西还要多。"通过这部作品,使我们更深刻、更具体地认识了资本主义。可见,作为文艺的作品,给人们的认识作用是深刻的和巨大的。我们读了古典名著《红楼梦》,不但使我们看到封建主义社会没落的历史,认识它必然沦亡的趋势,从中还可以学到烹调学、园林学、建筑学、民俗学以及服饰学等大量的知识。同样,我们从许多文艺作品,特别是中国戏曲中可以认识我国的历史和我国封建社会的面貌。正如古人说:"书(在这里是广义的)犹药也,善读之可治愚。"可见,增加知识,认识社会,认识历史和人生,这正是文艺的一个重要的功能。

文艺的娱乐功能,就不言而喻了。大家看了一个好作品,或一部好电影,既得到了教育,又提高了认识,同时也得到了愉快和情绪上的满足。英国有一谚语:一个小丑进城,胜过一打医生。在欧洲的中世纪,像法国的莫里哀、意大利的哥尔多尼等的喜剧作品,是很受欢迎的。当然,悲剧、正剧也有它的娱乐作用,凡能牵动人的感情,使之共鸣和沉醉,无论喜怒哀乐都是文艺功能的反应。这些文艺的功能和作用,不是我们现在才发现的,也不是我们现在提出的新观念,文艺自身的功能和作用是客观存在的,只是我们过去没有或不敢全面承认它。我们只有了解、认识并掌握文艺自身性质和其社会的综合功能,才能在我们的指导思想上更好地贯彻百花齐放的方针,避免片面性。人们对文艺的追求,总是不会满足的,总是要求不断发展、不断多样化,要求与时代相结合。清朝有个诗人叫赵翼,写了这样一首诗:"李杜诗篇万口传,至今已觉不新鲜。江山代有才人出,各领风骚数百年。"这首诗说明一个道理,尽管我国的文化遗产十分丰富,但仍然要不断地发展,要发展得百花齐放,推陈出新。我个人认为,"百花齐放,推陈出新"于发展文化艺术事业,是一个永恒的口号。

第二,文艺作品的生产方式。文艺作为精神产品,有它的特殊性,有自己的规律。在过去"左"的路线下,我们是不敢提这一点的。精神产品不同于物质产品,它是作家、艺术家的思想感情的结晶。托尔斯泰说过:作者所体验过的感情,去感染了观众和听众,这就是艺术。后来俄国的文艺评论家普列汉诺夫修正和补充这个观点说:"艺术既表现人的感情,也表现了人的思想，但并非抽象地表现，而是用生动的形象来表现，这就是艺术主要之点。"不管是托尔斯泰还是普列汉诺夫，对艺术所下的定义，都说明了艺术自身的精神产品的属性——是作家或艺术家的感情和思想的统一体。但，作为精神产品的艺术，其源头在哪里呢？作家或艺术家的思想和感情发自于对客观物质世界的反映，又通过作家、艺术家的头脑再反映出来。可见，艺术不是对世界的直观，没有经过主观思维的再现，它不会成为艺术作品。我们常说，生活的真实不能代替艺术的真实，就是此理。正因为文艺作品是作者的感情和思想的结晶，这种精神产品的生产就必然带有个性，有了千千万万具有鲜明个性的作品，我们的文艺才能丰富多彩。这种有鲜明个性的精神产品的生产，也就必然地体现了以个体生产为主的观念。"四人帮"极力想抹杀文艺生产以个体为主的生产形式，搞了很多"强迫婚姻"的集体创作，但是，完成作品还是个人起作用，承认精神生产的个体性和承认经济生产的个体性有本质的不同。虽然有的艺术门类是综合性的艺术生产，如拍一部电影，剧本是作者创作意图的表现自不待说，各个工作部门的创作都是根据剧本来进行二度创作的。在二度创作中，又以什么人为主呢？导演是剧本的解释者和体现者，电影生产过程中的摄影、录音、美工、作曲、服装、化装、道具等部门和演员都是围绕着导演，贯彻和体现导演的思想和感情——导演的创作意图。一部电影的生产，表面上看来好像是集体创作的力量，实际以导演为中心，表现了个体创作的实质。我们不要怕承认精神生产的个体特性，对艺术生产而论，绝不是1+1=2或者2+2=4，并非像以往某些领导认为，加强创作，增加几个人便解决问题。我们的作家、艺术家他们的生活经历、思想感情、性格、趣味、风格都不是一样的，如果我们文艺工作的领导者用自己的观点、感情、趣味去要求作家、艺术家进入你的规范轨道，这是违反规律的，目的肯定达不到，百花齐放的方针也失去真正的含义。因此，我们要尊重作家和艺术家的创作个性，体会他们的作品的创作意图。一个作品，如果它是在四项基本原则的范围内，我们要尊重它的艺术个性和表现手法。正如邓小平同志在第四次全国文代会上说的作家写什么，怎么写，由作家自己定。作家要写什么，怎么写，是作家根据自己的生活经验，自己的认识、感情去创作，我们不要去干涉。我常常遇到这样的情况，有许多业余作者对我说："我们那里有一个很好的故事，如果你决定写这个题材，我们把素材提供给你。"有些来访者给我讲了一个很生动的故事，我听后，感到确实不错，但我只能说："很抱歉，你的故事很生动，想法也很好，可是只能是你来写，因为故事没有产生在我的经历和感情之中，如果我来写你的故事我肯定写不好。"我们文艺工作的领导者，不能随便对文艺创作下达指令性任务。当然，我们要尊重作家走上健康正确的创作之路，要了解和强调艺术生产的个体为主的生产形式而不应放任不管。引导不是行政命令，引导不是行政手段，引导就是引导。比方说，我们的文艺舞台，前几年几乎有一大半给港台轻音乐占领了，我们怎么对待呢？唯一的办法就是引导，如果我们下一道禁令，所有的港台音乐都不能唱，效果是不好的。艺术的界限常常不是很容易分清的，在港台轻音乐中，有类似《我的中国心》《龙的传人》等许多健康的好歌曲，也有很重的脂粉气、酒吧间、夜总会味道的歌曲。我们首先要承认港台唱法是我们中国的，我们把港台唱法中的脂粉气弃掉，而保留它的声情并茂的优点，变为具有中国特色、有相当数量观众所欢迎的通俗唱法。最近，中央电视台举办的全国电视歌手大奖赛中，就有美声、民族、通俗三种唱法的比赛，所以我认为，这种引导是很好的，简单地下令是失策的。

另外，我们尊重作家的创作个性，也要充分了解作家的创作习惯。我们搞过创作的同志都知道，当创作进入正常状态时，故事里的人物常常在脑子里生活，吃饭、睡觉想到他，甚至走路都想到他，所以很难分清什么时候在工作，什么时候不工作。当大家都进入梦乡时，作家正在灯下勤奋笔耕，早上可能就要晚起床，有些人看不惯说：这种人哪像干革命的样子？有时候，当作家写不下去时，他需要到幽静的地方去冥思苦想，有人就说：游手好闲。其实作家的工作时间是难以计算的。还有一种情况，我听一个业余作家说过这样一件事，他在某机关工作时，发表了一篇小说《铜鼓响了》，得到几十元的稿费，当时给他送稿费的同志就揶揄地对他说："铜鼓响了，你的炒菜锅也要响了。"又拿工资又拿稿费，有些人也看不惯。这个问题曾经争议过。拿工资创作还给稿酬，我想这有两个原因：其一，创作是一种创造性的劳动，创造性的劳动应有额外的较高的报酬，国家对有些创造性劳动，如科学家发明创造了一件成果，给予奖金和专利，大家是没有意见的。为什么文艺创作获取稿酬，就感到不合适呢？假定世界上没有爱迪生、富兰克林，还会有另外的人发明电和留声机。可是，世界上如果没有巴尔扎克，时至今日，就不会有《人间喜剧》的鸿篇巨制，这是可以肯定的；中国没有曹雪芹，就没有《红楼梦》。所以说，创作是创造性的劳动，应受到尊重，受到保护和奖励。

其二，我国现在实行的仍是低稿酬的制度。如果我们像外国那样实行高稿酬，可以不领工资的，写一部电影剧本的稿费，可以买一幢房子。外国不同于我国实行一次性稿酬的办法，还有版税权。一个作家写出一个剧本，不管哪个国家、哪个剧团上演了他的剧本，都得按规定付上演税给作家。这个剧本一举成名之后，作家便没有什么后顾之忧了。高稿酬制我国目前实行不了。所以，对稿酬大家都要有认识，要承认创造性劳动的艰巨性，给予适当的稿酬的必要性。但是，文艺作品的价值，是很难用金钱来衡量、来标值的。贝多芬遗留下来的许多作品，现在也许将来几百年后，仍在流行。所产生的社会价值，能用金钱来衡量吗？当然，如果用金钱来衡量，也是可以的。在国际市场上拍卖的许多文艺复兴时期，或是前几个世纪、上个世纪的美术作品，它的标价有几百万美元的。奥地利著名作曲家舒伯特生前的经历是很苦的。有一次他到一个饭店去吃饭，找了半天没法凑够一顿饭的钱，他就在菜单背面写了一支曲子，交给饭店老板说："我给你这支曲子，你能不能给我一盘土豆烧肉？"这个老板和旁边一些人都不愿接受，当时有一个跑堂答应了舒伯特的要求。过了30年后，这支曲子竟卖到30万镑，这就是舒伯特有名的《摇篮曲》。但这支曲子的标价，和作品在社会上产生的价值也是不能等同的。所以说，艺术创作是艺术家的一种特殊的劳动。我们要发展自己的文学艺术事业，必须要认识创作劳动的艰苦性和特殊性，引导、帮助、适应其特性和规律，我们的文学艺术事业才能发展。

第三，文艺作品的真实性和典型性。文艺创作的理论中，有创作思想、创作方法、风格、流派等诸多问题，文艺作品的真实性、典型性是所有问题中一个重要的，也是经常引起争议的问题。巴尔扎克写了一篇短篇小说，描写一座地处偏僻的修道院，修道院里有一个修女，名叫珍娜。有一次，珍娜到巴黎去办事，看到巴黎这样繁华，感到人世间是那样美好，在城市文明的影响下，决定还俗，不再当修女了。这篇小说发表后，在法国一个偏远的地方有座修道院，正好有个修女也叫珍娜，因此引起一场轩然大波；拿今天的话来说，就是对号入座。修道院的院长对此事大发雷霆，说小说诬蔑了修道院，污辱了修女，就指使修女珍娜到巴黎去找巴尔扎克算账。修女珍娜到了巴黎后，与巴尔扎克理论，并要求赔偿和恢复她的名誉，珍娜一面哭一面说："你把一个修女写成留恋尘世，追求繁华的城市生活，是对我最大的污辱，你不给我恢复名誉，我不知该怎么活下去了。"当时巴尔扎克回答她说："你应该怎么做，我在小说里不是写得清清楚楚了吗？"修女受到了启示，便脱下黑袍，再也不回到修道院去当修女了。

1836 年，俄国著名喜剧作家果戈理创作出讽刺喜剧《钦差大臣》，在彼得堡首次演出时，场面很隆重，以沙皇尼古拉为首的文武大臣都去看戏。观看之初，大家都感到非常好笑，但越看越感到不对劲，于是哗然起来，说："我们俄罗斯哪会发生这种事。简直是造谣中伤，不成体统，把我们俄罗斯官员说得一塌糊涂。"当然，戏还是演完了，但大臣们也不笑了，表情非常严肃。演出结束后，沙皇在剧院的包厢里召见了果戈理，本来沙皇也是一肚子气，但不得不说："我从来没有像今天晚上这样笑过，谢谢你。"离开剧场后又说："这是什么戏呀？叫人不痛快。"

从上面的两个小故事中，我们看到了艺术真实与生活真实的关系以及典型性的力量。为什么会引起社会上这么强烈的反映呢？因为太典型了。果戈理对当时沙俄的官僚主义是深有感触的，总想写一个戏来反映这种腐败的现象，苦于没有一个典型的体现方式。有一次他到普希金家里做客，普希金对他说起有一次到一个小地方去采访，由于他来自彼得格勒，穿着打扮上也很有绅士气派，被当地人们认为是皇帝的钦差大臣，果戈理听后，大喜若狂地说：哎呀，你给我找到了一个很好的表达方式。事后，果戈理便创作出《钦差大臣》。可见，这出戏的创作不但是果戈理观察社会，心里酝酿很久的结果，而且也是普希金提供了一个真实而且具有典型意义的故事启发的，所以说，文艺作品的典型性，也基于生活真实的基础，艺术的真实性和典型性，绝不是用数量来代表的。我们常听到这样一种提问：你写这种事，是不是普遍存在的多数呀？这种人认为"典型"就是多数。我们要写一个戏，批判某个贪污腐化的部长或处长，在我们的社会中，像这种贪污腐化的干部并不是多数，而是极少数。于是有人就理由十足地说：你写的事情不典型。什么是典型？多数并不一定是典型，极个别的事情反而非常典型。《白毛女》大家都承认最典型，她本质地反映了我国农民受到封建地主的压榨剥削的严酷程度。但在生活中像白毛女这样在山洞里过野人生活的人是极其个别的，全国也只有两个白毛女。鲁迅先生的《阿 Q 正传》里的阿 Q，大家都公认是一个很典型的人物，他不但反映出中国封建社会里的农民愚昧落后的劣根性也带有城市小市民意识这样一个混合体，而且我们每个阶层的人都可以从阿Q这个人物里找到和自己相似的地方。但像阿Q这样完整而集中的人物，在现实生活中也是很少的。

在这里，我顺便讲一讲《南洋富翁》这部电影上演后，带来一些意想不到的问题。这部电影初稿名叫《上有天堂》，背景选择在杭州。广西电影厂决定拍这部片子时，考虑到经济效益，同时认为桂林市也可以完成影片的全部场景的拍摄任务，兼有广西的乡土气息，一举两得，便决定在桂林开拍。当时我是没有考虑到什么副作用的，反正放在哪里拍都一样，都是在中国。《南洋富翁》上演后，产生一定的影响，《广西日报》曾报道在北京召开的一个座谈会上，有一位鲁迅研究室的主任说："我看了《南洋富翁》这部讽刺喜剧片，觉得很好。我到过上海、广州，像影片中那种服务态度的人，确实是那个样子。"可见文艺作品的典型环境不是特定指某一个地方的。鲁迅的《阿Q正传》，背景在浙江绍兴，难道说，只有绍兴才有阿Q，别的地方就没有？影片在最后制版时，我还亲自写了：请君切勿对号入座。不出所料，还是有人对号入座，这就令人感到遗憾。故事片总有一定的批判性，包括对落后、错误甚至反动的东西的批判，《南洋富翁》影片中批判了虚构的象山宾馆的某个服务员和服务科长以衣帽取人的传统心理和恶习。难道说我们桂林市没有这种以衣帽取人的服务员吗？《参考消息》上也刊登过有关桂林市旅游服务行业存在的不足现状。作为领导者，应当把这种事情看作一件好事，是促进我们服务行业工作的，而不应该把它看作是攻击桂林市旅游业的工作，而要求全国禁演，这就闹出现实中的喜剧来了。我们中国的喜剧很拘谨，不够夸张，没有夸张就没有讽刺喜剧。比方说，服务科长跌下金鱼池，并从嘴巴吐出一条金鱼来的细节，在生活里绝对没有的。这个细节的含义：你居心贪财，最后还得吐出来。它有点象征的意义。艺术的真实不等同于生活的真实，而应该比生活更深刻，更具有典型性，是更高层次的真实。《白毛女》《钦差大臣》是这个道理，《南洋富翁》也同是此理。在现实生活中，把一个农民万元户，误认为南洋富翁，这种事情是很少有的，作者就是想通过这样一个事例，更强烈地、更深刻地反映和批判那种以衣帽取人的世俗眼光和传统心理。东德有部影片叫《部长轿车的风波》，我看了以后，感到和《南洋富翁》有类似的构思，同是社会主义国家，同样揭示那种以衣帽取人、以汽车取人的世俗恶习。这种心理逻辑的夸张，比《南洋富翁》更甚。我们在剧本里写的只是一个小小的科级干部，如果我写高一层的人物，更不得了，现在的影片是不够深刻的，更不能把不正之风的根源揭示出来。外国影片《总统轶事》，把总统"偷情"也写出来，并指明是法国的总统。在西方，文艺创作没有这么多禁忌的。文艺作品中某些地名、姓氏和现实中的巧合是常有的，不要自动对号入座。我们的思想老不解放，怕这怕那，这样下去我们的文艺创作的路子也就越来越窄，必然又走到公式化、概念化的老路上去。

本文为周民震在 1986 年全区宣传部长会议上的讲话。

生活真实性与辩证法

——谈《春晖》的创作体会

　　《春晖》是一部很不成熟的作品，我在这里发言，丝毫没有介绍经验的意思，因为领导、专家、同行都在这里，正是我一个学习的好机会。由衷地出于向大家请教的愿望，我想通过生活真实性与辩证法的关系来谈谈我在《春晖》创作中的体会和得失。

　　还是先从生活谈起吧！1981年暑假，柳州铁路中学高一班女生姚秀蓉给我写了一封信，我摘念其中的一段："我在刊物上读了你写的电影文学剧本《心泉》，心里很激动，但那是反映小学生的，什么时候才能在银幕上看到我们中学生的形象呢？……我们中学生是很纯真的，但内心世界也是很复杂的，我多么想把自己的经历和感受告诉你。如果你没有空到柳州来，我愿意在暑假里自费乘火车去南宁找你谈……"那恳挚的语言和殷切的渴望，使我非常激动。不久又接到陕西一个中学生的来信，说："我们中学和中学生是被电影遗忘了的角落！""难道作家们都认为我们是垮了的一代，不值得为我们写作品、拍电影吗？"有一天，我把正在读高中的儿子找来问了问中学的情形，他说：上课、下课、做作业、打球、放学，每天如此；现在进入毕业班，球也不打了。我听了有点儿泄气。女儿和儿子上中学好几年，我只去开过一次家长会，学校的大门没进过第二次。我们搞创作的，往往比较强调写自己原来熟悉的生活，可以驾轻就熟，对不熟悉的生活有点儿敬而远之。其实，熟悉、不熟悉也是相对的，搞四个现代化，无论哪条战线都在日新月异地变化。我是从部队出来的，而今战士中有相当多的知识青年，许多师团干部都是军事学院的毕业生，和我过去熟悉的人和生活不一样了。所以，即使过去熟悉的生活也有个再熟悉的问题。任何一个作家都要补充和扩大新的生活，使自己积累更丰富的生活素材，探索人的心灵，了解各种人的思想性格和感情，熟悉人与人之间的各种复杂的关系和矛盾，了解时代的脉搏、社会的思潮和人民的呼声。学校生活并不是悬在空中，它不可能避开社会的复杂性和丰富性。回顾一下，通过我的一对子女，就像我的一双眼睛，无意中也观察到中学、中学生和老师们的活动，他们的苦闷和愿望也常反映在我的感受里，脑子里多少还有点儿老师和学生的形象。比如，女儿班上有个长期稳坐第一把交椅的女生，大家都很敬慕她。我问女儿，为何不请她指点你学习方法？女儿笑了，说，现在谁会顾别人？她的学习方法是高度保密的。这使我大为惊讶，也很不理解，我决定先到生活中去转一转。当我走进学校的大门以后，一层层生活的浪花向我涌来，许多严肃的、严峻的和令人深思的问题以及大量生动的、感人的、有趣的人和事使我应接不暇。我像一个饥饿的人遇到一席丰盛的宴会那样，狼吞虎咽地吃了个饱。我感到一种扩大了生活面的满足和欣喜。

还是从《春晖》中的一些人物的生活原型和依据谈起。

由于高考竞争的白热化，导致片面追求升学率和重智轻德的现象，许多学生只顾自己，缺乏集体主义精神，利己主义大大抬头，利他主义大大削弱，造成有些学生思想平庸，情操低下，人与人之间的关系非常紧张。许多学生不关心国家，不关心政治，甚至不愿入团，不愿当班干部。如何在新一代青少年中恢复、培养我们党和人民的优良传统，成了全社会包括青少年自己在内的迫切呼声，再不能让这一代接班人的思想任其受社会污染而不顾了。

如某市一高中女生给我写了一封长信，坦率地谈了她的一段经历。她说她原幻想当电影演员，致使功课荒废，成绩下降，受到了父母和老师的批评帮助，"使我从虚渺的幻境中回到现实中来，我决心奋发赶上去。可是当我向成绩好的同学请求帮助的时候，我却遭到了冷淡的拒绝和讥讽的白眼，使我的自尊心受到了沉重打击，我暗下决心，自力更生，经过几个月废寝忘食的努力，不但赶上功课，而且也成了班里的尖子。这时，班里有些成绩差的同学来求我帮助，我也冷淡地拒绝，对不起，没那么方便。你看，我是个多么可恨的人，现在我觉悟了，我痛恨自己的自私，你就写我这一段经历吧！"

还有一件令人深思的事，有个县高中学生是该县宣传部长的儿子，他在高一时表现不错，团支部要发展他入团，可是当宣传部长的父亲竟暗中反对儿子入团，怕影响学业，考不上大学。这个学生退回入团志愿书拒绝入团的事，在班里影响极大，有人说，县委宣传部长的儿子都拒绝入团，必定有什么内部精神，引起了思想混乱。后来到了毕业前夕，这位宣传部长以到学校来检查工作为名，暗示学校和老师要发展他的儿子入团。这种极端利己主义的思想，对新一代青少年会造成多么可怕的后果！

　　所以，我痛感到，现在中学生思想中的各种问题完全是社会不良风气在他们身上的反映。有人总结说："50 年代人爱人，60 年代人斗人，70 年代各人顾各人。"青少年中存在的这些现象，又勾起了我多年来对扭曲了的社会精神面貌的慨叹，人与人之间的关系是反映社会风气的最准确的寒暑表。

　　随着对生活的深入了解，剥开了某些现象的外壳之后，我发现，生活的确不是单一的色调，那些被社会不良风气的尘埃所掩盖的光彩，渐渐地显露出来。三中全会以来，社会的各方面都逐渐发生了变化，建设社会主义精神文明也取得了初步的成果，社会风气有了好转的趋势。广大中学生也处在这个重大转折的进程中。这些半大不小的少年人，正处于世界观形成的过程。他们已摆脱了依附大人的儿童心理，又未形成青年人的独立和自信，他们这时的可塑性极大，素质上都是比较纯真的。真善美常常隐藏在心灵深处，由于社会不良风气的阻挡而暂时未被呼唤出来，但也有一些人如同无瑕的白玉般脱颖而出，闪射出一股清新的光泽。某中学一女生在一次化学比赛中荣获第一名，得了奖品和奖状，同学、老师和家里的人都向她祝贺。后来老师把试卷发下来了，她发现老师改卷时错改了一处，多给了分。她丝毫未考虑自己的处境，去班里公开提出纠正，并把奖状、奖品送回，给了应获第一名的同学。

　　现在的中学生不像 50 年代的中学生那样单纯。"四人帮"所造成的后遗症的影响和社会风气中美与丑的现象使他们的心理要复杂得多，他们往往过早地思考人生、面向社会。他们的特点是比较注重实际，不尚空谈，用我们的话说，浪漫主义色彩和诗意少些。比如，他们有时做了一件好事，都不愿用华丽的辞藻来加以渲染和表达，过多的表扬有时反而引起反感。如果你问他们为什么要去做好事时，他不会用"为了早日实现'四化'"，"为了建设社会主义精神文明"，"为了发扬革命友爱精神"这样的语言来回答，而是质朴地说："人总不能光顾自己嘛！"或者说："我帮助别人，别人也帮助过我，这有什么。"当然也有说什么"哥们义气"的话。

　　我还想谈谈几个老师的情况。有位老师患了眼疾，必须动手术，否则就有失明的危险，因为他正是毕业班的班主任，不能在这关键时刻离开班里，就把这事隐瞒下来。他的一个学生的父亲正好就在这个医院里工作，知道了很感动，便通过儿子把药物送给老师保持住眼睛能暂时工作。另外一个老师晚上到学生家补课回来，由于营养不良，疲惫不堪，跌倒在地，把门牙碰掉了两颗。第二天他无暇上医院，拭干了血迹就去上课，一开口，缺了门牙，引起同学们的哄笑，但当同学们知道了事情的真相后，许多人感动得哭了。有一位老师告诉我，去年高考，他们学校把几十名成绩优异的学生送进了大学，为国家培养了人才，受到社会称赞。但老师中八名应届高考的子女，没有一个被录取的。老师的学生纷纷及第，老师的子女都全部落榜，是他们比别人笨吗？不是，他说："我们哪里还顾得上自己的孩子啊！"这种利他主义精神，难道不是一种社会主义的崇高美吗？

在纷繁复杂的素材面前，怎样着手去概括提炼、理出头绪呢？我遇到的首要问题是，怎样才能更真实地反映生活。

过去作品中之所以出现"假"，不外是三个原因。第一是不尊重客观存在，把物质和精神、存在和意识的本源关系颠倒了，从脑子里臆想出一些主观的东西来代替客观的实在性，所谓"胡编乱造"就是指这种情况。第二是虽然忠实地反映了客观现实，但都是直观地、静止地、像照镜子那样来反映，也会给人以不真实感。我们常有这样的经验，把一件真人真事告诉别人，往往别人不相信，因为生活中会出现许多偶然的反常现象，照搬到作品中就会有极大的片面性。第三是在反映现实中的人和事时，在组织结构故事和塑造人物时，缺乏辩证法的观点和态度也会造成不真实的结果。我想结合《春晖》的创作体会，着重谈谈真实性与辩证法的关系。

在我接触到的中学生活的素材中，美与丑、善与恶是并存的。毛泽东同志说过："真的、善的、美的东西总是在同假的、恶的、丑的东西相比较而存在，相斗争而发展的。"这里就有一个主流和支流的辩证关系问题。主流并不等于多数，也像典型并不反映多数一样，主流是反映着前进的趋势，它在事物矛盾中居主导地位，具有强大生命力。这一点，《巴山夜雨》给我以启发。记得当时也曾有人认为在"四人帮"横行时出现这样的事不大可信，但影片放映后却受到广大观众和评论界的欢迎和高度评价。这是因为它形象而生动地揭示出被歪曲了的生活中一股潜在的主流，呼唤出人们心灵美的本来面貌，给人以鼓舞和希望，从而反映了生活哲理的真谛。而另一些作品所描述的人和事，你不能说生活中绝无此事，从局部和支流来说，它是真实的；但从整体、从主流来说它是不真实的，甚至是歪曲的。唯物辩证法的基本思想就是要用联系和发展的观点来认识事物，孤立地、片面地和静止地观察事物就会掉进形而上学的泥沼里。因而，我在大量反映中学和中学师生生活的素材中，探求它潜在的主流，寻找它的趋向和具有生命力的因素。我认为，像《春晖》所展现出的人与人之间的崭新关系，也许现在还是凤毛麟角的少数，但它必然会从幼小到壮大，成为一股势不可当的滔滔洪流。从美学的角度来说，作为一种仿效对象和道德力量，会激发人们崇高的信念感和强烈的事业心。青少年尤其需要对仿效对象的追求和道德力量的鼓舞。心灵的美，要用美的心灵来呼唤，作家应当去做这样一件事，拂去掩盖在人们心灵上的尘埃，让美露出它的光华。列宁曾说过："应该把美作为根据，把美作为构成社会主义社会中艺术的标准。"因此，只有从自然美、社会美中以形象反映出来的艺术美，才能更本质地反映我国社会主义的生活真实。法国文艺理论作家狄德罗说过："假如你要画一自然物，而什么样的自然物于你的选择又无关系，那么你就采用那最美的吧！"当然，只反映主流，而忽视支流也是片面的，因为没有支流也无所谓主流，其结果，也可导致不真实。所以，发掘生活中的美，呼唤人们心灵中的善，又必须和美化生活、粉饰现实、拔高人物、堆砌英雄行为严格区别开来。塑造社会主义新人和勇于揭露社会矛盾这二者的关系是事物矛盾的同一性的关系。它们是相互依存的，没有后者，也就没有前者。所以我在《春晖》中也写另一面，如陈淑珍的利己主义、钟晓星的嫉妒心、陆霞走入生活的歧途以及凌燕一度产生的"信仰危机"等等。

真实性和辩证法的关系，还表现在很多方面，如矛盾的普遍性与特殊性，必然性和偶然性，可能性和现实性，现象与本质以及因与果等关系。以因果关系为例来看看它与作品真实性的密切关系。因为世界上不存在没有原因的、不可思议的孤立现象，所以，一切事物毫无例外地受因果规律所支配。我在《春晖》中塑造人物时，力求遵守这一规律。比如覃健为什么宁愿牺牲自己像金子一样宝贵的时间去帮助凌燕复习功课呢？并不是由抽象的道德信条所驱使，道德和信仰也是具体的。凌老师为了毕业班的同学而宁可牺牲自己的女儿参加高考这一崇高行为，深深地打动了覃健，使他受了一次利他主义的生动教育。他坦率而真诚地对凌燕说："我承认，假如一个陌生人遇到这样的处境，也许我不会自告奋勇，但你是我老师的女儿，凌老师为了我们把心都操碎了，我就不能为他尽一点心吗？"最后他诚挚而庄重地说出："请接受我对老师的敬爱！"这句话便是因果关系的统一。同样，钟晓星也不是无缘无故地暗中帮助覃健学好物理的，当她对覃健的嫉恨达到高峰时，忽然发现那是一颗闪耀着光彩的高尚心灵，而又是被她多次打击过、委屈过的一颗受了创伤的心灵。相形之下，自己显出多么的平庸和卑微。强烈的反差使她良心受责，愧疚难当，无地自容。而这时，又听到妈妈那些出自市侩哲学的伪善言辞，美与丑、善与恶的强烈对比，使她突然改变了对人生的看法。所以，她后来帮助覃健，受了委屈仍坚持不渝，都是事出有因的。最后，她为了救护一个孩子而耽误考试，老师和同学们都一起来帮她奔走呼吁，也是互为因果的。因果关系具有不以人们意志为转移的客观性，而真实性就诞生于这一客观的因果关系之中。如果我们稍有违背，就会给人"胡编乱造"之感。

必然性和偶然性的关系同样是一部作品真实性的重要方面。必然性是偶然性的支配力量，偶然性总要受它背后隐藏着的必然性的制约，而必然性又是通过大量偶然性表现出来。《春晖》有一个偶然性事件。钟晓星的妈妈陈淑珍骑自行车在雨街上撞伤了一个孩子，后来被钟晓星救起送进了医院而导致钟晓星耽误了高考，看起来这是一个偶然性事件，但它内在的必然性却支配着这一事件的发展。像陈淑珍这样利己而不择手段要让女儿考上大学的人是不会做出为了救护孩子宁可耽误中午上班的事来的，必然会一溜了之。而已经改变了对人生看法的钟晓星却必然会做出宁可耽误高考也要把孩子救起送进医院的事来。

我想再谈谈凌燕这个人物的塑造。我原来写她是一个心地善良、通情达理的好孩子，当家里出了不幸，为了让爸爸安心上好毕业班的课，毫不犹豫地放弃高考来分担爸爸的困难，后来觉得，这只是具有作为一般好人的普遍性的一面，亦即共性的一面，她和覃健与爸爸没有什么区别，没有她自己的个性，即特殊性的一面。于是在修改稿中把这个人物做了改造，由于命运的突兀袭击，她又无法抗争这种不幸，由此产生了对生活的消沉和失望，进而对社会和生活产生了不公平的愤懑情绪，这是符合一个处在逆境中的不成熟的少年的思想状况的。我没有让她回避生活的矛盾，而是把她放在矛盾的旋涡中加以解决，让她自己去走一段具有特殊性的道路。这样，这个人物既包含了 80 年代中一部分青少年消极面的共性，又以她自己的个性表现出来。

怎样处理好"一颗红心，两种准备"这个问题，也是离不开辩证观点的。稍不慎就要产生片面性。原来剧本中最后一场是"火车站送别"，这样就给人只有考上大学才是出路的片面感觉。后来改在凌老师家里，虽然也是那些话，但却大不相同了。

现在回过头来看《春晖》，觉得遗憾的地方还很多，如，凌老师没有对眼看要走入歧途的"花蝴蝶"进行争取和帮助，就很不符合凌老师这个人物的逻辑性。"花蝴蝶"转变不转变都可以，这应由客观逻辑决定，但却要写出"花蝴蝶"转变或不转变的必然性来，否则就有"贴标签"的感觉，就失真了。又如，覃健也还有"拔高"的痕迹，就是因为没有把他自身的对立统一关系处理好。

一部影片的真实性，涉及的问题很多，但它总离不开辩证唯物主义和历史唯物主义的思想指导和方法指导。我深深地体会到，如果我们自觉地加强马克思主义理论体系的学习，就可以能动地指导我们的创作，少走弯路，促进作品质量的提高。

创作隅见三题

金代王若虚在《文辨》里面说了这么一段话：

"或问文章有体乎？曰：无。又问无体乎？曰：有。然则果如何？曰：定体则无，大体则有。"

文艺创作确实没有一个定体，只有一个大体。而对于个人来说，每个人的大体都不一样。今天我讲的，只能是一个大体中的大体。对从事严谨的理论研究的同志来说，是很不工整、很不规范的大体。

黑格尔说，艺术应该通过什么来感动人呢？一般地说，感动就是感情上的共鸣。

列夫·托尔斯泰说，作者所体验过的感情感染了观众，这就是艺术。

这两位大师说的共同点都是强调了感情在文学艺术中的作用，因此我就想谈一谈感情这个问题。

我认为：感情是一种被客观事物所作用后产生的一种主观心理活动。从事文艺创作离不开感情，那么创作就是主观和客观相互转化的关系，即是：客观—主观、主观—客观这样一种转化过程。从客观到主观，从主观到客观这样一个变化无穷的关系中，每一个作家都各有独特的转化方式。正如魔术师说的，戏法人人会变，各有巧妙不同。

创作是有一定的规律的，但规律也是在不断地发展和变化中。前段时间，对达尔文的进化论产生了疑问，最近有一位美国科学家对爱因斯坦的相对论提出新的挑战。科学的规律在不断地变化中，艺术的规律同样被证明也在变化中。我们对过去所认识到的一些客观规律，仍在被新的规律所替代，或者得到进一步发展。所以说，文艺创作的共同规律也是相对的，也在变化和发展着，在作家和理论家的实践中不断地丰富、提高和改变。在正题没有说及以前，我阐明对这一问题的认识，本意在于我所谈到个人在创作中的体会，不能作为规律来看待，仅供参考，这是我要首先说明的。

我想谈三个问题。

第一个问题：感情与文学艺术创作的关系。感情来自生活，来自丰富的人生阅历。一个作家无论他写什么题材、主题，写什么样的人物，写什么样的故事，归根到底都是在表达自己的观点、自己的感情、自己的趣味、自己的美学观。甚至浸透了他一生耳闻目睹的经历和人生遭遇，所有这些都要在他的作品里反映出来。当然把写作当作混饭吃的文字匠除外。这种理论过去曾被批判过，但多年的实践中，我觉得作家的作品和自己的影子是分不开的。从巴金到白桦到从维熙等的作品都是写他们自己，他们的遭遇和感情。1983年初我跟白桦谈过，我说："你能不能给我们的广西电影厂写一个剧本？"他说："我没有办法写，我目前要写的剧本很可能通不过的。"我又说："你能不能写一个能通过的呢？"他很为难地摇摇头。感情是意识的一种表现，而意识又决定于物质，因而无论作家有多大的胆识、能力和丰富的想象力，他都不可能摆脱物质世界所给予他的影响和制约，即客观因素在主观上的局限作用。我再举个例子，去年到香港参加第八届国际电影节的时候，我们看了美国影片《外星人》，看了以后，我确实感到拍得比《星球大战》好多了。在看之前，我想这个外星人是什么样的一种"生物"？什么形象和性格，怎样的脾气，怎样思维，有什么意识和感情呢？外星人应是一个崭新的概念，不同于我们地球上的人类。但看后我感到作者和导演还是被他自己—— 一个地球上的人所制约。虽然选了一个侏儒来演这个外星人，在化装上弄得很古怪，但是他的想象力还是不能跳出他所在的物质范围，他还是两只手、两只脚、两只眼睛、一个鼻子。我们《封神演义》中的人物，已经有了三只眼睛的人物形象了，但是他们没有想象到三只眼睛。而这个外星人的思想感情和地球上的人是一样的。所以我感到，即使写"外星人"也不能跳出客观的物质世界给作家们的影响和感受，作家虚构的想象力也必然从自己的感情、观念和经历出发，不能够完全凭空想象。

大家都知道，一部作品出世，或者获得成功以后，我们常常喜欢追溯到作品是怎样产生的。这个作品最初的创作冲动是怎样的？最早的发端是什么？我想，共同的体会是感情二字，不是观念。往往是一种感情的诱发，引起深思，重复多次，才产生了创作的欲望。

是什么东西引起我写《甜蜜的事业》呢？绝不是领导给我的政治任务。在我的记忆中追溯到一件很有意思的事情。就在我们家有了第一个孩子的时候，我爱人的母亲从农村来到家里，帮忙照顾带孩子。岳母才50出头，显得很苍老，脸像苦瓜，皱着眉头，像霜打过似的。在闲谈中才知道因为她一共生了17胎，只带活六个，用她自己的话说：自从结婚以后，肚子从来没有闲过。这件事情给我的印象非常之深，我感到这是一个中国农民最原始、最愚昧的表现。我当时没有想到要写什么东西，只是给我一次最深刻的感情上的刺激。自这次后，我下乡时就特别注意农村人家养了几个孩子，孩子的情况怎样。于是我的脑子里就开始有了这方面材料的记忆积累。这种记忆又重复了许多次，加深了感受。有一家人，生了楼梯式的九个孩子，而且年龄都很小，一个房间两张大床，一张床睡四个，另一张床睡五个，每天晚上妈妈睡觉前都要去数一数，看孩子回齐了没有。她数不过来，就数摆在地上的木板鞋，凡够九双鞋，她就安心去睡觉，不够九双鞋就说明还有孩子没有回家。有一次少了一个，晚上就到处找，母亲找到一家也是孩子多的家，问这家人，这家人说，我数过了，没有多余的孩子。这位母亲进屋去床上查找，恰好她的一个孩子就在床上。这可急坏了这家主人，主人说，你抱走了一个，我就少了一个，我那个孩子又在哪里呀？这全乱套了。在农村听到、了解到类似很多的情况。有一次我到一个县去，见到我一个20多年没有见面的中学同学，见面后我大吃一惊，给我的印象完全和记忆中的两样，秃头了，苍老得很，样子很潦倒。我问他，日子过得怎样？他说："我犯了一个严重的错误。"我以为他被打成右派，就不敢深问了，因为那时还没有打倒"四人帮"。我安慰他说："过去的事就算了，我们都能理解。"他听了以后，丈二和尚摸不着头脑，反问我说："你说到哪里去呀？"我说："你不是被打成右派吗？"他说："不是这回事，我最大的错误是一连生了五个孩子。我最可贵的青春都给了五个孩子了。"在中学他是一个才华出众的学生，前程似锦，抱负很大。可现在是五个孩子的家长，他还有什么精力去实现美好的理想呢？这件事使我受到了极大的震动，我的感情老也平静不下来。也是到了这个时候，我才有了要写《甜蜜的事业》这一强烈的欲望。

《春晖》也是这样产生的。在《春晖》里我主要塑造了凌老师这样一个老教师的形象。我为什么要塑造一个老教师的形象呢？因为我有过这样一段经历。上初中的时候，我是一个很顽皮的孩子，当时班主任（后来我才知道，他是一个地下党员）非常关心我，用很多办法来教育我，但我都听不进。后来他把我引导到对文学的爱好、对书籍的爱好上，介绍我看了巴金的《家》《春》《秋》，此后，我不断地向老师借书看，老师也向我推荐了一些进步书刊。在老师的指导下看了很多的书,《钢铁是怎样炼成的》可以说是我的座右铭,这使我向往革命,参加了革命,整个世界观发生了变化。我参加了地下党,十几岁就到了游击队。后来我走上了文学的道路。我对这位老师是不能忘记的,始终怀着尊敬和特别感激的心情。在写《春晖》的时候,就自然地给两件事情诱发出来了。南宁有个中学教师,他的家庭负担很重,实在买不起一个手电筒。学校在郊区,路灯很暗,而且有一段路是没有路灯的。有一次晚上这位老师去给同学补课回家时,摔倒在一块石头上,把两颗门牙给碰掉了,出了很多血,可是第二天早上还要上课,无暇去补牙。当他走到教室,刚刚开口讲:"同学们好。"突然"哗"的一声全班哄笑起来,但老师一句话也不说,继续讲课。老师昨晚补课的时候,牙齿好好的,今天早上怎么会掉了呢?后来他们从师母那里了解了真相。这件事在全班传开后,很多女同学都哭了。还有一件事,在我写《春晖》之前,一位朋友的女儿高中毕业,考上了重点大学,他们全家都非常高兴,去感谢班主任。班主任家里也有一个女儿,是同届的毕业生,却没有考上。这个学校里还有许多的老师子女都是高中毕业,没有一个考上大学,而老师们教出的学生,很多都考上了。我听了以后,很受感动,我想,难道这些老师能把别人家的孩子教好,考上了大学,就不能把自己的孩子教好,考上大学吗?原来,老师们为了帮助学生,抽不出时间来关心和帮助自己的孩子。考上大学是孩子一辈子的出路,是家庭中头等大事,难道这些老师都没有考虑过吗?这些事情确实触动了我的感情,这些感情反复多次积聚,终于萌动了《春晖》的创作。所以,一个作者对生活、对事物要有真挚的感情,首先打动了自己,才能去打动读者和观众。

昨天同志们看了《远方》这部影片。

我经常到大苗山深入生活。50年代末,我住在一个苗农家里,有三个女儿,三妹是一个十四五岁、顽皮活泼的苗姑娘。那时候,我也是一个20多岁的年轻人,经常跟青年们去劳动、去对歌、去坐妹、吹芦笙等,三妹常常是我的向导。很多年以后,1982年我们又见了面,她带了一个打扮入时漂亮的姑娘到我家里来,向我介绍,这是她的女儿,现在正在医学院念书。看着她们母女俩,我感慨万端。因为过去的三妹在我的印象里是一个除了会唱苗歌、跳苗舞外,大字不识的山里姑娘,现在有了一个大学生女儿了,变化多大呀。我问她的女儿想家乡吗?她说:

"很想，我忘不了我的童年，可是现在没有时间回去。"当时我心底就有一种感情在潜动着。我联想到，现在一些干部和知识分子离开了自己生长的土地，就忘了根，可是不知怎样去表现，当时我也只是感情的冲动。后来我再次到大苗山去，这是我九进苗山了。我到了最僻远的山乡，又重新体验、感受到了80年代苗山的生活，苗族人民新的思想、新的变化、新的感情，我才写出了《远方》这个剧本。可见感情是来自生活的，如果没有过去深入苗山的一段生活经历，如果没有对苗山怀着深厚的感情，如果没有一个昔日的三妹和她那大学生的女儿闯入我的生活中，我大概也不会产生这种强烈的感情，引起那么多联想。因此，一个作品的创作和作者的喜怒哀乐的感情有着强烈的联系，而感情又来自于丰富的人生阅历。但是人生的经历毕竟是有限的，每一个人不可能经历过太多的东西，因此，往往给作家带来局限性。托尔斯泰也有局限性，除了他的世界观的局限外，他的生活局限性也是很大的，他熟悉的大多是当时俄国贵族庄园的生活。

既然一个作家要靠自己的感情萌发他的创作，而感情又来自人生的阅历，那么，一个作家应该有比较丰富的阅历来突破他的局限性。怎样突破自己的局限性呢？我想只有两条：第一条就是尽量写自己熟悉的东西，不怕别人讲你只会写身边的事，写自己熟悉的东西，这是一个作家扬长避短的办法。人生活在复杂的社会里，不可能不接触各种人和一定的生活面。问题在于怎样认识生活，不在于存不存在生活，你们当老师有老师的生活，当学生有学生的生活。到处有生活这句话是没有错误的。鲁迅先生的小说，大家都读过了，他的小说反映了他熟悉的生活，不熟悉的他不写，扬长避短。鲁迅先生没有像我们现在的条件可以去熟悉各行各业的生活，他是写自己的经历、生活，他老忘不了自己的童年，他的作品生活气息才这样强烈，乡土气息才这样浓郁。大师尚且如此，何况我们这些人，怎么能违反这个规律呢？

有人问，在五六十年代叱咤风云的作家，现在有些不吃香了。我们都知道，李準是一个很有才华、很博学的作家。他曾到香港大学去讲学，原计划安排他讲一天，后来在老师和同学一再要求下，他讲了一个星期，最后香港大学的同学向他提出这样一个问题：李準先生，像你这样博学多才的作家，在中国有几个？李準回答说，少说也有几百个。确实李準是很博学多才的。我也曾问过李準，我说：李準，这两年你为什么老是改编呀？改编了张贤亮的《灵与肉》——《牧马人》，接着又改编《高山下的花环》，你的改编当然不错，可是，你是一个大作家，老是改编人家的东西，未免有点那个吧。因为这是人家从生活里概括的作品，已经成为艺术形象了，你把它们改成电影虽付出很大劳动，但基础毕竟是别人的。我又说，你这个大作家就未必没有东西可写了嘛。我和李準有多年交往了，他对我说老实话："我熟悉的是农村，我是靠写农村起家的。现在我对农村不大熟悉了，我觉得赶不上了。如果我再写农村的生活，我的作品，未必能超过我过去的水平。现在我要写农村，还有个熟悉的过程。所以我先改编几篇试试看，以后再说吧。"

像李準这样一个博学多才的大作家，也要受到他本身生活的局限性，他虽有丰富的经验，丰富的想象力，如果没有丰富的生活作为基础，也是无能为力的。因为感情是在生活的撞击中产生的。

第二条就是尽力把自己不熟悉的生活领域扩展为熟悉的生活领域。这是我们常说的深入生活，使自己的阅历丰富起来。毛主席曾说过，要把作家赶下去，不下去不给开饭。那个时候我们每年都有八九个月在下面泡，领导不轻易给你回来的。当时我们很有事业心，也很想下去。现在大家下乡下厂去深入生活的气氛没有那时浓了，我劝告一些年轻的作者宁可少写，也要深入生活，这对增加自己的阅历是特别必要的。

深入生活有多种方式，担任工作职务，卷入矛盾中，我看是最好的方式。柳青去当县委书记，身临第一线，才能真正丰富自己的阅历。仅以我自己的一点点体会来说，我担任工作职务一年多来，的确感到生活面扩大了，而且几何级数地上升。因为我要自己去工作，不像以前去采访别人。现在我每天处理许多事情，五花八门，无奇不有，脑子非常紧张，深深地感到当干部的接触面确实广，正如谢添说的，文化芝麻官，当然要接触基层嘛。现在的领导干部还是高度的脑力劳动者。以前我当编剧，搞剧本创作的时候，可以按照我的构思把人物、情节编过来编过去，心血一来潮，又可以再变回来。现在可不行了。各种各样的基层单位，100多个剧团，许多问题都要考虑，要研究，要决策，可不能再像搞编剧那样随心所欲了。俗话说"当家难"，难，就有矛盾，有冲突，有斗争，有酸甜苦辣涩，也就是说，必然可以增加很多人生阅历，阅历越丰富，感情也随之丰富，作家的自由越多，观察生活、把握生活的能力越强，这大概是作家较多产生于社会各阶层而非中文系毕业生的原因吧！

第二个问题：由客观到主观、主观到客观的创作过程中，作家怎样处理和结合好理性与感性的关系，也就是说：理念在创作中到底处于怎样的地位，起到怎样的作用；理念与感情是怎样的辩证统一的关系，怎样相互交织的。

一般地说，主题先行论我是不赞成的，这是不大符合创作规律的，但先有主题也不是绝对不行。先有一个创作上的意念，然后写出作品的例子是有的。英国作家高尔斯华绥写的《正义》和《斗争》两个剧本，据他自己说是先有抽象的理念然后才写的。这两个剧本是有相当影响的。我觉得，主题先行关键在于"主题"，一种是领导或别人强加于你的，一种是从你自己的感受中来的。如果是后者，有可能写得成功。但当你有了这个理念之后，你仍然得从自己的生活感受中激发出感情，才写得出来。也就是说，先有理念，这理念本身就是在生活中、社会中感受到的感情的升华，然后再还原于形象和感性而形成作品，这不是规律的颠倒，而是次序的排列问题，实质是一样的。但是，正常的创作常常不是这样。我们搞了几十年文艺为政治服务、为中心任务服务，先有主题——理念，然后去找故事、去找人物，大都失败了。当然也有个别是成功的，那就是，理念不是强加于作家的理念，理念已融化在他的感情里、作品中了。反过来，那种认为主题不可知论，也是不符合实际的。好像一个作家写东西，没有想法，没有什么理性指导，只凭着对生活的感受（直感），只要忠实地反映生活，就会出好作品，这也是违反规律的。

前段时间，朦胧诗的出现，是对过去政治口号诗的一个极端。含蓄的主题并不等于朦胧，例如电影《苏醒》，许多人看了后说很糊涂，并不苏醒。影片导演说：你们装糊涂。他最近一部《海滩》也是同样的风格。《都市里的村庄》可不一样，它的主题是鲜明的，而《苏醒》《海滩》有人说是朦胧的。但我觉得，导演并没有掉进主题不可知论的陷坑中，他的主题是很清楚的，甚至有时是说出来的，失之太直太露。这种主题是一种新的意念化、图解化，只不过和那种解释政治口号的意念化不一样。在《海滩》中，在那片海滩上新建立一座现代化的大工厂，而在旁边有一座非常原始、落后、封建的小村庄，两相对比、反衬，表现出一种鲜明的意念，即暗示出当今中国现代化和中国传统的封建落后的原始性的一种不协调的矛盾。这类作品中的语言，有时不是人物的语言，而是通过人物之口说出作者的意念，这些语言虽然具有哲理性，却不是人物的语言。比方说，《都市里的村庄》中有这样一句台词，女主人公和那个记者在划船的时候，记者向她求婚，她回答说："你很高，我要昂起头来才能看得见你，那样太累了。"（大意）这是一句很有哲理的话，绝不是一个女工能说得出来的，这是作者的话，这种不从生活、人物出发的语言，是一种意念化的语言，也是在说主题，当然这种说主题的方式不像那种图解式的，它比图解更聪明一点。

很遗憾，这次我没有带《黄土地》这部片子来，因为已经发到上海去了，它在上海轰动了。我们拿到香港参加电影节的时候，香港的报纸发了100多篇评论，连续爆满了十多天，说是30多年来最优秀的几部国产片之一，评价相当高。最近有三个美国××大学电影系的教授，在北京给我们办了一个学习班，回国之前到桂林、南宁参观。为什么他非要来南宁参观呢？因为他看了《黄土地》之后，说非要来看看广西电影厂不可，他们非常赞赏这部片子，说《黄土地》绝对是中国的、民族的，不是西方的。我为什么要讲《黄土地》呢？因为《黄土地》用了许多现代的手法去反映一个古老的题材，它扎根于非常深厚的土壤，主题和理念糅进生活的旋涡中了。图解和朦胧的两种倾向都应该反对，一种是比较直露地说自己的理念，另一种是含糊的手法，去表现一种理念化的主题。

我个人体会，在创作过程中，理性和感性的交替和交织，一般分为三个阶段。第一阶段：作者从感觉开始到感情的发生。一个作者用自己的五官去感受客观，从而刺激自己的大脑而产生自我经历时喜怒哀乐的感情冲动，再经过反复的积聚，然后由于某种生活的诱发，开始了创作的萌动状态，这是创作的第一阶段——萌动阶段。这个阶段感情更重于理性，有些人可能没有来得及去考虑理念，但由于作家的世界观也同时伴随着和渗透到这个过程，必然会有一个大体的意念——即倾向性，这时感情是主要方面，理念往往是比较模糊的，在这样感情的冲动之下所形成的作品，可以写成这样一种主题，也可以写成另外一种主题。第二阶段：当有了这个大体的设想、雏形之后，作者进入到一个冷静的检验阶段——理性的检验阶段，这是很自然的。有了一大堆的形象、感情、事件的素材，到底怎样处理它呢？这需要靠思考、分析、研究、取舍，对人物形象、人物性格、人物关系、情节和细节进行筛选，筛选的依据常常是被理念所指导的，指导的结果，就形成了一个有主题、有倾向、有人物故事的初步完整的作品。第三阶段：更高级的形象思维阶段。从自己长期形成的美学观出发，使得人物、冲突更加艺术化，情节更具体化，也就是更典型化。典型化提炼得越高，作品的主题越深刻。这个阶段更为需要形象思维，调动一切生活积蓄来丰富、增删、充实、润色，使作品更丰富、更形象、更具体、更生动、更准确。

意念和理念有什么不同呢？意念常常是一种较模糊的倾向，而理念是一种有条理、较准确的思想。意念往往不是单一的，而是一种大体的、多义性和内涵性的倾向，是带有感情色彩的。而理念则是直接的、单一的、表露的说理，是一种逻辑思维结果，所以理念在指导我们创作中，必须化为意念隐藏在形象的后面，这种作品就会产生艺术的力量。

现在的创作和过去有很大的不同，就是文艺作品的多功能。过去文艺作品的功能是很明确的，它只是从属于政治，为政治服务，是团结人民、打击敌人的工具，这在特定的历史时期曾经起到过作用。现在我们提出文艺为社会主义服务，为人民服务和"双百"方针，路子宽得多了。今天文艺作品除了教育作用，还有认识、审美和娱乐等诸多方面的功能。所以在作品中如果单一化、理念化去体现主题，已经没有人看了。今天的文艺作品必须注重主题多义性和内涵性。就是说要给人以诸多方面的受益，而不要那么简单和表浅。

在这个问题上，我想谈谈《远方》。它不算成功之作，但与我前面写的两部学生题材的《心泉》《春晖》有一个不同之处，这个作品的主题思想上具有多义。可以说是写精神文明和物质文明的关系，也可以说是写青年走什么人生道路；可以说，生活是我们的老师，也可以说，我们不要忘记自己的根，这都是写《远方》的想法。电影《人生》《红衣少女》《乡音》这些影片的主题也是多义的，这是近年来创作中的一个进展。不像过去的《杜鹃山》，主题就是一句话："党指挥枪，还是枪指挥党。"作品的主题要做到多义性、内涵性，在创作上要注意些什么问题呢？我认为要注意四点：一是在取材、结构的时候，注意反映生活的广阔度和纵横感。过去我们比较喜欢的单线结构，已不太适应今天丰富的生活和读者观众的欣赏习惯了。现在常用复式结构或者叫网络结构。所以在结构的时候，就得考虑到能容纳的生活面要更宽广深远。二是主题思想的形成必须产生于对社会复杂生活的研究和分析，如果对生活本身的复杂性认识不足、认识不深，就不能产生深刻的、多义的主题思想。当前社会生活的结构比较复杂，由于多种内因和外因，形成了多种思潮交错的复杂性，是一个多层次的社会。而且，在时代进程中，很多新事物只有感受，还来不及辨别，农村里好多新事物，城市体制的改革刚刚起步，面临这样复杂的从来没有出现过的生活，你要写好作品的主题思想，具有深刻的社会性、多义性、内涵性，怎么能不对社会生活做深刻地认识，深入地分析呢？三是要达到作品主题的多义性和内涵性，更要强调作品的真实感。生活中，人与人之间的关系，人与事物的关系，都处于一个巨大的"系统"里，如果我们不去反映这个"系统"的复杂关系，相互间的制约、排斥、联系、矛盾，那我们就可能把生活简单化了，编的痕迹就显露出来，真实性就受到排斥。作家怎样提炼生活，既不能自然主义，又不能提得过纯，它必然透过生活中的细部去反映广阔纵横的整体。作品还是要以小见大，这个规律不能违反，我们不可能把社会里各种各样的生活全都包括进去，相对的集中是很必要的。主要是向内涵的纵深度和广阔度去开掘。四是多义性的主题，必须要产生人物的多种色彩，如果人物没有这么多色彩，那么主题的多义性无从表现出来。过去我们习惯于把人物分成左、中、右的政治概念，在文学概念里也喜欢把人物分成先进人物、落后人物、转变人物，像这种把人物分类型的创作方法是不可能写出主题的多义性的。比如对《人生》中的高加林，你非要说他是先进的、后进的，或者说这个人物不该这样应该那样，高加林是我们生活中独特而又具有典型性的人物。好像《红衣少女》的那个中学生，她是有独特思想感情和趣味的一个人，是社会中的一个典型。他们有他们的遭遇，他们的喜怒哀乐，你从人物身上感受到什么可以有所不同嘛！以前对《乡音》中的女主角是不是中国妇女的典型，也争论得很多，我认为我们分析作品中的人物是可以的，分析他的思想意义在哪里，不足在哪里，但是不能强加于作者。《乡音》的作者说，你们说我塑造这个人物为什么不行，我不是这样看，我写一个有缺陷的人物为什么不可以呢？让大家感觉到像这样的中国妇女既值得同情又为她惋惜，或者觉得很多东西值得我们效仿或叹息都可以。作者对一个人物必然有褒有贬，如果对一个人物褒贬太表露了，往往容易简单化，没有留下思索的余地。当然我并不主张不要写先进人物，如果你把先进人物写得很生动、很鲜明，大家都能接受，我认为是很好的，但是过去写先进人物太简单化，往往成功率不高。在我国的传统文学名著和外国文学名著中可以学到很多东西的。比方说，托尔斯泰写的《复活》，他塑造了聂赫留朵夫和玛丝洛娃这两个人物，你说他们是先进人物、落后人物还是转变人物呢？没办法说，只能说他们是这个时代的某种典型形象，只能说是一个色彩很丰富的人物，是一个内心很复杂、具有多义内涵的人物。当然塑造这类人物时，作家是有自己的倾向性的，亦即有褒有贬的。现在那种配合中心任务的人物已经很少了，但是现在也有一种简单化的多义性、多色彩的形象模式，比如改革者总离不开家庭冲突以致破裂，主人公常常陷入三角恋爱的纠纷中，这也是一种简单化：政治生活加家庭生话，就像过去的革命加爱情一样。如果说，作品中的主题、人物、情节是一个不可分割的统一体的话，起到核心和制约作用的还是人物。因为作者对人物所寄予的感情和态度往往就是作者的倾向性，主题思想归根到底是作者通过人物的感情、态度来反映的。因此作者对所塑造的人物必须有真挚和热忱的感情。而真挚的、热忱的感情，也有一个健康和不健康的区别，反映在作品中，流露于人物里，起到的社会效果是显然易见的。这和作家的政治思想、艺术修养、生活态度，也就是世界观是不可分割的，我认为一个作品的思想高度，必然反映了这个作家的思想高度。作家毕竟不是只会编个曲折故事的匠人，所以我说作家要学习马列、学习哲学，这不是外加或强加的要求，而是创作本身的要求，是作家自己的要求。

第三个问题："创作"的"创"字是对作家的基本要求，也是光荣职责。你之所以成为作家，如果没有所"创"，就没有存在的必要。我们常说：作家要写出人人心中所有，人人笔下所无的东西。这句话概括得好，我觉得应该更进一步地要求，当人们心中还没有的时候，或还不大明确的时候，作家就应该有了。作家要创新，绝对不可能信手拈来。我写过不少平庸的作品，但我也写过一些有新意的作品，可总结正反的经验。

创新是怎么回事呢？我觉得有必要先消除一个误解，即认为写新的题材就是创新，这是大大的误区。我有这样一个体会，因为我们是作家，常常到这个单位，到那个部门去采访，到科研单位时，科研单位说，你帮我们写一个科研的作品；到了火车上，铁路要求写一个反映列车员生活的；到了植物园，说这个题材未有人写过。好像找一个没有人写过的题材就叫创新。有一个编剧，写了一个反映火葬场生活的电影剧本，他到处说，这是全国目前没有的，因此是创新的题材。题材不能说不新，但剧中描写的人物、情节却是旧的，还是什么工作分贵贱，被人瞧不起，找不到老婆，父母阻挠等老一套的模式。这怎么能说是创新呢？当我写《远方》这个剧本时，有人对我说，上海电影厂有人写了这个题材，是写一个大学生要求到农村去当教师，经过很多困难，中途又想回去，后来终于安下家，和一个农村姑娘结婚了。我当时听了以后说，我绝不会走这条路子，这条路子是按照生活的逻辑演绎出来的。我感到《远方》跟别人写的同类题材不同的地方在于杨春这个人物，她根本没有想过要到农村去当教师。80年代的青年有自己的特点，杨春在生活中感受到了一切，冲击了她的思想，她看到农村这样愚昧、这样落后，在文化上处于一种沙漠的状态，而她自己又有一段独特的童年经历，她最后留下来了。而她的男朋友于少明，是抱着一种幻想要到农村去发展他的个人理想，但后来感到这里不是发展个人理想的地方。我是把这两个人物放到生活里面去，让生活对他们产生影响，然后让他们沿着自己思想性格的轨迹，向相反的方向去发展，我想通过这个作品得出一个结论：生活是最好的老师，在作品中我们不能再去讲大道理了，现在的青年人不喜欢接受。这就是我写《远方》不同于类似题材的一点意图。《远方》在南宁开了几次座谈会，大家也指出了一点：一个老题材做了新处理，或是一个新的角度，写了旧题材。我们现在的作品往往是演绎生活或者就范于一般生活常规，像这样的作品，是不可能创新的。

这个"演绎生活"，我在20多年前已经发觉了。1958年大炼钢铁的时候，我和许多人写了大炼钢铁的剧本。当时广西组织了六个创作组分头下去，到不同的地方深入生活，回来写出的剧本交流一看，都一样。我们也收集全国各地同类的剧本来参阅，发觉基本一样：开始动员—出发—到炼铁地点扎营—砌炉—剪头发来做风箱—开始炼铁—头一炉肯定失败—冒险钻到炉膛几百度高温中修炉—修炉时负伤—负伤不下火线—最后成功出铁。全国的剧本基本都是这个路子。这是为什么？当时我想，真是英雄所见略同吗？不是。是因为我们有个误解，以为：反映生活，就应该按生活本来的样子去写，这才是"忠"于生活。

现在大家都说写电影剧本难，怕触电，因为电影剧本确实成活率是比较低的。谌容在上影厂改《永远是春天》这个中篇为电影剧本，改了一稿、二稿、三稿、四稿都改不成，最后她跟我说："我不想改了，有个题材很感动我，想回去写。"我同情并鼓励她，结果她回去写出了《人到中年》，如果她这样泡下去，《人到中年》可能泡汤了。有人问：你有什么诀窍，为什么你写的电影剧本成活率比较高呢？我只能说，我对待写作，态度是严肃而慎重的。除了深入生活，占有素材不算，如果说，完成一个电影剧本的 100% 时间，我 70% 的时间用来酝酿、打腹稿，我是不轻易动笔的。腹稿打得非常成熟，我的本子出来后，你是推不倒的。因为你要推倒的漏洞，我在腹稿时已经填补了，想透了。一个初稿最多是 15 天，快是七天，再改二稿、三稿，改到四稿，成就成，不成就算，不成就说明根本没有基础。我写《彩桥》差不多花了一年时间。婚姻介绍所刚刚冒头的时候，我开始采访，感到婚姻介绍所是一个新事物，写一个喜剧很有意思，我收集了很多素材。第一次构思时，基本上是按照所了解的表面材料构思出来的，当我的构思正酝酿成熟的时候，马吉星写的电视剧已经出来了，我一看，构思怎么会跟我的一样呢？我马上放弃了，说明我还没有深入，还没有"戏"。第二次构思好一点，但仍不满意，我迟迟没有动笔。当时有同志对我说，赶快写了，晚了就吹了，我没有听。第三个构思我跳出婚姻介绍所的范畴，抓住当今青年问题，写对待职业贵贱的态度，即人的价值。我把这个思想引到《彩桥》里来，婚姻介绍所只能是作为我故事的背景，《彩桥》也就完成了。这说明我们有时接触生活、接触一个素材的时候，都有一个由表及里的过程。走顺当的路是不能出新的。因而我们要克服人常有的思维惰性，这是创新的一个重要条件。

现在的电影不大景气，戏剧也不景气，刊物大概也不太景气，原因很多。怎么样解决呢？从主观上来说，最主要的是提高质量，而提高质量最重要的是创新，但是创新确实不是件容易的事，尤其是电影创新更不容易。现在小说走在前面了，它得到了天时地利人和，而电影就没有这个条件，因为电影"婆婆"多，"关心的人"多。关心的人多不见得都是好事，如果曹雪芹把《红楼梦》拿来到处讨论，然后改来改去，会成什么样子呢？我并不反对听取各方意见，但电影因为经济负担和社会影响太大，往往要顺从各种意见才能开拍。这就必然带来强加于人的东西，还有多少创新可言呢？相对来说，小说要好一些。主编如有不同意见，常常也就发了再说，允许让读者去评价。

当然，我们的社会生活里有些东西还是禁区。现在有些人说：创作自由是自由了，但是在禁区外的自由。如果赞同我们的社会主义制度这样一个大前提，我们当然只能走符合社会主义原则的自由，这是对的。我不是说，不应该有禁区，是有禁区的。比如性解放，我们也能在电影中表现吗？我看了香港国际电影节，那位意大利名导演帕索里尼，他拍了《十日谈》，《十日谈》是名著，但我们敢拍吗？我们要是敢拍《十日谈》，我们就可以拍《金瓶梅》了。他就是这样赤裸裸地拍了出来，对于我们来说，这确实是禁区。有些"禁区"是不易解释清楚的，据说因为会产生不好的社会效果。

有些报告文学、新闻报道可在《人民日报》上发表，而电影不能拍。获奖小说《犯人李铜钟的故事》，我知道好几个人改编过，就是没有通过。获奖归获奖，那是小说，据说影响面不大，电影和戏剧是形象化的再现，影响面大。既然是获奖的好作品，影响面越大不是越好吗？这似乎不合乎逻辑。

如果说，科学家中不出现瓦特，世界上根本没有瓦特这个名字，并不等于没有蒸汽机，必然还是会有蒸汽机的；但是，如果没有托尔斯泰，绝对不会有《安娜·卡列尼娜》，不会有《复活》。搞创作的确是一件很复杂、很特殊的劳动，真说不清楚。我写了一篇文章《请不要只按"键盘"》。我发觉现在有些人搞创作，等于在按键盘，做技术性处理。比方说，拿一些公安局的案例汇编，来改一改，改头换面地成了一部侦破小说或电影剧本，他不用深入生活，不去思考生活，不用典型化手段去创造形象。现在有一种说法，将来可以把许多故事情节编成程序输入电脑去，作家可以在电脑前按键盘就行了，我始终不相信，我认为作品是人类感情的结晶，电子计算机之类是纯理性的，没有感情的，人的思维是很复杂的，据说有100多亿个大脑细胞，这些细胞不断地感受到外界的刺激产生物理和化学的反应进行思维和感情活动，这样复杂的一种生物机能，电子计算机可能做到吗？有人到日本去参观世界科学成就展览，那里有一个机器人，你走到那里，机器人说，我帮你画张像好吗？你说好呀，于是它不到一分钟，就给你画好了一张像。后来我问，这是什么原理呢？他说，这个机器人有一个小型的摄像机，当你坐下来的时候已经把你的脸型、眉毛、眼睛、鼻子轮廓拍下来了，机器人根据这个摄像轮廓把你画下来，这不是技术性处理吗？

创作是一种很复杂的劳动，这个工作确实很艰苦。我们现在的客观条件能不能写出伟大的作品，我相信是会的。因为我们从十一届三中全会以来，政治上、经济上、思想上逐步地符合客观规律，不会做违反规律的事情了，我们的文艺创作也从过去违反客观规律的情况逐步地回到符合客观规律的轨道上来，文艺回到客观轨道上来就可能出伟大作品。

一点儿奢望
——《远方》上映前的几句话

　　当《远方》样片放完最后一个镜头，我轻轻地舒了一口气。我的一个多年的心愿实现了。不是吗？一股清澈的《心泉》，迎着温馨的《春晖》，涓涓地流向了美丽的《远方》，这就是凝结了我多少心思的"学生三部曲"。从幼稚的小学生到奋进的中学生，到怀志的大学生，多少人走过这条漫长的成长道路，又有多少青少年正在经历着这条并非笔直的人生旅程。是的，学历的进程是可以顺利走完的，而心灵成长的进程则不是那样容易顺利通过。因为智力与德行不一定是同步发展的，知识并不等于人的世界观，也代替不了人的精神面貌和情操品格。正当目前广大青少年在奋发求学的时刻，我把这"学生三部曲"献给他们，为的是引起他们的一点儿思索、一点儿警觉、一点儿启示，我想这也是所有父兄一辈的共同心愿。

　　《心泉》和《春晖》相继放映以后，我收到了许多学生的来信，他们给了我过多的鼓励，同时对尚未写出的《远方》寄予了很高的期望，这又使我惶然。热情洋溢的大学生给我写信，向我叙述了他们的生活，提供了构思，甚至还替我编了情节，他们都渴望着在银幕上看到自己丰富多彩的生活，把他们的思绪、感慨、情怀和时代色彩统统发掘出来，展现出来。然而，作家对生活的感受往往是很特殊的，也是很有限的，创作冲动的萌发，甚至有时是很偶然的。近些年来，我几次回到过去生活的基地大苗山，接触了许多人和事，促使我在构思《远方》时，切取了一个十分特别的角度，来反映一代大学生的思想风格和感情色彩。我写了一个出生和成长在北京的苗族大学生回到苗山老家探亲的一段不寻常的经历。是生活中的美撞击了我的心灵所发出的回声，还是我在青年们的身上倾注了一片诚挚的深情？是对社会上的不公平迸发出我的愤懑，还是那些还处在蒙昧之中的人们在我们心里画上的问号？是颂歌还是批判？是爱、是怨还是恨？……都有，全都有。何必只有一个主题、一层意思、一个目的呢？生活本身就是一个错综复杂、经纬交织的"系统"，而不是人们主观随意编织而成的。作家只能在生活中切入一个准确的角度，通过典型化的手段去充分反映它。如果要问，《远方》比之前两部有哪些不同的话，我说，它也许更像生活本来的样子，具有更多方面的含意，还有更浓厚的少数民族风情。

近来，有个时髦的提法，叫作"电影新观念"，我有点茫然。不知道《远方》是否沾上一点"新观念"的边儿。如果这种"新观念"是指在内容和形式上的创新，从而更为中国观众所喜爱，那正是我所企望追求的。否则，我只好自甘落于时髦的后面了。

对于《远方》，我现在还无法估价它的成败。经验证明，作者对自己的作品，往往不是一个明智而清醒的评论者。虽然，在剧本发表后，有人认为比前两部有了些突破和提高，但我并不盲目的乐观，因为，观众的欣赏水平提高得更快，要求更严格。因此，要是允许我有一点儿奢望的话，当《远方》公映后，观众承认了它，认可了它是"学生三部曲"的第三部，对它报以同《春晖》一样的感情，这就是我最满足的慰藉了。

给《血战台儿庄》导演的信

光远、俊杰同志：

你们披着"战火硝烟"从台儿庄外景地撤离不久，我们就看到了第一批共 12 本样片。在这无声的画面中，我仿佛听到了隆隆的炮声，看到了壮烈的厮杀和感受了民族的呐喊！

从这些样片看来，我认为整个影片的调子是对头的，严酷的时代、浓烈的氛围、悲壮的情绪、民族的危亡感压迫着每一个人的心。大敌当前，正气战胜了偏见，救亡统帅了一切。人民，在这个历史转折的关头，成为推动时代车轮的主力。尽管政治上风云变幻，社会情况复杂险恶，各种历史人物在这个战火纷飞的时代舞台上扮演着不同的角色，但历史是无情的。影片在通过还历史本来面目的同时，褒贬他们的功过。可以看出，影片没有去为个人树碑立传，它在为团结御侮、正义凛然的中华民族树碑立传！仅此一点，是值得我们感到自豪和欣慰的。

这部影片远远不只是一本历史教科书，它的时代意义和现实感还要更加深广。当今，海峡两岸的中国人民经受着长期痛苦的分离，历史留下的创伤还没有痊愈，中国统一的大业尚未完成。但是，党中央"一国两制"的英明构想，正在征服着一切偏见和疑虑，世界上所有的中国人都将团结在爱国主义的大旗下，促使中国的统一。影片《血战台儿庄》将以更生动、更形象、最准确、最有力的雄辩事实，对团结统一大业做出自己的贡献。这就是你们为之艰苦奋斗的深刻意义。

仅仅这一部分样片还看不出影片的全貌。我以为，一部影片要为观众所接受、所称赞，还得靠"形象"说话，以情动人。电影是视觉形象的直观艺术，影片必须深入观众的心灵，观众以心相许，相互融为一体，产生共鸣，才能达到电影艺术的真正效果。纪实性故事片，归根到底还是故事片，"纪实"不过是它的特色。因此，我希望你们在注重史实和氛围的同时，还要着力于人物形象的刻画和戏剧冲突的展开。当前的电影和戏剧中，尽管出现许多"新观念"，提倡"以理智感人"或"情节淡化"等，但我觉得作为一种叙事文学，无论怎样也还得以情动人。这个"情"

之所以动人，当然包含了巨大的理智力量在内的。我相信你们在拍"内景"的过程中，大量的"戏"（人物关系和冲突在情节中逻辑地展开和强化）将涌现出来，构成整个影片的脊梁。你们在分镜头本中已经注意到这方面了，在拍摄中希望更加典型和强化。"非情节化"和"无冲突"的电影，作为一种流派是可以的，但它始终没有也不会成为电影的主流。

其次，我想谈谈艺术的分寸感。我一向认为，把握好分寸是艺术成败的关键之一，从表达主题到人物描写，经细节处理到表演，从化妆到道具，大到整个构思主题，小到一个空镜头，无一没有个分寸问题，"过"与"不及"均可能造成对艺术的破坏，以致事与愿违，适得其反。只有"恰到好处"才可以成为艺术的精品，升华到高度的、真实美的境界。由此我希望《血战台儿庄》特别要注意分寸的掌握，对于40多年前的时代和生活，要把握准是很不容易的。我相信你们的功力和努力。这一点要向《西安事变》学习，导演对张学良、杨虎城和蒋介石三个人物的分寸把握得那么准确，甚至可以达到乱真的程度。前年我在香港时，正值《西安事变》公映，香港市民反映强烈，左、中、右各阶层人士有口皆碑。我想，这不是偶然的。

广大观众殷切地翘首以待，盼望影片早日拍完，与国内外观众见面。

握手并向全体摄制组同志们致意。

请把镜头对准少数民族当代的多彩生活

新中国诞生 60 年了，我国传统说法正好是一个甲子。最近广西话剧团举行建团 60 年庆典，请我题词，我写了两句话："上个甲子过去了，很艰辛，很亮丽；下个甲子开始了，更艰巨，更辉煌。"用这句话来回顾我们文化界前进的历程，不是也挺适合吗？

我想只就我与电影（指电影故事片）的因缘，谈一点儿感想吧！

和一些作家一样，我也是从文学走向电影创作的。我认为，电影是一门以文学作为基础，吸收了众多艺术门类，用现代科技手段发展起来的一种新的精神产品。但它的基石是文学，它的灵魂是文学。或者说，电影是叙事文学的一种视觉形象的延伸，是文学在新时代中表现形式的跨越。

远在 1956 年春，时任文化部副部长兼电影局局长的夏衍大师来广西与文学青年们座谈时，专题谈了电影文学剧本创作问题，鼓励青年作家大胆地闯进电影文学这一新文学形式的门槛。记得，参加会议后的当晚，我便鼓起勇气闯进了当时警卫森严的明园饭店夏部长的卧室去向他求教。他正忙着写什么，我率直地说，我听了你讲写电影剧本的话，很受启发，我想着手写个电影文学剧本。夏公这才抬头看了我这个 20 出头的小青年，亲切但有些严肃地问我："你能简要地把故事讲出来吗？我可不想听你的什么意图呀、构思呀、主题呀等等。"于是我讲述了新中国成立前夕一个苗族青年和一个壮族青年如何受到山霸残酷的迫害后走到一起，然后联合起来与敌人斗勇斗智、报仇雪恨的故事，剧名叫《双仇记》。夏公听了脸上并无表情，又问，你有这个故事的生活吗？还是自己想出来的？我说我 17 岁在苗山打游击时，他们是我队里的战士，我们一起打仗，一同睡在草棚里吃火煨山薯，是生死之交。这时我偷眼瞧见夏公的脸上浮出了笑容。整整一个晚上，他循循善诱地向我讲了许多许多话，香烟一支接着一支抽，讲到兴头上还站起来走动，讲的都是电影文学创作中的一些实际例子。当时我只带了笔却忘了带笔记本，正要去他桌上拿纸来记，他拦住我说："随便说无须记，创作如同社会生活千变万化，没有定规。我讲的不一定适合你，你脑子里记个大概就行，关键是去生活中体验，多读多写，走自己的路。"后来有评论人说，你那晚敲开的不是夏衍的房门，而是敲开一座电影殿堂的大门呢！

《双仇记》在1956年发表于《广西文学》前身《漓江》，这是广西有史以来发表的第一部电影文学剧本，引起了人们很大的关注。紧接着，我去大苗山雨卜寨住了三个月，写了《苗家儿女》，经反复修改后，1957年底上影厂投入生产，由陶金导演，在广西大苗山雨卜寨拍摄外景，这也是广西有史以来本土创作的第一部反映少数民族生活的电影故事片。之后漫长的岁月里，我在文学创作中除了小说、散文、戏剧之外，先后写了20部电影文学剧本（包括与人合作的三部），其中已拍成电影故事片的有13部，目前还有一部正在筹备中，因各种原因未拍成影片的六部剧本，也都在刊物上发表了。影片《甜蜜的事业》和《春晖》获得了国家级奖，多部获得地方级奖。在电影题材上，反映少数民族的占相当数量。1959年我加入了中国作家协会，创作从此本应是我终身跋涉的人生道路，但是，"文革"耗去了十年，80年代中期因担任行政工作又减去十年，这20年是我文学青春最好的岁月，也只好在无奈中随命运安排了。

列宁在20世纪20年代就预言过，大意是说电影是最大众化、最受欢迎、最能提高人民群众思想文化水平的文艺形式。新中国建立后，我国的电影事业飞速发展，前苏联的优秀影片对我国电影影响也很大，电影成为广大人民最喜爱、最普及的精神食粮。中华人民共和国成立十周年献礼的十部影片过了半个世纪至今仍堪称经典，如《青春之歌》《聂耳》《林则徐》《革命家庭》等。那个时期，反映少数民族生活的电影数量不少，受到广大观众交口赞誉的也不少。例如《草原上的人们》《五朵金花》《农奴》《回民支队》《刘三姐》《天山的红花》《冰山上的来客》《山间铃响马帮来》等数不胜数，大量优秀的少数民族电影问世不仅弘扬了本民族的文化，并与汉族老大哥增进了了解和感情，对促进中华民族大家庭的和睦团结做出了巨大的贡献，向世界展现了多姿多彩的中华各民族的历史和当代风貌。

近些年来，我们的广大观众已经很少看到优秀的反映少数民族当代生活的好影片了。为什么呢？我常思考这个问题。

首先，电影和其他一些文艺门类一样，在时代车轮急转弯中滑入了浮躁和茫然失措的困境，社会转型、市场经济、价值观的混乱、信仰的缺失、外来文化的疯进等，都大大冲击了文艺事业的正常取向。电影首当其冲地受到各种影响，受影响最大的是电影，它率先落入了商业化的发展轨道。而商业化是少数民族电影在操作和经营上最为陌生的手段，因而顿时失去了它以往的活力。

其次，照搬西方，过分强调导演中心论，把最重要的电影基础即电影文学剧本边缘化了，作为第一度创作的编剧失去了作为基础的地位，过去提倡的"剧本剧本，一剧之本"已被束之高阁，投资者或某些导演可以任意买几个所谓枪手来编故事，一不要深入生活，二不要专业修养，三不要层层研讨，只要能赚钱就是好剧本。虽然并不都是如此，但不重视编剧，不打好文学剧本基础就匆忙上马却是普遍现象。如此，少数民族编剧就更难进入角色了，许多作家退出了编剧行列，何来优秀的少数民族电影呢？有的走改编小说的捷径，当然好的小说当然是电影的坚实基础，但小说毕竟与电影剧本不同，文学剧本是按电影"量身定做"的。我记得陈凯歌的父亲陈怀皑导演曾对我说过："导演有可能把一部好剧本拍成一部差的电影，但导演不可能把一部差的剧本拍成一部好的电影。"这是一位有艺术良心的导演最真实、最经典的结论。

第三，当然，电影要适应时代的变迁和市场的需求，多元化的趋势是不可阻挡的。而文化的多元主要是在内容和形式上的多样性，比如我国幅员广大，地域色彩纷繁，更重要的是有56个民族灿烂的文化，每个民族都有独特的传统和现代生活方式，表现形式更是五彩纷呈、目不暇接。当前，有一些少数民族前进的脚步已逐渐走向斑斓缤纷的时代前沿。前不久，我回到广西大苗山当年打游击的一个山寨，不仅那里的景物已变得焕然一新，成了一个"红色旅游景点"，变化得更大的还是人的观念和素质。他们告诉我的第一件事就是，这个小寨子已出了两名留学生了。每到节日还少不了要吹芦笙、跳踩堂，走寨、唱歌、坐妹。我问："留学生回来还坐妹吗？"他们骄傲地告诉我："坐啊！不坐妹还是苗家人吗？苗妹会放过他吗？"还有一位老人对我说，他年轻时第一次出山，看见运货卡车，惊问司机：这头怪物力气如此大，一天要吃多少斤粮食呀？司机笑答：它不吃粮，只喝水就行！老人说："那比我家的牛和猪还好养啊！什么时候我也养它几头。看！现在我孙子当真牵了这头怪物回家了！哈哈！"这不是很好的喜剧细节吗？

电影界有些人说要振兴电影，首先要搞电影分级制，我是反对的。

如果允许拍三级片，那些有搞一窝蜂恶习的人就会让三级片泛滥成灾。如果中国成了世界三级片的制造中心，那是一件多么悲哀的事！现在中央一直把住这道关口是非常正确的。电影不分级但可分类，一类为艺术片，一类为娱乐片。前者以思想性、艺术性为标准，后者以健康性、娱乐性为宗旨。正如音乐一样有美声、民族唱法，也有通俗流行唱法。其实，少数民族还有许多独特的唱法，如和声、酒歌、大歌、对歌。苗家人告诉我，他们吹芦笙可以代替讲话来表达意愿的，这山吹，对山听，隔山聊天呢！你觉得神奇吗？因此少数民族的当代生活既有传统的美，又有时代的新，是一片无限广阔的电影沃土。娱乐搞笑绝不能代替文化，一个民族失去了自己的文化，这个民族就会消亡。所以，国家应大力扶持、奖励各民族的艺术类电影，也包括其他文艺门类如纯文学、诗歌、戏曲等，从宣传到资金到税收应明显倾斜。人民也需要娱乐片来调节生活，宣泄放松，只要不违背身心健康原则就应放开，这才是多元化的真谛。

60年来，与我国经济大繁荣一样，文化事业也成果累累，但都走过了一段曲折艰辛的道路。应当说，近30年，经济发展快于文化发展，硬实力超过了软实力，这是公认的事实。作为文化工作者，更觉未来的担子有多沉重，但有磨炼成熟了的党领导，有建设中国特色的社会主义的方向，我们中华民族文化一定会与世界各民族文化并列于人类文明的最高峰！

我的散文观

在我的创作生涯中，散文写得并不多，不过百多篇，而且大多集中在两个时期，即 1959 年至 1962 年和 90 年代后期。前者是我当时为写电影剧本和舞台剧本而下乡走马看花体验生活时的副产品，后者则是离休之后闲暇中的有感而发。用现代的流行语说："不太专业。"对于写散文，我的确只算"业余爱好"。既是作家（我早在 1959 年就参加中国作协了），又称业余，似乎不大合逻辑。其实我的心力精力主要放在 30 多部电影和戏剧创作上，散文创作就被挤到一个角落里了，虽然这也是我十分珍爱的一个角落，它也曾散放过很多的光彩，常见诸于全国及省、市的报刊上。80 年代初就出过一本散文集《花中之花》。当时出版散文专集还很少见。可见虽是业余却也是认真去写这一篇篇文章的。

说起写散文，这渊源还得从我 12 岁说起。1944 年日本鬼子侵入广西，母亲带着我和弟弟民霖逃难在深山野村里，整日生活在惊吓惶恐之中，当然更不能上学了。于是母亲便成了我们最好的家庭教师。她找到了一本残旧的《古文观止》，每天给我们讲解古文，并要求我们背诵，其中多是些传世之作，如陶渊明的《桃花源记》《归去来辞》，欧阳修的《秋声赋》《醉翁亭记》，韩愈的"世有伯乐，然后有千里马……"李白的"夫天地者万物之逆旅也，光阴者百代之过客……"还有《陋室铭》等等，这些至今我还能流利地背诵。可以想见，当这些经典的散文进入幼小的心灵后，对于后来我与文学的结缘，对我喜爱并写散文当然会起着重要的启蒙和基石作用。母亲胡君品，生于满清末年一个中医世家，到了亭亭玉立的姑娘时，已是民国初年广州女子师范学校的高材生了。当时的广州正是革命之火炽烈的时代，孙中山组织了反对北洋军阀的革命政府。我的父亲周公谋就在中山先生身边工作（担任过他的机要秘书），这位壮族青年又是从日本留学归来的同盟会员，20 多岁就被派任广东东莞县长和广西桂林县长，都是当时革命政府的重要基地。就在这时，正在宋庆龄领导下的一个妇女革命组织里任职的母亲便和父亲结成了伉俪。婚后一连生了六个孩子，就从职业女性变成了相夫教子的贤妻良母，但她仍不失为一位才艺兼备的家庭主妇。她继承了祖业，把脉诊病，自开药方，医术不凡。她还学过绘画技艺，人物肖像炭笔画几乎可以乱真。她的古文修养相当精深，她给父亲写信全用文言文，言简意赅，不乏典故，我们常当作文章来读的，虽然许多文句并不全懂。有这样的母亲在身边呵护，耳濡目染，文气熏陶，命运给了我一个多么幸运的童年。我的父亲也是一位业余诗人，他写了十几本线装本的诗稿，经常吟唱明志，也作自娱。记得在抗战前夕他写了一首感时绝句："危楼一夜风兼雨，黯淡河山撼怒潮；四万万人同入梦，共谁拔剑舞中宵。"我之所以在此提起早已仙逝的二老，不仅仅是一种缅怀和纪念之意，更有一种深深感激之情。如果没有他们对一个幼小灵智的影响和有形无形的教诲，当然我的文学成长也许是另一回事了。今年正好是母亲诞辰100周年，让我以一颗虔诚的孝心，默默地悼念她，愿她九泉之下含笑安息。

扯远了。还是回过来谈谈散文吧！的确，散文这种文学样式，很难有一个准确的定义。常说：散文散文，不散不成文。又说：又散又不散，形散神不散，才叫"散文"。我说，散文又要随意，又要刻意。甚至有人干脆把其他已有定规的文学形式如小说、传奇、戏剧、曲艺、诗词歌赋等等除外，剩下的无以名之者，全都是散文。作为精神产品，文学艺术有它自己的特殊性，往往创造的空间越大，则创造的成功率越小；或者说，自由度越大，其难度也越大，这是很辩证的。打个不尽恰当的比喻，假如给裁缝师傅一块布，要他做一件衣服，既不要唐装、中山服，又不要西装、夹克衫，随意做什么样式都行，可以没有领子，一只袖子，满身扣子，不用量体裁衣……但必须要人家爱穿，哟！这可把这位师傅给难倒了。

然而，任何文学艺术作品，重要的不在形式而是内容。你怎么写比起你写什么、为什么而写，居其次的位置。我写散文，总是先从生活发端，只认一个"真"字：把真实的感情，真实的思绪，放在一个真实的社会生活中，去认知，去感受，去体验，然后迸发出一星爱和恨的火花。这种直抒胸臆的心声，就是"真"。黑格尔说过一句名言："在作家的天平上，一边是作品，一边是人品。"我理解这个"人品"的砝码主要就是"真"，但我的"真"能否对时代、对社会、对人们产生共鸣和共识，并得到认同，就很没有把握了。

周民震作品自选集
我的散文观

图书在版编目（CIP）数据

周民震作品自选集（全二册）/ 周民震 著 . -- 北京：作家出版社，2018. 10

ISBN 978-7-5063-9941-8

Ⅰ . ①周… Ⅱ . ①周… Ⅲ . ①中国文学 – 当代文学 – 作品综合集 Ⅳ . ①I217.2

中国版本图书馆CIP数据核字（2018）第051165号

周民震作品自选集（全二册）

作　　者：周民震
责任编辑：汉　睿　李　静
装帧设计：薛　怡
书名题字：帅立国
出版发行：作家出版社
社　　址：北京农展馆南里10号　　　　邮　　编：100125
电话传真：86-10-65930756（出版发行部）
　　　　　86-10-65004079（总编室）
　　　　　86-10-65015116（邮购部）
E-mail:zuojia@zuojia.net.cn
http://www.haozuojia.com（作家在线）
印　　刷：北京玺诚印务有限公司
成品尺寸：170×240
字　　数：703千
印　　张：44.25
版　　次：2018年10月第1版
印　　次：2018年10月第1次印刷
ISBN 978-7-5063-9941-8
定　　价：88.00元（全二册）

周民震作品自选集

上

周民震 著

作家出版社

周民震

　　壮族作家，一级编剧。广西鹿寨人，1932 年 1 月出生。1947 年，在柳州龙城中学念书时，组织革命青年文学社"奔流社"，编辑出版进步文学刊物《奔向太阳》，开始发表小说、散文。1948 年 7 月参加地下革命组织《爱青会》，1949 年 1 月加入中国共产党，后被地下党组织派赴大苗山区参加游击战争至解放。新中国成立后，参加广西境内剿匪战斗，1951 年初随部队赴抗美援朝前线。1954 年底转业地方文化部门，边工作，边写作。1982 年进中央党校宣教干部培训班学习。1984 年起任广西壮族自治区文化厅厅长，广西文联副主席，全国文联委员。1982 年被选为中共第十二次代表大会代表，第五届中共广西壮族自治区党委委员，第八届全国政协委员。1998 年离休。

　　1957 年发表了广西第一部电影文学剧本《双仇记》。同年，创作了首部苗族现代题材的剧本《苗家儿女》，由上海电影制片厂拍成故事片。之后，先后创作并发表电影文学剧本共 20 部，其中《苗家儿女》《甜蜜的事业》《春晖》《心泉》《远方》《蓝色的海湾》《顾此失彼》《彩桥》《瑶山春》《三朵小红花》《新甜蜜的事业》《真是烦死人》《南洋富翁》等 13 部已由全国各大电影制片厂拍成了故事片，在国内外公映，《甜蜜的事业》《春晖》获全国性奖，《心泉》《三朵小红花》获广西文艺最高奖"铜鼓奖"；其余未拍成影片的 7 部电影剧本均已发表并出版。创作了 14 部戏剧剧本，大多参加全国或地方戏剧会演及公演并获奖，如《苗山颂》《三朵小红花》《瑶山春》《邓小平与李明瑞》等。此外，还与他人合作创作电视文学剧本《海梦》等 2 部 28 集，写了数量可观的中短篇小说、散文、文论 200 多篇，发表于全国或省级报刊上。出版书籍 16 部，如《周民震电影剧本选》《周民震戏剧剧本选》《广西作家丛书·周民震卷》《周民震散文选》《广西戏剧家丛书·周民震剧作集》《寸心篇》《花中之花》《森林之鹰》等。2014 年汇集出版了 300 万字《周民震文集》五卷，收藏于各省及部分大学图书馆。周民震于 1959 年加入中国作家协会，曾任中国作家协会少数民族文学委员会委员，中国电影家协会理事，首届中国少数民族作家学会副会长，首届中国电影文学学会副会长等。2017 年 5 月荣获"中国电影编剧终身成就奖"。

周民震，1998 年离休时

时间，
把我和我的同行、朋友和家人定格在过去的照片上，
我分外的珍惜！
哦，有一首世界名曲是这样唱的：

当我们年轻的时候……

周民震，1979 年于上海电影制片厂

1965年国庆节，中南区现代戏会演后选出几个优秀获奖节目赴京汇报演出，其中有广西彩调剧《三朵小红花》。10月10日，毛泽东、周恩来、朱德、邓小平等在人民大会堂接见演职人员并合影。此为合影前抓拍的照片，剧作者周民震在右上角。

中国作家协会少数民族文学委员会全体会议合影。周民震委员（左四）、玛拉沁夫主任（中）、吉狄马加委员（右三）、特·赛音巴雅尔委员（右四）。

1956年，24岁的周民震创作了两部电影文学剧本《双仇记》《苗家儿女》，从此敲开了电影殿堂之门。

1957年周民震与导演陶金在上海。

电影《春晖》获1982年全国优秀故事片奖（即华表奖），编剧周民震与导演吴荫循手捧奖杯、奖状合影。

1957年冬，上海电影制片厂《苗家儿女》摄制组主创人员合影。导演陶金（左一）、编剧周民震（左二）、作曲黄准（中）、制片主任韦布（右一）、副导演邓逸民（右二）。

获奖电影《春晖》编
剧周民震，导演吴荫
循（右），主演吴丹（后
右）、夏菁（后左）。

1965年北京国庆节大游
行。周民震在天安门观礼
台观礼后与正在北京电影
制片厂拍摄《三朵小红花》
的著名导演谢添合影。

1984年3月，以周民
震为团长的中国电影观
摩团参加第八届香港国
际电影节，团员多为全
国各电影制片厂导演、
编剧。

周民震与著名电影导演谢晋（右）。

2002年，《新甜蜜的事业》在北京全国政协礼堂举办首映式后，周民震与艺术指导谢添合影，病中的谢添即兴倒笔书写"甜蜜之缘"赠送周民震。

左起：周民震与著名老电影剧作家于敏，北京电影学院教授、评论家王迪，《电影艺术》主编王人殷，上海电影制片厂著名导演吴贻弓。

周民震与文化部前部长、著名诗人贺敬之（左）在一起。

畅游漓江时，周民震与文化部前部长、著名作家王蒙交谈。

周民震与文化部前常务副部长、文化学者高占祥（中），广西艺术学院前党组书记兼院长区明英（右）。

1996 年 12 月 16 日，周民震与著名电影剧作家、现任中国电影家协会副主席、中国电影文学学会会长王兴东。

周民震在一次喜剧电影座谈会上发言。左为文化部前副部长陈荒煤，右为相声大师侯宝林。

1995 年 4 月 27 日，全国人大科教文卫委员视察广西并游漓江。右起周民震（一）、吴祖强（三）、于洋（四）、丁聪（五）、王济夫（六）、陈铎（八）。

2000年1月22日，周民震与八一电影厂前厂长、著名演员王晓棠（右），著名作家陆柱国（左）在北京中国文联迎春联欢会上合影。

周民震与粤剧表演艺术家红线女于广西民族文物苑。

1998年2月19日，周民震在北京与著名导演李前宽合影，后者曾导演《开国大典》《重庆谈判》等巨片，曾为中国电影家协会主席。

周民震与电影《刘三姐》导演苏里（中）、编剧乔羽（右）在座谈会上。

周民震与北京电影制片厂老导演陈怀皑（陈凯歌导演的父亲）。

周民震与前中央电影局局长石方禹。

周民震向侯宝林大师请教喜剧创作经验。

周民震设茶点招待《甜蜜的事业》女主角李秀明，左为周民霖（五弟，时任南宁市委副书记）。

20世纪90年代在广州电影节上，周民震与北京电影制片厂厂长成志谷（左）及演员王姬合影。

1996年3月9日，著名电影演员于洋与周民震在中国人民政治协商会议第八届全国委员会第四次会议上合影。

马季在周民震的电影《南洋富翁》中扮演重要角色。

2000 年第九届中国金鸡百花电影节在南宁举行时，时任南宁市委书记李克（右）宴请（左起）作家苏叔阳、导演谢晋、编剧周民震。

周民震与电影《周恩来》导演丁荫楠（左一）、广西壮族自治区副主席李振潜（右二）。

周民震与刘晓庆在宴会上碰杯。

广西壮族自治区前主席覃应机（左）接见电影演员谢芳（中）、导演翟俊杰（右）等人时周民震在座。

周民震与《血战台儿庄》导演杨光远。

著名作家李準（左）、玛拉沁夫（右）与周民震在第八届全国政协会议上喜相逢。

广西电影制片厂拍摄电影《周恩来》时周民震与饰演周恩来的演员王铁成、广西电影制片厂厂长高鸿鹄（左一）小聚。

20世纪90年代初，周民震与文化学者余秋雨（中）、戏曲导演余笑予（左）。

周民震与作家张弦、导演秦志钰夫妇。

目录

剧本作品

自序

周民震/文

凡事都有个起因，出版《周民震作品自选集》也一样。

今年 5 月在纪念毛主席在延安文艺座谈会上讲话 75 周年之际，中国电影文学学会和全国电影家协会、北京电影学院的有关部门联合举办了第三届中国电影编剧终身成就奖。我荣幸地成为四位获奖者之一（另三位是玛拉沁夫、白桦和王迪），领奖后，有记者采访，我说了八个字："终身属实，成就过奖"。

85 岁的我，16 岁参加革命，几十年来除了完成革命授予的工作外，就全扑在这块艰辛的文学土地上耕耘劳作了。1959 年加入中国作家协会至离休到今，谈不上果累累，只感到收获平平。我的文学创作主要是三大类，一是创作电影文学剧本 20 部，其中 13 部已由各电影制片厂拍成故事片放映，如《苗家儿女》《甜蜜的事业》《春晖》《心泉》等，其余七部均已发表或改为中篇小说出版；二是创作戏剧剧本共 14 部，如京剧《瑶山春》《苗山颂》、彩调剧《三朵小红花》等先后参加全国或中南区的各种会演巡演并出版；三是发表和出版小说散文和文论计 200 余篇（诗词不计）。以上的作品中曾有多部获全国及省级奖项。汇集出版书籍 16 部，约 300 万字。对于一位老作家是个很寒碜的数字了。

作家中有写小说的写散文的写诗的写童话的，也有写戏剧文学的写电影电视文学的，后者俗称为编剧。莫言在获诺贝尔文学奖致词时说他是一个讲故事的人！没错，作家往往是通过说故事来传递自己深层心灵和思想先知的能人，让故事成为时代和社会的缩影，以及对人性和美的诠释，那么作为作家一员的编剧，更应是说故事的高手。因为编剧说的故事不仅仅可用文字来演绎，更是通过具象和灵动的人和情节呈现在观众的耳闻目睹之中。当然这些还要通过导、摄、演、录、美等二度创作才能完成。所以说电影和戏剧是综合艺术，由多种因素构成的。但根本的还是那个莫言说的"故事"！故事是脊梁，是主干，故事好，其他都是锦上添花；故事差，其余再好也白搭。所以电影大师夏衍说：好电影首先要有一个好故事，而故事当然是看编剧的本事了。我记得北影老导演陈怀皑曾对我说过一句由衷的话：导演可能把一部好的电影剧本拍成一部差的影片，但不可能把一部差的剧本拍成一部好的影片。他把编剧的担当说得多么透彻到位啊！

这次在北京颁奖期间以及回到地方后，受到媒体和老受众们的鼓励，却有不少中青年的朋友祝贺之余，直接对我说，你的作品大多是上世纪50年代到80、90年代面世的，现在老电影很少放映了，老戏剧也未见重排，早年发表出版的小说散文等更是难得一见。我听了也只好笑颜以对，笑中却有憾感。

"作家是属于时代的。"我不记得是哪位先哲说的，但我一直是这样认为的。跨时代的作家有吗？会有，那是极个别的。在近现代文学史上罕有发现。那么超时代的作家有吗？我想是不会有的。作家生活在自己的时代里，他的作品能完全没有自己所处时代的烙印或色彩吗？那是超人作家，而超人是没有的。经典作品能流传下来，正是因为它具有那个时代的先进思想和艺术价值，而又因它的优秀经典而有传承或借鉴的必要。每个时代都会产生自己时代的经典，这是毋庸置疑的，但时代与时代之间的任何事物包括文学艺术，都是互相衔接和交融的，而不是各自独立的。这才有古称"各领风骚……"之说。这就是文学艺术的历史观的铁律。

我虽没有文学艺术的天赋，也并非出身于家学渊源的书香门第。我是在新中国诞生前，由于当时火热的时代潮流推动，共产党革命思想的导引，走上了革命与文学的人生征程。记得1947年15岁时，班主任丘行就是一位红军时期参加共产党的地下工作者，在他的培育下，我从热爱进步和革命的中外文学开始，直到参加革命组织和地下党，进行学运斗争。后来被党派到大苗山参加游击战争。解放后又参加剿匪、抗美援朝战争。直到1954年底才转业到地方文化部门工作。革命战争使我与文学的爱好追求交织得更紧密了。

1956年至1957年我连接创作了两部电影文学剧本，《双仇记》在刊物上发表了，《苗家儿女》由上影拍成了故事片。当时写电影剧本在全国还很少，在广西更是首例。这两部剧本的产生与夏衍大师的启蒙教诲大有关系，1956年春，我这24岁的小青年闯进南宁明园饭店的小楼，聆听了夏衍大师的深夜一席谈，可称对电影文学剧本的创作得其真传。

我的一生正处在中国历史进程超大跨步的时代，我的祖国经历了风起云涌天翻地覆而换了人间。我写的作品自然产生在这个风火历练中而面貌更新的沃土上，有着这个时代车轮向前滚动的响声。与大时代相伴，虽然微不足道，但作为时代巨变的参与者和目击者这是毋庸置疑的，这段风情无限的征程中也有我跋涉的脚印啊！作为遵循现实主义创作方法的作家，不可避免在他的作品中反映出时代的人情风貌和社会剪影，反映的角度和深度虽不同，这也正是它有着存在的价值。让当代和后来的人们知道，那个离他们并不太遥远的"昨天""前天"，先人们是怎么生活的：艰辛和幸福，悲伤和斗争，对爱和美的追求等等。作品里多少都会以作家的真诚反映一鳞半爪，这便是我出版《周民震作品自选集》另一个层面的起因。

这部作品分两部分，上卷为电影文学剧本，在20部中选了七部，其中两部获全国奖，另两部获省级奖。下卷是小说散文和文论。是从我出版的各种小说散文集和文论集中选出来的。自然是觉得它们代表了我的创作思想和风格，而非认为特别优秀。戏剧剧本就不选了。因为戏剧是为舞台写的，读起来的情境感差一些，电影剧本不同，视野极大，作者可以把你带到天涯海角、芸芸众生之中，甚至进入心灵深处，可读性与小说相似。

最后，我想引用元代诗人王冕一首绝句作为结束语："吾家洗砚池头树，朵朵花开淡墨痕。不要人夸颜色好，只留清气满乾坤。"留下的是一点清气而非浊气，我还是有自信的，这就足以抚慰老怀了。

苗家儿女

1956 年冬创作于大苗山雨卜寨。1957 年上半年修改于上海。同年，上海电影制片公司几经讨论审批，通过拍摄议程并成立了摄制组。导演陶金，作曲黄准，主演凌之浩、朱莎等。1958 年在大苗山雨卜寨现场拍摄外景。于 1959 年初在全国公映。这是我国第一部反映苗族人民生活的故事片，也是广西本土创作的第一部故事片。电影中插曲之一《满山葡萄红艳艳》，成为当时广泛流行、久唱不衰的爱情歌曲。

一

一只山鹰在蓝天上翱翔，它扑打着翅膀飞过了——
群山，一个比一个高大的、堆起来漫延开去的群山。
它平伸着双翼飞过了——
森林，一片比一片浓绿的密织着遍铺着的森林。
它低翔地飞过了——
激流，破岭穿峡地奔腾而来，把浪花泼溅在崖石两岸的激流。
它划破长空，振翅远去……
苗族复员军人卡良出现在山路上，他遥望着飞去的山鹰。
从对面山的顶端，在那云深不知处，飘来了苗家男人的歌声：

东方升起了红太阳，苗家的日子亮光光。
森林绿艳艳，稻花处处香，欢乐的歌声响四方。

卡良听着，强烈的激情冲击着他；眼前的山林，脚下的泥土，耳边
的苗家歌声，这一切他是那样熟悉，然而改换了新装的家乡又是那么陌
生了啊！

歌声给卡良的激情打开了渠道，一股像奔腾的洪水般的感情和着声
流从胸脯里冲了出来：

啊！我回到了亲爱的家乡，看无边的森林像海洋。
层层梯田闪银光，我的苗山啊！换上了新装。

卡良的歌声刚一落音，远处的歌声又响起来了：

苗山的花果遍地香，苗家的生活甜过蜜糖，
汗珠儿洗除了千年的贫苦，社会主义正在苗山生长。

卡良又接着唱：

啊！我回到了亲爱的家乡，我披着那火线上的军装，

怀着社会主义理想，我走上了啊！这建设的战场。

歌声飞绕在群山之间，山鸣谷应。歌声冲散了山顶云烟，缭绕飘游。歌声随着激流奔向远处……

卡良毫不觉累地大步走着。

他时而扬臂召唤着山上做活的苗家人。

他时而抛石子挑逗着林间的山鸟竹雀。

他拥抱着粗大挺直的杉树干。

他贪婪地闻着山花野水的芳香。

二

一个白面书生——林文波在路上走着，喘着气，用手巾不停地擦着汗。当卡良从后面走来时，他便问道："同志，到林梅寨还有多远？"

"不远了。"

"不远了？"他露出喜色。

"是啊，我也到那里去，大概还有四五十里吧。"

"啊呀！"他被吓呆了。

"你是……"

"我是县里小学的教师，我叫林文波。"

"哦，调到我们那里去当老师的吗？"

"不，不不。"他接连否认，"我是去你们寨子学校找一个女教师的。"

"她是你的……爱人吗？"

"是呀。唔……不过还要加点注解，还差一点点……嘻……"他们笑了起来。

他们刚穿出了茂密的森林，小路又引着他们走上了山。

林文波叹了口气说："唉，又要爬山！"

"这不是爬山。"卡良风趣地说。

"怎么？"

"这是上山，爬山还在前面呢！"

他们爬着一座十分陡峭的山，卡良用手拉着他，林文波吓得浑身打战。

卡良："这才叫作爬山呢！喏，爬，爬……哈……"

他们爬到了山顶：脚底下萦绕着丝绒般的白云，远山在浅蓝色的背景上现出柔和的轮廓和曲线，山峰之间一条条白练似的瀑布在阳光下闪着银光，万绿丛中几株早红的桃花娇艳地盛开着。

山顶上一棵巨大的云杉参天挺立，它像苗山的守卫者似的雄姿宏然，在它那层层苍翠的枝叶荫照下，放着几块供路人休息的老石板。

卡良狂喜地奔到云杉树下，抚摸着粗大的树干，对林文波说："你知道这是什么吗？这是我们苗家的杉树王。"他的视线从上而下地移下来，停留在面前的大树干上，他猛地喊了起来："啊！还在这里，你来看！"

大树干上隐现出经过很多日子磨蚀了的四个字："保卫祖国"。

林文波念道："保卫祖国！哦，你参军多久了？"

卡良抚摸着这些字迹回忆地说："三年多了。三年前，我站在这棵杉树王的下面，喏，就是现在站的地方，用苗家的钩刀刻下了我的决心。（感慨地）我是寨子里头一个参军的，那时，我妈妈和寨子里的人一直送我送到这里……这下回来了，总算没有给我们苗家丢脸！"

林文波看见卡良胸前的奖章，说："你是战斗英雄？"

"我是个志愿军工兵，现在是个复员军人，明天，我又要开始新的战斗了！"

卡良从口袋里掏出一把用美国飞机的铝合金做成的小刀，激动地在杉树王的树干上又刻下了"建设家乡"四个字。

林文波在一旁冷冷地念道："建设家乡……"

卡良激情地："是啊，建设家乡！你看一看我们这片森林吧，哪能望得到边啊！这是我们苗家的宝！"

林文波讥讽地："宝？除了山就是山，除了木头还是木头，能建设出个什么花样来？"

"不，杉树王给我作证吧！别看我卡良空着两只手回来，我们会让山区变样的！"

林文波忍不住笑起来。

"你笑什么？不喜欢我们这里？"

"喜欢，喜欢，这也算是祖国的一块地方嘛！"林文波半笑半讽地说。

"怎么也算是？！"卡良的自尊心被损伤了，不满地说，"那你来干什么？"

"我来接我的爱人出山。"

"那你就接她走吧！"说完卡良背起背包，也不招呼一声就走了。

林文波在后面喊着，狼狈地跑着："等一等，等一等！"

三

卡良走进了一个砍伐了一半的杉树林，砍倒的杉木横七竖八地倒在山坡上，把路都堵塞了，有的还没有剥皮削枝，有的还没有去尾，地上铺着一层厚厚的杉树叶——这些像百脚虫似的杉树叶已经枯黄而腐烂了。

他艰难地跨过木条走着，自语地说："这些杉木怎么沤在这里没人管？"他俯身下去看着杉木。

林间传来了芦笙的吹奏声，卡良的心被牵动了，他忍不住向芦笙的声音跑去，见一个八九岁的小孩骑在一条翘起的木尾上，边摇边吹，帽檐顽皮地低盖着眼睛。卡良问道："喂！小芦笙头，你是哪寨的？"

小鬼正是他的弟弟果良，他连眼皮也不抬，只顾埋头吹着。卡良把他那盖得低低的帽檐扯上些说："小芦笙头，让我吹一下吧，我实在忍不住了。"

果良还是不看他，只管尽情地吹，微闭着两眼，顺手又将帽檐拉下来遮住眼睛。卡良急得没法，又掀开他的帽檐说："只要让我吹一下，哪怕吹一个曲子也好。"

果良这才停下来，抬头一看："啊，是解放军叔叔呀！"说着赶紧跳下来规规矩矩地行了一个队礼。

"你好呀，小红领巾！给我吹吹好吗？"

"叔叔，你吹不响的。"

卡良笑着说："别骄傲，你听着，我只要一吹呀，就再不会有人听你的了！"

果良大笑："哈……好吧，要是你比我吹得好，我就送给你。"

卡良："真的？"

"红领巾说话还有假的？"

"好，我就吹一个踩堂的调子吧！"

卡良两手抱着芦笙，摇摆着身子尽情地吹起来。

果良被怔呆了，红着小脸，取下帽子，急忙背起一个装满香菇的筐子悄然溜走了。

卡良吹着，发现果良跑了便喊道："小鬼，把你的芦笙拿去吧！"

果良边跑边喊："我输了，送给你吧！"

果良跑远了。卡良笑着，又吹起来，吹着吹着，他想起了一次芦笙赛会的晚上……

那是三年前一个中秋节的晚上。芦笙坪上举行着热火的芦笙赛会，四堂芦笙围成四个圈子，同时奏着，混成一片雄浑浩大的声浪，震荡着夜空。

盛装打扮的姑娘们，在月光下闪动着一双双迷人的眼睛，注视着吹芦笙的后生。姑娘中最引人注目的是迈香。

卡良也在芦笙队里吹着，一边偷偷地瞧着姑娘，突然他发现了两颗闪烁的星星似的眼睛，他被迷住了，急忙跑出来，拉着迈香的手就往林子里跑，迈香被拖得大笑不止。他们把银铃般的笑声带进了森林。

杉树林中。月光透过树丛射进条条绀青色的光带，杉叶上的露珠闪着光辉，攀绕在树枝间的山葡萄像串串晶红的宝珠一样坠挂着，吐着诱人的蜜香。凤尾草摇摆着尾巴，绿丝草频频点头，整个林间像沉浸在淡蓝的海底。

卡良和迈香并肩靠在一棵大杉树干上，卡良摘下了身边一串山葡萄，絮语般地柔声唱着：

满山葡萄红鲜鲜，摘串葡萄妹尝先；
靠近身边问一句，这串葡萄甜不甜？

迈香接过了山葡萄，捧在眼前看着，不好意思地转过身去，红亮亮的山葡萄映红了迈香羞涩的脸。她含笑地摇了摇头，唱了答歌：

手接葡萄放嘴边，颗颗葡萄情意绵；
转过脸来答一句，早熟葡萄不够甜。

迈香唱完把葡萄还给了卡良，卡良失望地不知再唱什么好，他抓抓后脑，举头望着月亮。这时月亮正被乌云遮去，天空呈现着半明半暗的颜色，他忽然想起了，唱着：

西边乌云东边明，又想落雨又想晴；

迈香马上接唱下去：

花苞先要雨来洒，雨洒花醒天就晴。

卡良顿时心旷神怡起来，拉着迈香的手合唱着：

雨过天晴亮晶晶，哥有意来妹有情；
今年情意种下地，来年成树好遮阴。

迈香含羞地说："我要走了，后生们等着我去踩堂呢！"
卡良热情地说："迈香，你会忘了我的，送给我一条花带吧！"
"花带？……我绣得不好……"说着拿出一条花带自己看着。
卡良一手抓住花带的一端："给我吧，这样我早晚就会想着你了……"
迈香羞得抬不起头，撒娇地扯住花带的另一端。
这时林外的芦笙响起了召唤姑娘去踩堂的曲调。草丛里、树背后，钻出一对对男女跑向林外，迈香的心跳动得像开锅的滚水一般，她放开手中的花带说道："踩堂去了！"说完飞旋起百褶裙跑走了，一面还回过头去给卡良送了一个情笑的眼波。
卡良捧着芦笙，握着花带，望着她的背影赞叹地说："多好的姑娘啊！……"

当他醒悟过来时，已经是黄昏了，山林换上了一件彩色的衣裳。
林文波正在拉着他说："走吧，天黑啦！"
卡良狂喜地说："我要飞回去！"说完就跑了。
林文波跟在后面狼狈地边跑边喊着："等一等，等一等！"

四

卡良穿过密林，冲下山来，向寨子奔去。

寨子又静，又黑。卡良向寨子扫过了诧异的眼光。他走到自己的家门前，推开门，里面黑洞洞的空无一人。卡良喊了一声"妈妈"。没人回答。

他把背包放下，从口袋里掏出一条花带，看了看，然后走出屋来，匆匆向寨子背后——迈香的家走去。

卡良穿过一片杨梅树林，看见了迈香的家，窗户上有微弱的火光闪动。他走到窗前，从窗缝往里瞧，屋里空空，火塘中燃着残火余烟，他喊了一声："迈香！"只听见屋里的猫叫了一声："喵——"

卡良弄得啼笑皆非，正在困顿不解时，忽然听见了什么，急忙顺着风向听去，远处传来了一阵隐隐约约的芦笙声和人们的喧闹声。

"啊！"卡良高兴地朝着声音的方向急步走去。

社主任春亮的家里举行着苗家传统的婚礼酒会。

从屋里楼上的大走廊直到屋外门前的小坡坪上，客人们拥挤地坐或站在几条用木板搭成的长桌子周围，桌上铺了一层翠绿的芭蕉叶，长条桌上间隔地摆着酒缸、糯米饭盆和一碗碗的粉菜汤，客人的桌前放着白切猪肉、红米血肠、酸鱼、酸鸭等，这就是一个简朴的酒会的全部菜肴。

客人们都打扮得很漂亮，姑娘们的头上、颈上戴了各种琳琅多彩的银饰，后生们的紫亮亮的包头布也在头上盘卷成各种式样，老人家穿着崭新的铜扣古装衣服。除了来参加酒会的客人以外，还有许多来看热闹的人层层挤着，围观如堵。酒会上人们的笑声、闹声、喊声混成一团，几管芦笙在热烈而迷人地吹奏着结亲的曲调。周围烧着几堆大火。耀眼的火光点亮了每一双欢快欲醉的眼睛。

年老的男人们在一起，笑得满脸皱纹，互相交换着酒碗。年轻人则粗犷地扯着耳朵灌酒，姑娘们常给小伙子的酒碗追得乱跑。

按照苗族的礼节，新郎和新娘要给大家尊敬的人敬酒，而当客人端起酒碗要喝时，总是先唱几句歌来表示对他们的祝福。

春亮和迈香合端了一碗酒，走到党支书卡妹的眼前，春亮说："卡妹，敬你一碗淡酒。"

卡妹："春亮，你真走运呀，多漂亮的姑娘……"

一个老头插话道："看那脸蛋，简直是一颗刚熟的红杨梅……哈……"

迈香在人们的哄笑中含羞地低下了头。

春亮和迈香递了酒给卡妹，卡妹诚挚地唱道：

大苗山上杨梅甜，杨梅树下把情连；
杨梅好吃树难种，爱情应当要长年。

唱罢喝了一大口酒。众人欢呼，畅笑，鼓掌。

"来来来，给周老师敬酒！"姑娘乌兰喊道。

众人把春亮和迈香拥到一个汉族打扮的女子面前，春亮说："谢谢你来参加我们的婚礼。"

周老师接过酒碗，看见这么一大碗酒，吓得伸了伸舌头，盛情难却，只得眯起眼睛，举碗欲喝，这时乌兰等几个男女青年马上连笑带闹地说："唱了才好喝呀！""周老师，得先唱呀！""唱呀，周老师！"

事情来得那么突然，周老师拿着酒碗不知怎么才好。

"像我们苗家老规矩那样，你也来几句吧！"卡妹说。

稍微迟疑了一下，周老师说："我也来学一学。"然后热情地唱道：

芦笙虽有六条管，六条管子共一音；
你们虽有两颗心，两颗心间连着情。

唱毕，也学着卡妹那样喝了一大口酒，人们鼓掌赞叹着都怀着尊敬的心情夸着周老师。

卡良向灯火辉亮人声喧闹的春亮家奔去。

他迫不及待地想知道这个婚礼的谜。迎面碰着一个老头，卡良一把拖住了他，问道："老伯伯，今夜哪个结婚？"

"什么？"老头还没有听清就被吓得目瞪口呆。

"我说哪个结婚？"他大声喊道。

老头把耳朵凑到卡良的嘴边问道："什么？我听不清。"

"嗨，是个聋伯伯。"卡良说罢放开他，朝着火光与人声的方向跑去。

婚礼上，人们围成一个圈子，在看苗族卡洛舞。一个老人捧着芦笙边舞边吹，迈香的弟弟奥香舞着棍子伴随着。他们耍了几个绝技，立即博得了人们的惊叹和喝彩。

卡妹对周老师说："周老师，你看我们苗家人结婚多热闹啊！"

"哎，以前我们汉族人结婚，新娘子还要坐轿子呢！"

卡妹笑着在周老师的耳朵边轻声说道："周老师，你也快了吧？"

"谁说的？"

卡妹爱抚地搂着她说："我也是做过姑娘的人，姑娘看见别人结婚心里是怎么想的我还不知道吗？"

周老师一时羞红了脸："苗妈妈，看你……"

奥香一边跳舞，一边向乌兰投去骄傲的眼光，可是性格倔拗的乌兰却故意生气地闭着两眼，当奥香发现乌兰不看他时，立即像泄了气的皮球般软了下来，跳得无精打采。

难道乌兰真的闭着两眼吗？不，她正从手指缝中偷瞧着奥香呢！

春亮发现了奥香和乌兰的目光往来，向身边的迈香耳语一阵，并且指着装假捂眼的乌兰给迈香看，迈香也忍不住笑了起来。

迈香的爸爸香福和老头老荣在醉笑着换酒碗。

老荣："香福老弟……我要有你这样的女婿呀，我连酒坛一块喝下去！"

香福听了更高兴起来，一口将酒喝干。

小伙子和孩童们的心被欢乐的气氛所动，也陆陆续续加入跳舞的人群，一时激情牵动了所有的人，婚礼上尖声的叫喊，开怀的欢笑，手击桌子、脚踏地板的节拍，大大小小的芦笙声，低音沉沉的大竹筒声……汇成了一片热烈的狂欢。

就在这狂欢的时刻，卡良拨开人群冲了进来，狂欢的人们顿时愣住了。几十双眼睛同时打量着这个穿军装的"陌生人"。

卡良把军帽一脱，大喊道："真的认不出了吗？"

"卡良！"卡妹第一个打破了沉寂，几乎是自语地说。

"卡良——"人们同声高呼。

卡妹扑过去，一把将儿子抓住："卡良，你回来了……"

"妈妈，我复员了。"母子眼里都闪着激动的泪光。

这时人群把卡良紧紧围起来，争着喊他、看他、抱他，卡良真是应接不暇。

果良从人群外边挤了进来，拉着卡妹的手，问："妈妈，他是谁？"

"傻孩子，连你卡良哥哥也忘了！快叫哥哥！"

"他就是哥哥？"果良睁大了眼睛，伸了伸舌头，然后一下扑过去，抱着卡良大声地喊，"哥哥！"

春亮从人丛中挤进去高喊道："卡良，卡良——"

"春亮！"

春亮终于挤进去，把卡良抱起来："你呀，真像从天上掉下来的！"

"我是专门赶你的婚礼呢！"卡良俏皮地说，然后拍打着他大笑起来。

"嗬！看新娘，看新娘！"人们起哄地喊起来，推着、拍打着春亮。

春亮腼腆得一时说不出话来，被大家推得尴尬地傻笑着。

"怎么，大男人也害羞了！"卡良逗着他说，人群更哄起来。

这时姑娘们闹嚷着，连拉带推地把迈香拥过来，人们自动地让开了一条路。

霎时，在卡良的面前，出现了迈香俏丽的脸庞。她那意外一惊的眼里，掠过了一丝不安的神色。

卡良几乎失声地叫了起来："迈……"他没有喊下去。

春亮接下去："她是迈香。"

卡良嗒然垂下了眼帘，全身刷地像掉进了冰窟里，一时感到站立不稳。

母亲在他身旁见状，敏感地感到有些异样，暗地里扶了他一把，忙说："你走累了吧！孩子！"

卡良克制着自己，喃喃地说："是累了……"

春亮毫不察觉，朗声地喊道："累了？先来一碗家乡的糯米酒！"他顺手就在桌边舀了一碗酒，捧到卡良的嘴边，人们喊着助兴："喝呀！"

卡良推辞不了，在春亮和迈香的面前，喝下了这碗"苦"酒。

春亮高喊道："小伙子，站着干什么，唱吧，跳吧！咱们的卡良回来了！"于是，婚礼上又掀起了欢腾的热潮。

卡良却偷偷地溜走了。

奥香将乌兰拉到一棵树后，从鼓鼓囊囊的怀里掏出一块花边包头布，塞给乌兰，恳求道："这是我给你的，把你头上的银簪给我吧！"

"干什么？"

"你看春亮都结婚了，我们也该订婚了吧！"

乌兰朗声笑起来："哈……还不到时候呢！"说完就往人堆里跑了。奥香叹了一口长气，又把包头布塞进怀里。

卡良独坐在家中的火塘边，火苗闪动着。

他手里捏着一条很旧的花带，看着，想着，似乎又听见从春亮家里传出来的歌声、欢笑声。他的脑海里出现一段往事：

迈香家里，深夜的火塘边，她略有心事地在灯下扎着一朵红花。卡良一股猛劲冲进来，把迈香吓了一跳。

卡良激动地："迈香，我明天就要参加志愿军了，多光荣啊！保卫祖国我们苗家人也摊上一份了！……"他一口气讲下去，但发现迈香没有什么反应，便改变了语气坐下来，"怎么啦？你不高兴？"

"谁说不高兴？"迈香勉强笑了笑说，"瞧，这是我们妇女会给你们准备的大红花呢！"

"太好啦，来，先给我戴上。"卡良蹲在迈香面前，迈香给他挂上红花。

卡良向着她说："迈香，你听见我的心在跳吧！你猜，我在想什么？"

迈香心弦紧绷起来，以为卡良向她提出爱情的要求了，涨红了脸说："不知道……"

卡良向往地说："我在想着，我给祖国的第一个功该怎么个立法？"

迈香的心弦松弛下来，轻轻地舒了一口气说："是呀！在队伍上，可不能给我们苗家人丢脸啊！"

卡良："放心吧！……明天我就要离开苗山了，到远远的地方去……听说山外面可好了……"

迈香眉间有些愁意，暗示地："你走了……不带点什么？……我们苗山的东西……"

卡良没有体会出来："带什么？就带上我们苗家这颗爱国心，到哪儿也使不完，迈香，外面什么都有呀，世界比我们苗山可大得多呢！"

这句话像一层暗影拂过了迈香的脸，她不吱声了。

卡良把凳子移到迈香身边，坦率而深情地说："迈香，把你头上的银簪交给我吧！"

事情来得那么突然，迈香一时手足无措起来："银簪？……姑娘的银簪只能送给自己的……心上人的……"

卡良性急地捉住她的手说："迈香，自从那天晚上得了你的花带，我做梦也想着你的银簪啊！"

迈香把手搁在后发的银簪上，她犹豫了片刻，然后轻轻地摇了摇头，

周民震作品自选集
苗家儿女

半自语地曼声说:"人家常说,把银簪交给一个远走高飞的人……和扔进河里没有两样……"

卡良爽朗地大笑起来:"原来你还不相信我,好吧!以后你总会相信的,等你什么时候相信我了,再交给我吧!打垮了美国鬼子,我就会回来的!"

迈香放在银簪上的那只手,无力地滑了下来。

(卡良拿出那条花带,内心独白):"虽然这不是定情物,可有了它,我到哪儿去也忘不了……"

迈香还想说什么,这时传来了一阵悠扬而诱人的苗笛声。迈香敏感地听着,笛子声越吹越迷人,迈香几乎被迷住了……

卡良茫然地问:"是谁?"

"不知道……一支可怜的笛子,他每天晚上都要来吹一次的……"

五

卡良醒悟过来:"这支笛子就是春亮?"

卡姝兴奋地跨进门来:"卡良,你怎么先回家来了?……啊!你还没有吃饭呢!想吃点什么?"

卡良站起来,想要帮妈妈的忙。

"你坐着,坐着。"母亲把卡良按下,顺手把锅搁在火塘的三脚架上,一边煮鸭蛋,一边爱抚地摸着卡良的脚说:"人长粗大了,脚也长了,跟你爸爸一样的大熊巴脚!"

火苗闪映着母亲的脸庞。卡良曼声地说:"妈妈,你还是那样……"

母亲乐观地:"就是头发白得快,自从做了党支书,操心的事就多得多了。可你别看我老了,去年上级还送我到社干训练班学习呢!"

卡良呆望着火苗沉思不语。

母亲一边煮菜一边说:"看,说回来,一眨眼工夫就回来了。刚才我还念叨着呢!什么时候我卡良回来了,也把喜事办了吧,也娶这么个体面的媳妇……"

"妈!"卡良猛地转过来,激动地喊了一声。

"怎么了你?"母亲有点诧异。

"快煮吧!我……我饿了!"卡良掩饰着自己。

"马上就好了。"母亲说着，随即把火加旺。

饭菜摆好了，有鸭蛋、咸菜、酸肉。

卡良木然地用手抓起一把糯饭，心不在焉地吞吃着。

母亲："在外面吃不上苗家的抓糯饭吧！家乡的饭香吗？"

"香呀……"卡良茫然地答道。

母亲不眨眼地贪望着儿子说道："今年粮食大大增产了，春亮立上个大功劳，这两年呀，春亮进步很快，文化也提高啦，难怪好姑娘喜欢他！……"

卡良吃了几口，实在咽不下。

"怎么了？"

"妈，我吃好了……"

"不舒服吗？"母亲伸手摸摸卡良的额头。

"没什么，太累了……我想睡去……"

母亲的脸上罩上了一层阴云，狐疑不安地望着卡良的背影。

子夜。母亲提灯走到卡良床前，给他加了一床被子，深深地凝望着儿子。卡良睡熟了，但却愁苦地皱着眉，嘴里不时翕动着，不时发出凄楚的呓语。

忽然母亲发现卡良手中挂着一条花带，她看着它，再看着儿子的愁容，心里似乎明白了。

六

卡良脸上昏黄的灯光慢慢地亮起来，变成了乳汁般温和的阳光，卡良醒来，睁开睡眼，看见了站在床前的妈妈，卡良振作了一下，轻柔地喊了一声："妈妈。"

"再睡一会儿吧，孩子。"

这时他们听见果良在屋外喊着："我哥哥卡良回来了，从朝鲜回来的！"

果良喊完，拿起昨天输给卡良的芦笙乱吹起来。

卡良屋里挤满了人，大家都争着和他拉手谈话，看他的奖章，摸他的军装。

一个白发苍苍的寨老匆匆地进来，口里连说："卡良在哪儿？卡良呢？"人们让开路让寨老进来，并且把他安坐在卡良的面前。

寨老："娃子，你到底回来了，我还以为你远走高飞了，就再不想回来了！"

卡良："哪能呢？！你老人家还记得起我吗？"

寨老："记得，来，我好好看看，还像不像苗家人！"他眯缝着老眼看着，然后解下自己头上的包头布给卡良包起来，马上笑得满脸皱纹，拍着卡良说："十足的苗家后生，十足的……哈……"

大家都笑起来。

社会计报功地说："卡良呀，我们合作社今年粮食大增产了。"

卡良："啊！"

奥香激动地说："区里还奖给一面旗，上面写着'增产社'。嗬，每天，我一看到它劲就来了！"

香福插话道："合作社是办得不错，可问题也不少，卡良，你回得是时候！"

社会计："才办了一年高级社嘛，想一跺脚就踩出一口井来？那办不到！"

正说间，春亮兴冲冲地跑进来，喊道："卡良，卡良——"说着挤上前去，紧拉着卡良。春亮用手拨弄卡良胸前的奖章，兴奋地说："卡良，你真是好样的！不过我们也干得不坏呀，走！你也来看看我的……"

卡良被春亮拉着往外走。春亮把卡良带到了寨边山腰的梯田里。从这儿看去，寨子里的人们挑着金黄黄的谷把川流不息地走着。

春亮自矜地说："看，就在这些又高又瘦的梯田里，我们居然搞了粮食增产，争得了旗帜，明年我还有个野心，搞它个山区千斤亩，那时，我们就要在全县露露面了。"

卡良钦佩地说："家乡真是变样了，你记得吧，以前我们得走好几天路到贵州去买粮食，等粮食挑到家，路上也快吃掉一半了，哈……"

春亮："那已经是说古了，今年粮食自给了。"

卡良兴奋起来："好呀！真不简单，你要参军也一定是个好兵！"

春亮："这回有了你这把手，我的劲头更足了，这几年我把吃奶的劲都使上啦，你不知道，多困难呀！"

"田少是吗？"

"不，这算不了什么困难，你看……"

卡良顺着春亮的手势望去，在一片杉树幼林中，出现了一块一块红黄色的山地，被砍掉的幼林枝叶堆积在周围。

卡良吃了一惊："什么？把小杉树砍了？"

春亮微笑道："奇怪吗？卡良，你给我算算，这些杉树至少要 15 年才能成材，要是种上苞谷呢，马上就可以把肚子塞得饱饱的啦！"

"可是杉木的价值……"

春亮插话道："杉木价值是高，可你知道我们这里山水太小，每年春洪来了木排才能放出去。再说，搞木头，能搞出什么名堂，这总不是正道，今年我们就干脆没放木排……"

卡良打断道："可是春亮，国家很需要木材呀！"

春亮："讲需要就难说了，国家也需要粮食呀！我们王区委说，粮食是宝中之宝！"

卡良疑惑地："我们不能两样都搞吗？"

春亮大笑起来："说着玩玩可以呀！卡良，多待几天你就会明白了。"

春亮忽然想起了什么，狠狠地在自己的脑门上打了一板："嗨！我真高兴得糊涂了！"

说完抓住卡良的双手喜形于色地说："我是来请你到我家吃酒的，我还叫迈香给你做了鸭蛋酥肉呢！"

这突如其来的邀请，使卡良窘极了，一时答不出话来。

"你记不起她了吧，喏，就是那一片杨梅树林里的姑娘，人家都说她长得像红杨梅一样呢，走，到我家串门去。"

卡良避开了春亮的眼光，抑制着自己："改天再去吧！……"

春亮俏皮地说："卡良，你也该有个家了，我敢说，寨子里的姑娘都在瞧着你呢，你随便挑，包在我这个社主任身上！哈哈……走吧！"

春亮拍打着他，畅笑着。

卡良被触动了内心的痛处："不，我……还有事！"说毕扭头走开。

春亮不解地望着他。

这时，对面山坡的梯田里传来了吆喝水牛的声音，卡良望去，在一层薄纱似的山岚中，奥香、乌兰和一个生产小组正在梯田里冬耕。

卡良猛地向他们喊道："呜——乌兰——奥香——"

"哎——卡良——"山间回声震荡。

卡良对春亮说了一声："我干活去了！"便直往对面山坡跑去。

春亮诧异地望着他。

七

卡良跑到生产组里，大伙儿热情地欢迎着他。

卡良："奥香，把犁头把给我试试。"

乌兰："看你，刚回来，板凳还没有坐热就出工了！"

卡良笑着说："我可不是回来坐板凳的。"从奥香手里将犁头把接过来。

奥香："你也得歇两天，到处转转，多串串门嘛！"

"串门?！"卡良若有所指地说，"我才没有那份闲工夫呢！"说完对水牛吆喝了一声"嗨！"撑起犁头就耕起来。银光闪闪的犁铧狠劲地把泥土翻起。

卡良专心致志地投入劳动，但从眼神里看得出，他在强制着内心的隐痛。

一行一行的泥土被翻开……

生产使他忘掉了一切，他完全陶醉在劳动的愉快里，回头一看，好大一片田地快要犁完了，汗珠点点的脸上，闪现着油亮的光泽。

"乌兰，奥香！"他喊了一声，"过来检查一下！"

人们都一起赶了过来。

"组长，怎么样？及格吧！"卡良打趣地问乌兰。

"可以打个 101 分！"乌兰逗笑地说。

"没说的！"众人赞叹不绝。

"那我的呢？"奥香指一指自己犁的那一片。

"你呀！……"乌兰故意地，"顶多给你打个 59 分。"

众人哄笑起来。

卡良捧起一把黑土闻着，深情地说："几年不在家，连土都变肥了！"

奥香拍拍胸膛，骄傲地说："一分钱一分货，下了多少肥呀！要不是那一阵社里来了个集中大搞农业，哪有这份收成呀！"

乌兰不满地说："要说起集中两字，群众还有意见呢！咱杉木竹子都撇下了。"

奥香笑着说："搞木头能搞出个什么名堂！"

乌兰冲着他："你就会接春亮的话尾巴！"

一个青年："卡良，咱们组什么都好，就是爱吵架！"

乌兰不服地说："什么吵架，这叫争论问题！"

卡良笑着说："好，我也参加你们的争论要不要？"

奥香高兴地说："那你准站在我们这边，你是春亮的好朋友嘛！还能不帮腔啊？是吧！"

卡良："那不一定，要看谁的意见对……好！咱们干起来吧！"

说着便把衣服脱掉，扔在地下，一挥手，高声喝了一声"嗨！"粗壮的牯牛又拖起犁头耕耘起来。

人们都以敬慕的眼光热情地注视着他。

日落西山，彩霞染红了天边。

卡良和乌兰、奥香等挑着犁头和稻草赶着耕牛收工了，洋溢着歌声和欢笑声在山坡上映出了一溜移动的剪影……

八

卡妹带着卡良向社办公室走去，一路上和人们频频打招呼。姑娘们偷偷地瞟着卡良，孩童们跟了一大串。

卡良："妈，有工作放心交给我好了，别看我当了几年兵，生产活还拿得起来！"

"对，就像在部队一样，卷起袖子就干吧……别的事，就先撂下！"卡妹若有所指地说。

他们走进了办公室。

一群闹着要算工分的人把社会计包围起来，吵吵嚷嚷闹成一团。卡良在一旁看着他们。"你的算盘有鬼吧？怎么差那么多。""我和乌兰天天一样干活，我怎么比她少呢？""唉，一年流的汗就给你这把糊涂算盘算光了！""你再给我们把账算清楚。"

老农民老荣说："前天人家给我算了一遍，那账就跟你算的不一样！"

社会计："谁给你算的？"

老荣："周老师呗！"

社会计阴鸷地说："哦，周老师！"然后向群众喊道："别吵！哪儿有错？你们尽瞎闹！谁都想多捞几个工分，自私自利还想走社会主义呢！谁闹，谁就来当会计好了，来吧！谁来？"

人们都不敢吱声了。

卡妹："大伙说有错，你就该把账算清楚嘛！"

社会计："谁有工夫一天到晚尽算这些芝麻绿豆的小账！"

卡良在一旁实在看不下去了，他走过来说："好吧！我来算算看！"

社会计一惊，忙赔着笑脸道："你？……那又何必麻烦你？"

卡良："不要紧，我来算！"

群众七嘴八舌地又嚷起来了。"先给我算！""你先看看我的账！"

一个群众给卡良让座，然后翻开账本念道："老荣。"

老荣应了一声，社会计额上冒汗，紧张地盯着。

算盘子在卡良手指间拨动着，拨动着……

社办公室门前。

迈香挑着一担谷把走过社办公室。

迎面来了两个姑娘，她们正往社办公室走去。一个说："新娘子，这么早就出来干活啦？"一个说："昨天的姑娘，今天成了媳妇，哈……"

羞得迈香满脸通红。

"迈香，里面在算工分呢，我们进去看看！"

迈香放下担子。三个人走进了办公室。

社会计把账本翻了一页，念道："下一个，迈香！"

算盘子突然停了一下，卡良的手颤了一下。

这时，围着的人群正向走进门的迈香喊道："迈香，快来！正算到你的账呢！"迈香听了挤开人群进来。

卡良抬头看了迈香一眼，脸色立即沉了下来，再也抬不起眼睛，硬着头皮拨打着算盘。迈香发现了卡良的神情，不安地涨红了脸。

卡妹敏感地注视着卡良和迈香。

九

静静的溪水倒映着青石绿丛，溪中游鱼可数，鸭群凫水荡波。卡良心情沉重地坐在清溪边，无聊地将石子抛入水中。

迈香挑来一担鸭笼，把鸭子放下水去，然后沿着溪边赶着鸭群，忽然看见了卡良，一怔："卡良！"

"哦……是你。"卡良起身欲走。

迈香走上前来，想热情地说些话，但一时又不知说什么好，片刻才结结巴巴地说："真想不到你回来了……你走了……三年多了，是吧！"

卡良感慨地说："是呀，在战争里过了三年，就像过了三天那么快。回来了，什么都变了。"

迈香感到卡良的话里有伤感的音调，停了一下，不无报怨地说："三年你都没有给我写过一封信。"卡良没有作答。

迈香："总不会忙得连写信的时间也没有吧！"

卡良："我没想到，三年没有给你写信你就会变了！……"

迈香有些内疚地低着头，半晌才吞吞吐吐地说："一个姑娘的心就是怕这个……你也没想到吗？"卡良沉默了。

迈香："我想，你早把我忘得干干净净的了。"

卡良听了，下意识地从口袋里拿出那条花带来，表示三年来并没有忘记她。"花带！"迈香伤感地拿起花带看着，眼圈有点红了。

恰好这时候被春亮在远处看见，他诧异地盯视着，攀过枝叶遮住自己。

迈香愧疚万分地说："卡良，过去的事，忘了吧！你知道，我是个山里蠢笨的姑娘，你是个有文化、有功劳的英雄。你走了以后，我就想，我怎么配得上你呢！你应该和一个聪明能干的姑娘……卡良，你说，我没有想错吧！"

卡良心里更难过了："……"

"没有想错吧！卡良？"

卡良压抑着内心的痛苦，勉强吐出来："是的……没有想错……"

"那就好了。"迈香舒了一口气。

大为震惊的春亮眼里充满了困惑和妒忌。

十

卡良孤独地靠在床上，脸上浮现出难堪、苦恼而又焦躁不安的神情。

母亲从外边进屋来，看着卡良，心里不禁一阵难过，稍微思虑了一下，她慢慢走近床沿，沉默地审视着卡良，半天，卡良也没有发觉。

"卡良，"母亲终于开口了，"又闷着头想什么？"

卡良一惊，抬眼望了望母亲："妈——没想什么。"

"有心事，憋在肚子里不好受，来，给妈说说！"

"没有。我会有什么心事！"卡良说着，随即强打精神从床上站起来，避开母亲的眼光走到屋角，拿起扁担和水桶，"缸里没水了，我挑去！"

母亲摇了摇头，轻微地叹了口气，半自语地说："唉，人长大了，有事也瞒着妈了……"

卡良猛地放下水桶，走到母亲面前："妈妈，你说些什么啊！"

"你呀，还是那么个脾气，哪！"说着伸手到卡良口袋里拿出那条花带来。

卡良愣住了，心里一酸，颓然坐下，半天说不出话来。

母亲拉着卡良坐在身边，关切地问道："这几年你们通信了没有？"

"叫我怎么好写信……她又不认识汉字。"

"那你给妈的信里也该提一句呀！"卡良不答。

"她给了银簪给你没有？"

卡良烦躁地说："妈……你别问了，我并没怪她，是我自己……"

母亲抚摸着他的肩膀："孩子，人活一辈子，总会遇到一些不顺心的事，咬咬牙，把它咽下去，日子长了，也就好了！"

"妈，在部队里，有什么困难难得住我，一个一个我都把它克服了，可这……"他的喉咙哽塞了。

"你还年轻哪！……"

"我还是回部队算了，再当我的兵去！"卡良激动地说。

"灰心丧气啦？卡良，不能这样！"母亲又把他按下，"把心用在工作上吧，想想咱们的社，想想社里的生产，多找乡亲们聊聊……慢慢就会好了！"

半晌，卡良才点了点头。

十一

卡良背着一只粪筐走进了寨边杉树林捡牛粪，他记得这就是那个中秋节夜晚他和迈香对情歌的地方，他依恋抚摸着它们……

忽然几枝树杈从树上投下，打在卡良的头上，卡良抬头一看，原来是几只顽皮的猴子，卡良生气地捡起了石子，向它们掷去，猴子吱吱叫着跑散了。

杉木林中，一队苗家小学生唱着歌整齐地走着，领头的一个扛着一面少先队队旗，周老师和林文波跟在队伍后面。

果良喊了"立定""向左转""稍息"的口令之后，周老师便走到队前去讲话："同学们，今天的劳动课我们做什么呀！"

"捡柴火！"孩子们齐声答道。

"为什么要捡柴火呀！"

"帮助爸爸妈妈干活！""锻炼身体！"

"从小就要养成劳动的习惯！"一个年纪稍大、系着红领巾的小女孩说。

"捡柴火的时候要注意些什么事情呀？"

"不要走得太远！""要帮助小弟弟小妹妹！"

"还有呢？"

"要小心保护小树苗，不要把它踩断！"

"为什么要保护小树苗呢？"

孩子们你看我，我看你，沉默了一阵。

果良说："因为小树苗将来都会长成又高又粗的大杉树！"

周老师："对了！同学们，懂吗？"

"懂了！"

"现在就开始吧！"

孩子们一哄而散。

周老师和林文波走到林边。

林文波："我多么不容易才在省里活动到两个教员的位置……"

"你就是为这件事来的？"

"是呀，当初你要来山区工作的时候，我们也争论过……不过，最后，我总算是让步了！"

"那是因为我是正确的……"

"不，那是为了……为了我们的……"

"什么？"周老师不解地。

"我不愿为了这些争论伤了我们的感情……"

"啊！"周老师有些惊讶地，"现在呢？"

"现在……"林文波望着她的眼睛说，"志英，我很了解你，你热情、能干，但是你是个爱幻想的姑娘，凭良心说吧，这里不是你工作的地方！到了省里，要什么有什么！我们可以为社会主义大显身手了！……"

"难道这里就不是社会主义的工作？"

"在这儿……当然，这也是工作岗位，可是，我们也不是找不到更好的出路……"

"怎么？"周志英震惊地瞪着他，"你是这么想的？"

"志英，你说，我是为谁着想？"

周志英不满地说："为我？哼！算了吧！"

"你看，你就像砍倒的这些杉木似的沤在这里……可是你不是木头啊！"

周志英气极："文波，你越说越不像话了！"

远处传来孩子们清朗的歌声……

"难道一年多的山区生活还没有把你住厌吗？也该改变一下你的幻想了。"

"的确，我是带着幻想跑进苗山来的……那时候，想得多天真、多幼稚……除了书本里的知识，我懂得什么？我也不完全懂得生活。（孩子们的歌声愈传愈近）但是，一年多来我的幻想变成理想了，苗家人待我像亲女儿。我教他们的孩子读书，他们教我懂得了生活的意义。他们需要我，我更离不开他们……就像这棵杉树一样，我在这里扎下根了！"

林文波摇了摇头。

孩子们在山谷那边向周志英招手，齐声喊道："周老师！"

"同学们！柴火捡好了？"

"都捡好了！"

"谁捡得最多？"

"我最多。""你看看我的。"孩子们像一群鸟似的乱叫。

"好，快背回家去，吃了饭就来上课！"

"好！周老师！再见！"孩子们唱着歌走了。

林文波摇了摇头，无可奈何地说："这回说什么我也不放过到省里工作的机会了……这关系到我一生的道路……"

周志英严肃地沉思，然后坚定地说："这也关系到我一生的道路！"

林文波哭丧着脸抓住周志英的手，温情地说："那么，我们的……"

周志英难过而平静地说："两个走着不同道路的人，能有真正的爱情吗？"

正说间，从林中飞来一块石子，接着几只猴子逃出林子，一只猴子跳到林文波肩上把他吓得尖叫起来："简直像生活在野蛮时代！"

这时卡良忽然从林子里钻出来。看见他们，一时弄得十分尴尬。

周志英："卡良同志！"

林文波："哦，原来是你！"

卡良对周志英："你是……"

周志英："我叫周志英。"

卡良："哦，我妈在信里提到过你……哦，你不是要出山了吗？……"

周志英望望林文波，林文波发窘，无言以对。

周志英对卡良平静地说："我不离开这里。"

卡良望了一下林文波，敏感地说："对不起，你们谈吧，我还有事……"说完就走了。

望着卡良的背影，周志英突然想起来："喂，卡良同志，明晚我们夜学班请你做报告——"

卡良已经走远了，他回过头来答了一声："好吧！"

"这人傻里傻气！"林文波轻蔑地说。

"不，他是个志愿军战士，全寨子都尊敬他，姑娘们背地里还说他像只山鹰呢！……"

十二

春亮的家，火塘边，灯光下。

迈香整理着衣鞋穿着，然后重新梳着长发，镜子里映出迈香美丽的脸庞。

春亮的脸上罩了一层暗影，用不安和妒忌的眼光偷瞟着她。

春亮："黑天半夜的，打扮起来谁看呀？"

迈香以为他在说笑话，便半撒娇半逗趣地说："给你看呀！"说完便去端脚盆。

春亮心事沉重地说："迈香……我有话要问问你……"

迈香把脚盆端到春亮面前说："别唠叨了，今晚卡良在夜学班做报告，你还不洗洗脚，得去了呀！"

春亮："我不去……我不大舒服。"

迈香关切地问："病了？我看看。"说着伸手去摸春亮的前额，春亮抓住了她的手，用恳求的声调说："迈香，你也别去……"

"为什么？"

"你真的很想去？"

"当然啦，这还能不去？"

"那就去吧！"春亮冷淡地说。

迈香感到他有些异样，慢慢地走出门去。

在一间完全用木头搭成的乡间小学的教室里，乱哄哄地挤着几十个男男女女，有的站着，有的蹲着和坐着，因为卡良还没有来，都三五成群地在抽烟闲谈。

这时候老荣领着他的小孙子走进来。小孙子手里拎了一条大酸鱼。

"周老师呢？……哦……周老师，我找你半天了！"

"老爷爷，找我吗？"

"周老师，说心里话吧！这回我算服了文化了。大前天你给我算的那个账，和卡良算的完全一样，和我这禾草秆账本也一点儿不差呢！"老荣把大堆长长短短的禾草秆从一个小布口袋里掏出来，亮了亮，"周老师，你要是看得起我这老头，就收下这条酸鱼吧！"

"用不着，老爷爷，只要你愿意把你的小孙孙送来学校念书就行了。"

"喏，我这不是亲自给你送来了？小仔子！快给老师拜一拜！"

小孙子向周志英鞠了一躬，周志英把他抱起来。

"等他跟你学好了，我也用不着这禾草秆账本了。哈哈……"

大伙都畅笑起来。

周志英："老爷爷，找个座吧！卡良就来做报告了。"

社会计的家。卡良和社会计正在火塘边烧火锅喝酒。

社会计举起酒碗，奸猾地说："来来，再来一碗！"

"不，不行，我好久没喝酒了。"

"哪里，走南闯北的好汉，哪个端起碗来不喝他个三斤两斤，来，这一碗算是我敬英雄的！"

卡良无奈，接过来喝了："好了，好了，再也不喝了，我马上要做报告去。"卡良拿着笔记本准备走。

社会计一把拉着："现在几点了？"

"7点多了。"

社会计大笑起来："哈……你当是在部队呀！老百姓开会不到9点别想到齐……先坐下来，坐下来，不喝酒，饭总该吃几口吧！"

卡良只得又坐下来。

小学教室里。周志英对身边的迈香说："怎么卡良还没来呀？"

香福："周老师，卡良要报告些什么条文呀？"

周志英："香福叔，报告他打仗的事呢！爱听吧！"

"打仗的事嘛，谁都爱听，闲着的时候再聊吧！"

周志英诧异地："那你想听点什么呢？"

香福："卡良从外面回来，见的世面宽，让他讲讲外面是怎么搞社会主义的。今年社里粮食增产了，可仔细一算，嗬！收入怎么还是老样子呀？有些还减少了，这不是怪事吗？"

寨老插话道："怪？就是社里订的杉木计划没算数。"

奥香和乌兰等几个青年人在一起，奥香不满地对他们说："看，我爸爸又有意见了，拉羊屎似的，哩哩啦啦没个完。"

不巧这句话让香福听见了，气得两腮鼓胀胀地说："什么，我拉羊屎？你过来！"

香福拿起旱烟杆站起来，奥香吓得一蹦就往外跑，青年们都哄笑起来。

香福："你别跑，咱们讲讲理，你是生产组长，我是你的组员，我有意见，你该帮助帮助呀！"

奥香强打着精神走进来说："有意见谁不让你提？可你的意见就是多。"

乌兰："群众关心合作社才肯提意见，你学习过没有，这叫民主办社！"

老荣："说句天理良心话吧！合作社搞了粮食增产，也该心满意足了，不想想解放以前我们吃的是什么啊？拿我来说就吃了几十年的木薯稀饭，现在我是心满意足了。"

香福："那我可不满足，毛主席要我们组织合作社是往高处走的，以后我们还要步步高升呢！"

奥香："照这么说，合作社搞粮食增产搞错了？"

香福、乌兰以及几个群众同声冲着他答道："你瞎说！""谁这么说？"

乌兰："我们手上抓了粮食，脚下踢开了杉木，这样领导生产就有偏，群众当然有意见。"

奥香不服地说："春亮早说过，搞了杉木就别想有粮食大增产，我们只有两只手！"

乌兰生气地说："你就会接春亮的话尾巴！"

老荣："说句天理良心话，春亮有春亮的难处，他没有功劳也有苦劳嘛！"

香福不耐烦地斜睨了他一眼："人家扯东，你扯西。"

老荣："好！好，我少说两句……"

周志英："好吧，等卡良来了再请他讲讲吧！"

香福："周老师，你常说，走社会主义道路，过幸福的生活，可我这么想，这要靠合作社，合作社嘛得有个头……别看春亮是我的女婿，我敢说，这个头没摆正！……"

迈香偷看着爸爸，暗暗点头。

寨老："周老师，你是文化人，你多帮助我们啰。"

香福："帮助我们合作社吧！"

周志英："我不懂得什么，可我真愿意参加生产呢！"

群众中有人问道："还报告不报告呀？"

周志英着急地说："请大家耐烦一下吧！"

香福："迈香，你去找找卡良。"

迈香略为迟疑一下就起身走了。

社会计的家。卡良已经吃完饭了，社会计还在喝酒。

社会计："卡良呀！你是有功之臣，什么工分呀，账目呀，这些鸡毛蒜皮的小事，你就不要操心啦，你说一声，交给我办不就行啦？卡良，你是成大事的人，往后呀，我还得靠着你呢！"

"看你扯到哪儿去了，我看你也醉了……"

"醉？！早着呢！来，再来一碗！"

"不，说什么我也不喝了。"

"好，那就来半碗，一人一半，怎么样？来！"

卡良还是喝了。卡良从口袋里掏出手绢擦嘴，掉了一条花带出来。社会计诡谲地挤了挤眼睛："卡良，一回来就给姑娘们包围了吧！"

"没有的事！"

"老弟，看那是什么？"社会计指了指地上的花带。卡良急忙拾起往裤袋里装。

"你尽管说吧，看中谁啦，我给你出主意。刚喝了春亮和迈香的喜酒，也该喝你的喜酒啦，嘻……"

社会计的话触动了卡良痛处，他心里一阵难过，然后发泄似的说："喝我的喜酒？来，就喝我的喜酒吧！"边说边把两个碗倒满，递了一碗给社会计，然后，一饮而干，接着又倒了一碗，酒洒满一身。

社会计端着酒碗瞠目结舌，莫名其妙地望着他。

春亮出现在教室的窗外，他用眼睛搜索着迈香，但不见，又没看见卡良做报告。春亮走进教室来，问奥香："迈香呢？"

奥香："不知道。"

春亮一掉头便走了。

卡良带有醉意地在寨子的路上匆匆走着，正走到离家不远处，迈香迎面走来。迈香着急地："卡良，你上哪去了？大伙都等着你做报告呢！"

卡良："啊！社会计说9点以后。"

迈香："谁说？那是过去，现在不一样了，快走吧！"

卡良由于酒醉，踉跄了一下，迈香顺手扶了一把，闻到了卡良的酒气。

迈香："怎么，你喝酒了？"

卡良靠在一根屋柱上，喘着气，醉语地说："没有……我要做报告……去，做报告！"

迈香内心痛苦，为难地说："卡良，你怎么醉成这样？别……去了吧！"

春亮一双妒恨的眼睛在远处黑暗中炯炯放光。他气得扭头便走。

卡良醉笑着："哪能不去？这是工作呀！我……一定要去……别拦住我！"

迈香："我扶你回家歇息吧！唉！"

这时果良跑来喊道："哥，你在这里呀，不用去了，大伙等不住都散了。"

卡良惊住："啊?!"

卡娣的家。卡娣正在灯下艰难地读着一份打印文件。

卡良轻轻推开门，无语地走向水桶边舀水喝。果良也跟在后面进来。

卡娣："你不是做报告去了吗？"

卡良羞愧地低着头不敢吱声。

果良埋怨地说："哥，你没去做报告不要紧，害得周老师也让大伙提开意见了！"

卡娣："没去，你上哪儿去了？"

果良："妈，你别问了，让哥睡觉吧！他和社会计都喝醉了。"

母亲批评他："一寨子人都在等你做报告，说你是苗家人的光荣，要向你学习，可你，喝酒去了，看你醉成什么样了啦！……"

果良看见母亲在生气，吓得偷偷地溜出去了。

"妈，你别说了！"卡良恳求地说，"我有错……可我的心好苦啊！"

母亲丝毫没有改变自己的态度："不管你心里多痛多苦，不管你有多少伤心事，你也不该糟蹋自己！也万万不能把大伙的事扔下不管！"

卡良避开母亲锐利的眼光，进着眼泪，摇摇晃晃地走出屋去。

母亲望着他，紧紧地皱着愁眉。

春亮气呼呼地站在屋门口，迈香走了回来。

春亮怒道："你上哪儿去了？"

迈香："我刚从夜学班回来呀！卡良今晚……"

春亮打断："卡良今晚做的什么报告？"

迈香："没有做报告。春亮，我倒是听到大伙向你提了些意见。"

春亮没好气地说："啊！向我提意见？"

迈香："你是社主任嘛，大伙说你领导生产有偏。今年没搞杉木生产……"

春亮粗暴地说："他们懂得什么！吃饱了大米饭就讲风凉话。"

迈香："这是群众提的意见呀，你……怎么这样？"

春亮冲着她："我倒先要向你提提意见。"

迈香惑然不解："那你提吧！"

春亮："我知道你现在嫌我了……"

迈香："给你提点意见都不行，以后你要是再有点儿成绩，我连站的地方也没有了……"迈香有点儿伤心起来。

春亮："你还有脸说我，你干了什么见不得人的丑事？"

迈香大惊："我？干丑事？"

春亮愠怒地吼道："还装得没事一样呢！"

迈香气得想哭，赌气地说："我干什么你管不着！"

春亮勃然大怒："我就得管！……不想跟我，就走！你爱上哪儿就上哪儿！"春亮说完把大门"砰"地一关，进屋去了。

迈香被关在门外，含着泪水，脸色苍白，回头就跑。

恰好迎面碰着醉意醺醺的卡良。

卡良见她神色不对，忙问道："迈香，你怎么啦？"

迈香见是卡良，忍不住想哭出来，但她不愿让卡良知道，急忙掩饰自己，侧身冲过去跑了。

卡良正在疑惑，屋里传来了春亮的骂声和摔东西的破碎声。卡良迈开大步，走向春亮的屋子，推开了门。

春亮一回头，两道目光射了过去："是你呀！"

卡良走过来："你对迈香怎么啦？"

春亮敌意地说："哦，你来管了！"

卡良好心来劝，春亮的敌视态度使他很不满："你不该对她这样！"

春亮突然喊起来："我打了她骂了她又怎么样？"

卡良酒意正浓，又在烦躁难耐的时候，给春亮这把火一点儿，火冒三丈，一把扭住春亮的衣领，冲着他喊道："告诉你，我不准你欺侮迈香！"

春亮也毫不示弱地说："她是我的妻子！……你要放明白点！"

卡良的手忽然松下来，呆了一下，才说："你的妻子就可以这样对待吗？！"

这时隔壁邻舍的人们都跑来解劝："怎么回事？""你们怎么啦？"

卡良脸色难堪。

月色朦胧。卡良瞪着大眼躺在寨子边的禾草堆里沉思。

（卡良的内心独白）"我干了些什么啊？真糊涂，不像话……我不能这样消沉下去，我得好好干工作呀！……可是……这叫我怎么待下去呢？……迈香……春亮……还是我走开吧！……"

突然，他吐出了一个"走"字，便决然而起。

远处鸡鸣报晓。

十三

天亮了。

卡良背着背包，消沉失意地离开了寨子。他不时回首遥望着愈离愈远的山寨。山间小路将他引进了丛林。

寨子附近的林边。

卡妹扒在一棵树干上遥望着远山的小路，曼声自语："走了……还是走了。"

一只手搭在卡妹肩上，卡妹回过头来，原来是周志英，她也闪着一双阴郁的眼睛。

"周老师，你？……"

"苗妈妈，你哭了？……卡良会回来的，他不像林文波……"

"他也走了？"

周志英难过地点点头。卡妹略为吃惊地望着她。

周志英忧伤地说："没有什么，苗妈妈，他和我走的不是一条路。"

卡妹说："唉！也真巧，你和卡良都遇上了不如意的事，可你能把心交给工作，他呢？走了……好孩子，跳滩的鱼是拦不住的，要走的就走吧！留下来的是好样的，别难过……"她噎住了说不下去，泪水盈盈。

"我不难过。可是……苗妈妈你自己……"周志英用手绢替卡妹擦去脸上的泪水。

"我没有做好一个党支书，也没有做好一个妈妈，卡良摔了跤，我没有把他扶起来……"

周志英感动地说："苗妈妈，你放心好了，卡良会回来的……"

两个孤独的女人偎依在一起。

卡良在山路上踽踽独行。他听见身后脚步声，回头一看，原来是林文波。

林文波："真巧，我们又碰上了。"

"是呀。"卡良心烦，但路上有个人谈谈也好，便问，"你没有把周老师带出山吗？"

"唉，别提了，她着了迷了。"

"那么她愿意留在山区教书了？"

"她甚至愿意死在这鬼地方！你到哪儿去！回部队吗？"

"不。"

"开会去？"

"不是，嗯……"

"究竟上哪里去？"

"到县里去。"

"我明白了。"

卡良不耐烦地说："你明白什么？"

"到县府工作是吗？"

"找转建委员会介绍工作……"

"那么，你不回来了吧？"

"不回来了……"

林文波马上兴奋起来："我早就说了嘛，是个聪明人，谁愿往这山沟里钻？唉，可惜她就缺了这一点儿……"

卡良反感地瞪了他一眼。

他们边走边说，登上了白云缭绕的山顶。

林文波猛然想起了什么，狂喜地说："对，朋友，我暂时不走了。"

"为什么？"卡良有些诧异。

林文波眉飞色舞地笑着说："有办法！这回我完全可以说服周志英了，我得感激你。"

卡良越听越糊涂了："怎么回事？"

林文波有点儿得意忘形了："这还不明白？你是志愿军的英雄，又是土生土长的苗家人，按理说，树高千丈，叶落归根，连你都张着翅膀往外飞了，她有什么理由往这穷山沟里钻呢？大道理我讲不过她，可她不能不相信事实！"

蓦地，杉树王的树干上"建设家乡"四个字箭似的射进了卡良的眼里，他的心猛然抖动了，直奔到树下，望着这四个刀痕犹新的字。

霎时，脑子里出现了他回来时在树下刻字的回忆：卡良回乡时的路上。"不！杉树王给我做证吧！别看我卡良空着两手回来！我们会让山区变样的！"（回忆毕）

林文波眉开眼笑地："好吧！我先回寨子去，再见了……"说完兴冲冲地回头走了。

卡良的心像包着一根尖针般刺痛。他望着林文波越走越远的背影，望着这条弯弯曲曲的山径。他站起身来，走呢，还是不走呢？正在犹豫不决……

这时，从林丛里传来了低沉的、哀怨如诉的苗歌声：

地上乱散着心爱的杉木干，像针尖刺进了我的心坎！
我们祖辈种下的遍山林啊，怎么忍心看着它们沤烂！

歌声在诉说乡亲的衷情，歌声召唤着他那离别的心，被感动了的卡良，洒下了两滴热泪，沿着歌声奔进森林。

林中。香福独自一人在搬着沤在地上的杉木，把它们架在木条上，一边老泪涔涔地哼着苗歌：

山风吹裂了你们的皮肉，急雨把粗圆的身体打烂。
虫仔钻进了心窝啊！我心里有诉不尽的愁烦。

歌声如泣如诉，悲戚低沉，动人心弦。

卡良从一棵树的背后悄悄走了出来。卡良："香福叔！"

香福猛抬头，意外地："啊！卡良！"他发现卡良背着背包，急忙问道，"怎么？刚回来又要走呀？"

卡良难堪地支吾着："嗯……"

香福长嘘了一口气道："唉，我可怜这些树呀！这不是拿着金碗讨吃吗？"

卡良："是呀！多好的木材！"

香福："我这么想，社会主义建设嘛，总少不了要盖房子吧！可春亮硬说搞木头没出息！"

卡良："香福叔，外面很需要杉木呢！只要我们能运出去就有办法。"

香福："办法是人想出来的嘛！卡良，不管你上哪儿，我们先谈谈，昨晚等了你一夜……"

卡良的脸忽然发起烧来："昨晚我……"

香福见状急忙说："留几天吧，不是留你下来闲聊天，这是大事情呀！帮我们社里出些主意再走吧！……唉！破庙里装不下大菩萨，哪能挡得住年轻人奔前程呢！……"

卡良羞愧得无地自容："香福叔，我哪儿也不去了……你先等等。"说完回头就跑。

香福弄得莫名其妙，喊道："卡良，你不是说不走吗？唉！……"

卡良一股劲冲上山顶，向着远去的林文波高喊："站住！站住！"

远处林文波停下来："干什么？"

卡良跑到林文波面前。林文波奇怪地望着他："你上哪儿去？"

"回寨子去！"卡良说完就要走。

"你？你不出山了？"林文波拉着他。

"我再也不离开我们苗山了。"

"那么，我呢？"

"你想怎么样就怎么样吧！"

卡良说完便大步向寨子方向走去，他坚定地迈着大步，头也不回。

林文波望着他的背影，半天也没明白过来。

十四

夕阳西下，鸟雀归巢，寨子里柴烟迷蒙，山林间晚霞辉映。周志英夹着书和本子上夜校，后面跟着一群扯扯拉拉的孩子，有的唱歌，有的吹小芦笙。

走到寨子边时，突然爬在树上的果良大喊起来，还边摇晃着树枝："啊……回来了……啊……"

周志英吓了一跳，抬头见是果良，便喊："果良，你疯了，爬那么高，喊什么？"

"你看，是哥哥回来了！……"

"在哪儿？我怎么没看见？在哪儿？"

"你上来看，上来！"

周志英抬头看看这么高的树，笑着说："我可上不去。快下来！"

果良像个猴儿似的滑下树来，给周志英往远处指点。

远处卡良往寨子里大步走来。

果良："我去告诉妈。"一蹦就走了。

周志英迎上去，不胜欣喜地喊着："卡良……"

卡良惭愧地回避着她的眼光："周老师……"

周志英："我知道你会回来的。"

"你知道？为什么？"

周志英一时不知如何对答："苗山需要你！……"

卡良崇敬地望着周志英，感激她的信任。

周志英："你妈在家等你呢！快回去吧！"

他们向寨子走着，孩子们也成群地跟在后边。

周志英："见了妈妈，要好好安慰她。哦，我要到夜学班上课。"

周志英正要走时，卡良叫住了她："周老师，你要有空，也给我上上课吧！"

周志英一愣："给你？"卡良诚恳地点点头，尊敬地望着她。

卡良刚走到门口，母亲匆匆走出来。母亲一怔："你回来了！"

卡良难过地站在门口，低头不敢进屋。

卡姝接过了卡良手中的背包。

十五

深夜，风雨交加。卡良躺在床上，辗转着身子，不能入睡。

紧隔着一层板壁，母亲也躺在床上，倾听儿子的声响，她知道儿子是不能入睡的。

卡良在回忆着这几天的风波，想着想着，两只眼睛水汪汪的了。

母亲心里也很难过。母亲："卡良……你在想些什么？"

卡良答道："妈妈……没想什么。"

母亲："帮妈想想主意吧！妈心里就像扔进了一堆乱麻，理不出个头来，不少人提意见要搞杉木，春亮的话也在理，所以我总拿不定主意。"

卡良一骨碌坐起来："大伙的意见是对的，我是工兵，我知道木材对国家有多大用场。妈，我从东北坐火车回来，建设工地呀就像我们苗山的杉树那么多，得用多少木材啊！"

母亲："年初，森工局来和我们订杉木生产合同，后来我们撂一边没理。"

卡良大惊，爬起来："我们订了合同？"

母亲："订了。"

卡良："咳！你还拿主意呢！这不是影响了国家建设计划吗？"

母亲："我们山区劳动力太缺了，搞杉木要花大力气，又搞农业，又搞副业，要顾得上才行呀！"

卡良急得插话道："劳动力少！顾不上！妈，也亏你说得出口，你没去看看外面搞社会主义的劲头，就跟打仗一样。白天一班，黑夜一班，冰天雪地，水里火里，一人顶三人用，一天干十天活，有的人都已经完成第二个五年计划了。妈，你说，劳动力就不能一个变两个吗？"

妈妈听了兴奋万分，起来披上衣服，走到卡良那里去，坐在床沿，说："卡良，你这番话，像我们苗家人打铜鼓，能打到大伙心上去，我主意拿定了，明天就找春亮商量……对了，你和春亮的关系要搞好，过去的事就别提了。"

卡良看了下窗外，窗外雨声淅沥。

春亮独自在火塘边写着计划。屋外风雨呼啸，冷气飕飕，侵入屋里，火苗颤动着。

突然，两扇门被推开，春亮敏捷地望去，见卡良站在门口，雨水顺着头脸流下，一双闪亮的眼睛盯着他。春亮吓了一跳，敏感地站起来，戒备地紧握着拳头，他以为卡良来找他决斗。

春亮怒道："你来干什么？"

卡良愧疚而诚恳地走到他面前："你别生气，春亮，是我对不起你。"

春亮完全出乎意外，他怀疑地久望卡良的眼睛。

卡良："过去的事，忘了吧！让我们从头来……"他上前两步，紧紧地握着春亮的手，久久不放。

卡良："你和迈香以后不要吵闹了，好好过日子吧！"

春亮："她回娘家了，再也不会回来了……"

"不会的，春亮，等她消了气就会回来的，我帮助你们和好。"

"哼！"春亮冷笑了一下，半信半疑地望着他。

窗外，雨还是一个劲地下，两人都不知道说什么好，尴尬而难堪地对坐着。

还是卡良首先打破了沉默："我们谈点别的吧！"

"你还想谈什么？"春亮还是那么冷漠。

"春亮，我们现在不能砍杉树放木排吗？"

"你这不是明知故问吗？我们这儿除了春洪什么时候放过木排！"

"靠大家总是想得出办法的。"

"俗话说得好，一人难顺百人意。卡良，我正在订明年的粮食大增产计划呢！搞点正经的吧，帮忙出些点子！"

"好！让群众讨论讨论。搞杉木的事，你最好找香福叔聊聊。"

"找他？"

这时，奥香冒雨冲入，喘着粗气："春亮……我爸爸……"

春亮："又和爸爸吵了？"

奥香："没有，刚才我布置爸爸明天去捡粪，他说叫我妈去，他有事。你猜什么事，原来他和寨老几个老头去看河道要放木排呢！"

春亮诧异地："放木排？"

奥香："是呀！这不影响生产计划了吗？我这个组长没法当了！"

春亮急躁地问道："谁同意他们去看河道的？"

奥香为难地支吾着，望了望卡良："嗯，我爸爸说卡良说了，搞杉木没错，只要放得下去就有办法！"

春亮立即把不满的眼睛向卡良扫去，但还是克制了自己，一言不发地憋着气。

卡良问："你爸爸说河道可以通下去吗？"

奥香嘟囔着："哼，这回他的劲可大啦，他说，只要大家齐心，摘下天上的星星当灯点也行呀！"

春亮憋不住："这老头真胡来，明天找他谈谈去。"

奥香："你找他？他还要来找你呢！你把我姐姐赶出去，他气可大啦！"

卡良插道："怎么不劝你姐姐回来？"

奥香："我敢劝她？哼，她还给我爸爸搞杉木打气呢！"

春亮气愤地拿起一沓计划，站起来："搞杉木，搞杉木，可我们粮食增产计划怎么办？"

十六

卡良从办公室走出来，向香福的家走去。迎面遇着社会计，他缩着脖子，把一只手夹在棉衣里的腋下。

卡良："看见香福叔没有？"

社会计："这两天，他们这伙人尽在嘀咕着放木排呢，哼，这不是在反对合作社的计划吗？"

卡良："你怎么这样说，这是好事嘛！"

社会计发窘，马上随机应变："不，这是春亮说的……我个人无所谓。"连忙把夹在腋下的酒壶拿了出来，大献殷勤地说："到我家喝两杯暖暖心吧！"

"哪有空。"卡良摆开他的手，"你也别喝那么多了，整天迷迷糊糊的，看把社里的账弄成什么样子，群众对你意见多啦！"

"什么？社里的账不是清清白白的吗？……你别听他们那些闲话，都想着多捞社里几个钱，这就是资本主义思想嘛，还动不动要查账呢！"

"是要查账，过两天有空，我也来参加，一些不清楚的地方，你得好好交代一下。"卡良说完就向香福家走去。

社会计愣愣地站着不动，阴沉地冷笑了一声："要算我的账？哼！"

迈香正在楼下舂米，卡良走了进来。

迈香停住脚："卡良，进屋坐会儿。"

卡良走过去："你爸呢？"

"和寨老他们看河道去了。"

"哦，我找他们去。"卡良刚走到门口，似乎想起了什么，又回到迈香那里，"迈香，你不该再和春亮赌气了。回去吧！他每天都在等你。"

"他等我？……不会的。"

"真的，每天晚上，我都听见春亮的笛声，他盼你回去……"

"他吹笛子？……"迈香的心弦颤动了一下，垂下了眼帘，但仍倔强地说，"我不去，你不知道，社里有点儿成绩，他就像腾云驾雾似的了不起了，群众的意见当耳旁风……"

卡良："那你更应该回去劝劝他了，我们打算放杉木，可是春亮……"

迈香："他不会同意的！"

卡良："你去做做他工作吧！"

迈香犹豫着:"我去?"

"对,这也是任务呀!是个特别任务呢。"

迈香思索着,然后用眼睛向卡良表示默许。

十七

一个山区明朗的好天气,虽然还是冬季,但森林里早已散发着醉人的早春气息了。

姑娘们的歌声和温馨的阳光一道洒满了山林:

满山的香菇香呀香喷喷,好像花开遍地春;
巧手的姑娘啊摘一朵,送给哥哥闻一闻。

圆圆的香菇甜呀甜又嫩,紫红的衣裳绣上花纹;
多情的后生啊吃下肚,十年不化甜在心。

乌兰和几个姑娘在采香菇唱歌,一个个大花的、紫红的香菇扔进小竹箩,一个个竹箩满了起来。

卡良迎着歌声在河边的竹林中走着,他精神奕奕地阔步向前,脸上再看不到一丝抑郁的痕迹,汹涌着的活力又重新回到他的身上,眼睛里闪烁着微笑的、充满希望的光辉。他走到姑娘们那里,笑声和喊声立即向他扑来。

乌兰:"卡良,帮我们副业组采香菇呀!"

卡良故意地说:"哼,你们尽在唱歌玩呢!不干活呀!"

姑娘齐声朝他喊着:"谁不干活?""唱歌也不让呀?"

卡良招架不住,只好告饶:"好了,说笑话的,唱吧!唱吧!我们苗山要没有歌声,那就像河里没有水一样,是不是?"

姑娘们又高兴起来。

卡良:"乌兰,你知道香福叔他们在哪儿?"

乌兰:"就在这山那边。"

卡良跑上了一个小山顶，他极目远望。

远处，一条银光闪闪的河道盘在山谷中，几个小黑点在河边上蠕动着。

卡良用手合成喇叭形，高喊："香福叔——"

群山发出回响的吼声，一个个回音扩展开去，久久缭绕在山间。

不一会儿，从几个黑点处传来了回答："我们在这里——"

卡良朝山下跑去。卡良来到香福和寨老的跟前。

香福笑眯眯地迎着他："卡良，你来得正好！"

"你也不叫我一声，害我找得好苦！"

"卡良！"香福皱着双眉，"看，别处都好办，就这一段卡妹得厉害，要拦水坝不知得拦多高才行……嗨！这玩意儿得要计算呀，我们不行。"

卡良："我们把周老师请来吧，她学过数学。"

寨老往河对面一指："那不是周老师吗？她可热心了。"

卡良望去，周志英正和另一个人用绳子测量着河面，一边记着什么。

卡良："周老师！"

周志英："卡良！"他们俩人都踩着河里的石头往对面走去，相会在河中间的一块大石头上。

卡良热情地说："周老师，你也来帮助我们！"

周志英笑着说："怎么说帮助！苗寨的事我就没份吗？"

卡良钦佩而感动地望着她。

他们俩跳过了石头，一同回到香福那里。

寨老："这个地方弄不好，还是通不下。"

卡良思考着，周志英审视着地形，用笔在本子上画图样，然后摇了摇头。

卡良忽然喊道："用爆破！"

"什么爆破？"香福不解地问。

周志英："是不是炸掉河里的石头。"

卡良："对！在部队里我们工兵专干这一行。"

香福："我们叫作'打石炮'，听说别条河打过，寨老，你看行不行？"

寨老："行，我在别处见过，可以试试。"

卡良大喜："马上就搞，香福叔，你来带头！"

香福："我带头有个屁用，这要看春亮，他是我们社里的龙头呢！"

卡良："这包在我身上，只要把计划搞出来，他不会不同意的。"

十八

夜间，从春亮的屋里传出低沉的笛子声，笛音凄切，好像在渴求着什么。

春亮坐在火塘边吹笛子，一只老公猫蹲在他的脚前。

社会计推门进来，摇了摇头："唉，凄凉的笛音啊！"

春亮烦躁地回了一声："有事吗？"

"我把明年的生产计划抄好了，你看吧！"

春亮看了看计划，严厉地问道："你的账目怎么搞的？"

社会计老奸巨猾："不是清清白白的吗？你就放十二个心吧！"

"放心！那天卡良帮算了算账就发现几个地方有差错！"

社会计惊住，面色难堪，但仍狡黠地回答道："一大堆账我一个人搞，人有差错，马有失蹄嘛！"

"可是你怎么总是少给了别人？"

社会计无话可答："看，你还不相信我吗？跟你那么久，哪件事不照你的意思办啦？"

"相信是相信，可你真要是贪污，我们俩就没什么情面讲了，明天起，你先把账目全清理一下。"

春亮继续看着计划，社会计在一旁挑拨："你知道卡良这两天在忙什么？"

"他来找过我，都给我碰回去了，你说，他为什么偏要搞杉木呢？"

"那还不明白？你有了奖旗，他也想争个把旗嘛！什么搞杉木，还不是为了出头露面……还有呢……"

"还有什么？"春亮追问道。

"哼，怪不得你还坐在家里吹笛子了！"社会计故弄玄虚地说。

"你说嘛！"

"唉，我们都是早晚见面的人，我不好说别人的坏话，其实，这也是件小事，不说算了！"社会计故意激他。

"别啰唆了！"春亮不耐烦了。

社会计凑近春亮的耳朵："卡良还在打迈香的主意呢！"

"啊？"

"把你搞下了台，他就得手啦！人家又是英雄，把迈香抢到手还不容易？周老师还给他们牵线呢？"

春亮一愣："你别胡说！没有这种事，你少多嘴多舌！"

社会计慌了起来，灵机一动，讥讽地说："说起来是件小事嘛，迈香虽没有把银簪交给别人，不过有一条花带！"

春亮的头"轰"的一下，马上眼花缭乱起来："啊！花带？你也看见了？"

"卡良整天放在口袋里当宝贝呢！"

"啊！"春亮痛苦地自语道，"花带……连着心的那条花带……"

"我看呀，不能让他们搞杉木，不能让他们得势……唉，不说的，我又说了。"说完便走，走了两步，又回过头来说，"别老抱着你那支破笛子了，光靠它，是吹不回你的迈香的。"

春亮愠怒地说："我不要她回来！你也走吧！我谁也不要！让我一个人待着！"

这句话让刚走到门前的迈香听见，她惊住了，这时社会计吓得赶紧跑出来，迈香连忙一躲。

春亮痛苦极了，火苗映照着他的怒眼，他拿起笛子，想吹它，又放下，然后吹了一下，却吹出了几个沙哑的噪音，更是心烦意乱地冒起火来，他猛地把笛子使劲甩出门去。

笛子正好落在站在屋外的迈香脚前，她拾起了笛子，看着它，心里一阵酸痛。她强忍着涌出来的泪水，跨进了大门。

春亮意外地噤住了，心里又是惊喜，又是疑惑，呆呆地望着她。

迈香平静地把笛子放在桌上，然后坐在春亮的对面。

两人无语地对坐了一会儿，春亮带着愧意说："迈香……你别怪，我的脾气不好……"

迈香："你的脾气好不好慢慢再说吧，春亮，我不懂得，你为什么不同意社里搞杉木？"

春亮："迈香，这些事你不懂的，还是谈谈我们的事吧！"

迈香："不，我们的事慢慢会谈清的，社里的问题比我们俩的事大多了。"

春亮不满地说："哦，你就是为了这件事回来的？"

迈香："春亮，亏你还是个社主任呢！人家社员都在社里想办法出主意，龙尾都跑在龙头的前面了。"

春亮："哼！我知道谁在怀着鬼胎出主意！"

迈香有些生气起来，但还是咬着嘴唇压下去了，耐心地说："春亮，别嘴硬了，我知道你的脾气，别赌气了，领导社里搞杉木吧！杉木搞好了，不也是社里的荣誉吗？"

春亮冲动地说："社里的荣誉，哼，挑明了说吧，搞好了杉木，那就是人家的世界啦！还有我春亮的地盘？我这张旗帜是怎么树起来的？我辛辛苦苦、劳劳累累，就这么……"

迈香实在忍不住了，冲着他："哦，你领导生产就是给自己争地盘树旗的！唉！你呀，（痛心地）你怎么变成这样……"

春亮也痛心地说："可你也变了……"

迈香几乎用哭泣的声调说："过去你不是这样的，那时候，你光知道没日没夜地工作，人家夸奖你，你还常常红着脸躲开，一碰到困难，就钻到我家找我爸爸商量……记得那时候你还是我们的团支书呢……唉！想不到这些在你身上已经看不到了……"迈香心酸得说不下去。

春亮却冷冷地说："我知道你心里想些什么，别来这一套虚情假意！"

迈香惊讶地说："虚情假意……那好吧！我们实在谈不下去了。"说完平静地站起来，怀着沉痛的心情，轻轻地走出屋去。

春亮想站起来喊住她，自尊心使他的舌头僵住了，他没有喊出声来。

十九

香福、寨老和周志英、迈香在勘探河道，寨老指手画脚地指点着，周志英用本子记着。

卡良和乌兰、香福在杉树林中，用尺子量着树干。

卡良和卡姝在群众中，他们交谈着什么。

卡良和周志英在灯下，制订着杉木计划。

二十

寨边的小路上，卡良和春亮并肩走着，在润泽的地上，留下了他们双双的脚印。

卡良："杉木计划，你再考虑一下，我这是第三次和你谈了。"

春亮不满地纠正道："不，是第四次了。"

卡良："召开社委会讨论一下，怎么样？"

春亮冷冷地答道："讨论吧！"

他们又默默地走了一段。

春亮慢声慢气地说："卡良，我们从什么时候成为好朋友的，你记得吗？"

卡良觉得奇怪："听妈妈说过，我们是同一年生的，大概，生下那年我们就算是好朋友了吧……"

春亮："这么说，我们有 25 年交情了……"

卡良握着春亮的手说："春亮，你扯到哪儿去了？难道我们现在就不是好朋友了？"

春亮低头不语，沉默了片刻。

春亮突然抬起头来："卡良，我问你，你为什么要搞垮我？为什么？"

卡良惊了一下："搞垮你？你怎么这样想，我是想帮助你呀！"

春亮："哼，你要是真的帮助，你就应该举起两只手来赞同我的粮食增产计划，可是你，举起的不是两只手，而是两只拳头！"

卡良："什么？"

春亮怒喊道："是拳头，两只凶狠的拳头。一只拳头毁了我和迈香的幸福，另一只……更大的拳头，你要搞垮我，拔掉我这面旗！……"

卡良忍不住爆发起来，斥道："你胡说些什么！你满脑袋装的是什么呀？光记得你那旗！旗！奖旗不是给你遮盖错误的！"

春亮软了下来，用恳求的声调说："你何必跟我过不去？……看在老朋友分上，不要妨碍我，收回你的杉木计划吧！"

卡良咬着嘴唇，摇摇头："那办不到！"

"那么，你一定要搞杉木？"

"是的。"

春亮气得直吐气："你一定要反对我？"

卡良坚定地说："现在看起来是非反对不可了！"

社委会上，会议正在进行中。

春亮粗暴地说:"反对我吗?不,你反对社的领导!卡良刚才说的杉木计划全是空口说白话!我早说过,这碗饭不是我们吃的,疏通河道,哪来的钱?就算这段通了,可下面要不通怎么办?到时候木材上不得下不去,谁来支工分!"

几个社委交头接耳,点头称是,卡良和周志英交换了一个为难的眼色。

寨老:"困难是困难,可瞎子出门总还得走路嘛!我们苗山人祖祖辈辈都靠山吃木头呀……"

春亮:"不错,咱们过去是搞杉木,可是大伙回想一下,我们祖祖辈辈哪一代能吃饱饭了?搞了一辈子杉木,还不是饿一辈子肚子。"

大伙一时给问住了,半晌答不出话来。

老荣说:"说天理良心话,提起过去的日子,我现在算心满意足了!"

卡姝说:"你那么糊涂?过去搞杉木是给山主搞的呀!"

社委甲:"是呀!那时候杉木给山主发了大财,我们种杉树、砍杉树的连味都闻不上!"

社委乙:"现在杉木归我们了,卖多少是多少!"

卡良:"更主要的,过去的杉木给山主发财,现在呢,我们的杉木是支援国家建设!合作社订了合同没完成国家计划,你说,你心里有没有国家!"

春亮答不出话来。

社会计从旁插嘴:"写封信去把合同退了,就当我们这里没有杉木!"

卡良怒不可遏地说:"你说这话还像个社干部吗?!"

春亮见卡良的气势,更火起来:"可有人更不像个干部,我本来不愿讲的,实在憋不住了。卡良为什么偏要搞杉木呢?原来他有着个人的目的……唉,这叫我怎么说呢?"

社会计趁机站起来,阴险地说:"我来替春亮说两句,其实,也是人之常情,这叫作妒忌心,卡良要搞杉木那是假的,想把春亮搞垮才是真的,谁不知道'二龙抢珠'啊!"

卡良出乎意外地挨了一击,周志英震惊,在会者一阵骚动,母亲瞪起了两只大眼望着卡良。

卡良霍地站起,怒喊道:"你!……"他想辩明,但一时又不知道该怎么讲,踌躇了一下,默默地走出屋去,走了几步,停下来愤愤地说:

"想不到你这样伤害人……"

卡姝向卡良喊道："卡良……"周志英也着急地："卡良……"

卡良愤怒地昂着头走了。

社委们望着他出去，纷纷议论开来。

春亮宣布："好了，今天就谈到这里吧！"

卡姝按住："慢着！"

周志英激动地站起来说："卡姝！我有话讲，同志们，参加这次会议我是列席的，可是参加山区建设的事业我可不是列席的。搞杉木的事，我也参加了，我全知道，卡良没有半点私心，香福叔知道，寨老知道，乌兰知道，群众都知道。卡姝，你比我更了解卡良，他从来没有想到要争什么，搞什么……我敢站出来做证……"

社会计挑战地插话道："周老师，我问你，既然卡良没有私心，为什么他不敢说明，要你来替他辩护？……嗯？你们是……"

周志英气得一时无话可答。

卡姝激怒地说："社会计，你怎么这样污蔑周老师？"

周志英："谁对谁错，以后看吧！……"

卡姝严正地说："我同意卡良和香福的杉木计划，我们要往远处看。"

春亮赌气地说："那我们的粮食增产计划就别搞了！"

卡姝："要搞！还要搞得更好！"

春亮："那恐怕你是神仙！"

卡姝："不，群众是神仙，我们召开一个群众大会来讨论讨论吧！"

二十一

夜间，周志英的卧室，一盏煤油灯下，周志英在凝神批改作业。

她把批改好了的本子合起来，本子上面写着"果良"。周志英忽然想起了什么，拿起桌上的杉木计划，拧小了灯火，走出房门。

卡良坐在火塘边，无聊地用手中的小棍在火灰上重复地画着一个"难"字。

周志英轻步走进来，看见了，心里有同感，感慨地："是难啊！"

卡良转过头来："周老师……坐吧！"

周志英默默地坐了下来，同情地说："今天会上真想不到他们暗箭伤人，我看你当时很受不了……（稍带体贴地）大概现在还憋气吧！"

卡良微笑了一下："没什么，不过，我真没想到他们打出这一拳。"

周志英也笑了笑："这一拳挨得不轻吧！看，打出个'难'字来了。"

卡良大声地说："我才不怕呢！他们怎么讲也挡不住我搞杉木计划，心放得正，还怕别人劈开来看！"

周志英高兴地回应："那还难什么，我们干起来吧！"

卡良："怎么不难呢？我们这段河通得下，下面谁知道怎么样，一个社有多大力量，再说，春亮是社主任，他的思想又这么难通！"

周志英思索了一下："这不要紧，明天我到县里去给学生们买新学年的课本，我去找森工局谈谈，把杉木计划也给他们看看，请他们帮助，好吗？"

卡良："对！这得依靠上级了。"

卡姝推门进来说："好多人都在香福家里谈杉木的事呢！有困难光低着头坐在火塘边想不出办法的。到他们那儿去听听吧！"

周志英："卡良，我们去吧！"

卡良勉强地站了起来。卡姝点了火把交给卡良。

周志英和卡良在火光映照下渐渐远去。

二十二

寨子里广播筒的声音：

"在芦笙坪开大会啊——在芦笙坪开大会啊——"

芦笙坪上正开着群众大会，火把照红了夜空。

春亮的报告正在进行："同志们，现在问题很简单，就是要杉木还是要粮食……你们每天吃的是增产的大米，还是木头呢？"

奥香和一小部分群众笑了起来。春亮更加得意地说下去："同志们，粮食是吃饱饭的大问题，我们苗山粮食自古以来就不够吃，现在，我们不但要自给，还要争取有余！"群众议论纷纷。

奥香喊道："春亮说得对呀！"然后得意洋洋地对身旁的乌兰说，"怎么样？对吧！"

乌兰不服地斜望了他一眼："对了一半。"

卡良站起来："你说得对，我们每天吃的都是大米，也没有吃过木头，你的粮食增产计划我拥护，但是，在推广新的耕作技术、节省劳动力方面你没有提到，我觉得还要补充上去。不过，我问问你，我们社一共有多少田？"

春亮霍地站起："论亩数有216亩，论块数可多啦，连雨帽那么大的也算上有1000来块。"

卡良："你算过没有，平均每人有多少亩？"

春亮："哼，当然算过，平均每人半亩多。正是田少，我们更要以粮食生产为主，开山种粮，解决困难！"

卡良："是的，这是一个办法。但是，你知道我们有多少亩森林，有多少根杉木？"春亮给问住了，答不出来。

香福接着说："那用亩来算就算不清啦！得用山来算！"

卡良："这就对了，我们苗山的宝贝不只是那几块田！"

社会计："几块田我们得了奖旗，可是杉木，能让我们得到些什么？"

卡良："杉木，让我们得到的是富裕的生活！"

群众赞同声。卡娣和寨老交谈着。迈香和香福交谈着。

乌兰喊道："卡良说得对呀！"然后也得意洋洋地向奥香报复似的说，"怎么样？对吧！"奥香不出声了。

老荣站起来慢腾腾地说："杉木是可以搞，可春亮也有他的困难，社里就那么些人，每个人就那么两只手，你叫他怎么领导？"

春亮："是呀！光说空话有什么用？"

他的话也得到了几个人的同意。这时周志英从县城赶回来了，她挤了进来，没有人发现她。

卡娣："说到劳动力我要讲几句。不错，人就是那么多人，手也是每人两只手，可是人和人不同，手比手也不一样，我们香福哥干起活来两头贪黑，谁跟得上？奥香，你是组长，我没说错吧！"乌兰推了奥香一把，奥香点点头。卡娣继续讲下去："要是大伙都像他那样，就增加好几个劳动力了！像乌兰，干起活来完全赶得上男子汉，我们女人都学她，不是又多出几十个劳动力了吗？还有我们过节气，走亲戚最费时间。常言道，人是活的，活是死的！你们知道吧，外面搞社会主义可不像我们，人家一个顶三个用，一天干十天的活，还有的人已经完成第二个五年计划了！……"

群众激动起来，一个个兴奋的脸色：香福、迈香、周志英、乌兰……

社会计："我先说明，社里一个钱也没有了，以后木排放不下，我可不能拿木头当饭吃！"

卡良："没有钱，可以想办法，可不能说木头不能当饭吃就小看了它！……我记得在朝鲜打仗，我们在架桥，恰恰没有木材了，这时候敌机在头上扔炸弹，我们的弹药、粮食急着要往前方运，怎么办？一闪工夫，我想起了我们苗山的杉树来了，真想飞回来背几根去呀！后来停战了，我去参加朝鲜人民修复工厂。啊！在祖国运去的木材里面，我找到了苗山的杉木，我认得出，苗山的杉木特别细白，头尾差不多粗，当时，我高兴得抱着这棵杉木直掉泪，我们苗山的杉木也支援了兄弟国家，保卫了世界和平……"

群众鸦雀无声，听得入神，深受感动。周志英忽然跑出来激动地喊道："卡良，苗妈妈，放杉木没问题了！"

"怎么样？""森工局怎么说？"人们询问着她。

"森工局说他们正在贯彻木材深山远购，答应给我们贷款，还说派技术员来帮助我们疏通河道。"

一片欢呼声腾起，几乎把周志英抬起来了。

卡良问道："你了解下面河道情况怎么样？"

周志英："下面河道也正在准备疏通，没有问题！"

乌兰举手高喊："我们拥护——"

奥香一把抓住她："你拥护——谁？"

乌兰："卡良，拥护杉木计划，"乌兰推了他一下，"你也举手呀！你这个傻小子！"

奥香猛地站起来，举着两只手。

迈香笑着："奥香，你举两只手干什么？"

奥香憨直地说："我算服了，我同意杉木计划，再也不同意粮食计划了！"

乌兰一把将他拉下："怎么，你不同意粮食计划？"

卡良笑起来："那不对呀，你又错了。"

奥香抓抓后脑，忽然急中生智："哦，我说错了，我一只手同意粮食，一只手同意杉木！"

乌兰放下心来："这才像句话嘛！"

奥香骄傲起来："当然嘛！"

卡姝问春亮："春亮，你说该怎么决定？"

春亮赌气地说："大伙要搞就搞吧！"

卡姝："对！"然后正式宣布："大伙别吵别嚷了，干起来吧，除了留下积肥备耕的人外，都搞杉木，争取过年以前放下第一批木排！"

"啊——"群众欢腾起来。人们热情沸腾，火把乱舞着。

散了会，卡姝和卡良向家里走去。

卡良欢喜地说："妈，我高兴得心里直扑腾，这回，我们的杉木要支援全国建设了！"

卡姝："这也多亏周老师跑了一趟，森工局对我们这样帮助。"

卡良热情奔放地说："哎，妈，我们领了贷款，买它一大批好斧头，我得痛痛快快地砍呀，放呀！像剃光头似的用剪子推呀！……"

卡姝指责地说："我看光像你那么砍呀放呀不行，过了年，咱们得上荒山造林去，光砍不造林还行啦？"

卡良顿时大悟，用感激的眼睛望着母亲，半天才喊出一声："妈——"

他们刚走进屋去，春亮匆匆跑进来，手里扬着一封信。春亮："卡姝，我早说不行，你看，我刚回到家就看到王区委来的一封信。"

卡姝接过来艰难地念着，卡良在一旁读着："秋收以后，不能放松领导，马上投入冬季生产，特别要抓紧明年的备耕工作，不能有自满情绪。"

春亮："怎么办？"

卡姝思考着："王区委调来不久，可能不大知道我们这儿情况，杉木计划，我们原来就订了的……"

卡良急躁地说："我看还是要搞！既然是对的，就干！"

春亮对着卡良爆发起来："好！你搞，那你当社主任吧！我不干了，一切都给你，地位，奖旗，老婆，都给你……总满意了吧！"说完悻悻离去。

卡良一时吓住了。卡姝严厉地叫住了春亮："春亮，回来！你着鬼迷了？"

春亮在门口停住了脚步。

卡姝："把门关上！"她把碗柜上的灯拿到桌子上来，严肃地说："咱们就开个党的小组会，有意见都讲出来！"

春亮一愣，马上克制了自己，平静下来，轻轻地把门关上，走到桌边坐下。

卡姝:"一个党员,要有一颗为党为群众的心,你想想,你说的话够得上一个党员吗?"

春亮检讨地说:"我太急躁了……不过,上级的指示总不能不执行吧!"

卡姝:"我明天一早上区里去。"

卡良:"是不是等你回来才开始干?"

春亮:"那当然。"

卡姝:"不用,你们先干起来!"

春亮:"你?"

卡姝:"我担当好了!"

二十三

清晨,一片鲜红的朝霞挂在天边。

山寨出工的场景,歌声四起:

火红的太阳爬上岗,金光闪射在山头上;

出工的人群像长龙,条条长龙齐声歌唱。

我们手提铁斧上工场,我们肩背竹筐下河床;

一滴汗珠,一滴收获,一分劳动,一分荣光。

歌声中,卡良、周志英、乌兰、奥香、迈香等和一群年轻力壮的人扛着斧头、木杠、铁钩、绳索,热烈地唱着,向伐木山上走去。

另一面,由香福、寨老、老荣等领着人群背着扁担、竹筐、绳索,沿着河走去,他们高亢地唱着,寨老拄着拐杖指手画脚地说着什么。

春亮和社会计在社办公室的窗子里看着他们。

杉木林中一片忙碌景象,乌兰在砍树,树快倒了,奥香把绳索挂上了树尖,用力一拉,杉木哗啦啦地倒下来,周志英和迈香在用钩刀砍枝、刮皮,有的在铲草去藤,有的在锯尾,林中一片斧声。

卡良和几个年轻人在拉木。镶道(即滑道)弯弯曲曲地由山顶陡斜盘下。卡良他们一对对接着，在镶道上飞跑着，木条在镶道上从山顶轰隆隆地滑下。

杉木滑到山下，被推进河中，河水激起滚滚白浪。

歌声伴随着劳动：

啊——
看杉木林中腾欢唱，山山捷报互传扬；
斧声响处树倒地，拉木的好汉跑得忙。

一条弯曲的河上散布着人群，男女老少都在搬石头拦水，香福泡在齐腰的水里砌坝，寨老在岸上指挥着，果良和一群红领巾也在抬着石头。

歌声在河面上荡漾着：

啊——
看河边工地干得欢，挑土搬石拦激浪；
不怕天寒河水冷，流放木排意志强。

突然几声巨响，远处河里石炮爆炸了，飞水冲天，石头粉碎，河水冲破障碍腾涌而来。

一片欢呼声。拦水坝的人群欢呼。拉木砍伐的人群欢呼。

二十四

薄暮时分，拉木山上。

一群孩子、妇女送饭和被子来了。孩子们喊道："叔伯哥哥们辛苦了！"

"饭来了！"人群把他们包围起来，拿着自己的饭箩，愉快地坐在地上吃饭。

果良拿着一箩饭到处去寻哥哥卡良。"卡良哥……"

"在这里。"卡良和周志英正在搭着睡觉的草棚。

卡良打开饭箩："嗬，这么多。"

果良："妈妈说是你和周老师两人吃的。妈还说，里面煎的两个鸭蛋，叫你们一人吃一个，谁也不要让。"

周志英笑着，微红了脸："辛苦你了，果良。"

卡良和周志英面对面吃着饭，果良坐在一边看着他们，他稚气地问道："周老师，你和卡良哥亲热不亲热？"

周志英刷地红了脸："小鬼，你说些什么？"

卡良也臊起来说："果良，谁教你说这些话！"

果良委屈地嘟着小嘴说："是妈说的，她叫我来看看你们亲热不亲热，我怎么看呢？问问你们不是更清楚些吗？我也好回妈的话！"

卡良和周志英都臊得不知说什么好，不敢抬眼望对方，只顾低着头吃饭。

果良还生着气说："那好吧！我回去对妈说你们俩不亲热就是了。"说完就走。

周志英又急又不好意思地喊道："果良！你别乱去说！"

二十五

夜间，森林里烧着一堆堆的火，每堆火都围着十多个青年男女，不断传来欢笑声、歌声、笛子声。

卡良坐在草棚里，在小马灯下写着日记，忽然，他停笔深思起来。

周志英走进来："卡良，你怎么不去唱苗歌？"

卡良从沉思中醒来："哦，我还有事。周老师，干了一天，累吧？"

"不累，我在山区一年多，今天感到最有意义了。"

"你在山区工作的每一天，都是有意义的！"

周老师看见他的本子，便问："你写什么？"

"写日记……我常常这样想，等我们的木材运出去了，那该多好啊！城市乡村呀，工地矿场呀，无论你走到哪里，都看到我们的杉木。那时候有人会问，从什么地方运来这么多的好杉木啊？……"

周志英兴奋地插话道："那我就对他说：这是我们苗山人对社会主义的一点儿小意思呢！哈……哎，说真的，那时候，全国都伸手向我们要杉木，可怎么办？"

卡良大笑起来："来吧！我们开一条大路迎接他们，那时候，我们的杉木可不能一根根放出去了，得整山整山地往外拉！"

"那得用机器、电锯……还得培养我们自己的林业专家呢！"

"培养苗山的专家得看你了。"

周志英满怀信心地说："是呀，他们是苗家世世代代以来第一批有文化的人，我会把自己会的一切全教给他们的！"卡良感激地望着她。

外面的火堆旁有人喊："卡良，卡良……"

来了几个小伙子，把卡良拉到火堆边："叫卡良唱歌！"

卡良："我出外这么久，苗歌都忘了。"

一个俏皮的小伙子向其余的人挤了下眼睛说："不唱？好，按照我们苗家的规矩，该怎么办？"

"给他来个烤酸鱼！""好！烤酸鱼呀！"一阵喊声，跳出了五六个小伙子，扯手扯脚地把卡良抬起来，放在火苗上摇来摇去，烤得他烫滚滚的直叫。

姑娘们的笑声，小伙子们的喊声，连森林好像都震动了。

周老师在一旁大笑，但也流露出一丝担心的表情。

这时奥香和乌兰却坐在黑暗处一棵砍倒的杉木上，奥香又从怀里掏出那块包头布来："乌兰，我思想已经进步啦！收下吧！"

乌兰害起羞来，想了想，摇摇头说："还不是时候呢！"

二十六

夜晚，香福提着一筐冬笋走进春亮的屋子。

香福："春亮，这是迈香她妈给你的。"

春亮感激地说："爸，你坐嘛！"

香福坐在火塘边："春亮，山上的工具不够用，你的斧子不用借给他们砍树吧！"春亮闷着头，迟疑了一下，走到屋角拿出一把斧子交给香福，香福一看："嘿，多钝的斧子，都长锈了。"

春亮又拿了过来："好久没用了，我去磨一磨……还有铁钩和钩刀要不要？"春亮要去拿，香福叫住了他："先别拿，你坐下来，我们爷俩聊聊。"春亮顺从地坐下来。

香福抽着烟，批评地说："你傲气得很呀！群众为什么不向着你？不怪他们，是你先不向着群众！"春亮不吱声。

香福："当了没几天领导，学上了一股子官气啦！……唉！迈香呀，这一阵子瘦多了。"

"瘦了？"

"唉，出了嫁的姑娘，谁愿老躲在娘家？人家小两口吵嘴，隔夜就忘了，可你们！嘿！迈香哪点不好？你这么对她，我可不答应！"

春亮："可是迈香她……"

这时老荣慌慌张张地走进来，打断了他们的谈话。

老荣："春亮，你把谷仓锁匙交给谁了？"

"在社会计那儿。"

老荣气得直打哆嗦："你好放心啊！哼！"

春亮、香福："怎么啦？"

"我早就疑心这家伙了，在旧社会他就是勾着外面商人来吃我们山里人。刚才，我亲眼看见他从黑魆魆的谷仓偷了一担谷从村后背回家里去。"

春亮："谷仓有数的，他偷得了？"

老荣："有数？哎呀！我也这么想呀，我一直跟着他，趴在窗户跟前瞧呢！他老婆说：'可别出岔子啊！'他说：'老手啦，喏，入库70斤的7下面加一横不就成了20斤吗？这50斤是打酒喝的。'你看看，这不是条毒蛇吗！"

春亮一蹦起来："这坏蛋！"

香福气红了眼睛，冲着春亮："看，你样样都听他的，上了坏蛋的当啦，明天把脑袋弄掉了你还当给风吹了呢！"

春亮想起社会计的挑拨，心里更加痛苦起来。

老荣见香福批评春亮，便说："香福，这也怪不得春亮，谁知道他是坏蛋呢！"

香福不满地说："你别再惯坏春亮了，对年轻人就得好好批评批评！"

老荣："唉……我挺体谅他，年纪轻，责任大。"

香福冲着他："哦，我是他的老丈人，我就不知道体谅他！新社会呀，有错就该批评，这才叫体谅！你那脑筋……"

老荣："好，好，我少说两句。"

春亮站起来就走："走！捉贼捉赃！"

二十七

伐木山上，人们都睡熟了，从一个个草棚里传出甜蜜的鼾声。一堆堆残火快熄灭了。

只有迈香坐在一堆火边，山野的夜，萧瑟的风，使她感到格外孤单凄冷。

卡良值班守夜，见迈香孤身独影，知道她心绪不宁，便走了过来。"迈香，还不去睡？"

"你守夜？坐下烤烤火吧！"

卡良："迈香，你这一阵精神不大好，是吧？"迈香难过起来，不作答。

"你不是答应回到春亮那儿去吗？"

迈香痛心地说："别提他了……"

卡良："你们不要这样，他苦，你也苦……"

迈香："可春亮不是从前的春亮了，他变得多……"委屈使她说不下去。

卡良同情地安慰着："他慢慢会醒过来的，你有责任帮助他，无论如何他是你的丈夫。"

迈香忍住了泪水继续讲下去："起初，我以为他光是心眼窄，脾气不好，这些我都可以忍一下，慢慢帮助他……想不到他整个心都变了，眼里除了他自己就没别人，思想顽固保守得像个石碓，一辈子也舂不烂……唉，我怎么能和这样的人过日子啊！"迈香抽噎起来。

卡良激动地说："迈香，你不能这样说。"

迈香倔强地说："像这样的人，他会真心疼我吗？他爱的是他个人的地盘、奖旗……我在想，我的银簪是不是交错了……"

卡良的心猛一缩，惊愕地望着她，眼前泪痕斑斑的迈香多么使人同情啊！他的心情很复杂，他曾经追求过她，爱过她，但这已经是过去的事了，为了春亮，也为了迈香的幸福，他现在只能有一个想法：就是尽一切力量来帮助他们和好。

卡良镇静着自己："迈香，你想错了，春亮是个好青年，我了解他，只要克服了缺点，就会成为一个好干部，我一定帮助他……他很爱你，他是不能没有你的……"卡良恳切地对她说。迈香感激地望着他。

二十八

卡妺打着火把推门走进春亮的家，春亮不在屋，她正想出去。

春亮跨进来："啊，卡妺，你回来了？……怎么赶夜路？"

卡妺："挂着家里的工作。"把火把弄熄了，坐了下来。

春亮："看到王区委了吧？"

卡妺："没看到，倒是见了陈县长，王区委到县里检讨错误去了。"

春亮："啊！为什么？"

卡妺："据说掌握政策有片面，什么……"说着掏出了一个小笔记本念着："没有因地制宜，领导山区生产……"

春亮："什么叫因地制宜？"

卡妺解释道："就是说，要靠山吃山，靠水吃水。陈县长表扬了我们，说山区就是要因地制宜全面发展，过几天他还要来呢！"

春亮的心震动了，惭愧得无话可说。

卡妺："摔跤了吧？"

春亮点点头，说："社会计偷粮食。"

卡妺："我刚回来就听说了。"

春亮后悔起来："我真对不起大伙，我……"

卡妺："仔细想想吧！明天再和你谈，我要上山去告诉他们，区里通知今晚可能有大风雨。"说完就往外走。

春亮："我去，卡妺，你还没吃饭呢，你歇一会儿吧！"

二十九

伐木山上，起风了。

一个草棚里的稻草上，迈香和周志英并头睡觉。迈香在想着什么，周志英醒来，问道："迈香，你还不睡？又在发什么愁？"

"现在不发愁了。"

周志英："和谁谈得这么晚？"

迈香："和卡良，他开导了我，我心里宽得多了。"

周志英若有所思地说："卡良真是个好心人。"

"你也是个好人呀!"迈香说着,忽然念头一转,掉过脸来在周志英的耳边细声地说,"我要是老天爷呀,我就把两个好人凑成一对了。"

周志英假装生气地说:"你胡说什么!幸亏你不是老天爷!"

迈香笑起来:"自然会有个老天爷的!"

周志英:"我不和你睡了。"

迈香爬起来:"正好,我也要起来守夜了。"

迈香向河边的崖石走去。

乌云滚滚而来,毫不透亮地低压着山谷森林,暴风伸出了巨臂狂扫着山岭,摇撼着森林,发出令人恐惧的嚣叫。

迈香看见一个人顶着大风跑过来。迈香喊道:"谁呀?"

那人跑过来,一抬头,迈香呆住了:"啊!是你⋯⋯"

春亮背着两床被子,腰间别着把锋利的斧头。

两个人对望了半晌讲不出话,春亮把一床被子递给了迈香。迈香接过了被子,问道:"那床呢?"

"我的⋯⋯我和大伙一起干!"

"啊!"迈香暗喜起来。

他们一时不知说什么好,这时大风夹着暴雨横扫过来。

刹那间,滂沱大雨、风暴统驭了山林,猛烈得叫人睁不开眼睛,山洪陡然袭来,浪涛冲击着崖石发出巨响,靠在河边的木材,有的被卷入浪中冲走了,有的撞在崖石上损坏了。

春亮向迈香大喊道:"你赶快去通知他们,我去抢救木材。"春亮跑到上游的河中,站在齐腰的水里拦着几根杉木逆浪推向岸边。卡良正在下游抢救木材,忽然谁叫了一声:"救命呀!"卡良眼快,见迈香掉入水中被冲走了。他奋不顾身地跳下水去,与浪涛搏斗着,顺着浪水游下,寻找着迈香。

河边传开了迈香遇险的消息,人们慌乱起来,春亮像疯了似的寻找着迈香,嘶哑地喊:"迈香——迈香——"

春亮向下游跑去,见卡良抱着迈香走来,一刹那间他像钉住了脚跟似的走不动了,躺着的是不知死活的迈香,抱着的却是卡良!卡良走到春亮面前,把迈香交给了他说:"赶快送回家去!"这时奥香拿来了一副用两根竹子扎成的临时担架,春亮把迈香放在上面,卡良和春亮抬着担架,周志英在一旁料理着。

春亮的家。

迈香已经换去了湿衣服，仍然闭着眼睛昏睡着，身上盖着厚厚的棉被。

卡良从口袋里掏出了那条花带，走向春亮，把花带交给他说："春亮，把误会解开吧！这是三四年前的事了，我们早就忘掉了……迈香不能没有你，你相信她吧！"

春亮望着那条褪了色的花带，一时百感交集。

卡良和周志英走向门口，春亮感动地叫住了他："卡良……"他羞愧万分地低着头说不下去。卡良诚恳地过去安慰他。

春亮："卡良，看在老朋友的分上……批评我吧！"

卡良恳切地说："别这么说，我也是有缺点的。"春亮哭出了声音。

雨夜的四周是那么寂静，两双脚踩在湿地上发出"喷喷"的响声。

卡良："周老师……你……你回学校？"

周志英："嗯……"然后望了望他。

"我也要回家了……"

两双脚走着走着不自觉地走出了寨子。忽然身后传来了鸡鸣声，周志英像在沉睡中醒过来似的喊起来："哎呀，我们走到哪儿了？"

卡良："啊！"

两人不好意思地相对一笑，又回头走回寨子。

春亮坐在迈香的身边，轻轻地吹着笛子，慢慢地，迈香在悠扬的笛声中苏醒了。

她微睁着两眼，看到春亮深情地吹着笛子，悠扬的笛声终于撩起了她和春亮热恋时美好的回忆。

三十

当天夜里，卡良的家。

卡良已换过衣服了，妈妈给他端来一碗姜糖水，他喝着，想着什么。

卡良："妈妈，你说周老师会不会冻病了？"

母亲故意地说："她没有受过风雨，恐怕会生病的。"

卡良着慌地说："你看要不要给她送一碗姜糖水去？"

母亲又故意地说："这么夜了，谁送去？"

卡良急忙地说："妈，我去好不好？快煮碗姜糖水。"

母亲慈爱地说："卡良，你喜欢周老师吗？"

卡良："妈妈，你真老糊涂了，人家早有爱人了。"

"你说上回来的那个？没有成功呢。"

卡良："妈，你别逗我了，她哪会爱我们山里人？"

风雨中的黑路上，卡良端着一碗热气腾腾的姜糖水，走到转角处，忽然和周志英相遇。

周志英："你！你上哪儿去？"

卡良张口结舌地说："我……我……随便走走。"

周志英奇怪地说："随便走走？"

卡良明知说错，但又不知如何改口："出来逛逛……"

周志英被弄得更莫名其妙了："啊？逛逛？这么大的雨……"

卡良如梦初醒："啊！是下雨……"

周志英笑着上前一步用雨伞给卡良遮雨："你看你！"

卡良看着自己透湿的衣服，手足无措，狼狈不堪："那你上哪儿去呢？"

"我吗？"她俏皮地笑了笑，"也出来逛逛！"

一阵奇特的沉默。

黑夜中，他们深情地对望着，互相递过了手中的东西。

卡良："这是姜糖水……"还补充了一句："是我妈叫我送给你的。"

周志英："这是阿司匹林，我怕你着凉了……"

这时远处春亮的屋子里传出美妙动听的笛声，卡良和周志英凝神听着，相对笑了。卡良递过了姜糖水，周志英却握住卡良拿口盅的手，卡良心里猛地一跳，手中的口盅掉落地上，周志英忙想去拾起来，这时被感情激荡的卡良，以苗族人特有的粗犷豪放的激情，一把捉住了她的手，赤裸裸地说："周老师，你喜欢我吗？"

周志英一时慌张起来，臊得不知说什么好，忸怩地挣脱开说："不……我喜欢山鹰！"说完便扭头跑了。

卡良茫然地站起："喜欢山鹰？山鹰？！"

周民震作品自选集

苗家儿女

三十一

第一批木排要流放了。

河里密匝匝地布满了大根大根扎好了的杉木，三根并列扎成一排，每人可放六根，连成两节。男女老少像过节似的拥挤在河边，一堂芦笙吹奏着送别曲。

20多个体魄健壮的小伙子，卷起袖口裤脚，扛着一丈多长的大竹篙，走向河边，其中有卡良、春亮、奥香等。

卡姝："春亮，赶快回来，订明年的生产计划！"

"对，订得更猛一点儿，明年捞它个杉木增产奖旗！"

卡姝轻轻摇了摇头，半赞赏半责备地笑着说："还是忘不了你那奖旗！"

河边一片送别的欢声。

寨老说："这一次通得下去，往后常年四季都可以放木排了。"

他的话掀起了一片欢呼声。

姑娘们纷纷送别自己的情人和朋友。

春亮走到迈香跟前："迈香，你要多歇几天再出工。"

迈香点点头，偷偷地从衣服里拿出那支笛子来："把它带上吧！"

春亮接过笛子，深情地望着她，幸福地吹了几声优美的曲音。

迈香微笑了，含情脉脉地低下了头。

卡良站在妈妈面前，妈妈向他挤了下眼睛说："卡良，你不去跟周老师说两句？你看她在望着你呢！"

"妈你别再提了，周老师有爱人了！"

"是谁？""叫山鹰！"

"山鹰？"母亲诧异不解地说。

奥香难舍地向乌兰告别，这下乌兰的心真的动荡了。

乌兰："奥香，你……你的包头布呢？"

奥香一听喜得跳起来，忙往怀里一掏："啊！"恰恰这次没带在身上，急得他直冒汗。他急中生智地把自己头上那块解了下来送给乌兰，正要伸手向乌兰要银簪时，木排已经流放了，乌兰推着他："快走，木排流跑了。"奥香急忙跑了。

周志英正搂着果良站在一起，她的手上拿着一封信。

这时木排已经准备流放了，一个个彪健的小伙子走上木筏头。

果良机灵地："周老师，这信是给哥哥的？"

周志英点了点头，还没有来得及答话，果良就抢过信来跑了。果良边喊边跳进水里："哥哥，你的信！"他涉着齐腰的水跑到木筏头上把信交给了卡良，卡良慌忙把信打开一看：是一幅画，画的是一只展翅高飞的山鹰。

卡良正不解时，忽然听见周志英叫道："再见了……山鹰！"

卡良猛地回头看去，见周志英正红着脸在向他挥手。

卡良狂喜起来，自语道："我就是山鹰？嗨！"说着重重地拍了自己一下头。

周志英深情地望着卡良，然后不好意思地偎依在卡姝的怀里了。卡姝和迈香会意地对笑着……

卡良回头喊道："再见了，山鹰很快就要飞回来的！"

一个个长长的木筏放流了，香福带头，卡良第二个，春亮第三个……

他们英姿挺拔地站在木筏头，挥舞着竹篙，顺水疾下，渐渐远去……

周志英站在迈香和卡姝的中间，她们用欢乐的眼睛遥望着远去的木筏。

卡姝说："等他们回来，我们社里要订一个十年规划。十年，我们这里就是社会主义的苗山了！"

歌声起：

木筏冲破水浪，像建设的大军疾飞远翔。
为了祖国的建设大步前进，社会主义的远景灿然在望。

大苗山变成金银山，杉木翠竹绿满岗；
果满园，粮满仓，茶花香菇遍地香。

大苗山变成幸福山，男女老少进学堂；
猪满栏，牛成帮，踩堂欢唱芦笙响。

木筏冲破水浪，像建设的大军疾飞远翔。
为了祖国的建设大步前进，社会主义的远景灿然在望。

歌声中，卡良挥着竹篙，像钉子钉住似的稳站在木筏头上，让浪头抛上抛下。

他滑下了一个一丈多高的陡滩，浪水吞没了他和木筏，不一会儿，他和木筏又从水里冒出来，他仍然坚定地站着。

一个个木筏滑下陡滩，沉没在水浪里，然后又冒了出来……

吻合着歌词的内容，银幕上叠印：

遍山是浓绿蓊郁的森林，像一层厚厚的绿色丝绒织成的毯子，沿山铺到天边。

一棵棵合抱的杉树在香福和春亮的电锯下面倾倒，木材沿着空中缆索闪电般滑飞下来。山河里奔腾的不是水浪，而是金色的木材。

梯田丰收，一片金黄。芦笙坪上卡良等正在操纵着几架谷物脱粒机打谷，老荣捧着谷粒笑出了眼泪。

迈香捧着紫红晶亮的葡萄，周志英抱着艳丽夺目的鲜花，她们向卡姝跑去，葡萄和鲜花拥簇在她的周围，奥香和乌兰在盖着新房的屋梁上向他们招手。

红花绿草编织的锦缎一块块铺在森林中间和河堤畔，锦缎上绣了游动着的牛群和羊帮。

芦笙响了，姑娘们像蝴蝶般从四面八方拢来。

歌声响了，奥香和乌兰，春亮和迈香，卡良和周志英唱着歌跑向芦笙坪。

芦笙坪像一个喷泉，喷射着苗家人的狂欢。

太阳出来了，彩色缤纷的大苗山泛起了一层浓浓的红晕。

这是苗家人欢乐的笑脸染红的。

这是苗家人幸福的歌声灌醉的。

剧终

1957 年春初稿
1957 年底定稿

甜蜜的事业

这是一部轻喜剧，它一出现便让大家在"文化大革命"中沉郁了十年的脸上绽放了轻快的笑容。电影以轻松的情节、巧妙的构思和幽默的语言把当代严峻的我国人口问题以戏剧化、漫画化演绎出美好的前景，让人人关注却又困惑的难题在笑声中化解，这就是当年公映时为什么引起轰动的原因。同时全国有数百个剧团将其改编为舞台戏剧广泛公演。其电影插曲《我们的明天比蜜甜》和《我们的生活充满阳光》不仅全国到处传唱，而且受到当时的胡耀邦总书记的表扬。《甜蜜的事业》1979年由北京电影制片厂拍摄，导演谢添，主演李秀明、凌元等。此片荣获电影百花奖最佳导演奖，剧本荣获 1980 年中国作家协会主办的首届中国少数民族文学优秀创作奖，剧本在中国电影出版社出版单行本。之后此片上了中央电视台《电影传奇》栏目。

一、甜蜜的歌儿

碧空如洗，白云浮玉。骋目望去，广阔无垠的甘蔗林袒露着翠绿的胸怀。金风飒飒，蔗浪滚滚，发出海潮般的哗哗声，伴奏着收砍甘蔗时人们陶醉的歌唱，与弥漫蔗林的香甜气息一同洒满了如花似锦的山川田园。

一辆运送甘蔗的卡车在蔗田旁疾驶。车上几个男女青年正在昂首畅怀地引吭高歌，迎面扑来的劲风把他们的歌声吹洒在蔗田上。驾驶室里年轻司机田五宝（以下简称"五宝"）也情不自禁地唱着，凝视着前方的一双眼睛里，闪烁着幸福和向往的光辉。

（此歌词为钟灵和周民震合作）

甜蜜的工作无限好啰喂，
甜蜜的歌儿飞满天啰喂，
工业农业手挽手齐向前啰咧，
我们的明天比呀比蜜甜啰。

甜蜜的工作无限好啰喂，
甜蜜的歌儿飞满天啰喂，
树立起那革命的新风尚啰咧，
我们的明天比呀比蜜甜啰。

甜蜜的工作无限好啰喂，
甜蜜的歌儿飞满天啰喂，
努力奋斗实现四个现代化啰咧，
我们的明天比呀比蜜甜啰。

"哧——！"陡然急刹车，惯性的冲力把车上的人推得东倒西歪，有的翻了个跟斗，纷纷叫起苦来。

男青年甲："哎！五宝，你怎么啦？"

女青年乙："注意安全啊！"

五宝跳下车，抱歉地说了声："对不起，我办点儿事就来。"便向蔗林一角急速跑去。

男青年丙喊起来："哦！怪不得，招弟在那儿呢！"

大家望去，蔗林一角，收蔗机停在那里，结着羊角短辫的唐招弟（以下简称"招弟"）正在埋头修理。青年们忍不住抿嘴笑着，兴味盎然地看着，心甘情愿地等着。

"招弟！"五宝一边喊着跑了过去。

招弟转过脸来，像阳光下一朵含露的花儿，闪亮着绚丽的光彩。

五宝掏出手绢给招弟拭汗，从她手中接过扳手帮她修理收蔗机。

五宝边干边说："招弟，告诉你，我昨晚做了个梦。"

招弟笑问："什么梦？"

五宝："我梦见咱俩去登记，回来第一个就碰见你妈，我大叫了一声'妈！'结果把自己给叫醒了。"

招弟半嗔地："没羞！条件还不成熟，就叫妈？"

五宝急了："什么？还没成熟？甘蔗都熟了三遍了，你还要我等多久？"

招弟沉吟地说："五宝，我想帮助我爸把芽片育秧试验搞成功再说……可是难哪！"

"难在哪儿？"

"难就难在我妈身上。"

"你妈？"五宝不解地。招弟点点头，哭丧着脸说："这又快生了，如果要再生个妹妹……我爸也别想搞得成试验了。"

五宝感叹地："唉！我的二婶啊！"

二、唐家

年富力壮的唐二婶拿着一顶猫儿小帽，做完了最后一针活计，兴致勃勃地哼着彩调向一架摇篮走去，把猫儿帽放在空摇篮里。

摇篮里整齐地摆放着唐二婶精心缝制好的小帽、小衣、小裤和小鞋。在唐二婶的幻觉里，一个胖乎乎的男婴在摇篮里活现起来。唐二婶美滋滋地哼着摇篮歌："小胖子儿，摇篮子儿，摇篮里边有个胖小子儿……"唱着唱着，伸手去摇摇篮，发现坏了，"哟"了一声，"胖小子"不翼而飞。唐二婶泄气地说："怎么又坏了？"便向窗外喊道，"盼弟，快把你爸找回来。"

五岁的女儿盼弟应道："哎！"便一溜烟跑走了。

两个脑袋凑在一块，研究着苗盆里枯萎的蔗苗。

"爸爸——"传来盼弟的喊声。

两个脑袋一动不动。

"爸爸，爸爸！"盼弟跑到跟前喊道。

"爸爸忙着。"低着的脑袋仍然不动。

"我妈叫你回去。"

一个脑袋抬了起来，是面有难色的唐二叔，他自语地说："又有什么事了？"

（镜头拉开）唐二叔的背上背着三岁的梦弟。

另一个脑袋抬起来，是公社农科站的技术员杨爱甘。

杨爱甘为难地看着唐二叔，唐二叔也为难地看着杨爱甘。杨爱甘说："二叔，先回去吧！一会儿我上你那儿去。"

这时，唐二叔另外两个女儿迎弟和来弟放学了，一边喊着"爸爸"，一边跑过来。

在回村里的路上，瘦长单薄的唐二叔抱着试验甘蔗芽片育秧的苗盆走着。他的身后是迎弟、来弟、盼弟，依次排着队，尾随而行，每人手里抱一个小苗盆。原来背在背上的小梦弟走在最后，手里还拖着一个木制鸭子玩具，木鸭子发出呱呱的叫声。

正在古榕树荫盖下编织葵扇的一组妇女看着这一队人马鱼贯而去，发出各种不同的笑声和议论。

大嫂子队长说："唐二婶这回要再生不出个儿子来，我这个管计划生育的队长就更难办了。"

一姑娘："看看，一大串，真是个老大难！"

唐二叔修理着摇篮。

唐二婶在厨房一边干着活儿，一边嘟哝着："我不信，你真心不想要个儿子？一眨眼就进步了，还跟我讲计划生育！"

唐二叔："招弟她妈！打倒'四人帮'，人人都进步了，心思全扑在四个现代化上，可你……"

"得了，得了，生个儿子你别要！"

唐二叔修着摇篮，眼睛却盯着旁边的苗盆。少顷，停下手来，抚摸着那枯萎了的小蔗苗，叹了口气，半自语地说："到底什么时候能生出来呢？"

唐二婶边干活儿，答道："别急，就这几天了。"

唐二叔摇摇头，喃喃地说："就怕和上几回一样。"

唐二婶眉开眼笑地说："不，绝不会。这回呀，我心里觉得特别美，特别甜，保准是……"

唐二叔打断地说："可别再死了。"

唐二婶气愤地转过头来："什么？！还没生出来，你就咒他死！"

唐二叔："它要死我有什么法子。"

唐二婶："啊？！"

唐二叔有些慌乱起来，忙解释说："多试验几次也许就不死了！"

唐二婶勃然震怒，冲过来喊道："你说什么呀？"

唐二叔有些惊慌："我，我说蔗苗。"

唐二婶哭笑不得，长叹一声说："你呀！满心思就是你那甘蔗芽片育秧法！"

唐二叔右手拿起一节尺多长的甘蔗，左手拿着一小片甘蔗芽片，说："用这个（指甘蔗）做种，一亩地得用 1300 斤；如果改用这个（指蔗片）做种，100 多斤就够了，你看能省多少甘蔗？都是白糖啊！"

唐二婶怒气未全消除，说："甘蔗再多，白糖再甜，也不能当你的儿子。"

这时盼弟跑进来，喊道："妈妈，人家说你再生个妹妹，就赛过'五朵金花'……""你胡说什么！"唐二婶跳起来，要去阻止她说不吉利的话，突然"哎哟"一声，双手捂腰，唐二叔忙扶她坐下。

来弟、盼弟给唐二婶捶腰。唐二婶感叹地说："唉！我这个腰疼病说犯就犯，到老了可怎么得了。"摸摸孩子的头："那时候，你们全都嫁出去了……"

唐二叔："进屋歇歇吧！"来弟、盼弟扶唐二婶进里屋。

唐二叔继续研究甘蔗芽片。

忽然里屋传来一声："哎哟！"

唐二叔抬起头："又怎么啦？"

唐二婶沉着的声音："叫车！"

唐二叔："啊？要生了？"唐二婶在窗口露出了满怀希望的笑脸。

唐二叔慌忙跑出，正与杨爱甘撞上。

杨爱甘："出什么事了？"

唐二叔："你二婶要生了！"

杨爱甘捧着一盆枯萎的蔗苗感慨地："生蔗苗要像二婶生孩子那么顺当就好了。"

唐二叔一跺脚："嗨！别气我了！"

二人急奔出。

两辆疾驰的运蔗卡车。

透过驾驶室的窗玻璃，司机全神贯注地驾驶着，旁边坐着唐二婶和招弟。

后面一辆运蔗卡车驾驶室内，五宝在驾驶着，唐二叔与杨爱甘并坐一旁。

杨爱甘抱着那盆蔗苗说："唐二叔，听说糖厂有个技术员也在搞芽片育秧试验，我们顺便找他交流经验。"神情紧张的唐二叔似未听见。

杨爱甘："二叔！……"

唐二叔发着愣，半自语地说："要是再生不出个男孩，我只好和它分开了。"

杨爱甘一惊："啊？你要跟二婶离婚？"

唐二叔不明白地说："嗯？"

杨爱甘极其紧张而认真地说："你可不能这样做，二婶虽然有缺点……"

唐二叔拍了下蔗苗试验盆："跟它！"

五宝陡然紧张地喊起来："哎呀！那更不能啊！"车子猛然晃了一下。

唐二叔、杨爱甘不解地望着他："怎么？"

五宝脱口而出地说："这可关系到……"谈到此忙停口。

杨爱甘问："什么？"

五宝机警而双关地说："关系到甜蜜的事业……"

杨爱甘赞赏地说："啊！这话算说到我心窝里了！"

唐二叔叹了口气："咳！都怪我觉悟得太晚了……"

杨爱甘非常虔诚地说:"老天爷,帮帮忙吧!让二婶生个男孩就万事大吉了。"

五宝由衷地说:"你这话也说到我心窝里了。"

三、田家

鳞次栉比的糖厂宿舍区,浓荫如盖的木菠萝树排列在楼房前,像一条条绿色的长廊。

五宝骑着自行车回到家。他疲倦地推门进屋,喊了一声:"妈!"没人回答,走到厨房门口一看,炉子上的菜锅正炖着猪蹄,香味扑鼻。田大伯坐在炉旁守着,一面在专注地做着破碎甘蔗的新刀具模型。另一个炉子上煮着饭,五宝的姐姐田四秀(以下简称"四秀")也坐在炉旁守着,一面在埋头看着一本科研资料。

五宝笑了:"嘿!妈不在家,全体动员搞国计民生哪!"说着卷起袖子洗起碗来。

五宝:"爸爸,我提醒你,上次炖猪蹄,你就忘了放盐。"

"忘不了。"田大伯一边专心研究刀具,顺便抓了一把盐放进锅里。

饭锅里的水沸出来了,四秀竟未发觉,五宝急忙打开锅盖,一看,叫起苦来:"哎哟!放了多少水?"

四秀头也不抬:"按百分比,22% 比 78% 呀!"

五宝:"嗨!书虫!"

田大伯:"哼!按百分比煮饭,喝稀粥吧!"

五宝:"喝粥就喝粥,反正天气热。爸爸,可别忘了放盐。"

"忘不了。"田大伯专心做工具,顺手又抓了一把盐扔进锅里。

五宝看看墙上挂钟已 12 点,埋怨地说:"人家家属生产队早都收工了,我妈总是要晚回来。"

田大伯不无怨意地说:"现在当官了,指望不上她啦,厂计划生育委员会的大委员!"略带讽刺意味笑了笑:"田大妈委员!"

糖厂计划生育委员会办公室里。

田大妈戴着老花镜伏在办公桌前,手指拨着一个袖珍算盘,口中念念有词："六上一去五进一，三下五去二，九去一进一……"然后把数字记在一个小本上。

李满姑拿了一沓材料进来："田大妈，这是我们三区的计划生育登记表。"

田大妈："哦，满姑，我算了算家属二区今年的人口账。按这个算法，今年他们能增产白糖 27500 斤。"

李满姑惊讶地说："人口账能算出白糖的增产量来？"

田大妈："你看看账本吧？这还只是一笔小账呢！"

李满姑接过看看，笑道："哟，怪不得你老拿着个小算盘哪。"

田大妈："不算不知道，一算吓一跳啊！"说着把算盘放在手提袋里，和李满姑走出办公室："我得去找找工会宣传干事老莫同志，他要给我们编些文艺节目。"

四、莫家

老莫穿着一件笔挺的新衬衣，手里拿着一个洋娃娃在路上走着。不时习惯地掸掸衣服上的灰尘。当行人拥挤着走来时，他老是东躲西让，生怕碰脏了新衬衣。

老莫走到一条正在修挖的水管沟旁，试着想跳过去，试了两次，终于不敢起跳，绕着路小心翼翼地走过去。

老莫兴致勃勃地走上楼梯，未到家门口就大声嚷起来："阿芳，阿芳，你猜我买了什么……"一边喊着一边推开了房门，忽然一个枕头飞来，他急低头躲过，不料又一个枕头飞来正中他的脸。小男孩小英爬伏地上，大男孩小秀猛扑过来，二人扭作一团，老莫的爱人阿芳忙过来拉开了。

小英一见爸爸，高兴地伸开两只手跑来："爸爸，给我买蜡笔了吗？"

老莫看见两只黑手伸来，赶忙退避。

"快给我！"黑手节节逼近老莫。

老莫连忙跳奔："别过来，别碰我，别……手，手……"话音未落，一双小黑手无情地抓住了老莫身上崭新的衬衣。

"哎呀！"老莫不觉惨叫了一声。雪白的衬衣上出现了两只小黑手印。（镜头摇到衣架上）两三件衬衣上都有着不同形状的小黑手印。

老莫生气地瞪着小英，一看，新剃的光头，再看看小秀，又是一个新剃的光头，真是火上浇油，怒不可遏："阿芳！你怎么把他们的头发……"

阿芳："天热，长痱子。"

老莫几乎暴跳起来："咳，也别剃成个电灯泡哇！"

阿芳："头发再长，也不能变成女孩。"

"那，那，那也比看着俩秃和尚好受点儿！"

两个孩子都来抢洋娃娃，老莫更加生气："去去！做功课去！"

两个孩子不高兴地走到小桌旁，阿芳让他们坐好，做功课。

老莫小心地把洋娃娃放在沙发旁的小茶几上，仔细端详着她那可爱的笑脸，越看越高兴，下意识地把视线移到两个正在做功课的孩子身上。顿时出现了幻觉：小秀、小英头上都长了长辫子，扎上了美丽的蝴蝶结，还穿着彩花连衣裙，正在向老莫甜甜地笑。老莫沉入陶醉的幻觉中，不由得眉开眼笑起来。"哐啷"一声，小英把桌上的茶杯碰翻了，两个光头一晃悠，老莫的梦幻破灭了，无可奈何地嘘了口气。

老莫对阿芳说："来，你一定要常看看她（指洋娃娃），这是胎教，很要紧。"

阿芳走进厨房做家务，心不在焉地说："我可不想再要了。"

老莫起身追进去："阿芳，我跟你说……"

这时小秀一把将洋娃娃拿了去，小英见了奔过去抢，小秀跑到阳台，小英追到阳台，小秀眼看洋娃娃要被小英抢了去，索性把洋娃娃扔下楼去了。

洋娃娃正好落在路过楼下的田大妈怀里。她莫名其妙地看了看老莫家的阳台，与李满姑相视莫解。

小英跑下楼来，向田大妈讨回洋娃娃。

田大妈笑问："小英，你们男孩子也玩洋娃娃？"

小英："是我爸爸玩的。"

"啊？！"田大妈和李满姑大觉奇异。

这时老莫出现在阳台上："田大妈……"

田大妈："这洋娃娃是你的？""嗯……"老莫一时张口结舌。

田大妈有意追问："干什么用？"

老莫："没……没什么，参考参考……"

李满姑吃惊地说："啊?!"

老莫："构思构思……"

田大妈更糊涂了："什么？"

老莫连忙解释："哦，我……我想做个模型……"

李满姑插嘴道："你的兴趣可真广，听说你要给我们编个戏——《新刘三姐对歌》？"

老莫："对啊，对啊。"

田大妈："刘三姐怎么宣传计划生育？"

老莫："哎！批判男尊女卑的旧思想不就是配合宣传计划生育了吗？你知道，我一向是主张女尊男卑的……"

"哈哈……"田大妈和李满姑都笑了。

老莫赶紧借梯下楼，说了声"再见"，就缩回身去。

五、七十二行算哪行

田大妈与李满姑边走边说话。

田大妈神秘地说："从刚才侦察到的情况看，说不定老莫还想要个女孩。"

李满姑："阿芳会同意？"

田大妈："阿芳是个糯米糍粑的性子，怕拗不过老莫。你要继续侦察，在我们厂可不能再出现小三儿啊！"

"哎！我走了。"李满姑刚走，田大妈又叫住她，从手提袋里拿出包草药："满姑，人家都说这草药灵着呢！试试吧！"

李满姑："偏方我吃多了，我看没孩子倒消停。"

田大妈："还想瞒我？结婚八九年了，不想要个孩子？"

李满姑："没孩子，做计划生育宣传员的工作更方便。"

田大妈："看你说的，我们宣传计划生育，可不是禁止生育。"说完把药塞进李满姑手里。

李满姑感激地说："大妈，谢谢您了。"

大碗炖猪蹄放在桌上。田大伯、五宝和四秀都端着饭碗远离饭桌坐在不同的地方，一边喝稀饭，一边搞各自的事。

田大妈走进屋来，见状甚异。"怎么？喝稀饭？"田大妈问。

田大伯幽默地说："天气热呀！"

"都不吃菜？嗯，大概又忘了放盐？"

五宝和四秀"扑哧"一声笑了。

五宝吃完，盛了碗稀饭端给田大妈，就要走。

田大妈："中午不休息一下？"

五宝："上午拉个产妇，耽误了，我得加班补回来。"

田大妈出于职业本能，警惕地问："啊？！谁生孩子？计划上可没有呀！"

五宝："蔗区光明大队一个难产社员，我把她送到厂医院了。"

田大妈："哟！难产，我得看看去。"

田大伯："哟，田大妈委员，你怎么管到厂外甘蔗区去了？"

田大妈："工作还分厂内厂外？"

田大伯忍不住笑了："哈哈！这也叫作工作？这工农兵学商，党政军民财，七十二行，你算哪一行？专管谁该生孩子谁不该生孩子，谁生男谁生女，哈哈！看看我们爷仨，那才是学大庆呢！我这个改良的破碎刀具，马上就能提高糖分回收率；四秀试验甘蔗芽片育秧，能节约大量甘蔗；五宝多拉快跑，当上个英雄司机；……"

在田大伯得意忘形地讲话时，五宝和四秀先后走了，田大妈把桌上的炖猪蹄倒进手提饭盒里顺手加了把盐悄悄地走出去了。

田大伯发现屋里没有人："咦？人呢？"再一看桌上的炖猪蹄不见了，"糟了！"追出门口，喊道："五宝他妈，那猪蹄可吃不得……咸……太咸……"

田大伯的喊声被风吹走了，远去的田大妈没有听见。

六、产房里的风波

产房门外，妇产科办公室里，医护人员不时出出进进，气氛十分安静，但今天却多少带点儿紧张。

唐二叔在焦急地等待着。

杨爱甘拿起电话："请接厂农务科，找技术员田四秀同志。"

唐二叔问："就是那个搞试验的技术员？"

杨爱甘点点头："喂，你就是田四秀同志吗？我是蔗区公社农科站的，我叫杨爱甘……"

糖厂农务科。四秀拿着话筒："哦！杨技术员，听说你们也在试验芽片育秧，我正想找你们交流经验呢！你现在在哪儿？……啊？在医院？……什么？产房？……"

杨爱甘拿着话筒："对，是产房。喂，喂……"

这时产房门开了，阿芳端着药盘走出来。杨爱甘急不可待地问道："男的？"阿芳摇摇头。

杨爱甘惊慌地说："啊？！又是个女的？……"

四秀在电话里听到这些话，莫名其妙地自语："怎么？甘蔗还有男女之分？……"

产房门外，阿芳微笑地说："还没生呢！"

杨爱甘这才放下心来："谢谢你。"立刻想到自己还对着话筒，连忙向话筒道歉道："喂，不是谢你。喂，喂，对不起，我心里正在着急，因为绝对不能生个女的……喂……你听我解释……喂……"

四秀在电话里说了一句"莫名其妙"就放下了话筒。

杨爱甘大声地"喂"了几声，已无回音，只好泄气地放下话筒。

此刻田大妈正走来，笑着说："小伙子，生男生女不是一样吗？"

杨爱甘极为认真地说："不一样，这关系到糖的产量。"

田大妈："哦？生个女孩，糖要减产；生个男孩，糖就要增产？"

杨爱甘："也可以这么说吧。大妈，我们正在集中精力搞一项科研，可她，一个劲要生孩子，非生个男孩不罢休，已经第六胎了……"

田大妈惊愕，连珠炮式地批评道："哎呀呀！你这么年轻就生了六胎，像话吗？你为女同志想过没有？你替国家想过没有？这简直是无政府主义呀……"

杨爱甘好容易插进了话："不，不是我，是他……"指了指唐二叔。

田大妈："哦，是你爸爸要你们生的？"转向唐二叔："兄弟，你不该支持儿子破坏计划……"

唐二叔几乎用哭音回答："我儿子？唉！我要有个儿子就好了。"

田大妈正纳闷时，产房门开了，招弟失望而无力地靠在门框上。

唐二叔和杨爱甘紧张地望着她，出现了短暂而惶恐的沉寂。杨爱甘终于敏感而绝望地叫出声来："女的？"招弟点点头。唐二叔跌坐在椅子上，手中的芽片掉下地。

田大妈扶着招弟，心疼地叫起来："孩子，怎么刚生完就自己下床？"

招弟惊叫起来："哪是我呀！"

田大妈越发不明白了："那到底是谁？"

招弟："是我妈！"田大妈现出了全然糊涂的神情。

妇产科病房里。

唐二婶面对墙侧卧在床上，用毛毯捂着头，正在啜泣。阿芳站在她背后说："二婶，吃药了。"唐二婶气冲冲地说："我不吃！这倒霉的医院，净生女的。我说不来，非要我来。"

田大妈与阿芳相视而笑。阿芳走后，田大妈说："生男生女，哪能怨医院呢！"

唐二婶看也没看："难道怨我？准是你女儿生多了，把晦气也带给……"一转身，看见花白头发的田大妈，尴尬地刹住了话。

田大妈笑了笑，唐二婶歉意地说："对不起，我是说那个接生的护士……"

田大妈笑指阿芳说："她可是净生男孩呢！"唐二婶不好意思地笑了笑。

田大妈把炖猪蹄送过去："兄弟嫂，吃点炖猪蹄吧。"

阿芳走过来："二婶，她是田大妈，对人呀，比糖还甜，你就吃了吧！"

唐二婶感动地接过饭盒。

田大妈亲热地说："兄弟嫂，吃吧，咱工农都是一家。"

唐二婶感动地舀了一勺汤，刚喝一口，咸得满脸皱了起来。

田大妈抱歉地说："哟，怕是我那老头子又忘了放盐……我去找点盐来。"

唐二婶忙拉住她："不，不淡，不淡……"

唐二叔带着四个女孩一窝蜂围上来。唐二婶对她们说："叫田大妈。"

孩子们尊敬地叫："田大妈。"

田大妈问一个女孩："你叫什么名字？"

"我叫盼弟，就是盼来一个弟弟的意思。"

田大妈笑了："噢，多好的名字。"

另一个女孩说："我叫来弟。"

第三个女孩说："我叫迎弟。"

最小的女孩口齿漏风地说："我叫梦弟。"

唐二叔："那个大的叫招弟。"

田大妈："嘿！这么多弟呀！"

唐二婶长叹："唉！到头来也没落上一个弟弟。"

田大妈劝慰地说："如今新社会，男女都一样嘛。兄弟嫂，几千年的旧思想把我们这一辈害得不浅哪！说起来，为这种事，我也是吃过大亏呢……"

唐二婶不理解地望着她。

田大妈颇有感触地说："我原来也是糖厂工人，后来犯了错误……"

"犯错误？"

"嗯，就为了想要个男孩，一连生了五个。"

"厂里就把你辞退了？"

"不，我自己没法工作了，只好要求退职回家带孩子，管家务。20多年了，看见过去的姐妹给国家造一座座大糖山，可我呢？别看我都50多岁了，一想起来，心里像针扎一样。"鼻子一酸，几乎掉下泪来。

唐二婶陪着掉下了同情的眼泪："唉！你也一连生了五个女孩……"

田大妈："第五个是个男孩。"

"哦。"唐二婶眼里忽然闪耀出充满希望的光泽，满怀信念地说："到底还是等到了！"

"什么？"田大妈问。

唐二婶："男孩！我也要等下去，一定能等到一个男孩！"

田大妈着急起来："兄弟嫂，你不能……"

唐二婶倔强地："能！你能我也能！我不信，别人种的甘蔗是甜的，我种的甘蔗是苦的？"

田大妈："兄弟嫂……兄弟嫂……"

唐二婶信心百倍地笑指怀中的婴儿道："这个女儿，就叫捞弟。下一回呀，就是从云彩里也要捞回个弟弟来。"

七、算算这笔账

礼堂上横幅写着："全市宣传计划生育先进集体和个人代表大会"。

田大妈胸前戴着红色代表证在大会上发言："计划生育仅仅是生孩子的事吗？不全对。不计划生育，是落后的、不文明的表现……计划生育，对大人，对后代，对整个中华民族都好，生活更幸福。就拿南江糖厂作例，我算了一笔账……"

广播喇叭转播着田大妈的发言。许多路过的职工在听着。

田大伯把头伸出车间窗外，问一小伙子："什么广播？"

小伙子故意逗他："听说是一位大领导的重要讲话。"

田大妈的广播声："前年厂里出生小孩 245 个，产假 13720 个工作日，男职工请假照顾爱人坐月子平均每人七天，共 1715 个工作日，产妇带婴儿看病每人一年平均十天，共 2450 个工作日，三项共 17285 个工作日。去年厂党委大抓了计划生育，出生率减了一半，这就等于增加 8642 个工作日，能增产白糖 1728400 公斤。"所有听广播的人都惊叹起来。

田大伯心悦诚服地听着："讲得太有说服力了，不愧是个大领导。"

市委礼堂里。田大妈在继续发言："这还只是一笔小账，还有吃穿账、健康账、教育账、服务账……比如说，每增加 100 个孩子，就得增加六个保育员，四个小学教师，两个医务人员，外加一个理发员……要是全国都来算算这些大账、小账、政治账、经济账，我看用电子计算机也算不过来啊！"

热烈的掌声。

田家门外小院。翠竹编的小围篱里，有两棵香蕉树，几盆仙人掌，十分雅致。小圆桌前，田大伯正在认真地看着一份宣传计划生育的材料，不时用红笔在重要的字句下画圈圈。

田大妈与大嫂子队长从远处走来。

大嫂子队长："这回市委决定厂社挂钩，你一定要多上我们那儿去。我们队里的唐二婶呀，真像根扭纹柴，怎么也劈不开。"

田大妈："硬劈不行，要先摸摸纹路。"她们说着话来到了家门前。

田大伯满面笑容地说："哟，先进代表回来了。"

田大妈介绍："这是光明大队管计划生育的大嫂子队长。"

大嫂子队长："田大伯，打扰您学习了。"走近一看，兴奋地说："哟，怪不得田大妈搞计划生育有办法，家里有个大顾问呢！"

田大妈迷惑地问："谁？"

大嫂子队长指着资料："你看，帮你钻研业务呢！"

田大妈惊奇地望着田大伯，田大伯略带羞愧地说："今天，我听了一位大领导的广播讲话，她算了一笔账……"

大嫂子队长："什么大领导，她就是……"

田大妈暗扯了她一把。

田大伯："我看了材料才明白，计划生育原来是件大事，今天讲话的，我看至少也是个市委副书记，是吧？你不也去那儿听了吗？"

大嫂子队长捂嘴偷笑。

田大妈故意问："那这位市委副书记算哪一行的？"

田大伯："你呀！不用得意，还得好好学习。人家讲话有板有眼，有根有据，可不像你！……"

大嫂子队长："我们还要请田大妈去给我们大队上马克思主义人口理论课呢！"

田大伯："那还不是要我来帮她备课！"

田大妈："用不着。我下乡这几天，你多操心点家务，以后炖猪蹄别忘了放盐就行。"

田大伯忽然想起："哎呀！那次炖的猪蹄我放了四五把盐，咸得根本不能吃，可你拿去给……"

田大妈惊悟："啊？！……"

八、尖子与锉子

光明大队政治文化夜校。

屋里，田大妈正在给社员们上计划生育课。

大嫂子队长和老莫在夜校门口。

一个年轻媳妇慌张走来："队长……"话未说完，婆婆跑来，拉起媳妇就走。"队长……"媳妇求援地说。

大嫂子队长挡住阿婆："阿婆，让她去听听课吧！"

阿婆："让那些儿女双全的人来听吧！回去！"

媳妇："婆婆，人家都来听，我怎么能不来……"

阿婆："怕什么？咱队里还有个尖子没来呢，天塌下来，有她顶着。"说着拉起媳妇走了。

老莫："尖子是谁？"

大嫂子队长："有名的多产户唐二婶呗！"

老莫笑了笑："她是尖子，我有锉子，看我把她锉圆了给你瞧瞧。"

队长惊喜地："能行吗？"

老莫："不是吹，我精通人口理论问题，一、二、三、四，甲、乙、丙、丁，外加 A、B、C，保证把她说通。"

唐二婶忙着洗尿布。招弟在帮着盼弟和来弟复习功课，迎弟伏在床沿睡着了。梦弟骑着"竹马"到处乱窜，口里不厌其烦地重复唱着一句歌："我骑着骏马奔向四个现代化……"

小炉子上的米糊溢出来了，烟尘飞满一屋，唐二婶忙去端下来。摇篮里的捞弟"哇"的一声哭了。

唐二婶："招弟，抱捞弟尿尿。"招弟把捞弟抱起来把尿。

唐二婶："来弟，去厨房烧点热水，给捞弟洗澡。"

来弟："妈，明早我要考试。"

唐二婶："盼弟去。"

盼弟："妈，我要画画，叫梦弟去。"

梦弟："我要骑着骏马向四个现代化飞奔……"

唐二婶暴躁地说："得了，得了，女妹仔能往哪儿奔，你妈年轻时也是个积极分子，后来还不是带孩子洗尿布！给我统统干活去！"

招弟："妈，让妹妹学习，我去烧水。"说完抱着捞弟进厨房。

大嫂子队长带老莫走进屋来。大嫂子队长："二婶，糖厂派人来上计划生育课，工会老莫同志特意来请你去听。"

正在气头上的唐二婶冷冷答道："你看我哪走得开？"

老莫："噢，孩子可以抱去嘛！"

唐二婶："爹妈只生我一双手，抱不了那么多。"

老莫热情地说："我帮你抱。"说着抱起梦弟，不禁赞赏地说："嘿！多漂亮呀！女孩子就是好。"

这句话刺伤了唐二婶，她怫然不悦，说："好？好你怎么不多生几个？"

老莫："那我才高兴呢！"

唐二婶嘴一撇，"哼"了一声。

老莫："二婶，我可是重女轻男的，可惜啊，老天爷偏让我生男孩，真倒霉！"

唐二婶认定老莫是嘲弄她，生气道："同志，不要话里带骨头，我倒我的霉，不关你的事！"

老莫："二婶，我说的是真话。女孩子又干净又漂亮，星期天，穿上花裙子，结上两根小彩条辫子，带到动物园遛遛……"

唐二婶："你这个同志嘴巴太刻薄了！你想让我给你几句好听的？"对梦弟："玩去！"梦弟跑出屋去。

大嫂子队长忙打圆场："二婶，老莫同志好意来劝你……"

老莫："是啊！这人口理论问题是个有关政治经济、国计民生的重大问题，学问可大了。"说着掏出学习材料："你看看，这材料上写的，要批判马尔萨斯……"

唐二婶："什么！马儿杀来吃？"

老莫："咳！马尔萨斯是一个资产阶级人口理论家。二婶，你是该学习学习了，这城乡几十里，你是第一名多产户，这样没完没了地生下去，要是再生一串女孩……"

唐二婶大怒："什么？怪不得我老生不出男孩，原来都是你咒的！你给我出去！去杀你的马吃吧！"

唐二婶轰他走，老莫退避，不慎跌坐在木摇篮里。

老莫老羞成怒地吼道："马我可以不吃，话可要说明！你再生，那就是非法了啵！"

唐二婶把腰一叉，扑上前去，示威地说："偏要生，哪条王法规定不让生孩子？管天管地，还能管住我生孩子？呸！"

老莫吓得连蹦带跳地逃出门去。大嫂子队长一面劝一面走。

九、月夜闹塘

恬静的村夜，星散的灯火，微拂的熏风，催眠的虫鸣。田大妈打着手电，从大队部向村里走去。

　　唐家的套房里，两张对面的大床，罩着蚊帐。唐二婶忙完了家务，走进来，习惯性地数着散放在床前的板鞋："一、二、三、四、五。"数到这里，看了眼摇篮里的捞弟，接着数，"六。齐了。"然后关了灯，走出套房，上自己的床睡了。

　　皓月当空，银光满地。唐二叔拿着两本书和一盆蔗苗回到家里。他轻轻推开了门，走入套室，自语地说："都睡了？"

　　大床蚊帐里伸出盼弟的脚，唐二叔把它放了回去，又打开另一个蚊帐看看，觉得不够数，又数了一遍，惊惶起来："咦？梦弟呢？"

　　外屋，唐二婶猛地起身："啊？梦弟？板鞋在呀！"

　　"可人不见啦！"唐二叔叫道。

　　唐二婶一拍脑门："哎呀！就是那个杀马吃的把我搞糊涂了！快找去！"

　　唐二婶、唐二叔和招弟沿着村路边喊边找，惊动了村街各家。有的打开窗户探出头来询问，有的扣着衣服出门帮着找人。手电、火把四处乱照。

　　大嫂子队长也来了。大家七嘴八舌地议论着，呼唤着。

　　"梦弟——梦弟呀——"唐二婶的尖叫声划破了宁静的夜空，引起一阵阵犬吠。

　　"哎呀！小鸭子！"招弟在池塘边发现了梦弟常玩的木制小鸭子。

　　唐二婶一见，"哇"一声号啕大哭起来："哎呀！准是掉进塘里去了！梦弟呀！你死了叫妈怎么活呀？……"

　　这时，住在队部蹲点的杨爱甘也跑来了。

　　唐二婶推着唐二叔："你还不快下塘去摸一摸啊！"唐二叔慌忙下水。杨爱甘刚来，还不知怎么回事也跟着跳进塘里。几个小伙子纷纷下塘，一时间，闹得塘里水涌浪翻，虾跳鱼跃。

　　田大妈抱着熟睡的梦弟走来，碰上大嫂子队长。田大妈问："是不是这个孩子？"

　　大嫂子队长仔细一看，叫起来："就是她！二婶——找到啦！"

　　唐二婶连忙奔过来："哎呀！我的小梦弟啊！"

　　田大妈说："我在村边的大榕树下发现她睡在地上。怎么不管好呢？"

唐二婶抱过梦弟，感激而抱歉地："田大妈，谢谢你了。唉！管不过来啊！"

梦弟醒过来说："妈，刚才我梦见一个胖弟弟，我们一块儿去抓蝴蝶。"

唐二婶破涕为笑："好孩子，还是你懂妈的心，回家睡觉，接着再梦吧，啊！"忽然想起："哎，你爸爸呢？"向池塘喊："招弟她爸！"

唐二叔从水中钻出头来，身上挂几丝水草，口里吐出一股水柱。

杨爱甘也从水中钻出来，嘴里竟吐出一条小鱼。

十、火上浇水

雄鸡唱晓，晨曦初露。

唐二叔把一盆盆试验种的蔗苗搬出屋来，放在向阳的木架子上。忽然从屋里窗内扔出来一团背带，正中唐二叔怀抱，紧接着又扔出一包尿布。

唐二婶抱着捞弟出来："把孩子背上。"

唐二叔："送幼托嘛！"

唐二婶："我舍不得，再说每月还得交钱。"

唐二叔为难地说："今天我要去糖厂参观蔗苗移植新技术。"

唐二婶："跟你讲，昨晚田大妈给我算了算账，我一想，是得积极出工了，对国家也得做点儿贡献，还得挣个三转一响嘛！"一边说一边把孩子放在唐二叔背上。

招弟扛着锄头从屋里出来："哼，这样下去，等大家都有电视机了，咱们还安不起个广播喇叭！"

唐二婶："少插嘴！"

招弟不示弱地说："爸爸搞芽片育秧在市科委挂了号的，你想拉四个现代化的后腿呀！"

唐二婶怒道："你也学着开帽子工厂？"

招弟："妈！有事我来做，你别老拖着爸爸围着小家转……"

唐二婶："小家？没有小家能有大家？没有大家能有国家？亏你还念过那么多年书！"

招弟："书上可没有你那个理儿！"

唐二婶怒气冲冲地说："我不讲理？"

唐二叔："好了，别吵了。孩子我背去，家里的事我多干点儿，这都好说，只要你往后不要吵，让我心里别那么多乱，精神不那么紧张，早点把芽片育秧搞成，我就给你烧高香了。"

唐二婶一面有些感动，一面也满腹委屈地说："你以为我生来就爱吵？我就那么喜欢洗尿布？我不会清闲享福，这不都是想要个……"

唐二叔："招弟她妈，再不能这么想了……"

唐二婶："你不想我想！快走吧！搞你的试验去，别又说我拖后腿！"说完径自进屋去了。

招弟看看唐二叔，心疼地说："爸爸，昨晚你又熬夜了吧？眼都熬红了。"

唐二叔："'四人帮'把我们国家搞得那么落后，大伙儿不一起使劲搞科研怎么行？我种了一辈子甘蔗，不在这上面熬熬眼，又往哪使劲呢？"

唐二叔背着孩子，拿着一网袋尿布、米糊、奶瓶走了。

"爸爸——"招弟追上去，要把唐二叔的背带解下来。

唐二叔阻止地说："不，你背着她怎么开收蔗机？"

招弟含着眼泪望着远去的爸爸。

（招弟内心独白）"好爸爸，你就像甘蔗一样，宁可把自己碾成粉末，也要把糖汁全榨出来。"

忽然愤然地向着屋里喊道："妈妈！我严正声明，从今天起，我要帮爸爸搞试验，也要像甘蔗一样……"

唐二婶冲出来："什么？像甘蔗？"

招弟两手叉腰，一副决裂的架势："我以后再不帮你做家务事了！"

唐二婶惊愕气愤地说："啊？！你这个没良心的……"说着拾起一节甘蔗向招弟扔去，招弟迅即跑走，飞去的甘蔗正打中刚走到院门口的五宝。

唐二婶歉意地讪笑："你是……"

五宝抱着甘蔗，尴尬地傻笑："我……我……我不想吃甘蔗……"看见招弟在远处向他招手，赶忙扔下甘蔗跑去。

唐二婶奇怪地看在眼里。

两双漫步的脚，两个斜长的人影，徜徉在夕照中的小溪边。

五宝："对付你妈那个火爆性子，可不能火上浇油。"

招弟："那叫我怎么办呢？"急得想哭了。

五宝想了想，说："我给你出个主意——火上浇水。"

"浇水？"招弟不大明白。

一只有力的手提着一木桶水往盆里倒。

唐二婶倒完了水，叹了口气，坐在盆前使劲搓起衣服来。

招弟悄步从背后走来，用手轻轻地蒙住了她的眼睛。

唐二婶："讨厌，谁呀？"

招弟一撒手，甜甜地叫了一声："妈呀！"

唐二婶："死丫头，还小呀！"

五宝在屋外扒着窗口往里偷瞧，满意地笑着。他一只脚踩着一个铁水桶，另一只脚无着落地悬着。

招弟走进里屋，端来了一杯茶，笑容可掬地递给唐二婶，又亲昵地叫了一声："妈——"

唐二婶奇怪地扫了她一眼。招弟端来一杯茶，说："妈，喝杯茶。"

唐二婶头也没回："没空喝。"

招弟放下茶杯，拿出一块糖，剥开糖纸："妈，吃糖。"唐二婶还未来得及张口，招弟已把糖塞进她的嘴里。

五宝在窗口窥望，满意地笑了。

招弟推开唐二婶，说："我来洗。"

唐二婶又推开招弟："你洗不干净，一边待着去。"

招弟故意嗔道："你才洗不干净呢！"

唐二婶感慨地说："我洗了大半辈子尿片啦。"

招弟温存地说："妈，还没洗够吗？"说着抢过尿片和妈一边洗，一边说："往后，我们再也不让你操心受累了。"

唐二婶听出话外有音，说："又要劝我别生个弟弟了？"

招弟柔情地说："还不是心疼你。"

唐二婶："你怎么不心疼妈往后的日子？"

招弟："有六个女儿疼你，往后的日子还不甜哪！"

五宝站在窗外一边倾听，一边点头。

唐二婶深深地叹了口气，曼声地说："六个女儿不就是六只小鹧鸪，翅膀长硬了，一个个就飞了，留下老鹧鸪……"

招弟："老鹧鸪不也可以一块儿飞走吗？"

唐二婶摇摇头："我哪儿也不去。"

招弟："为什么？"

唐二婶："跟女儿出嫁，自古没那个规矩。"

招弟语塞，五宝在窗口招手，招弟跑出去，五宝向她耳语几句。

招弟又回到唐二婶跟前撒娇地说："到时候把你抬去。"

唐二婶："笑话，连你爸也抬去？没见过老丈人丈母娘坐花轿上女婿家。"

招弟又气又急地说："妈！那你……你要我怎么办？"

唐二婶坚定地说："反正我的主意早打定了，你爱怎么办就怎么办。"

僵住了，招弟以眼色求援于窗外的五宝。

五宝皱眉摇头，焦急无奈。

唐二婶不胜悲戚地说："常说白果心中苦，山楂腹内酸，你哪里懂得妈的心事啊！我如今也落上了你外婆那种腰疼病，到老了，身旁没个人端水送饭的……"

招弟："妈，别那么说，我们都轮流来伺候您。"

唐二婶："哪能啊！傻孩子，有那么一句话就行了……妈不会委屈你们，只要你们出嫁以后常想到妈也就……"说着哽咽起来，伤心地擦了擦眼角。

招弟的泪水也滚出眼眶，动情地叫了一声："妈……"

唐二婶搂着招弟，曼声说："世上只有娘疼儿，哪有儿疼娘的？……"

招弟深情地看着妈妈，激动地站起来："不，妈，我留在身边伺候您一辈子。"

唐二婶反而笑了，说："别说傻话了，哪有女孩不嫁人的？"

招弟倔犟地说："女孩就一定要嫁人吗？"

窗外五宝的眼里露出惊异的神情。

唐二婶抚摸着招弟，疼爱地说："净说好听的，妈还不知道！女婿都找好了，听说是糖厂司机。"

招弟："妈，只要你响应党的号召，不再生弟弟，我不和他结婚就是了。"

这时窗外"咣"一声，招弟转头看，五宝的脸不见了。

唐二婶奇怪地看着窗户："什么响？"

招弟推门追了出去："五宝！……"只见五宝四脚朝天跌在地上。

五宝爬起来拔腿就跑。

云轻星灿，斜月如钩。

亭亭玉立的木瓜树下，五宝抱着树干，犹如吃了黄连般有苦难言。

招弟站在一边，也不知说什么好，半天才开口："那你要我怎么办呢？"

难耐的沉默。招弟急了："你倒是说话呀！"

五宝没好气地说："我还说什么呀！刚才我说让你在你妈身上火上浇水，可你把一盆冰凉的水浇到我头上了！"

招弟叹息地说："唉！你真不谅解我。"

五宝："我不谅解你？我看你心里根本没有我！"说完一转身跑了。

招弟喊了两声，没有回音。五宝的身影早已消失在朦胧的夜色中。

十一、令人迷惑不解的姑娘和小伙子

田大伯在看一张涂了色彩的招弟半身相片，眉开眼笑地不住点头，念念有词地赞赏："好姑娘！一看就知道是个爽快人，我同意，我赞成。"

田大妈进屋："一个人跟谁说话。"

田大伯含笑地说："跟儿媳妇。"说着，把照片收起来。

田大妈："你发痴了！"

田大伯："你这个当妈的，净管别人该不该结婚，该不该生孩子，可对自己孩子……唉！你知道他们多大了？"

"我当妈的还能记不住？"

田大伯："都够晚婚条件啦！也该关心关心儿女婚事啦！你看。"拿出招弟的照片。

田大妈一看，不禁喜出望外："啊！多水灵的姑娘！咦？这不是唐二婶的大女儿招弟吗？"

田大伯："是呀！照片后面有名字。看日期，三年前就跟咱五宝恋爱上啦！"

"这可好了！"田大妈像孩子似的高兴起来。

田大伯："这样的媳妇还能不好？"

田大妈："媳妇好，可更好的是，可以帮我一起从内部攻破堡垒了！"

"堡垒？"

"唐二婶！"田大妈把一张"计划生育登记表"交给田大伯，上写着："1978年计划生儿子一个"。

田大伯吃惊地说："啊，唐二婶还要生下去？"

这时，门外传来清脆悦耳的声音："请问，这是田大妈的家吗？"

两位老人一转身，门口站着一个健美娟秀的姑娘。两位老人禁不住大喜若狂地同声说："就是她。"

招弟端庄大方地走进屋来，彬彬有礼地说："田大妈，田大伯，你们好！"

田大妈分外亲热地迎过去，拉着招弟的手。

招弟："我叫唐招弟，是五宝的……"

田大妈打断她："知道，知道，是我们五宝的……"

田大伯插道："朋友。"

招弟纠正地说："不，是同志。"

田大妈喜不自胜地说："对，同志，同志，怎么叫都一样。老头子，你乐傻了？还不快去给五宝的……'同志'削菠萝去。"

田大伯："噢！削菠萝，削菠萝。"

招弟："大伯，不用客气。"

田大伯："哎，虽说是一家人，可你还是头一次进门呢！"说完进里屋去了。

招弟心里极为不安，试探地说："大妈，五宝都跟你们说了些什么？"

田大妈："他呀，一直瞒着我，可今天他瞒不住了。"笑眯眯地把相片亮了出来。

招弟痛苦地把照片拿过来，收进自己口袋说："你告诉他，照片我收回去了。"

田大妈诧异地投以询问的眼光。

招弟不情愿地说："我们……结束了。"

"啊?！"田大妈简直不相信自己的耳朵。

招弟坦率地说："我今天特意来向他说清楚，请他谅解。"

田大妈："姑娘，是我五宝对你不好？"

招弟连忙否认："不，不是。"

田大妈："是我五宝缺点太多？"

招弟："也不是。"

田大妈："是我五宝对你父母不尊敬？"

招弟："更不是。大妈……"

田大妈失望地说："那必是杉木秤杆金秤砣，五宝配不上你了……"

招弟想哭了："大妈，你说到哪儿去了！"

田大妈："这也不是，那也不是。唉！总有个原因嘛！姑娘，你要不说个清楚，大妈心里……"

招弟心绪缭乱，不知怎样回答。忽然，她抬起头来，眼里闪着泪光，以赤诚而带着天真的语气问："大妈，我问你，国家的事重要还是个人的事重要？"

"当然是国家的事重要。"

招弟又问："为了国家，为了革命，应当作一点儿自我牺牲吗？"

田大妈："应当，应当。"

招弟似乎得到了慰藉和力量，说："那我做对了，我相信五宝会谅解我的。"

田大妈："我不明白。"

招弟："回头你问问五宝就明白了。大妈，谢谢你。"招弟交织着倔强和伤感的情绪掉头走了。

田大妈追出几步喊道："招弟姑娘，我想和你谈谈你妈……"

招弟难过地回头："快别提我妈了……"说完又增添了一层羞愧走了。

田大伯端了一盘削好的菠萝出来："人呢？"

田大妈喃喃自语："咳，牺牲了。"

田大伯困惑不解地："啊？！"

田大妈和家属生产队正在劳动，路旁一辆运蔗卡车停下来。

五宝把头伸出车窗，喊道："妈，我今晚不回家了。"

田大妈走过来，关切地问："车队加班？"

五宝面有郁色，说："我自己加班。"

田大妈："刚才招弟来了。"

五宝急问："她说什么来着？"田大妈用难过和心疼的眼光看着他，不忍说下去。五宝明白了，嗒然垂下了眼帘。

田大妈停了一会儿，安慰地说："别看有点风风雨雨，雨过了，天会晴的。"

五宝忽然抬起眼睛，说："妈，我也伺候你一辈子。"

田大妈不解地问："你说什么?!" 五宝没有回答，开着汽车走了。

田大妈朝着远去的汽车，迷惑不解。

十二、令人失望的小伙子和姑娘

田大伯与田大妈一起走着。

田大伯兴冲冲地说："我带你到农务科找找四秀，说不定唐二叔在那里。"

田大妈："能做好唐二叔的工作就好办了。"

田大伯："感谢那位市委领导的广播讲话，使我也成了宣传计划生育的积极分子啦！"

田大妈笑道："我向她汇报一下，表扬表扬你。" 田大伯也笑了。

他们正走着，忽然发现路旁树荫下的石条凳上四秀和杨爱甘坐着的背影。

田大伯兴奋而紧张地悄声说："四秀！"

"不可能。这孩子从来……哟，是她。" 当田大妈看清后，欣喜之情形诸于色，轻声说，"快走开，别冲散了他们。"

田大妈正要拐弯，传来了杨爱甘的声音："四秀，你的话全说到我心里去了。"

田大妈听不清，忙把田大伯拉过来问："他说什么？"

田大伯重复了一遍："你的话全说到我心里去了！"

田大妈乐得心花怒放："快去听听，四秀还没表态呢！"

田大伯觉得不大好，田大妈推着他，说："你就装着路过他们后面。"

田大伯也很想听听，又不好意思，在田大妈的催促下，只好鼓起勇气去了。

四秀对杨爱甘说："其实咱俩的想法完全一致。"

田大伯急回到这边，重复着说给田大妈听。田大妈高兴得捂着嘴笑，说："四秀平时不爱说话，话一说出来，就准说在点子上，这下有指望了。"

这时，又传来了四秀和杨爱甘的声音。

四秀："这一页你看完了？"

杨爱甘："唔，我看关键在甘蔗芽片消毒不好。"

四秀："光用石灰水不行，试用用'新力生'。"

杨爱甘："对，咱们的想法又完全一致了。"

四秀："走，马上到蔗区试试。"

失望的田大妈和泄气的田大伯，互相做了一个十分惋惜的表情。

田大妈："唉！人家说的是甘蔗……"

杨爱甘与四秀站起来，一回头，看见正想躲藏的田大伯、田大妈，觉得奇怪。四秀："爸，妈，你们在这儿……干什么？"

田大伯尴尬地望着田大妈，田大妈发窘地望着田大伯，同时说："是呀！咱们在这儿干什么？"

田大伯支吾其词地说："我们在这儿……谈谈心。"田大妈瞪了大伯一眼。

四秀："杨技术员，我们走吧！"

田大妈叫住她："四秀，你知道五宝有个对象在光明大队吗？"

四秀："两年前就知道了。"

田大妈："啊？两年都不跟我说一句，也不怕把话烂在肚子里。"

四秀："说这些干什么？"

田大妈："我给你个任务，这次去找招弟摸摸底，他们闹的什么别扭，回来向我汇报。"

四秀："懒得管那些闲事！"

田大妈："不是闲事，这是工作。你知道，我要把招弟团结过来，再一块儿去争取唐二婶，懂吗？"四秀微笑着点头。

田大妈看了一眼杨爱甘，认出来了："哦，你不也是唐二婶家的……"

杨爱甘连连否认："不，不，我是公社农科站的技术员，我姓杨。"

田大妈："哦，杨技术员，有空常来家坐坐。"

杨爱甘："大妈，没空啊。"

田大妈殷切地说："星期天和四秀一块儿来。"

杨爱甘老实巴交地说："星期天怕也离不开甘蔗试验场。"

田大妈仍不甘失败地说："四秀，等完成了试验任务，你一定请杨技术员来玩，啊！"

四秀回头，淡然地说："随他便。"

田大妈几乎是绝望地叹息起来："傻孩子……"

十三、茅塞顿开

竹影婆娑的小溪边，四秀与招弟并肩漫步，倾心交谈。招弟激动的手势和四秀沉思的神情交替出现。

四秀："招弟，你这种想法太天真了，难怪你妈不接受。"

招弟焦急地说："那我有什么办法呢？"

四秀："其实，矛盾很好解决。"

招弟怀着希望地看着这个娴静的姑娘，好像马上可以得到什么起死回生的灵丹妙药一样。

四秀："让五宝到你家来落户，不就两全其美了吗？"

招弟十分意外地犹豫着："这……"

四秀："你没想过？"

招弟使劲地摇头。

四秀："我们妇女就不能娶个丈夫回来？"

招弟怀疑地说："五宝他会……"

四秀："他不干就不要他。"

招弟："那大妈呢？"

四秀："我妈思想先进着呢！要不还选她当委员？"说着笑了起来。

招弟的脸颊上飞来了两朵红云，眼里闪着幸福的光芒。

五宝下班后路过礼堂，里面正敲锣打鼓。心情郁闷的五宝顺便进去看了一眼，正在台上排戏的老莫高声喊他。

老莫跑到五宝跟前，说："我们正排练《新刘三姐》，演阿牛的病了，你来演怎么样？"

五宝没精打采地说："刘三姐都飞了，还有什么心思演阿牛？"

老莫吃惊地说："招弟变心了？"五宝叹口气，摇摇头。

老莫："招弟的品性我知道，她决不会……"

五宝打断他："她是爱我的，可决心永远不结婚。"

"为什么？"

"要陪她妈过一辈子。"

"哦？"老莫显出一副高明谋士的样子，思考着，"这里有鬼。"五宝探询地看着他。老莫忽然拍了一巴掌："对了！唐二婶想儿子想疯了，准是想让你做她的儿子！"

"胡说八道！"五宝生气地说，"我要做了二婶的儿子，招弟不就成我妹妹了？"

"你呀！"老莫指着他的头，"是个大木瓜，她是想让你上门当女婿，落在她家！"

"哦?！"五宝发着愣。

老莫："怎么？你不愿意？你还有男尊女卑的旧思想？这点，你得向我学习，我一向主张女尊男卑。你不信？哈哈。我告诉你个秘密，我还打算生个女孩，到时候，男孩子叫他们统统上门去，女孩留在身边。"

五宝茅塞顿开，一拍脑门，飞也似的跑了。

老莫觉察说走了嘴，高喊着追去："五宝！站住！"然后细声地喊："生女儿的事，千万别向你妈泄密啊！"

五宝飞跑在广阔的原野上，迸发出惊人的马拉松长跑毅力。

五宝跑进了村，撵得鸡飞狗跳，转弯角上与一头大水牛相碰，竟把水牛推到路旁。他直跑到唐二婶家大门口，才停下脚步，定了定神，拭去了如雨的汗水，轻步走了进去，穿过院子，来到屋门前，这时，屋里传来了几个人谈话的声音，五宝驻步静听。

屋里。四秀、唐二婶、唐二叔、招弟围坐在一起。

四秀："二婶，工农本来就是一家亲，谁上谁家，又有什么关系呢？"

唐二婶："我们农村哪有城里好？谁会那么傻，把儿子送到这里来安家？"

招弟抢着说："人家田大妈是老先进，才不像你。"

唐二婶："就是大妈开通，五宝也未必愿意。"

五宝听到这里，想进屋去，但又转了念头。他回头看见院子一角，正在修整着的猪栏旁边放着斧子和木头，便走了过去，拿起斧子使劲地劈起木头来，发出"笃笃笃"的声音。坚硬的木头在他斧下变成了小碎块。

屋里的人被这突如其来的劈柴声怔住了。

"谁？"唐二叔以询问的口吻问着。

大家一齐走到房门口，都惊呆了。

"五宝！"招弟意外地轻叫了一声。五宝不声不响地还在劈着木头。

唐二叔奔出屋去："五宝，这活儿哪要你来做！"

五宝抬起头来，真诚而朴实地说："这是我的家。"

唐二婶骤然热泪盈眶，亲昵地叫了一声："五宝！"

十四、我们的生活充满阳光

五宝以十分幸福的心情驾驶着汽车，旁边坐着二十分幸福的招弟，他们不时交换着三十分幸福的眼光。歌声插上了欢乐的翅膀，迎风飞翔。

千里沃野，锦装绣裹，万里晴空，飞云流霞。花树婆娑，缀红披翠。飞瀑流泻，水花映红。蓓蕾开放，蜂忙蝶乱。两只小鹿从山坡丛林奔出，侧首谛听。

（此歌词系秦钰玉等创作）

幸福的花儿心中开放，爱情的歌儿随风飘荡。
我们的心儿飞向远方，憧憬那美好的革命理想。

并蒂的花儿竞相开放，比翼的鸟儿展翅飞翔。
迎着新长征路上战斗的风雨，为祖国贡献出青春和力量。
啊——亲爱的人啊携手前进，我们的生活充满阳光。

汽车开到一个山清水秀的路旁停了下来。五宝下车给汽车加水，招弟在溪边洗脸洗手。这里，野花夹岸，幽鸟乱啼，凉风拂来，令人心旷神怡。

五宝加完了水，与招弟并坐在溪边，招弟似在倾听鸟啼，沉入美好的幻想中。五宝憨态可掬地对招弟说："招弟，我到你家后，一定多多干活，什么担水呀，煮饭呀，我全包了。"招弟笑了，说："有我哪！"

五宝："那我……养猪，种菜……"

招弟："也用不着你。"

五宝："那我干什么？"

招弟："想想！"

"嗯……总不能叫我去帮你妈洗尿布吧？"五宝和招弟都会心地笑了。

五宝向溪中扔了块石子，心里充满幸福地说："这回，我们的条件总算成熟了！"

招弟不吱声，深思地说："'四人帮'套在我们脖子上的枷锁被打碎了，可是，捆在我们手脚上的落后愚昧的绳索什么时候才能解开呢？"

五宝："招弟，你说的是……"

招弟向往地说："我多么想学习啊！十年动乱把我们这一代人害成了文盲、科学盲、技术盲。我们祖国五千年的文明怎么发扬呀！党号召我们迅速提高全民族科学文化水平，我们最迫切的难道不是学习吗？"

五宝激动地说："招弟！你的意思是……条件还不……"

招弟深情地望着他，柔情地点点头。

汽车在欢快地奔驰着，忽然停在家属生产队菜地旁。

"妈！快来！"五宝简直以欢呼的声调喊道。

田大妈走近，发现招弟，惊喜不已："啊！招弟姑娘！"

招弟微带羞涩："田大妈。"

田大妈欣然色喜："快回屋去。"

五宝轻声地对妈妈说："我们出差去外地运抽水机，过几天就回来，回来就去登……"冷不防从背后击来一拳，五宝"哎哟"一声，把话噎回去了。

田大妈抑制不住地笑起来："我明白了，我明白了。"

招弟拿出一张"计划生育登记表"交给田大妈："这是我妈新填的表，她要我亲自交给您。"

田大妈一看，上写着："做绝育手术。"顿时大喜过望，笑得合不拢嘴。

汽车开走时，五宝又伸头出来喊道："四秀回来会把一切都告诉您，您一定会同意的。"

田大妈望着开去的汽车，千欢万喜，喊道："我同意，一百个同意。"

十五、决不反悔

田大伯在房间里用钢尺量着位置，田大妈帮着拉钢尺，忽然手一松，钢尺"哧溜"缩了回去。

田大伯问："你在想什么啦？"

田大妈反问："你在想什么啦？"

田大伯："我在想法布置新房呀！"

田大妈："我在想唐二婶怎么一下子就攻下来了呢？"

田大伯："咳，那还不是招弟做了工作，五宝又帮了忙呗！"

田大妈："可她的思想是怎么转过弯来的呢？"

田大伯："是呀，这婚事怎么也一下子就成了呢？不管它，等四秀过几天回来就知道了。"

田大妈："我得去探望探望亲家，把婚事落落实，更要紧的是总结总结唐二婶转变的经验。堡垒攻破了，蔗区的计划生育工作就会像6月的甘蔗节节高了！"

唐二婶的一双手以神奇的麻利，把数以十计的家务事在一个早晨几乎全干完了。她那微微含笑的脸上，焕发着朝气蓬勃的神采。听，她一边干活还一边哼着彩调呢！

太阳出来了，阳光向屋里射进了银亮的光柱，把唐二婶欢快的心境更提到了一个新的高度。唐二婶看了看唐二叔桌上和屋角里的那些种着蔗苗的大小盆罐，便爱惜地和盼弟、来弟一盆盆端了出去，放在阳光普照的地方。

光明大队甘蔗试验地。

唐二叔、杨爱甘和四秀在细心观察着甘蔗苗的长势。

杨爱甘拔出一根说："二叔，我们到各个大队去比较一下。"

唐二叔："我回去向你二婶请个假。"

杨爱甘和四秀相视一笑。杨爱甘："她要是再叫你带孩子去，我替你背着。"

四秀急了："那怎么行？咱们要去好些天呢！"

唐二叔叹口气，说："什么时候她不吵着要个男孩，天下就太平了，我也就解放了。"杨爱甘和四秀笑了。

"二婶来了！"杨爱甘紧张地报警。

只见远处唐二婶扛着锄头大步走来，唐二叔有点儿慌乱起来："我请假的时候，你们替我说几句话。"

杨爱甘："你要沉着镇静点儿。"

四秀："我来保驾。"

唐二婶大步走来，爽朗地喊道："看见我来了，全都站着干什么？"说着手臂一挥，一块黑黝黝的布团飞了过来，正中唐二叔的怀抱。

唐二叔的脸色"刷"一下变了，抱着布团，低声叫苦地对杨爱甘轻声说："完了，背带又扔来了，背着孩子走吧！"

杨爱甘："这……"

说话间唐二婶过来了，说："一清早出来，也不怕露水凉。"

唐二叔："不凉，我正……冒……汗哪。"

唐二婶催促地："还不穿上？"

唐二叔不明白，四秀发觉了，把唐二叔抱着的黑布团打开，原来是件厚衣服。唐二婶亲手把衣服披在唐二叔身上。唐二叔和杨爱甘如释重负地嘘了一口气。唐二叔："捞弟呢？"

唐二婶自豪地说："从今天起送进大队托儿所啦！"说完扛起锄头哼着彩调走了。突然又回过头来，意味深长地说，"往后啊，你想背也没有喽！"

唐二叔欢欣地望着她远去的身影，忽然想起来："哎呀，我忘请假了。"

四秀大声提醒他："二叔，你解放了！"

唐二叔怀疑地望着自己的手脚，半自语地说："解放？……"然后宽慰地笑了。

青葱的蔗林已齐腰高了，沿公路两边延伸开去，有如绿云，无边无际。

田大妈收拾得格外整洁利落，拎着一包糖果，随身带着一沓宣传材料，兴高采烈地走在路上，徐徐地吸着蔗苗的清香，心清神爽。她来到光明大队蔗地里，东瞧西望，终于发现了正在干活的唐二婶，不由得亲切地高声叫起来："他二婶！"唐二婶回头一看，喜出望外，奔跑过来。

唐二婶："哎哟！我的好亲家来了！"两双手紧紧地握拢在一起。

田大妈："亲家，孩子都团结了，我们可不能分裂啊！"

唐二婶："亲家，过去都怪我不好。"

"哪儿的话，今天咱工农是亲上加亲格外亲啊！"田大妈笑呵呵地说。

唐二婶："怎么不先捎个话来？走，上家去。"

田大妈："地里活紧，咱一起干，下了工再好好聊聊。"

唐二婶爽快地说："嘿！亲家，看你，给！"把锄头给田大妈。

唐二婶带着田大妈在锄甘蔗支苗。唐二婶边锄边教她："这甘蔗分蘖太多，支苗一多，主苗就长不好了。"

田大妈一听，立即引起职业性的敏感，马上停下活来，认真地说："你给我讲讲道理。"

"明摆着嘛，地就那么大，苗太多，地力不足。"

田大妈刨根问底地说："地力不足可以多加肥嘛！"

"加肥也不行，苗太挤，阳光照不透，甘蔗能长好吗？再说，让这些支苗横七竖八地长，一不成蔸，二不成行，没个计划，怎么护理？到时候，甘蔗歉收，拿什么去给你们榨糖？"

"等等！"田大妈急忙拿出笔记本和圆珠笔，戴上老花镜，要记下这些话，"你说得太好了，再说下去……"

唐二婶奇怪地问："怎么？你要去推广甘蔗剪苗技术？"

田大妈脱口而出："不，我要推广计划生育。"

话一出口，互相都明白了。唐二婶指着田大妈，田大妈指着唐二婶，不说自明，不觉昂首大笑。

笑声把田大妈和唐二婶带进屋里。

田大妈和唐二婶面对面坐着，话接话说着，真是表不完的心意，诉不尽的衷肠。

田大妈亲切地抓着唐二婶的手，说："他二婶，咱两家结了亲，这是一桩大喜事！你决定去做绝育手术，这更是一件大喜事！今天你得好好跟我讲述讲述，思想是怎么转过弯来的，介绍介绍经验，这对我们开展工作很有好处。"

"他大妈，你这话把我脸都说红了，我思想落了后，做检讨还来不及呢！说实在话，这份功要归你，是你帮助了我呀！"

田大妈："哪里，我帮助得太不够了。"

唐二婶："还不够？送猪蹄，送药丸，讲道理，做宣传，如今连心都掏出来给了我。为了推广计划生育，你宁可做出个人的牺牲……"感激地说："我还有什么话好说的！"

田大妈："看你说的！我不过宣传宣传，哪说得上什么个人牺牲呢？亲家，你是真通了？"

唐二婶："通了通了，一通百通！只是……"

田大妈："只是什么？"

唐二婶有些歉意地说："这门亲事这么办……合适吗？"

田大妈爽快地说："合适，合适，哪有不合适呢？"

唐二婶："他大妈，这么大的事，你可要再细细想想啊！"

田大妈焦急地说："他二婶，五宝和招弟正像金鸡配凤凰，天上难找，地下难寻啊！只要他们愿意，我一百个赞成！"

唐二婶说："你越这么说，我心里越是过意不去。好吧！好亲家，我一定把五宝当作亲儿子一样，你就放心好了。"

田大妈："你也放心，我也一定把招弟当作自己的亲女儿一样。"

唐二婶兴奋地站起来："那就这样说定了！"

田大妈也站起来："老话说，一言出口，驷马难追啊！哈哈……"

唐二婶："亲家，反正他们也到晚婚年龄了，你看是不是早点过门？"

"唔！夜长梦多，年轻人好闹个小别扭，到时候……"

唐二婶："说真的，我真担心五宝反悔。"

田大妈："不瞒你说，我怕的是招弟反悔呢！不管他们怎么样，我们二老决不反悔！"

唐二婶感动地抓住田大妈的手，半天才说出话来："你真是我的好亲家！"

田大妈："可有一句话还得落一下实。"

唐二婶惊讶地问："怎么？刚才不是全都落实了吗？"

田大妈凑近唐二婶，小声说："你什么时候去做手术，我替你到医院去联系。"

唐二婶一听便笑了，指着田大妈："三句话不离本行呀！"

田大妈笑着道："事关重大啊！"

唐二婶："好，两三天就去。"

田大妈不放松地问道："说定了，后天？"

唐二婶坚决地回答："后天就后天。"

田大妈激动地握着唐二婶的手，由衷地说："你真是我的好亲家！"

十六、两个新房

田家的新房大体布置好了，朴素、实用而雅致。

田大妈在擦洗桌椅，田大伯站在桌上，贴了一张宣传计划生育的招贴画。

田大妈笑问："你贴了个什么？"

田大伯诙谐地说："在委员妈妈家里办喜事，还能没有这个？"

田大妈笑道："嘿！你可比我还先进啊！"

唐家的新房也大体布置好了，也是朴素、实用而雅致。

唐二婶在擦洗桌椅，唐二叔站在桌子上贴了一张九个胖娃娃坐在一条大鲤鱼身上的年画。

唐二婶赶紧喊道："要不得，要不得，这张画要不得。"

唐二叔莫名其妙地望着她："这不是你以前买回来的？"

唐二婶忙把画揭了下来，说："这张画和宣传计划生育不符合。"

唐二叔这才醒悟，笑道："嘿！你可比我还先进啊！"

十七、酸

糖厂医院妇产科办公室里。田大妈与阿芳在说话。

阿芳欣喜万分地说："啊！唐二婶决定做手术了？！"

田大妈："人总是在进步嘛！阿芳，手术可要找个有经验的大夫做。"

阿芳："放心，凡做这种手术都是选最好的医生，给最优越的条件呢！"

田大妈试探地说："老莫常买女娃娃的画，想必是你很喜欢女孩啰？"

阿芳心里一顿："不，大妈……"

田大妈试探地说："阿芳，你最近脸色不大好。"

阿芳："我……有点……"

田大妈："食欲不振，是吧？"

阿芳欲说又止："嗯……我……"

田大妈："下了班，我去你家，慢慢谈，好吗？"阿芳点点头。

"哦——啊——依——"

老莫在家里对着镜子练唱，由于嗓子嘶哑上不去，老是荒腔走调。可是他并不气馁，毅力非凡地练下去。

阿芳下班后走进屋来："老莫！"

老莫向她摆摆手，示意不要打断他，继续着他的艰巨的练唱。

"老莫，我有事跟你说。"

老莫向镜子里的阿芳示意等一会儿。

"呕——"阿芳一声反胃作呕。老莫惊跳起来，喜滋滋地问："有了？"

阿芳半含怨意地斜了他一眼。

老莫："反应跟上两次不一样吧？"

阿芳："好像不一样。"

"啊！那一定是个女孩儿！"老莫兴奋难抑地指着墙上四围贴满了的女娃娃年画问道，"阿芳，快告诉我，你看见这些画的心情怎么样？"

阿芳没好气地说："我想发脾气！"

"哎呀！"老莫慌乱起来，说，"千万不能发脾气，你要多看她们。要温柔地，愉快地，怀着希望的心情看她们，那保准会生个像她们一样漂亮的女……"

阿芳："我想吃酸东西。"

老莫："好！我早就腌了酸黄瓜，随时准备着呢。"急忙去取。

阿芳："老莫，我想去做人工流产。"

老莫："你疯了？"

阿芳："我自己订的节育计划能不算数吗？"

老莫一面从酸坛中夹酸黄瓜，一面说："所以啰，你一定得保密。"

门外一个熟悉的声音："阿芳在家吗？"

老莫吓昏了："糟糕，田大妈……"

田大妈推门进屋，见阿芳靠卧在床上，老莫正端着一大碟酸黄瓜，表情极不自然。田大妈关切地问："阿芳吐了？"

老莫赶紧插话："她胃不好，有点……吐酸水。"

田大妈："吐酸水要吃酸黄瓜？"

"嗯……"老莫慌不择词地说，"当然，胃酸少了就要吐酸水……"

田大妈纠正地说："胃酸多了才吐酸水。"

老莫顺水推舟地说："对，对。所以我不让她吃酸黄瓜。"

田大妈早已看出端倪，故意问："那这一大盘是你吃的？"

老莫不得不承认，装着理直气壮的样子说："我最爱吃酸东西了，久了不吃，嘴就发酸。"

田大妈："你又说倒了，吃了酸东西嘴才发酸。"

老莫："对，对，我说的是久了不吃，心里发酸。"

田大妈想笑，又忍住了，故意说："我不信，哪儿有这回事！"

周民震作品自选集
甜蜜的事业

老莫："不信，我吃给你看。"说着大口大口地吃起来，顿时酸得五官挪位。

田大妈看在眼里，笑在心上，并不露声色，而阿芳早已憋不住"哧哧"地笑出声来。

十八、唐二婶受了"骗"

唐二婶背着装满土产的布袋，兴冲冲走着，遇见李满姑笑问道："同志，请问我那亲家住在哪儿？"

李满姑先愣了一下，然后"扑哧"地笑了："谁是你的亲家？"

唐二婶这才发觉自己高兴得昏了头，也忍不住笑起来："哟！看我，田大妈委员呀！"

李满姑："田大妈呀，我带你去。"

李满姑热情地领着唐二婶走，一边说："你就是唐二婶吧？"

唐二婶："唔，田大妈想必上医院给我联系去了。"

李满姑："你生病了？"

唐二婶自豪地笑了笑，悄声说："我响应党的号召准备去医院做手术。"

"哟！"李满姑喜出望外地笑了。

她们走到田家门口，见屋里有人，李满姑指指屋里就笑着走了。唐二婶高高兴兴地进了门。

田大伯正在五宝的新房里，喜不自胜地布置着。他正站在一只放在桌上的凳子上，挂着新窗帘。传来敲门声，田大伯头也没回："谁呀，请进来。"

唐二婶推开新房门，赫然一个大"囍"字映入眼帘，她疑惑地扫视了一巡，忙说："我走错门了吧？"

田大伯仍在挂窗帘："你找谁？"

唐二婶："我找田大妈。"

田大伯看也没看笑嘻嘻地说："没错没错，一会儿她就回来。请坐。"

唐二婶心神不宁地慢慢走向椅子。

田大伯还在钉窗帘："你也是做计划生育工作的吧？"

"嗯……啊，不是！"唐二婶语无伦次。

田大伯："哎，劳驾，请把桌上的小钳子递给我。"

唐二婶递过钳子，问："你是田大伯吧？"

田大伯一回头，不觉大喜："哦，你是……亲家！"连忙下来，热情招呼唐二婶："快请坐，喝杯茶。"

唐二婶："这是……新房？"

田大伯端来了茶："是啊！你看怎么样？"

唐二婶："谁的新房？"

田大伯："哎哟，我的亲家，您怎么糊涂了，五宝和招弟呀！你看，这床上、地上、桌上全都有了。"他兴高采烈、滔滔不绝地说着："这新蚊帐往床上挂，电视机往这茶几上一摆，嘿嘿，你说……"他转身一看，不禁愣住了，椅子上已没有了唐二婶，门敞开着。

唐二婶气冲冲地在路上走着，迎面遇着四秀从蔗区回来，手里还拿着雨伞、塑料桶及简单的行李。四秀热情地叫："二婶！"

唐二婶怒睁着两眼，狠狠地瞪了她一下，继续往前走。

四秀奇怪地追上去喊："二婶！"

唐二婶鼻子里哼了一声，满脸怒容地走得更快了。

四秀莫名其妙地看着远去的唐二婶。

老莫正在路边给自行车打气，透过车轮，瞧见唐二婶匆匆走来，忙放下气筒，笑脸相迎："唐二婶，你来得太好了，你的事迹真够编个戏了。我得采访采访，你的思想是怎么转变的呀？"说着掏笔要记。

唐二婶一听，无名火冒起三丈高："见你的鬼！"

老莫挨一闷棍，不解地问："不是说你要去做手术？"

唐二婶回头说："叫你老婆做去！"

老莫被噎得说不出话来，也不知气从哪头出，只顾使劲打气，只听"嘭"一声，把他吓了一跳，低头一看，车胎崩了。

十九、田大妈也受了"骗"

田大妈与阿芳向医院大门走来。田大妈："阿芳，老莫怎么还没来？"

阿芳："他要彩排。大妈，不等他了。"

田大妈："他真的同意你做人工流产？"

阿芳含糊地说："反正他是同意的。"

周民震作品自选集
甜蜜的事业

田大妈："是呀，他天天宣传计划生育，这个头，他不带谁带？"

阿芳笑了笑，说："那你得好好表扬表扬他。"

田大妈："那一定，等会儿我来接你回家休息。"阿芳走进了医院。

田大妈走进礼堂，看见舞台上老莫扮演的陶秀才和李满姑扮演的刘三姐正对歌呢。陶秀才唱：

笑你女人生来贱，未读诗文拜圣贤。
歌书成山我读遍，男尊女卑是当然。

刘三姐唱：

猫吃馊鱼莫张嘴，秀才说话口臭腥。
男尊女卑若有理，哪里来的穆桂英？

众乡亲："喂——快回答，快回答呀！"

陶秀才狼狈不堪，急翻歌书，不能作答，便推罗、李二秀才上阵。罗秀才鼓起勇气，唱：

我讲地来你讲天，桂英也没中状元！

陶秀才兴奋地鼓掌："好！"李秀才接唱：

哪有女人把官做，女子能值几文钱？

刘三姐紧接唱：

笑你蠢，笑你癫，笑你乌云想遮天。
比文比武随你便，再比针线比种田！

众乡亲齐唱：

有胆来比上高山，高山岭顶唱歌仙。

三个蠢材若不信，上山跌你脚朝天。

"哈哈……"众乡亲扬眉吐气。

秀才们抱头乱窜。陶秀才气得当场昏倒，四脚朝天。

观众捧腹大笑，报以热烈的掌声。田大妈笑得前仰后合。

一观众发现了田大妈："大妈，李满姑说唐二婶来了。"

"哦？在哪儿？"

观众："在你家新房里等着呢！"

田大妈喜气洋洋地奔回家里，边推门边喊道："二婶，亲家。"忽然奇怪地站住了："咦？"

只见田大伯和四秀像两尊菩萨似的坐在椅子上，呆呆地盯着田大妈，说不出话来。

"怎么啦？亲家呢？"

四秀噘起嘴："气跑了！"

"谁气她了？"

"新房！"

"新房？"田大妈大异，"新房会气走丈母娘？"

四秀直跺脚："我的糊涂妈！五宝出差前没跟您说呀？"

"说啦！他说回来就要登记结婚。"

四秀："他再没说别的什么？"

田大妈："没有。他说你回来再详细告诉我。"

四秀："我们在二婶家说好了，是让五宝上招弟家结婚安家的。"

田大妈："什么什么，你说明白点，五宝去她家上门？"

四秀笑了起来："什么上门不上门，这是新风尚，男到女家嘛！"

田大妈心一沉，像忽然掉进冰窟里，半天说不出话来："哦，哦……"

田大伯："四秀，快去把二婶请回来。"四秀应声出门。

"回来！"田大妈忽然喊了一声。

四秀惊诧地转回身来："妈，你？……"

田大妈："这么大的事，也不先和我商量一下。"

四秀："这有什么好商量的？对提倡计划生育有利的事，你还会不同意？"

田大妈半自语地说："是呀，对计划生育有利的事，我还会不同意？……"

田大伯笑了，说："我看，还是你去把二婶请回来吧，田大妈委员！"

田大妈："我，我去……"

田大妈迈着迟滞的步子走出门来，她那彷徨的脚步越走越慢。

（田大妈内心独白）"我就只有一个儿子，难道也要让他变成女儿？"

田大妈毅然扭转身来。

田大妈挪着迟缓的步子在路上走着。和往常一样，人们热忱地向她打招呼。"田大妈""田奶奶""田大嫂"，同样叫得那样亲切。可田大妈此时却心不在焉，强颜为笑地应答着。

二十、完了……

彩排在热烈的掌声中闭幕了。老莫洋洋自得地回到后台化妆室，兴味盎然地谈论着："你们看见了吧，观众简直着迷了。"

一演员："看不出来你还真有点喜剧的才能。"

老莫得意地说："这不是才能，是素质，是天赋。"

大嫂子队长跑到后台来对老莫说："祝贺你！这个节目编得不错，快到我们大队去演演吧！"

李满姑边卸装边说："应当选老莫当计划生育委员会委员了。"

老莫："当不当委员都得积极宣传，这个事的意义太重大了，可以提到战略方针的高度，历史意义的深度，国家命运的程度……"

老莫的小儿子小英忽然挤进来，喊道："爸！"

老莫开始卸装："爸爸演得好吗？"

小英："真好玩！"说着摸老莫那双古装厚底靴。

李满姑："小秀呀，快回去告诉你妈，杀只鸡奖励一下你爸爸。"

小英："妈妈不在家。"

老莫流露出得意之色："不用说，她准是买鸡去了。"

小英："妈妈上医院去了。"

老莫不在意地自语说："哦，又有反应了。"忽然他好像感觉到什么，又问："你妈上哪儿去了？"

小英："不是告诉你上医院去了。"

老莫停止卸装，急问："今天她休班，上医院干什么？"

小英："我哪知道，是田大妈和她一起去的。"

老莫猝然惨叫一声，腾地弹跳起来，"嗖"的一声飞奔而去，全忘了还没卸完装。

老莫不顾一切地向医院奔跑。为了抄近路，他跳窗台，越围墙，所向披靡。当一条正在铺设管道的沟渠挡在前面时，他几次欲试不敢跳过去，忽然倒退了几步，紧闭着眼，像跳远运动员那样冲跳，竟神奇般飞越过去了。可是一只脚却陷入泥沼里，拔也拔不出来。一使劲儿，拔出来了，继续往前跑了几步，才发觉拔出来的只是脚，而那只厚底靴却依然陷在泥沼中，急忙转过头去，扯出了靴子，来不及穿上，就一脚高一脚低地往医院跑去。

当老莫跑到厂门口时，恰遇工人下班，蜂拥的人群挡住了他的去路。他逆流而挤，不停地喊着："劳驾，给让个路。"

"老莫，你这是……哈哈……"工人们看见他的那副装扮，笑得前仰后合，老莫却显出格外焦急和严肃的样子，拼命地挤。

一个老工人拖住他玩笑地说："哎，先唱一段对歌再走，好不好？"

老莫急得乱蹦乱跳："我上医院救人去。"

"救人？"大家一齐怔住了。老莫这才挣脱，像鸟儿出笼般飞去。

老莫刚冲上医院的石阶，眼前闪现了一个熟悉的人影，使他吓得面如土色。原来，田大妈挡在他面前。

老莫："阿芳呢？"

"在里面。"

"糟了！我的女儿啊！……"老莫要往里冲。

田大妈拉住他说："老莫，你不是同意了吗？"

老莫有苦难言地说："我同意？我当然……应该同意……"

田大妈："那你还……"

老莫大喊起来："啊，啊？我同意她生个女儿！"

田大妈："老莫，你要冷静一点儿。你是工会干部，要带头，支持阿芳。"

"快放开我，再迟就完了！"

周民震作品自选集
甜蜜的事业

109

田大妈耐心地说:"老莫,你刚才不是还在台上唱戏宣传……怎么轮到自己头上就……"

老莫急得脱口而出:"哎呀,我的好大妈,宣传归宣传嘛,那是说给别人听的!"田大妈被这句话猛刺了一下,手一松,老莫便冲进医院去了。

田大妈无力地坐在石阶上,心里重复着老莫的话:"宣传归宣传嘛,那是说给别人听的。"

老莫直奔医院楼上,急切地呼唤着:"阿芳!"当他听见一间手术室里有"哎哟"的叫声时,推门一看,原来是一个人在拔牙。

老莫冲进一间充满笑声的病房,只见阿芳靠卧床上,笑脸相迎地望着他。

老莫呆了:"阿芳……"

阿芳:"老莫,今天我造了你一次反……"

老莫想发作,狠狠地说:"你,你怎么敢!……"

阿芳:"有大伙给我撑腰,我就敢了。"

老莫惊讶地叹道:"啊?!"

阿芳:"你总说你主张女尊男卑,可这么多年来,从没有尊重过我的意见。"

女护士愤懑地说:"你那个女尊男卑到底是什么意思?"

老莫哑然失措:"我……"

几个女病员联合起来,质问道:"说呀!"

阿芳揭露他说:"说得好听,还不是为了想要生个女孩。"

女护士:"挂羊头,卖狗肉呀。"

女病员:"哼!原来是四两鸭头半斤嘴!"大家一哄而笑。

老莫颓丧地靠在门框上,无力地喃喃自语:"完了……"

笑声中,镜头从他那未卸完装的头缓缓摇下来,直到脚上那只古装厚底靴的特写。

二十一、想一想,学一学

田大妈坐在医院门口石阶上沉思,她慢慢抬起头来,呆视着前面一棵树,倏忽,在她的幻觉中,树变成了一个人,仔细看去,原来也是田大妈。

（幻觉中的田大妈）"你在想什么？"

沉思中的田大妈："我在想个问题。明明是个儿子，为什么要嫁出去？"

（幻觉中的田大妈）"男到女家这也不是头一回听说。"

沉思中的田大妈："落在我们家可是头一回呀！"

（幻觉中的田大妈）"提倡计划生育，移风易俗，你不赞成吗？"

沉思中的田大妈："这跟计划生育有什么关系？可别硬扯到一块。"

（幻觉中的田大妈）"你仔细想想看。"

沉思中的田大妈慌乱地说："不，不，我不跟你谈。"她转过头去，望着一根电线杆，忽然，电线杆也变成了田大妈，向她走来，说："你有没有一点儿私心？"

沉思中的田大妈："我？到厂里打听一下，谁不说我公字当头？"

（幻觉中的田大妈）"可你愁眉苦脸的样子在为谁着想呢？"

沉思中的田大妈一震："为谁？……"

（幻觉中的田大妈）"为你自己！"

沉思中的田大妈惊慌地说："不，不，我不和你谈。"她又把头转向后边，看着医院大门的柱子，忽然，柱子也变成了田大妈。

（幻觉中的田大妈）"我问你，你替没有儿子的唐二婶着想过吗？"

沉思中的田大妈转过头来，三个幻觉中的田大妈紧紧地围着她。

（幻觉中的田大妈之一）"你想过吗？男青年到有女无儿的家里落户对推广计划生育有多大作用啊！"

（幻觉中的田大妈之二）"你想过吗？如果你支持或者反对这件事，造成的影响有多大吗？"

（幻觉中的田大妈之三）"你呀你，可不能'宣传归宣传，那是说给别人听的'啊！"

沉思中的田大妈惊慌失措："啊?！"

（三个幻觉中的田大妈隐去了。）

田大妈沉思的眼睛，眼帘渐渐地闭拢，头也渐渐低垂下来。片刻，田大妈抬起头，望着观众，略带愧疚而又有点矜持的倔强，说："观众同志们，你们干吗都看着我？我一定很可笑，是吗？事情要落到你们身上，又会怎么样呢？也得自己想一想，学一学才能明白过来吧？说句老实话，难道不是这样吗？"

二十二、妈

唐二婶拖着沉重的步子走进自己屋里，新房门上贴着的红"囍"字使她勃然大怒，泄愤地一把撕了下来。这时传来了愈来愈近的锣鼓声。

一群人簇拥着唐二叔、杨爱甘，走进唐家院子。大队支书捧着三个镜框奖状，郑重地送给唐二叔和杨爱甘每人一个，掌声和锣鼓声响成一片。

阿婆："他二叔，没想到你老了老了又中了状元。"

青年甲："这可比中状元强多了！"

姑娘甲："用甘蔗芽片来种甘蔗，光我们大队一年就能节省几十万斤甘蔗，要是全公社、全县、全国都推广起来……"

大嫂子队长："那到处都成了甜蜜的地方啦！哈哈……"

唐二婶躲在屋里偷瞧着，流露出高兴的微笑。

唐二叔腼腆地说："这份功劳可不能光记在我们几个人身上，好多人都出了力，帮了忙。"

大嫂子队长："说起来呀，咱唐二婶也有一份功劳呢！"

阿婆："她！差点儿没把二叔的腿拉断。"屋里的唐二婶羞愧地低下了头。

姑娘乙："别老眼光看人，二婶近来变了，参加生产可积极啦！"

杨爱甘："唔，整天笑眯眯，还唱彩调呢！"他学着唐二婶唱了两句，把大伙逗笑了。唐二婶也偷偷笑了。

大嫂子队长："还有一件事，是对二叔最大的支持，她带头执行计划生育了！"

调皮的青年甲说："这下呀，四个现代化的速度就要加快一倍了！"

众人又笑起来。

大嫂子队长对阿婆说："告诉你，二婶主动到医院做绝育手术去了。"

屋里出现唐二婶惶惑不安的脸色。

阿婆惊奇不已："啊？扭纹柴到底劈开了？"

媳妇对婆婆："妈，那我……"

阿婆："你……也该向唐二婶学习！"

大嫂子队长："决心不再要老二了？"

阿婆："养好老大，一个顶俩！"

"哈哈……"大家笑起来。

大队支书："走！到糖厂给田四秀同志送奖状去！"

"好！"人群打着锣鼓走了。

唐二婶把奖状拿进屋来，唐二婶连忙躲进新房。唐二叔掩上门走了。

唐二婶从新房出来，心情愧疚地坐在桌旁，捧着唐二叔的奖状沉思。忽然门打开了，田大妈面带笑容地站在门口，唐二婶愣住了。

田大妈向后招手："五宝，快进来！"

唐二婶哑然失措，戒备地看着五宝进屋。

田大妈："亲家，我把五宝交给你了。"

唐二婶不解地问："他大妈，这是……"

田大妈："五宝在你这儿，我再放心不过了。"

唐二婶不敢相信："你说什么？"

田大妈欢喜地拉着唐二婶真切地说："亲家，我把女婿给你送上门来了。"

唐二婶迷离自语："我不是在做梦吧？……"

五宝走进厨房，挑起水桶就要出门去挑水，唐二婶看着他，喊道："五宝！"

五宝转过头来笑了笑，叫了一声："二婶。"

田大妈忙扯五宝衣角，轻声地说："唔？！"

五宝这才省悟，叫了一声："妈！"

唐二婶惊喜："啊？！"

田大妈："大声点！"

五宝又大声叫了一声："妈！"

"哎！"唐二婶笑逐颜开地大声答应着。

五宝挑水去了。田大妈与唐二婶坐在一起，亲热地谈着。唐二婶感动地说："大妈，这可万万不行，你就这么一个儿子，哪能……"

田大妈："看你说得多见外！五宝是我的儿子，不也是你的儿子？都是咱工农自家的孩子嘛。"

唐二婶坚持地说："不行，说什么也不行。你儿子留给了我，你老了怎么办？"

田大妈："是呀，老了靠谁？靠国家集体还是靠自己？我又算了一笔账。二婶，你们队里粮食连年增产是吧？"顺手拿出了袖珍小算盘。

唐二婶："比合作化的时候增产了近一倍呢！"

田大妈："可是口粮增加了一倍吗？"

唐二婶想了想："没有……"

田大妈："为什么？"唐二婶无法回答。

"因为你们队的人口也增加了一倍啊！"田大妈拨拨算盘说，"还是这个数，基本上没增加。"

唐二婶大吃一惊："哟，那我家这六个妹仔都算在里头？"

田大妈情词恳切地说："要都像你家，就不止一倍了。二婶，你想，如果国家不实现四个现代化，集体不富裕起来，你就是有个儿子，他自己的日子都顾不上，能靠得了他吗？"

唐二婶深思一阵，叹了一口气说："是呀，看起来这话得要倒过来说了。没有国家，哪有大家，没有大家，哪有小家？"

田大妈："说得太对了，好亲家！"

二十三、妈

一辆支农卡车在糖厂停下。田大妈从驾驶室走出来，高高兴兴回家去。像平时一样，人们热忱地跟她打招呼，"田大嫂""田大妈"叫得可亲啦，她一一应答着，心里很舒甜。

李满姑羞答答地走来："大妈！我……"

"怎么啦？"

"我……我不知道该怎么感谢你。"

田大妈明白了，大喜道："有了？"李满姑点点头，说："我和爱人商量好了，为了带头响应号召，也为了感谢您，我们决定只要一个。"

田大妈："不管是男的还是女的？"

李满姑坚定地说："对，不管是男的还是女的。"

当田大妈走到自己家门口时，忽然冒出一丝像是疲倦又像是怅惘的心绪来，她在门口站了一瞬，似乎心里有点沉重地推门进屋。

田大伯笑脸迎着她。田大妈："干吗？"

田大伯拿着两朵红花，交给田大妈，田大妈越发不解。田大伯只是诙谐地笑着不作声。

田大妈望过去，眼前出现了使她惊异的景象。原来为五宝准备的新房里，双人床边一个人影在扯着新蚊帐，四秀在一边帮着。田大妈眨了眨昏花的眼睛。那个人影听见了响声，慢慢地转过身来，原来是杨爱甘。他纯朴地笑着，尊敬而亲热地看着田大妈。田大妈以询问的眼光困惑不解地看着他。

四秀轻声地对杨爱甘说："快叫呀！"

杨爱甘敦厚而真挚地叫了一声："田大……"

四秀焦急地扯了一下他的衣角。

杨爱甘轻轻地说："妈！"

田大妈脑子一下子转不过弯来，迷惑地向四周望了望，自我询问地："叫谁？"

四秀忙对杨爱甘："大声点儿！"

杨爱甘壮了壮胆，对着田大妈，大声地叫："妈！"

田大妈看着手上的两朵红花恍然大悟，顷刻间如释重负，喜笑颜开，甜甜地应了一声："哎！"

二十四、礼花般的糖果

国庆佳节，到处是欢腾的庆祝景象。

唐二婶家屋前张灯结彩，大红"囍"字闪闪发光。桌上摆着糖果、香烟、茶。招弟和五宝的放大照片挂在墙上。

田大妈家门前也张灯结彩，大红"囍"字闪闪发光。桌上摆着糖果、香烟、茶。四秀与杨爱甘的放大照片挂在墙上。

新房内外，宾朋满座，田大妈喜气洋洋地招待客人。

姑娘甲："大妈，你真是双喜临门啦！"

阿婆："今晚女儿办喜事，明天儿子办婚事，真是俗话讲的，又出太阳又下雨，又娶媳妇又嫁女呀！"

青年甲："哎！不对，不对，应该是，又娶女婿又嫁儿子！"

"对呀！哈哈……"

田大妈笑得眼睛眯成一条缝，说："今天还有一大喜呢！糖厂提前开榨，新郎新娘被邀请去参加开榨仪式去了。"

"来了，新郎新娘回来了！"青年乙喊起来。

田大伯、唐二叔、唐二婶、招弟、五宝等人簇拥着四秀与杨爱甘进屋来，两个姑娘上去给他俩挂上红花，人们鼓起掌来。

这时，大嫂子队长跑来，举起一张纸，兴奋地喊道："招弟，你看，农机技术进修班入学通知单！"

招弟一把夺过来，狂喜地喊道："五宝，我被录取了！"

五宝接过一看，高兴地握住招弟的手。

招弟询问地看着五宝，五宝也以询问的眼光投视招弟，大家都屏息静气看着他们，一时出现了奇特的沉寂。

五宝和招弟转向唐二婶。唐二婶迟疑了一会儿，看了一眼唐二叔，唐二叔向她递了个眼色。唐二婶说："新房准备好了……"

五宝、招弟恳求地叫着："妈！……"

唐二婶笑了，大声地说："让新房等你们一年！"

狂热的掌声暴风雨般掀起来。

这时，老莫抱着一个胖乎乎的女婴，和阿芳跑了进来。老莫狂喜地喊道："女孩，生了个女孩！一个多么漂亮的女孩啊！"

所有的人都惊讶地看着他们夫妇俩，没有一个显出高兴的样子，甚至都用责难的眼光望着他。老莫奇怪地问："怎么了？"

大家以夸张的表情逼视着他，老莫也以夸张的慌张往后退缩。他全然不解其故："你们？……"

阿芳省悟了，大笑说："是李满姑生了个胖女孩啦！"门口正站着笑容可掬的李满姑。

"啊——"大家一下子明白了，顿时欢腾起来，有些人对老莫连推带打，热闹非常。

"哎呀！"老莫忽然惨叫一声，大家不解地望着他。

老莫皱着眉头，咧开了大嘴，哭丧着脸，说："我的新衬衣！"

田大妈从他手里接过了胖女孩，大家看见老莫那件笔挺而洁白的衬衣上，有一摊尿的水印。

机器在飞快地转动，车轮在飞快地转动，白糖像瀑布般飞泻出来。

在叠印的镜头中：

四秀和杨爱甘，五宝和招弟，把各种彩色包装的喜糖抛向观众，像礼花般金翠华彩的糖果纷纷落下来。

田大伯和田大妈，唐二婶与唐二叔，老莫与阿芳，大嫂子队长与李满姑，还有盼弟、来弟、迎弟、梦弟、捞弟、小秀、小英以及那个刚出生的胖女婴都在礼花般的糖果中滑过，他们的脸庞堆着笑容，他们的嘴里都嚼着喜糖。

色彩炫目的各种糖果充满了银幕，糖果迅速地跳动着，组成了两个大字：

剧终

1977 年 12 月至 1978 年 2 月初稿于南宁
1978 年 8 月改于北京

心 泉

周民震创作的电影"学生三部曲"第一部。孩子的心灵本像山泉水一样的纯净，但是纯净的水也常会在生活中不经意地受到污染，剧本塑造了两个孩子（小学生）在心灵锻造中相互影响、共同成长的故事。但是本剧对家长、老师和社会的启迪更为迫切，是一部主题深刻、令人反思的儿童片。1981年广西电影制片厂拍摄，导演吴荫循，剧本获得广西文艺最高奖"铜鼓奖"。

碧山翠岭，云气氤氲。苍郁森森的苗山，百鸟啁啾，溪水流瀑。

一支芦笙吹奏着野趣横生的山调，飘响在幽谷林间。

12岁的苗族男孩卡里行色匆匆地赶路，他生得黝黑坚实，一双闪亮的大眼睛像山泉水一般晶莹透明，反映出纯洁、率直和诚朴的秉性；他头裹花边蓝巾，身着乌紫苗服，背负竹篓，手提鸟笼；当他走到一泓回环荡漾的泉边时，躬身捧了一掬清泉水，酣畅痛饮。水珠像碎玉般滴入泉中，叮咚作响，如清朗悦耳的琴音。

水珠滴成字幕：心泉。

掩映在花木秾华之中的是一座南方新兴城市。这里广厦高耸，比屋连甍；长街宽敞，市井繁华。盛夏的暑气随着西斜的阳光渐渐消散。下班的人流、自行车流，以轻捷的步履和欢快的铃声来表达他们劳动和工作之后的喜悦心情。

在自行车车流中，有一个眉目清秀、体态轻盈的女医生加速蹬车，有事赶着回家。她叫温莹，30多岁，朝气不减青年，却又兼备中年人的安详和成熟，脸上浮现的笑意，显示着对生活的热爱与追求。

温莹跨进家门，举着电报，喜气盎然地喊道："小民，快去接车。"

正在做功课的蒙小民（以下简称"小民"）—— 一个12岁的男孩，面色白皙，机灵聪慧，略带一点淘气和撒娇的样儿——奔来抢过电报问："爸爸要回来了？"

这句话把厨房里的奶奶引了出来，兴奋地问："玉民出差回来了？"

温莹笑道："不，是苗山的山泉水流来了！"

小民听了，欢跳起来："啊！卡里来过暑假了！妈，卡里长得跟照片一样吗？"

妈妈笑而颔之："一模一样。"

小民："他来信说要送我一只会说话的八哥呢。"

兴味索然的奶奶白了小民一眼："你就记得八哥，可别跟着山里的孩子学野了！"

温莹纠正道："卡里是个老实听话的孩子。"

奶奶不大信赖地说："不就是在苗山巡回医疗那时认识的？"

温莹沉浸在美好的追忆中，神往地说："是我治好了他的病。他家在一座山腰上，屋前是泉水，屋后是竹山，周围种了许多红籼米、绿芭蕉，门口挂的鸟笼里还有两只会说话的八哥呢！"

小民："妈，你都讲了几十遍了，快走呀！"

"慢点，"奶奶拿出小民一套干净衣服说，"换上。"又找出双新洗的球鞋，"穿上！"

温莹忙着给小民又是换衣，又是穿鞋，刚整利落要出门时，奶奶又端来了一碗绿豆汤说："天热出门，先喝一碗绿豆汤解暑。"

温莹焦急地看表，可又拿奶奶没办法，说："奶奶，你真把小民给宠娇了。"

奶奶："谁让你就生一个，多生几个，我宠还宠不过来呢！"

正说话间，邻居一个七岁的女孩王小艺（以下简称"小艺"）使劲敲门，一边喊道："温阿姨，有个卖鸟的小孩来找你。"

奶奶在门里答道："我们不买鸟。"

门外一个男孩的声音："谁是小孩？我比你大。"

小艺不服地说："我哥哥比你大。"

房门打开了，温莹看见风尘仆仆的卡里站在门口。

"格桑加阿姨！"卡里恭敬地鞠了一躬。

温莹失声欢叫起来："卡里，我们正要去接你呢！"

温莹忙把卡里让进屋来，卸下背篓介绍说："这是小民的奶奶。"

"奶奶。"卡里毕恭毕敬地鞠躬。

"这是小民……小民呢？"奶奶笑指屋里："躲进屋里去了。"

温莹："天天盼卡里，来了又不好意思见面了！"

卡里把鸟笼一举，对八哥说："蒙乌！"

笼里八哥也跟着清脆地叫了一声："蒙乌！"

小民极感兴趣地跑出来，问道："它说什么？"

卡里："它说的是苗话，就是，'您好！'"

"真有意思。"小民兴味浓烈地捧着鸟笼和卡里一块儿到阳台逗鸟去了。

小民问卡里："你刚才叫我妈什么来着？"

"格桑加阿姨，就是医生阿姨。"

小民顽皮地回头喊道："妈，我以后叫你格桑加妈妈。"

温莹和奶奶会心地相视一笑。

卡里把竹背篓里的东西，一包包拿出来，交给温莹说："我阿爸阿妈带给你们的籼米、芭蕉、竹笋，还有用我们屋前山泉水酿的糯米酒……"

小民兴奋地说："还有这只会说话的八哥！"

奶奶高兴地说："谢谢你阿爸阿妈了。"

温莹用手绢给卡里擦汗，说："把你背得一身汗。"

奶奶和温莹走进厨房忙烧水。

奶奶对温莹说："烧热一点儿，洗洗他那一身火烟气。"

温莹笑道："苗家天天都烧火塘的。"

奶奶自作聪明地说："怪不得那么黑，也是火烟熏的吧！"

温莹："苗家孩子从七八岁就放牛打柴干活了，那是晒黑的。"

奶奶走出厨房，喊道："小民，让卡里准备洗澡吧。"阳台已空，四顾无人，只有鸟笼里的八哥向奶奶叫着："蒙乌！蒙乌！"

奶奶走到阳台，向楼下高声呼唤："小民！"

小艺在楼下答道："奶奶，他们上河里洗澡去了。"

"哎哟！我的天！……"奶奶失声惊呼，几乎吓晕过去。

晚上。小民和卡里低着乱发潮湿的头，在狼吞虎咽地吃饭。

奶奶头裹毛巾，怒气未消地对小民指桑骂槐地说："你从来没这个胆子，今天怎么敢下河了？……你太野了！"

小民淘气地闷头窃笑，不吱声。

卡里诚实地说："奶奶，是我要去的，我从小在河里洗澡的。"

奶奶"哼"了一声，无可奈何地摇头走了。

妈妈护着他们，轻声说："加强锻炼我支持，以后要先跟大人说一声。"

这时，阳台上的八哥直着嗓门叫："毕沙，毕渺！"

小民好奇地："它又叫什么？"

卡里："这是苗话，睡觉！"

小民："我能教它讲普通话吗？"

卡里："试试看。"

小民一本正经地说："八哥，你听着，我教你说，早上好！早上好！说呀，早上好！"

八哥侧耳听了一会儿，忽然张嘴牙牙学语地叫了一声："早上好！"

小民和卡里鼓掌喝彩，妈妈也欢欣地笑了，连生气的奶奶，也憋不住笑出声来。

晨曦初露，沉沉夜色渐渐隐去，屋宇、电杆、树木显出朦胧的轮廓。

"早上好！早上好！"在八哥的叫声中，家里老少相继起床了。

温莹洗过脸来到小民床前："小民，该起床了。"

小民伸了个懒腰，说："卡里还没起呢！"

温莹："卡里才不像你那么懒。"

小民听了，赶忙起身，叫："卡里！"

卡里正在阳台上浇花，答道："快起床，带我去你们学校看看。"

小民一边穿衣一边说："去学校干吗？上公园坐飞机才好玩呢！"

温莹："你就会贪玩，老师布置的'暑假学科学'活动，你做了些什么？"

小民："捉昆虫做标本呀。"

"捉了没有？"

"捉了……"

"拿来我看看。"

小民傻了眼，愣在那里不动。

"拿来呀！"温莹的语气很严肃。小民只好拉开抽屉，拿出一个瓶子来，里面仅有两只蟑螂。温莹生气地说："就两只蟑螂？"

奶奶忙从厨房里出来解围，说："蟑螂厨房里有的是，不够奶奶替你多抓几只。"

温莹："要到大自然里去捉昆虫才有意义嘛！干什么都得付出艰苦劳动……"

卡里走进来说："小民，我们一块儿捉昆虫去。"从口袋里拿出一个小瓶子来，里面装着一些昆虫，说："我阿爸要我多捉些虫子给他做试验用。"

小民看着瓶子问："你爸爸是昆虫学家？"

"不，他是大队农科组的。"

小民兴致勃勃地说："妈，我和卡里上青石山捉虫去好吗？"

"好！我支持！"温莹说。

奶奶不满地感叹道："这下可好，昨天下河，今天又爬山。"

这时，小艺在门外探出个头来，晃了一下便不见了。

小民一副出征的打扮：草帽、球鞋、腰带、水壶、挎包。卡里做好了两个采集网，交了一个给小民。小民把它当作武器扛在肩上，向奶奶调皮地告别，行了个军礼，说："报告司令员奶奶，战士出发了。"

奶奶又好气又好笑地叮嘱道："听着，不许爬高了，不许下水，不许钻刺蓬，不许走草窝，不许……"

小民还未听完拉起卡里的手回头就跑，不慎碰翻了茶几上栽米兰的瓷花盆，"咣当"一声，碎成几片。

奶奶惊惶失措，低声说："该死了！这是你爸爸最喜欢的花盆。"

小民也吓呆了，哭丧着脸，喃喃地说："爸爸准要打我一顿了。"

隔壁房传来温莹的问话："谁又打碎东西了？"

奶奶看着惊恐的小民，忙掩饰说："是我，我碰翻了花盆。"然后挥手叫小民、卡里快走。

小民转忧为喜，抱着奶奶亲昵地悄声说："你真是个好奶奶。"

卡里不解地看着他们，问："奶奶，你干吗要……"

奶奶一跺脚，大声地说："快走吧！"

十里沃野，芳草绿遍，一派葱茏郁勃、物阜丰腴的城郊景色。

小民和卡里走在花叶繁衍、稠荫夹道的路上，身背挎包、水壶，手拿采集网，欢快雀跃，喜气洋洋。

他们走到一座石桥边，忽然桥底钻出小艺来，把他们怔住了。

"你怎么来了？"

汗水淋淋的小艺说："我要跟你们去。"

小民："你疯了？我们要去青石山呀！"

小艺执拗地说："我也要上青石山。"

小民生起气来："哼！带个小毛丫头，真别扭！"

小艺不服地说："谁是毛丫头？"

小民冲着她："你是！"

小艺不示弱："我不是！"

小民冷笑道："那你是什么？"

小艺一时无词回答他："我……我是……"忽然脱口而出地："我是大丫头。"

小民和卡里禁不住笑起来，小民撇了下嘴说："反正还是个丫头！"

小艺把恳求的眼光转向卡里："卡里……"

卡里故意转过脸去："我不是卡里，是卖鸟的小孩！"

小艺暗中伸了伸舌头，转口甜甜地叫了一声："卡里哥……"

卡里转过脸来笑说："我们带你去，你妈妈会同意吗？"

小艺："我妈从不多管我的事，她要我自己管自己。"

"那好！"卡里答应了。小民见卡里答应了她，气得拔腿就跑，一边回头喊道："大丫头，追上我就带你去。"

小艺望了卡里一眼，卡里说了声："追！"小艺径直追了过去。

歌声：

小鸽子，飞呀飞，春风驾我往前追。
追到天边摘星星，摘颗星星放光辉。
啊！小鸽子，飞呀飞……

小鸽子，追呀追，迎风顶雨头不回。
阳光为我照方向，彩云与我结伴飞。
啊！小鸽子，飞呀飞……

歌声中小民顽皮地边跳边跑，小艺小步慢跑。

小民渐渐不支，脚步沉重了；小艺步履轻捷，越跑越来劲。

小民终于停了下来，气喘吁吁，汗流浃背；小艺坚持中速，慢慢赶了上来。

小民见小艺赶来，奋起欲跑，但已精疲力竭，没跑多远竟给小艺赶上了。

卡里仲裁宣布："小艺胜利了。"

小民以笑掩窘，说："我要不让她点，她还不得哭鼻子！"说着向小艺做了个鬼脸，小艺也回敬了他一个鬼脸。

青石山屹立在眼前。只见峰奇岩峻，林木荫翳，迂回的小路盘山而上，清冽的山泉汇成淙淙溪水顺岩而下，凉风拂来，心爽神怡，真是一处避暑胜地。

小艺发现一只紫花蝴蝶飞来，猛扑过去，蝴蝶翻飞，向山上扬长而去。卡里和小艺正要追去，小民叫住了他们："先吃了饭再干吧！我肚子饿了。"

一块塑料布铺在石板上，挎包里装的面包、香肠、苹果全掏了出来。卡里的手向面包伸去，被小艺挡住了。

"饭前要洗手，饭后要漱口。"小艺背书似的说。

卡里不大理解："别逗了！今天又没有抓粪下地……"

小民："手上有细菌，我那格桑加妈妈没告诉过你？"

小艺拉着卡里："走，那边有水沟。"

被小艺教训了的卡里，自尊心受了损伤，他甩开小艺的手说："这小沟的水哪够我洗手！"说完逆着小沟往山坡跑去。

卡里跑到树丛围掩的水潭边洗起手来，猝然脚滑，刺溜一下落入水中。无奈何地泡在水中，脱下衣裤拧干，挂在潭边树枝上晒。

"卡里——快来吃饭了！"小艺、小民在喊他。

"我就来。"卡里泡在水中，光着屁股上不了岸，只好苦笑着。

山泉水流入水潭中发出叮咚的音响，使他情不自禁地哼起了一首苗家山歌来，正是序幕时吹奏芦笙的旋律。

山泉叮咚草儿青，花织苗锦蝶成群。
映得蓝天光灿灿，招来朵朵五彩云。

山泉叮咚草儿青，过路客人停一停。
舀碗泉水喝下肚，洗得心儿亮晶晶。

歌毕，传来了小民和小艺的喊声："卡里——卡里——"

卡里游到潭边，正要出水上岸，发现他们已穿过树丛直奔而来，连忙又浸入水中，隐藏他那赤裸的身体。

小民："让你洗手，你倒洗个痛快。"

"快上来吃面包。"小艺催促地。

卡里露出头来说："你们走开我就上来。"

"那为啥呀。"小艺不解地问。

"不为啥。"卡里无法回答。

小艺执拗地说："你不上来我们就不走开。"

卡里："那我就永远不上来。"

小民妥协了："好吧！我们走开，你马上就上来。"

小艺倔劲来了："不嘛！我不走开。"

卡里："那……你们都转过脸去，背向着我，等我吹声口哨，才许转过来。"

小艺："那为啥呀！"

卡里发火了，狠狠地说："干吗老问为啥为啥，告诉你不为啥就不为啥！"

小艺和小民见卡里发火了，急快转过头去，把背向着他。

卡里抓住时机，游到潭边，跳到岸上，拿着半干的裤子正要穿……

忽然一对花蝴蝶向小民和小艺头上飞来，他们忘情地喊道："蝴蝶！"转身就追。

卡里"哎呀"一声，闪电般地把赤裸的身体转过去，迅速提起裤子。

孩子们在山野里捕捉昆虫。

小民追捕一只蜻蜓，疲于奔命，终于失去毅力放弃了。卡里跟踪追了去。

小民见小艺在草丛里只抓一些不起眼的小虫子，不屑一顾地走开了。

"小民，你上哪去？"

"我抓蛐蛐去！"

小艺见卡里奔上山坡，便跟随而去。

山坡上，水流山静，芳草布绵，奇花荟锦，五色灿烂。这里正是各种昆虫繁衍集结的场所。

卡里以采集网捕虫，得心应手，左右逢源。大如手掌的彩金蝶，小如芝麻的寄生蜂……小艺当了助手，忙不迭地帮着装入瓶里或纸盒里。

卡里发现另一山坡上有一片青翠的竹林，便说："小艺，叫上小民，上竹林那儿去。"

小艺跑到坡边往下看，见阔叶树下的青石板上躺着小民，他早已在凉风轻拂下恬然入睡了。

小艺回来对卡里说："小民睡着了。"

卡里："他太累了，让他睡会儿吧！"

卡里和小艺在竹林中搜寻昆虫。

"瓢虫！"卡里在一丛竹叶上发现了什么，狂喜地喊起来。

"什么瓢虫？"小艺听不懂。

在一张宽大的竹叶上，布满了白如棉花的蚜虫，两只小扣子般大的彩色甲虫——瓢虫在狼吞虎咽地饱餐着蚜虫。

小艺欢愉地说："这瓢虫真好看。"

"不光好看，还是社员的好帮手呢！我阿爸说它是害虫的天敌。瓢虫有几十种，这种大突肩瓢虫是专吃甘蔗和苞米叶上的蚜虫的。"

小艺伸手去捉它，大突肩瓢虫飞了，愈飞愈高，转眼不见了。

卡里追不到，急得跺脚。小艺意识到犯了过失，低头默声，眼里浮起了"乌云"，要"下雨"了。卡里见状，安慰说："累了吧？你就在这歇会儿，我一定要找到大突肩瓢虫！"

小艺伏在石头上睡熟了，手里还拿着一个装标本的瓶子。在她的梦幻里，突然出现了几十种神光异彩的瓢虫，像百花竞艳，纷纭辉映。甲背上的彩花图案，瑰奇华丽，姿容万千。小艺打开瓶盖，各种瓢虫自动钻进瓶里，一刻工夫就装满了。她大喜过望地旋紧瓶盖。忽然手中瓶子落地，她惊叫一声，醒来了……原来她手中的瓶子被小民拿了去。

小民问："卡里呢？"

"捉瓢虫去了。"

"瓢虫？"小民从未听说过。

"我瓶里装了好多好多，你看看嘛！"

小艺夺回瓶子一看，一只瓢虫也没有，诧异起来："我的瓢虫呢？"

小民："你在做梦吧？"

小艺不好意思地笑了。

小民说："抓小虫子没意思，捉个小鸟做标本才够劲呢！"

小艺："哪儿有鸟？"

小民发现一棵树上有个鸟窝，便指了指说："别吱声，看我的。"

小民爬上树去，偷袭鸟窝。他向鸟窝伸出手去，倏忽"嗡"的一声，"鸟窝"里飞出数以千计的马蜂，小民缩回手时，早已被蜇了几口，狂呼乱叫地滑下树来，疼得哇哇大哭。

周民震作品自选集
心泉

129

"卡里——卡里——"小艺发出呼救声。

归途上，小民的手用青藤吊着，精神疲倦，又疼又饿，像个败阵的伤兵。卡里一手扶着他走，另一手牵着小艺。小艺咬着嘴唇，默默坚持。

夜里。奶奶给小民喂药，敷伤，捶腿，热敷。卡里给奶奶当助手，递这递那，忙得不可开交。奶奶一边忙一边没完没了地埋怨着："学科学，学什么不行，非得跋山涉水捅马蜂窝？……"她不小心碰着小民的蜇伤处，小民叫起疼来。把奶奶心疼得不知如何是好，竟抽泣起来："这瞎了眼的马蜂，干吗不蜇我几下，偏偏要蜇他……我的心肝宝贝……"
温莹敲邻居的门。开门的是小艺的妈妈林琴。
温莹抱歉地说："老林，小艺没受伤吧？"
林琴笑道："好好的，一回来饭没吃完就睡着了。"
"这事我想解释一下，小艺去青石山，不是小民邀的，是她自己……"
"哎——"林琴爽朗地笑道，"小孩嘛！粗养粗大，我小时候，父母做工，我是自己在地上爬大的。"

卡里在仔细地整理着标本。他把各种昆虫大致分类，用大头钉钉在三角纸片上，整齐地贴在一张大的硬壳纸上。然后翻阅参考书，写上名称、科目、习性。
小民在阳台上拿着昆虫喂八哥。小艺在一旁制止他："小民，你怎么拿标本来喂八哥。"
小民不在乎地说："这是剩下的。"
"剩下的也不行。"
"你管不着。"
小艺要去夺回昆虫，小民不给，把她推开。奶奶跑来，护着小民说："小艺，虫子是小民抓回来的，他愿意喂八哥……"
"不是他抓的！他在青石山只会贪玩，睡大觉，捅马蜂窝……"小艺爽直地揭发他。
"好了，好了。小艺，你妈叫你了。"奶奶骗小艺回去，还给了她一颗糖，小艺不要，甩头就走。

一幅数以百计的昆虫标本图制作得整齐精巧。小民的班主任邱老师喜形于色地欣赏着，不住地点头，不住地微笑。

奶奶眉开眼笑地欢迎邱老师来家访。邱老师毫不掩饰满意的感情赞扬地说："太好了！是一件很出色的学科学展品。"

奶奶心里有如灌了蜜糖般甜，说："小民为抓这些小虫，跑遍了青石山，吃尽了千辛万苦，还光荣地负了伤，真难为这孩子。"

邱老师："学校展览室明天就预展了，标本我马上带回去，要不就赶不上了。"

"好，老师费心了。"

邱老师小心翼翼地用纸包好标本图，告辞而去，说："让小民明天找我去。"

奶奶笑眯眯地说："邱老师，往后我们小民要靠您……多多提拔了。"

邱老师先是一愣，接着忍不住"扑哧"一声笑了。

学校展览室正在预展，许多老师和同学围观各种展品，交口赞誉它们的种类繁多和制作精细。邱老师和女少先队员李捷拿着缤纷多彩的昆虫标本挂图挂到墙上，立即引起人们的兴趣。

戴深度近视镜的副校长邓均站在最前面，欣赏中流露着自豪感。他对邱老师说："我看可以选送市少年宫参加比赛。"

这时小民来了："邱老师，你找我？"

邱老师："蒙小民。"

邓副校长兴奋地说："哦，你就是蒙小民同学？"

邱老师向小民说："这是新来的邓副校长。"小民向邓均行队礼。

邓均赞赏地说："你的展品很有意思。"

一听"蒙小民"三个字，所有围观者都转向他，投以钦羡和赞扬的目光。

生物老师挤进来拍着他的肩膀说："蒙小民，你捉到那么多种瓢虫，真了不起！"

李捷："跟我们介绍一下吧。"

"真行，你是怎么捉到的？"

"听说你还负了伤？"

小民心里惶然不安，支吾其词地："我是……不，这是……哦……我也不知道该怎么说……"

"还真谦虚呢！"李捷赞扬地说。

小民在一片赞扬声中，惶惑地微笑着，应接不暇地点头致意。

昆虫标本图经过了精心装潢，已挂在少年宫里醒目之处。怀着求知欲的少年儿童和兴趣盎然的成年长辈一同在欣赏着各种精巧的展品。而昆虫标本图前，常是参观者流连忘返的地方。

一位老昆虫学家拿出了放大镜，对着各种瓢虫仔细观察，当他发现几只大突肩瓢虫时，激动地叫道："啊！大突肩瓢虫，这里也有大突肩！"

小民面色紧张地跑回家中，心烦意乱地往躺椅一倒，问奶奶："卡里呢？"

"买书去了。"奶奶说着端了一碗鸡汤来，"小民，奶奶炖了鸡，你先尝一碗。"小民没好气地："不吃！不吃！"

奶奶见他异样，问道："小祖宗，又生谁的气啦？"

"你，你，就是你！"

奶奶不解其意。小民埋怨说："邱老师马上要带老昆虫学家来问我捉瓢虫的事，叫我怎么讲？"

"哦？"奶奶也暗暗一惊，停了一会儿，说，"你就瞎编几句对付嘛！"

"我编不出来，你来编吧！"

"编几句瞎话还凑合，编科学我可不会。"奶奶笑了。

正说话间，邱老师带着昆虫学家严教授进屋来了。

邱老师："蒙小民。"奶奶和小民惊愕相视，措手不及。

"请请，请坐。"奶奶被迫应付，强装笑容，"喝茶。"说着下意识地把手上一碗鸡汤给了邱老师。邱老师接过一看，莫名其妙。奶奶发觉弄错了，才又从她手里端回来，尴尬得只是傻笑。

"这位是省城来的昆虫学家严教授。"

"哦，教授请坐。"

"谢谢！"严教授坐下。

"蒙小民。"邱老师见小民躲在屋角里发窘，以为他在生人面前不好意思，便拉小民过来，介绍说，"这位严伯伯过去是我的老师，他是专门研究昆虫的。"

严教授："小民同学，你做了一件很有意义的科学活动，我最近正研究农作物害虫的天敌，瓢虫就是其中的一个项目，你找到的这种大突肩瓢虫，个子大，食量多，是个除害虫的能手。我想了解一下，你是在哪里发现的？"

小民嗫嚅地答道："青石山。"

严教授满意地与邱老师点头示意："没想到，在石山区也有这种瓢虫，这资料很珍贵。"捏着一把汗的奶奶，这才嘘了口气，笑逐颜开了。

严教授又问："小朋友，你在青石山什么地方发现的？"

小民语塞："在……在……"

奶奶焦急地插道："在石头缝里呗！"

严教授打断她的话："不，瓢虫是不会钻进石头缝里的。"

"在……"小民怵怵忐忑，艾艾不语，"我……我记不得了。"

奶奶插嘴解围："这孩子记性差，有次叫他去买酱油，结果打了一瓶醋回来。"

邱老师和严教授轻松地笑了。小民也因气氛缓解而松弛下来。

"你想想看，"严教授又问，"在青石山有没有人种苞米？"

小民摇了摇头。

"甘蔗呢？"

小民犹豫地点了点头。

"有？"严教授不大相信地问。

小民见不对，又摇了摇头。

严教授又失望了："那里有竹林吗？"

"有，有。"小民得救似的叫起来，"青石山里有一大片竹林。"

邱老师："你是不是在竹叶上发现的呢？"

小民望着奶奶，奶奶向他使眼色表示肯定。

小民："就是在竹叶上发现的。"

严教授感兴趣地说："当时大突肩瓢虫正在干什么？"

奶奶又帮腔了："那还用说，它在吃叶子。"

严教授笑了："不对不对，瓢虫是不吃叶子的。"

小民忽然机灵起来："它吃虫。"

"什么样的虫？"严教授感兴趣地问。

小民又语塞了。

奶奶："这孩子的记性呀……"

严教授与邱老师交换了一个疑惑的眼色后拿出一个试管，内有白色棉花状蚜虫，问道："是这种蚜虫吗？"

小民就势地说："是，是这种蚜虫。"

严教授欢悦地说："好，很好，谢谢你了。我马上就到青石山去。"

一顿虽不丰盛但很讲究的晚餐。

奶奶往小民碗里夹菜，温莹则给卡里碗里夹菜，气氛十分和谐愉快。

收音机在播送完音乐之后，开始了少年儿童节目，广播员亲切动听的声音："现在播送少年儿童节目。全市少年儿童'暑期学科学'活动展品评奖揭晓。获得一等奖的是城西小学学生蒙小民……"

"啊！……"大家兴奋地停止了吃饭。

广播员的声音："他采集制作的昆虫标本，不但种类繁多，而且收采到本地过去较少发现的甘蔗害虫天敌——大突肩瓢虫，省里的昆虫学家对此很感兴趣……"

温莹反常地把收音机关了，面色不悦地回到饭桌。问："标本是小民一个人采集的吗？"在场的人都默然无语，出现了奇特的沉寂。

奶奶窥视着卡里，注意他的情绪变化，很怕他把真相捅出来。

卡里却偷瞅着小民，他不理解小民是怎么获得一等奖的，一个少先队员能够这样撒谎吗？

小民心虚地探视着妈妈，她的问话是什么意思？她知道全部底细吗？知道了将又怎样呢？

温莹却把他们那些反映着复杂心理的眼色统统看在眼里，收入心底。明明不是小民一人采集的标本，这里隐藏着不诚实的行为，但出于慈母的心，她不想当众去刺伤孩子，让他下不了台。经过短暂的心理交锋之后，还是温莹打破了难堪的局面，说："吃饭吧，菜都凉了。"

奶奶最先醒悟过来，她的第一个动作是一反常态地给卡里夹菜，以讨好他。而温莹呢，当她触及小民负疚而畏惧的目光时，痛心之外又加上了一层怜悯，反过来给他夹菜。尽管如此，整个气氛仍然是凝固似的沉闷。

忽然小艺冲了进来，她怒火炯炯的眼睛、疾恶如仇的神情把大家怔住了。她指着小民大声告道："温阿姨，小民撒谎！……"

温莹忙把小艺拉到门口，轻声地说："小艺，快告诉阿姨。"

小艺："虫子根本不是他抓的，他在青石山就会贪玩、睡觉、掏鸟窝，他一个虫子也没抓……"

温莹大为震惊，痛苦地闭了一阵眼睛，好把激愤的心情压抑下来，然后对小艺说："小艺，你诚实，是个好孩子。回头阿姨要批评小民，这事你先不要对别人说好吗？"小艺点点头，回头走了。

温莹回来，满腔愠怒地说："小民，到这边屋里来。"

小民离开了饭桌出去了，只有奶奶和卡里在一起。

奶奶惴惴不安地望着卡里，说："卡里，这事要捅出去，小民在学校没脸见人，他爸爸回来更不得了！"

卡里抬头看着奶奶，对这件事，他似乎有些明白，但他不知道该怎么办。

奶奶又说："你就帮帮他吧！互相帮助才是好朋友嘛！"

卡里思绪很乱，低头不语。

烈日照耀着河面，银波闪闪。划船的、游泳的、日光浴的，把一条小河塞得很满，如同闹市。

卡里和小民在水中游泳。小民潜入水底不见了，卡里慌忙喊："小民！"淘气的小民正在水里抠卡里的脚板底呢！

一场欢腾的水仗打开了。卡里勇猛，小民机灵，酣战许久，不分胜负。

卡里和小民并列躺在河滩上晒太阳。

卡里问道："小民，你爸很凶吗？"

小民："他很怪，好起来比奶奶还疼我，要凶起来，能把我的屁股打麻了。"

卡里："这么厉害。"

小民："听我妈说，爸爸在'文革'以后脾气才变坏的。他被打断了一条腿，老拄着手杖走路，唉！就是那根手杖常和我过不去……"

少顷，卡里又问："你妈也打你？"

"从不打我，可常批评我。为标本的事，她狠狠批了我一顿，批完她自己也哭了。""她哭了？"

小民有点儿难过，说："这事她很伤心……别说了！"

卡里双手抱着后脑勺，呆望着湛蓝的天空。这些天，小民倒是平静了下来，而卡里的心里却像压了一块石头，负担越来越重了。

小艺在蒙家阳台上玩八哥，教它说话："八哥，跟着我说，'小民撒谎，小民撒谎！'"八哥听了几遍，把头侧着，学叫起来："小民撒谎！"小艺高兴地笑了，给它一个小虫吃。

"小民在家吗？"这是邱老师的声音。

小艺老气横秋地："是谁？请进来。"

邱老师进屋来："你是小民的妹妹？"

"我是小民的邻居，我管小民的妈妈叫温阿姨。"她头也没回地说。

"哦，还没念书吗？"

"马上就二年级了，你几年级了？"小艺回头一看，不禁伸了伸舌头。

邱老师忍不住大笑起来："我是小民的老师，来通知他准备参加全市颁奖大会的。"小艺一听颁奖，火冒三丈，憋着气，转过身去，又逗起八哥来："小民撒谎！"八哥听了也鸣叫一声："小民撒谎！"

小艺指了指阳台上的八哥，说："你听，八哥在说什么？"

邱老师见八哥说话，说："真有趣。"小艺："撒谎还有趣？"

邱老师见小艺一本正经，便问："告诉我小民怎么撒谎？"

小艺迟疑起来："温阿姨不让我对别人讲。"

邱老师："可以不告诉别人，应该告诉老师。"

"那……"

邱老师点点头："想一想？"

小艺："那我只告诉你，你不要告诉别人，啊！"说完对着邱老师的耳朵，说了许多"悄悄话"。邱老师疑信参半，睁圆了眼睛："是真的？"

小艺扒着阳台四处看，然后指着正在门前小花圃里看书的卡里说："不信你问卡里去。"

小巧玲珑的花圃花事正繁，鹅黄嫩绿、姹紫嫣红的各色花朵，竞相开放。邱老师向卡里走去。

远处，奶奶买菜回来，发现了这个令人敏感的镜头，她急忙溜向花圃边缘，靠近一棵芭蕉树后，把耳朵伸向邱老师和卡里说话的地方。

邱老师："卡里，你听不懂我的话？"卡里望了望邱老师，不作声。

邱老师："还是你不愿意回答我刚才提的问题呢？"

卡里目视一旁，仍不作声，心潮剧烈翻腾。

邱老师耐心地："你是少先队员吗？"卡里点点头。

邱老师开导地："小学生守则第十条是什么？"

卡里埋下头去，面呈矛盾状。

邱老师有点急躁起来："卡里，你知道吗？学生没有权利拒绝老师的提问！"

卡里忽然抬起头来，痛苦而倔拗地说："我不想回答你！反正我没有去过青石山，根本没去过！"说完甩头走开了。

邱老师望着他的背影，困惑地摇了摇头。

奶奶连忙转向大路，与从花圃出来的邱老师正好相遇。

奶奶笑脸相迎地说："邱老师，到屋里坐吧！"

邱老师："我特地来通知小民，下星期一到市里参加颁奖大会。"

奶奶喜上眉梢，说："好啊！小民出息了，家长有多高兴啊！这都是老师您的……提拔。"

"不对啊！"邱老师笑着纠正她，"奶奶，进步是要靠小民自己去争取的。"

奶奶就势下台说："是啊，要争取提拔，争取提拔……"

深夜，时钟敲了12点。

温莹值小夜班回来，疲惫加心事，使她倦容满面，心绪不宁。

孩子们早已进入梦乡，只有奶奶在等着她，因为有个好消息迫不及待地要让她早知道呢！"邱老师来通知小民下星期一去市里参加颁奖大会，领奖状，说不定还能得点奖品哪！"

温莹听了，毫无反应，冷漠地说："奶奶，别提这事，这些天喉咙里像搁了根刺，咽又咽不下，吐又吐不出……这是弄虚作假呀！"

奶奶也并非毫无所感，半晌，像是自语地喃喃说："看你说得多严重呀，孩子们的事何必这样认真，就说如今大人哪，实心眼的有几个？我每天上菜市，卖肉的走后门，卖菜的短斤少两，牛奶掺水，暗中提价，不也有的是，这都是小意思，天天见，处处有，我们小民这点事算什么？"

"别说了，奶奶。"温莹越听越心烦，"我想睡了。"

奶奶帮着温莹铺床："累了一天，何苦为这丁点儿事操心。今天邱老师来找卡里说了话。"

"啊?!"温莹一震，从椅子上霍然站起，"卡里怎么说？"

奶奶甜滋滋地笑着，说："卡里真是个老实听话的孩子，他对邱老师说，他根本没有去过青石山……"

温莹的心像被蜇了一下，冲口而出地自语："卡里也撒谎?!"

"这叫什么撒谎? 这是诚心帮助小民啊! 要不，别说你，我心里也有点打鼓呢! 卡里说，明天一定要回家，这下大家都放心了。"

夜深人静，月色窥窗。

心绪万端的温莹和衣躺在床上，难以成眠。

（在她的幻觉里，交替出现了卡里的形象。）

卡里大声地笑："我根本没有去过青石山，哈哈哈……"

苗山的竹楼上，高烧病危的卡里在床上呻吟翻动，口里说着胡话："格桑加阿姨，我……烫，有火烧我……格桑加阿姨，带我去山泉里泡……泡……格桑加阿姨……"

另一个卡里高喊道："我根本没有去过青石山，哈哈哈……"

病已初愈的卡里坐在凉架卧椅上，妈妈和温莹给他喂食，虚弱的卡里向温莹报以感激和深情的微笑，说："格桑加阿姨，你能帮我补课吗?"温莹爱抚而温存地点点头。

另一个卡里狂笑着："我根本没有去过青石山，哈哈哈……"

系着红领巾的卡里病愈上学了。温莹陪同着他，穿过竹林幽径，跨过涓涓山泉，攀上青葱岭走向学校。一路上卡里唱着蹦着，他感到自己获得了新生……

此时，隔壁房间传来了卡里熟睡中的梦呓："我……我根本没去过青石山……我没去过……我……没……撒谎! 哎哟……别打他……别打他。"

卡里的梦呓声把温莹从幻想中震醒过来。她坐起来，起床走到隔壁房间，把灯拉开。明亮柔和的灯光下，卡里在床上安详地酣睡。温莹撩开蚊帐，坐在床沿，出神地看着他，那张纯洁天真的面孔，袒露着的胸怀，舒展着的四肢，嘴唇轻轻闭着，额前和眉宇没有一丝忧愁和疑虑的纹迹，轻微的呼吸有节律地发出恬适的鼻息。

（温莹充满愧疚和自责的内心独白）"我曾把他从病危中挽救过来，可我又把他推向心灵死亡的深渊? 不能，绝不能……"

温莹呆滞的目光移到墙壁上，那里挂着一幅放大照片，是小民爸爸蒙玉民和她一起抱着小民的合影。蒙玉民当时只有20多岁，年轻、英俊、倔强，稍带一点儿书生气。这张照片，使温莹忽然联想起了一件永生难忘的事来。

……

十年前的一天，蒙玉民和温莹抱着小民照完了相高高兴兴地走出照相馆。突然，一群人围了上来，连推带拉地把他们拥上了卡车。

审讯室里，杀气腾腾。

蒙玉民站在室内正中，审讯者指着他吼道："你参加了一个反革命复辟的黑组织吗？"

"没有。"蒙玉民毫不含糊地回答。

"打！"一阵毒打。

"别打，你们别打！"被强迫陪审的温莹抱着小民在哭诉，"他确实不是，他从不撒谎……"

"要是有人证明呢？"审问者阴森地逼问。

"不，不会的，我根本不知道有什么反革命组织……"蒙玉民理直气壮地说。

审讯者猛力击案："把人带上来！"门打开，一个戴眼镜的年轻人被押进来。他叫邓均，看来早已受过审问，脸上还有伤痕。

审问者："邓均，你和蒙玉民是什么关系？"

邓均："他是师范学院的助教，我是资料员，我们是工作关系。"

审问者上前打了邓均一个耳光，暴怒地说："谁问你这个。说！你们是不是一个组织里的成员？"邓均捂着被打的脸，停了片刻怯懦地点点头。

"是你发展他加入的吗？"

邓均机械地回答："是我发展的。"

"不！不！那是撒谎！"蒙玉民嘶喊道。一顿乱棍像雨点般打在蒙玉民身上，其中一棒重重地打在腿上，蒙玉民猛叫一声，踉跄倒地。

温莹被架走了，当她被推出大门时，邓均正被押过，她透过邓均的深度近视镜片，看到一双怯懦卑微的眼睛，这双眼睛正在向她投以无可奈何和深为抱歉的目光……

幻觉中，邓均那副眼镜竟戴在小民的鼻梁上。她不寒而栗地站起来，走到小民的床前，撩开蚊帐，看见小民睡得正甜，天真的脸上似含笑意。

（温莹决断地内心独白）"明天，我要带孩子们到学校去说明一切……挽回失去的诚实。"

晨光熹微，鲜红的太阳以崭新的面容从远山背后露了出来。

阳台上的八哥直着嗓门叫："早上好！早上好！"

餐桌上，卡里和小民正在就餐。妈妈坐一旁，什么也吃不下。

小民天真地问："格桑加妈妈，你说吃了早餐要和我们说什么事？"

温莹："一件很重要的事。""是不是讲故事？"

"快吃吧！"妈妈不耐烦地说。

这时楼梯响起了拄着手杖上楼的声音，小民敏感地喊："爸爸回来了。"

门口，拄着手杖的蒙玉民正走进来。

"玉民！"奶奶从厨房跑出来，接下背袋等物。

"你怎么回来了？"温莹走过来意外地问。

蒙玉民笑嘻嘻地说："我怎么就不能回来？"

奶奶笑起来："看你们俩说的什么话！"

"小民呢？"蒙玉民向小民走去，扔开手杖，笑容满面地伸出右手，说："小民，来，握握手！爸爸祝贺你。"

"祝贺什么？"小民一时没转过弯来。

"一等奖呀！"

小民能与爸爸像个同辈人一样握手，感到格外自豪。他们握着，摇着，欢笑着。蒙玉民突然伸开双臂将他抱在怀里，亲昵而自豪地说："我是从收音机里听到的。爸爸有多高兴呀！当时就给你当了义务宣传员，开会的同志们全都知道了，大家都来祝贺我……嗒，就像我现在祝贺你一样……"

爸爸和儿子幸福拥抱的情景，使温莹心中更充塞了酸甜苦辣的复杂滋味。蓦地，一幅可怕的幻象出现了：

蒙玉民像头狂怒的狮子，将小民从怀抱中推倒在地，举起手杖打去，骂道："谎言！假话！骗子！盗取荣誉的贼！"每骂一句就重重地打一棍，小民号啕大哭，满地打滚……

幻象消失了，眼前仍然是一幅父子欢聚的甜美景象。温莹黯然神伤，颓然坐下。她的反常情绪被奶奶发觉了，奶奶以警告和恳求的眼光紧紧盯着温莹。从这眼光里，温莹能预想到更为可怕的后果，损害了她的独孙孙，毋宁挖了她的心。温莹意识到，蒙玉民的突然回来，正在向她昨晚暗下的决心挑战。她感到自己势单力薄，快要败下阵来了。

蒙玉民发现阳台上的卡里，问："他是……卡里吧？"

"哦，"温莹如梦初醒，忙叫过卡里介绍，"卡里，这是小民的爸爸。"

"蒙叔叔。"卡里礼貌地鞠躬。

蒙玉民上前，亲热地抚着他的头，赞赏地说："多结实，简直像铁铸成的！"

小民兴高采烈地指着八哥，炫耀地说："爸爸，卡里送给我的八哥，它还会说话哪！"

"哦？！"蒙玉民感兴趣地看着八哥。

"说话呀，八哥，说句话给我爸爸听呀！"

八哥侧着头，忽然大叫一声："小民撒谎！"

"什么？小民撒谎？哈哈……在批评你呢！哈哈……"蒙玉民爽朗地笑了。奶奶吃了一惊，为了掩饰自己的紧张，也随着笑起来。小民非常尴尬，不知所措，也跟着苦笑几声。对这种弄巧成拙的嘲弄，卡里也忍不住窃笑起来。只有温莹没有笑，她现在倒是想哭呢！她好不容易强忍住眼眶里的泪水，说了声："我要上班去了。"准备要出门。

"等会儿。"蒙玉民兴致勃勃地说，"我要当着妈妈把礼物送给一等奖获得者呀！"蒙玉民伸手掏帆布背袋，掏来掏去掏不着，惊诧地说："弄哪儿去了？"蒙玉民的手摸出袋底一个脱线的裂缝来，只好遗憾地嗟叹："唉！丢了。"

"丢了？"小民失望地问道。

"在火车上还摸到的。好吧，我再给你买回来。"

"爸爸，是什么礼物？"

"先不告诉你，到时候叫你意外的高兴！"说着钟爱地用指头点了下小民的鼻子。

心事重重的温莹骑着自行车在街上缓缓地走，她的思绪也像车轮一样地旋转不停。当温莹的自行车来到市第一医院大门时，一个敦实粗壮的女同志拦住了她。温莹下车一看，原来是小艺的妈妈林琴。

温莹颇感意外地问："老林？"

林琴爽快地说："有件事要向你解释一下。"

温莹有点儿紧张起来："有什么要紧的事？"

"你家奶奶向我告了小艺的状，说她讲小民的坏话。昨晚我问了她，她不肯讲，我气极了，真想打她一顿……"

"你打了她？"温莹为小艺抱屈。

"没有，后来我了解到，这事小艺没有错。"

"小艺确实没有错……"

林琴严肃地说："老温，你知道我平时很少管孩子，可有一条是绝不放过的，必须实话实说！"

"对的，对的……"温莹的心像给刺了一下。

林琴认真地说："我要跟你核对一下，她说小民的事是你不让她讲的，是吗？"

"哦……是的。"温莹脸发烧，忐忑不安起来。

林琴忧心忡忡地说："这是小艺第一次向我隐瞒了实情，我担心，这样发展下去她会变成个什么人！……"

"哦！……老林，对不起……"温莹焦灼如焚地转过车头，马上要走。

"老温！老温！"林琴拦住她道，"你可别误会……"

温莹："不，我待会儿慢慢跟你谈。"说完飞车而去。

卡里背着竹篓走出门来，奶奶送他。

卡里："奶奶，请你告诉叔叔阿姨，我回家了。"

小民追出来说："妈妈说不让卡里走。"

奶奶将一大包点心和一网袋水果放进卡里的背篓，说："卡里回去还有事，明年暑假再来玩。"

"明年让小民去苗山里玩玩吧！我们那儿有好多……"

"虫子？"奶奶插道。

"不，野兽。我们用铁锚去捉狐狸。"

"哎哟，天哪。"奶奶吓得直摇头。

小民天真而淘气地说："奶奶，我明年去苗山捉条蛇回来给你玩。"

奶奶气得骂道："我宰了你！"小民向奶奶顽皮地做了个鬼脸。

小民和卡里走出院子，迎面来了小艺。

小艺喊道："卡里哥，我也跟你去苗山。"

卡里："明年暑假和小民一块去好吗？"

小艺："苗山有虫子吗？"

"多极了！"

"那我多带几个瓶子去装。"小艺兴奋地说。

"傻丫头！"小民笑着和卡里走了。

小艺又追上来喊道："小民，我刚才在路口拾到个口琴，你帮我带到学校交给老师。"小民打开盒子，是一个精美的新式口琴，便揣进衣袋里。

温莹的自行车进了城西小学，直向邱老师的房间奔去。

温莹敲门，没有回音。只好在门外焦急地等候着。

小民把卡里送上了班车。汽车开动了，小民与卡里挥手告别。

小民拿出口琴看了看，试吹了几个音。

温莹精神恍惚地走进校长办公室。办公桌前坐着一个戴眼镜的人，正埋头写着什么。温莹："您是校长吗？"

戴眼镜的人抬起头来，原来他就是邓均，温莹意外地叫了声："哦，邓均。你……"

邓均笑容可掬地给温莹让座，说："嘀，十年不见了，老蒙还在学院教书？"

温莹虽然反感，但已进退维谷，说："还在。"

邓均神态洒脱，稍带一点儿领导腔说："当讲师了吧？想起那场'反复辟'运动，纯粹是个大冤案，我被关了整整三个月，后来被下放到干校去了。"

温莹："那是过去的事了。""是啊！'四人帮'的罪孽，罄竹难书啊！"

温莹恨不得快说快走，便开门见山地说："邓校长，我有事找你，我的儿子蒙小民……"

"哦，蒙小民就是你的儿子？太好了！下星期一要去市里领奖。他给学校争来了大荣誉。喏，我在亲自写报道呢！"

"可他不应该领这份奖，他不能接受这样的荣誉……"温莹这句话经过了多少痛苦的煎熬之后终于迸发出来了。

"怎么回事？"邓均意外地问。

小民在家里一边逗着八哥一边吹奏口琴。

邻房正在休息的爸爸被吵醒了，问道："小民，是你吹口琴吗？"

小民答道："是我。"

又传来了爸爸的问话："是你妈给你买的？"

小民迟疑了一刹，脱口而出："是学校奖给我的。"

邻房再也没有声音了。小民看着口琴，呆了半晌，他自己也没想到竟脱口说出这样的话来，心里有点不安，但只一刹那就烟消云散了。

校长办公室。邓均正在来回踱步，苦苦思索。

温莹不安地看着他："我也曾想，要纠正这件事，可能会给学校带来被动……"

邓均一副深谋远虑的样子："还不只是被动问题，学校失去了荣誉，还会带来兄弟学校的嘲笑和教育局的批评……"

邓均眉头深蹙，神情严肃，话锋迅转，对温莹表示关切地说："这些都是其次的，更可怕的后果你考虑过吗？"温莹茫然加惶惑地摇摇头。

邓均郑重而恳切地说："你这样做，等于扼杀了一颗幼小心灵的自尊心，他将会受到别人的嘲弄和鄙视，你想过吗？孩子往后怎么办？"

温莹心底隐藏的伤疤被捅破了。她为难地说："邓校长，难道看见孩子不诚实的行为能不管吗？"

"作为教育工作者，我们期望着所有的人都诚实得像泉水那样晶莹透明，可现实并不那么遂人心愿啊！当年我要坚持说自己不是所谓黑组织的成员，说不定早变成火灰了！"

温莹被他的话激怒了："对自己的不诚实，你不觉得内疚吗？"

"可蒙玉民的诚实又怎么样呢？……一条断腿！"

温莹怒不可遏："那是你加害的！"

邓均一点儿也不动气，冷峻逼人地说："可我又是谁加害的？不是也有个浑蛋一口咬定我是鬼知道什么黑组织的人吗？"温莹无言以对，颓然坐下。

邓均缓和而关切地说："那时候不这样做行吗？小民的事也要从具体情况出发嘛！反正他确实去过青石山，不能说是无中生有嘛！只是有一点儿小小的出入……"

精神上已疲惫无力的温莹喃喃地说:"你是一校之长,怎么说出这样的话?"

邓均推心置腹地说:"因为我们是熟人,我才说了句实话。报纸上不是也揭发过那些当部长当局长弄虚作假的事吗?当然,我们都痛恨这种虚伪的风气,可要改变它,绝不是你我小人物力所能及的啊!温莹同志,要慢慢来……"

温莹被他一席话说得浑身冰凉,一时竟不知如何回答他,只频频摇头,反复地说:"不,不对,你说的话不对……不对。"

邓均:"是不对,可你说,是不是事实呢?"

一阵难耐的沉默之后,温莹缓缓起身,不辞而别。当她走到门外时,邓均追出门来问道:"温莹同志,这事老蒙知道吗?"

"不知道,我也不想让他知道。"温莹说完像丢了魂似的走了。

蒙玉民拄着手杖走进小民的房间,见小民正在入迷地吹着口琴。

蒙玉民:"真巧,我原来买的礼物也是个口琴。"

小民:"那你买个袖珍收音机给我吧!"

"好。"蒙玉民走近小民,疼爱地抚着他说,"只要你争气,买什么都行。"

蒙玉民看了看口琴,觉得有些奇怪,又拿起口琴盒仔细打量,骤然惊骇,厉声问道:"这个口琴是学校奖的?"

小民慌乱中佯装镇定地回答:"是奖的嘛!"

"什么时候?"

"前几天。"

蒙玉民勃然大怒,举起手杖咆哮道:"再说一遍!"

小民心虚胆怯,面如菜色。但在这样的威慑下,已不得不铤而走险。他昂起头来,色厉内荏地:"就是前几天老师奖给我的!"

高举的手杖猛地打下去,小民早有戒备,就势一躲,手杖打在椅子背上,发出震耳的响声。蒙玉民颤抖地指着琴盒内一角说:"你看!"

琴盒一角用铅笔写着购买的日期和地点。

蒙玉民:"这是我写的!"

当蒙玉民再举手杖要打时,小民"哇"一声大哭起来,奶奶闻声赶来，护着小民。蒙玉民暴怒地吼道："滚！我恨透了说谎的人！"

奶奶慌忙把小民护出门外。

小艺听到哭声，从外面进房来，见蒙玉民怒气冲冲地举着手杖，便挺身而出地干涉道："蒙叔叔，你又打小民了。老师说不许打人的。"

蒙玉民平时很喜欢小艺，当他憎恶小民的错误时，就更觉得小艺讨人喜爱了："小艺，叔叔不是不讲道理，可小民捡到东西不交老师，还撒谎骗人，你说该不该惩罚？"

"口琴？"

"你也知道了？"

"是我捡到的，我让他交给老师，他没交？"

蒙玉民听了火上加油，气得咬牙切齿，说："这样的人能配去领一等奖吗？"

小艺："本来就不该他去领奖。"

"怎么？"玉民敏感地追问，"快告诉叔叔。"

小艺像个小大人似的叹了口气，说："真叫我难办呀！温阿姨不让我说出去，可我妈又要我实话实说，我到底听谁的？"

蒙玉民毫不犹豫地："当然听你妈的，做一个诚实的孩子。"

"那我说了，你可不许再对别人说了，啊？"小艺以命令的口吻说。然后对着蒙玉民的耳朵从头到尾说了一遍。蒙玉民眼里像点燃了熊熊怒火。

失魂落魄的温莹回到家里，一进门，蒙玉民两只怒火灼灼的眼睛，小民躲在阳台角落里嘤嘤的哭声，以及厨房里奶奶的唉声叹气，立即使她意识到：事情已经揭开了。

蒙玉民恨不得将一腔怒气全倾泻在温莹身上，正颜厉色地问："对这个小骗子，你打算怎么办？"温莹反而平静了，说："你全知道了？"

蒙玉民满脸愠色地沉默着，不予回答。

温莹试探地问："那你打算怎么办？"

"撒谎的人应当受到惩罚，我带他到学校去！"说完拿起手杖就要走，温莹上前拦住他。温莹："玉民，你先平静下来，两个小时之前，我也和你一样，现在，我改变了。"

蒙玉民愤愤地说："哼！你在这件事中扮演了一个不怎么样的角色！"

"我承认。"温莹由衷地说，"我矛盾过，痛苦过，气愤过，可我们就这么一个儿子，何苦要这么苛刻……"

"什么话？！"蒙玉民忍无可忍地打断她，但他看见温莹神情沮丧、寸心如割、十分痛苦的样子，又把火气压了下去，语重心长地说，"温莹，诚实和正直是我用一条腿换来的啊……"

"可说谎的人不是一样飞黄腾达？"

蒙玉民像对一个陌生人似的看着她，问："你今天怎么啦？"

"玉民，"温莹愤愤地说，"你听过一句谚语吗？'烧窑的没逮住，逮住个卖瓦罐的。'拿一个12岁的孩子来示众能改变整个社会风气吗？玉民，我想过，做这样的牺牲值得吗？不值得，不值得啊！"她激动得喊起来，歇斯底里地抽泣着。蒙玉民被说得一时瞠目结舌，他并不认为温莹的话是对的，但又无法掩饰活生生的现实据理抨击她的观点，他沉思了。

温莹泪眼蒙眬地望着蒙玉民，说："我原以为'四人帮'一倒台，被他们搞坏了的社会风气就会迅速改变过来，恢复到我们戴红领巾时的那个纯真的50年代——那时候，诚实、善良、坦率是做人的准则，谁要有一点儿邪念就会觉着脸红……"

"是啊！"蒙玉民也很感慨，"老一辈在战争中为了别人生活得幸福，毫不吝惜自己的生命……"

温莹悲凉地说："那样光辉灿烂的年代也许一去不复返了……""不，不，我不相信。你看看三中全会以来的形势、方针和政策就应该有信心！"

"可是，不是还有些人踏着谎言的梯子往上爬吗？"温莹心情沉重地说，"我只告诉你一件事，你还记得诬告你是'反革命'的人吗？"

"这条断腿让我忘不了他。"

"他刚从外边调回来了，升了官，当了城西小学的副校长。"

"哦？"蒙玉民不无惊讶地说，"也许人家改正了错误。"

"不，他还在说谎……"

邱老师站在邓均办公桌前。

邱老师："听说蒙小民的妈妈来找过你，是不是出了什么事？"

邓均："没有，老朋友，她来看看我。"

邱老师狐疑地说："邓副校长，对蒙小民的标本图，我还是怀疑……"

"有证据吗？"

"没有足够的证据。"

"那就不要旁生枝节了。蒙小民获得全市一等奖，给学校争得了很大的荣誉，你也是有贡献的嘛！将来提工资，这还算一条呢！"

邱老师气愤地说："邓副校长，我现在想的不是工资和级别，而是实事求是！"说完转身就走。

蒙玉民脸色铁青，拄着手杖颤巍巍地奔出门去。温莹追出来，嘶着嗓门喊道："你上哪儿去？"

蒙玉民驻步回首，坚定有力地："到学校去！绝不能让小民走邓均的路！"说完径直下楼。

奶奶从厨房奔出，喊道："回来！你不能去！不能去！"

蒙玉民没有理她，下了楼直奔大门外。奶奶回奔到阳台上，望着已经走远了的蒙玉民，语带哭音地说："温莹，救救孩子，快救救孩子。"

温莹迟疑一会儿，毅然下楼出门，直追玉民。

当蒙玉民和温莹的背影消失在拐弯角处时，小民紧张而快捷的脚步也跟踪而去。

蒙玉民微跛的腿沉重地走着，后面紧跟着温莹犹豫的脚步。

"玉民，你应该替孩子想想，他往后怎么学习生活下去？他的自尊心、荣誉感全毁了，你一点儿也不心疼吗？"沉重的脚步更加沉重了。

"奶奶在家里痛哭流涕，难道老人家的身体你也不顾了吗？"

沉重的脚步渐渐缓慢了。

"玉民，这件事怎样处理得更好些，就没有一点儿商量的余地了？"

沉重的脚步停了下来，正好停在公园侧门前。

温莹："上公园走走，先冷静下来，找出个更好的办法，好吗？"

蒙玉民看着温莹恳求而悲戚的眼睛，不愿使她更伤心，便一同步入公园。

公园里，花木扶疏，清香四溢，红遮绿掩之中，传出阵阵欢歌笑语。游人中有从容娴雅的老者、服饰绚丽的儿童、顾盼生姿的姑娘和风采翩翩的小伙子。而愁眉交结的蒙玉民和温莹各怀心事地走在游人中，显得十分不谐调。他们通过幽深的曲径，来到一片僻静的竹林。

小民跟踪而至，心神紧张地遥望着情绪激动的父母。

少先队员李捷站在竹丛边，见他们走来，便上前行队礼，说："叔叔、阿姨，你们是来寻找钱包的吗？"

温莹说："不是的，小朋友。"

"不知谁丢了钱包，老也不见来找，我在这儿等了大半天了。"李捷失望地说。

蒙玉民："你回去交给老师好了。"

李捷："钱包里有今晚的火车票呀，我怕叔叔阿姨找不到会着急的。"

蒙玉民与温莹交换了赞誉的眼色。温莹关切地问："小朋友，你还没回家吃午饭吧？"李捷赧然一笑。

蒙玉民蹲下来，感动地抓住她的手说："快回去吃饭吧，我们在这儿替你等着，好吗？"

李捷坚持说："不用了，我再等一会儿。"

这时有一个人向这边走来，李捷急着走过去，询问他是否丢了钱包。

蒙玉民心情激动，满面生辉地拉住温莹说："看见这样一颗透明的心，有什么理由要悲观呢？"

温莹："小民也曾经是个拾金不昧的好孩子。"

蒙玉民痛心地说："那是从前的小民，你还不知道吧，小艺拾到了我丢的口琴，交给小民，要他转交给老师……"

"他没有交？"温莹惊惶地追问。

"他据为己有，还骗我说是学校奖给他的。"

"啊！……这不可能，不可能……"温莹震惊地摇头。

蒙玉民并不激动，冷静地说："这是很合乎逻辑的嘛！荣誉可以窃为己有，财物为什么不可能？"

温莹痛苦万状地喃喃自语："难道不诚实会变成贼吗？"

"看看那些盗窃名誉、地位、财物的各种贼，哪个不是靠玩弄谎言起家的？"温莹忽然感到一阵晕眩，站立不住。蒙玉民把她扶到一张长椅上坐下来。

此时，竹丛缝里露出小民愧疚和思索的脸。温莹以发自肺腑的真挚之情说："看来，一个人可以没有荣誉，但不能没有诚实。要做到诚实又多么不容易呀！"

蒙玉民语带启迪地说："本来并不难。七岁的小艺就能做到，难就难在有人教她不诚实……"

"那是我……"温莹内疚地说。

蒙玉民针对地说："所以，改变社会风气难道不应该从自己做起吗？"

温莹豁然解悟地望着蒙玉民，半天说不出话来。稍停，毅然起身，拉着蒙玉民走了。

竹丛中的小民木然不动地看着渐渐走远的父母，心中惶然不安。

李捷失望地回到竹丛，忽然发现小民。"蒙小民！"李捷高兴地喊道。

蒙小民想躲已迟，神情恍惚地低头不语。

李捷走近他，奇怪地问："你一个人来玩？"

蒙小民茫然地摇摇头。他感到在李捷面前，他是多么的卑微可鄙。

李捷问："吃过午饭了？"小民点头。

"那好。"李捷把钱包掏出来交给小民，说，"在这儿等着，58块钱，31斤粮票，一张今晚的火车票，说对了就给他，我回家吃饭去了。"

蒙小民摇摇头，又将钱包退还给李捷。李捷困惑不解地望着他。

蒙小民像咽了一口苦水似的，眉头紧皱，心里很难过。

李捷着急起来："你怎么啦？……说呀！哎呀！你倒是说话呀！"

小民心情阴郁，喃喃地说："你能相信我？"

李捷不觉笑起来："不相信你？少先队员还能不相信吗？真好笑！"

小民脸色冷峻："你不怕我把钱拿去。"

李捷仰首大笑："哈哈哈……你把我当成傻瓜了？过去你捡到一副眼镜交给邱老师那会儿，我就在跟前……"

"别说了！"小民痛苦地打断她。

李捷："没工夫跟你废话，我走了！"

李捷把钱包塞给小民后像燕子般轻盈地飞了，走到远处还回过头来喊道："一定要完成任务！"小民站在竹丛下，捧着钱包，思绪纷纭。

奶奶慌慌张张地跑进城西小学，来到了邱老师的门前，未进门先抹泪，边哭边诉地进了房，把邱老师吓了一跳。

奶奶不问青红皂白，一把拉住邱老师的手声泪俱下地说："邱老师，这全是我的错，不怪小民，他不是存心弄假来戏耍老师的……是我编的瞎话……"

"奶奶，"邱老师惊疑不解地问，"你说的什么呀？……"

"你可别听信他爸爸的话，他这个爸爸太狠心了，常常打他……"奶奶还是哭哭泣泣的。

"奶奶，你慢慢讲。"邱老师扶她坐下，端来了一杯茶。

奶奶擦干了泪水，说："那些虫子标本确实是卡里一手搞成的，是我把它揽在小民身上，唉！还不是为了想……争取提拔他一下……可他爸爸来向你诬告小民……"

"他爸爸没来过呀？"

"什么？他没有来过？……那他妈一定来说过……"奶奶惊愕地退了一步。

邱老师摇摇头说："他妈妈也没来过。"

"啊！"奶奶吓呆了，问，"那你根本不知道小民的事？"

邱老师："我原来不太了解，经您老人家这一说，我全明白了。"

奶奶失声叫苦："哎呀！我真蠢，我真浑！"说着重重地打了自己的脑袋，回头便走。

邱老师追出门来喊道："奶奶，您……"

奶奶一边走一边哭诉："小民哟，奶奶害了你，奶奶真糊涂……"踉踉跄跄地跑出学校大门。

晚霞纷郁，昏雀归巢，公园里游人稀落了。

小民木然地坐在竹丛边，忧虑重重，神情恍惚。

一群欢度队日的少先队员载歌载舞地尽兴而归，留下了一串串银铃般的笑声。小民抬起头来，向他们投以羡慕的一瞥。

华灯初上时分。小民从空寂无人的公园里走出来。他手中拿着钱包，忧虑重重。当他走到少年宫门前的宣传栏时，看到在"全市少年儿童'暑期学科学'活动颁奖大会即将举行"的大字下面，是一等奖获得者的姓名和照片，自己的放大照片也赫然在上。立时，他像被火燎似的全身发烫，头一阵晕眩，幻觉中出现了小艺愤怒地揭发："小民！你撒谎！"接着又出现了李捷的指责："原来你是骗人的！"一瞬间"骗人！""撒谎！""可耻！"的斥责声包围着他，越来越多的同学怒斥和嘲笑他。小民招架不住，满头大汗，抱头鼠窜。幻觉消失了，小民懊丧地匆匆离开了宣传栏，垂头丧气地走了。

小民在昏黄的路灯下踽踽独行，徘徊在自己家门外的石阶旁，不敢进门。

黯然如漆的夜色中，屋里的灯光显得格外明亮和温暖，他正想走进屋去，突然屋里传来了爸爸的怒吼声："我恨透了说谎的人！"

小民畏缩了。急忙转身离去，走了几步又茫然停下，他无处可去，便下意识地打开钱包，倏忽眼睛一亮，发现了钱包中的火车票。

小民立即取出火车票看了看，一个好奇和冒险的念头陡然升起，他咬了咬嘴唇，毅然拔腿起步，脸上布满了倔拗的神情。

小民的脚步愈走愈快。

一间华丽的客房。

邱老师帮助严教授收拾好行装，与他一同步出宾馆，上了小轿车。

火车站，行色匆匆的旅客们穿梭如织。

小民走进候车室，从钱包里拿出车票，直奔一个检票口。

检票员看了票又打量了小民一眼，然后放他进去。

小轿车驶到火车站，严教授和邱老师急急忙忙下了车，向检票口走去。

严教授慌乱地遍掏所有的口袋："我的钱包呢？"

"票在钱包里？"邱老师问。

"昨天就放进钱包了，是不是在青石山丢了？"

"今天你还到哪儿去过？"严教授回忆道："公园……"

严教授对检票员说："同志，我的票是软席卧铺。"

检票员："几车厢几号？"严教授摇摇头，表示不知道。检票员也摇摇头，表示没办法。

邱老师看了看表，无奈地说："老师，我再给你买张票去。"

一列火车像闪光的利剑穿入茫茫黑幕，带着急促的轰隆声呼啸而去。

车厢里坐着情绪懊恼的严教授。

一个女列车员走来，向一个乘警说："软卧里有个十来岁的小孩……"

"有票吗？"

女列车员满脸狐疑地说："有票，可我怀疑……"

乘警："有票就行，兴许人家是高干子弟……"

他们的谈话引起严教授警觉，他站起来问："同志，请让我去看看好吗？"

女列车员："你认识他？"

“不，”严教授面有严峻之色说，“请你们跟我一起来。”

小民在软卧包厢里坐卧不宁。强劲的晚风从车窗吹入，对铺一位早已躺下的老人说：“小朋友，请把窗户关上。”

小民不会关，着急地乱扳乱按，窗户还是关不上。

包厢门外传来敲门声，惊惶的小民战战兢兢地去开门。门口站着严教授和列车员等人，使小民又惊又喜：“严伯伯！”

“小民！”严教授大为意外，问道，“你怎么……”话到嘴边又刹住了。走进包厢，帮着他把窗户关上，然后和小民坐在一起。

“小民，你上省城去？”教授问道。

小民吞吞吐吐地说：“我……去姑姑家……”

“一个人？”

“嗯，”小民反问道，“你怎么知道我在这儿？”

严教授说：“有一只小蜜蜂飞去告诉我的……”小民轻快地笑起来。

乘警向列车员挤了下眼睛，退到一边去。

乘警：“高干子弟。”

女列车员不高兴地说：“我倒成了小蜜蜂了。”

软卧包厢里。

严教授一边细致地观察着小民，机警地问：“你姑姑也是医生？”

“是……不……是老师。”

“小学？”

“……中学。”小民支吾其词。

“第几中学？”

“嗯……”

“哦，我知道了，二十三中？”

“对，二十三中……”小民就势答道。

严教授笑起来，说：“看我糊涂了，全市只有22个中学，哪来的二十三中？”

小民尴尬地：“那我……我也记不清了。”

严教授：“怪不得奶奶说你记性差！”小民又从紧张中松弛下来。

严教授和颜悦色地：“明早下了火车，先到我家去。”

"不……"

严教授挤了下眼睛，说："说不定你姑姑正好在我家做客呢！"

小民肯定地摇摇头，笑道："不会的！"

"会的。"

"绝对不会的。"

"绝对会的。""说不会就不会。"小民斩钉截铁的口吻。

"那我们打个赌，要是你姑姑不在我家，我就请你吃顿饺子，要是你姑姑在……"

"哈哈！"小民猛跳起来，拍手欢叫，"你输了！你输了！我根本没有姑姑！……"对铺老人被惊吓得爬起身来。

严教授连忙制止小民："嘘——"小民伸了下舌头。

严教授："那你上省城找谁呢？"小民哑然，神情慌张而茫然。

邱老师在凝神结想，掩卷而思。

"笃！笃！笃"的敲门声。

"谁？"

"我。"一个童音的回答。

邱老师满怀希望地："哦，是小民。"

当邱老师打开房门时，站在面前的却是卡里。他身背竹篓，浑身黄尘，显得很累。"你是？……"邱老师意外地一时叫不出他的名字来。

"我是卡里。"

"啊！卡里，我正想找你。"

邱老师帮着卡里卸下竹篓，关切地问："你不是回苗山了吗？"

"到了半路，我又改乘汽车回来了……老师，我不能这样回去……"卡里的声音变得低沉下来。

"为什么？"

"我做了一件错事，老师，我向你撒过谎。这是我第一次撒谎……我回去对爸爸妈妈该怎么说呢？我还能再撒第二次谎吗？"

邱老师深为感动地说："对，对，你做得对……"停了一会儿，邱老师问："你见到小民了吗？"

"没有。"卡里难过地说："那天，我们去青石山，我只顾自己捉虫，没有拉着他一起干，我……没有帮助他。他后来撒了谎，我也没有提醒他，我自己也撒了谎……"

"邱老师！"蒙玉民和温莹紧张地闯进房里，"小民来过吗？"

"没有。"

"啊？卡里？"温莹意外地问。

"阿姨，我又回来了。"

温莹走过来，问道："没见小民？"

卡里摇摇头，停了一会儿，说："他很怕蒙叔叔……"

屋里的人都看着蒙玉民，蒙玉民垂下了眼皮。

当晚。蒙家屋里。奶奶满面眼泪加怒容，怨气冲天地说："找不回来，我就问你要人，这么三更半夜，他要有个三长两短，我也不活了。"

温莹过来劝慰："妈，您别着急，已经报告公安局了，有消息他们会通知的。"

蒙玉民对奶奶说："妈，你平时也太惯他了！"

奶奶更加火上加油："我惯的？都要像你那样成天拿手杖敲打他……"

蒙玉民辩解地说："我也是为他好。"

"好？我也为你好！"奶奶站起来夺过蒙玉民的手杖，扬起来，气愤地说，"我现在就敲打敲打你！"蒙玉民躲过一旁。

奶奶连哭带诉地说："你小时候比他还淘气，我戳过你一手指头吗？"

温莹扶奶奶坐下，拿过蒙玉民的手杖，急忙和蒙玉民走出门来："可能去的地方都找遍了，能在哪儿呢？"

拂晓。省城在沉睡中醒来。

严教授家的书房里，小民被墙上一幅幅昆虫挂图迷住了。

严教授在另一间卧室里对老伴范贞说："你快打个电报去。"说完递给她一张字条。

"他到底是谁？"

严教授诙谐地说："一只失踪了的小昆虫。"

范贞半嗔地："没句正经的！"

"我现在还在侦察呢！"

严教授带着小民参观他的实验室，各种仪器、试管、瓶罐、资料、书籍、挂图，尤其是数以千计的昆虫标本，更使他咋舌惊叹，目不暇接。

小民惊问道："这些昆虫全是你捉的？"

严教授："差不多。"

小民叹为观止："那你爬了很多的山？"

"数不清。"

"你都能叫出它们的名字？"

"当然能。"

"啊！"小民赞叹不已，指着一个花壳甲虫问，"这是什么虫？"

"七星瓢虫。"

"这个呢？"

"双带盘瓢虫。"

"那个呢？"小民指着一只大突肩瓢虫问道。

严教授奇怪地望着他："你是想考我？"

"我真的不认识。"

"从来也没见过？"严教授警惕地问。

"没有。"

严教授严肃地思考了片刻，问："那你那张昆虫标本图里用的大突肩瓢虫……"

"啊！大突……突……肩……"小民失措地口吃起来。

严教授："我知道了。那些昆虫不是你捉的，标本图也不是你做的。"

小民惊恐地："你怎么知道？"

严教授早已看出端倪，但却笑眯眯地拿出一个玻璃瓶，瓶内有许多瓢虫，他向小民挤了挤眼睛，说："是它，大突肩瓢虫告诉我的。"

小民也笑了，不住地摇头："我不信。"

严教授故意听了听瓶子，说："瓢虫对我说，我不认识小民，小民也不认识我，我们从来没有打过交道。"小民被击中了要害。心里紧张起来，惊惶不安地望着严教授，说不出话来。

严教授趁热打铁，严肃而诱导地说："要知道，科学是来不得半点虚假的。告诉我，是爸爸替你捉虫子做标本的？"

"不，不是。"小民支吾着。

"妈妈？"

"也不是。"

"那准是奶奶？……舅舅？……姑姑？哦！一定是老师？"

"都不是，都不是，是卡里……"小民只好实说。

"卡里？"严教授抓住不放，追问，"谁是卡里？"

卡里手举电报，从学校里飞奔出来。他沿着林荫道迅跑，穿过繁华的十字路口，进入住宅区，直奔蒙家。

卡里推门，兴奋地高喊："叔叔！阿姨！小民有消息了！"

全家人都围了上来。

严教授的书房。

小民坐在严教授跟前愧疚地低垂着头，说："我错了，怕爸爸打我，我不敢回家，又没脸去学校，就……就……跑了。"

严教授："你这么乱跑有多危险呀！"

小民："我想躲两天再回去。"

范贞怜悯地叹息："唉！把你爸爸妈妈急死了！"

小民："反正爸爸也不要我。"

范贞责备地："谁说的？你爸爸刚来了长途电话。"

"啊？我爸爸？"

严教授："全家人急得一夜没合眼、没吃饭。可你爸爸还问你吃饭了没有？睡觉了没有？生病了没有？还说了一句我听不懂的话，让我告诉你，爸爸的手杖以后只用来走路了。"

小民的皱眉舒展开了，连说："爸爸的话我懂，我懂。"

小民急切地说："严伯伯，快让我回去，我还有个重要的任务没完成呢！"说着摸了摸口袋里的黑皮夹钱包。

严教授瞄见了："嗯，我知道你的任务。"

"你又不是神仙。"小民不相信地。

"58 块钱，31 斤粮票……"

"哎呀！你怎么知道？"小民惊奇地打断他。

严教授慈祥地笑着说："那是我丢的，要不，昨晚我怎么会到软卧车厢找到你？"

"啊?！"小民心里猛一震，睁着大眼望着严教授，慢慢地从衣袋里拿出钱包，说，"昨晚，你怎么不把我当小偷抓起来？"

严教授慈祥而爱抚地说："因为你不是小偷，你是个知错能改的好孩子。"

小民的眼里顿时涌出了汪汪热泪，他情不自禁地扑进严教授的怀里，痛哭失声。

严教授拍着他的肩，语重心长地说："要记住，要做一个真正的人，可不能没有诚实。失去了诚实，罪恶就会愈来愈近，真理就会越离越远了……"

小民在哭泣中，语不成声地说："我记住了，我记住了。"

邓均来到蒙家附近，向正在花圃浇花的小艺问道："小朋友，蒙小民家住在哪儿？"

小艺回头，指了指正出门买菜的奶奶，说："她就是小民的奶奶。"

邓均一副笑脸迎上去，说："老奶奶，请不要动。"接着把照相机对着奶奶，"咔嚓"一声拍了下来，把奶奶吓了一跳。

奶奶正不解时，邓均讨好地上前，轻声说："老奶奶，您和您的孙子要上报纸了。"

奶奶："你是记者？"

邓均："我是小民学校的校长，专门来给小民照相的。"

奶奶眉开眼笑地："哦，校长来了！快请屋里坐。"

蒙玉民的房间里。蒙玉民和邓均坐在沙发上，奶奶端来了一杯热茶，说："你们谈，我还得去买菜。"便走了。

一阵沉默之后，邓均面呈愧疚之色，说："老蒙，过去的事，我很对不起你……"蒙玉民脸色沉郁，默不作声。

邓均坦挚地说："唉！我也是被他们逼的。可没想到他们会那么狠……"

蒙玉民抬起头来，冷静地说："过去的事不必再提了，老邓，你就是为这事来的？……"

邓均："不，我知道你不会计较旧怨。但是，对我来说，总是负了债，负债是要偿还的。真是天有成人之美，你的孩子正好在我的学校里，这次又做出了惊人的成绩。老蒙同志，你就放心把孩子交给我吧！我要好好地培养他。"

蒙玉民淡然一笑，说："你是想用对他的培养来偿还良心上的债务吗？"

邓均虔诚地说："这，这是我对你的补偿，当然，也是我的职责。"

蒙玉民语带轻蔑地说："职责？……是啊，人们常把教育工作者比作园丁，这是一个多么高尚的称号，我倒想知道，你要把小民培养成一个什么样的人？"

邓均："小民很有天才，这次获得全市一等奖说明他具有科学家的素质。不过，正像你所说的，好花也需要园丁来栽培呀！我亲笔给报社写了报道，今天专门来给他照几张相，要登在报纸上……"

蒙玉民严正地打断他："把一个用谎言编织的桂冠戴在一个不诚实的孩子头上？"

邓均一震，问："你……你……这是什么意思？"

蒙玉民："你不觉得这样做又欠下孩子一笔债吗？"

邓均羞愧地回避蒙玉民犀利的眼光。

这时门外传来小民的呼唤："爸爸——"

小民推开门，带着畏怯和知错的情绪站在门口。

蒙玉民慈爱地唤他："小民。"小民的背后站着温莹、邱老师和严教授。

蒙玉民伸开双臂："小民，过来。"

小民扑进蒙玉民的怀里，抽泣起来，泣不成声地说："爸爸，我错了。"

蒙玉民："小民，别哭，你看谁在这儿？"

小民回头，透过泪帘望着邓均，然后尊敬地向邓均鞠躬："邓副校长。"

蒙玉民："邓副校长今天是专门来给你照相的，要把你这个一等奖获得者登在报上……"

"不，我不能照相。"小民急向邓均走去，诚实地说，"邓副校长，得一等奖的不是我，是我不诚实，我骗了你……也骗了学校……"

邓均一时不知所措，尴尬地说："小民，你怎么……"然后向温莹投以询问的眼光。

温莹："小民是真诚的。"

严教授鼓励地说："小民，你说得好！"

小民："邓副校长，你和邱老师常说要做一个诚实的好孩子，可我没做到。我对不起老师……"邓均满脸羞红，如坐针毡。

小民："邓副校长，我向你保证，我以后一定要做一个诚实的孩子，要是做不到，你狠狠地批评我，处罚我……"

邓均低垂着头，抚摸着小民，心如针砭，疚愧难言，半晌，才吐出一句话来:"小民,谢谢你……"

邓均徐缓地抬起羞愧的眼睛,当他接触到大家期待而友善的目光时,更觉疚痛万分。他欲言又止,终于提起沉重的脚步悄然离去。

小民抬头向爸爸:"邓副校长怎么啦?"

蒙玉民感慨地抚着小民语意深长地说:"孩子,这件事不只是教育了你呀!"

卡里、小民和小艺沿着青石山的路飞奔而去。
歌声:

小鸽子,飞呀飞,春风驾我往前追。
天边彩霞美如锦,照我红心闪金辉。
啊!小鸽子,飞呀飞……

小鸽子,飞呀飞,太阳向我笑微微。
任凭征途无限远,不到九霄志不摧!
啊!小鸽子,飞呀飞……

歌声中:
卡里、小民、小艺在捕捉各种昆虫。
小民奋力捉虫,勇猛扑腾,不辞劳苦,小艺给他手绢擦汗。
卡里带领他们登上更高的山巅。

全市少年儿童"暑期学科学"活动颁奖大会在少年宫举行。庄严的会场坐满了人。台上主席和另一个人把一幅长长的昆虫标本图展开来(比原来那幅大一倍多),引起了与会者热烈的掌声。

主席宣布:"一等奖获得者,卡里、蒙小民、王小艺。"

卡里、小民、小艺列队走向舞台,这时,少年宫乐队奏起了欢快的乐曲。

邱老师、温莹、蒙玉民、林琴在鼓掌中眼里闪着兴奋而慰藉的光。

蒙家。为了庆祝三个孩子获奖,奶奶做了许多菜,把邱老师和林琴也请来会餐。

蒙玉民发现原来放着一盆花的茶几空了，奇怪地问："我那盆米兰呢？"

温莹："花盆打碎了，移到别处种了。"

"谁打的？"

"是我。"奶奶和小民几乎同时回答。

蒙玉民奇怪地望着这祖孙俩不解其意，而温莹却偷偷地笑了。

这时，阳台上的八哥叫了起来："小民撒谎！小民撒谎！"

卡里连忙去制止八哥："八哥，你说错了，小民这次没有撒谎！"

奶奶自我解嘲地笑了，说："是我撒谎了。"

蒙玉民半庄半谐地说："妈，你可要小心点儿，往后说不定八哥要叫，奶奶撒谎，奶奶撒谎了！"

奶奶满脸通红，说："用不着八哥操心，我自己会改。"

八哥又大声叫起来："小民撒谎！"

小艺跑到阳台，拍了下鸟笼说："八哥八哥，以后不许你说这句话了。"

小民过去制止小艺说："让它说吧！这样可以常提醒我。"

听了这句话，邱老师很受感动，由衷地举杯，激动地说："来，愿孩子们的心永远天真纯洁……"

蒙玉民也举杯，紧接着说："愿成年人的心永远像孩子……"

温莹举杯，充满希望地说："愿所有的心都像山泉水那样晶莹透明……"

林琴举杯："说得太好了！"

奶奶也举杯，百感交集。

大家在欢笑中碰杯，一饮而尽。

卡里、小民和小艺并肩站在阳台上，望着远方，好像有一个闪光的理想在向他们召唤。

剧终

1980 年 10 月初稿
1981 年 2 月三稿

春 晖

周民震创作的电影"学生三部曲"第二部。作为首部正面反映中学生的学校、家庭和社会生活的电影，一面世便引起社会及广大观众的喜爱和关注。1982年此片在上海全国电影创作会议上放映获得一致好评。当年被文化部评选为年度全国三部最优秀的故事影片之一（当时称"政府奖"，现称"华表奖"），这也是广西电影制片厂首获此大奖。在电影百年纪念活动中，被选为优秀少儿影片。此片上了中央电视台《电影传奇》栏目，剧本由中国电影出版社出版单行本。导演吴荫循，主演吴丹、夏菁、常戎等。

春晖朝暾始上，烟霞散彩。初春的南方城市，披翠缀红，鸟语花香。

　　公园僻静的一角，竹篱围成的院子，是一个专门栽培花卉的苗圃，各色名花佳草，争芳竞艳，红遮绿掩之中，有一座白墙灰瓦的简易平房，这是老花匠覃斌的住所。

　　覃斌的儿子覃健背着书包走出门来。他17岁，长得方头大脸，腰壮背阔，憨厚之中透出一股坚毅的倔强。

　　覃斌拿出一件新买的尼龙夹克衫追出来，说："阿健，快换上。"

　　覃健身上穿着一件土蓝布衣服，答道："行了，我都穿好了。"

　　覃健的妈妈一边梳头，一边走出来说："头一天来城里上学，别让同学说你是个'乡巴佬'。"

　　覃健笑着挥挥拳头说："谁敢说，让他尝尝这个！"

　　妈妈告诫地："你可别闯祸。"说着用木梳把他蓬乱的头发刮了两下："像个野人！"覃健挣脱就走，覃斌忙招手喊道："等等，我带你去！"

　　覃健边跑边答："我又不是上幼儿园，你送小妹去吧！"

　　覃斌夫妇看着覃健壮实的背影，觉得很宽慰。

　　覃斌："这些年，也难为你在农村里把两个孩子拉扯大了。"

　　妈妈："这下好了，总算一家团圆了。"

　　飞红流绿的林荫道上，行色匆匆的人流车队，往来如织。上班的，上学的，买菜的，摆摊的，每个人都在迎接繁忙的一天。

　　神朗气清的覃健走在路上，春风拂面，朝气蓬勃。他瞪着一双好奇的眼睛四顾不暇。见路旁打太极拳的老人颇觉新鲜，见剧场门口的大幅广告也饶有兴趣，甚至对风驰电掣的摩托车也不放过地瞟上一眼。

　　南宁市第32中学的大门口，拉了一条大红横额，上书"欢迎同学们进入新学期！"几个大字。

　　高二甲班的班主任凌老师站在校门前，在等待什么人。来校的学生都恭敬地向他打招呼："凌老师好！"凌老师笑容可掬地说："同学们好！"

　　凌老师瘦高个儿，40多岁，稀疏的头发和过多的皱纹说明他经历了过度操劳的半生。而从他熠熠生光的眼里，却又闪现出精力过人的神采来。在他不说话时，冷峻的脸上有种一丝不苟的威严，但只要一开口，那一脸冰霜就顿然消融，而代之以春天和煦的阳光了。

教数学的李老师走进校门，问道："老凌，你在等谁？"

"一个刚转学来的同学。"

覃健走在路上。他发现前面路旁几个人围着一辆装满成衣捆的木板车。好奇心驱使他挤进去。

原来是拉板车的中年妇女倒卧在地。有个年轻姑娘正俯身询问她。

中年妇女呻吟地说："我原来常有腰骨疼，刚才一使劲就闪着了。"

围观的人都抱以同情的态度。

年轻姑娘："谁帮个忙，扶她到医院去。"

覃健弯下腰，和姑娘一起把中年妇女扶了起来。

热气腾腾的校园，充盈着笑语欢声。春风满面的男女学生，在花光树影中成群结伙地徜徉。有言欢的，有游戏的，有运动的，有背英语的，戴红领巾的初一学生在欢跃地追逐着。

"叮叮叮……"电铃声响了。校园里星散的学生，像士兵听到了庄严的命令，迅速跑回自己的教室。一刹那，整个校园鸦雀无声。

站在校门外的凌老师看了看表，向远处眺望了一眼，只好失望地回头，向自己的教室走去。

高二甲班的同学早已坐好等待着，当凌老师走进教室时，全体同学整齐地起立。凌老师习惯地向全体扫视一巡，然后满意地说："同学们好！"

"老师好！"同学们坐下了。

凌老师："同学们，这个学期是你们中学时代的最后阶段，除了要赶课程外，还要复习整个高、初中功课，时间非常紧。无论是考上大学或者进入社会工作，都应该以一个合格的高中毕业生在人生道路上迈出新的一步……"

"报告老师！"满面汗珠的覃健，气喘吁吁地站在门口，把全班同学的视线都引了过来。凌老师以略带责备的口吻说："快进来吧！"

覃健惶然走进教室。"为什么迟到了？"

覃健一时不知怎样回答，支吾地说："我……在路上……后来……"

凌老师见他神态窘迫，又以体谅的语气说道："大概走错了路吧？……"

此刻，同学们窃窃私语地评头品足起来。

瘦长精灵的男生黎明与前排同学甲说："不会走路，乡巴佬！"

衣着入时的女生陆霞用笔在一小片废纸上写了"Calf"，递给后排女生李芸。李芸念："卡尔夫，小牛。"陆霞指了指覃健，李芸会意后"扑哧"一声笑了。

只有一个娟秀沉静的女生钟晓星没有反应，她漠然地抬眼瞄了覃健一瞥，又埋头争分夺秒地照旧看起书来。

凌老师："这位是刚转学来的覃健同学，他原来在壮族山区里上学，是个三好学生。"

李芸向钟晓星："晓星，当心把你比下去了。"

钟晓星微微一笑："你看他行吗？"

凌老师："同学们，我们鼓掌表示欢迎！"

教室里响起了一片热烈的掌声。

覃健被意外的掌声怔住了，失措中想举起右手表示答礼，立刻又觉不妥，缩回手来。他急中生智地忽然立正，向同学们深深地行了一个90度的鞠躬礼，并以洪钟般的大嗓门说了一句："各位同学们好！"

他那出人意料的憨拙的行礼和问好，引起同学们一阵善意的哗笑。

钟晓星抬起头来，忙问身旁的李芸："大家笑什么？"

李芸笑说："精彩的镜头！"

陆霞回过头来，夸张地学着覃健的腔调说："各位同学们好！"

钟晓星也忍不住抿嘴笑了。

覃健被指定与黎明同坐。

黎明不无轻蔑地小声命令道："跟我坐，得听我的。"

覃健扫了他一眼，没理会他。

黎明在纸上写了几个字："听不懂吗，乡巴佬？"

覃健压下怒火，也在纸上写了三个字："老实点！"

黎明气得把纸揉碎，狠狠地低语："要较量较量吗？"

覃健再没有理他，把视线转向讲台。

下课后，当凌老师走到教研室门前时，甘副校长迎面过来，说："凌老师，刚才市二医院来电话，说你爱人住院了。"

"啊?!"凌老师惊诧失声。

下午的文体活动课,校园、操场到处都是运动和游戏的学生。

在校园偏僻的一角,围墙下的树丛中,黎明脱下衣服,光着膀子站在覃健跟前,摆出猴拳的架势。

覃健:"你真要较量一下?"

黎明:"少废话,把上衣脱了!"说着耍了两手拳术。

覃健脱了上衣,露出一身健壮的肌肉,把黎明吓住了,锐气已减了一半。

黎明只是虚张声势,不敢上前:"你先过来!"

覃健稳如泰山:"你先过来!"两人对峙了一会儿,谁也没有靠近一步。

覃健见黎明精瘦的个儿,忍不住笑了。黎明:"你笑什么?"

覃健:"还是别较量了吧!在乡下,我能把一头小牛举起来。"

"吹!"

覃健走到一边,把一块足有七八十斤的大石头捧起来,一使劲,举在头顶,然后向墙脚处扔去,发出震动大地的沉重之声,扎进土里足有半尺深。

当覃健拍净手中的尘土回过头来时,黎明早已无踪无影了。

教室里鸦默雀静,只有钢笔写在纸上的沙沙声。今天是作文课,黑板上写了几个大字:迎春有感。

喧腾的校园,与静谧的教室形成了鲜明的对照。除毕业班以外的全校师生,正扛着锄、锹、树苗,去参加植树活动,他们列着整齐的队伍,唱着歌,激荡着奋跃的情绪,鱼贯地走出校门。

火热的场面并没有使平静如水的教室泛起一点儿涟漪。只有覃健的心似乎被一股力量牵动了。他侧脸凝视着窗外几个扛着树苗的"红领巾",忽然想起了一段童年的生活。

(回忆)也是一个春光融融的日子。在碧峰翠谷、山溪淙淙的壮乡,有一个光秃的土坡。坡上插上了一块新木牌:"红领巾林区"。一群小学生在老师的带领下正在坡上植树。有的挖坑,有的种苗、培土,有的浇水。从临坡香蕉林里传来了摘蕉姑娘们唱的多声部壮族山歌,婉丽抒情,和谐动听，给万物孳孕的春景增添了盎然生气。覃健挖坑时发现一只大蚂蚱，便扔下锄头追捕而去，留下了一个只挖了一半的小坑。贪玩的覃健越去越远，捉了一只又捉一只，用竹筒装起来。

同学们种完了树集队准备回程，发现少了覃健。老师向远处呼唤："覃健——"同学们也齐声呼唤："覃健——"

覃健在远处草丛中听到了喊声，才猛然想起了植树的事。觉得自己错了，又羞于见大家，干脆伏在草里不敢应声，等同学们走了才悄悄地爬出草丛。

覃健走到自己挖坑的地方，拾起锄头，使劲挖起来，像自己给自己惩罚似的一连挖了好多树坑，顾不得大汗淋漓，也顾不得日落西山，直到种下了树苗，培好土，天色已经刷黑了。这时，一阵闪电之后，雷雨袭来。电光中闪现出老师的身影，他正冒着雷雨向土坡跑来，无限欣慰地搂着覃健。他们看着新种的树苗饱吸着甘露般的雨水时，不由得甜甜地笑了……

（回忆毕）教室里。

甜甜的笑意留在覃健的脸上，窗外校园里已空荡无人，平静的气氛使他心中的激情更为涌动。他不假思索地站起来，率真地提问："凌老师，为什么我们不去植树呢？"

问题提得那么突兀，顿时满座惊异。

凌老师直率地说："这是学校的安排，我也回答不了。还是先写作文吧！"

覃健只好坐下来，略加思索，便下笔如飞，像滔滔的激流，一泻千里。

这时，钟晓星已经写完了作文，走上讲台交给凌老师。她的敏捷文才吸引了许多同学钦羡的目光。

只有黎明不服，泄气地嗟叹自语："又让她抢了第一。"

覃健不解地望了望他："谁？"

黎明："钟晓星，她连续两学期当了班里的一号种子，你说，叫我们男同学窝不窝气？"

一个宽敞的套间。客厅里，钟晓星和妈妈、弟弟正在吃饭。

40出头的妈妈，名叫陈淑珍，是百货商店的售货员，面白唇红，体态微胖，流露出一副心高气傲的优越感。钟晓星的爸爸是一个高级工程技术干部，常出差外地。当弟弟的筷子伸向钟晓星面前一盅炖猪脑时，陈淑珍无情地把它拨开，说："天麻炖猪脑是给你姐姐吃的，她要考大学了。"

"妈！"钟晓星反对地说，"让他吃嘛！"

陈淑珍："我起了三个大早才排队买到的，都说专补脑子。"

弟弟显得很不理解，嘴巴噘起老高。

陈淑珍夹了一块肉给弟弟："吃肉也一样。小弟，你也要懂点儿事了，现在我们全家的最高任务就是要保证姐姐考上大学。"

"妈，放心好了。"钟晓星充满信心地说。

"别麻痹，这学期才是关键呢！吃了饭把作业本拿给妈看看。"

小弟："我去拿。"说着跑去拿书包。

钟晓星去阻拦，说："你少管我的事！"

小弟已拿出钟晓星的作文草稿本，扬起说："作文草稿本。"钟晓星追去夺，小弟围餐桌跑。陈淑珍拉住钟晓星，说："就让他念一段给妈听听。"

小弟清了清嗓子，朗诵说："春风唱起了欢乐的歌，春水荡起了多情的笑，红了百花，绿了树梢，苏醒了大地，灌醉了春苗。啊！春来了！春来了！……"

妈妈和小弟情不自禁地喝彩鼓掌："真美！""准捞第一！"

一间狭长而潮湿的房间里，用两个破旧不堪的木柜从中隔开，这就是凌老师的家。里间是凌老师夫妇的卧室，除一张大床外，便是堆积如山的杂物。外间是他女儿凌燕的卧室。窗前一张方桌，既是吃饭的餐桌，又是批改作业的办公桌，还是凌燕复习功课的书桌。房外对面，自己用木板和油毛毡搭起了一间小厨房。

入夜。凌老师在一盏不太亮的电灯下批改作文。他那专注的精神，凝聚在微蹙的眉头上，随着嘴唇默念时的翕动，笔尖慢慢地移动着。

凌燕手里拿着空饭盒从医院回来。

凌燕已满 17 岁，生得聪慧而贤淑，温良的眼神里蕴蓄着深沉的思想。去年没有考上大学，现正在一个全日补习班里学习，准备迎接新的高考。

凌老师抬起头来，关切地问："你妈好一点儿了？"

凌燕忧郁地摇摇头："还那样。爸，以后别让妈再去做临时搬运工了。"

"我说她多少次了。"

凌燕无奈地叹口气，疲倦地坐在桌前。凌老师为了消除女儿抑郁的情绪，满怀希望地说："等她病好了，我们组织联合战线来监督她。来，抓紧复习功课。今年，你是有希望考上大学的。"

凌燕摆开作业本，开始复习功课。凌老师又钻进那一颗颗童心谱写成的作文里。此时，房里一片寂静，好像一切烦扰都抛到九霄云外了。

忽然，凌老师陶醉地自语："好文章！"

凌燕抬头问："又是你那得意门生钟晓星？"

"不是她。一个刚转学来的男同学。构思别致，笔调清新，是篇散文佳作，你看看……"

凌燕拿过作文本，默读起来，不禁眉飞色舞，啧啧赞叹。

教室里。凌老师在讲评覃健的作文："覃健同学的这篇作文，通过他童年时参加的一次植树活动，生动地描述了春天给一颗童心留下的深深印迹，情景交融，含意深刻。文章的最后还写了他几年后离开亲手植造的杉树林时的心情，情真意切，韵味无穷。大家听我念这一段，'春天来了，又去了。不，它没有去它常驻的小树林里，瞧，那郁郁葱葱的绿叶，不正闪耀着青春的美吗？当我和山乡告别的时候，我依恋地徘徊在它们身边，难舍难分。它像是我童年的朋友，伴着我一同长大；它又像春天的脚印，留在祖国的大地上，更留在我的心灵里……'"

结合着作文的内容，画面上出现：壮乡迂曲的山路上，一辆牛车在缓缓行进。覃健和妈妈、小妹坐在车上，向家乡的一草一木投以惜别的目光。忽然，覃健跳下牛车，奔向一片青葱的杉树林，那是他童年时植树的土坡，那块写着"红领巾林区"的木牌虽已残旧，但字迹仍依稀可辨。覃健感情激越地抚摸着一株株壮实的树干，深情地闻着那沁人心脾的清香。这时，在那茂密青翠的香蕉林里，似乎又传来摘蕉姑娘的多声部山歌，浓郁的乡土风情，使他更留恋这些与他一同成长的杉树林了。他折下一枝小小的杉叶，吮吸着杉叶滴下的露珠，然后以徐缓的脚步，徜徉林间，流连忘返……

当凌老师念完覃健的作文时，全班同学不约而同地鼓起掌来。

　　黎明的掌声鼓得最响，并向覃健由衷地说："好样的！为我们男同学争了口气！"覃健用手肘轻捅了他一下，表示亲善和解了。

　　陆霞回头，半赞赏半讥诮地："想不到这 Calf 的肚里不全是草啊！"

　　李芸真诚地说："人家是内秀嘛！"

　　只有钟晓星没有鼓掌，她满面羞红，内心隐痛，不以为意地说："是吗？"

　　陆霞忽然发现钟晓星的眼眶里，漾着两汪晶莹的泪水，惊问："你怎么啦？"钟晓星掩饰地低下头去，两颗泪珠滴在裤腿上。

　　放学回家的路上。钟晓星甩开大家，独自匆匆走在路上。

　　（钟晓星内心独白）"我为什么感到有一种揪心的难受呢？是嫉妒吗？……不，我不承认。我像是受了一场羞辱……好吧！这场比赛刚开始，就算一比零，往后见高低……"

　　校园里。绿树成荫，景色清幽。

　　十几个男女同学围在一张石桌旁，正在听李老师兴致勃勃地讲话："我在重点学校抄到一些立体几何的难题，对我们很有帮助。"同学们在抄题。

　　李老师指着其中一道题说："谁试着解解这道题。"

　　大家看着题，为难地面面相觑，无人响应。

　　李老师开玩笑地说："谁解对了，我给他个金鸡奖！"大家哄笑起来。

　　李老师幽默地说："别笑，我家里还真养了只大公鸡呢！"

　　"哈哈……"大家笑得更欢畅了。

　　李芸怂恿着钟晓星说："晓星，拿下这个金鸡奖！"

　　陆霞对着钟晓星耳根说："让那个卡尔夫见识一下。"

　　钟晓星向周围扫视了一巡，见大家都向她投以期待和信赖的眼光，便拿起粉笔，在石桌上"唰唰"地演算起来。

　　一双双赞佩的目光和李老师微笑的期待投向钟晓星。钟晓星从容地写了一大片，当最后写出答案时，李老师问大家："$\frac{1}{48}a^3$，对不对？"

　　"对了！"有些同学回答。李老师由衷地赞誉道："解对了！如果大家都能像钟晓星那样，我保证高考榜上有名。"

钟晓星颇为得意，在覃健面前，总算扳回一局。但却故作自谦说："我这解法也许并不高明呢！"

陆霞趁机刻薄覃健："哎！说不定覃健有更高明的解法呢！"

黎明打抱不平地说："别欺侮老实人！"

覃健一直在细心地观察着钟晓星的算式，说："我试试用别的解法。"

覃健拿起粉笔，在石桌另一角，只写了两行就解出来了，答案也是：$\frac{1}{48}a^3$。

李老师惊喜地反复检验了这简练的解法，赞不绝口地说："他利用了这个正方体三条相互垂直的棱，是一个很聪明的解法。"

黎明欣喜若狂，欢呼："卡尔夫万岁！"

同学甲："我宣布，现在的第一号种子是覃健！"

同学乙："金鸡奖获得者。"

同学丙："钟晓星获最佳配角奖！"

钟晓星和陆霞瞠目不语，腼颜相对。

黎明调皮地说："女皇统治的时代一去不复返了！"引起了一阵笑声。

钟晓星的卧室。钟晓星伏在床上伤心地抽泣，陈淑珍坐在床沿安慰她："别难过，我花钱请个家庭教师，单给你开小灶，准能超过他。"

钟晓星转悲为娇，感激地搂着妈妈。

教室里。星期六下午的班会课。

高二甲班正在选举班长。在一片嘈杂声中，互相推举，又互相推诿，谁也不愿去做这占用时间和精力的分外事。

凌老师冷眼旁观，对这种不愿为大家挑重担的现象很不满意。

一直不作声的钟晓星忽然站起来："我发言。"凌老师挥手让大家安静。

钟晓星涨红了脸，从容不迫地说："我推选一位最合适的同学当班长——覃健！"同学们都议论起来。

陆霞大声附议："再合适也没有了。"

黎明对覃健悄悄说："钟晓星想坑你，别干！"

覃健："别把人想得那样坏。"

这时，凌老师的女儿凌燕忧心如焚地跑来，向爸爸招手。凌老师走出教室。凌燕语带哭音地轻声说："妈妈的病恶化了！"

"怎么回事？"

"医生说，化验结果，妈妈早就患有脊椎病，可能要瘫痪……"

"啊？"凌老师极力克制自己，说，"你先回家，我马上去医院。"

凌老师回到教室，班里已酝酿成熟了。

凌老师问："大家同意覃健当班长吗？"

"同意！"虽出于各种不同的动机，但几乎是全体一致的呼声。

凌老师对覃健说："覃健同学，你来主持第一次班会吧！我有点儿事先走。"说完匆匆离去。覃健在一片掌声中走向讲台。

陆霞狡黠地向钟晓星耳语说："你这一招可真厉害！"

钟晓星："本来嘛！成绩优秀的人就该为大家多服点务。"

覃健："大家选我，我就干，干得不好，大家来帮助。"

陆霞用鼻音"哼"了一下："真是个大笨卡尔夫！"

李芸似有感动地说："一个可敬的卡尔夫！"

覃健："我提个建议，明天星期天，我们全班先去补一课。"

同学甲："这还用建议，星期天常补课。"

覃健："我们补的是另一课。同学们！不能让祖国绿色的大地上，留下我们高二甲班的一块空白地！我建议明天去植树！"

全班哗然，有的赞成，有的反对。

陆霞习惯地用小圆镜照照自己，理了下头发，逍遥地说："好呀！谁愿意去谁去。"

李芸挖苦地说："那不行，集体活动嘛，又不是照镜子，谁愿意照谁照！"陆霞忙收起小镜，狠瞪了李芸一眼。

同学甲："对！高二甲班不是乌合之众！"

同学乙："人家红领巾都去种树！"

钟晓星站起来，公然反对："我们不习惯唱高调！"

覃健理直气壮地说："这不是高调，是每个人的责任！"

钟晓星针锋相对地说："我们的责任是高考！"

覃健毫不示弱："高考又为了什么？"

钟晓星："这个问题连幼儿园的小孩都能回答。问他们去！"

陆霞喊道："为了早日实现四化！"

黎明顶她："嘿！蛤蟆打哈欠——好大的口气！"

覃健从容不迫地说："假如我有一棵苹果树，别人向我要一根枝条去嫁接，我舍不得给，可我对他说，等长出了满树苹果，我全部送给你。同学们，你们相信我的话吗？"

这句话把问题的实质点破了，在同学中引起了强烈的反响。黎明激昂地站到凳子上喊道："现在明白了，到底谁在唱高调！"

钟晓星无言以对。陆霞忽地也站到凳子上喊道："这事让凌老师来做决定。"

春风和畅，阳光暖人。在通往郊外的公路上，几十个"同学少年"踏着自行车，向新绿的沃野驰去，有如一片彩色的飞云，浮游在碧蓝的天空。他们矫健的身影和高亢的歌声，给艳丽的大自然春景平添了虎虎生气，无异于锦上添花了。

盈盈一水，回环荡漾，清澈可鉴。岸旁一片荒坡，几十把银锄挥舞，大地微微颤动。在歌声和欢笑声中，覃健和同学们在挖坑种树。凌老师挑着满满一担水，浇灌树苗，他把汗水和甘露一同洒在土地上。

一排排嫩绿的小树苗在春风里摇曳。凌老师宣布："休息20分钟！"

荒坡上立时活跃起来。有的嬉戏追逐，有的摔跤比武，有的照相留影。黎明捉到一双紫花大蝴蝶，许多同学奔来抢，黎明边跑边喊："蝴蝶！花蝴蝶！"跑到覃健跟前，扬了扬，然后瞟了一眼穿着大花裙子的陆霞说："哎，你看，这只花蝴蝶像不像陆霞？"

覃健笑说："没有蝴蝶，还算什么春天？"

黎明："嘿！你还真够解放的！"

覃健微微一哂，接过凌老师的水桶挑水去了。

钟晓星和陆霞正抬着一桶水从小溪边走来，陆霞喘着大气埋怨道："谁叫你选他当班长，搬起石头砸自己的脚。"钟晓星憋着气，一声不吭。

覃健迎面走来，向钟晓星说："钟晓星同学，昨天我的话讲得太过激了，请你原谅。"

钟晓星微微一笑，冷语冰人地说："没什么。生物学上说得明白，感受刺激的能力普遍存在于生物界，何况是高等动物的人类！"

覃健碰了个钉子，严肃地说："我不明白你的意思。"

陆霞涎皮涎脸地玩笑道："哎！别那么认真嘛！我们的卡尔夫班长！"

覃健被弄得哭笑不得，而她们却抬着水且笑且走了。

这时，凌老师走来，问道："据说钟晓星反对补这一课？"

覃健停了一会儿，说："不过她的行动已经说明一切了。哦，凌老师，我没想到你也支持我们这次活动。"

凌老师面带惭色地说："这句话对我是最中肯的批评。"

教室里。上课铃已响过好一阵了，还未见凌老师来。黎明把同学甲的眼镜摘下，戴在自己鼻梁上，顽皮地走上讲台，学着老师的口气说："同学们好！现在我们来讲生物课。"同学们都给他惟妙惟肖的模仿逗笑了。

黎明在黑板上画了一只蝴蝶，然后又画了一个小圆镜，写了一行字：花蝴蝶照镜子。引起同学们大声地哄笑。

恰巧陆霞正在悄悄地照镜子理头发，忽听得哄笑声，抬头一看，发现大家都在笑她，又发现黎明在黑板上的画，跳起来泼骂道："我是花蝴蝶，你是什么？一个放毒的臭屁虫！"又是一阵讪笑声。

"哎！讲话要文明礼貌啊！"黎明说。

"你干吗给人起花名？"

"别自动对号呀！"

一时，吵闹声、起哄声、笑声混成一片。

甘副校长路经走廊，闻声而入。吓得大家噤声不语。黎明早已躲进讲台肚里不敢露面。

甘副校长："凌老师没来上课？"同学中没有人能回答这个问题。

甘副校长不满地说："听说你们昨天擅自去搞活动，也没有请示校领导。"

同学甲嘀咕地说："昨天是星期天嘛。"

"可你们是毕业班！"甘副校长听了更加生气。大家不敢吭声。

甘副校长发现黑板上画的蝴蝶，气得鼻子都歪了，疾言厉色地说："谁画的？还不擦去？"

黎明吓得缩在讲台肚里不敢动。少顷，覃健走上来，默默地擦了黑板。甘副校长"哼"了一声，回头就走，正好遇见凌老师满头大汗地走来。甘副校长一句不吭，昂然而去。凌老师惶然不安地看着他，然后走进教室。

凌老师喘息未定，先向同学们道歉："我迟到了，很对不起大家……"正说间，黎明从讲台肚里钻出来，吓了凌老师一跳，惹得满堂大笑。

凌老师知道素来顽皮的黎明又在逗趣，是由于自己迟到的过失造成的，没有责备他，挥手让大家安静下来，说："请安静……现在继续讲《滕王阁序》。'所赖君子安贫，达人知命。老当益壮，宁知白首之心；穷且益坚，不坠青云之志。'这是文章上的警句，它激励人们努力奋斗，特别是在处境不顺利的时候……"凌老师虽然眼里布满了血丝，脸上露出极度的倦意，但当他讲到这里时，忽然显现出坚毅的神情，语调格外地强劲。

覃健注视着凌老师，对黎明说："你看，凌老师大概生病了，他在坚持着……"

凌老师的家，中午。

覃健站在门前，轻声地："凌老师。"屋内没有回音。厨房走出凌燕来。她正在做饭，手上拿着锅铲，鼻子上染了锅灰，说道："我爸爸买煤去了。"

覃健："他不是病了？"凌燕："是我妈病了，下午就要出院。"

"病好了？"凌燕脸上立即现出了阴影，忧戚地："妈妈脊椎患病，瘫痪了。"

"哦？那还能出院？"

"医生说，只能慢慢休养。"凌燕听到菜锅里正爆响着，急忙回身进去了。

远处，凌老师拉了一大木车煤，艰难地一步步走来。他那瘦骨嶙峋的身躯向前倾斜，泉流般的汗水，洒了一路。

覃健看见，立即跑过去，帮着推车。

凌老师停了下来，责备地说："覃健，你中午不休息，下午怎么去上课！"

覃健看着有气无力的凌老师，涌出一阵心酸的同情，半晌才吐出三个字来："那你呢？"

凌老师不作声了。覃健接过车把，拉起车就走。他们把车停在厨房门前。

凌老师捧着蜂窝煤，伛偻地搬运着。当看见覃健也在搬运煤时，凌老师说："我能搬得了，你回去吧！"覃健没理他，把煤搬进厨房，当他走出来时，凌老师又说："别误了学习。快回去吧！"

覃健只应了一声，却仍在搬煤。他们来回搬了几趟，凌老师见覃健被汗水和煤弄污了脸和衣服，着急起来，责备地说："看你弄得一身黑，怎么上课去？"覃健只笑笑，照旧搬煤，而且搬得更多。

凌老师上前拦住他，严厉地高声道："你怎么不听老师的话！"

他的喊声把凌燕吓得跑了出来，又是感激又是无奈地对覃健轻声说："我爸爸从不让学生来帮忙做事的，你就回去吧！"

覃健捧着沉重的煤，执拗地说："我搬完了再走。"说完径直走进厨房。

凌燕只好把目光转向爸爸，似乎恳求他允许这次破例。

凌老师让步了，对走出来的覃健恳切地说："耽误了学生的学习，老师心里更不好受。师母瘫痪的事，请你不要告诉同学，他们现在不能分心。"这时，覃健发现凌老师因熬夜而发炎的一双红眼。

戴深度近视眼镜的邻居——40来岁的出纳员张贤闻声跑出来，说："怎么不叫一声！"说着也帮着搬起煤来。

凌老师歉意地说："你也忙啊！"

张贤搬起一摞煤："这阵子真够你受的！"说完不小心，煤掉到地上，打得粉碎，帮了倒忙。

另一个挑着小贩担子的邻居大娘回家，凌老师主动问："大娘，托您找保姆的事……"

"凌老师，现今找保姆比找媳妇还难啊！我问了好多人，都说回农村搞责任制了。"

凌老师一筹莫展地苦笑着："那就谢谢您了。"

水龙头哗哗地流着水。凌老师在厨房门前冲洗着药罐。

黎明、李芸等几个同学专程来探望老师。

"凌老师！"大家关怀而亲切地叫他。

凌老师抬起头来："你们怎么都来了？"

黎明："凌老师，你病了？"

李芸："凌老师，什么病？"

凌老师看着同学们，慰藉地说："我没病，是你们师母有点病。"连忙掩饰地说："哦，不是什么大病……"

李芸："同学们以为你病了，都很着急，让我们来看看。"

凌老师感动地说："谢谢同学们！我很好。你们应该抓紧时间复习功课，离毕业只有三个多月了。"

黎明消沉地说："像我们这种成绩的人，考大学反正也指望不大，复习不复习……"

凌老师严正地说："不能这么说，学习并不单纯为了考大学。考上考不上，都要有知识。"黎明不以为意地笑了笑。

凌老师看在眼里，思索了一下，然后打开了中药包，说："你们看，这些中药都是植物吧？"又拾起一根柴火，说："这个呢？也是植物。哪个能治病？"

"当然是药材。"大家一齐回答。

凌老师："可没有柴火烧炉子熬药，这些药材能治病吗？我们就是当一根柴火，也要争取多发点热量……我自己，也是一根柴火……"同学们被凌老师语意深长的话打动，纷纷点头称是。黎明惭愧地垂着头，陷入沉思。

凌老师站起来，抚着黎明的肩头，说："回去吧！下午我到你家给你补习，同学们愿意去的都可以去。"黎明感动地点点头。

入夜。宿舍区里奔忙了一天的人们迎来了安恬的闲憩。只有张贤的屋里传出二胡演奏声，给这平静的夜晚添了一点儿抒情的色彩。

凌妈妈躺在床上，凌燕喂她吃药。凌妈妈呻吟地说："唉！我这瘫痪病什么时候能好啊！"凌燕安慰地说："妈，耐心休养，慢慢就会好起来的。"

凌妈妈："心里急啊！光吃不做，还要连累你们父女……"

这时凌老师带回一个40多岁的保姆，好像绝处逢生似的喜悦，对凌燕说："跑遍了大半个城，才托人请到这位赵阿姨来照顾你妈。"

保姆一踏进门来就以挑剔的眼光扫视这间拥挤而寒碜的房间，说："我睡在哪儿？"

凌老师抱歉地说："加块板和阿燕一起睡，行吧？"

保姆不大高兴的样子："病人呢？""在里间。"

凌老师带她走进里间，边说："病人下肢瘫痪，每隔三四小时要替她翻一次身，另外给病人熬点中药。"

"病人能起来大小便吗？"保姆似乎闻到一点儿什么，皱皱鼻子问。

凌老师为难地说："她连翻身也……"

凌燕马上补充道："只要我在家，这些脏活用不着阿姨来做。"

保姆："你爸说，你每天要上补习班。"

凌燕："我晚上在家。"

保姆不作声了，屋里沉寂了一会儿。凌老师担心地看着她。保姆走出外间，对凌老师笑了笑，似有歉意地说："凌老师，真对不起，这事我要和老伴商量一下，明天再说吧！"说完径直走出门去。

"赵阿姨！……"凌老师追出门来。

"明天再答复你！"保姆像逃遁似的溜了。

"哎！赵阿姨！……我们再商量……"凌老师追了十几步，保姆已无影无踪了。凌老师颓然立在路中，黑暗中，一种失望和无助的孤独感包围着他。这时，夜色苍然，星月无光，春夜的寒意侵人肌肤。邻居张贤正在拉一支二胡曲——《良宵》。优美委婉的旋律，此刻却使人感到格外的苍恻。

凌燕缓步走来，无声地站在爸爸跟前。少顷，才轻微地说："爸爸，你还没有吃饭呢！"

"我不饿……"

凌燕心疼地说："吃点吧！明天一早你还要去上课。"

"明天？……"凌老师似乎麻木不仁地思索着，"明天，哦，明天我还有两节课，我得备课去。"他往前走了两步，又停下来问："明天你呢？你不是也要上补习班去？"

凌燕克制着心里的痛楚，说："我不要紧。"

"你已经请了两天假了，再请假功课就赶不上了。"

"赶不上就慢慢赶呗！"凌燕自慰慰人地说。

"那怎么行？"凌老师有点儿生气地道，"你去年没考上大学，今年不是要争取考上吗？就是考不上，也要有知识，对学习怎么能抱这种态度？……"

"爸爸……"凌燕阻止爸爸说下去。

凌老师不胜悲戚地自语说："我是一个教师，我的责任是教好孩子，培养人才，可我自己的孩子……"

"爸爸，都怨我……不争气。"凌燕靠近爸爸胸前，哽咽着说不下去。

凌老师把手抚在女儿的肩上，心疼难忍，扪心自责地说："怎么能怨你呢？……爸爸太忙，对你关心得太少了……明天，你还是上补习班去。照顾妈妈的事，再想想办法，实在不行，我去找校长，辞去班主任，只上几节课就轻松多了。"

凌燕望着已被折磨得疲惫不堪的爸爸，心疼地说："爸爸瘦多了。"

凌老师苦笑了一下，边走边说："生活嘛，不会总是顺利的。"

凌老师走进校长办公室。

甘副校长主动地问："你爱人出院了？"

凌老师愁容满面地点点头："出了院就更难了，她下肢瘫痪了。"

甘副校长关切地说："啊！……这样吧！学校考虑到你的困难，准备给你一些福利补助金……"

"谢谢。我还有一个要求……"凌老师难以启齿。

"有什么困难只管提。"

"……"

甘副校长："你是毕业班的班主任，工作忙，责任重，有困难，我们尽力帮助解决。"

这时上课铃声响了。凌老师迟疑了一下，说："我先上课去。"

凌老师从校长办公室走出来，迎面遇见李老师。他忧心忡忡地说："老凌，这两天班里比较散了，个别同学连作业都没交。"

"哦？！"凌老师又惊又愧。

"你得好好抓一下了。这个班是你带出来的，同学们都听你的。"

凌老师默默地走了，他觉得心情沉重起来。

凌老师走进教室。起立问好之后，他发现讲台上放着一管可的松四环素眼膏和一小包药片。"是谁放在这里的？"凌老师奇怪地捧在手上问道。

全班同学没有一个人回答。

"班长，你知道吗？"

覃健站起来："不知道。"

同学甲站起来说："凌老师，你眼睛发炎，我想一定是哪位同学怕你没时间上医院。"

"谢谢同学们！"凌老师心里觉着一阵激动，动情地自责说，"近来我对同学们关心少了，责任心不强，向大家道歉。往后……"他说到这里，似乎触动了什么，卡住了，随即转口说："现在请大家翻开第24课……"

沉沉的午夜，万籁俱寂。

凌老师躺在里间临时搭起的一张小床上，辗转反侧，愁思萦心，不能成眠。他眼前出现了同学们一张张纯洁可爱的脸庞、一双双殷切期待的眼睛。同学甲的话、李老师的话、甘副校长的话，交错地回响在耳畔。

凌妈妈发出了声弱气微的呻吟，使他惊悟过来，他立即起身，小心翼翼地摸到大床边，亲切地问道："要喝水吗？"

凌妈妈："不喝，给我翻身。"

"好。"凌老师轻轻地给她翻身。

"阿燕睡了吗？"

"睡了，现在都半夜了。"

凌老师悄步走出外间，把一大沓作业本捧进来，拉开了床头一盏自制的小电灯，以床为桌，坐在矮凳上批改作业。他那佝偻单瘦的身影，被昏黄的灯光映在外间墙上。

睡在外间的凌燕也一直未睡着。她痛苦地听着，想着。现在又看到墙上爸爸佝偻的身影，更加重了凄清而无望的心绪。

（凌燕内心独白）"看来，我和爸爸之间，总要有一个人做出牺牲，除此没有别的办法了……"

她的眼泪渐渐渗了出来。

桌上的闹钟指着 6 点，凌老师轻手轻脚地在厨房门口搓洗衣服，锅里的稀粥在沸滚，发出轻微的声音。

邻居大娘挑着小贩担子出门，向凌老师打了招呼便走了。

张贤刚跑步回来，对凌老师说："老凌，我能帮你点什么？"

凌老师感动地笑笑，说："谢谢了，等你成了家再说帮忙的话吧！"

张贤感慨地说："看见你这个家，我就更怕成家了。"

凌老师洗完衣服，走进屋来，擦了擦手，看看时间还早，把桌上一张自己写好的斗方"穷且益坚，不坠青云之志"贴在墙上，以作自勉，也有几分苦中作乐的心情。然后把凌燕床前的布帘拉开，透过蚊帐见凌燕还在沉沉熟睡，她那稚气未消的脸庞，在睡熟中更加惹人疼爱。只是那眉宇间，似乎隐露出一丝愁结，眼角上残留着不易察觉的泪痕。凌老师撩开蚊帐坐在床沿，不禁一阵心酸，用手指轻轻抹去她眼角的泪迹。

凌燕苏醒过来，眼前爸爸的形象渐渐由模糊变得清晰起来。

凌老师抚爱地说："再睡一会儿吧！早餐我已经做好了。"

凌燕："爸爸，你跟校长谈了吗？"

凌老师凄然一笑："还没谈呢。"

"那你还准备谈吗？"

凌老师愁绪满怀地缄默了少顷，问："你说呢？"

"我也不知道。"

凌老师长嘘一声道："我有几十个像你这样的孩子，说丢开就能丢得开吗？"凌燕也缄默了。

"阿燕，爸爸教了半辈子书，没有做过一件对不起学生的事……我不能让一个不合格的毕业生离开学校……"

凌燕用开朗的语调宽慰着伤痛的爸爸，说："爸爸，我想过，你是共产党员，你会这样做的。"

凌老师感愧不已，十分恳挚地慨叹道："提起'共产党员'这个称号，我心里是很惭愧的。50年代那时，一个党员遇到了这样的事情，哪会产生一丁一点儿矛盾和动摇呢？先人后己，先公后私，那是天经地义的。可我现在……毕竟不如过去了。"

"可现在，有些党员并不像你这么想。"

凌老师沉吟了一下，半自语地说："不管别人怎么想，我做我应该做的。"

"爸爸，你是不是太理想主义了？"

"如果一个人没有理想，那不等于在混日子吗？"

凌燕默然，然后决断地说："爸爸，我决定不考大学了，留在家里照顾妈妈。"

凌老师痛惜地叫起来："不，不，能考得上为什么不考呢？"

凌燕以哭泣的语音摇摇头说："只有这条路了！不然你的课是教不好的！"

凌老师像触电似的一震，他起身急促地走动着，嘴里慌乱地说："不，不能。我们再想想办法，再想想办法……"

里间传来了凌妈妈的抽泣声。凌老师的心被撕碎了。凌燕拉住爸爸，让他坐在床沿，安慰地说："爸爸，别难受，你不是也说过，上大学并不是唯一的出路吗！"

凌老师心里一阵痛楚，转过身去，以微弱而沙哑的声音，喃喃地说："爸爸只好……对不起自己的女儿了……"

强忍着泪水的凌燕，把手放在爸爸消瘦的肩头上，说："别这么说，对妈妈，我也应该尽到做女儿的义务。"

凌老师带着一种凄然的欣慰，爱抚地望着清泪盈眶的女儿，理了理她那一头蓬松的头发，忽然站起来，匆匆走出门去，掏出手绢，不断地拭去泉涌般的泪水。凌燕看着爸爸如此伤痛流泪，再也忍不住，扑在床上，痛哭失声。而里间的凌妈妈以颤抖的哭音喊道："阿燕，你别哭，你过来……"

凌燕号啕痛哭的声音越来越难以抑制。

凌老师正和几个班干部在教室里编贴墙报。墙报的通栏大标题是："一颗红心两种准备！"

甘副校长走到教室门外："凌老师，请来一下。"

凌老师与甘副校长在走廊里边走边谈。

甘副校长："凌老师，上次你不是说有什么要求吗？"

"哦……没有什么。"

甘副校长："领导上考虑到你的具体困难，决定你不兼班主任……"

凌老师急忙打断他："不，这样不好……"

"怎么？"甘副校长难以理解地望着他。

凌老师的心里一瞬间涌出千言万语，不知从何说起。

甘副校长："校领导做出这个决定是迫不得已的。你看……"

凌老师由衷地："我的确不能接受……"

"那你的困难……"

"已经解决了，谢谢领导的关心。"

风和日丽的星期天。

覃健带着两盆盛开的花卉来到凌老师家。"凌老师。"

"是覃健。"凌燕很高兴地迎出门来，"我爸去给同学补课了。"

覃健把两小盆花卉放在桌上，色泽淡雅，扑面生香。

"多美多香的花！"凌燕很久没有心思赏花了，心境豁然开朗起来。

"放在师母床前，让她解解闷。"他们捧着花盆走进里间。凌妈妈看见了绚丽的鲜花，喜不自胜。

覃健见师母就是那天扶去医院的搬运工，意外地说："哦，您就是师母。"

"妈，他叫覃健，是爸爸的学生。"

凌妈妈抬头看着他，感激地说："谢谢你了。如今的孩子都那么乖，那天扶我上医院的，也有一个像你这样大的孩子，可惜我疼得连人还没认清，他就走了。"显然她已认不出覃健了。

"师母，您的病好点了吗？"

提起病，又撩起了凌妈妈的伤心处，不觉黯然神伤，长叹道："师母的病不死不活，尽拖累人，还不如两腿一伸……"

"妈！"凌燕制止妈妈讲丧气话。

"师母，您要安心养病。"

"安心？"凌妈妈伤心地诉说，"我能安心吗？为了照顾我，阿燕的前程都耽误了。"

"我不是在家复习功课吗！"凌燕不愿她提起这事来。

"别宽我的心了。我没文化，可我也明白，连课都不去上了，复习什么？"

覃健惊问凌燕："你停上补习班了？"凌燕只好点头承认。

"那你今年不打算考了？"

凌燕凄然苦笑，没有作答。接着是一阵令人窒息的沉默。

覃健："你真的……"凌燕向覃健递了个眼色，表示不愿意当着妈妈再提起这事。她走出外间，覃健也跟了出来。

凌燕坐在桌前，心情黯然。覃健执着地追问道："你真的放弃高考了？"

凌燕喟然长叹："命运如此，有什么办法？"

覃健："你相信命运？"

凌燕自嘲地说："我知道相信命运是荒谬的。"然后猛然站起身来，像决堤的洪水般滔滔地说下去："可有些事情我解释不通呀！就说我爸爸吧！他不讲吃，不讲穿，不抽烟，不喝酒，连茶都很少喝呀！……他对生活几乎什么要求也没有，只要求好好工作，偏偏连这一点儿也不给他！而有些人呢？条件比爸爸好千百倍，却饱食终日，无所用心，甚至营私舞弊，钩心斗角。生活对我爸爸太不公平了！社会主义应该是这样的吗？这难道不是命运的安排？"

覃健语塞，他思虑沉沉看着地下。

凌燕挑战地逼问："说话呀！怎么，你也不敢回答！"

覃健抬起头来，坦率地说："这个问题我回答不了……可我相信你爸爸绝不这样看。"

"你怎么知道？"

"你看这个！"覃健转身指着墙上新贴的斗方，"穷且益坚，不坠青云之志。"覃健赞美地说："他在艰苦困难的环境下，还这样有信念。"

凌燕不以为然，慢慢地走到桌旁，口气中不无讽意地说："他是一个共产党员，一个理想主义者，当然有信念。"然后无力地坐下来："可我呢？什么也不相信！"

覃健："你为什么就不该有信念呢？"

凌燕凄苦地笑了笑，说："还谈什么信念！大学不考了，参加工作谈何容易。今后我的天地就是这四面墙了……"她下意识地拾起花盆中一朵落花搓弄着。凌燕惆怅地看着落花："我也有过美好的幻想，多么天真……"然后把落花揉碎了："现在，都结束了……不过，我谁也不埋怨，命运给了我这样的安排，我只能心甘情愿地接受……"

覃健打断她："不，你并不心甘情愿，也不应当心甘情愿！"凌燕仰视着他。

覃健热情洋溢地说："外国有句谚语，'逆境打败弱者而造就强者'。屈服于逆境的是弱者；闯过去，你就是强者！"

凌燕那黯淡的眼睛似乎被这句闪光的话点亮了，燃起了希望的光泽。

覃健激动地继续说："现在，你有了做强者的机会，你应当像你爸爸，他外表虽然衰弱，但他是个强者！你也不应当做弱者。四面墙天地虽小，能挡得住你自学吗？"凌燕受到了强烈的鼓舞，霍然起立，但眼里闪烁着的希望之光瞬间又熄灭了："我的数学太差了，有老师教都费劲，怎么自学？"

覃健兴奋地说："这样吧！我晚上来把老师讲的数学向你复述一遍好吗？"

凌燕想了想，摇摇头，颓然坐下："我知道高考生的时间比金子还宝贵。"

覃健说服地说："我自己不是也等于复习一遍吗？"

凌燕仍然摇头："不能这样。我相信你是好心，可我不能接受。"

覃健诚挚地半自语说："我承认，如果是个陌生人像你一样的处境，我也许不会自告奋勇……"他的感情深沉而炽热，继续说："可你爸爸是我的老师。他为了我们把心都操碎了，难道我就不能为他尽一点儿点心吗？"

凌燕似乎被一种圣洁的感情叩动了心弦，抬首望着激动的覃健。

覃健无限恳切，一字一顿地说："我请你接受我对老师的敬爱！"

凌燕被深深打动，庄严而缓慢地站起来，在这双真挚得有些恳求的眼光下，她只有颔首同意。覃健带有一点儿稚气地胜利微笑了。

凌燕："可爸爸一定不会同意这样做。"

"我们别告诉他……"

凌燕："他总会碰上的。"

覃健想了想，笑说："等凌老师晚上出去家访，或开会，你就在窗台上放上一盆花……"

凌燕闪着兴奋的目光说："地下党的暗号？"

"就算是吧！……"

他们不由得会心地笑了。

钟晓星的家。家庭教师正在给晓星讲解数学，陈淑珍在一旁满意地微笑。房外小弟打开了收录机，她马上跑出去关掉，就手打了他一板屁股。

学校教室里的晚自习。凌老师和李老师在指导着部分同学自习。

凌老师问黎明："这几晚怎么没见覃健来自习？"

黎明："也许在家里开小灶吧！钟晓星的妈妈就给她请了一位家庭教师。"

李老师插道："现在是八仙过海，各显神通了。"

放学回家的路上。黎明和覃健一块儿走着。

黎明："覃健，我们哥们儿的交情怎么样？"

覃健见神情严肃的黎明，甚觉诧异："不错呀！"

"那我问你一件事，你得说实话。"

"问吧！"

"你经常不来晚自习，上哪儿去了？"

问题提得突然，使覃健不知如何回答，支支吾吾地说："我能上哪儿去呢？"

黎明驻步，一把抓住覃健的手，说："别骗我了！我上你家去过，你不在家，也不在校。"

覃健无法搪塞，只好实说："我告诉你，你千万不能说出去。"

黎明半开玩笑地赌咒："上有天，下有地，我要说出去了，牙齿变骨头，吃瓜子吃一口吐一口，一辈子看不见后脑勺。"

覃健忍不住笑了，捅了他一下："少来这套油嘴滑舌！"说完把黎明拉到桥下僻静处，向他悄声地把事情的原委细说了一遍。

黎明大悟，敬佩之情油然而生，诚恳地说："高尚！够意思！我服了你！"

覃健告诫地说："你千万不要露出去啊！"

黎明踢了一小块石头下水中，认真地说："我要说出去，就像这块石头，永世不得上岸，变个大王八！"

覃健向黎明的背击以一拳，笑道："去你的！"

陈淑珍下班回家，提了个小小的竹笼，对钟晓星说："你爸爸托人带来几条活蛤蚧，这可是上等补品。"

小弟插嘴说："又是给姐姐补脑的吧？"

陈淑珍："这是送给凌老师的。"

"妈，凌老师不会收礼的。"

"我不信，这东西有钱还买不到呢！"

钟晓星为难地说："怪不好意思的。"

"那有什么，人情来往是常有的。"陈淑珍说。

小弟又插道："好让老师将来写条好评语。"

"废话！"妈妈啐他。

夜色朦胧，街灯昏暗。钟晓星捧着小竹笼穿街走巷，向凌老师家走去。当她走近凌家时，发现前面走着背书包的覃健。她甚觉诧异，驻步观察。

覃健朝窗台上看了看，灯光透过窗帘，照着一盆花，他放心地推门进屋。

钟晓星看去，窗帘上出现了覃健的人影，人影坐在桌前，打开书包，拿出了书和笔具等物。钟晓星一时妒火如炽，眼里射出嫉恨的光。自语："原来凌老师单给他开小灶，哼！第一号种子是这样来的！"

晓星甩头就走，步履如飞。

覃健回到家里已是 11 点了。爸、妈、小妹均已熟睡。他蹑手蹑脚地走进房间。拉开自制的土台灯，复习其他几门功课。另一间房里，爸妈的鼾声，此伏彼起，忽高忽低，合奏甚欢。覃健被吵得心烦，堵着耳朵看书。

桌上闹钟已指向午夜 1 点。传来了妈妈的声音："阿健，快睡吧！别把身体熬坏了。"

教室里，李老师在上数学课。

覃健强打精神在听课。渐渐地，李老师的形象变成了重影，重影又变成了模糊一片。他意识到睡意袭来，猛烈摇晃脑袋，李老师的形象又清晰起来。过了不久，又出现了重影……一股不可抗拒的倦意终于战胜了他的神志。

李老师发现了，非常生气。敲了下讲台，喝道："覃健同学！"

覃健猛一惊醒，立即站起来。

李老师不高兴地："是不是我讲的课对你起了催眠作用？"

覃健羞惭地摇摇头。

李老师："坐下。"覃健没有坐下，仍站着。

李老师在黑板写了一道公式后，回头见覃健站着，说："你坐下吧！"

"李老师，让我站着听课，这样才不打瞌睡。"覃健态度诚恳地说。

李老师："是不是晚上太用功了？"

陆霞嘴不饶人地轻声说："有人单给开小灶，还能不用功？"

钟晓星忙用手肘捅了她一下。

中午放学时，物理课代表李芸收好一大沓物理作业本到教研室交给物理老师："曾老师，这是我们班的物理作业本。"

"齐了吗？"曾老师问。

李芸迟疑了一下，说："还少一本。"

"谁的？"在另一张桌子工作的凌老师关心地问。

李芸："覃健。"

曾老师惊异地："班长？"

李老师："刚才上课还打瞌睡。"

凌老师脸上掠过一丝愠色。李芸马上维护地说："他正在教室赶作业呢！"

凌老师起身就走。

教室早已空旷无人，只有覃健伏案做作业。

凌老师心情很不平静地来到教室。"覃健，你昨晚干什么了？"

覃健低语地说："复习功课。"

"你是班长，缺交作业，影响多不好。这一阵晚自习没见你来，请家庭教师了？"覃健摇摇头。

"你要说实话！"凌老师的语调十分严肃。覃健没有作答，低头写作业。

凌老师很激动，说："李老师说你上课睡觉，甘副校长还说你在黑板上画什么蝴蝶，你要自爱一点儿！"

"凌老师，我中午赶出作业就是了！"覃健对凌老师的批评显得不耐烦的样子。

这更激怒了凌老师，他正颜厉色地说："中午？不吃饭了？不休息了？"

执拗的覃健只顾写作业，似乎充耳不闻。

"先回去吃饭！"凌老师火了，以命令的语气说。

他的命令却遭到了无声的抗拒，覃健仍然写作业，没有丝毫反应。

凌老师激动地喊起来："覃健同学！你听不听老师的话？"

覃健平静而倔强地低声说："我做完了作业再回家。"说完又埋头写起来。

覃健的倔劲使凌老师想起那天帮他搬煤时的情景来："我搬完了再走。"这句执拗的话是那样深刻地印在脑子里。他虽然气得打哆嗦，却清醒地知道，此时无论他怎样说，也无济于事。只好愤然离去，把一腔怒气通过沉重的脚步全泄在水泥地板上。他走到教室门口，又回过身来，语重心长地说："覃健，你可以不告诉老师，但希望你不要有损'三好学生'的称号！你太叫人失望了！"说完掉头走了。

覃健猛地站起，对着他离去的背影，几乎要喊出"凌老师"来，但终于忍住了，眼里充满了泪水。

凌老师走到学校门口，在一个贩摊上买了两个面包，回头交给看门老头，说："张大爷，请你把这个送到高二甲班给覃健同学。"

"好咧，我一会儿就去。"张大爷正在吃饭。

凌老师出门走了。

正午已过，提前上学的同学开始走进校门。陆霞和几个女同学走进校来。

张大爷叫住了她们："陆霞，带这两个面包给你们班覃健，我走不开，耽误好久了。"

陆霞接过面包，不解地说："你买的？"

"凌老师。"

陆霞一听，妒火中烧。正待问明，张大爷已转身走开。陆霞酸溜溜地说："嗬！真是关怀备至呀！"恰巧黎明从后面走来，陆霞把面包一把塞在他手里："给你的猪朋狗友拿去，凌老师给得意门生的！"

黎明正摸不着头脑。只见陆霞等女生边走边嬉笑怒骂地说："特别加料，小灶上面烤的，营养丰富！"

女生甲："第一号种子原来是这样喂出来的！"

女生乙："人造卫星！"

黎明受不了她们的冷嘲热讽，忽然大吼一声："站住！"然后冲过去，指着她们说，"不许你们诬蔑好人！"

陆霞气壮如牛地也指着黎明："诬蔑？那你说，覃健晚上老上凌老师家干什么？"黎明不敢回答，憋得难受。

女生甲："告诉你，有人亲眼看见他去的。"

黎明涨红了脸，半天才憋出一句话："上老师家不一定就是开小灶！"

陆霞止住大家吵嚷："让他说下去。哎，你说呀！不是开小灶，又是干什么去了？"黎明语塞，尴尬。

众女生："说呀！快说呀！"

黎明气急交迫，一跺脚说："说就说！覃健去凌老师家，那是……"

忽然后面传来一声断喝："黎明！"黎明怔住，众人回头望去，见覃健大踏步过来，拉住黎明便走："走，别跟她们吵了！"

陆霞嘴不饶人："嘿！还挺正经的呢！没鬼自己大胆说说！"

女生甲挖苦地："介绍介绍经验，也让我们争取开个小灶嘛！哈哈……"

黎明实在忍耐不住，还要反身争辩，被覃健强力拖走。

女生们戏谑地拍手唱起来："噢！帝国主义夹着尾巴逃跑了！……"

黎明被覃健拖到校园小树林里。

黎明激动地嚷着："你受得了这份窝囊气，我受不了！"

覃健坐在一块石头上，头低垂在膝盖上，一动不动。

黎明继续愤愤不平地喊着："她们凭什么这么欺负人！你没见陆霞那副酸溜溜的样子，'小灶上面烤的！'哼！咱哥们儿干了什么见不得人的事啦？说出来让她们脸红！"覃健仍然埋头伏膝，一动不动。

黎明见覃健毫无反应，把怒火全泄在他身上，冲着他嚷道："你为什么不说话？你还是不是个男子汉？你简直是个机器人，没有感情的机……"黎明突然怔住了，把剩下的话咽回去，他看见正仰起脸来看着他的覃健那张泪水纵横的脸。

黎明的心一阵紧缩，怒气顿消，转为揪心地难过，猛扑过来，搂住覃健的肩头，半天，才吐出一句话来："别怪我，我实在是憋得慌啊！"

覃健拍拍他的手背，表示谅解和安慰，说："我是在想，说了出去，凌老师知道了，就再不能给凌燕补习了。"

黎明站起来，想了想，觉得是这么个理："对，对，这口气我咽下了！……"拿起手中的面包狠狠地啃了一口，这才想起来："啊！这是凌老师给你的面包，快吃了吧！"把面包给了覃健。

覃健边吃边走，向黎明提醒说："记住呀，谁说出去是这个！"用手做了个"王八"状。黎明点头笑了。

教室的公布栏里，贴出了阶段考试各科成绩统计表。虽然没排名次，但大家一看便知道，第一名是钟晓星，而覃健已望尘莫及，甚至物理用红笔写上了不及格的分数。大家都在议论，觉得覃健成绩下降是反常的。

陆霞对钟晓星说："覃健的语文也考得这么差，那小灶不是白开了？"

李芸惋惜地："他的物理居然不及格。"

钟晓星虽然志得意满，但心里却也产生了疑问：她的对手竟如此出乎意料的不堪一击是令人难以理解的。

最感失望和泄气的莫过于黎明，他捶胸顿足，唉声叹气，羞容满面，甚至比当事人覃健还要痛心疾首。陆霞看出了黎明的情绪，故意挑战地对他说："喂！黎明，你还是乖乖地当女皇的臣民吧！哈哈哈……"

黎明气得两眼发直，好半天才想起词儿来回敬她："反正不是当你的臣民。瞧瞧你那成绩，几乎全是红笔写的，都快满堂红了！"

陆霞轻轻一笑，说："我才不在乎呢！将来，我也不靠这个！"

黎明气急败坏地到处寻找覃健："覃健……""卡尔夫……"

"哎！我在这里。"覃健在校文印室里。

黎明奔进去，怨气冲天地说："你还在为大家印讲义，知道阶段考试成绩了吗？"

覃健心情抑郁地说："知道了。"

黎明："你好像一点儿也不着急，你去看看钟晓星那副得意样，听听陆霞那些酸溜溜的话，非把你气死不可！"

"气有什么用？我在想怎么才能赶上去。"

黎明搔首挠腮地说："唉！我的物理也不行，要不，拼死我也要把你扶上去！"

凌老师的家。父女俩正在吃晚饭。

凌老师端着饭碗，边吃边想，长吁短叹。女儿瞧着他，不知何故。

凌老师扒了几口，放下碗，起身要走。

"爸，你饭也没吃好，又要上哪儿去？"

凌老师愁眉不展地说："去覃健家家访。"

"覃健出什么事了？"

"他原来是班里的尖子，这次阶段考试掉了一大截。"

"啊？！"凌燕失声地。

"你也感到吃惊吧！像这样品学兼优的学生，上课居然睡觉，作业也缺交，真不明白！"说完走出门去，发现下小雨了，凌燕递了把伞给他，说："爸爸，你……"欲言又止。

凌老师："有事回来再说吧！"打伞走了。

凌燕呆立门口，心里如起狂澜，看着淅沥的雨丝发怔。

钟晓星一家也在吃饭。

端着饭碗的钟晓星边吃边想，一个不解之谜萦绕在她的心里。

（内心独白）"凌老师真的给覃健开小灶吗？"

陈淑珍边吃边唠叨："上次让你送蛤蚧去，你说凌老师偏心，生气不送。可没有凌老师尽力尽心，你这次阶段考试能得第一？"

钟晓星根本没有听进妈妈的话。

（内心独白）"不，不像。也许我把凌老师给冤枉了。"

陈淑珍："这回你爸爸又寄回了两斤桂圆肉，一定要给凌老师送去。"

钟晓星继续苦思不解。

（内心独白）"可陆霞也看见过覃健晚上去凌老师家，他干吗常去呢？真是个猜不透的谜。"

凌老师的家。

小雨还在如丝地飘落。凌燕端着花盆，犹豫了一下，又放回屋里。

凌燕木然不动地坐在桌旁，双手托腮。

覃健轻推开门，满头雨珠地走了进来。此时凌燕的心里，交织着感激、内疚而又痛惜的复杂感情，面对着一如既往那么热情诚实的覃健，不知怎么说好。她面似平静，心里却涌腾着矛盾的巨浪。

身穿雨衣的钟晓星拿着一包桂圆肉来到门口，从半掩的门缝中又发现了覃健，她立即闪过了一个念头，想彻底解开心中的疑团，便就势侧身窗边。

屋里。覃健解下了书包，说："今天数学老师讲了几道很重要的题，我详细记了，来，你先看看，待会儿一起来做。"

凌燕这才发现覃健满头水珠，拿了条毛巾给他，然后以极大的毅力克制着自己，近于冷漠地说："你看见窗台上有花盆吗？"

覃健笑道："我在路上看见凌老师了，他冒着雨去家访吧！"

"可你知道他上谁家？"凌燕的语调有点儿悲酸。

覃健摇摇头，浑然不觉地笑了笑。

"覃健同学，我……我决定不参加高考了。"

"为什么？"覃健惊诧地抬头，这才看出她的情绪异常。

沉默片刻，凌燕紧咬着嘴唇，眼睛望着地下。

覃健怔住了，惊问道："发生了什么事？"凌燕只是低头掩面而坐，不作答。

覃健："是不是我有什么事做得不对？"凌燕摇头。

"我把老师讲的功课讲错了？"凌燕又摇头。

覃健焦急起来："那到底是怎么回事呀？"

凌妈妈在里面喊道："覃健，好孩子，你来。听师母说几句话。"

覃健移步来到里间："师母。"

凌妈妈："你凌老师最心疼的是他的学生，你的成绩下降了，他连饭也吃不下。"

覃健这才明白了事情的原委，心里难过起来，说："那该怨我，对不起凌老师……"

凌妈妈纠正地说："是我对不起你和你的父母。要不是我病在床上，阿燕也不会这么可怜，你也不会为她掉了队……唉！千怨万怨还是怨我，我……还不如死了好……"说着声泪俱下。

"师母！"

"妈……"凌燕跑进里间，语带哭音地说，"是我不好，我早就料到会耽误他的学习，我太自私了，光想自己……覃健同学，我很感谢你。以后你不要再……"凌燕哽咽着说不下去，跑到外间。

覃健略有犹豫，也跟着走了出去。覃健心情沉重地："阶段考试没考好，我也很难过。我想了很久，这也是一种逆境，它会促使我去当强者。"

凌燕以一种经过深思熟虑的平静语调说："你是好人，但生活是不公平的。好人最容易遭到不幸，我为什么要让一个好人去为了我倒霉呢？"说完拿起放在桌上的覃健的书包，递给他，轻声地但语气坚决地说："你……走吧！"

覃健接过书包："好，我走。"伸手拿了雨衣，说："等你冷静下来，我还是要来的。"

凌燕痛苦而着急地说："哎呀！那样你就考不上大学了！"

覃健停了一会儿，真挚地说："如果你能考上，凌老师和师母该有多高兴……"说完走出门去。

一直躲在门外倾听的钟晓星早已被感动得泪洗双腮了，她悔愧交加，心如刀割，紧紧地捂着嘴，以便不让别人听见她的抽泣声。

雨夜的小街，钟晓星失魂落魄地走着。泪水和雨水交融着从脸上流下来。

钟晓星的卧室。她躺在床上，鞋也未脱，灯也未开，负疚和自责在咀嚼着她的心。

陈淑珍和家庭教师走进房来，拉开灯。见钟晓星精神恍惚，满面泪痕，吃了一惊。"晓星，你怎么啦？病了？"

钟晓星坐起来，情绪沮丧，脸色苍白，真像患了一场大病似的。

家庭教师见状，只好说："晓星不舒服，今晚就先不学了吧！"

"对不起了，让你空跑一趟。"陈淑珍送走家庭教师后回到房里，急忙说："晓星，我带你到医院里看看。"

"妈，我没有病。"陈淑珍摸了摸她的额头，才放下心来。

钟晓星怀着激越的感情说："有件事我心里很难过。妈，我告诉你……"

覃健的家。当晚。

覃健懊丧地回到家里，发现气氛已不同寻常。爸爸怒容满面地在抽闷烟。妈妈唉声叹气地在发怔。小妹直向覃健眨巴着眼睛示意。

覃健观察了一会儿，不解其意，便要走进自己的房间，刚走了两步，覃斌憋着怒火，严峻地问："上哪儿去了？"

覃健迟疑了一下，支吾其词地说："没上哪儿去。"

"在学校里自习？"覃斌审问的语调。

覃健："没有。"

空气已经十分紧张。妈妈缓冲地问："这些日子，晚上都上哪儿去了？"

覃健坦然地说："反正没干坏事。"

覃斌忽然站起来，声如劈竹地问："为什么阶段考试考得不好？"

覃健欲说又止，他感到很难简单地回答这个问题。

覃斌逼近一步："说话呀！"

覃健见爸爸勃然作色，倔拗的劲儿上来了，冲着爸爸说："我也不知道！"

小妹吓得躲在一旁，轻轻地说："哥，刚才老师来告状了。"

妈妈走过来，好言相劝："阿健，你都去干了些什么，说出来，改过就好……"

覃健委屈地说："妈，我可以说。可爸爸没闹清就发火……"

覃斌怒斥道："你别以为别人不知道，现在有些年轻人不学好，干什么坏事的都有，抽烟赌钱，和女孩子勾勾搭搭，偷鸡摸狗的……你是不是和他们混在一起？说！"

覃健一听，陡然怒起，倔强地昂起头来："你要是这样认为，我偏不说！"

覃斌气得浑身颤抖："你，你敢顶我？"

"不讲理就顶！"覃健的话刚落音，一记重重的耳光打在脸上。委屈和愤懑使他一动不动，似乎在赌气地等待着另一记耳光。

妈妈连忙上来推开覃健，又心疼又生气地噙着泪花说："我们是靠劳动吃饭的清白人家，为人做事都要对得起良心啊！孩子，你不好好学习，又能对得起谁呢？"说着呜咽起来。

覃健掉头走了出去，"砰"的一声关上了门。

小妹边开门边喊："哥哥——"

"回来！"覃斌怒喝一声，把小妹吓得不敢动了。

覃斌愤愤地说："让他滚得远远的！"接着是一阵使人心碎的沉寂。

轻轻的敲门声之后，走进来一位姑娘，她就是凌燕。

凌燕："伯父、伯母，我是凌老师的女儿，我爸爸来家访过了吗？"

覃妈妈："来过了，唉！孩子太不争气啊！"

凌燕急切地："不，我要向你们说明一件事。"

钟晓星的家。卧室里，钟晓星向妈妈把事情的原委已经从头说了一遍。

陈淑珍似有感动地说："覃健真是个好孩子、好同学。你错怪了他，应该向人家道个歉。"

钟晓星："道歉有什么用呢？我想去分担他的负担。"

"怎么分担？"

"让他赶赶自己的功课，我去帮助凌老师的女儿复习。"

"那你自己呢？"

钟晓星没有回答。

陈淑珍："看问题要两分法嘛！关心别人是对的，可也要想想自己呀！……"

"想自己……"钟晓星像被触动了痛处，激动地说，"凌老师为了同学们考大学日夜操劳，他想没想过自己呢？凌燕为了让爸爸能安心工作去照顾妈妈，她又是怎么想自己的呢？覃健牺牲宝贵的时间去帮助凌燕，他想过自己没有？"

钟晓星发自肺腑的忠言，正气凛然，使妈妈哑然失措，不知所答。

钟晓星痛切思深地自语:"我觉得我过去想自己想得太多了!"

"晓星!"陈淑珍理屈词穷,遽然换了一副冷漠的面孔,站起来,激动异常地说,"现在对你来说,什么都是假的,考上大学才是真的!如今哪个父母不在为自己的孩子考大学拼命?省吃俭用,少穿少睡,请家庭教师,到处奔走求告,可怜天下父母心啊!……"说到此处,她真动了情,转过身去偷偷抹泪。

钟晓星从未见妈妈这样伤心过,一时被吓住了。

陈淑珍见钟晓星似已被震慑住了,回过身来,靠近她,动情地说:"世界上还会有谁比妈妈更爱自己的孩子呢?晓星,妈妈一辈子最大的遗憾就是没念过大学,到头来还不是站柜台?妈妈多么希望你……"

钟晓星:"妈,我已经 17 岁了。我也有自己的想法,自己的愿望……"

"你现在正是一知半解、要懂不懂的时候,更要听大人的话……"

"要是大人的话不对呢?"

陈淑珍愠怒而又不露地说:"我的话不对,那么去找你们校长评评,问问他,应不应该在这种关键时刻让学生去给老师的女儿补习功课?"

钟晓星又一次被慑住了,忙说:"妈,不能这样做。"

"为什么不能?走,我们问校长去!走呀!"陈淑珍逼着钟晓星,"你不去,我去问!"陈淑珍真的要走,钟晓星把她拉住了,说:"妈,你这样做,凌老师会受到……"

"那你就答应我。"陈淑珍毫不放松地。

钟晓星经过一阵痛苦的沉思,只得让步了:"我答应你……"

陈淑珍平静下来,转忧为慰:"其实,我也很同情凌老师,他爱人不生这个病该多好,命运呀!那是没办法的。我们多送点补品去,让她早日康复,也算尽到当学生的……"

钟晓星噙着泪水走出屋去,她再也不想听这些话了。

覃家屋后一片棕榈树林。银色的月光透过树林枝叶洒在地上。初夏的夜是柔美的,唧唧的虫鸣和无声的流萤点缀着这里的宁静。徘徊低吟的覃健,被这清雅怡人的氛围所感染,心情渐渐平静下来。

(覃健内心独白)"爸爸的暴怒,妈妈的伤心,老师的忧虑和凌燕的疲痛,这一切都是因为我的成绩下降了。我得赶上去!一定要赶上去……"

身后传来了越来越近的脚步声。听得出,这是爸爸的沉重的脚步,他转过身来，看见父亲渐渐走近，他有点胆怯，退了一步，然后回头要走。

"别走。"覃斌低沉浑重的唤声使他站住了。

覃斌走到他的背后，双手扶着他的肩膀，有力地把他的身子转过来，用凝聚着严父加上慈母的全部爱的眼光，深深地看着他。半晌，才激动地说："你为什么不早告诉我？"覃健抬眼望着爸爸，似在探索什么。

覃斌："凌老师的女儿刚来过，她把一切都说了。"

"啊？！"覃健意外地一惊，然后低下头去，"爸爸，原谅我……"

覃斌充满着悔恨的感情说："不是爸爸原谅你，是你要原谅爸爸，从小你就很少在我身边，摸不透爸爸的心。我是个花匠，不会讲很深的道理，可人活着，总不能光想自己。你要继续去帮助凌燕，就是考不上大学，爸也不怪你……"

"爸爸……"父子的心忽然沟通了，覃健感动得啜泣起来。

"是爸爸让你受屈了……"覃斌自责地说，"我们这一辈人总不大信得过如今的年轻人，常把他们往坏处想……实在是个过错……好了，别哭了。你越哭，爸爸心里越难受……"覃斌用手抹去覃健脸上的泪水，越抹越多，覃健哭得更加不可抑制了。

这时，覃妈妈和凌燕站在不远处，暗暗流着感动的泪。

覃妈妈对凌燕柔声地说："孩子，我们是诚心诚意的，还是让阿健帮你补习吧！"凌燕深沉感动地凝望覃妈妈片刻，闪着泪光说："世界上有这么多的好人，覃妈妈，我一定好好学习。"

上课铃声响了。校园里的同学纷纷走回各自的教室。

黎明与覃健边走边说话。黎明："我摸准了物理老师的底牌，等会儿上课他要搞突然测验。这回，你一定要打个翻身仗！"

覃健一怔："糟了！我还没准备好。"

黎明隐笑地："放心吧！"覃健迷惑不解地望着他。

教室里正测验物理，气氛肃穆。黑板上写着临时测验的题目，曾老师严肃地坐在讲台前，眼睛不时扫视着大家。

覃健已答了一半，剩下的难题正在思考中。

黎明忽然从卷子下移出一小张写得密密麻麻的纸片来。他偷眼瞄了老师一眼，见老师正瞧着外面，迅即将纸片移到覃健的卷子下面。这突如其来的行动，把覃健吓呆了。他惊顾四周，不知所措。

这时曾老师正好走下讲台，巡视到覃健跟前，停下来看了看他的答卷。覃健心跳犹如击鼓，笔在抖动，脸色发青。曾老师看了一下，又往前走了。

覃健连忙把纸片从卷子下拿出来，一眼也没看就捏成纸团，塞进嘴里，不料曾老师又回过头来，发现覃健有些慌张，便说："同学们不要太紧张。覃健，要沉着一些。阶段考试不及格，这次要仔细些。"

嘴里塞了纸团的覃健，答不出话来，只得点头，连"唔"几声，十分狼狈。

教室外的走廊。

覃健交了试卷出来，急忙跑到背静处吐出纸团，忍不住呕了两下。

黎明跑过来，埋怨地说："你这个大笨卡尔夫！"

覃健火上加油，抓着黎明的衣领，怒气冲冲地说："走！见老师去！"

黎明慌了，忙申辩道："我还不是为了给男同学出口气！"

覃健鄙视地说："你这是给我们男同学丢人！"

黎明自知有错，软了下来，说："其实我是第一次干这种事。"

覃健严正地说："也应当是最后一次！"

校园中。各班同学都在统一的音乐声中做课间操。矫健整齐而富有青春美的身姿与红花绿树相辉映，更加美不胜收了。

覃健带领全班同学做操。

操毕。覃健向大家说："越是离毕业考试近，越是要坚持课间操，把身体锻炼好。还有些同学不到。钟晓星和陆霞就是常不到的。"

放学回家路上。

陆霞对钟晓星愤愤地说："提醒你注意水鬼！"

"什么水鬼！"

"那个乡巴佬今天批评我们不去做课间操，哼！他自己没有希望考上大学了，也想拉我们下水！"

钟晓星一反常态为覃健辩护说："别把人都想得那么坏。"

"哟！你怎么啦？"陆霞大为吃惊。

钟晓星诚恳地说："陆霞，一个人总不可以昧着良心……"

"什么？"陆霞翻了脸，说，"我昧着良心？你这是……"

"不，我是说我自己。"钟晓星纠正地说，"不过，我希望你也要把心放正一点儿，别老是对别人抱成见。"

陆霞带刺地说："哼！你现在稳拿了一号种子，就装起好人来了。"

钟晓星愠怒地说："你也不要把我想得那么坏！"说完大步走了，把陆霞甩在后面，陆霞恼羞成怒，骂道："嘿！你好！干吗要嫉妒别人？"说完狠狠地向钟晓星的背影啐了一口，借以泄愤。

凌老师的家。晚饭后。凌老师在翻阅凌燕近来的作业本，大为惊喜："你没去补习班，作业做了那么多，大有长进啊！"

凌燕边收拾饭碗边笑说："真难得爸爸有空来检查我的作业。"

凌老师看了看表，说："到时间了，我要找任课老师研究点儿事，晚上回来再看吧！"

凌老师刚出门，邻居大娘迎面来说："凌老师，我打听到一个阿婆愿意来当保姆。"

"啊？！"凌老师和凌燕简直是喜出望外。连隔壁张贤听了都兴奋不已地走过来。

大娘："照顾瘫痪，工钱高点，她要 35 元一月。"

凌老师和凌燕相视发窘，脸上的喜色马上消逝了，默不作声。

张贤见状，十分同情，慷慨地说："那不就是几个月的事，我帮助一点儿吧！"

大娘补充道："只有一点儿不大顺心，她自己也有点慢性病。"

"什么病？"

"叫什么……肝炎？"

大家一听都彻底泄了气。凌燕说："算了，怎么能让个病人来干活？"

张贤也摇头："算了算了，说不定还传染呢！"

凌老师走出宿舍区时，覃健正闪身躲进树干后，等凌老师走过了，便一跃而出，飞奔进宿舍区内。覃健兴奋地向窗内呼唤："凌燕。"

从厨房里走出来的凌燕，蹑手蹑脚地移近覃健身后，忽然大叫一声："嗨！"把覃健吓了一跳。

覃健欢愉地说："有人给我寄了一本很好的物理参考书，你看。"

凌燕边看边问："谁寄的？"

"不知道。就一本书。"覃健迷惑不解。

凌燕接过书仔细翻阅，发现书中夹着一张纸条："哎！这不是有张字条吗？"字条上用工整的仿宋体字写着："以后你还会收到物理参考题和答案，这都是高考很有用的。请答应我一个条件：不许打听我是谁。"

二人困惑相视，不得其解。覃健："奇怪，我在市里没有熟人呀！"

凌燕想了想，忽然神秘地说："我知道了！"

"谁？"凌燕蹦蹦跳跳地跑进屋，回身在窗口上对覃健笑说："反正是一个好人呗！"

凌燕愉快地哼着歌曲，收拾好桌子，把书包拿来，坐在桌旁，翻看物理参考书。覃健也进屋坐下。

覃健按着凌燕打开的书本，说："怎么样？生活并不都是不公平的吧！"

凌燕心服嘴硬地笑说："算了，算了，别给我讲大道理了，还是讲数学吧！"他们开始认真地复习。

覃健中午放学回家，正在和邻居小女孩玩耍的小妹跑过来，递给他一封厚厚的信。信封上写着仿宋体字："本市邑城公园花圃覃健同学收。"

覃健拆开信封，又是一大沓物理参考习题解答。

覃健边看边走进屋，妈妈也拿出一封信。同样的仿宋体字，又一份物理练习题解答。

陆霞正在校园路旁一棵树下等着谁，习惯地用小圆镜照照自己，理理头发。

李芸走过，开玩笑地："够漂亮了。"

陆霞吓了一跳，嗔道："死鬼！"

李芸不无讽诮地对着陆霞耳语说："收到过情书吗？"

"呸！"陆霞使劲捶她。李芸拖着爽朗的笑声跑了。

覃健做完值日，从教室走过来。陆霞迎了上去："班长，有件事向你反映。"

覃健："边走边谈吧！"

陆霞试探地问："你说，嫉妒心符合'五讲四美'吗？"

覃健不解地问："什么意思？"

陆霞显出不平的样子："你知道有个人一直在嫉妒你吗？"

"不知道。"

"你太老实了。钟晓星为什么要提议选你当班长？她是想让工作拖住你，自己好独占鳌头！"

"哦?！"覃健感到新奇地说，"我真没想到。"

陆霞进一步挑拨说："本来这也可以理解，可不该骂什么乡巴佬、傻大个，什么大笨卡尔夫！最近还造谣……算了，说出来你非爆炸了不可！"

"说吧！我能沉住气。"覃健的脸已经铁青了。

"唉！谁叫我这人爱打抱不平呢？"陆霞故弄玄虚地说，"她说凌老师单独给你开小灶，要把你捧起来，把她压下去。我才不信这鬼话，开了小灶，阶段考试成绩反而下降？纯属造谣嘛！"覃健顿时金刚怒目，勃然变色。

覃健怒气冲冲地来到钟晓星家门前，站定了一会儿，使劲压抑着自己，使情绪不至于爆发到吵架的地步。

恰巧，门开了。钟晓星拿着一封沉甸甸的信走出来。

钟晓星看见覃健，忙把手里的信收起，热忱地说："覃健？找我？快进来。"

覃健却满脸挂着冰霜，毫无反应，冷冷地说："就在这里谈几句吧！"

钟晓星的热情被浇了一瓢冷水，但仍笑着说："什么急事不能进屋坐下谈？"

覃健冷笑两声："算了，别来这套。"

"你这是……"钟晓星觉得疑惑不解。

覃健单刀直入地："我是个乡巴佬，有话直说。有人说，你嫉妒我，是吗？"问题提得这样突然，钟晓星毫无思想准备，一时不知如何回答。

半晌，才坦直地说："不错，有过。"

覃健铁青着脸，进一步质问道："你是不是说过凌老师单独给我开小灶？"

钟晓星诚实地说："是的，曾经说过。"

覃健眉峰怒耸，愤然作色，已经不能自制了，他狠狠地斥道："我不明白，你为什么会这样……恶劣！"说完扭头便走。

"覃健！你等等，我和你谈谈……"

"用不着了！"覃健头也不回，大步走了。

钟晓星呆立门前，脸上热辣辣的像挨了两记沉重的耳光，她看了看那封写着覃健同学收的装满物理习题的信，一阵委屈袭上心来，愤愤地自语："从来还没有人这样骂过我……"她越想越觉得屈辱，一怒之下，把信扔在地上，还狠狠地用脚踩了两下，然后跑回房里抽泣起来。

小弟放学回家，见姐姐在哭，进去问道："姐姐，你怎么啦？"

钟晓星见小弟进来，止住了哭："去去去！"

小弟："我知道，准又是考试没考好，给别人超过了，是吗？"

钟晓星："别胡说！"

小弟："我还不知道你，小心眼！心眼小！"

钟晓星举手要打他，他做个鬼脸跑了出去。

钟晓星被小弟的话刺中了要害。她平静下来。

（内心独白）"连小弟也这样笑话我，唉！自己酿的苦酒，自己喝！"

钟晓星走出门口，拾起了那封信，轻轻地拍去了信封上的尘土。她怀着格外庄重和友善的心情，走到门外街边的邮筒前，把信插入筒口，似乎获得了一种如释重负的慰藉。

校园中的石桌旁。

凌老师和钟晓星在谈话。凌老师的话已近结束："我的话只供你参考，我多么希望你成为一个品学兼优的好学生。"

钟晓星心情沉重地："凌老师，谢谢你的帮助，你谈的这些，早已成为我的一段不光彩的记忆了。我永远引以为戒。"凌老师欣慰地点点头。

钟晓星凝视着远方，神往地说："我有这样的体会，'一种美好的事物，或者一颗闪光的心灵，往往能给人震撼的力量。甚至会突然改变自己对人生的看法'……"

报纸上用花边专栏公布了高考的时间和地点。

肃穆安静的考场。

紧张的空气感染着每一个考生。来回巡视的监考人员却是一张张冷峻严肃的面孔。钢笔写在考卷上的沙沙声和时钟的"嘀嗒"声，占据了整个考场。

覃健的笔在考卷上移动。

钟晓星的笔在考卷上移动。

凌燕的笔在考卷上移动。

陆霞的笔却含在嘴边，她皱眉苦思。

钟晓星的家。夏季的骤雨在哗哗地下。

陈淑珍穿了雨衣，爱抚地拉着钟晓星的手，认真地嘱咐："晓星，前几科你都考得好，今天下午最后一场考试了，不要以为考政治就可以掉以轻心啊！"

"放心吧！妈妈。"

"我上中班去了。你也要提前一点儿去。好，祝你满分！"说完出门走了。

风横雨斜，水汽迷蒙。街上行人稀落。

陈淑珍骑着自行车，边蹬边想，窃窃自喜。

在她的幻觉里，钟晓星昂扬地走进了清华大学。……钟晓星昂扬地走进中国科学院……钟晓星登上了波音747，飞到外国留学。飞机在云空里飘呀，飘呀！……

突然，她的自行车撞上了什么东西，摔下车来，才发现撞倒了一个年约十岁正去上学的小女孩。

陈淑珍将小女孩扶起来，埋怨地说："怎么不看路呢？碰疼了吗？"

小女孩被吓住了，停了一会儿，才觉着脚上异常疼痛，"哇"地哭了起来。

陈淑珍皱了皱眉头："哪儿疼？"

小女孩站立不住，瘫坐下来，指着膝盖处直叫疼。陈淑珍不耐烦了，看了看表，说："自己揉揉就好了。"她见四处无人，骑上车溜走了。

"阿姨！好疼啊——"小女孩的哭声传来，陈淑珍的车蹬得更快了。

小女孩把裤腿撩起，膝盖处已经碰破，血在流着，便哭得更厉害了。

骤雨倾盆，雷声隆隆，天色被乌云笼罩着，变得昏暗起来。

这时，钟晓星骑车去考场路过，她似乎听见了哭声，急下车，见小女孩膝盖血糊一片，大为惊骇："怎么摔的？"

小女孩哭诉道："是给一个骑车的阿姨撞的。"

"快！小妹妹，我送你上医院。"钟晓星把小女孩抱上车，推着就走。

这时，雨丝密织，风声嘶啸，望眼迷离。

医院急诊室。医生和护士正忙着给小女孩包扎，钟晓星在一旁问医生："小妹妹的伤要紧吗？"

"伤得不轻，不过还没有骨折。"

"那我走了，马上还得去高考。"

"哎呀！晚了！"医生急忙看表，时针正好指向 2 点 30 分。

钟晓星飞跑出门，跨上自行车疾驰而去。

街道上。钟晓星飞速骑车。过交叉路口时又被红灯阻拦。正急时，一辆救护车在她身旁紧急刹车，医生和护士不由分说将她连人带车抬上了救护车，然后飞也似的开走。

救护车在街口急转弯，行人纷纷躲避。

救护车拉响了急救汽笛，招引了行人的注意。

救护车穿过了一片树林，来到了一所学校的考场。

这时，表上的时针正好指向 3 点。

钟晓星跳下车来，没命地向考场跑去。

考场门口站着两位监考人，他们挡住了钟晓星，钟晓星拿出准考证，监考人指着墙上的时钟，摇头拒绝。

医生和护士赶来说明原委，但也无济于事。

钟晓星心急似火，无可奈何。

考场里许多考生不明原委地侧头观看，覃健也惊奇地看着。

医院外科病房里。晚上。小妹躺在床上。覃斌一家都守在床前。

覃健："送你来的那位姐姐没留下名字？"

"没有，她急着要去高考。"小妹说。

"啊！后来她是不是耽误考试了？"覃健联想起下午考政治时看见的事情。

一个护士插话说："晚了半小时，不让她进考场了。"

"钟晓星！"覃健肯定地。

"谁？"妈妈问。

"同学……一位曾经被我骂过的同学。"覃健负疚地自语。

钟晓星的家。

陈淑珍声嘶力竭地指着钟晓星大骂不止："你风格高，做好事！现在谁可怜你，谁又能帮助你？今年考不上，明年更难考，你这一辈子算完了！"

钟晓星啜泣不语，忍受屈辱。

凌老师匆匆走进教育局。

覃健急切地走进招生办公室。

凌老师向领导说明，解释。

覃健向工作人员申辩，游说。

报纸登出了一篇报告文学。题目是：《零分应当属于谁？》副题是：记舍己为人的中学生钟晓星。作者署名：覃健。

墙上贴着报纸。围观的人在议论、评价。

凌老师在教研室里向甘副校长及老师们念报纸中的一段："美好的心灵，高尚的道德，自我牺牲的精神，这难道不是值得我们效法的吗？可是钟晓星的光辉行为，却因迟到半小时未能入试，得了零分！尽管她其他科目都考得十分出色，也将失去了被录取的希望，这是多么的不公平啊！"念的人激动，听的人感动。

报纸在陈淑珍发抖的手里。她在念另一段："至于那个撞倒了孩子而又偷偷溜走的人——姑且把她称作人——无论她嘴巴上讲了和试卷里写了多少马列主义的理论，讲出多少冠冕堂皇的言辞，她那腐臭的灵魂，才应是真正的零分！……"淑珍低下了头，自语地说："原来就是我撞的那个孩子……唉，到头来还是害了自己。"

凌老师从教育局里兴奋地奔出来，向正在等待的十几位同学欢呼地喊道："同学们，教育局请示了上级，同意让钟晓星用预备题补考政治！"

同学们狂喜地把凌老师拥抱起来。

蓝天丽日，碧空如洗。一群嬉戏的小鸟在盘飞。郊外的土坡上，初春种下的小树苗，已经长出了嫩绿的叶片。微风吹来，像一层涟涟绿波。

凌老师带着班里各奔前程的同学来这里进行一次护理树苗的活动，并举行一次野炊。大家在欢笑声中培土、锄草、浇水。也有的同学在做野炊的准备。

凌燕也被邀请来参加。她正和覃健在小溪边洗菜。

凌燕非常认真地说："覃健，你有一个小小的缺点。"

"是吗？"

"你有时很执着——甚至固执，也就是说，死心眼。"凌燕由衷地说。

"也许……"

凌燕："我考取了大学，爸爸高兴得流了一整夜眼泪，我和妈妈多想把事情的经过告诉他，可是为了尊重你的意愿……"

覃健："我也多么想知道那位暗地帮助我提高物理成绩的人！可是，我也尊重了他的意愿……"

凌燕向往地说："也许这是一种美，一种常人很难具有的美。"

"不！我不这么看，其实，人之所以是人，大概就是因为他们都是在相互关心中生活的。如果说要报答的话，我们用一生的代价也报偿不了老师对我们的培育，更不用说为我们这一代创造了优越条件的革命前辈。"覃健的眼里凝聚着无限的深情和虔诚。

琳琅满目的食品商店。

陈淑珍在精心选购高级点心。钟晓星不耐烦地拉着妈妈："别买了。"

陈淑珍："去向凌老师告别，能不带点礼物？"

钟晓星："我可不好意思送去。"

陈淑珍："我去送。上两次让你送都没送成，这次我亲自去道谢。"

点心买好了，母女俩正要走。一个艳容炫服的时髦女郎闪过眼前，钟晓星一看，怔住了。

原来这是陆霞，钟晓星惊诧得半天才说了几个字："你这是……"

陆霞嫣然一笑，说："我这是……走向生活嘛！"

旁边一个港式青年在等着。陆霞不无骄矜地悄悄告诉钟晓星："这是我的小表哥，特意从香港来看我的。"说完与那青年翩然而去。

陈淑珍嗤之以鼻地说："没出息的孩子！"

钟晓星心里一阵恶心，拉着妈妈，大声地说："走吧！妈妈。"

凌老师家。凌燕正在收拾行李。凌妈妈坐在轮椅上帮忙。凌老师过来问道："收拾好了吧？同学们快来了。"

凌燕把皮箱盖好，说："好了！"

凌妈妈感慨地说："唉！这半年总算熬过来了。"

凌燕："爸爸，你猜，这半年我最大的收获是什么？"

凌妈妈插道："那还用说，考上了大学！"

"那是次要的。"凌燕似乎沉浸在一种圣洁的感情中，"我得到了我们这一代人最宝贵的东西。"

凌老师："理想？"

"不，信念。我们家的不幸并不是社会造成的，但社会帮助我们战胜了不幸。"

凌老师高兴地故意问："这是不是理想主义呢？"

凌燕不好意思地笑了："这就是社会主义。"

门外响起了一片呼叫"凌老师"的声音，李芸等十几个同学拥了进来。

凌家附近。覃健带着伤愈的小妹和黎明一同走来。黎明忽然停下说："算了，我没考上大学，哪好意思去。"

小妹笑着说："我也没考上大学呢！"

凌老师在屋里听见了忙说："快进来吧！考没考上都一视同仁。"

黎明跨进门来，见李芸等十几位同学都在，高兴地问："李芸，你到劳动服务公司登记了？"李芸颔首。

黎明："往后，我们还是同学——社会大学的同学！"大家畅笑起来。

凌老师："还应当是自学成材的同学。"

这时陈淑珍与钟晓星走到屋外。钟晓星先走了进来，大家一见，连呼带闹，吵嚷一团。

坐在窗口的小妹，一眼发现了陈淑珍，对覃健说："撞了我溜走的，就是这个阿姨！"门外的陈淑珍听到这句话，不觉一惊，马上认出了小妹，惶恐得不敢进门。

覃健对小妹说："你可别认错人啊！"

"没错，是她！就是她！"

陈淑珍吓得掉头就走，走了一段才发现礼物还在手中，她想回头，耳边又响起了小妹愤慨的声音："是她！就是她！是她！就是她！"她实在没有勇气再到凌家去，灰溜溜地走了。

凌家。钟晓星没见妈妈进屋，伸头出窗口瞧。覃健说："你妈妈走了。"

"哦？"钟晓星不解地。覃健岔开，向大家说："同学们把东西都准备好。"

同学们纷纷从衣兜里拿出一件东西藏在背后，覃健喊："一，二，三！"所有的同学都把手伸在凌老师的面前，每只手里都有一张自己的照片。

凌老师高兴而感动地连说："谢谢！"收下了照片，然后从书架上取下两本大而旧的相片簿来说："好，又添上了新的一页。"

覃健看着凌老师那日益苍老的面容和寒霜侵鬓的头发，动情地说："可是老师又添了多少白发呀！"

钟晓星怀着深沉地感情，说："每一根白发，代表我们一个学生啊！"

凌老师极平常地说："我是一个教师，我的生命本来就应该用在这上面。"

黎明看着相片簿上的照片，忽然叫起来："凌老师，照片上怎么没写上名字呀！"

"忘得了吗？"凌老师指着那些发黄的照片说，"张成，现在当了工程师；杜学海，工人，劳动模范；李秀群，护士长；看，这小家伙成了个作家，在我印象里，他和黎明一样，还是个小调皮！"

李芸问道："他们都是中年人了吧！"

"是啊！"凌老师慢慢地说，"不过，不管多大了，他们，还有你们，都永远是我的孩子……"

所有的同学都怀着深深的敬仰望着凌老师，凌老师的眼里，充满着无限的欣慰。

剧终

1982 年 3 月至 5 月

远　方

周民震创作的电影"学生三部曲"第三部。讲述了苗族女大学生杨春毕业后返回深山老林的大苗山家乡寻根并扎根的感人故事。剧本发表后好评如潮，如有评论："《远方》在往深处开掘和结构布局上的和谐自然，都较《心泉》《春晖》有明显的突破。"剧本没有任何说教的概念化痕迹，感情的抒发、变化、冲突完全在剧情中自然发展，人性化成为主导因素。广西电影制片厂1984年拍摄，吴荫循导演。

远方云山雾岭，峰峦叠嶂。丛林榛莽，碧碧苍苍。

　　远远望去，一条迷漫的草径走着两个人：一个小伙子和一个姑娘。

　　他们蹚过清冽可鉴的溪流，站在石泉相映的水中，捧一掬山泉，喝个透心凉。

　　他们走在五彩纷呈的草坡上，和牧牛的苗家孩童嬉戏，摘一朵野花放在鼻前，清香使他们陶醉。

　　他们为激流悬空、涛声如鼓的山瀑所迷惘，壮丽的奇景使他们久久不愿离去。

　　他们出没于白云深处，跋涉在邈远的群山中。

　　（两个人的画外音）：

　　小伙子："啊！世界上竟有这么遥远的地方，乘火车、汽车加上步行，已经是第五天了，就是去西半球的美国，也可以打个来回了。"

　　姑娘："是啊！这就是我的家乡，我和妈妈管它叫远乡。我这个出生在北京的苗家人，回一次老家可真不容易啊！……"

　　小伙子："大苗山啊大苗山！多么令人神往的地方。"

　　姑娘："我在这里度过的那段童年生活，才真是令人神往呢！"

　　小伙子："孩子眼里的一切都是最美好的。"

　　姑娘："在我心里印下的最美好的记忆，是我的两个小伙伴……"

　　小伙子："他们是谁？"

　　姑娘："我的小表哥胜巴，我们都叫他'小神仙'，因为他非常聪明灵巧，苗山的事他没有不懂的。还有个比我大几岁的石花姐，她真漂亮，就像歌里唱的，她的眼睛像月亮，她的笑容像太阳……"

　　现在，我们可以看清楚了：23岁的姑娘杨春，端庄秀丽，从容贤淑，脸上总是挂着腼腆的微笑。那双深邃的黑眼里，虽然看不到动人的妩媚，却给人以友爱的温暖和蔼然的善意。小伙子名叫于少明，与杨春同岁，洒脱超逸，谈吐生风，白皙的脸上分布着无可挑剔的五官，说起话来，那饱满的情绪和精辟的言辞，具有一种诱人的感染力。他们都是刚刚毕业正待分配的大学生。毫无疑义，他们也是一对恋人。

　　杨春仰望着一群掠空而过的八月鸟，满怀欢悦地说："少明，这是我们家乡的八月鸟，跟着它走就到家了。"

于少明望着远去的鸟群，悠然神往地背了两句唐诗："只在此山中，云深不知处……"

他们相互莞尔一笑。

山瀑飞泻，粉雾升腾。迷蒙之中，隐现出一个被宝塔形的杉树包围着的苗寨。具有苗族传统建筑风格的木楼，依山叠砌，布局有致。青石板铺成的小路连接于各个木楼之间。寨前一条清澈的小河蜿蜒而过，潺潺的流水，日夜不停地唱着悦耳的歌。这就是坐落在苗山深处几乎被人遗忘了的高巴寨。

年近花甲的巴威和他的儿子胜巴身背背篓，腰挂砍刀，干完活回寨。他们举目仰视着一群从远处飞来的八月鸟。

巴威眯缝着老眼，满怀盼望地半自语说："你表妹不晓得哪天到，真挂心啊！"

胜巴："我去乡里接过了，明天再去接接看。"

他们的视线一直跟着八月鸟的踪影移向远方。

北京，一排排高层建筑群。

中央民族学院的林荫深处，一幢幢教职员宿舍楼。

一间朴素洁净的房间里，墙上挂着杨春和妈妈合影的照片。

妈妈贾佩贞，50多岁，是一个思想深沉、感情内向的人。皱纹已经毫不隐蔽地显现在她的额上和眼角，虽然进城工作大半辈子，但从她那黝黑的皮肤和质朴的神态中，还能寻觅到山区少数民族的某些踪迹。现在，她正在书桌前戴着老花镜认真地研读一本书。

身体肥胖、喜怒现于形的于少明的妈妈郑英走进屋来，手里拿着一大张全国地图，说："老贾，我在地图上怎么也找不到你们苗山。"

贾佩贞笑道："我们那个地方在地图上也许是没有的，太偏僻了。"

郑英："我有点儿后悔，不该让孩子们去冒险……"

"放心，他们不会走出地球去。"贾佩贞开玩笑地说，"大学毕业了，趁等待分配的假期，让他们去社会上看看也好嘛！"

郑英："谁说不是呢？少明一向好幻想、图新鲜，这次分配，他居然要求分到边疆去。""这回正好先去见习一下。"

郑英爽直地笑了，说："你倒说到点儿上了。这次我让少明陪杨春去苗山探亲，就是想让他去尝尝乡下的苦滋味，回来就会少点幻想多点实际了。"

贾佩贞："原来你肚里还揣着个小算盘。"

"你们孤儿寡母的，杨春肯定能留在北京，当然没有这份心事了。"

"谁说的？"贾佩贞思深情切地一字一顿说，"我有我的心事……"

"你有什么心事！要是少明分在北京，他们俩到时一结婚，咱们做妈妈的也就完成历史任务了。"

贾佩贞含蓄地笑了笑，说："你哪能知道一个苗家人的心思啊……"

郑英并不在意，笑呵呵地说："好啦，好啦。我知道你常常犯点儿思乡病，这会儿大概又犯了。我不打扰你，还得买菜去，星期天真忙……"

郑英出门去了。

提起"思乡病"，贾佩贞心里又不平静了。她看着墙上相框里那张15年前与杨春和巴威舅舅在苗山合影的照片，不知不觉进入了一段往事的回忆中。

（回忆）15年前，正当灾难的"文革"妖风刮遍神州大地的时候，僻远的苗山，还是一个"世外桃源"式的避风港。

贾佩贞带着八岁的小杨春回乡"避风"。

小杨春被装在巴威舅舅的背篓里，妈妈挑着简单的行李，跋涉在苗乡的崇山峻岭中。小杨春："舅舅，我要下来自己爬山。"

巴威舅舅："不行，不行，等你长大了再进苗山，舅舅就不背你了。"

小杨春着急地问贾佩贞："妈妈，我长大了还回苗山吗？"

贾佩贞反问："你说呢？"

小杨春："我不知道。"

巴威："要回的。孩子，别忘了老祖宗啊！"

小杨春："妈妈，什么叫老祖宗？"

贾佩贞迟疑了一下，不知怎么向孩子解说清楚，停了一会儿说："苗山，就好像是一个妈妈，一个大妈妈，它有好多好多的孩子。我们都是苗山的孩子，你说，孩子怎么能忘了自己的妈妈呢？"

小杨春似有所悟，铭记在心道："哦，我明白了，老祖宗就是苗山妈妈！"

（回忆毕）贾佩贞感慰于心，深情切切。

（贾佩贞内心独白）"十五年了，杨春又见到她的苗山妈妈了……"

杨春和于少明行走在峰回路转、雾绕人渺的山壑间。这里，野花夹路，啼鸟穿林，山高气凉，轻烟如纱，别有一番野趣。

兴高采烈的于少明向着山野高喊："啊——啊——啊……"

山鸣谷应，四面回声。他时而从路旁摘下一朵野花，时而抚摸着巨大的杉树干。他用石子驱赶着泉水中的小鱼群，又吹口哨挑逗着树间竹丛的小鸟。他忽然拔脚狂奔，扑进了一片密林之中。

"少明！快回来。"杨春喊他，"乡干部不是让我们沿着电话线杆子走吗？"

于少明走出密林，笑着说："迷了路，我们就在森林里过几天鲁滨孙式的生活。"

"幻想家！"杨春语带贬义。

"幻想是实现理想的前奏。"于少明申辩道。

"所以你才幻想着到边疆去当个'乡村男教师'，对吧？"

于少明委屈地说："你又不是不知道，我的兴趣不在师范，我向往着走进文学的殿堂！"

"为什么一定要到边疆去呢？赶时髦？"

"那里是未开垦的处女地呀！"

"想去当个拓荒者？"

"拓荒不正是为了收获吗？告诉你个秘密，我已经构思好一部长篇小说了。我要把边疆一切美好的东西都写进去。"

杨春笑了笑："你大概是从电影上看到的，也许边疆并不是你想象中那么美好呢？我没有那么宏大的志愿，还是现实一点儿，尽力去教好书就行了。再说我妈身边没子女，我得留在北京。"

于少明半失望半赞赏地说："你呀！一个东方型的，不，一个地地道道的中国式的女性。"

"算了，快走吧！目前我们就走在一块地地道道的中国土地上。今天的路程是80里，每一步都是现实的，幻想帮不了你的忙。"杨春一边笑着，拉了于少明一把，继续向前走去。

山谷中一条幽深的小河，平静迁缓，水绿如蓝。夹岸是翡翠般的凤尾竹丛，葱茏郁勃，弯曲的竹尾垂向水面。欢跃的小鸟、轻拂的微风，使竹梢不时点破平如镜面的碧水，荡开一层一层涟漪。这种幽静之中的动态，颇能撩起人们某种雅兴。

于少明赞叹不已，由衷地说："太美了！是仙境，又像童话。"

杨春自豪而迷醉地说："这就是我的苗山妈妈。"

于少明吟吟地笑道："苗山妈妈？真有诗意。"

他们坐在河畔的鹅卵石上，陶冶心境。此时，四野幽寂，清香浮溢，只有林鸟相鸣、鱼跃弄水的声音点缀着大自然的静谧。

于少明凝注地倾听着悦耳的鸟鸣："这是什么鸟在唱歌？"

"画眉鸟，林中歌王。"

"你见过？"

"我还亲手抓到过呢！"

于少明兴趣盎然地望着杨春，现出一副好奇的像是孩子要听故事的样子来："真的？"

"感兴趣？"

"当然。"

婉转的画眉鸟声把杨春带入了一段回忆之中。

（回忆）画眉鸟的叫声充满了茂密的竹林。

年仅13岁、精瘦灵活的胜巴，闪着一双机智而聪慧的眼睛在竹丛中布置着抓鸟的器具。他的助手是一个11岁的苗家小姑娘石花。她那圆圆的脸蛋，漂亮的眼睛，总是带着天真的笑容，给人一种甜蜜蜜的感觉。而只有八岁的杨春插不上手，馋涎欲滴地看着飞来飞去的画眉鸟。

这是胜巴自制的捉鸟器具：把竹子弯成弓状当弹簧，系上细麻线结成的活套，配上"机关"铺在地上，盖上一层泥粉和杂草做伪装，然后在地上撒些小米。一切就绪之后，胜巴、石花和杨春躲在不远的草丛中，就像"布雷"的战士等待伏击敌军一样屏息静气，紧张专注。

胜巴学着画眉鸟的叫声，逼真极了。两只画眉鸟闻声飞来。先在竹枝上跳跃谛听，然后飞到地上，沿着撒了谷物的"路"渐渐走近"雷区"。

杨春正要喊出声来，被胜巴一手捂住了嘴。

画眉鸟边啄米边靠近。猝然，一只画眉鸟踩着了"机关"，弯弯的弹簧收紧了活套，一刹那间，画眉鸟的脚被紧紧地绑住了。

大家又欢又跳地奔去。杨春把画眉鸟捧在手里，爱不释手，说："小画眉，快唱歌吧！"石花说："它害怕。"

"别怕，我不害你的。你爱吃什么？"杨春对着画眉说话。

"哈哈……"胜巴笑弯了腰，说，"它是不懂人话的。"

"懂！懂！它眨了一下眼睛，又点了点头。"杨春认真地说。

"哈哈……"胜巴和石花笑得更欢了。

这时，一个挑小贩担子的人路过，见是一只画眉鸟，皮笑肉不笑地走过来："小苗仔，把这鸟给我，每人给一颗糖，好吗？"说着向杨春靠近。

胜巴从杨春的手中接过画眉鸟来，没理小贩。

小贩："那就卖给我吧！给一块钱！"

胜巴没有说话，石花和杨春紧张而担心地看着胜巴。胜巴向小贩摇摇头，表示拒绝。小贩急了，放下担子，伸手要夺。

"不给他！不给他！"石花和杨春着急地喊。

胜巴腾的一下爬上树去了，然后高高地举起画眉鸟，喊道："画眉鸟，唱歌去吧！"说完放了手。画眉鸟展翅高飞，杨春和石花拍手欢呼。

小贩望着远飞的画眉鸟，遗憾得直跺脚。（回忆毕）

竹丛中画眉鸟的欢唱声珠圆玉润，悦耳动听。听得入迷的于少明不由得赞叹地说："胜巴真聪明，救了小画眉鸟。"

杨春："他有一次捉到一只被粉枪打伤的鸟，拿回家让它养伤，好了就放生了。"

"轰！"对岸远处陡然传来枪响，震动了静静的山谷。两岸竹林中的鸟儿"呼啦"一下全飞了。原来，上游远处有个苗族青年正在打鸟，只见他拾起地上几只死伤的鸟儿扬长而去。于少明出于义愤向远处的苗族青年喊道："不要打鸟！……不要打鸟！……"

苗族青年早已走进丛林，无踪无影了。

杨春、于少明的兴致全被破坏了，相对沉默，颇觉怅然。

这时，深远的山里又传来一声枪响，在山间回响着。这枪声就像打在于少明心里似的疼痛。现在这里是死一般的沉寂，一点儿鸟声也听不到了。

夕阳衔山，晚霞喷火。杨春和于少明拖着疲惫的步子终于走到高巴寨外的山头。几个看牛和摘猪菜的男女孩子见他们俩走来，好奇而木然地盯着他们。

"啊！到高巴寨了！"杨春指了指前方的寨子向于少明道。

于少明问一个男孩："是少先队员吗？"

男孩毫无表情地看着他，不作答。

杨春走向一个 10 岁的女孩，问道："你读几年级了？"

这个女孩名叫冰那，一副文静而羞涩的样子，使人一看就喜欢她。

冰那怯生生地问道："你们是老师吗？"

杨春："不是。"

冰那眼里流露出失望的神色，把眼光移向别处。

男孩向孩子们招了招手，大家都跟他走了。其中有个七岁的男孩卡胜忽然折回来，向杨春问了一句："你们是北京来的？"当杨春表示肯定时，他提了提裤子，一溜烟地跑回寨子报信去了。

巴威的家是一幢新盖的木楼，今天打扫得格外洁净。当杨春和于少明走进寨子时，木楼门前燃起了鞭炮，把寨里许多人都引来了。硝烟过后，只见巴威从大门迎下来，满脸笑容地对走近的杨春唤道："阿春回来了！"

杨春握住巴威粗大的手："舅舅，舅舅。"

巴威向于少明恭敬地问："这位同志是……"

"我的同学于少明。他从没到过苗山，来开开眼呢！"

"山沟哪比大城市好啊！进屋，进屋。"

于少明向巴威鞠躬后上楼进了屋。

这时寨子里来了许多人，房廊和门口、窗前挤得满满的，还评头品足地议论起来。杨春向大家招呼说："大家都请进屋坐吧！"

围观的人只是笑，没有一个进屋。

姑娘妮冰悄声说："大学生的口袋里怎么没见插钢笔？头发也不打卷！"

姑娘达依："哎！也没有戴眼镜呢！"

姑娘娅波："那个男的脸好白，真漂亮！"

人们都在低声地议论。

杨春环顾一巡，问："胜巴表哥呢？"

云香表嫂正端了一碗山楂茶进来："他去后山摘杨梅了，让你们尝尝鲜呢！"

"你是表嫂吧？"

巴威说："是喽！"

云香笑着用手背遮面："表嫂长得丑啊！"

云香出人意料地爽朗麻利，说着又端了一碗山楂茶给于少明。当于少明接茶时，云香又俏皮地收回来，说："客家老弟，在苗家喝茶要先唱歌啊！"

一贯活跃大方的于少明竟被弄得手足无措，面红耳热，只是窘笑。所有在场的人拍起掌来。杨春笑着对于少明悄语："你以为苗山是容易来的？这还只是个下马威呢！"

于少明略一镇静，说："等我学会了苗歌再补唱好吗？"

大家欢笑起来："呜啊（好呀）……呜啊……"表示赞同了。

黄昏时分。火塘边摆了一张圆桌。表嫂做的菜一碗一碗地端上来。

楼门被轻轻推开。胜巴提着一背篓的紫红杨梅走了进来。

杨春立刻迎上去："胜巴表哥！"

胜巴有些发窘，目不正视，十分拘谨地笑了笑："一路上辛苦啊！"

杨春面对着这个当年无所不通的"小神仙"，完全认不出来了。那猴儿似的精灵相已被迟缓憨拙的动作所代替，原来那双机智聪慧的眼睛变得呆滞而有点苍然了。虽然只有 28 岁，但生活的重负和过度的劳动使黑黑的脸上已出现了细细的皱纹。

"今年的杨梅没有往年好。"胜巴说着用粗大的手捧了把杨梅给于少明。

"表哥，他叫于少明。"

"吃吧！不花钱的野果。"

七岁的卡胜跑进门来，看见杨梅，伸手抓来放进口里。那一双全是污泥的黑手把于少明吓坏了。"哎！洗洗手……"于少明连忙阻止卡胜。

卡胜似乎没听懂，又抓一颗扔进嘴里。胜巴不但不责备儿子，反而笑道："农村都是这样。"

杨春把卡胜拉到凉台上的"竹管自来水"旁洗手，说："老师没教过吃东西前要洗手？"

"我们这里没有老师。"卡胜说。

杨春回头问胜巴："表哥，寨上学校的韦老师呢？"

"那年你走后就给抓走了，说是'反革命'。"

"啊！现在还没平反？"

"不知道。""学校里没老师了？"

"没人教，也没人读。这些年学校有时办，有时停。去年责任制一来，大家给分了。"胜巴说时似乎并无惋惜之意，心情倒很坦然。

"分了?!"杨春和于少明惊讶地对望，大惑不解。

"吃饭了!吃了饭再说。"巴威舅舅抱来一坛糯米酒。

大家围坐在桌旁，巴威给大家斟了酒。

胜巴端起酒碗，郑重而亲切地说:"今天头一次见表妹夫……"

杨春的脸腾的一下通红，打断他的话:"表哥!你说什么呀!"

"哦?"胜巴一时失措，愣在那儿。巴威舅舅瞪了胜巴一眼，嗔怪道:"冒失鬼，表妹和表妹夫还没成亲你就叫了!"

杨春更羞了，于少明早已成了红脸关公。

云香咯咯大笑，指着巴威:"阿爸!你……"

巴威发觉自己也说走了嘴，不知所措，只好仰脖大笑，然后举起酒碗，说:"喝酒!喝酒!"于少明端起酒碗，一饮而尽，借以掩窘。

云香夹了一块肉给于少明说:"山里没有什么好吃的，这是胜巴今天打来的鸟。"

"啊?"杨春和于少明不禁失声。他们心情抑郁地相视释然了，原来路上打鸟的是胜巴。

杨春:"报上不是常说要爱护鸟类吗?"

云香:"他哪懂看报呀!"

胜巴不好意思地笑了笑:"还是表妹来那时，读了两年书，早就把字还给老师了。"

云香:"过去，胜巴还数豆子来记自己家的工分呢!"

小卡胜忍不住"扑哧"一声笑出来。

小卡胜说:"豆子给老鼠偷吃了好多……"

胜巴解嘲地说:"反正记分员那里有账。"大家都笑个不停。

夜，月色如银。山峦、森林、苗寨像笼罩在薄薄的轻纱里。如果不是小河潺潺的流水声从远处传来，这个世界宁静得似乎不存在了。

杨春躺在床上。回到苗寨的第一个晚上使她十分激动，但也感慨甚多。

（内心独白）"这就是我久别了15年的远乡，我的民族，我的苗山妈妈……"

杨春夜不能寐，索性起身走到竹凉台上。表嫂独自在月色下剥玉米。

杨春:"表嫂，还没睡呀!"

"不困。"云香顺手拉张矮凳让杨春坐下。

杨春帮着剥玉米:"我们一路上看见很多寨子都安上电灯了。"

云香:"我们的小水电也装好了,就是请不到电工。"

"不会派人去学吗?"

"县里要我们派三个初中文化的人去学,哪有呀?"

杨春:"寨子里的石花姑娘,嫁走了吗?"

云香:"她一直没嫁。"

"为什么?""唉,"云香同情地说,"为了供她弟弟石丁到县里读中学,她受了多少苦啊!"

"毕业了吗?"

"考了两回大学都没考上,今年看来还是考不上,山里人读书,何必那么认真……"

"石花姐弟真有志气。"杨春不由得赞美起来。

"命苦啊!石花早就定了亲,老推迟结婚,男方就退了。现在都成老姑娘了,往后……唉!"

一瞬间,童年的好伙伴石花浮现在眼前。那红扑扑的圆脸,楚楚动人的大眼,乌黑的长发,开朗、聪明、稚气,笑起来又甜又美……

(回忆)八岁的杨春与11岁的石花同在高巴小学读书。那时外面早已"停课闹革命"了,而这僻远的山区还没有受到冲击。壮族人韦老师坚守岗位,每天还在上课。

高巴小学就设在寨边一个平秃的山坡上,两间教室一个小操场,还有一间韦老师住的小平房。

教室里传出稚嫩的读书声:"一三得三,二三得六,三三得九,三四一十二,三五一十五,三六一十八,三七二十一,三八二十四,三九二十七……"

教室讲台上,韦老师在领着孩子们读九九法。

韦老师,40多岁,清瘦的脸,颀长的身材,头上戴顶灰布旧解放帽。眼镜的一只脚断了,用白麻线系住,套在耳朵上。

韦老师教读后停下来,说:"现在我来提问。杨春同学。"

杨春伸了伸舌头,站起来。

韦老师:"三五得多少?"

"三五一十五。"

"三八呢？"

"三八……"杨春一时记不起来了。

与杨春同桌的石花悄声地给她"搭腔"说："二十四。"

杨春听见了，答："二十四。"

韦老师看在眼里，很不高兴："石花，请你站起来。"

石花脸儿通红，站了起来。"你为什么给杨春搭腔？"

石花想了想，天真地答道："因为她不懂。"同学们都笑了起来。

韦老师更不高兴："嗯？……"

石花连忙补充道："因为……她是客人……啊不，她年纪小……"

教室里一阵阵的笑声，把韦老师的鼻子气歪了。（回忆毕）

笑意还留在杨春的嘴角。

"夜凉了，表妹睡去吧！"表嫂催着说。

"哦，我多想马上见到石花姐……"

晨雾缭绕，炊烟相招。高巴的早晨是迷人的。

杨春由小卡胜带着来到石花的家。

石花的阿妈正在织苗锦。杨春："阿妈，石花姐在家吗？"

阿妈打量了她一眼，热情地说："不在了。"

"这么早上哪儿去了？"杨春半自语道。

阿妈叹了一口气，说："她呀，哪天不是两头黑？真是苦命的姑娘啊……"

杨春环视着这个家，简单到几乎家徒四壁了。

刚吃过早饭。

"等一下到学校看斗牛啊！"胜巴挑了两捆鞭炮边出门边说。

全寨的孩子都在欢叫着："斗牛啊……"

巴威对杨春和于少明说："苗家的风俗，'吃新节'兴斗牛。看看去吧！"

"斗牛怎么挑一担鞭炮去？"

"嗨！你表哥是个斗牛迷！他买了几十块钱鞭炮，给斗胜的水牛恭贺呢！"

杨春和少明甚觉稀奇。

　　高巴小学已是一片残墟废壤、环睹萧然的"遗迹"。教室除了几根柱子和千疮百孔的顶棚外，墙板、课桌、条凳、黑板已荡然无存。地上长满了鸡爪草、狗尾草。操场上的篮球架不见了，双杠、单杠也已颓破。地上杂草丛生，景象荒凉。这是全寨仅有的一块小平地，正好当作"斗牛场"了。

　　在大人小孩的层层围观下，两头硕大的公水牛正在抵角相斗，长而弯的水牛角撞击时发出响声，使观众惊心动魄，掀起了一阵比一阵高昂的呼喊声。

　　"斗啊！斗啊！""啊！血！见红了！"观众拍手称快。

　　"眼睛斗红了！"观众随着斗牛的阵势时而前拥时而后撤。

　　斗牛的双方都有一名"斗牛士"。他们勇敢地紧靠水牛身旁，指挥着各自的水牛发动进攻。有时，双方斗得难解难分，斗牛士就去拉各自水牛的尾巴，使其稍稍后退，然后再组织下一个回合的进攻。这与拳击场上的裁判相似。胜巴是高巴寨的斗牛士。他赤膊上阵，系上红腰带，驰骋于斗牛场上，喊声震天。

　　巴威领着杨春和于少明在人群中观战，他们的情绪也随着大家忽涨忽落，整个斗牛场沉浸在一片狂欢之中。有敲铜鼓助威的，有放鸟枪助兴的，也有吹芦笙伴奏的。

　　邻寨的那头水牛斗败了，带着满头的鲜血夺路而逃。胜利者紧追不放。战败者向人群冲去，人群退避两旁，让出一条"生路"，战败的水牛向学校外落荒而逃。胜利者口里呼着白气，直追而去，把所有正在兴致高潮中的群众都带走了。水牛在河边沙滩上又摆开了新的阵势，斗得更为激烈。

　　人们走了。杨春、于少明无心再去"观战"。这里是杨春寄读了两年的校园，而今却成了一片废墟，怎么不令人感慨万端呢？杨春环顾着废墟，感慨地说："少明，我真没想到，十几年后的学校竟成了斗牛场……"

　　这时，河滩上又传来了狂喊声："斗啊！斗啊！"

　　于少明："舅舅，为什么会这样？"

　　巴威叹息地说："自从那位好心的壮族韦老师被打成'反革命'，这个学校就半死不活了，派来过五六个老师，没有一个留得住，这里太偏远了。"

　　"韦老师呢？"

"听说平反了，在乡供销社看仓库。"

"小铁钟还在！"杨春发现荔枝树上仍挂着那口小铁钟，他们走了过去。

杨春凄然地抚摸着生锈的小钟说："那时，每天清早，我都是被这钟声叫醒的。韦老师就是敲钟的人……"

杨春下意识地拾起一块石头向钟击去，铁钟发出洪亮而悠扬的响声。"还跟过去一样响……"杨春情不自禁地敲着钟。"当！当！当！……"钟声传到四周，飘向远处。

于少明问巴威："分学校，这是谁出的主意？"

巴威支吾地说："是胜巴叫分的……"

"表哥？"杨春心里涌出一股难以言状的苦涩味。

巴威解释地说："不分也被拿光了。反正原先盖学校也是大家出工出料……"

这时，从寨子里跑来了四五个男女孩子，其中就有冰那和那个年纪稍大、长得粗壮的男孩。他们围住了杨春他们，眼睛闪烁着兴奋的光泽。

男孩甲："老师，要开学了吗？"

孩子乙："我们听见打钟了。"

冰那："你们就是老师，昨天还骗我们呢！"

孩子丙："我们的书和本子都还在。"

杨春抚摸着孩子们，面对他们殷切的渴望，不知说什么好。

巴威向孩子们说："你们搞错了，他们不是老师，学校也不开学……回去吧！"孩子们都失望地垂下了头，沉默了一会儿。

男孩轻轻地说："走吧！还是看斗牛去……"

男孩转身挪动步子慢慢地走了，其他几个孩子也跟着移步离开。他们的脚步是如此徐缓，好像舍不得离开这个心目中的圣地似的。

倏地，杨春向他们喊道："请等一等。"

孩子们一齐回头，满怀希望地望着她。

杨春怀着深切的同情说："你们明天到生产队长胜巴的家里，我给你们上课，好吗？"孩子们都愣住了，似乎不相信地站在那儿。

巴威说："来吧！趁他们在这儿，多认几个字也好。"

这时，河边沙滩的斗牛场上爆发出震天动地的鞭炮声，硝烟弥漫，欢声雷动。沙滩上的鞭炮引动了全寨，于是，寨里四面八方都放起鞭炮来，整个山谷都是"噼啪"声。

巴威兴奋地说："现在大家有钱了，放起炮来，连猪都卖了！"

于少明不理解："这又为什么？"

"图个热闹嘛！"巴威笑答。杨春苦笑一声，没有再说话。

傍晚，白天的鞭炮声还在零星地响，似乎斗牛的余兴犹酣。

石花的木楼里灯火昏暗。

杨春走上楼梯，只听见屋里一阵慌张的脚步声，而后又归于平静。

"石花姐……"杨春边喊边进门。

阿妈面带歉意地说："石花干了一天活，累了，她……睡了……"

杨春非常失望地站在那儿，进退维谷。

（杨春内心独白）"她为什么老躲着我？"

"坐吧！"阿妈招呼着。

"谢谢阿妈……石花姐忘记我了，我没有忘记她。我多想见到她……"杨春的话有些哽咽的颤音，触动了年迈的阿妈。

阿妈抹起泪来，说："不见也罢。她命苦，为了石丁，她……操劳得不像个人样了。"

"我都知道了。阿妈，让石花姐好好休息。我改天再来吧……"杨春说完挪动脚步慢慢地走了。

翌日。巴威家宽敞的房廊里。杨春在教七八个孩子念书认字。

杨春："太阳、月亮、星星，小河、大山、树林……"孩子们跟着念。

房廊的一旁，于少明正和巴威说话。

于少明："石花为什么不肯见我们？"

巴威长叹一声，说："姑娘老了，怕人笑话她嫁不出去，所以很少露面。"

于少明："北京老姑娘有的是，独身主义还挺时髦的呢！"

巴威不理解："嗯？……"

"笃！笃！笃！……"山谷竹林中响起了砍竹的斧声。

胜巴带着杨春、于少明正在幽深的毛竹林中砍竹。

杨春停了斧："表哥，你让大家把分学校的东西都交回来，好吗？"

胜巴笑了笑，说："责任制以后，我这个生产队长挂名了……"

杨春："你到各家各户做做工作嘛！"

胜巴为难地说："人家不听啊！"

杨春："那你把自己分的先送回去总可以吧！"

胜巴停下斧来，擦擦汗，说："我只分到一张课桌，可我花了钱买油漆油得锃亮。"

"表哥！你……"杨春虽然把下面要说的"你太自私"的话咽回去了，但仍掩盖不住反感的情绪。她弯下腰狠狠砍竹子，以此来表露她的不满。

于少明："胜巴表哥，你就带个头吧！"

"这个头带不得，会挨骂的。"

杨春："寨里的人全都分到了吗？"

胜巴想了想："就石花家没分到。后来，我把剩下的那口小铁钟送到她家。第二天，她又把它挂在荔枝树上了。"

"哦！"杨春一面有些感动，一面受到了启迪。

早夜初昏。山岭已蒙上了一层灰色的帷幕。

一个苗族妇女背着一大捆柴火，低着头，蹚过小河，走进寨子。那单薄的身躯，蹒跚的脚步，可以看出她在坚忍着超过负荷的劳动。

她走到自己的木楼下，把柴火卸下来，喘了喘气，抹了把汗，然后疲不可支地走上木楼。当她跨进门时，面前站着已经久等了的杨春。

杨春惊顾来人，一时目瞪口呆。

石花面无表情，漠然地说："是同志来了。"站在杨春面前的石花，已是一个孱弱瘦削的女人，双目无神，倦容满面，衣着粗旧，发式凌乱。这与15年前那个红扑扑的圆脸和漂亮活泼的石花姐简直判若两人。

"石花姐……"杨春又高兴又心酸地叫着她，而石花却面如木石地望了她一眼，似乎认出了杨春，却又低垂了眼帘。"石花姐，你不记得我了？我是阿春啊！"杨春看着"面目全非"的石花，竭力抑制着涌动的感情。

石花微微地苦笑一下："记得，怕你记不得我了。"

"石花姐，我常想着你呢！"杨春靠近她，去握石花的双手。

石花把手缩了回来，自卑地说："我的手太粗、太脏……"

"别那么说……"杨春把那双粗手握得更紧了。

"坐吧！"阿妈端来矮凳，杨春与石花并坐在一起。石花低下头来，悲戚地说："你何必要来看我这副见不得人的样子？……让你扫兴……"

"不，石花姐，我还常常梦见你呢！"杨春热情地说，"记得有一次，韦老师向我提问时，你就坐在我旁边，给我搭腔呢！……"

提起往事更使石花伤心。她默默地流着泪说："你记得的那个石花姐早已经不在了……"

"石花姐……"

石花忽然抬起头来，抹干了泪水，强颜为笑地说："你是来做客的，我太不应该了。"说完去倒茶。

这时，楼梯响了。"石丁回来了。"石花忽然紧张起来。

须臾，一个精壮的小伙子出现在门口。他就是石花的弟弟石丁，今年20岁，显得老成持重，眉宇间隐现着惯于深思的神情。

石花充满希望地问："上榜了吗？"

石丁："还没发榜呢！我等不了，先回来了。"

石花舒了口气，然后说："这是阿春姐。"

石丁高兴地说："阿春姐，我在乡里就听说你回来了。"

"你还记得我？"

"记得，你还给我吃过糖。"石丁笑了。

石花想起来，说："那次你正在门口哭，阿春路过，口袋里只有一颗糖，就把糖剥给你吃了，自己在一旁舔糖纸呢！"

杨春笑道："哪有这事！"

石花："我记得清清楚楚的。"

杨春钻了个空子，对石花说："这么说，从前的石花姐，现在不是在眼前吗？"

大家都轻松地笑了，石花的心情也开朗起来。

石丁这才把沉重的背篓放下来，从篓中拿出几盆杉树苗，说："姐姐，这是从县林科所要来的新品种。"

石花掩饰不住对弟弟的赞赏，对杨春说："他自己搞了个试验苗圃，想当个林业专家呢！"

"那你报考林学院？"杨春问。

石丁淡淡地说："那也是白报，准考不上，已经第三年了。"

石花毫不气馁地说："考不上明年再考！"

石丁："我不考了。"

石花见他说话很认真，便沉下脸来，说："老话说，要砍树，就要砍倒；要过河，就要到岸。怎么能……"

石丁打断她："姐，别说了！……不能老让你为我……"他不愿当着客人说下去。

石花向杨春说："他就是这样不懂事。你说，我自己读不成书就罢了，可是阿丁，我是横了心要让他读书成才。阿春，你说我想得不对吗？"

"对的，你是对的。"杨春慨然地说，"要是胜巴表哥也像你这样想就好了。现在寨子里孩子没有书读，眼看着又要耽误一代人了！……"

"是啊！"石花沉吟地说，"好久没有听到学校的钟声了。前天你敲响了钟，把我的心敲得怦怦跳。我以为韦老师又回来了……唉，看来这钟再也响不起来了。"

"只要大家热心，为什么不可以再把学校恢复起来呢？"

石花和石丁眼睛一亮，似乎受到了鼓舞，旋即又黯然无光了。

"谁来办学？靠你表哥？"石丁问。

"我们大家来办不行吗？"杨春充满自信。

石花："你是客人……"

杨春坚定地说："不，这是我的家乡，我要把学校恢复起来才回去！"

石丁兴奋起来，说："其实寨里很多人都想恢复学校了，只少个打铜鼓的人，阿春姐，这铜鼓你打了！我们跟着干。"

石花也有些激动："我能做点什么？"

杨春："先动员大家把分学校的东西交回来。"

这时，妮冰、达依、娅波三个姑娘夹着课本走进屋来，见杨春在，有些局促。杨春热情道："你们来得正好，请坐下。"

妮冰："我们是来找石丁上课的。"

石丁向杨春说："县里要给我们培训三个电工，一定要初中文化才行。"

杨春："是呀！现在没文化寸步难行，等恢复了小学，我们办个成人夜学班吧！""太好了！"大家一致赞同。

青山如洗，碧水长流。放眼看去，翁郁的森林，如云如雾。于少明正在作水彩画。他潇洒自如地挥毫着色，神驰心醉于自己的图画中。

杨春一边欣赏画，一边探询地问："少明，对这儿印象怎么样？"

于少明笑了一下，说："这儿风景很好。"

"我问的不是风景。"于少明有些为难，略为思索后说，"说真的，许多事情我还来不及理解，我好像忽然接触到另一个世界……"

"坦白地说，你喜欢它吗？"

于少明迟疑地笑了笑，说："不如说，我在探索它……"

杨春怀有同感："我也是……"

于少明："我已经感觉出你想为家乡有所建树了。"

"谈不上，我只是想把学校恢复起来。""我也能尽点儿力吗？"

杨春："当然能。你替我在家里给那几个孩子上课，我去动员乡亲们交回学校的东西。""好！我正好实习一下……""乡村男教师！"

他们会心地笑了。

巴威家宽敞的房廊里，只有冰那等五个孩子端坐在自己带来的小木凳上。其中一个稍大的女孩还背着个小弟弟。

"为什么有的同学没来？"于少明皱皱眉头问。五个孩子都摇头。

"卡胜呢？"于少明又问。

"在寨边放牛。"冰那指了指外边。

于少明无精打采地说："请同学们打开课本。"

"哇……"女孩背上的弟弟忽然哭起来。于少明又皱紧眉头。

高巴小学的"废墟"上，有十来户人把课桌、条凳和木板送回来了。石丁和杨春在忙着登记。

有几个来观望的社员在一旁嘀咕。

"队长怎么不露面呢？"

"等她表哥家的东西送来再交也不迟。"

"胜巴呀！他是有进无出的。"

杨春听到议论，心里一阵烦扰，对石丁说："你在这里登记，我回家搬课桌去。"

于少明正在给五个孩子上算术课。

"同学们，我们来上二位数加减法，15减3等于多少？"

五人对看，无人回答。"你来回答。"于少明指着背弟弟的女孩。

"哎哟！"女孩忽然叫了一声，只见她背上滴滴答答地洒下尿来。

于少明叹了口气："回家换尿布去吧！"

"你回答。"于少明又指另一个男孩。

男孩搔搔头，眨了眨眼，答不出来。

于少明耐心地："你书包里有 15 本书，我让你扔掉 3 本，请问，书包里还剩下几本？"男孩傻愣愣地望着于少明，仍答不出来。

于少明摇摇头，自语地说："唉！真难开窍！冰那，你来答。"

这时冰那站起来说："15 本。"

于少明怫然不悦，问："怎么？ 15 本书，扔掉 3 本，还有 15 本？"冰那吓得噤声不语。

于少明："动脑子想想嘛！不是还有 12 本吗？"

冰那战战兢兢地低声辩解道："书我舍不得扔掉，我阿爸跑了三天路到县城才买到的。"

于少明又好气又好笑："我教的是算术嘛！你……你也太笨了！"

冰那"哇"的一声哭起来，抱起书包就跑，正好与迎面而来的杨春相逢。

杨春："冰那……你怎么啦？"冰那已经跑远了。

冰那家是个富裕户，屋里摆设齐全，井然有序，玉米挂满了房梁，新谷也堆成了满囤。

冰那的爸爸那科，40 多岁，身强力壮，眼睛炯炯有神，说话铿锵有力，像一个彪悍的武士。杨春一进屋就听见冰那的哭声和那科的骂声："哭什么？山里人哪有不笨的？就是想变聪明一点儿才上学读书嘛！"

"那科大叔。"杨春走进屋来。

那科冷冷地指着一捆木板，说："我已经捆好了，等等就送去。"

"那科大叔，我不是来催这个，我是来看看冰那的。"

那科叹了口气，说："办学校我向来赞成，出钱出粮也行，只是山里人生来笨，阿春，你能让木桩发芽吗？"

杨春没有回答。她走近冰那，把手中课本打开，指着一个字问："这个字认识吗？"眼泪汪汪的冰那不作答。

"我昨天教你念，你不是都念出来了吗？"

"我……我忘了……"冰那嗫嚅道。

那科:"我说嘛!木桩哪能发芽!"

"昨天回家没复习?"杨春问她。

"阿爸要我捡猪菜去,晚上阿妈又要我剥玉米……"

杨春移过视线,瞅了那科一眼,意思说:"听见了吗?"

那科低垂着眼睛,似乎觉得理亏。

杨春:"我再教你念一遍。太阳、月亮、星星、小河、大山、树林……"

冰那跟着念了一遍。那科感兴趣地走过来,观察着女儿的长进。

"自己念,念给你爸爸听。"冰那胆怯地望着父亲。

那科慈爱地:"念吧!念对了,阿爸送你上学去,到乡里,到县城,都行。"冰那又望了望杨春,杨春鼓励地点点头。

冰那指着书本,一字一字地念:"太阳、月亮、星星、小河、大山、树林。"

"念对了!真是个聪明的孩子!"杨春高兴地把她搂在怀里,冰那感受到从未有过的温暖。

那科大叔感动而欣慰地笑了。

巴威家里。于少明正扛着课桌走下楼梯,恰遇表嫂云香出工回来。

云香:"于同志,这桌子……"

于少明解释说:"表嫂,杨春说学校的东西都要归还,恢复上课了。"

云香爽朗地笑起来,说:"办学校?你们别听石花、石丁摆弄了。他石丁读了半辈子书,还不是回来拿锄头把,我们山里人不是读书的料。"

"表嫂,你这话……"

"于同志,要搬桌子也用不着你这位客人呀!等胜巴回来再说吧!"云香说完,扛起桌往楼上走。于少明瞠目结舌,尴尬万分,嘟囔着自语:"可以放几十块钱鞭炮为牛庆功,却舍不得一张课桌……"

巴威的家里气氛有些紧张。

胜巴:"表妹,你这是心想葫芦就画瓢吧!民办学校那么容易,我们也不会停了!你回来玩上几天,往后学校交给谁?又有多少娃娃来读书?民办教师的工钱由谁出?就说重盖学校吧,谁又愿意出劳力和材料?困难啊!"

杨春:"要是连一张课桌都不愿意送回去,又怎么谈得上克服困难呢?"

巴威在一旁猛抽水烟，一声不吭。

云香笑道："别说表妹要张桌子，就是要栋房子，表哥也不会不给呀！只是分学校是你表哥的主意，现今交回去，不是扫了他的面子吗？"

"群众都交回去了，队长不交，不是更扫面子吗？"杨春的语气颇不客气。

胜巴："山里人靠山吃饭，又不靠书吃饭。"

巴威瞪了他一眼，狠狠地说："30年前，我还上过扫盲班呢，可你！"

胜巴顶他："有什么用？你那几个字不早忘光了！"

巴威扔下水烟筒，站起来扛了课桌就往外走。

胜巴也站起来，想喊住爸爸，云香扯了他一把，才没有叫出声来。

胜巴无可奈何地坐下来，拿起水烟筒使劲地抽，显出郁郁不欢的样子。

杨春看着他，感切思深。这时，在她的心里，已不全是怨恨了。她觉得这个不到30岁的表哥成了一个叫人怜悯的愚昧者。她为失去了那个聪明而纯真的童年伙伴而痛心。能否启发他的良知，让他猛醒过来呢？

杨春充满感情地说："表哥，你还记得那次你逃学的事吗？"

胜巴停止了抽烟，微微地侧着头，像在追索着早已逝去的记忆。

杨春回忆："那次，韦老师的气喘病发了，他还坚持上课……"

（回忆）韦老师夹着课本，佝偻着背走进教室。

同学们起立："老师好！"

韦老师费力地喘气，歇了一会儿，才说："同学们好！"

韦老师习惯性地扫视着每一个同学，发现了一个空着的座位，问："胜巴怎么没来上课。"没有人回答。

韦老师生气地说："他又逃学了！"说着咳嗽起来。

这时，杨春低垂着眼帘，心虚地站起来说："韦老师，他病了……"

"嗯？……"韦老师似乎不大相信。

杨春吓得脸色刷白，连忙说："是他让我说的……"

课堂里引起一片笑声。

星月无光的晚上。韦老师的小平房里还亮着灯。胜巴拿着一个装着几只活蛤蚧的小竹笼和杨春悄悄地走到平房前。他们听见韦老师在费力喘气的声音。胜巴把小竹笼挂在平房门环上，便和杨春轻轻地离去了。

胜巴对杨春说："韦老师吃了我抓的蛤蚧，气喘病就会好的。"

杨春高兴地说："你真是个小神仙。"

"这事不准说出去，听见吗？"

杨春点点头，又是感激又是佩服地望着她心目中的"小神仙"……

（回忆毕）杨春对胜巴语含启示地说："这件事我老忘不了。表哥，你是不是还常常想起来？"杨春噙着热泪殷切地期待着他的回答。

胜巴笑了笑，说："那时是小孩子，还不懂事呢。想起来。有点儿傻气……"顿时，杨春心里涌起一阵悲哀，不禁掉过脸去，两颗失望的泪珠滚出了眼眶。

高巴小学一片繁忙而热闹的景象。那科大叔领着全家来修整教室。杨春、于少明、石花姐弟以及几个热心的学生和妮冰等三个姑娘在干着各种活。巴威挑了一担茶水来。

杨春舀了一碗茶，招手让于少明过来。

正在修理课桌的于少明拭拭汗走来，接茶便喝。

杨春关怀地问："累吗？"于少明微笑地摇摇头。

杨春歉意地笑笑说："让你来苗山玩一玩，倒成下放劳动了。"

于少明感受到了温存的安慰，心里一阵暖意，把喝完的茶碗再盛满了水，递给杨春，充满体贴的口吻："你瘦多了。"

杨春俏皮地眨眨眼："80年代的姑娘不都喜欢瘦吗？有钱还难买呢！"

于少明深情地说："别气我了。"

杨春由衷地说："这些天来又忙又累，可我心里一直在怦怦地跳。我们好像在做一件很有意义的事。"

于少明笑道："就像电影里常有的那样，我们成了生活的主角……"

"我从来不想当主角，我天生只是个配角。等到高巴小学的钟声响了，我们就悄然无声地离去。"

于少明："学校恢复以后，谁来当老师？"

杨春："过两天我们到乡里去汇报，请他们派位老师来，要不，我去寻访过去的韦老师。他虽然是壮族人，可是很爱高巴寨，他会来的。"

新盖的四层楼砖房巍然耸立在众多的木楼之中，这就是乡政府。

办公室里，赵主任热情地接待杨春、于少明和石丁。

赵主任："这事我放在心上，只是暂时还找不到愿意去当老师的人。"

"过去那位韦老师呢？"杨春问。

"哪位韦老师？"

正在办公桌上写材料的秘书说："供销社看仓库那个壮族老头吧？"

赵主任："他呀！退休了……"

杨春等三人走进一间低矮的树皮盖的平房。

"韦老师在家吗？"杨春探问道。

竹椅上坐着一个白发皤然的干瘦老头，背向着他们正在做一个木制地球仪。他转过头来，看见三个陌生人，有些惊惧。

"韦老师，我是15年前在高巴小学寄读的杨春。"

"哦呀！全乡都传遍了，说苗家的大学生回乡探亲。"韦老师热情备至地笑道，"还记得我这个老头儿，真叫我高兴啊！"

"韦老师，您……老多了……"杨春握着韦老师的手，不觉心酸起来，"受了不少苦吧！""没什么，大家坐下，我去烧点茶水。"韦老师说着站起来拿起一个夹拐放在腋下，慢慢地走了两步。

"您的腿……"杨春等惊异地问。

"残废了……'文革'留下的纪念啊！……"韦老师淡淡地笑了笑。

"您坐下，我们不渴。"于少明上前扶着韦老师坐下。

"韦老师，您的气喘病好了吧？"

"离开高寒山区，病就好多了，不过，现在人也老了，不中用了。"

杨春和于少明、石丁互相交换失望的眼色。

韦老师："听说高巴小学停办了，我多想进山看看，可这条腿……唉！我常想念高巴寨呀！"

杨春动情地说："高巴寨也想念您……"

一句话勾起了韦老师的情思。他眯缝着两眼，望着门外的远山，以无限怀念的心情曼声地说："怕这一辈子也见不到高巴寨了。那条小河，整天整夜地唱歌，寨边的杨梅树，竹林中的画眉鸟。哦，学校里那棵荔枝树还是我在那儿种的，树上的小钟也是我带去的。现在还挂在那儿吗？……"

"在，在那儿。韦老师，我们正在重建学校，一定要让钟声再响起来。"杨春也有些激动。

"太好了！太好了！"韦老师喜形于色地说，"我能帮你们做一点儿什么？"

杨春和于少明、石丁对视了一眼，他们都以眼色表示不能让韦老师再去做他力不能及的事了。"不，不用了，谢谢韦老师。"杨春说。

韦老师关切地问："有老师了吗？"

突如其来的问话使大家措手不及，沉寂了少顷，韦老师又问："是民办老师吧？"

"嗯……"杨春不知如何回答。

韦老师看出杨春的窘态，说："是不是瞒着我？我知道，外面的人都不愿意进高巴寨……"

"有老师了。"被感动和激励的石丁忽然说话了，"他是位民办老师。"

"谁？"

"是我。"石丁正视着韦老师，坦然地答道。

大为出乎意料的回答使杨春和于少明惊惑不解，他们不约而同地看着石丁。

"你？你还是个孩子……"韦老师不大信任的样子。

"我是高巴寨人，在县里高中毕业。"

"哦，那是够程度了！"韦老师宽慰地微笑。

石丁向杨春轻声说："这几天我一直在想这事，反正我也考不上大学。"于少明赞许地看着石丁，说："你是对的。"

韦老师对石丁鼓励地说："我师范毕业走上讲台时，也跟你一样大，当时，我的老师送我一首杜甫的诗，我转送给你。"说完从抽屉里拿出一张又旧又黄的条幅，上书："好雨知时节，当春乃发生。随风潜入夜，润物细无声。野径云俱黑，江船火独明。晓看红湿处，花重锦官城。"

大家念毕，齐声称好。

韦老师语重心长地说："希望你做当春的及时雨，无声地去滋润大地。"

高巴小学的两间教室已修葺一新。课桌、条凳基本齐全，重新油过的黑板挂在墙上。教室四壁贴了标语。

教室讲台上，石丁在试着讲课。杨春和于少明又当"学生"，又当"考官"。

石丁："同学们，请坐好。现在请三、四年级的同学自己做算术作业，五年级的同学打开语文课本……"

杨春打断他的话："嗓门太大了，这样你能坚持几堂课？别忘了各年级都是由你来教啊！"

于少明："松弛一点儿，亲切一点儿。"

石丁："好，我再来一遍……同学们，请安静，现在我们上课了……"

巴威的家，一家人在吃饭。

杨春："表哥，乡政府已经同意，高巴小学明天提前恢复上课了。报名的孩子有 46 个，占学龄儿童 80% 还多。卡胜这孩子是不是也报……"

胜巴插道："他自己不愿意上学。"

"卡胜，"杨春问他，"你真的不愿上学？"

卡胜点点头，说："我要看牛。"

大家沉默了。于少明使眼色告诉杨春别再提了。杨春不听，说："舅舅，卡胜怎么能不读书呢？"

巴威："牛就让我来放吧！"

胜巴："阿爸，你三天两头生病，牛可不能一日半天不吃草啊！"

话谈不下去了。停了一会儿，杨春说："舅舅，学校开学了，我们也想回去了。"

巴威："不急。过些天收中稻，还要烧禾花鱼吃，这是苗家一个大喜日子呢！"

曙色初露，东方已熹。沉静的山寨响起了清脆悠扬的钟声，它以特有的魅力征服了整个寨子。木楼的小窗口一个一个地打开了。许多男的和女的，年迈的和年幼的面孔，带着惊喜、欣慰和疑惑的眼光，朝高巴小学的方向望去。

高巴小学以崭新的姿容迎来了新学年的第一天。

杨春今天特意穿上了苗装和石丁、于少明站在校门口，笑容可掬地迎接每一个来上学的孩子。

"老师好！"同学们三三两两地向他们鞠躬。

"同学们好！"

冰那身背一个新书包，穿着一身新衣裙，头上还系着红色的纱带，俨然过节似的来到了学校。她向杨春鞠了躬，杨春把她搂在怀里。冰那从书包里拿出一条煮熟的面包木薯给杨春，杨春谢谢她，又放回她的书包里。

这时，那科大叔和几个家长来了。

那科："开学大吉要放炮，我们苗人兴打火铳！"说完在地上放了三个铁火铳，点火放炮。"轰！轰！轰！"连响三炮。大人孩子在硝烟中欢呼起来。

杨春问石丁："石花怎么不来？"

石丁："她昨天去圩上卖竹篮，今天顺便带几盒粉笔回来。"

石花迎着风，健步如飞地疾行在山路上。汗水从她的脸上流淌下来，却掩盖不了她那欣喜的神情。

她跑过小河时，溅起了一溜水花。

她穿过树林，惊起了一群小鸟。

她奔上一座山巅，视野骤然开阔起来：蓝天丽日，远山绵邈，溪河如带。一只山鹰盘旋苍穹，翱翔翻飞，使她的心胸无限地舒展开来。

石花家的小木楼里，充满着欢悦的气氛。

石丁和杨春、于少明正在畅谈着开学第一天的教学。阿妈在一旁打油茶给他们吃。于少明激动地说："石丁，你的课讲得真好，你的语气和举止似乎带有一种深厚的感情……"

"那是一种爱，从心里流出来的爱。"杨春赞美道。

石丁腼腆起来，说："你们是鼓励我，其实我的志愿不是教育，是森林。"

于少明："十年树木，百年树人嘛。树人不比树木更有意义吗？"

石丁笑道："你们都是学文科的，我说不过你们。生活让我选择了树人，我只好接受了。"

正说间，楼梯传来急促的脚步声。紧接着，浑身被汗水浸透了的石花出现在门口。她喜泪盈眶地举起手中一个信封，话还未说，脚跟站立不住，两眼发花，似将晕倒。大家惊慌地扶着她坐在竹椅上。阿妈急忙端来一碗水，石花喝了几口，兴奋地说："中状元了！"

石丁敏捷地拿过信封，打开一看，是一张录取通知书。所有的人都同时念道："林学院录取通知书。"

"考上了！"杨春和少明狂喜地喊起来。

石丁反而被震惊得呆住了，拿着通知书，看了又看，突然把头埋在通知书上哭起来。阿妈吓住了，连忙过去："阿丁，你哭什么……"

"妈，他在笑哪！"石花喜泪涟涟地笑着说。

被深深感动了的杨春和于少明，紧紧地靠在一起，看着这令人悲喜交集的情景。

在石花的房廊里，三张方桌连成一个长桌，桌上摆满了苗家人爱吃的佳肴：血肠、酸肉、烧鱼、白斩鸡等，两坛香糯酒放在桌上。

为了庆贺石丁考上大学，亲友们围桌而坐，纷纷举起酒碗，送到石丁面前。石丁豪饮，大家欢呼。小伙子吹起"卡令"（苗笛），寨老唱起酒歌，一个个酒碗豪迈地倾倒过来。

杨春和少明也沉醉在欢庆之中。

子夜。石丁在床上沉沉地醉睡。石花守候在床前，荧荧油灯下正赶绣锦袋书包。阿妈轻步走来："石花，睡去吧！"

"阿妈，我哪能睡得着……"

阿妈看着石花，不觉心疼起来，难过地说："阿丁进了大学，你也算了却心愿，往后，你得想想自己……"说到这儿，嗓音嘶哑，老泪纵横。

石花平静地柔声说："进了大学，花费更多，我还得拼命干活啊！"

"石花……那你这一辈子……"

"妈……"石花抚着阿妈含泪安慰道，"我不是过得很好吗！"

曙色渐显，朝霞散绮。山林被染得像披了一幅锦缎。当一轮红日从东山顶上升起来的时候，高巴小学的钟声响了："当！当！当！……"

沉睡中的石丁被钟声惊醒。他睁开惺忪的睡眼，醉意已经消失，但心情的陶醉依旧如昨。

"当！当！当！……"他陡然意识到是学校的钟声，是孩子们的呼唤，腾地从床上跃起，一边穿衣一边说："姐，怎么不叫我，要迟到了。"

石花走进来奇怪地问："怎么？你还要去上课？"

"同学们在等我呢！"

石丁匆匆走进高巴小学，见杨春在代他上课。

石丁懊悔地向操场走去。于少明正在荔枝树下看书。

于少明抬头笑说："昨晚喝多了吧？"石丁羞愧地笑了笑。

于少明忧心忡忡地说:"你上大学去了,学校交给谁呢?"

石丁一时不知如何作答。

于少明推心置腹地说:"说句实话,来这儿以前,我曾想过到边疆去当个山村教师……"

"现在的大学生有你这样想法的,还真少呢!你是想在教育事业上创造点奇迹吧?"

于少明无精打采地说:"不敢有这种奢望。我的志愿是文学,我想搞创作。"

"那好呀!你就把高巴寨的事写出来有多生动啊!书名就叫《钟声》。"

于少明淡然一笑:"这儿的钟声太单调了。"

"单调吗?"石丁困顿不解地望着他。

"是呀!看惯了多彩的颜色,我曾幻想过追求一种单色的美。就像住久了喧闹的城市,想找一块宁静的绿洲一样。可是,现在我似乎感觉出,单色和宁静都不适合我的性格,我甚至开始有点害怕它。"于少明感到歉意,"哦,对不起,我不是说这里不好。"

石丁:"我能够理解你。"

于少明:"等你上了大学,文化修养提高了,也许你也会受不了这种单调和宁静。"

石丁的自尊心被刺伤,他十分郑重地说:"不,你忘了我是苗家人。"

此刻,教室里传来了教念古诗的清朗的读书声。石丁转过脸去,他的心被越来越强烈的琅琅书声占据了。

好雨知时节,当春乃发生。
随风潜入夜,润物细无声。

石丁仿佛受到了一种启迪,他一面倾听,一面低吟玩味,自语道:"随风潜入夜,润物细无声……润物细无声……"

石丁怀着重重思绪,失神地走进自己惨淡经营的苗圃,下意识地抚摸着小树苗。在他的幻觉里,一棵棵青嫩的小树苗变成了一个个系红领巾的苗家孩子,他们那红果般的脸上绽开了花一样的笑容。石丁振了一下神,可爱的孩子又变成青青的树苗……

(这时,于少明的画外音出现在耳际)"你走了以后,学校交给谁呢?"

石丁躺在草坡上，嘴里含着一根狗尾草，仰视着无限深远的蓝色天空。在那遥远的地方，似乎出现了他梦寐以求的学府、校园。他在大学的教室里专注地听课，又在设备齐全的实验室里做实验，和同学们切磋互学……

"当！当！当！……"高巴小学的钟声穿过辽阔的空间悠悠传来，一声声拨动着石丁的心弦。他猛然起身，毅然迈开大步，向对山邻寨走去。

石丁在大队部所在地的邻寨打电话。

石丁："我找乡文教助理……不在？蹲点去了？……赵主任呢？去县里了？……"

乡政府办公室。

秘书握着话筒："那只好暂时停课吧！高巴寨过去经常停课的……"

日过晌午，暮夏的山区，已是凉气宜人。

石花把锦袋书包的最后一针绣完了，快意抒怀地站起来，拿给阿妈看。

石丁迈着无声的步履，默然回到家里。

心里充满欢愉的石花，热切地拉着石丁："快来看看，上大学的东西，我都给你收拾好了。"石丁的眼睛不敢正视姐姐。

石花把石丁拉进房里，从床底拉出木箱来。打开箱盖，整整一箱衣物用品，把石丁怔住了。

石花拿出一套新中山服："这是开学那天穿的，还有新蚊帐、新床单、球鞋……"崭新的衣物一件件放在床上。

"姐姐，这是……"

"别急，还有呢……"石花翻出钢笔、梳子、香皂、剃须刀架，"大学生总得打扮一下嘛！"

"哪来的钱买的？"石丁被各种物品弄得眼花缭乱，惊讶不已。"你姐姐攒了两年了。"阿妈带着辛酸的语调说，"还有我给她陪嫁的嫁妆钱……"

石丁心里猛一颤动，不由凝视着姐姐。他发现石花的脸上露出了少有的笑容，那么甜美，那么舒展。石丁忽然觉得姐姐年轻多了，漂亮多了。

石花显然带着俏皮的语气说："为了等到这一天，我故意瞒着你……"

"姐……你又何必……"石丁心情复杂地说不下去了。

"何必？苗家人上大学，总不能让人笑话我们穷酸样。现在实行责任制了，日子好过了。"

阿妈把锦袋书包给石丁，说："你姐姐赶绣出来的书包。"

"什么时候绣的？"

阿妈："这几天，你晚上睡了以后……"

石丁捧着这一针一线绣成的书包，那彩色的花纹和精致的图案在他的眼前渐渐模糊起来，泪水如脱线的珍珠落在锦袋上。

石花动情地曼声道："姐姐不过是巴望你多装点文化回苗山……"

石丁语带哭音地说："姐，我……对不起你……"他极力克制着自己的感情，转身走了出去。石花和阿妈看着石丁反常的行为，困惑不解。

高巴小学在午休的沉静中。

石丁独自踯躅在教室里，愁思萦怀，步态纡徐，手里拿着锦袋书包，面呈难色。石花悄步来到学校，发现教室里的石丁，便走了进来。

石花看着石丁沉郁的脸色，觉得异样，问："你有什么愁闷的事？"

石丁掩饰地摇摇头。

石花："你安心去上大学，姐姐按月把钱寄给你就是了。"

"姐，我不愁这个。"

"阿妈在家，有姐姐照顾，你也不用挂心。"

"我不挂心……"

"那你还愁什么呢？"石丁忧虑的神色有增无减。停了一刻，半自语地说："我走了，谁来替我培育那些小苗苗？"

"有我呀！"

"不，姐，我不是说苗圃。"

石花愈发不解地望着他，石丁却深情脉脉地抚摸着一张张课桌。

"学校？"石花这才明白过来说，"你走了，课就没人上了？"

石丁眉头紧蹙说："等阿春姐他们一走，学校就要停课了。"

石花的心猛然一紧缩，一个恐惧的预感向她袭来。她惊惧地问："那你想怎么办？"

"我想……"

石花紧张地逼近，脸色苍白，厉声地追问："你到底想怎么样？"

石丁噙着泪水，不敢正视石花，他的痛楚的沉默实际上已是个令石花不寒而栗的回答了。"阿丁！你是让山魈迷了心还是故意气我？说呀！"石花不能自制地喊了起来。

石丁头垂胸前，缄默片刻，率直地说："姐，别生气，我想留下来……"

霎时，有如万箭穿心的石花把脸埋在锦袋书包上，颓然坐下，伏膝痛哭失声。"姐……姐……"石丁的唤声使姐姐哭得更伤心了。

"姐，你听我慢慢说……"

石花一把夺过锦袋书包，冷峻地说："我不听！我只问你，你到底去不去上大学？"石丁左右为难，不作回答。

"说呀！"石丁抬起头来，决然地说："如果学校没有老师来接替我，我只好不去上大学了。"

"刺啦"一声，锦袋书包被撕成两半。石花痛心切肤地把它扔在地上，掉头就走，她的心也像被撕碎了。

石丁被这剧烈的行动吓呆了。他拾起这颗"破碎的心"，捧在手上，向石花远去的背影喊道："姐……姐……"

于少明正和胜巴谈话："胜巴表哥，你是队长，学校办起来了，你不能不管，石丁要上大学，过些天我们一走。谁来上课呢？"

胜巴有点儿幸灾乐祸，说："我早说过嘛！这里不是办学的地方，没有人愿意来。"

于少明："我和你再去乡里跑一趟，好吗？"

"试试看吧！"

杨春敲响了放学的钟，同学们都背着书包往校外走。

杨春送同学们走出校门，便回到教室批改作业。

空旷的教室里，只有冰那一人在做作业。

"冰那，你怎么不回家？"

冰那抬起头，说："我想多做点作业。"

"为什么？"

"听说老师要走了，学校又要停课了……"

杨春猛一阵揪心，缓了一会儿，安慰地说："冰那，学校不会停课的，你安心回去吃饭吧！"

"真的？"冰那天真地扬起眉毛问。

"真的，老师不会说谎的！"

冰那高兴地收起作业本，快活地哼着歌儿离去了。

杨春陷入了深深的思索之中……

"阿春姐。"杨春猛醒过来，发现石丁站在跟前。她定睛一看，见石丁神情沮丧，面有泪痕，不觉惊诧："石丁，你怎么啦？"

"我求你件事。"石丁说，"你和我姐是从小的同伴，她也许听你的劝说。"

"出了什么事？"

"你劝劝姐姐，让她答应我留下。"

石丁痛楚地把那个撕成两半的锦袋书包递给杨春。

"你太伤石花姐的心了……"杨春看着书包，"到底为什么？"

石丁："高巴寨够落后了，如果再没有钟声……阿春姐，我还想过办成人夜学班呢……"

杨春由衷地说："不上大学，不是太可惜了？"

"一个人不上大学，能让几十上百人上学，这也是值得的呀！……"石丁非常恳切地说。深深感动的杨春满怀敬佩地望着石丁，说："我没想到，你是这样想的……"

"我想得不对吗？""对……"杨春感愧地垂下了眼帘。

山风，呼啸的山风。夏季的骤雨即将来临。

杨春穿行在杉林中，林涛发出哗哗的巨响。

她毫无畏惧地往前跑。整齐的杉树干从她的身旁迅速滑过。

杨春终于跑出密密的林丛，登上了一座高山。在她的耳畔回响着石丁的话："一个人不上大学，能让几十上百人上学，这也是值得的呀！……"

风起云涌，掀雷决电，骤雨横扫而来。

她翘首企望，顾不得雨横风狂，万壑吼鸣。这时，她透过层层雨幕，看见远远的山路上走来两个人，不禁狂奔而去，一面高呼："胜巴……少明……"满怀希望的杨春跑到胜巴和于少明面前，看到的却是一副失望的样子，他们无言地摇头叹息。

石花忧郁成病，卧床不起，石丁在一旁照顾她。

石花曼声地说："细想起来，你也有你的理，可我一想到你考上了大学不去上，心就像给锥子扎一样……"

"石花姐……"杨春跨步进屋。

"阿春,你请坐。"石花欠起身来。

"阿春姐……"石丁向她使个眼色。石花看在眼里,说:"你们就是说千道万,也只能是在我心上多戳几锥子,让我多流几滴泪……"

杨春深切同情地说:"石花姐,你的心思我明白,我也这么想,阿丁多不容易考上大学,他不能不去……"

"哦!阿春!你也这么想。"

"我们苗家的人才太少了,阿丁有改良杉树的志愿,这有多好呀!"

石花向石丁:"你听听,有见识的人说些什么?"

石丁抱屈地说:"我做梦都想去上大学!"

石花对杨春说:"他是不忍心让学校停课,你要能找个老师来顶替他……"

杨春:"已经找到了,我特意来告诉你们好消息的。"

"谁?"姐弟俩喜不自胜地问。

杨春微微一笑,平静地回答:"我呀!"

"谁?!"石花似乎不相信自己的耳朵。

杨春:"我留下来接替他。"

石花和石丁愕然相顾。他们被杨春突如其来的决定怔住了,一时说不出话来。杨春收住了笑容,面呈严峻之色:"这么大一个乡,竟没有一个人愿意到这儿来教书……难道这里真的那么可怕吗?"

"那……那你……"石花内心复杂,讷讷地说不出话。

猛地,石丁声如雷鸣般喊起来:"不!你不能!……"

湍急的小河在涧壑中流淌,在它奔泻落差的地方建了一个小水坝,形成了一个清澈见底的小湖,一座已经安装好水轮机而没有使用的小电站,孤独而安详地立在水流山静的谷间,湖畔长满了各色野花和灌木丛。

杨春和少明并坐在湖边,他们严峻的神情显然与这里优美的景致极不协调。杨春:"我还以为我把这个想法告诉你,你会高兴得跳起来呢!"

于少明:"我过去追求的,现在还在追求,这也并不是为了自己……可是我认真地思考过,这里完成不了我的宏愿。恕我直言,愚昧落后的东西是不美的,也是没有诗意的。"

杨春不以为然,想了一下,心情沉重地说:"那么,他们就活该永远愚昧落后下去……"

于少明侃侃而谈："当然不会。时代的车轮总是前进的。但是，在这儿，时代前进的速度不是以年为单位，而是以世纪为单位来计算的……你不觉得你的努力太微不足道了吗？"

杨春："我没有想得那么多，那么大。可我觉得我应该留下！我不信，你就忍心让学校停课？"

这时，妮冰等三个姑娘一边嬉笑一边走向水电站。她们忽然发现了杨春和于少明的背影。

妮冰忙拉了拉达依和娅波，大家噤声。妮冰与她们耳语了几句。

妮冰故意大声地说："哎！听说石丁走了，阿春姐要留下当老师，那我们就准能考上电工了。"

达依故意撇嘴说："我才不相信，阿春姐看得上这山沟？"

娅波长长地叹口气说："我宁可相信这条河会往山上流。"

三人抿嘴窃笑。

妮冰："阿春姐是我们苗家人，从小心里就装着苗山呢！"

达依："得了，就算阿春姐愿意留下，可他怎么办呢？"

娅波："哪个他？"

达依俏皮地说："那个漂亮的白脸阿哥呀！"

妮冰："用不着操心，阿春姐会用苗家姑娘的花带把他绑在这里的，哈哈……"三个苗家姑娘互相挤眉弄眼，拖着银铃般的笑声，跑进水电站复习功课了。

于少明和杨春听了她们的话，不觉相视而笑。

杨春半赌气地说："其实，我也没有要求你一定也留下。"

于少明温情地微笑："不是有一条苗家的花带在绑着我吗？"

杨春一度冰凉的心回暖了，柔声地说："好了！我也没说一辈子在这儿，总要等找到了老师……高巴寨是不能没有钟声的……"

与此同时，巴威家里正在召开紧急的家庭会议，空气既是紧张的，又是一筹莫展的。

胜巴："珍珠掉进水沟里，凤凰又飞回草窝，这不是让人笑话吗？"

云香："阿春将来是为我们争面子的大人物，留下来太不值了。"

巴威："是呀！我也没法向她妈交代啊！"

沉寂了一阵，胜巴说："我倒有个主意。"

石花提着一篮衣服到小河边洗衣，边走边思索，步履徐缓，神情漠然，忧郁沉沉。胜巴挑着一担鸭笼出工去，赶上石花。

石花叫住了他："胜巴，我问你一句话，阿春真的要留下当老师？"

胜巴："她是个傻妹子！没听说香草拿来垫牛栏的！她想留我们也不答应，你说是不是？"

"那学校怎么办？……"

胜巴笑笑，说："你何必操这份心？船到滩头水自开嘛……"

胜巴说完快步走了。石花心中的愁结未解，又加上了一个谜团，自语地说："船到滩头水自开……什么意思？"

高巴小学的钟声敲了一遍又一遍，而来上学的学生寥若晨星。

教室里只坐了十来个学生。杨春面对着这寂寥的景况，不免有点儿凄然。

石丁说："学生旷课过去常有，可像今天这样突然少了一大半还没见过。我去了解一下。"

冰那："老师，今天还上课吗？"

杨春毅然地说："继续上课。"

于少明心情寂然地踽踽独行，漫步来到石花的木楼前，石花正在给栏里的猪喂食。

石花："于同志，你们什么时候回北京？"

于少明苦笑了一下，说："难说，杨春离不开学校。"

"这么说，她真的要留下了？"

于少明叹了一声，说："你不知道，她是不忍心让石丁留下来。"

石花心里一顿，很受感动，语出真诚地说："是呀！我明白，可我就忍心让她留在这山沟里吗？"于少明面有难色："石花姐，实在难办呀！"

石花半试探半关切地问："于同志，说句心里话，要是阿春一定要留下呢？……"于少明眉峰聚愁，半自语地说："各人有各人的想法，我也不能勉强她……"

石花一听，心颤抖了，她感觉到极其严重的危机已出现在杨春和于少明之间了。这时，石丁匆匆路过，愤愤地说："胜巴哥的心太狠！他要每个学生交10块钱统筹费，交不出现款不能上学。今天只到了十来个学生！"

石花思索有顷，霍然醒悟："明白了，他是想逼学校散伙！"

石花匆匆走进胜巴的木楼，正在磨刀的胜巴有些诧异。

石花十分冷静而严肃地说："哼！船到滩头水自开，原来你是想逼学校散伙呀！""用不着逼，它会自己散。"

石花愤愤地说："告诉你，学校散不了！"

胜巴挖苦地说："那么，你来教书？反正阿春绝不能留下！"

石花的眼里涌满了泪水。她咬了咬嘴唇，横下一条心，坚定地说："阿春回北京你不用担心了，石丁留下来当老师！"

"这是你说的！"胜巴又惊又喜。

"但有一条，每个学生 10 块钱统筹费你给免了。"

"统筹费总是要收的。"

"过去只收两块，还是在秋收以后。"

胜巴狡黠地说："那样，石丁的补贴金就不够开支……"

石花凛然地说："石丁教书不是为那几个钱！我还养得起他！"说完转身便走，走出胜巴家，径直跑回自己的木楼，扑在床上，痛哭失声，不可抑制。

那科大叔大步流星地走进胜巴的家："胜巴队长在家吗？"

胜巴见那科满脸愠色，有些戒备，为了息事宁人，主动递过烟去："那科大叔，有什么急事？"那科抽着烟，从口袋里掏出一沓 10 元的人民币放在桌上，说："你不要再去难为学校，也不要收统筹费，这是我大儿子结婚用的 500 元钱，就当作学校的经费吧！……"

"你……你喝多了……"

"你不要以为我讲酒话，我今天没有喝一滴酒。苗家世世代代当睁眼瞎，共产党派了韦老师来才开了眼，扫了盲。'文革'把他揪走了，又出了你们这一代睁眼瞎。可是下一代呢？还要当睁眼瞎吗？"那科大叔越说越激动，最后几乎是叫喊。

胜巴又窘又怔，半天答不上话来。

石花的家。姐弟俩扛着铺盖卷和日用品正下楼，陡然被杨春拦住了。

杨春："上哪儿去？"

石花："石丁搬到小学去住。"

杨春厉声地说："把铺盖卷给我！"石花、石丁面面相觑，杨春夺下石丁的铺盖卷上楼进屋。石花、石丁边喊着边跟上来。

杨春放下铺盖卷，厉声说："你真的不去林学院了？"石丁噤声不语。

杨春又责备石花："你也这么糊涂！"石花也默然无声。

杨春这才平下心来，说："阿丁上不上大学，不是一个人的事！你们想过吗？……阿丁考上大学，多不容易，苗家人一年也遇不上几个，苗山的'四化'需要自己的专家！"

石丁痛苦异常地说："阿春姐，我知道，我要去上大学，你就得……"

杨春打断他："我是学教育的！我应该留在这儿！"

石丁赤诚地说："应该？阿春姐，你听我说，现在是个讲实际的时代，抛弃大城市大机关，跑到这个又穷又远的山沟，付出的牺牲太大了……再说，我已经感觉到，你这样做，就会像我姐姐一样，失去自己最珍贵的……（语带哭音）姐姐为我做的牺牲已经够我难受一辈子了。我怎么能让你也像姐姐那样……不能！万万不能！"石丁激动得难以自抑，眼眶里滚动的泪水汪然欲滴。

这一番恳挚的言辞，重重地震颤着杨春的心弦。杨春明白，她如果执意留下，不仅要改变自己的生活道路，踏入布满荆棘的征程，而且也确实要面临着爱情决裂的挑战。她心里翻腾着如涛的思绪，不得不再冷静而慎重地考虑一下她对生活道路这个非同寻常的选择。

石花缓步走近来，抚着杨春的肩膀，充满着深情的挚爱和纯洁的真诚，说："傻妹妹，你这样做，他怎么办？你没想过？"

"想过……可我又不敢去想……我和少明是中学同学，又是邻居，我们之间是很了解的。但在这件事上……唉！我还摸不透他，他是一个情绪多变又好幻想的人……"

石花："别怪他，他是心疼你……"这时，石丁起身夹着铺盖卷就走。

杨春喊道："石丁！石丁！"正要追去被石花紧紧拉住。杨春挣脱不开，茫然地看着石丁远去，痛苦和矛盾的心情使她突然反身伏在石花肩头上，抽泣起来。石花抚爱地、絮语般地说："听姐的话，你不能留下……"

平静的高巴寨忽然沸腾起来了。

"韦老师回高巴了！"

"韦老师来高巴干什么呢？"

"他想念高巴呢！"

小孩兴奋地跑，大人奔走相告。人们都跑出楼门，奔向寨前的路口。

只见乡政府赵主任牵着一匹马，马上坐着瘸了一条腿的韦老师。他们正蹚着浅浅的小河过来。

石花、石丁和杨春、于少明向小河跑去，迎接韦老师。

"韦老师！""韦老师来了！""韦老师辛苦了！"

韦老师应接不暇，点头招呼，笑容满面。

石丁把韦老师扶下马来。韦老师拄着夹拐，笑着说："亏了赵主任一路把我送来。"

"赵主任，你也辛苦了！"

赵主任："韦老师忘不了苗家，他说他爬也要爬到高巴来……"

杨春看着干瘦如柴的韦老师一边说话一边大口喘气，心里很难受，说："韦老师，你的气喘病又犯了……"

韦老师："没什么，听说石丁考上了大学……"

于少明："学校又要停课了。"

韦老师手里拿着自制地球仪，说："我老了，又残废，大家欢迎我再来教书吗？"

"欢迎！欢迎啊！"这是所有的人同时发自心底的声音。

韦老师住的小平房里热闹异常。苗家人里三层外三层把韦老师和赵主任围在中间，嘘寒问暖，畅叙别情。桌上放满了苗家人送的各种可口的食品。

寨老捧来了一坛香糯酒，说："韦老师，这坛酒是你被抓那年封口下窖的，我发誓要等你回来才启封。来，先喝一碗。"

韦老师感动地握着寨老的手，说："我拿什么回敬你老人家呢？"

寨老闪着泪花，真诚地说："你把心都给了苗家，我们还要什么！……"

大家同声响应。一碗老酒端到韦老师嘴边，韦老师一饮而尽，引来了一阵掌声。

一位老奶奶笑容满面地挤进来："韦老师，还记得我吗？"

韦老师："怎么不记得？30年前，你是第一个来报名参加扫盲班的娌加大嫂。"

"好记性！"老奶奶口齿漏风地说，"你回来了，我还要报名来学习，收不收？"

"收！收！"韦老师笑得真舒畅，就像回到了自己的家一样。

赵主任说："我刚在县里开了会，要求大抓普及教育，还要办成人班和农林职业中学，老头子也可以读书了。"大家活跃地议论开来。

一直处于激动中的杨春对于少明轻声说："你看韦老师好像变得年轻了。他一定得到一种别人感受不到的幸福和满足……"

全寨的人都来欢送石丁上大学。

杨春把缝好的那个锦袋书包交给石花。石花感动地接过来，庄严而深情地给石丁挎上。

在芦笙的吹奏声中，在亲人的叮嘱和群众的告别声中，赵主任牵着驮满了行李的马，和石丁一同上路。

韦老师回高巴第一天上课，除了喜庆热烈的气氛外，还有一种庄严感。教室早已坐得满满的。小卡胜和几个未报名的孩子也来了。令人惊异的还有几个自带凳子来旁听的"老学生"，其中就有那位口齿漏风的娌加老奶奶和那科大叔等。杨春和于少明抱着学习的态度在后排听课。教室里分外安静，甚至近于肃穆了。

韦老师拄着夹拐走进教室，同学们起立，齐呼："老师好！"

"同学们好！"韦老师脸上洋溢着笑容，情绪激动地站在讲台上说，"同学们，我又回到高巴小学的讲台上了。十几年来，我只有在做梦的时候才能和大家在一起。我以为我这一辈子再也回不……"韦老师哽咽着说不下去了，垂下眼帘，默然无声，心里似乎涌出了许多往事。

教室里的学生们也深受感染，屏息静气，端然正坐。

那科大叔拿着自己坐的凳子走上讲台，放在韦老师身旁，要扶他坐下。韦老师不肯坐，说："谢谢你，自古老师上课没有坐着讲的。"

那科大叔恳求道："可你的腿……坐下讲吧！"

全教室里所有的学生都同声请求："坐下吧，韦老师！坐下讲课吧！"

韦老师感动地看着大家，含着泪花说："不用，不用，我还是站着讲课好……"深受感染的杨春走上讲台，把韦老师的夹拐轻轻抽掉，小心地扶着他坐下。韦老师坐下后，教室里立刻爆发出一阵掌声。

韦老师向大家点头致意，一种幸福感充满了心间。他说："同学们，考虑到实行责任制以后，大家农活较忙，又对科学文化有迫切的需要，

251

周民震作品自选集
远方

学校分为三段时间上课，上午一、二、三年级，下午四、五年级，晚上是成人夜学班，星期天还有农业科学知识讲座，欢迎所有的人来听课。"

杨春看着年近花甲的韦老师，听着他那苍然的嗓音，感动的泪水顺着眼角无声地流下来。

　

山坡上，一片间杂着各色野花的灌木丛里，紫黑色的桃金娘以累累的果实炫耀着它丰盛的身姿。

杨春像个孩子那样欢悦地采撷桃金娘，用衣衫兜着，一边美美地吃着。于少明也在采撷，却显得情绪索然。

杨春笑意盈盈地说："小时候，我们在这里采桃金娘。大家把个儿大的拿出来，然后猜码，谁赢了谁吃。我吃得最多……"

"两年的童年生活给你留下这么多回忆吗？"

"太多了！有时我幻想着再回到童年才好呢！"杨春显出一副天真的样子，还做了个顽皮的鬼脸说，"少明，如果我还是想留下呢？"

于少明摇摇头，无奈地笑了："我似乎感觉你真的变小了，而且变成了个幻想家。我常想，你是不是在逃避现实，追求一种自我牺牲的精神寄托呢？"

"我也说不清。我想留在这儿，并不是因为有人要我这样做或者那样做，完全不是。我感觉到一种力量，我又抓不住它，可它总是在推动着我……"

于少明忧郁地看看她："你不是说过只要有老师来接替就走吗？……"

"你看看韦老师那副病残的样子……"

"那你就一辈子留在这儿吧！"于少明赌气地睨视着她。

杨春稍稍停了一下，说："为什么说一辈子呢？人生的路是那么长，谁又知道将来会怎么样？"

于少明冷冷一笑，说："向我说实话吧！你是不是想镀镀金，再回去考研究生呢？"这句话狠狠地刺伤了杨春。她眯缝着两眼，以愤懑的冷光良久地盯着于少明，好像在辨认一个陌生人那样，然后用微嗔薄怒的语气说："这么说，你当初想到边疆去当乡村男教师只是为了镀金？可悲的是，你现在连镀金这一点儿勇气也没有了！"

于少明："随你怎么说。原先，我满怀热忱地要到边疆去，你并不支持我，甚至说我赶时髦；而现在事情竟然反过来了。我不明白，到底谁是这场戏剧性变化的主宰者？"

"生活！少明，一个有良心、有志气的青年面对着这样严峻的现实生活该怎么办？也许这就是我们的分歧点。"

于少明被激怒了，把衣兜的桃金娘抛掉，狠狠地说："我痛恨自己是个没有志气、没有良心的青年！"转身就走，接着跑了起来。

"少明——别走……"杨春望着于少明越走越远的背影，不胜悲怆，感伤备至，无力地瘫软下来，跌到地上，吞声而泣，兜里的桃金娘滚落一地。

一丛丛紫红的桃金娘，累累盈枝。

一群群金丝雀飞来又飞去，鸣啭嬉戏。

山溪水汩汩地流着，把杨春的嘤嘤哭声带向远方。

北京，某机关收发室门前。郑英正在拆看于少明从苗山寄来的信。

（于少明的画外音）"妈妈，一个多月来，我好像经历了一场人生的梦幻。我在这儿看到的只是愚昧、落后和贫穷，边疆和山区并不是我想象的那样诱人。我想，我的创作是不可能在这样的环境里完成的。可是，使我百思不解的是，杨春像着了魔似的迷上了这里，她想留在这个半原始的山寨里当教师。只是由于我们的感情面临着决裂，她才没有做出最后的决定。现在，她正处于危险的十字路口，你马上转告杨伯母来信拉她一把……现在，只有杨伯母才能主宰她的行为……"

晚上，杨春走进韦老师的小平房。

正在批改作业的韦老师放下笔来，笑迎杨春，说："听说你们要回去了。"

杨春心情矛盾，不置可否，默默地坐在韦老师跟前。

"以后有假期再回来看看。"

"韦老师……你说，这次分配我要不要打报告要求回家乡来？"

韦老师意外地望着她："你想留下？"

杨春坦率地说："我觉得我应该留下。但我爸爸早去世了，没人照顾妈妈；再说，周围的人都不赞成我留下，舅舅、表哥、少明、石花。现在，我只有求教你了。"

韦老师沉默有顷，然后深思熟虑地说："杨春，如果你仅仅觉得应该留下，那我劝你还是应该回北京。"他两次都把逻辑重音放在"应该"二字上。

杨春大觉诧异，良久地望着韦老师，在极力领会他的话的含意。

韦老师："回北京吧！服从组织分配，只要能发出光和热，在哪儿都能成为'四化'的能源。"

这时，妮冰等三个姑娘来补习数理化知识，韦老师热忱地让她们坐下。

杨春见韦老师太忙了，对妮冰说："韦老师太忙，我来给你们补习吧！"

达依："你快要走了吧？"杨春迟疑了一下，然后点点头。

正午。树荫下，草坡旁，收割中稻的人们都围在通红的炭火边，烧烤禾花鱼吃。整个半边山坡，烟气缭绕，香味四溢。到处是欢笑和歌声，吹"卡令"的，吹芦笙的，都在为一年一度野餐禾花鱼而助兴。人们把烤熟的禾花鱼放在芭蕉叶铺成的"餐桌"上，佐以酌料，伴以甜酒，边饮边吃。

杨春、于少明和巴威一家，垫草而坐，围成一圈，畅饮醋嚼。巴威今天特别邀请了两位老歌手，来唱唱苗家教育后辈的古歌。

巴威："今天好兴头，我请了两位老歌手唱一段古歌，为你们送行。"说完悄悄向老歌手使了个眼色。老人会意地回了眼色。

杨春："老爷爷，您唱什么古歌呢？"

老人甲："说古又不古，说今又不今……"

老人乙："强健的马鹿跑得最远，美丽的凤凰飞得最高，就唱一首《凤凰歌》吧！"

"好！"围着的人都拍手欢迎。

老人甲吹起了"卡令"，老人乙微闭着双眼，渐渐沉入歌的意境中，然后像倾诉似的唱起来，嗓音浑重而低沉，感情真挚而深厚（说唱式）：

苗山九十九座山，苗江九十九道弯。
林中九十九种鸟，只有凤凰飞得远。

那凤凰并非生在金银山，她住在高巴孤凄的小河边。
饿了遍山寻野果，寒来无衣伴火眠。

（白）那凤凰不是百鸟之王，而是一个聪明伶俐的苗家穷妹仔。

（结合着唱白，画面上出现苍凉的苗山，悲切的小河，破败的苗寨。一个衣衫褴褛的苗家女娃穷困无助的惨状。哥妹俩相依为命，挖野菜，吃野果。夜里寒风怒号，茅草屋里冷气飕飕。哥妹俩无衣无被，侧卧在火塘边，蜷缩成一团。）

　　苦竹鞭头出好笋，凤凰聪明伶俐美如仙。
　　好灯一盏满屋亮，好花一朵香飘远。

　　五岁写字自己认，七岁做鞋哥哥穿。
　　人说苗山锦鸡变凤凰，虽有花翅也难飞上天。

（白）那时候，高巴寨远近百十里没有学校，也没有识字的人。凤凰何以认得字呢？原来是一个客家小商贩进山卖货教给她的。好心的小商贩说，她是最聪明的苗妹，是苗山的神童，不送去读书，枉费了人才。

（结合着唱白，画面上出现了五岁的凤凰在地上画字来认。小商贩给她一本小书，一个小本子，聪敏过人的凤凰在本子上写字。小本子在苗寨人们手中传递着，博得了许多苗家人的赞许和崇拜。他们欣喜若狂，奔走相告：苗山出了个女神童！）

　　笋子靠竹竹靠山，鲤鱼靠水水靠泉。
　　三十六寨筹路费，七十二户齐捐钱。

　　宁可穿旧又穿烂，宁可少吃油和盐。
　　老人卖掉寿木板，姑娘捐出白银簪。

（白）寨里寨外，捐钱捐物，把凤凰打扮得漂漂亮亮的，由寨老送去山外读书赶考。凤凰这个妹仔也争气，发奋读书，连中三元，小学、初中、师范，成了苗家第一个有学问的人。

（结合着唱白，画面上出现苗家人踊跃捐钱捐物的盛况。被打扮得整洁漂亮的凤凰由寨老送进城去。寨里人群挥手送行，凤凰向乡亲们招手告别，挥泪而去。）

日出日落又一天，花开花谢又一年。

十年寒窗苦读书，苗家女子中状元。

雨过天晴彩虹现，花得露水更新鲜。

春风送来党温暖，凤凰展翅上青天。

（白）凤凰参加了革命，给我们苗家带来了光彩。她是我们苗山跑得最远的马鹿，飞得最高的凤凰。苗家人一提起她，就像喝了三碗香糯酒那么心暖人醉啊！

（结合着唱白，画面上出现凤凰苦读勤习的身影。接着花开花谢，凤凰渐渐长大了。在庆祝新中国成立的锣鼓声和遮天盖地的红旗下，凤凰身着解放装，英姿飒爽地走在革命队伍里。）

杨春早已被苗歌感动得情不自禁了。她喃喃地低唤着："妈妈……是妈妈……"巴威趁热打铁对杨春说："鸟儿都站在高枝上，你千万不要再想着回山乡，学你妈凤凰高飞远去吧！去为我们苗家争光！"

杨春似有所悟地沉入深深的思索之中。

夏末的午夜，月华朗照，夜虫唧唧，几点飞萤在空中闪烁。

杨春躺在床上，思绪纷沓，不能入睡，激情的余波还在涌动。

（内心独白）"是谁哺育妈妈成长的？是他们，这么多这么好的乡亲。他们在妈妈身上浇灌了那么多心血，从没有想得到什么回报。他们把妈妈送上了文明的绿洲，自己还跋涉在蒙昧的沙漠里。啊！妈妈，你还记得这些吗？也许你已经忘了，忘了，忘了……"

杨春渐渐进入了梦乡。

（梦境）杨春回到北京。当她推门进屋时，贾佩贞喜形于色地迎上来，紧紧地抱着杨春，说："女儿，你怎么现在才回，把妈给想坏了。"

杨春急切地对妈妈说："妈，苗山需要我，我想要求分配到那里工作。"

贾佩贞圆睁着震惊的大眼："你疯了？"

杨春激动地说："妈，我没法说清楚，如果你也回乡去看看，如果你见到石花姐、石丁、那科大叔，还有韦老师……"

"阿春，你辜负了妈妈……"贾佩贞痛心地说。

杨春含着泪水，说："不，是你辜负了他们，你欠了他们的债！……你忘了那些养育过你的人。"

"没忘，我常想念他们。"

"可你知道他们现在的境遇吗？他们把你送到了文明的绿洲，自己还在蒙昧的沙漠里跋涉……"

"我知道，正是为了他们，我才革命呀！你不也是为了他们才去上大学，去工作的吗？"妈妈振振有词。

杨春淡然一笑，说："你是在革命，还当了个处长。但是，你如果到苗山看一看，你会有什么感想呢？我不会赶时髦，可我也不愿做负债的人，我只想把苗山妈妈给我的一切还给她……"杨春说完回头就走，出了大门，突然腾空而起，迎风飞翔，向着辽远的地方飞去了。

"阿春！你不能走！你不能走！……"妈妈伸出双臂向空中呼喊着……

轻轻而又急促的敲门声把杨春从梦中惊醒。

"杨老师……"一个男孩的声音。杨春立即起床开门。

男孩："韦老师病得很重。"

"啊？！"杨春和男孩匆忙下楼。

男孩且走且说："昨晚我见他气喘得厉害，就一直没回家。"

他们快步走出寨口，向高巴小学跑去。

韦老师的平房里，冰那等几个学生和妮冰等三个姑娘围在床前侍候。

韦老师靠卧在床上哮喘不止。

杨春跑进房来："韦老师……你觉得怎么样？……"

韦老师生气地说："我……这是老毛病……把人都惊动了……唉！"

杨春对冰那说："去叫你阿爸找人抬韦老师到乡卫生院去！"

冰那："我爸去赶圩还没回来。"

韦老师喘气说："这是干什么！我的病我知道，喘一阵就会好的。再说，明天还要上课……"

"韦老师……"杨春一阵悲酸，说不下去了。

寨老拄着拐杖和几个乡亲匆匆走进来，一把抓住韦老师的手，老泪纵横，说："韦老师，你……"

周民震作品自选集

远方

257

韦老师："大爹，我不是好好的？"说着又喘起来。

寨老："你为我们苗家受了多少苦啊！韦老师，你……还是回乡里歇着吧……"

韦老师："快别这么说。你看，谁能像我有这么多亲人？谁又能得到这么好的照顾？我是一个乡村教师，可我也是你们的贴心人呀！我爱苗山，我喜欢这里的一山一水，我离不开这里的乡亲们……"

站在一旁的杨春忽然得到了启示，好像捕捉到了一种意念，她缓缓转身出门来。

（杨春内心独白）"我教过孩子们读杜甫的诗，只有现在我才明白了它的真谛：'好雨知时节，当春乃发生。随风潜入夜，润物细无声。'……"

早晨，旭日闪着金辉，给高巴寨披上了一件彩色的衣裳。

高巴小学的钟声响了，远远看去，荔枝树下的敲钟人不是拄着夹拐的韦老师，而是杨春那婀娜健美的身姿。

杨春走上木楼，见房廊上摆着已经整理好的行装，还有一背篓土特产。

巴威一家人和于少明正在吃早饭。

巴威："快吃早饭好赶路了。"杨春站在那儿，一动不动。

于少明："杨春，舅舅给我们借了两匹马……"

杨春拿出一封写好的信交给于少明，说："请你把这封信还有请求分配的报告交给我妈，我……决定不走了。"有如晴天霹雳，把大家猝然镇住了。

于少明嗒然若丧地走向一旁，坐在一张独凳上，双手抱头，痛苦万状。

杨春走过去，柔情地说："少明，别怪我……"

于少明忽然抬起头来，恳挚地说："相反，我从心里赞佩你这种自我牺牲的精神。"

"不，我现在不觉得是什么牺牲了。我开始触摸到那个吸引和推动我的力量。"

"什么力量？"

"一种美，还交织着一种情，我已经不仅仅觉得应该留下了，我爱这儿……从心里……"

于少明站起来，稍停一会儿，语带温存地说："不过，从我的经验看，现实总是幻想的坟墓。我确信，用不了多久，我会在北京欢迎你。"

杨春微微一哂，说："也许，我会在这儿欢迎你呢？……"她怀着最殷切的期望看着于少明。于少明无可奈何地笑笑："好吧！让时间来证明。"

这时，那科大叔汗涔涔地跑来对杨春说："昨天我去乡里赶圩，邮电所要我给你带一个电报。我怕是急事，赶了夜路回来。喏，在这儿。"说着把一封电报交给杨春。于少明仿佛得救似的抢过电报："是你妈拍来的。"

杨春敏感地想起了昨晚的梦，一刹那，在她的眼前出现了梦境中妈妈反对她到苗山工作时说话的手势和伸开双臂呼唤她回来的形象。

神情恍惚的杨春淡漠地说："请你念一下。"

于少明拆开电报，念道："亲爱的女儿，你想留在苗山工作，正是我多年藏在心里的愿望，也是你的苗山妈妈的愿望。祝你走上了年青一代最有理想的道路。分配手续我来办，我明年退休也回家乡，永远和你在一起。妈妈。"

电报念完之后，所有在场的人都静默无语，庄严肃穆，好像沉浸在一种崇高圣洁的感情中。

突然，杨春激动万分地扑向凉台，伸出双臂向着深邃寥廓的远方，以最饱满的感情高喊："妈妈——妈妈——苗山妈妈——"

四周的山岭传来响亮的回声："妈妈——妈妈——苗山妈妈——"

千峰云起，万壑齐鸣。一群鼓翼高飞的八月鸟盘空而上，把喊声带到辽阔的远方。

剧终

1983 年 10 月初搞

龙州起义

1929 年，邓小平在广西发动了两个起义：百色起义和龙州起义。百色起义已拍摄了电影，而龙州起义至今还未重现当时革命的壮烈情景。广西党史办的陈欣德是一位写了不少党史著作的专家。而周民震曾参与过《李明瑞》电影创作，同时也参与过话剧《邓小平与李明瑞》的执笔。于是，两人一拍即合，共同创作了《龙州起义》电影文学剧本。几经修改，成稿后发表于 2011 年《电视文学》杂志。正寻觅热心革命历史题材的人士投资拍摄。剧本除全方位反映了龙州起义的史实外，还突出表现了邓小平和李明瑞的革命友谊和战斗生活。再现了龙州起义失败时可歌可泣的悲壮气概及惨烈教训，是对那一段动人心魄的历史完美的再现！

一只刚劲有力的手，握着一支蘸满墨汁的毛笔，在宣纸上写下了峥峥风骨的题词："革命胜利的果实，是烈士们的鲜血凝成的。红八军和人民革命先烈们的丰功伟绩，永远活在我们的记忆里。"

写完了最后一个字，毛笔停了下来，它凝聚着题词人肃穆的哀思而微微地抖动。这时，题词人的画外音轻声而浓重地念着题词，一字一顿，反复地念着。然后那支满含深情的毛笔，缓缓地在落款处写下了"邓小平"那个令人肃然起敬的名字。

镜头拉开，邓小平心里充满深切怀念和无限敬仰之情，立在八仙桌前，久久地凝视着这张题词，面如刀刻。

画面上叠印一面在硝烟战火中猎猎飘飞的红八军战旗，同时出现金红色的片名：龙州起义。（伴以雄壮的歌声）歌声中在鲜红的战旗上相继出现了当年邓小平、李明瑞、俞作豫、何世昌、宛旦平的照片。

在那木棉盛开的边疆，那是红八军的故乡。
殷红的土地，英雄的人民，
为共和国诞生谱写历史的悲壮。

在那木棉盛开的边疆，那是不能忘记的地方。
丰碑傲苍穹，乾坤贯长虹，
弘扬浩气，再创历史新辉煌！

南宁。早晨。南宁上空，雾气霭霭。

（画外音）1929 年 10 月，踌躇满志的广西省政府主席俞作柏和广西编遣特派员李明瑞不听我党善意劝告，贸然参加反蒋战争失败后，在亲蒋粤军日益逼迫南宁、广西政局发生骤然变化的关键时刻，被派到南宁领导广西革命斗争工作的中共中央代表邓小平（化名邓斌），当机立断，决定把我党掌握的教导总队和广西警备第四大队，撤离南宁挥师右江地区，同月 13 日，又命令广西警备第五大队队长、共产党员俞作豫，率领该大队向左江挺进，乘火轮直指龙州。

在俞作豫指挥下，一队队荷枪实弹的士兵向邕江边码头跑去；一辆辆满载军火的汽车向邕江码头驶去；一群群佩戴红袖章的工会会员和农会会员来到码头，协助部队搬运军械物资上汽船……

一辆吉普车在邕江边洋关码头附近停下，车上走下一位个子不高，身体敦实，稀淡眉毛下嵌着一对睿智眸子，显得洒脱而稳重的青年人，他就是中共中央代表邓小平（化名邓斌）。

（字幕）中共中央代表　邓斌（邓小平）

在码头船边的俞作豫见邓斌立即上前迎接，并热烈握手，说："邓代表，我们准备出发了，您还有什么吩咐？"

（字幕）广西警备第五大队队长、中共党员　俞作豫

邓斌："你转告俞主席和李特派员，这次转移到龙州，不是败走麦城，而是共同去开辟一个新天地，请他们两位保重！"

俞作豫点头。邓斌又说："你七哥作柏是革命的同路人，在形势有了变化时，还能与我们患难与共，也很难得，但不要太勉强他。你表哥李明瑞则不同，他一身正气，愤世嫉俗，热切追求真理，又是一位身经北伐百战的虎将，要尽快地争取他成为我们的同志。"

俞作豫兴奋地说："邓代表的话说到我心里去了，我一定按照您的部署去办，请您放心，只是南宁危急，您要早点……"

"我和张云逸队长他们明天就开赴右江地区。"邓斌满怀信心地说，"用不了多久，我们将会师南宁！"

邓斌与俞作豫握手告别。

邕江上十多艘载着广西警备第五大队官兵的汽船和木船，迎着初冬的晨光，鱼贯似的逆水向龙州方向驶去。邓斌目送他们，久久没有离去。

（字幕）龙州

广西南疆边陲重镇古城龙州。

汽船逆江而上，整整航行了两天一夜才到了边陲古城龙州。汽笛声带着长长的船队，使整个龙州沸腾起来，人们以各种不同的感觉在审视这些扛枪的军人。

这里街道狭窄不平，两旁的平房和不高的楼房，低矮而参差不齐。较高的白色尖顶洋楼房，是法帝国主义驻龙州的领事馆和教堂。

挂着"龙州名菜刀"和"正宗龙凤汤"招牌的小吃摊，摊主在不断向路人叫卖。有敞着胸襟的人力车夫，满头大汗拉着洋人、豪绅在街道

奔跑。衣衫褴褛的乞丐或盲人，蹲伏在骑楼底下，向路人讨钱，或给人占卜。娇艳花哨的妓女倚门站在挂着"水排""旱排""双溪"等牌名的妓馆门前卖笑、拉嫖客。烟雾缭绕的赌馆不断传出"番摊""押宝"的吆喝声。

晚上，广西全边对讯督办公署里，灯光明亮，热闹异常。

客厅中间，摆着一席龙州扒狗、香芋扣肉、火焖山猪肉、山瑞等有龙州风味的丰盛酒菜。俞作豫热情地招呼俞作柏、李明瑞和广西警备第五大队副大队长蒙志仁和史书元等军官入席。

（字幕）广西警备第五大队副大队长　蒙志仁、史书元

俞作柏坐定后，俞作豫上前问："七哥，你平时喜欢听粤曲，是否叫两个粤曲花旦来唱几段助助兴？"俞作柏苦笑一声，说："好。苦中作乐吧！"

两个姑娘在盲公佬悠悠的二胡声中唱起白话小粤曲，曲声充满了幽怨悲怆：

我今独抱琵琶把哀音唱，
叹惜别故乡，话短却情长，
家国最难忘。唉——复悲怆……

俞作柏正愁绪满怀，听了这小曲，更加凄切难耐，摆手叫停，痛苦地仰脖饮酒。俞作豫见状，忙示意副官，把唱曲姑娘打发走。

俞作豫举杯说："诸位辛苦了！今晚请大家来这里一起洗尘，干杯！"

皱着眉头的俞作柏，举起了杯，但没有喝，手拿着筷子，但没有去夹菜，只是叹气。蒙志仁大口大口地吃着扒狗肉和扣肉。他举杯向俞作柏："俞主席，你过去、现在将来都是我们的主席，让小弟敬你一杯！"

俞作柏悲凉地说："我这个短命主席已成为历史了，以后你们不要再这样称呼我了！"俞作豫漫不经心地说："天无绝人之路，我们既然退到这里，我认为，龙州是一块宝地，只要大家同心协力，残局是完全可以转胜的！"

李明瑞喝了一杯闷酒后，咬着牙说："我对不起诸位兄弟，这次主要败在我的身上。我有责任和决心来收拾这一残局。我们一定要跟蒋桂头

目斗到底！"

蒙志仁霍地站起，拍着胸膛，激动地说："俞主席、李特派员，你们放宽心，龙州不是我们用武之地，听说粤桂战争又起，南宁必定空虚，我们尽快打回南宁去，夺回八桂江山，我蒙志仁愿做讨逆先锋，为诸公报仇雪恨！"

俞作柏："志仁兄，难得你一片忠心。"

韦副官送上一份广州《公评报》（10 月 18 日）给俞作柏，内刊《俞李出走龙州情形》一文，俞作柏戴上眼镜看报念道："俞作柏、李明瑞率队 13 日离开南宁，现已改装经安南潜逃香港。"

李明瑞夺过报纸气愤地说："简直是造谣，放屁！我现在还在龙州嘛！"

李明瑞拿起酒壶摇了摇，命令韦副官："拿三花酒来！"

这时，又上了一道菜，大盘里焦黄的狗肉，切块后又拼成狗的原状。

蒙志仁大块吃肉："来！大家吃肉，患难相交！"

众人同声："狗肉朋友，患难相交！"

李明瑞大口饮酒，酒气冲人，发出一阵狂放的冷笑："朋友？去他娘的狗肉朋友！"说完将酒杯猛砸于地，"哐当"一声，把大家吓一跳，面面相觑，不知所措。俞作豫过来："表哥，你喝多了吧！"

李明瑞站起，步履踉跄，离席而去，一边嚷着："狗肉朋友？我手下的杨腾辉、吕焕炎、黄权都是狗！狗……狗！都是狗！"

在座的都知道，这三位"狗肉朋友"，原来都是李明瑞手下的师、旅长，是李明瑞一手提拔起来的哥们，而这次参加反蒋战争，他们都被蒋介石收买，背叛了李明瑞，才迅速导致了败局。

俞作豫搀扶着怒不可遏的李明瑞离去。

俞作柏若有所思，说："要不是杨腾辉、吕焕炎、黄权这几个师、旅长倒戈叛变，我们怎么会落到今天！唉！都是吃过狗肉、饮过血酒的朋友啊！"

所有的人都有同感，摇头感慨。

这顿丰盛但格外苦涩的晚餐之后，俞作柏在躺椅上抽闷烟。三姨太在一旁埋怨："蒋委员长那么看重你，让你当上了广西省主席，成了名副其实的八桂王，可你，还要去反蒋，这下好，反到龙州来当流寇了！"

俞作柏发作地："你懂个屁！蒋介石哪是看上我？那是在利用我！要

不是表弟在武汉倒桂，帮他搞垮了李宗仁、白崇禧，他会⋯⋯"

"我知道，可现在你们两头得罪了，蒋介石和李白黄要联合来搞你们。作柏，不是我讲不吉利的话，大祸临头了！"三姨太说。

俞作柏猛然醒悟似的，自语说："是啊！大祸临头了。当时没有听中共邓代表的规劝，是我一生中最大的失误啊！现在怎么办？怎么办？小三，你知道龙州有个上国寺吗？不如卜个卦去。"

三姨太："卜卦来不及了，我看三十六计走为上，马上去香港先避一避。"

俞作柏："那作豫和明瑞呢？"

三姨太："哎呀！你怎么去跟他们比呢？人家年轻气盛，又是军人，如果能打出一片天地，必定要请我们回来；要是失利了，我们在香港也成了他们的退路嘛！这不是两全其美吗！"

俞作柏点头称是："小三呀！你还真有点儿脑筋啊！"

"哎呀！我这主席夫人白当了？可有一点儿，此事只和作豫说，先不要惊动明瑞，毕竟你和作豫是同胞兄弟。"

"明瑞会不会怪我不义？"俞作柏有点儿担心。

三姨太："不会，明瑞通情达理，一时可能有点儿埋怨，慢慢就会想通的。"

俞作柏站起来，决断地说："事不宜迟，明天就走。"

第二天一早，晨光照耀着龙州体育场。

一队队戎装整齐的队伍在操练。李明瑞在观看和指挥着队伍操练。

在打靶场内。营政工员吴西迎上来向李明瑞敬礼，并引导着他们沿着队列走去。一个戴大耳环的士兵引起李明瑞的注意。李明瑞问："小老弟，你是哪里人？"戴耳环的士兵："我⋯⋯"

吴西："报告特派员，他是瑶人。"

李明瑞："会打枪吗？"

戴耳环的士兵："从小打野猪，专打野猪眼睛。"

李明瑞对他感兴趣起来，立刻从腰上拔出手枪，扔给他："试试。"

戴耳环的士兵接住手枪嗫嚅地不敢放枪。

李明瑞从韦副官身上拔出手枪，说："我先打，你再来。"说完向靶牌连放三枪。

"28环！"随着报靶员的喊声，掌声爆起。

戴耳环的士兵更不敢了，把枪还给李明瑞。

李明瑞笑道："小老弟，好好练习，可不要吹牛啊！"

戴耳环的士兵被激将了，又把手枪夺过来，举手向靶牌连发三枪。

霎时，一片寂静。

"空靶了。"

"大鸭蛋喽！"大家正在议论时，远处报靶员的喊声传来："29环！"

"啊——"一片欢呼声。

李明瑞高兴地走过去："小老弟，好样的，我拜你为师。你叫什么名字？"

"你就叫我'小老同'吧！我姓兰，没有名字。"

李明瑞："你就叫'兰金'吧！希望你像金子一样闪光！"

吴西对兰金："还不谢谢！"

兰金："谢谢老同！"

吴西急忙纠正："什么老同，他是李特派员！"

李明瑞笑说："就叫老同吧！据说这是瑶家人最亲热的称呼。"

这时，韦副官匆匆跑来向李明瑞急切地说："俞主席和三姨太他们走了。"

"啊？！快，备马！"李明瑞大为惊诧。

韦副官牵马过来，李明瑞飞身跃上马背，狂奔而去。

山壑小道，十里凉亭。

俞作柏、三姨太及侍卫数人，轻装简从，正在凉亭小憩。

李明瑞飞马赶来："七表哥！"下马入亭。

俞作柏凄然地说："裕生！……"

李明瑞："七表哥，我以为你一时说说，怎么真的不辞而别？"

俞作柏叹息："见时容易别时难，又何必挑起一肚子愁肠呢？"

李明瑞："七表哥，战争失利，政局突变，我知道你够痛心的了，但我们就甘心低头当衰仔吗？"

俞作柏："表弟，我纵观政局，当今中国群雄割据，派系林立，你我身处逆境，要使咸鱼翻身，难啊！你也随我到香港散散心，等待时机吧！"

李明瑞挺着胸膛说："翻生也好，翻死也好，我决心要反攻南宁，莫非你还不相信表弟的能耐吗？"

"相信。可是当初在汉口时，你手下有五个旅啊！现在呢？……"

李明瑞打断他，说："现在我们有左右江广大的地盘呀！邓代表不是说要开辟一个新天地吗？"

俞作柏苦笑着说："就靠那些扛锄头的农夫？不过是书生意气而已。"

李明瑞着急起来："不管是农夫还是书生，我们自幼情同手足，几经征战，主政八桂，现在危难之时，怎么能分道扬镳呢？"

俞作柏也动了感情，低头叹息不已。

三姨太插话道："表弟，并非我们愿意分离，实在是没路可走了，你就原谅我们……"说着泪如雨下。

这时，俞作豫带着一个农民打扮的人骑马赶来，说："七哥，我给你找来了一个可靠的向导，他叫何建南，左江工农赤卫队大队长。"

"俞主席，我来送你。"何建南质朴地向俞作柏行礼鞠躬。

李明瑞转向俞作豫："怎么？你知道七表哥要走，也不告诉我？"

俞作豫："我也是今早才知道的，一时又找不到你。表哥，我想七哥有他自己的想法和志向，就不必强留他了。"向李明瑞低声地说："邓代表早已预料到了，他也说，不要太勉强他……"

李明瑞听了，也点点头，便上前一步，含着惜别的泪水，紧紧地拥抱着俞作柏，俞作柏也落下泪来。

俞作豫打破了悲切的气氛，说："七哥，我专门找了何建南来给你带路，一路上放心好了。"

何建南："这一带，我闭上眼睛也不会迷路。"

俞作豫："何大队长，你到了安南海防，送俞主席上往香港的船就尽快回来，龙州成立革命委员会，还要你领头呢！"

南京，蒋介石官邸。

（字幕）*广西省政府委员兼十五师政治部主任 郑介民*

蒋介石端坐在靠椅上，面呈喜色。恭立在室内的郑介民，是蒋介石的亲信，被派去广西监视俞作柏、李明瑞他们的，名义上是广西省政府委员兼十五师政治部主任。他正在向蒋介石秘报："俞作柏和李明瑞两逆已于本月13日潜逃龙州，估计会很快从龙州经安南往香港当寓公。"

蒋介石："行了，我已看了报纸的报道。你这次在广西干得不错，把李明瑞的得力干将杨腾辉师长和黄权旅长都收过来，逼俞、李下野。你立了大功，不愧是我的好学生。我准备给你嘉奖。"

郑介民："是校长及时送来的200万块大洋起作用！"

蒋介石："介民，俞作柏、李明瑞虽败走麦城，但李明瑞这员虎将，是难驯服的，说不定他在龙州收拾残局，图谋再起，你不要掉以轻心，要设法趁机把李明瑞的残部彻底分化瓦解！听说，撤往龙州仍受李明瑞控制的广西警备第五大队还有1000多人枪！要设法把李明瑞这头虎拉过来！"

郑介民："学生明白，只不过是……"

蒋介石打断他的话："再加200万块够用了吧！另外，我准备写一个委任手谕，托人送给李明瑞。"

郑介民："谢谢校长，学生遵照执行。"

李明瑞在卧室里闭目静思，这是他生活中的习惯，大概是读私塾时老先生教导的"每日闭目思过"吧。

俞作豫和几位军官在门外客厅里焦急地等待。

"俞大队长，赶快请李特派员下命令打回南宁去吧！"

俞作豫对军官们说："特派员的脾气你们又不是不知道，他每次在重大决策前总是要闭目静思，然后才拍板的。"

军官们轻声地议论着："这次闭目静思跟过去不一样，眼看着一座空城南宁摆在那里，还有什么犹豫的？"

"是呀，虎将，虎将，该发虎威了！"

俞作豫："你们先离开，等好消息吧！"军官们离去。

"特派员——"蒙志仁大大咧咧地闯进来，高声喊道，"有好消息！"直闯李明瑞的卧室。

李明瑞睁开眼睛，不悦地说："你这个蒙大炮，又要放什么炮了？"

蒙志仁："有军饷了。黄绍竑派人来说，愿意解囊相助，他可是新桂系的财神啊！"

李明瑞不动声色："要我们投奔他们？"

蒙志仁："什么投奔不投奔，如今世道，有钱就有兵，有兵就有权，有权就有钱嘛！"

李明瑞："照你的说法，投靠老蒋不是更好！"

蒙志仁："老蒋这人不讲信义，是个烂仔头。桂系到底还是广西佬！

老乡嘛！"

李明瑞拍案："什么老乡！黄权不是老乡？吕焕炎不是老乡？他们杀起老乡来比谁都狠！谁来说降的，你叫他快滚，惹火了我，砍下脑袋送回去！"蒙志仁还想说项，李明瑞大吼道："再说，连你的脑袋一起砍下来送去！"

蒙志仁吓得脸发白，急忙退出来，转身就走。

李明瑞迈出卧室，对俞作豫愤愤地说："这个蒙大炮，头脑发昏，意志动摇，把他的大队副给撤了！免生后患。"

俞作豫迟疑起来："表哥，他也是一时糊涂，乱放炮而已。"

李明瑞："我看没有那么简单。"

俞作豫："我找他说说就行了。表哥，反攻南宁的决策，你定下来了吧？"

李明瑞："现在不同以往，我们有了可靠的好朋友，有了坚强的友军，这么大的事，不能自作主张……"

俞作豫着急起来："哎呀！表哥！你办事从来没有这样瞻前顾后的，你忘了'哀兵必胜'四个字，龙州的军官士兵，个个摩拳擦掌，谁不急于打回南宁去，缩在龙州这个角落里真叫人憋气！"

李明瑞："打回南宁去，我比哪个官兵都急！这样吧，我明天就去一趟百色，再把这事定下来。"俞作豫无奈地望着他，不再吱声了。

当晚下了一夜秋雨。

第二天黎明，雨声淅沥，没有停息的样子。

李明瑞扭亮电灯，看了看怀表，敲敲木板墙壁，叫道："韦副官，准备早饭，马上出发。"

韦副官的声音："好！去哪里？"

"去百色。"

韦副官看外面天气："特派员，外面下这么大的雨，山路难行，改天去不行吗？"

李明瑞："执行命令！"

天微微亮了，雨还在不停地下。

李明瑞从屋里出来，见一个衣衫破旧的小女孩蜷曲着身子，在屋檐下睡着。

李明瑞问卫兵："这是……"

卫兵："穷人家的孩子，在这里避雨。"

李明瑞蹲下来，拍拍女孩肩膀："孩子，到屋里睡吧！"

小女孩揉揉眼睛，见是一位军官，一脸惊恐。

小女孩约13岁，很瘦弱，但有双特别大的眼睛。

李明瑞："你叫什么名字？"小女孩摇摇头。

李明瑞："你父母在哪里？"小女孩还是摇摇头。

李明瑞："你怎么不回家？"

小女孩："没有家，育婴堂的洋嬷嬷天天要我去领事馆干苦活，后来我病了，她们不要我了，把我赶出来。我就去割马草卖，所有的人都叫我'草妹'。"

李明瑞看着草妹，深深地叹了口气，便牵着她走进屋里。

桌上的一碗猪肉粥和两个荷包蛋——韦副官刚送来给李明瑞的早餐。

"吃吧！"李明瑞把肉粥递给草妹，她犹豫了一下，便大口大口地吃起来。

李明瑞不眨眼地看着她，眼前的草妹幻出了他的女儿应芬来……

这时应芬和她妈妈罗昭仪正在上海，住在一间简陋的房子里。李明瑞离开她们时，买了一架缝衣机，说："如果有什么事故，我回不来了，你们母女三人就靠这架衣车自谋生活吧！"

临行那天早上，李明瑞看看女儿，应芬吃完了早餐后问身旁的母亲："妈，爸爸要回广西老家，我也想去。"

母亲心疼地说："乖孩子，爸爸是军人，要打仗的，你怎么能去？"

应芬很懂事地点点头，说："等我长大了就去找爸爸。"李明瑞感动地抱起她来，说："爸爸会常回上海看你的，爸爸哪里舍得你们啊？"

罗昭仪满含泪水地与李明瑞相望良久，无声地告别……

这时，李明瑞回过神来，对刚吃完粥的草妹说："你还要吃吗？"

草妹很懂事地摇摇头："我吃饱了。长官，你们共产党真好！"

李明瑞停顿了一下，然后问道："你看我是共产党吗？"

"是，当然是！"

"为什么？"

"龙州的人说，共产党都是好人，你就是最好最好的好人，还能不是共产党吗？"

李明瑞深受触动，抚摸着草妹的头，半自语地说："我……会是共产党的。"

乌云滚滚，大雨滂沱。

李明瑞披着斗篷跃马在前，韦副官骑马随后，后面还跟着几名手枪卫士。

他们在崎岖不平的山路奔驰，雨点拍打在他们的脸上，还真有点儿痛。

路途上，韦副官不解地问："特派员，蒋介石派大员来请你，李宗仁、黄绍竑也派人来请你，给你钱，给你官，可是你连理都不理他们。"

李明瑞："哼！这些人都是来打我的主意的！"

韦副官："没见共产党来请你，可你自己倒去了，叫我想不通。"

李明瑞："共产党那里有真理，真理是用官用钱都买不到的。"

"真理？……"

雨中一匹快马追着李明瑞疾驰而来。韦副官发现了，警惕地回过身来，扬枪喊话："站住！"

快马骤然停住，马上坐着的是女卫生员沈美真："报告特派员！"

"是你，沈美真。"

沈美真掏出一封信来，说："这是俞大队长让我送给你的。"

李明瑞诧异地说："什么大事让你来送信？"沈美真笑而不答。

韦副官笑说："沈卫生员还兼任俞大队长的贴身秘书吧！"

沈美真瞪了他一眼："韦副官，不许你胡说八道！"

李明瑞也笑了："人家已经是志同道合，心贴得紧，还不能做贴身秘书吗？"

李明瑞打开信件，惊讶起来。"现在队伍呢？"李明瑞问道。

"正在向南宁进发。他说，为了鼓舞士气，部队向南宁城移动，一面等待你的命令。"

李明瑞："你赶快追去告诉作豫，队伍开到南宁远郊停止待命，不许妄自攻城！"

"他会等待你的命令，他说你这次去百色就是邀张队长和邓代表一起进攻南宁的。"

李明瑞向沈美真说："你们呀，都把我的心思猜透了！快去吧，说不定我们直接在南宁会面呢！"

沈美真大喜说："那太好了！"回头扬鞭飞马奔去。途中，她顺便捡了一袋中草药。

晌午。恩隆与向都县交界处的榕树坳。邓斌与教导总队两位教官、共产党员袁任远、佘惠一行策马来到榕树坳休息。

邓斌喝了一口水后凝视着远方："你们猜一猜，俞作柏、李明瑞现在是否仍留在龙州？"

（字幕）广西教导总队政治教官　袁任远

袁任远："国民党的报纸不是说他们两人已经从越南逃往香港了吗？"

邓斌："我看李明瑞未必去香港。"

（字幕）广西教导总队政治教官　佘惠

佘惠："邓代表，听说上头有人说他们两人是军阀、改组派，要我们对他们丢掉幻想，有这回事吗？"

邓斌："任别人怎么说，我自己心中有数，像李明瑞这样的人，越多越好。如果说他是军阀、改组派，我宁愿拿一个大队人马去换这样一个军阀、改组派！"

佘惠："古人说，宰相肚里能撑船，我看邓代表肚里可以装下一艘军舰呢！"

袁任远幽默地说："别看邓代表个子小，肚子大着呢！"

大家轻松地笑了。

这时李明瑞一行也来到榕树坳附近。发现坳上有人，李明瑞等人下马，卫士队立即分散警戒。韦副官和一个卫士前往坳上探察。

邓斌一行也发现坳下有人，立即派袁任远和警卫员下坳察看。

山坡上。韦副官与袁任远走近，互相打量了一番。

袁任远："你是韦副官？"

韦副官："你是袁教官？"

袁任远与韦副官高兴地握着手。袁任远正要向坳上招手，邓斌眼快，认出是自己人，立即策马奔山坡而来。

邓斌下马紧握李明瑞的手："特派员，我还以为你去了香港呢！"

李明瑞："你也这样认为？"

袁任远："他说你不会去，所以决定去龙州找你。"

李明瑞眼睛一亮："哦？"

邓斌："看，我算准了吧！"

李明瑞笑说："你还是没有算准！"

邓斌略微一怔："你不是没去香港吗？"

李明瑞："可你没有算准我们会在这里相遇啊！"

大家"哈哈哈"地大笑起来。

邓斌把李明瑞拉到一旁，说："我们正要到龙州找你们。"

李明瑞："我也有要事找你们！"

邓斌："你有什么要紧事，你先说吧！"

李明瑞："据可靠情报，卷土重来的桂系军队正与粤军在桂平、贵县混战，南宁空虚，我认为这是千载难逢的时机，我们是否趁机分别从左右江合攻南宁。龙州那边的情绪很高！"

邓斌："我们这边也得到这一情报，也有人提出打回南宁去。我认为凭广西警备第四、第五大队的力量，是可以攻下南宁，但桂平和贵县离南宁并不远，敌人转头回增南宁，我们是否守得住？就是守住了，那要付出多大的代价？"

李明瑞焦急地说："若让李宗仁、白崇禧在南宁站稳了脚，那时更难办。"

邓斌疑惑地眨了眨眼睛："看来你们的队伍已经出发了吧？"

李明瑞："你怎么知道？"

邓斌笑道："哈哈！我把你给套出来了！"

李明瑞："我不信，你不过会分析人的心理罢了！"

邓斌："我会算卦呢！"

邓斌："这没有什么关系，你命令撤兵就行了（深思一会儿），这里离百色近，我们先一起回百色与张云逸队长他们商量再说吧！"

李明瑞点头同意，二人便一同骑马并肩返回百色。一路上有说不完的话，从龙州说到百色，从共产党说到国民党，甚至连李明瑞的夫人罗昭仪和邓小平的爱人张锡瑗都成了朋友间的话题，可见他们的心贴得多么紧密。

正当俞作豫带领大队人马向南宁进发，而李明瑞又去百色的空隙中，留守龙州的副大队长蒙志仁在龙州郊外主持谋叛的秘密会议。与会有白崇禧旧部团长王赞斌、二营长蒙志华、四营长潘益。

（字幕）白崇禧旧部团长　王赞斌

蒙志仁："我先向大家介绍一位朋友，他是老团长王赞斌（王赞斌站起），刚从安南经凭祥、宁明过来，我在宁明已与王团长会过面。王团长对我们弟兄的出路很关心，认为李明瑞这一残局难以收拾，我们退到这个偏远地方，今后也难以安身。我已与王团长商议，决定趁李明瑞到百色和俞作豫率先头部队往南宁途中，仅第六营留守龙州之机，将第二、第四营脱离李明瑞部。明天一早，第二、第四营返回龙州，另找出路。王团长表示愿意帮助我们与南宁和南京方面联系，并提供军费。这次，他先给我们带来了50万块大洋，大家意见如何？"

广西警备第五大队第四营营长潘益起身说："这次，我率第四营同第二营的蒙志华营长被派到宁明去收编黄廷儒、钟八两股土匪，他们见我们自身难保，根本不理睬我们。现在，王团长关照我们，加上李明瑞、俞作豫不在龙州，真是天赐良机，我完全同意志仁大哥的主张。"

广西警备第五大队第二营营长蒙志华："我代表第二营官兵谢谢王团长的关照、提携！坚决服从大哥的吩咐。"

蒙志仁："刚才第四营和第二营营长都表了态，现你们两营离龙州不远。大家连夜赶回部队，明天一早就把你们所在部队拉回龙州驻防。今晚，我还要找第六营营长黄德普，若能把第六营拉过来，我们的力量就更大了！以后，大家不要再称我大队副了。"

王赞斌一脸得意："各位！白崇禧有话在先，事成之后，每人连升三级，蒙副大队长是团长了，以后师长的宝座等着他去坐呢！"

（字幕）百色

百色镇。广西西部的商业重镇，鸦片烟集散地。

一条清澈的右江环绕着一座繁华而又破旧的小城。

粤东会馆楼上。张云逸给李明瑞斟茶。

张云逸："李特派员，龙州的扒狗远近闻名，百色可没有狗肉相待啊！"

李明瑞感慨地说："茶香味美胜狗肉啊！"

张云逸："古人说，君子之交淡如水嘛，何况我们是香茶相敬。"

李明瑞："张大队长博古通今，军政双全。当初你从广东来投奔我们时，我怎么也想不到，你是摆红棋子的。还叮嘱你要与共产党合作呢！"

大家爽朗地笑了起来。

李明瑞见八仙桌上摆着一盘象棋，感触地说："多亏你们留下了车马炮，要不然，我就输到底了！帮人帮到底，这次反攻南宁，还我一个心愿吧！"

张云逸冷静地说："李特派员，我们早就把你看成自家人了，反蒋反桂，是我们共同的心愿。只是现在还不是攻打南宁的时机。"

李明瑞："嗯？"

张云逸："邓代表已说过，南宁就是打下来，也守不住，当务之急是整编队伍，扩大农军，在山区扎下一块地盘，然后再去收拾南宁，你说如何？"

李明瑞沉思片刻："兵书说，哀兵必胜！"

张云逸："兵书也说，主不可怒而兴师。"

李明瑞："俗话说，有仇不报非君子。"

张云逸："俗话也说，君子报仇，十年不晚呀！"

李明瑞笑了，诙谐地解围，说："看来，我们都说服不了对方，只好下棋了！我输了听你的，你输了听我的，如何？"

"好呀！"张云逸也兴致勃勃，"不许悔棋啊！"二人认真地对弈起来。

不一会儿，邓斌轻步进来，站在李明瑞后面"观战"。棋局难解难分。

李明瑞："看来只有和棋了。"

张云逸："是啊！平局。"

邓斌笑道："那不一定。"他替张云逸移动了一子，李明瑞也移动了一子，邓斌接着又移动了一下。

李明瑞惊呼："哎呀！我被'将'死了！"

张云逸拍手大笑："特派员，打不打南宁，这回得听邓代表的了！"

邓斌不解地："有什么'君子协定'？"

张云逸、李明瑞二人相对大笑起来："哈哈哈……"

邓斌严肃起来："我们好好地合计一下，当前攻打南宁的利弊，以及不攻打南宁的利弊，一条一条地讨论，如何？"

李明瑞钦佩地看着邓斌，发自内心地说："邓代表，你真有两下子！"

邓斌："你说下象棋？那倒是真的，八岁时曾打败过我们村里80岁的棋王呢！至于别的本领，我连一下子也没有。"

经过了几乎一个通宵的分析和争辩，邓斌、张云逸终于说服了李明瑞，决定目前暂不攻打南宁，抓紧时机整顿部队，发动群众，建立根据地。

邓斌说:"只要在左右江广大地区建立了巩固的政权,攻南宁不就等于是'囊中取物'吗?"

清晨,太阳初升,霞光染红天际。

邓斌、张云逸、陈豪人、龚楚等人来到李明瑞住的屋前,被韦副官礼貌地拦住,说:"对不起,各位长官请稍等,特派员有个习惯,在重大决策前总是要独自闭目静思,任何人不可打扰。"

龚楚上前大声斥道:"你这个副官不懂事,不看看是谁来了,快去通报。"

韦副官执着地说:"对不起,谁来也不行!"

龚楚正要与他顶撞,邓斌上前幽默地对龚楚说:"入乡随俗,既然到了别人的家,就得尊重别人的规矩哦!"

张云逸也说:"是啊!这个决策对他、对我们那么重要,闭目静思是好习惯!好习惯!"

正说间,室内李明瑞的声音:"韦副官,是邓代表来了?快请进!"

邓斌迎着李明瑞,握手寒暄:"中国古训,凡事三思而后行!这点我们都要向你学习!"

李明瑞:"过奖了。明瑞生来愚钝,三思还不够,还得大家多多点拨。"

邓斌:"李特派员,今后,我们就是同一条船上的人!过几天,我还要去龙州经安南往上海,到了龙州再商议举行龙州起义的事宜。"

张云逸:"你回到了龙州,请向俞作豫大队长问好!"

李明瑞握住邓斌、张云逸等人的手,激动地说:"我这次来到百色,所见所闻,真是大开眼界,找到了几十年来艰苦寻找的正路,也看到了国家民族的未来希望。感谢邓代表、张大队长对我的厚爱,若党需要我这样的人,我决心跟从,不反悔!"邓斌与李明瑞的手久握不放。

分手后,李明瑞快马加鞭奔驰在崎岖的石路山道。

李明瑞与韦副官、卫士队一行来到往南宁与龙州的交叉路口上。

韦副官问:"特派员,这里往东的是南宁,往南的是龙州。我们是往南宁还是回龙州?"

李明瑞:"回龙州。"

韦副官:"不打南宁?"

李明瑞："回龙州我要学朱毛，举旗起义！"

韦副官："在龙州搞起义？"

李明瑞："对！龙州起义！"

龙州城忽然枪声乱响，城门紧闭，通往城外的各条通道实行封锁。气氛紧张异常，蒙志仁叛变了！一些同志被抓了起来。

第六营营长黄德普拒绝与蒙志仁同流合污，连夜把队伍拉出龙州，进驻下冻乡，立即派连长林景云到驮芦急报俞作豫。俞作豫闻讯当即回师，暂驻在离龙州20里左右的水陇村。

这时，李明瑞一行人正好赶到此地，意外地与俞作豫会合。

俞作豫把李明瑞一行带到小学校内。

李明瑞："你们怎么到这里来了？"

俞作豫："龙州出事了！据六营连长林景云急报，大队副蒙志仁叛变了！"

李明瑞气得牙齿咬得格格响："这个老土匪，匪性不改，竟趁我不在龙州时，捣我的老窝！"

俞作豫："我们按你的指示到驮芦按兵不动待命，蒙贼在后面命令第二营、第四营回据龙州叛变，自封为团长。我们立即于昨晚从驮芦赶到这里。我已写一封信托人带给蒙贼，劝他改邪归正，另派人到龙州郊区发动工农群众，封锁龙州。现在，你回来得正是时候！"

李明瑞着急地说："我现在对龙州城内的情况是两眼漆黑，情报不明，我要情报！"

俞作豫说："我已派了侦察人员进城，可蒙志仁封得紧，一个也没有回来。"

李明瑞忽然暴跳了起来："韦副官，走！"

俞作豫："上哪儿？"

李明瑞："进城去！我不信蒙志仁敢对我怎么样！"

韦副官、俞作豫同声："特派员……"前去阻拦。

这时，两个士兵把一个瑶人士兵五花大绑推进来，两个士兵："抓到蒙志仁手下的兵！"

瑶人士兵大呼："特派员！特派员！"

李明瑞走过来："你不是那个'小老同'吗？"

"是我呀，"瑶人士兵说，"从龙州逃出来，蒙大队副，呸，这个反骨的坏蛋！……"

李明瑞亲自给他松了绑，说："兰金老同，龙州的情况怎么样？"

"我逃出来就是想告诉你们情报的。"

"好！"俞作豫高兴起来。

李明瑞弄清了基本情况后立刻在小学校里召开了干部会议。

排以上干部聚精会神地听着李明瑞沉着、坚定的讲话。李明瑞提高声音说："蒙志仁谋反，天理不容。据探悉，除了蒙志仁胞弟蒙志华的第二营真正听他的外，其余有的是被迫胁从，更主要的他们绝不会得到龙州城里老百姓的支持。我们现在虽有四个多连的人，但得到四周广大工农群众的支援。退出龙州城外的黄德普营和在凭祥剿匪的宛旦平营也将会跟我们协同行动，总之，我们是正义之师，一定能平息叛乱，收复龙州！大家有否信心？"

到会军官一致响亮回答："有！"

龙州县城郊外。夜色苍茫。

连长何家荣、卫士队队长谢伯达率攻城突击队员从青龙沟突击接近东门。东门外敌岗哨盲目扫射。突击队趁黑摸近叛军岗楼，集中火力，猛烈射击。守门叛军不知底细，迅速向城内退却。突击队夺取了东门城楼后，乘胜追击，缴获两挺小机关枪。突击队又冲进靠近谭家祠的火神庙，叛军机枪连、迫击炮连措手不及，一部分逃窜，一部分被迫缴械。

接着，何家荣率突击队使用迫击炮轰击谭家祠，叛军见攻势猛烈，相继缴械投降。蒙志仁在谭家祠楼上指挥身边的士兵拼死顽抗。

当一个班冲进谭家祠时，恰蒙志仁从楼梯往下逃，该班班长认得他，便紧紧抱住他的腰部，并缴了他的手枪。想不到他身上还藏有另一把手枪，趁班长不注意，悄悄从左边口袋拿出手枪，打死了班长后，逃出北门！

天微微亮了，在水陇村小学内，一夜未合眼的李明瑞和俞作豫站在地图前，分析战局。

李明瑞："从前线的枪声和火光来看，何家荣和谢伯达率的攻城突击队应该占领了谭家祠。可是天快亮了，怎么还没有何家荣的消息回报？"

俞作豫："现在都按计划进行。你赶了几天路，很累了，还是抓紧时间睡一下吧！"

李明瑞："我这个时候睡不着觉，再等一会儿。"李明瑞把行军壶的水倒出在手上，用冷水抹一抹额头。

这时，韦副官高兴地进来向李明瑞报告："特派员，何连长派人回报说，三更时，攻城突击队攻占敌团部后，蒙贼逃到北门，立即组织火力，猛烈反扑谭家祠，现在何连长正率部队在谭家祠至北门一带与蒙贼巷战；另外，法国教堂里的帝国主义分子也配合蒙贼，向何连长的部队开枪射击。"

李明瑞："蒙贼狗急必跳墙，加上法帝国主义分子助威，估计这时何连长的压力一定很大！"

俞作豫："我们是否提前通知预备队和工农赤卫队发起总攻？"

李明瑞深思一下："估计蒙贼不会从北面抽出很多兵力去打谭家祠。仍按原计划进行，若北面蒙贼防守力量有变化，再改变计划，你意见如何？"

俞作豫点头表示同意。

（字幕）攻城第二天，拂晓前

在硝烟弥漫的龙州城谭家祠。何家荣、谢伯达正在商量组织突击班。

何家荣："谢队长，接李特派员和俞大队长的指示，在攻城时，要组织冲锋枪、驳壳枪并用的突击班，出敌不意，从南门冲出，绕东门冲出，从南门回来，你的意见如何？"

谢伯达："何连长，就把攻城突击班的任务交给卫士队吧！你配给我六支冲锋枪，我们一定把敌人杀个屁滚尿流！"

他们商量后，谢伯达很快率突击班卫士队从南门出发，像秋风扫落叶般，把敌人追击到东门外。叛军营长潘益见状急忙组织抵抗。突击班暂转移到东门内伏击。

潘益骂道："妈的，我潘某也不是好欺负的，想夺回龙州，没门！"

潘益正骂着得意，谢伯达突然又率突击班卫士队以迅雷不及掩耳之势，从东门再猛冲过来，敌人乱作一团，潘益还来不及转头抵抗，谢伯达一梭子冲锋枪子弹击中其腰背，其当即仰翻倒毙。潘益身边的士兵也被击毙或缴械投降。谢伯达和何家荣率部队趁势向南门方向突击。

拂晓时分。龙州北门郊外，李明瑞看着一只老式怀表，又注视着晨曦中露出灰白色的北门城楼。

俞作豫："据报，何连长、谢队长已从南门突围出来，待命准备投入总攻，是否开始总攻？"

李明瑞："好，吹号！"顿时，龙州北门城楼下，军号震天。

在军号声中，埋伏在北门外的预备队和工农赤卫队员在宛旦平、何凤川率领下，英勇地冲上城楼，与守敌肉搏战；何家荣率部队又冲进东门，从谭家祠向北门夹攻；郊外的农军手提长矛、粉枪，在摇旗、呐喊助威。

突然，敌人隐藏在北门城楼附近的暗堡里的机枪，吐着火舌，猛烈地向攻城部队扫射，攻城部队只好暂退到城墙下隐蔽。

何家荣指挥突击队员摸到暗堡附近，用手榴弹炸毁暗堡。

敌机枪一停。攻城的预备队和工农赤卫队势如破竹冲进县城。

蒙志仁狼狈地率残部溜出南门，沿左江南岸向南宁方向逃跑。

李明瑞和俞作豫等人在胜利的欢呼声中入城。李明瑞脸上并没有露出笑脸，他怀着沉重的心情与俞作豫向满地瓦砾、弹痕累累的对讯督办公署走去。

草妹从后面追来，一边高声喊着："好人长官！"

李明瑞驻足回头："草妹！"草妹警惕地四面环视，欲言又止。

李明瑞见草妹脸上有血痕，急问："你怎么受伤了？"

草妹："好人长官，我看见番鬼佬在地道里……"

俞作豫："法国领事馆里？"

草妹点点头："我看见好多的枪和炮，还有那几个大财主……也躲在里面。"

俞作豫："你说的是被我们关押起来的大恶霸谢秋、欧文俊是吗？"

草妹："是他们。我在育婴堂时，洋嬷嬷叫我去领事馆干活，我认识里面的老妈子，她对我说的。"

李明瑞向俞作豫说："作豫，这次蒙志仁叛乱，和法国鬼有勾结。"

俞作豫："我马上派人去领事馆搞它个底朝天！"

李明瑞："不要急，先用外交手段，对帝国主义也要讲斗争策略。"

何建南带着几名工农赤卫队员奔来："李特派员，俞大队长，龙州全城收复了！正在到处搜捕蒙志仁，请你们回督办公署去。"

李明瑞拍拍何建南身上的硝烟，说："看你衣服上还有火星呢！两天两夜没休息了吧？快回家看看……"说着说着，一阵头晕，几乎跌倒。

俞作豫急忙上前扶着李明瑞。俞作豫摸其头额："表哥，你发烧了！"

李明瑞推开俞作豫的手："不要紧。命令部队，全城戒严！"

俞作豫："是。"

李明瑞对何建南说："建南，这是草妹，你把她带回家去好好照顾……"

何建南不解地问："她是？……你的女儿？"

李明瑞："她是革命的……女儿……"

草妹扑过来，抱着李明瑞的双腿："也是你的女儿。"何建南明白了。

李明瑞蹲下来，对草妹说："草妹，听话，先跟何叔叔去。"

草妹哭着说："大好人长官，你病了，我要去照顾你……"

李明瑞："你还小，还得别人照顾你，看，你还有伤呢？"

全边对讯督办公署。

俞作豫一改军人的打扮，着中山装，梳分头，端坐在一张太师椅上。左边坐着女翻译，右边坐着录事员。

（字幕）法兰西共和国驻龙州领事　嘉德

嘉德持手杖，大大咧咧地走进来。嘉德40多岁，身高体壮，浓密的小胡子翘向两边。西服领结，尖头皮鞋，昂首阔步进门，竟不脱帽。

嘉德进来，既不行礼，又不招呼，哇啦哇啦乱叫一通。

俞作豫严正地打断他，说："站在我面前说话的是什么人？请自报家门！"

女翻译严正地翻给嘉德。

嘉德一听，大为怔愣，哑了口，定定地盯着俞作豫。嘉德辩道："我向来和中国人说话都是如此，今天有什么不同吗？"翻译翻成汉语。

俞作豫说："大大不同！现在的龙州不再是军阀买办的龙州，而是人民当家的龙州，本督办代表人民，你是正在和伟大的中国人民说话，请领事按外交辞令和礼节自重！"翻译翻成法语，嘉德不禁怔了一下，一时哑然。

嘉德看着威严的俞作豫，软了下来，自动把礼帽脱掉，捧在手上，改了口气："法兰西驻龙州领事嘉德晋见贵国督办。"

俞作豫与翻译和录事员交换了眼色，微微一笑。

俞作豫："今天召见贵领事，有事警告。据悉，贵领事馆内非法藏匿武器弹药，对本地和平局面已构成威胁，即令三日内将馆内武器弹药，全部交出……"

嘉德恼怒地说："这是谣言！本领事馆从来遵守贵国法规，并无藏匿武器弹药之类。"

俞作豫打断："你还在领事馆内窝藏罪犯，与人民为敌。有无此事？"

嘉德："绝无此事！"

俞作豫："你说的是实话？"

嘉德理直气壮地说："绝无半句虚言。"

俞作豫拍案而起："那我立即派兵搜查！"

嘉德："贵督办搜查我领事馆，这是侵犯法兰西领土的行为，后果你担当得起吗？"俞作豫愣了一下。

翻译低声用中文说："大队长，暂时还搜不得。"

俞作豫大惑不解："连中央政府我们都敢推翻，不予承认，区区领事馆怎么不能搜查？这是革命！"

翻译和录事员都说："这事李特派员说过，请你不要急，我们是不是请示他再说。"

俞作豫表示同意，转而面对嘉德说："嘉德领事听着，你既然否认私藏武器和窝藏罪犯，这是你红口白牙说的，现在请你在记录上签字，后果自负！"

嘉德大惊，想不到俞作豫来这一手。

嘉德定了定神，说："本领事说话负责，签字就不必了吧！"

俞作豫："不签字也可以，那就乖乖地把武器和罪犯交出来。"

嘉德大汗淋漓，脸色红一阵白一阵，不知如何应对。

俞作豫机智地说："嘉德领事，本督办允许你回去权衡利弊，然后再做决定。提醒你一下，龙州毕竟已在人民手里，不要打错算盘。"

嘉德鞠了一躬，回头便走。

俞作豫对翻译说："立即告诉赤卫队，日夜监视领事馆。"

室中挂着"疾风知劲草，板荡识诚臣"条幅和"虎啸"横幅的内室里，李明瑞卧病在床，他发着高烧，喘着粗气。精心护理的沈美真正在给李明瑞打针，打完针后又摸了摸李明瑞的头额，然后拉上被子。

俞作豫提着一袋水果来到李明瑞房门口。

沈美真听到敲门声，轻步前往开门，并用手示意李明瑞已熟睡。

俞作豫轻声问："美真，特派员病好一点儿了吗？"

沈美真轻声回答："还是高烧，我已给他打了针。"

俞作豫拿出一段羚羊角："这种羚羊角对退烧很有用！如果明天还不退烧，你便用刀刨一点儿冲水给他喝。"

翌日清晨，李明瑞醒来了。沈美真立即给他穿衣服："特派员，今天感觉怎么样？"她又用手摸李明瑞的额头。

李明瑞感激地说："好多了，谢谢你的照料！"

沈美真："您都躺三天了，俞大队长每天都来看您，还送来羚羊角和水果。"

李明瑞："表弟还说些什么？外面情况如何？"

沈美真："他没说什么，现在，叛乱已平息，您安心养病吧！"

李明瑞："以后，他们什么时候来，都要把我叫醒。"

这时恰俞作豫轻轻走进门。

沈美真："醒了，他刚刚问到你，你进去吧。我去炖一点儿老鸭莲藕汤给他喝。"

俞作豫看着走出去的沈美真的背影，情不自禁地对李明瑞说："美真辞去医院的工作，跟我们来龙州……也真委屈她了……"

李明瑞恳切地微笑说："表弟，你也年纪不小了，今年满28岁了吧！"

俞作豫敏感地问："表哥，你这是什么意思？"

李明瑞："美真也有20好几了，你们已相互了解，又有感情，还拖什么，等龙州起义胜利那天，就把你们的婚事办了。"俞作豫默不作声。

李明瑞："作豫，你是不是还有别的想法？"

俞作豫赶忙解释："没有，没有。家里原来给我娶的女子，因我坚决反对，已回娘家去了。"

李明瑞："那就这么定了。"

俞作豫说："不，不行！革命还在危难时期，哪里顾得上啊！我想过了，等什么时候打下了半壁江山再说。看你现在，结了婚生了孩子，表嫂带着她们远在天边，互相牵挂，情思两地，多痛苦啊……"

李明瑞被他的话触动了心思，长叹一声，曼声说："我是真想她们……有时竟在梦中相聚……"

俞作豫声调有点儿悲戚地说："军旅生涯，革命烽火，常说脑袋别在裤腰带上啊！万一有什么差错，我怎么对得起她呢！"

李明瑞："那就由你吧！"

俞作豫："她呀，从不提这事，还不知道她是怎么想的？"

李明瑞慨叹地说："你们是多好的一对啊！好了，不说这事了，外面情况怎么样？"

俞作豫："这几天，各营都在搞聚餐，庆贺平叛的胜利。有的军官趁机向商人富户敲诈勒索，逼他们捐款、献珠宝。还有的军官，到花馆里去鬼混。对这些违纪行为，我已下令制止。据反映，第一营营长何凤川等人的问题较严重。"

李明瑞："我总认为，这次平叛，虽然胜利了，但对我们来说，又是一次失败。整个部队损失过半。邓代表在百色对我再三说过，现在，首要的事是要抓紧整编好部队，并尽快扩充。"

俞作豫："我完全同意你的看法。这几天，我也正在思考这一问题，若不整顿好部队，会出现第二个、第三个蒙志仁！"

李明瑞："你抽空搞一个整编方案，可考虑按原来的讨蒋南路军的旗号编为一个旅。"

俞作豫："好。"说完走了出去。

这时正好韦副官拿着一份电报进来："特派员，蒋介石给您的电报。"

李明瑞："念！"

韦副官念电文："李师长裕生勋鉴，承示各方消息，作柏受反动挑拨，忍弃前功，反抗中央，率残部盘踞龙州一带。想兄过去在险恶环境之时，尚能明是非，辨顺逆，服从中央，拥护统一，决无附逆之道。今为兄之历史与事业计，以及吾为党国计，故不得不推心直言，劝兄复归中央，是非顺逆，成败祸福，尚希熟筹之。蒋中正。"

李明瑞听后轻蔑地说："这个蒋介石，堂堂总司令，脸皮也真厚。"

韦副官："要不要回电？"

李明瑞："不理他。百色方面有电来吗？"

"没有。"

李明瑞渴望地看着窗外，半自语地说："邓代表说过，他要来龙州共商大事，怎么还不见来？"

韦副官："特派员，我跟你这么多年，没见你服过谁，连蒋介石、李宗仁你也不服，就服这其貌不扬的小个子。"

李明瑞笑了："小个子？他是位不凡之辈呢！"

"我怎么看不出来。"

"你呀！读书太少。你知道什么是共产主义？"韦副官愣了半天，说："不太清楚，我只知道三民主义，那你说说共产主义是什么？"

李明瑞顿了一下："这共产主义嘛……"

韦副官："这是一个什么样的主义？"

李明瑞："共产主义不简单呀！它很深奥，很丰富，很宽阔，能把全世界都包括了……"

韦副官："说了半天，到底是什么呢？"

李明瑞："嗨！我怎么说得清楚？问邓代表去，这次邓代表来龙州，我一定请教他。"

韦副官笑嘻嘻地说："'请教'这两个字，我还是第一次从特派员嘴里听到呢！"

李明瑞也笑了。

大病初愈的李明瑞在柏树下专心练武。

邓斌悄步来到李明瑞背后，高兴地欣赏着李明瑞的武姿。

李明瑞在做一个前刺动作时，才发现邓斌，大为惊喜，立即上前握手："邓代表，你好像是从天而降！"

邓斌："昨晚半夜才到，没敢打扰你这病号。"

李明瑞："欢迎！欢迎！屋里坐！"

邓斌与李明瑞走进屋里坐下后，邓斌打量着李明瑞身体，关心说："听说你近来身体欠佳，现在怎么样？"

李明瑞："一场小病，好了！"

邓斌："这次，你们出色地平息了叛乱，为龙州的武装起义清除了一大隐患，这叫'坏事变好事'啊！"

李明瑞："这是一件丑事，也出乎我的意料之外，给我的教训太深刻了！"

邓斌："要好好总结经验教训。正如孙子兵法中所说的，乱生于治。"

李明瑞："这次你来得正好，请多给我们介绍右江地区整顿部队的经验！另外，我还有些问题要好好地请教请教你。"

邓斌："互相学习，互相交流。我带来一本书给您看。"

李明瑞接书一看，其封面用黄色纸包着，上面写"圣经"二字（特写）。

李明瑞："我不信教，不需要这样的书。"

邓斌笑着说："它不是基督教的《圣经》，而是共产党的'圣经'。原书名叫《共产党宣言》。'圣经'两字是我为掩人耳目而写的。"

李明瑞兴奋地接书："啊！《共产党宣言》！我曾经听说过，早就想找来看看。哎？你怎么知道我正想看这本书呢？你真的会算卦吗？"

邓斌笑说："我哪里会算什么卦？因为我们之间的心相通。是吗？"

深夜。李明瑞卧室。

李明瑞在灯光下专心阅读《共产党宣言》。有时用红笔在句子底下画了杠杠，有时一字一句地这样读着："共产主义革命就是同传统的所有制关系实行最彻底的决裂，毫不奇怪，它在自己的发展过程中要同传统的观念实行彻底的决裂。""无产阶级失去的只是颈项上的一条锁链，而得到的却是整个世界。"

沈美真进来劝说："夜深了，我再一次请求您休息好吗？"

李明瑞："美真，你回去吧。我看完了这一部分才睡。"

沈美真："您看什么书这样入迷？"

李明瑞："这不是一般的书，以后我再慢慢告诉你。"

皎月西斜了，李明瑞仍在看书。

第二天夜里，邓斌在他的住所里召开领导层的党员干部会议研究筹划龙州起义之事，出席的有俞作豫、何世昌、宛旦平、严敏、袁振武、潘思文等同志。

邓斌说："中共中央已同意我们在左右江地区举行武装起义、建立红军的计划，右江地区的准备工作已基本就绪，估计这几天可以揭竿举旗建立中国红军第七军。我们左江地区也准备建立中国红军第八军。目前，由于蒙志仁叛变和其他原因，准备工作还要一段时间。现在当务之急，就是要以蒙志仁叛变为鉴，切实整顿好部队，纯洁内部，加强对工农革命运动领导，扩大工农武装力量；还要高度警惕法帝国主义对我革命运动的干扰、破坏。前委考虑左江地区党员力量较薄弱。决定派何世昌、严敏等同志来龙州协助工作，委任何世昌同志为左江军委书记。其余按你们原部署的计划进行。"

俞作豫："请新任军委书记何世昌同志给大家讲话。"

（字幕）左江军委书记　何世昌

何世昌："我刚到龙州，情况不熟悉。我决心跟大家一起，按前委和邓斌同志的部署，加紧做好武装起义和建立红军的准备工作。"

俞作豫："目前，部队编制很不健全，经与李明瑞同志商量，拟先把原第五大队剩下的第一、第六营与督办公署管辖的边防对讯巡缉队编为一个旅，仍打着在南宁时的讨蒋旗号，大家意见如何？"

宛旦平："现在已不是南宁时代了，建议换一个带一点儿红色的旗号。"

袁振武："我同意宛旦平同志的意见。"

邓斌："我看还是暂打着原来旗号为好，对争取李明瑞同志也有利！"

说到这里，恰李明瑞进来找邓斌，见邓斌正在开会讲话，便主动退出。

俞作豫见李明瑞，立即追出："表哥，我们正在开党员会议，你有事找邓代表吗？"

李明瑞止步回答："我另找时间。"

晴朗的早晨，清新的空气。窗外茂密的龙眼树上，各种长鸣短唱的鸟雀，自由自在地跳跃嬉戏。心情格外开阔自得的李明瑞，半卧床上，欣赏着大自然赐予的这么美妙的"音画"。

《共产党宣言》把他的思绪带出了窗外，飞向辽远的苍穹。此刻，梦想和现实从来没有这样贴近过，他的心好像被一种力量激荡着，不可抑止。

韦副官带着邓斌忽然直入卧室。

邓斌先声夺人："非常抱歉，昨天我正在开会。"

"哦，邓代表，你真早啊！"

"我怕你有急事！"

"不急不急！"李明瑞连忙解释，"只是想告诉你，你送给我的书，我看了三遍了。"

"哟！这么大的事还说不急？我看这是再急不过的事了，好！谈谈你的感想吧！"邓斌认真地说。

李明瑞："我感到共产主义的理想很崇高，很新鲜，很有说服力和吸引力，看了令人振奋，心甘情愿为之奋斗终生。但我也有点疑惑！"

邓斌："有疑惑就好，说明你认真地钻研了它，你直说吧！"

李明瑞："有人说共产主义是舶来品，马克思也是位外国人，这些主张是否适合中国国情呢？"

邓斌："这个问题提得很有意思。首先，要看这些主张正确与否。至于适不适合中国，这就是我们中国共产党自己的事了，照搬过来，还是把它中国化。我们现在做的每一件事，都是在把共产主义与中国实践相结合！比如，建立根据地，组织红军和赤卫队，成立苏维埃政权，还有即将举行的百色起义、龙州起义……都是在实现中国化！就说你吧！一位大大的军长，舍弃了高官厚禄，和共产党合作，打倒帝国主义和军阀，难道不也是一个最典型的中国化的例子吗？"

李明瑞认真地听着，不断地点头，然后问道："这么说，像我这样的人，也能加入中国共产党，为中国化的共产主义奋斗吗？"

"当然！当然！党组织欢迎你，也需要你。我可以当你的入党介绍人。"

李明瑞激动地拉着邓小平的手："谢谢！我终于找到了一生奋斗的归宿！"

邓斌："按党章规定，你还要找一个介绍人，然后，党组织再根据你的申请讨论通过和上报上级党委批准。"

李明瑞："我知道作豫也是共产党员，但他是我的表弟，是否也可以请他当我的入党介绍人？"

邓斌："我们党内，都是同志，没有亲戚关系。"

李明瑞："好，这本书……哦，这本共产主义的'圣经'……"

邓斌："就留在你那里吧，以后有时间再看看，如果还有什么疑问，我们可以再一起讨论讨论，好不好？"

李明瑞笑道："好，好，但不会当作急事来找你了。"

邓斌与俞作豫穿着便服在龙州圩市散步，沿街摆满了各种地方小吃和土特产。

俞作豫说："邓代表，你们四川好吃的东西那么多，你来广西想家不想？"

邓斌说："革命四海为家嘛！不过说起四川好吃的倒真有点儿想家了。什么赖汤圆呀，抄手呀，夫妻肺片呀，麻婆豆腐呀……"

"麻婆豆腐？真巧，我们龙州也有一家麻婆卷筒粉好出名呢！"

"哦？有啥子特色？"

"是个安南婆开的，去尝尝如何？"

"好呀！要不然以为龙州只是'狗肉之乡'。"

俞作豫和邓斌来到一处蒸卷筒粉的小摊。卷筒粉是把米浆摊在布模盘上蒸出薄薄的粉皮，皮内包些肉末、花生和细葱，卷成粉筒，现蒸现吃，又卫生又鲜美。

邓斌大口吃着，连称好味道。但说："可惜少了一样画龙点睛之物。"

俞作豫笑了，从衣袋中拿出一个小瓶说："我早就给你准备好了，辣椒！"

邓斌喜出望外，但接过辣椒瓶一看就仰首大笑："作豫兄，这点小辣椒只够喂三岁娃儿的吧？你没听说过，湖南人不怕辣，贵州人怕不辣，四川人辣不怕啊！"

俞作豫忍着笑，说："邓代表，你小看这米辣椒了，你别看它长得只有米粒那么大，这可是广西最盛名的天等县指天椒。"

"指天椒？"

"对，谁要吃了它，辣得喊天！"

"我不信。"邓斌打开小瓶盖，倒出五六粒指天椒来，正要往口里放。俞作豫一把挡住，说："慢！先吃一粒试试。"邓斌不听，一把将五六粒指天椒抛进口中，嚼了几下，立即满脸涨红，额头出汗，但他却强忍着，不动声色，把安南麻婆吓得张口结舌。

俞作豫急忙端了一杯冷开水送过去。邓斌挡住，笑道："这种指天椒是有点儿辣，但还不至于要喊天嘛！"

俞作豫说："我服你了！"

邓斌和俞作豫吃完了麻婆卷筒粉回到对汛督办公署门前，坐在两块石凳上聊天。邓斌说："今天过足了辣椒瘾，倒让我有点儿想家了。我家在四川一个普通的农村里，村子到处都种有树，我家屋前屋后也种了好多树。爸爸常对我们说，前人种树，后人乘凉。我深深记在心里，长大了，到了哪里都想着种上几棵树。举手之劳，利国利民，何乐不为？"

虽是闲聊，俞作豫却当了真，第二天一早，叫勤务兵送了两棵柏树苗来。

邓斌兴奋得跃下床来，未及洗漱便扛起锄头出来挖坑种树。他脱了衣服，甩开膀子，汗流浃背，大有昨日过辣椒瘾的劲头。勤务兵赞叹地说："邓代表，看你抡起锄头的样子，哪里像个留洋回来的大官。"

邓斌笑问："那你说留洋的人是个什么样子？"

"龙州街上就有一个，金边眼镜一挂，文明棍一拿，戴礼帽，穿洋服，胸前还挂一条擦鼻涕布……"

邓斌忍不住大笑："那叫领带，不是擦鼻涕用的布。"

谈笑之间，邓斌已把两个树坑挖好了，勤务兵帮着一起，将两棵柏树苗种下去。邓斌提了桶水来，细心地淋灌。

勤务兵说："邓代表，以后淋水的任务我包了。"

邓斌抚摸着柏树苗的嫩叶，充满感情地说："是我种的树，理当我来包。就像我的孩子，我有责任培育它成长起来。"

邓斌在龙州部署好武装起义工作后，启程赴上海向党中央汇报工作。李明瑞和俞作豫相送出城，走了好远一段路，同志情深，依依不舍。

邓斌："我有急事去上海，这里武装起义的事，就按这几天我们商议的步骤来办。起义前最重要的是把革命部队整顿好。"

李明瑞："请邓代表放心，蒙志仁叛变是血的教训。"

俞作豫："但也不要草木皆兵，一朝被蛇咬，十年怕井绳。"

邓斌立刻停下脚步，转身对俞作豫探询地问道："俞大队长，你很了解你部下的每一位军官吗？"

俞作豫十分自信地说："是的，他们都会听我的。"

邓斌严肃地说："革命军队，不能把信任全寄托在个人身上，义气要服从正气，感情要服从思想。"

李明瑞："这话很对，作豫，我看你就有这个弱点。你虽然还年轻，可是邓代表比你更年轻，他就比你沉稳得多，老练得多。"

俞作豫："那当然，邓代表是代表党中央的人，我怎能和他相比呢？"

邓斌："但我也有好多方面，是比不过你的，打仗没有你能干，使枪弄炮也没有你熟练……还有，形象也没有你英俊威武！哈……"

"哈哈哈……"俞作豫重重地拍打着邓斌的肩膀，大笑不止。

李明瑞："还有一件事……"欲言又止。

俞作豫道："这事我表哥不大好说，我来说！"

邓斌打断他："我知道了，并且时时放在心上。明瑞同志入党的事，党组织在百色预先讨论通过了，这次我就向党中央上报。你放心吧！"

李明瑞："我高兴地等待着这一天！"

邓斌对李明瑞："这里武装起义之事，就交给你和作豫同志了！起义后，前委委任你为红七军、红八红军总指挥，你今后肩上的担子更重了！"

李明瑞："党组织委我重任，我实在不够格。你走后，我们一定按前委和你的部署去做。你放心！"

邓斌："我会很快回来的！另外，请你告诉我嫂夫人在上海的住址，你有什么要托办的事，我尽力效劳！"

李明瑞感激地回答："我已有半年多没有与她们联系，也不知道她们住到哪里去了。你工作太忙，不必麻烦了！"

邓斌止步与李明瑞、俞作豫等送行人员握手告别后，便大步向边境走去。邓斌走了几步，又回头对留下的勤务员说："要经常用洗脚水给柏树淋灌！"

李明瑞、俞作豫不断挥着手，久久凝视着渐渐消失的邓斌身影。

回到龙州后，李明瑞和俞作豫按照邓斌的部署，开始抓整顿部队的事。这天下午，对讯督办公署会议室里，坐满了部队和地方武装的营级以上干部。

李明瑞问俞作豫："都到齐了吗？"

俞作豫："尚缺一团团长何凤川。"

（字幕）讨蒋南路军第一军一旅一团团长　何凤川

正说时，何凤川醉醺醺地走进会场，找一空位坐下，差点儿摔倒，引起大家一阵哗笑。何凤川："笑什么！不过多喝几杯……"

吴西插道："花酒吧！"又是一阵笑声。

李明瑞严厉地扫视何凤川一眼。

俞作豫："现在正式开会，先请特派员讲话。"

李明瑞："弟兄们，这次平息蒙贼叛乱，大家都很坚定，服从指挥，身先士卒，精神可嘉。现在，我们的兵虽然减少了，但大家的心更齐了，战斗力更强了。我们要吸取这次事件的教训，像右江地区那样，把部队整编好，建立一支革命军队。下面请俞大队长宣布部队的新编制。"

俞作豫宣布新编的部队序列及各长官名单："李明瑞为讨蒋南路军第一军第二旅总指挥……"

当晚，一团团长何凤川与其心腹李统承连长和胞弟何质文聚在一起，大发牢骚。

何凤川："老子在这次平叛中为他们卖了力，现在，虽给我升了官，但并没有给我什么实惠和好处。尤其是我向一些大商人捐集经费时，上面的眼睛老是盯着我。"

李统承添油加醋挑拨说："大哥，说白了，他们给你当团长，是架空你！"

（字幕）何凤川胞弟　何质文

何质文说："李连长，正因为这样，我哥才极力推荐你当第一营营长。"

何凤川："现在，我们要设法把龙州的花捐、赌捐、烟酒捐统统揽过来，有了光洋，我们今后才会有好日子过！"

李统承："对！他们干他们的正经事，我们干我们的，看他们敢怎么样？"

何质文："哥，让我到团部当军需吧！"

李统承："这是一个好机会，否则，他们另安排人进来就不好办了！"

何凤川："没问题，俞作豫是我们老乡，又是多年的关系，这个面子他岂能不给？"

何建南刚把"龙州革命委员会"的牌在大门挂上，看的街民边读边议论。

一街民说："革命委员会！是不是衙门呀？"

另一街民说："不是吧！县衙门的官叫'县长'，这委员会的官还不得叫'委员长'喽？"

"是嘛！何建南就是何委员长！"

又另一街民说："别胡说，中国只有蒋委员长，哪儿又来个何委员长。"

又另一街民说："一个蒋委员长就搞得全国鸡犬不宁、民不聊生，再多几个委员长，民众还能活吗？"

何建南笑了："各位父老乡亲，我们共产党没有什么委员长，革命委员会的头叫'主席'，是为大家服务的。我叫何建南，下冻乡人，以后大家有什么为难事，都可以来找我。"

一个珠宝商女老板走到前面来，冲着何建南说："不管你是委员长还是主席，请问，你管不管驻军的事？"

"看是什么事，侵犯民众利益的事都管。"何建南理直气壮地回答。

女老板："那好！驻军有个姓何的军需官，三天两头来收捐，什么治安捐呀，保护捐呀，烟捐呀，酒捐呀！天晴收什么防旱捐，下雨又收什么防涝捐……没完没了！"她的话引起了群众强烈的反响。

胖乎乎的林老板愤愤地说："我是开酒楼的，昨天有位团长带几个女戏子到店里吃喝，结账时说，算你交了酒捐，就走了。"

一街民说："谁叫你们有钱呀！为革命多做贡献嘛！"

一些群众："对呀！有钱出钱，有力出力，共产嘛！"

何建南大喊一声："不对！共产党一贯保护工商业，军队也不能违法乱纪。这事我要去查，一定查清。"

在对讯督办公署客厅里，李明瑞与俞作豫在研究整顿部队事宜。

俞作豫："现在大家反映的意见，主要是何凤川兄弟的问题。有人说，他们两个是我们的老乡，旅部不敢动他们身上一根毫毛！"

李明瑞："这确是一个棘手问题，何凤川跟随我们多年，打仗卖力，就是贪性不改，我敲了他几次，他都阳奉阴违，看来，我们已不能再手软了。"

俞作豫："何凤川的问题非解决不可。"

何凤川的公馆，他正在镜前穿着一套新军官服，神气地戴上新军帽，左照右看，好不得意。

"报告！"李统承入室敬礼，说："团长，你找我？"

何凤川一面照穿衣镜，一面说："统承，今天李总指挥请我吃饭，你卜卜占看，是凶是吉？"

李统承从挎包里拿出一个龟形的小石头，念念有词，然后扔在地上，喜出望外："团长，大吉大利，怪不得我听传闻，李总指挥要调到百色当大官，为了加强领导，打算任命一位副旅长，原来是你呀！"

何凤川喜上眉梢，说："好，如果我升了官，团长就由你来当了。"

对讯督办公署的餐厅里，摆了一桌并不丰盛的酒菜。围桌而坐的只有李明瑞、俞作豫和何凤川三人对饮，但脸上都很严肃。何凤川有些不安。

俞作豫："今天是我们老乡在一起吃最后一餐饭了。"

何凤川大惊失色，酒杯落地说："旅长，你……"

俞作豫看了一眼李明瑞，不作回答。

何凤川急转向李明瑞："总指挥，这是什么意思？"

李明瑞厉声地说："何凤川，你干的事自己不知道？还要我一条一条来宣布你的罪状吗？"

何凤川一听，浑身发软，脸色煞白，停了一会儿，说："我明白了！这是惯例，枪毙前要赏一餐酒菜。是不是？"

李明瑞、俞作豫面若凝霜，不动声色。

何凤川猛地站起，暴怒地说："既然你们不顾老乡之情，今天就来个鱼死蚂烂。"说着拔出手枪来。就在这一瞬间，韦副官和四个卫兵冲过来，把何凤川的枪缴了下来。李明瑞冷静地说："何凤川，你犯的按军纪军法本应枪毙，以振军威。但想到你跟我数年，鞍前马后，拼杀有功，死罪就赦免了。从今日起，削官为民，脱下军装，礼送出境，今后，我再不愿见到你这不争气的老乡！滚吧！滚得远远的。"他语中含有痛切。

韦副官等人七手八脚把何凤川的军装扒下，何凤川被押解出去，走了几步，又回头，突然跪在李明瑞跟前："总指挥，凤川感谢你不杀之恩，宁愿跟随总指挥做牛做马……"

李明瑞："何凤川，你一身贪婪成性，花天酒地，匪气十足，革命队伍里岂能容下你这样的人，不知道什么时候又要撞在军法的枪口上。还是走吧！到时候改了本性，再来找我。"

何凤川有点儿感动，不断磕头，说："我领了总指挥的心意，何时用得着我，喊一声就到！"

何凤川转身向俞作豫拱手一缉："老乡，就此告别了。"

韦副官等押送何凤川出门。

俞作豫对另一军官说："同时把李统承和何凤川胞弟何质文一起押解出境。"

李明瑞："要把他们抢夺、勒索商家民众的钱财分文不少地一一退还，不允许带走。"军官："是！"

正当整顿部队在顺利开展的时候，发生了这样一件事。那天，一个穿华贵长袍、戴礼帽、鼻梁架着金丝眼镜的富商打扮的人在公署门前蹀来踱去。

李明瑞与韦副官走到公署门前，那个富商打扮的人立即迎上去："裕生兄，我终于见到您了！"

李明瑞止步，抬头一看："哦，是唐先生，是什么风把老朋友吹来！"

（字幕）中央海关监督　唐海安

唐海安："老朋友，您怎么来到这个南蛮僻壤之地，让我找得好苦呀！"

李明瑞："你也冒着好大风险来到这里，请到里面坐吧！"

唐海安跟李明瑞、韦副官入督办公署李明瑞办公室。他见韦副官出去，便靠近李明瑞说："裕生兄，您乃是北伐虎将、难得将才，蒋总司令爱将惜才，胸怀宽，不咎既往，令小弟前来看望您。"李明瑞不露声色。

唐海安从腰间取出一包东西送到李明瑞面前："这是蒋总司令给您的亲笔信、委任状和军费支票！"

李明瑞蔑视地拿起一张委任状，念着："委任李明瑞为国民革命军第十五军军长兼广西省主席。蒋中正。中华民国十八年十一月五日。"念后淡淡一笑说："这张委任状，我半月前已从广西省政府特派员颜德忠手里看过了，怎么这委任状又落到老朋友手里？看来，唐先生也走错了门，老蒋早已委任吕焕炎担任此职了！"

唐海安开始感到周身不安，他振作精神说："裕生兄，您不要误会，上个月颜特派员来龙州之事，小弟完全不知。这些委任状、信件和支票，是本月初蒋总司令托人交给我的。听蒋总司令说，吕焕炎平庸肤浅、能力有限，以后收拾广西局面，还要靠裕生兄！"

李明瑞又拿起那张支票说："支票又加码了，从200万加到600万大洋。老蒋这么慷慨，给我这么多钱，不怕我拿了钱更好去反他？"

唐海安："裕生兄，此言差矣。您不考虑自己的前程，也应为嫂夫人母女她们着想！这次，我路过上海时，见到嫂夫人和兄的爱女，她们都很想念您。"

李明瑞："她们现在怎么样？"

唐海安："她们说，已很久没有得到裕生兄的音讯了，不知您是死是活。有人对她们说，您已逃往安南或香港，又有人对她们说，您血染沙场，死于非命了！"

李明瑞思绪缱绻，不禁叹道："叫她们担惊受怕了！"

唐海安："裕生兄，看在老朋友的分上，把小弟远道带来的蒋总司令这些东西收下吧！"

李明瑞面色铁青，坚定地立起，说："唐先生，也请你看在老朋友的分上，把老蒋这些东西代还给他。小弟公务缠身，不能久陪了。"

唐海安："裕生兄，小弟还是请您再冷静考虑，不要这么固执为好！"

李明瑞对门口喊："韦副官，送客！"

韦副官进来对唐海安："请！"唐海安叹息摇头，无奈起身。

唐海安："裕生兄，我回去上海，您有什么转给嫂夫人？"

李明瑞："没有，谢谢。"

次日上午，李明瑞召开了军事干部会议。李明瑞激动地说："我告诉大家一个好消息。接百色来电，他们那里已举起义旗，成立中国红军第七军。我们这里，决定与右江一样，准备近期举行武装起义和建立中国红军第八军。我李明瑞，自步入军旅，出生入死，枉拼十余载，现在，终于找到自己的归宿，就是铁心跟共产党走。如果在座有人不愿跟我走的，可以听便，礼送离队，但不能捣乱。若要与我过不去，我李明瑞的脾气，大家也是知道的。现在，我们要在上一段整顿部队取得成绩的基础上，一方面加紧继续整顿部队，另一方面，要深入发动和武装工农群众，迅速扩大部队！"

俞作豫："我也告诉大家一个好消息：李明瑞同志已被上级任命为中国红军第七军、第八军两军总指挥，很快要离开龙州赴百色上任。在此，我们表示祝贺！"

在座的军事干部整齐地立起，齐声说："祝贺总指挥！"

李明瑞感激地说："感谢诸位过去对我的支持、信赖，我李明瑞终生难忘。今后，我决心从头做起，当好人民的长工。我明天就去百色上任，这里的工作就靠大家了。我在右江等待你们的好消息！"

这时，室外传来刺耳的法国飞机声。

李明瑞走到窗口，见法国飞机在低空盘旋，愤慨地对到会军事干部说："看来法国鬼佬已嗅到我们这里的气味了，大家要提高警惕。如果法国飞机再敢放肆，就坚决同他们干！"

晚上。李明瑞正在灯下伏案写信。

沈美真进来送药问："总指挥，听说您要到百色去，您身体仍很弱，我也跟您去百色照顾您好吗？"

李明瑞："美真，你过去对我的照料和关心，我很感激，今后，我到百色去，是做人民的长工，不需要人照料了。美真，我走了，让我挂心的是你和作豫的事。"

沈美真坦直说："您放心，我会永远爱他的，无论结不结婚。"

"为什么不结婚？"

沈美真沉吟地说："您还是去问作豫吧！"

李明瑞幽默地说："难道还要我下一道军事命令？"

沈美真笑了："那您就下嘛，我绝对服从命令的！"

李明瑞也笑了，就手在信笺上写了："俞作豫、沈美真年内完婚，不得延误，此令！"交给沈美真。

沈美真接过一看，笑得弯了腰："李总指挥，你真幽默！这管用吗？"

李明瑞半笑半严肃地说："军令如山嘛！哈哈……"

龙州街头，阳光灿烂。一队队拿着各色小旗的工人、农民、学生和士兵在举行抗议法帝国主义侵犯领空的示威游行。他们高呼着"反对法帝国主义干涉中国内政！"等口号，街道两旁站着观看的群众。

李明瑞与俞作豫策马在街道并肩走着，后面跟着一支卫士队。当他们走到街道交叉路口时，被示威游行队伍挡住，待游行队伍通过路口后，李明瑞一行才直往前行。

龙州城郊。青山叠翠，溪泉潺潺。

这时，何建南和草妹边喊边追上来："特派员！总指挥！"

李明瑞见是他们立即下马，热情迎上去。

草妹："革命爸爸，你走了，也不告诉革命女儿。"

李明瑞抚着她的头，说："我没有走啊！我永远和龙州的军民在一起，不过有些公务先去百色。草妹，你在何叔叔家过得好吗？"

草妹："好，何叔叔一家也把我当女儿呢！我真有福气，净遇到大好人。"

何建南："草妹不是割马草的草妹了，她是我们龙州革委会的革命小妹。前些天，她带领我们赤卫队去到法国领事馆的地道里，拖出血债累累的大恶霸谢秋、欧文俊，立了一大功呢！"

李明瑞赞扬草妹："好呀！不过参加革命斗争你还太小，还是先去上学吧！建南，革命女儿就交给你了。"

何建南："总指挥放心，我没有女儿，她就算我的女儿了。"

草妹高兴得跳起来："好呀！我有两个革命爸爸了。"

李明瑞："草妹，好好上学，干革命得有文化啊！"说着从口袋拔出自己的一支钢笔来，送到草妹手上，草妹接过钢笔，热泪盈眶扑向李明瑞。

1930年2月1日。龙州的大街小巷张灯结彩，到处贴着红纸写的"庆祝中国红军第八军成立！"等革命标语。家家户户悬挂起鲜艳的红旗或彩色纸旗。

在新填地广场，红旗漫卷，锣鼓喧天，鞭炮齐鸣。一万多工人、农民、学生、市民怀着无比兴奋激动的心情，从四面八方涌向广场参加庆祝红八军成立大会。

（字幕）中国红军第八军政治部主任 何世昌

（字幕）中国红军第八军军长 俞作豫

上午9点，大会在军乐声、鞭炮声、掌声中开始。何世昌宣布大会开始后，俞作豫发表讲话："今天中国共产党领导的中国红军第八军正式成立！左江革命委员会正式成立！李明瑞同志担任红七军、红八军总指挥。俞作豫任红八军军长，邓小平兼任政治委员，何世昌任政治部主任，王逸任左江革命委员会主席。红八军下辖两个纵队，何家荣任第一纵队队长，宛旦平任军参谋长兼第二纵队队长。"

接着，队列整齐、精神威武的全体官兵举行庄严宣誓。俞作豫、何世昌等在台上带头扯下国民党青天白日的帽徽，台下官兵也跟着把国民党帽徽取下践踏在地下。全场响起惊天动地欢呼声："中国共产党万岁！""打倒军阀！""打倒蒋介石！""红军万岁！"

何世昌代表中共左江军委在大会上讲话："中国共产党领导的红八军是工农群众自己的武装，负有解除民众痛苦、为群众谋利益的使命，希望全体革命战士和工农群众团结起来，坚决为实现党的主张和红八军的政纲而奋斗到底。"

全场响起经久不息的欢呼声，响彻蓝天。

此刻，一彪马队从远处疾奔而来。街道两旁围观的人群纷纷让路，马队直指新填地广场。所有人的视线一齐向马队转过去。

只见领头的是一位身着红军军装的军人，在一卫兵带引下，走到舞台前，向俞作豫立正敬礼："报告俞军长，我受红七军张军长和李总指挥委派，前来祝贺贵军成立，这是贺信！"

俞作豫惊喜地接过贺信。阅信后用洪亮的声音说："同志们，红七军前委和军长张云逸、李总指挥，专程派人送来贺信！"大家热烈鼓掌，欢呼！

接着，台下排列整齐的部队开始进行简朴的阅兵式。一面鲜红的红八军战旗迎风飘飞。崭新的红军军装和绣有红星的红军军帽在阳光下特别耀眼。队伍英姿勃勃地走过主席台，向俞作豫军长、何世昌主任敬礼。队伍中有宛旦平、甘湛泽、何家荣、严敏、袁振武、潘思文、雷献廷、唐克、林景云、吴西、钟夫翔等，还有数以千计的战士。在新填地广场还举行了军民联欢会，表演了各种精彩文艺节目，各族军民扬眉吐气，尽情欢庆胜利。

1930年2月10日晚上，龙州对讯督办公署——红八军司令部。

邓斌主持龙州地区党政军负责干部联席会，俞作豫、何世昌、宛旦平、袁振武、甘湛泽、王逸、林礼、涂振农、麦锦汉、何建南等干部参加会议。墙上挂着一张桂西南形势图，小红旗插满了百色和龙州地区各县乡。

俞作豫："红七军、红八军前委邓斌书记刚从上海向党中央汇报工作回来，带来党中央的重要指示，现在，请邓书记给我们传达和讲话。"

邓斌："前两天，我从安南踏进左江地区时，到处看到一片新的革命景象。在短短几天内，已有龙州、上金、凭祥、左县、养利、崇善等县成立了革命委员会。有的县正积极筹备革命新生政权。红八军也开赴各地宣传发动群众，开展打击土豪劣绅和剿匪斗争，广大工农群众挺起了腰杆，扬眉吐气。"

俞作豫："邓书记，自从红八军正式成立后，军官和士兵又一片攻打南宁的呼声，我们与红七军张军长联系了，两军协同，攻打南宁，李总指挥来电说，以攻克南宁来迎接邓书记回来。"

邓斌严肃地说："红七军、红八军的建立，百色起义、龙州起义的胜利举行，我们不要被这些轰轰烈烈的现象迷惑。目前从全国和广西的形势看，敌我力量的对比，还是敌强我弱，广西方面我们还受到桂军、粤军，甚至蒋军的多方压力，加上左江地区与安南接壤，帝国主义的气焰很嚣张。这次，我到上海向党中央有关领导同志汇报，他们认为我们目前在左右江地区，应以发动群众，开展土地革命，扩大武装力量为主，像毛泽东、朱德在江西苏区那样巩固革命根据地，切不可轻易攻占大城市。特别是我们红八军，整顿部队尚未完成，收编过来的绿林武装尚不大可靠。若部队攻打南宁失利，红八军将陷入前后受夹击的危险。我的意见，红七军、红八军应立即停止攻打南宁的行动。大家意见如何？"

何世昌："我完全同意邓书记的意见。"

其他到会人员也纷纷表示同意邓斌的意见。

俞作豫迟疑地不表态。邓斌："俞军长，你说说吧！"

俞作豫："我坚决执行中央的指示，但我要保留自己的看法。"

邓斌："什么看法，请讲，我洗耳恭听。"

俞作豫坦诚地说："好！我是个军人，是当兵打仗的人！我的战士不打仗怎么成长壮大？号称红八军，不过才两个团，只有不断地打仗，才能炼成真正的红八军！"

邓斌说："哪有不打仗的军队啊！作豫呀，仗有得你打，看来你我这一代共产党员，可能要打它大半辈子仗喽！枪杆子里面出政权嘛！"

俞作豫："哦，精彩！这话是谁说的？"

邓斌："毛泽东，他在一篇文章里说的。现在，大家统一思想，我立即电令红七军停止进攻南宁的行动。"

这时，机要员拿了一份电报进来报告："李总指挥来电，说前往攻打南宁的红七军部分队伍，在隆安与敌遭遇。失利后，他已和张军长率部队撤往恩隆一带，要龙州方面提高警惕。"

所有与会的干部都表示震惊，互相交换眼色。

邓斌镇定地说："这也不算得是个坏消息。碰了个小钉子嘛，这样更坚定了我们要把工作中心转到土地革命方面来。另外，继续整顿好部队，改编绿林武装，并且有理有节地和帝国主义做斗争。"

散会后，邓斌提水给门前的两棵柏树淋水，他看着长出新苗的柏树，满怀深情地说："小柏树啊！你一定会长成擎天大树的！"

2月13日午夜，在龙州下冻乡逐柜村。

一个人影在敲黄飞虎的门。

黄飞虎在床上抽大烟，他听到了敲门声，警惕地坐起来。

（字幕）左江第二路游击司令　黄飞虎

这个土匪出身的黄飞虎，归顺了龙州新政权后，被任命为左江第二路游击司令，驻守在龙州县下冻乡。名为飞虎，实则是个瘦猴模样的鸦片烟鬼。

黄飞虎起床去开门，一个人影溜了进来。

二人躺在床上抽大烟，一边密谋。来人是黄飞虎的外甥仔，名叫温鬼仔，是国民党第十五师参谋。温鬼仔："大舅，梁师长这回要是一网打尽龙州叛军，升官发财的鸿运就来了，你起码会分得个团长当。"

黄飞虎："鬼仔！我早就想反水了，跟着这些穷光蛋干什么鬼革命，只是不知道怎么反，我这点兵力哪对付得了龙州的红军？"

温鬼仔："梁师长准备攻打龙州。虽然红军有一半兵力在各县乡下，城内空虚，但据说那两个共产党头头很厉害，军长俞作豫是正规军出身，还有一个从外地来的神秘人物，姓邓，传闻他料事如神，指挥若定，能以一当十。梁师长希望你能立个头功！"

"我？我能行吗？"

（字幕）原下冻乡农民赤卫队中队长　何炳珠

2月14日，黄飞虎带着何炳珠匆匆进入龙州城。手里提着大块猪肉和酒瓶，直奔何建南家而去。原来何建南也是下冻人，与黄飞虎是老乡，而且还有点远亲关系。黄飞虎归顺，是何建南的保荐，所以常常有些来往。何建南多日不见这位老乡司令了，就热情地留他吃饭，聊聊。

黄飞虎："何主席，你是我们下冻乡的龙头！我黄飞虎有今天，全靠你向俞军长保荐啊！"

何炳珠："黄司令是最讲义气的，自从当了游击司令，天天都想报答上司。这次，我们招募了50多条人枪扩大了农民赤卫队，把中队改为大队，搞个典礼，想请俞军长和邓政委去讲讲话，鼓励鼓励大家。"

何建南："邓政委来无影去无踪，现在不一定在龙州，俞军长是可以请到的。典礼在什么时间开？"

黄飞虎："明天下午。"

何建南："好呀！扩大武装这是个好消息，他一定会去的。不过，你们为什么不亲自去请他？"

"哦，还是你面子大，我们下冻是归你龙州管的呀！当然由你来请喽！"何炳珠口若悬河地说。

黄飞虎："再说，我这个受改编的游击司令，还不就是小婆的仔！他们哪会信得过？"

何建南："你黄司令威震一方，俞军长一直很看重你的，何出此言？"

黄飞虎："还望何主席多多美言几句。这次扩充军务必请俞军长赏脸，也表表我黄飞虎的一片忠心。"

何建南爽快地："好！难得你这片忠心，我一定请俞军长到会讲话。不过，按照情理，你黄司令也应该亲自去请俞军长嘛！"

"这个当然，我已派人送了请帖给俞军长，只是请你去打打边鼓，务必请到，也好给我一点儿面子。"黄飞虎说。

2月15日晨。何建南拨开晨雾，直奔俞作豫住处。

"俞军长，俞军长。"何建南边喊边闯入。

俞作豫正在洗漱："老何，什么事这么急？"

何建南："我一夜没睡好，琢磨着这事，有点儿不放心。"

俞作豫："是去下冻参加扩军典礼的事？"

何建南："是啊！昨晚这事定下来之后，我越想越担心。你说黄飞虎这个人有鬼吗？"

俞作豫："你听到什么风声了？"

何建南："没有。"

俞作豫："没有你瞎猜什么？"

何建南："嗨！匪性难改！常言道，狗改不了吃屎！"

俞作豫困惑不解地望着他。

俞作豫洗完脸，与何建南到客厅里坐下，勤务兵给泡了两杯热茶。

俞作豫娓娓说来："那是两年前的事了，在六万大山中，有一群被人们称作土匪的绿林好汉。"

何建南："我听说过，首领外号叫'花脸狼'，是吗？"

俞作豫："就是他，有一天，我路过六万大山脚，被他们抓了去……"

俞作豫一边比画一边讲述，把当时的情景描绘得生动有趣。

（画面出现当年便装打扮的俞作豫被一群土匪捆绑上山。）

花脸狼："身上有多少钱？"

土匪说："穷光蛋，搜遍全身只有一块钱。"

花脸狼："穷光蛋你们抓来做什么？想煮来吃呀？"

土匪笑起来说："看他白皮细肉，比公鸡仔好吃呢！"

土匪小头目下令："剁了！"说着土匪们的砍刀直逼俞作豫。

俞作豫镇定地笑道："花脸狼，你就那么穷？连猪肉都吃不上？"

花脸狼一愣："你怎么知道我的大号？"

俞作豫："不但知道，我这次是专门上山来找你来的。"

花脸狼狠狠地抓住俞作豫的头发，吼道："你想发财是吗？官府的赏金是 500 元大洋啊！"

俞作豫仰面大笑："你这颗人头只值 500 元？太便宜了，官府悬赏买我的人头，你知道是多少钱吗？2000 元！你们把我送进官府比杀我来吃合算，是不是？"

花脸狼和土匪们都震惊了："你是什么人？"

俞作豫就势说："花脸狼兄弟，我知道你原来也是个大穷光蛋，给地主当长工，吃不饱穿不暖，还挨打受气。地主丢了头牛，赖你勾结土匪偷的，把你绑进官府，被他们严刑逼供，把你的脸用铁条烧成了花脸，判了 10 年大牢。后来你越狱逃出来，才在这六万大山聚义，是不是呀！"

花脸狼和土匪急切地问："是呀？你怎么知道的？"

"那你也是给官府判刑的？"

花脸狼："悬赏 2000 元，你是造反的人？"

俞作豫说："你们说对了，我是个造反的人！为什么要造反？让我来给你们讲。"

花脸狼："快松绑！大水冲进龙王庙了。"

何建南听到这里，不由自主地拍手称快："好啊！花脸狼真是豪爽！"

俞作豫对何建南说："后来，我说服了花脸狼，他和弟兄们一起下山来和我们一起造反，建立了玉林农民自卫队。"

何建南："军长，不过黄飞虎和花脸狼不同啊！他是个从小不干活的烂仔头，后来成了个土匪头！"

俞作豫："黄飞虎虽然是个土匪头，但我们已经收编了他，给了他军饷，封了他司令，他应报恩才对呢！"

何建南："这样吧！我明天上午先去下冻，那里是我的家乡，看看有什么动静，然后你下午再去，行吗？"

俞作豫笑了："你呀！做事慎重过度。不过也好，你先回老家看看亲戚，明天下午 3 点我准时赶到。"

2 月 15 日上午。黄飞虎、何炳珠等几个人与何建南打火锅吃狗肉。大家互相恭维，敬酒不停。

何建南："黄司令，何队长，我来下冻怎么没见你们扩大的武装人员？典礼在哪里举行？"

黄飞虎与何炳珠交换了眼色，说："吃完狗肉再说，何队长会带你去看的。"

何炳珠："是呀！你还信不过我们？"

何建南："当然信得过，信不过我还会来？俞军长下午 3 点来参加典礼，要准备好啊，他是军人，一定会准时到达的。"

黄飞虎："好！何主席，事成之后，论功行赏，你今天立了个大功啊！"黄飞虎得意忘形说漏了嘴。

何建南顿觉警惕："你说什么？"

这时，温鬼仔闯了进来。

何建南："你是什么人？好面熟。"

温鬼仔笑道："何主席，你好忘性？"

黄飞虎掩饰地说："自己人嘛，我的远房外甥。"

何建南想起来："哦，温鬼仔呀，小时候偷鸡摸狗，大了混到哪去发财？"

温鬼仔想发作，旋又压了下来："这不是来投靠你大主席吗？"

何建南见他便衣里露出国民党军服，不禁惊惶失色，立即起身，说："黄司令，你们坐，我回家有点儿事。"欲走出。

何炳珠站起来，蹿到门口，拦住何建南，说："何主席不要急嘛！黄司令还有话说。"何建南见势不妙，一拳把何炳珠打倒在地。瞬时，门外几个土匪一齐拥上来，七手八脚把何建南绑了起来。

何建南边挣扎边喊："放开我，放开我，有话好说，黄飞虎，你缺钱花说一声就是，你别动粗。"

黄飞虎狠狠地说："何建南，你这个赤化党徒，今天我要你这条命。"对何炳珠："好好看牢他，下午和俞作豫一起送到梁师长那里领赏去。"

温鬼仔："梁师长的赏金早准备好了，货一到就数钱！"

黄飞虎拿来一杯酒，皮笑肉不笑地走过来："何主席，是你把大把银钱送给我的，来敬你一杯酒。"

何建南向他吐了一口唾沫，骂道："叛徒！土匪！"

何建南被推出屋外时，他大声高喊："俞军长！俞军长！是我害了你呀！老乡们，你们快去通报龙州，告诉俞军长，黄飞虎叛变了，你们千万不要上当，快派部队来剿灭他们……老乡们，快去……"

黄飞虎慌了，拔出手枪冲过去，对着何建南的脑袋："你还敢喊？"

何建南："乡亲们，快去龙州，通知俞军长……"

"砰"的一声，何建南倒下了。"拉走！"黄飞虎把手枪插入枪套。

当日中午 12 点左右，俞作豫与几个卫兵骑马向下冻乡赶来。马队穿过密林，过小河，一溜小跑地奔向下冻。天空偶尔有一只苍鹰飞过，发出悚人的啸叫。一个卫士拔枪向苍鹰开了一枪，未打中，俞作豫拔枪向苍鹰连发三枪，把它打了下来。卫士们欢呼，齐声赞俞军长神枪手。俞作豫得意地："小意思。"

下午 2 时多。黄飞虎带领匪兵埋伏在下冻乡外山两侧，观察着从龙州延伸来的一条小道。温鬼仔悄声地说："会不会有人走漏了消息？"

黄飞虎："绝对不会，我早已把通向龙州的几条路全封锁了，连鸟都飞不过去。"

俞作豫一行人马走出丛林，快速地向前奔驰。

俞作豫看看怀表，时针快要指向 3 点。

黄飞虎也掏出怀表，时针也快要指向 3 点。

何炳珠轻声地说："司令，你看俞作豫他们来了。"

黄飞虎顺手势看去，远处俞作豫一行人马正向埋伏圈内进入。"枪响之后，冲下去抓活的，活的赏金高一倍！"黄飞虎对温鬼仔说。

温鬼仔："对！抓活的！"

俞作豫渐渐进入了埋伏圈。

一声枪响，黄飞虎带领匪兵，从两侧山坡冲下来，一边狂喊："抓活的！"

俞作豫猛惊勒马，卫士们拔枪还击。俞作豫判断形势，说："同志们不要怕，看来不是国民党军队，不过小股土匪而已，边打边撤！"

卫士们保护着俞作豫后撤，刚撤不到百米，一股土匪截断了退路。黄飞虎领头冲过来："俞军长，快下马！"

俞作豫："黄飞虎，你想干什么？"

黄飞虎："把枪放下，快下马就擒！"此时土匪已将他们包围，数十支枪指向俞作豫他们。

俞作豫愤怒地说："混蛋！本人待你不错，你为何以怨报德？"

黄飞虎哈哈大笑："人各有志，各为其主。弟兄们上！"

刹那间一阵紧密的枪声扫来，土匪中倒下了几个人，黄飞虎、温鬼仔正惊诧地四望，只见周围树林中冲出几队红军，杀向他们，来势极为凶猛。

"红军！"黄飞虎惊呼。

温鬼仔："哎呀，我们中计了，快撤！"

土匪四散逃跑，红军迅猛围冲过来，追击匪兵。匪兵纷纷中弹倒下。黄飞虎负伤后，由温鬼仔扶着逃窜。

俞作豫策马追去，直逼黄飞虎。黄飞虎、温鬼仔走投无路，跪地求饶。

俞作豫厉声问道："何建南现在在何处？"

"他……"黄飞虎讷讷说不出来。

温鬼仔举手大呼："饶命，长官饶命，何建南是黄飞虎杀死的，不关我的事，饶命啊！"

俞作豫怒不可遏："你这个残暴的叛徒，我代表人民枪毙你，为何建南同志报仇！"说完"砰、砰"两枪，结束了两条狗命。

这时，红八军政治学校学员大队长唐克走过来，向俞作豫行军礼，"报告俞军长，我们来晚了一步，让你受惊了。"

俞作豫："你们政校学员不是打算明天才来下冻丈量土地，实行分田分地的吗？"

唐克说："你走之后，邓政委突然通知我们今天提前出发来下冻，还加派了一个排兵力，他说黄飞虎可能会出事。"

俞作豫赞叹不已："我服了这位小个子政委，简直是当代的诸葛亮呢！像刘备在危难之时，忽然杀出猛张飞来救驾，这不像《三国演义》里的故事吗？哈哈哈……"

"哈……"唐克问，"军长，还去下冻吗？"

"当然去！捣黄飞虎的老巢。"俞作豫转而痛苦地说，"建南同志，你是为了我才牺牲的！"

晚上，邓斌与俞作豫、何世昌等人在商量工作。

邓斌："明天，我要赶往右江地区传达中央指示，你们要准备开好两个会，一是悼念何建南烈士大会，揭露阶级敌人滔天罪行；二是开好左江军民反帝斗争大会，把反帝斗争与反封建斗争结合起来！"

何世昌："据报，前几天，法帝国主义曾派飞机入侵明江县领空挑衅，当地军民奋起还击。有一架敌机坠落，驾驶员一个毙命，两个重伤。大家拍手称快！"

邓斌："现在我们完全有理由立即把法国领事驱逐出境了！要对帝国主义进行有理、有利、有节的斗争，下一步工作按原计划进行。我途中拟先到靖西县看看，同驻靖西的第一纵队商量，攻下靖西城，打通与百色红七军的通道，这是最要紧的。下冻的教训就是要时刻警惕敌人的暗算。作豫，你的担子很重，责任也很大啊！国民党十五师离我们不远，他们不会在我们周围睡大党的，你们一定要睁着两眼，一点儿瞌睡都不能打啊！以后有什么突发情况，记住，一定要尽快往右江第七军靠拢。"

"好！我们记住了。"大家都表了态。

第二天拂晓，邓斌一行就启程去靖西。

俞作豫送了十多里路，还是舍不得离去，邓斌多次叫他回去，俞作豫激动地上前与邓斌握手："邓政委，你一走，我们好像失去了依靠，我们真的离不开你了。"

邓斌："革命嘛！殊途同归，后会有期。"

1930 年 2 月 20 日。龙州新填地广场的舞台上挂着蓝布横额："沉痛追悼何建南烈士"。台前放着许多花圈和挽联。会场显得庄严肃穆。3000多军民怀着无比悲愤的心情，在这里举行追悼何建南烈士大会。

俞作豫饱含泪水说："何建南同志牺牲了！但他的革命精神永远照耀着我们前进的道路！他的鲜血教育了我们，对反动派决不能手软，对革命同志要无限热爱，至死不屈地忠于党的事业……"

全场响起"为何建南烈士报仇！"的口号声。

突然，县城北门外传来"砰砰"的枪声。

接着，北门东街口出现了一排排戴着灰黄色大盖帽的匪兵，其帽上的青天白日帽徽在太阳下闪着刺目的青光。

何世昌一边叫大家镇静，一边与俞作豫商量对策。

何世昌："是否有土匪偷袭？"

俞作豫犹豫："枪声与土匪不同。"

一赤卫队员狂奔而来，高喊："军长！军长！是国民党军队偷袭！"

俞作豫："赶快回军部，通知各部队投入战斗！"

3000多军民立刻分头冲向北门，阻挡敌人的突然进犯。

红八军军部。气氛紧张，不断有军侦察兵及赤卫队前来报告情况，电话铃声不停。

俞作豫召开紧急军事会议。他脸色严峻地说："龙州已被敌人包围。情况极为危急。据悉，梁朝玑师出动四个团主力，加上暗中收买、拉拢的土匪共有4000多人，偷偷进到龙州城下。现在，已有一路敌军从北门、西门直逼我黄家祠驻军和左江革命委员会驻地，另一路从板凹、板鼓到歌圩岭、白桥一带，利用渠道做掩护，进到东门外的马白坟，将直插铁桥头，妄图以三面夹攻之势，消灭我军于左江南岸。我留守龙州的只有三个营兵力和左江赤卫队共1000多人。面对强敌的突然进犯，我与何世昌、宛旦平同志商定，做如下部署：北门到东门一带，分别由宛旦平营、刘桂廷营负责，赤卫队配合；铁桥头和公园至东来亭一线，由严敏率农军雷献廷营负责。此外，军部要立即给靖西的第一纵队发急电，令他们速回龙州增援。"

何世昌："大家若没有意见，立即分赴前线指挥，为保卫龙州血战到底！"

俞作豫与何世昌率卫士巡视北门至东门阵地。敌人子弹嘶嘶横飞，打得附近的碎土飞溅，硝烟弥漫。红军战士把仇恨集中在枪口上，英勇反击进犯的敌人，打退敌人一次又一次的进攻。敌人每前进一步，都要付出很大的代价。

龙州铁桥头。桥头两侧，分别挂着临时写的大标语："向敌人讨回血债！""与阵地共存亡！"

这是敌我激烈争夺的要地。敌人集中火力炮击铁桥，炮弹落在桥边江面上冒起一条条水柱。接着，敌人出动大量兵力，不惜一切代价，多次冲过龙神庙后宫，欲夺桥头，以切断两岸红军的联系。

守桥红军战士和农军，沉着应战，多次打退敌人的进攻。

宛旦平来到铁桥头巡视和指挥，发现敌人绕过河北岸的来凤亭，威胁铁桥和军部的安全，立即从东门抽出兵力，加强铁桥的防守力量。他与严敏、雷献廷商量，把阵地上的重机关枪等重火器改部署在铁桥头左右两侧，以压制对岸桥头的敌人。同时，组织一支突击队，准备冒着敌人弹雨冲过铁桥，消灭对岸敌人。

这时，从东关外街跑来的红军通信员向宛旦平报告说："敌人已攻入左江革委会驻地。西街和圩场等交通口也发现了敌人。"

话未说完，战斗在东门的白沙街的红军战士、赤卫队员们也撤退到铁桥头这边来。

宛旦平看着横在眼前的左江和铁桥头对岸敌人的猛烈炮火，认为突击队要冲过铁桥已很困难，且要付出的代价太大，便当机立断，立即对严敏说："你和雷献廷带领铁桥头的主力部队从会馆码头渡河突围，我带第二连战士留下掩护。"

严敏："我留下与你一起防守铁桥。"

宛旦平怒喊道："执行命令！"严敏一跺脚带着部队渡河突围去了。

会馆码头。河深水急。

（字幕）左江赤卫大队副大队长　邓生

几只小艇，坐着少量红军战士向北岸驶去。速度很慢，雷献廷和邓生急得直冒汗，心如火焚。

邓生："同志们，跟我来，从洗马滩涉水过河！"说后，工人出身的邓生抢过战士手中的红旗，带领队伍来到洗马滩，便与雷献廷指挥大家从水浅的地方涉水过河。他站在河边鼓动说："同志们，不要怕，这里水浅，迅速冲过河流，会合军部！"战士们纷纷"扑通！扑通！"跳入水中，陆续在对面天主教码头上岸。

不久，离洗马滩码头较近的狮子码头已被敌人占领，敌人发现部队涉水渡河时，立即集中火力，向河里的战士扫射，严重地威胁着战士们的安全。

邓生见状，急中生智，找着红旗，冒着弹雨，从渡河点急奔靠近狮子码头的大沙滩。贪生怕死的敌人以为红军做拼命反击，急速退回拦河

周民震作品自选集

龙州起义

311

矮墙里。邓生便乘机闪到高出人头的土堆后面，摇旗呐喊，迷惑敌人，吸引敌人的射击火力，掩护河边的同志渡河。

在宛旦平和邓生的掩护下，南岸的部队和左江革命委员会机关工作人员已大部分安全渡过北岸。

沈美真在阵地救护伤员，见到宛旦平，着急地喊："宛纵队长，俞军长呢？"

宛旦平："他还在河那边掩护我们撤离。"

沈美真："那我在这里等他。"

宛旦平："不行，他交代我了，要先把你们机关渡过河去，快走吧！"说完，强把沈美真推离阵地。

邓生抓起大旗，正跑下河滩，准备下水过河，只走了十几步，便中弹倒在沙滩上。他睁开眼睛看见手中握着的炮火熏染的红旗，仍拼尽全身力气，咬紧牙站起来，把红旗深深地插在沙滩上，并高呼"中国共产党万岁！"最后，壮烈牺牲在红旗底下。

这时，兰金排长冲了过来，接过倒下的红旗高高举起。几个国民党兵冲过来，兰金举枪，一枪一个，准确地击中敌人头部，掩护了俞作豫一行撤退的人马。俞作豫高喊："兰金！快过河，不要站着，目标太大！"

兰金岿然不动地一手高举红旗，一手举枪射杀敌军，仰首胜利地狂笑："来吧！狗崽子！来一个倒一个！"

俞作豫冲过来，把兰金推歪，自己向敌军射击，后与兰金一同边打边退，终于渡过了河。

宛旦平在铁桥头附近阵地上，为掩护部队安全撤退，亲自殿后，同战士们一起，勇猛冲杀，奋不顾身。在斗争最艰难的时候，他充满了革命乐观主义精神，对坚守阵地的战士们号召说："我们是共产党员，是革命战士，要做硬骨头，要经受得起严峻的斗争考验，为了保卫龙州，拼尽最后一口气！"在宛旦平的号召、带领下，第二连战士一直血战至下午5点，后因敌众我寡，大部分同志英勇牺牲。铁桥失守。

铁桥南端阵地失守后，敌人像蝗虫一样向铁桥猛扑过来，严敏、雷献廷一个营和军部警卫战士转移到公园的伏波庙一带狙击敌人。当他看到敌人蜂拥冲过来时，怒眉倒竖，严峻地命令战士们："打！狠狠地打！"随着严敏大吼一声，顿时，手榴弹、子弹像雨点一样飞向敌群，把敌人炸得头破血流，哭爹喊娘。

不料，有一部分敌人从下游的下王村一带偷渡过河，从右侧的芭蕉园向雷献廷营进攻，战士们为掩护部队撤退便端起明晃晃的刺刀，迎上敌人，白刃飞舞，杀声震天。阵地前，敌人死伤枕藉。红军的伤亡也很严重，处境更加艰难。严敏在指挥雷献廷营撤退时中弹牺牲。

（字幕）第二纵队一营政治教导员　林景云

第一营政治教导员林景云在掩护部队撤退时被敌俘虏，坚贞不屈。后被敌杀害于龙州鸭水滩。

太阳吻着西边的山头，残阳如血。

傍晚，守城的红军和赤卫军撤至鸭子滩，遇上了陈钺率该营从凭祥赶来救援。

（字幕）第二纵队二营营长　陈钺

俞作豫跟身边的何世昌、宛旦平等商量说："军部与第一纵队联系不上，该纵队已不可能赶回龙州，恰第二纵队陈钺营从凭祥赶来救援。为了保存红军有生力量，我建议以陈钺营断后，其他部队速向凭祥方向转移，明早在凭祥会合。"何世昌、宛旦平表示同意，并立即行动。

翌日早晨。

撤退到凭祥的第二纵队宛旦平两个连、刘定西营三个连、赤卫队100多人及政工人员几十人在该县革委会前面的空地上集合，俞作豫用眼光巡视一遍后："同志们，由于敌人以三倍兵力向我军发动突然袭击，加上我们警惕性不高，我们在龙州吃了亏，敌人也遭到很大损失。现在我军还有1000多人，昨晚军前委研究决定，把部队暂编为一个团，由原一营长刘定西为代理团长。部队暂以凭祥为据点，再派人与第一纵队联系，然后按邓斌政委指示，向右江红七军靠拢。桂系军阀正急于反蒋，后援缺乏，我们红军要坚定信心，坚持到最后的胜利！"

何世昌："同志们，胜败是兵家常事。我们不要计较一城一地的得失，我们要坚持革命到底！"

俞作豫："各营马上占领右侧山头高地，如果情况严重，就转移到中越边境的十万大山去建立根据地。"

红军立即抢占凭祥鲤鱼山、白马山高地。

敌人在土匪带领下，从大连城和旧州方向扑来。双方为急夺这两个

周民震作品自选集
龙州起义

高地发生激战。开始，红军打退了敌人几次进攻，后敌人越来越多，形势对红军不利，情况极为危急。

宛旦平对雷献廷说："不要硬拼，马上向宁明方向转移，我留下掩护！"

雷献廷："我留下掩护，你率部队转移！"

宛旦平大声命令："服从指挥！"

宛旦平在掩护部队撤退时不幸中弹牺牲。

雷献廷率部队撤到平而关茶陌村附近时，被匪首苏再汤诱捕而牺牲。

俞作豫率第二纵队部分官兵，一路与国民党军激战不息。从凭祥转战到宁明、明江、思乐、崇善、绥绿、扶南、邕宁、钦县（现钦州市）等地。

在钦县小董镇附近的丛林里。俞作豫的队伍已打散了，他只带领着十几个人，疲惫不堪地走在山林中。沈美真形影不离地照顾着俞作豫。

月夜，静谧的丛林中滴着露水。

饥寒交迫的俞作豫他们分散地躺在湿地上。

俞作豫把身上的军衣脱下来，盖在沈美真身上。沈美真没有睡着，坐起来，悄声地说："作豫，我不冷。"

俞作豫心疼地说："美真，你顶得住吗？我们已经走了好几天了。看来，很难找到红七军的同志们了。"

沈美真坚定地说："我们一定要找到李总指挥他们。我相信天无绝人之路。"

俞作豫："在我们最困难的时候，我们多么想念他，需要他啊！"

沈美真："谁？"

俞作豫："邓政委！"

沈美真："那让我去找他们，然后再派队伍来接应你们。"

俞作豫："你去？"

沈美真："我是女人，扮成农妇，一定能闯过敌人的哨卡，再说百色、河池一带我也熟悉。作豫，你快写个暗语信，我一定尽快送到。只是你们呢？作豫，我怎么舍得离开你？……"

"我们迟早也要去和红七军会合的，只是现在风声太紧，暂时隐蔽一下。"俞作豫把头转过去，拭了拭流下的眼泪。

"作豫……"沈美真轻柔地说，"我们……"

俞作豫动情地转过来，紧紧地拥抱着她，说："我对不起你，等革命胜利了，我们就结婚。"

沈美真点点头："我等着你，一生一世等着你。"说着从贴身衣袋里拿出一张小纸条给俞作豫。

俞作豫打开一看，原来就是李明瑞写的那张结婚手令："俞作豫、沈美真年内完婚，不得延误。此令！"

俞作豫和沈美真深情地相对，在无语中流着希望的泪水。

百色地区的群山中，邓斌、张云逸、李明瑞等站在一座山峰上，用望远镜环视远处，焦虑的眼神中闪现着失望的情绪。张云逸放下望远镜说："派出三个便衣侦察组已经三天了，还没有一点儿红八军的消息。"

佘惠冲动地说："干脆！我们红七军直奔龙州、凭祥去救援他们。"

李明瑞摇头说："据群众来说，红八军早已不在那里了。知己知彼，百战不殆，现在最要紧的是知道他们的情况。"

邓斌坚定地对一警卫战士说："对。覃龙同志，你是钦县人，马上带一支便衣队去上思、钦县一带，尽快搞清情况，这个任务非你不可。"

覃龙："是，邓政委，我走了后，你的安全警卫？……"

邓斌："你快去快回，红八军的安危更重要！"

沈美真扮成农妇挑着柴草，艰难地赶路。

路卡国民党军拦下查问，沈美真从容应付。

沈美真饥渴难耐，摘野果和树叶充饥。

沈美真跌倒，滚下山坡，昏了过去。

覃龙带着一组侦察人员来到钦县与邕宁交界的一小镇附近丛林中，在原来俞作豫曾休息过的地方，拾起了一些丢弃的杂物。他们断定，俞作豫曾来过此处。经仔细分辨，发现了足迹，便沿路搜去。

沈美真经过艰难跋涉终于与覃龙相遇，一起到了右江地区找到了红七军。她把藏在头发里的信亲手交给了邓斌和李明瑞。沈美真痛哭失声，扑在李明瑞的肩上。他们怀着深厚的感情，凝视远方，怀念着昔日的战友。邓斌以其雄浑有力的嗓音，给沈美真朗诵一首当年流行在左右江地区的诗：

男女立志出关乡，报答国家哪肯还；

埋骨岂须桑梓地，人生到处有青山。

（画外音）俞作豫想往右江找红七军，多次受阻后化装到香港找党组织，因误与叛徒接头，被敌诱捕。在狱中，俞作豫面对敌人的严刑拷打，毫不屈服，于1930年9月6日在广州黄花岗壮烈就义，年仅29岁。临刑前，写下豪言壮语："十载英名宜自慰，一腔热血岂徒流。"驻靖西的红八军第一纵队接到龙州失守消息后，拟按邓斌指示转移到右江，因联系不上，便避开敌人正面攻击，从雷平绕道中越、桂滇边境，于1930年10月下旬在今乐业县上岗村与前来迎接的红七军会合。1931年7月，红七军转战桂、黔、湘、粤、赣等省，到江西编入中央红军。当年留在左江地区坚持斗争的少量共产党员和工农赤卫队员，转移到中越边境和十万大山一带坚持游击战争，一直至新中国成立。

1961年龙州县红八军烈士纪念碑建成，数千各族人民参加纪念碑落成典礼。碑前人流如潮，花圈处处。雄伟的纪念碑上镌刻着刚健、遒劲有力的影片开头出现的邓小平的亲笔题词（定格）。

（片头的主题歌此时再度响起。）

当年红八军司令部院内邓小平种下的两棵柏树，历经无数狂风暴雨的吹打，枝繁叶茂，秀丽挺拔，生机勃勃，昂首苍穹。

剧终

2008年7月初稿

三朵小红花

原是 1965 年广西参加中南区现代戏会演的获奖优秀彩调剧，大会推荐到北京参加国庆节汇报演出，剧组演员参加了天安门检阅的彩车大游行。之后与其他剧组在人民大会堂受到毛泽东、周恩来、邓小平等党和国家领导人的亲切接见并合影。北京电影制片厂决定改编为戏曲艺术片，由原作者周民震编剧，谢添导演，袁楚萍、苏秋妹主演。这是广西彩调剧第一次搬上银幕。

一

朝阳如火，红霞满天。

红霞奇妙地变幻。红黄蓝白青绿紫交错地变幻，渐渐地形成了一片色彩纷繁、瑰丽无比的花圃，千姿百态的花朵抖着露珠笑脸迎人。

（画外童声齐唱）：

太阳出来笑哈哈，笑出东方满天霞。
百花齐开放，喜鹊叫喳喳，儿童节来到了！
孩子心里乐开了花，乐呀乐开了花！

歌声中，繁花似锦，争芳斗艳。繁花之中，叠印着节日盛装的孩子们的欢容笑脸；歌声结束时，镜头停留在万花丛中三朵红绸扎成的大红花上。

童颜鹤发的老园丁陈爷爷举着三把扎着红绸花的新扫把，衷心地畅笑起来。陈爷爷："小英，你来看！"

从花圃中跑出一个花一般的孩子——陈爷爷的孙女陈小英："爷爷，新扫把！"

陈爷爷："给！"小英欢喜地接过扫把，边舞边唱。

小　英（唱）：小扫把，三尺八，戴上一朵大红花；
　　　　　　　扫把虽小意义大，唱支歌儿把它夸。

陈爷爷（唱）：小扫把，意义大，节日礼物送娃娃；
　　　　　　　劳动种子心中撒，开出朵朵革命花。

小　英（唱）：小扫把，我爱它，手拿扫把为大家；
　　　　　　　我爱清洁勤打扫，不让地上积尘沙。

陈爷爷（唱）：小扫把，扫尘沙，残叶败草扫光它！
　　　　　　　扫出一条干净路，迈开大步向前跨！

小英："爷爷，这是给我的节日礼物吗？"陈爷爷："对！你，朱雷，小图，每人一把，今天去打扫少年宫就可以用上啦！"

小英喜极："我马上给他们送去！"

陈爷爷："好！我们在少年宫草坪上会面。"

小英立正，行队礼："是！校外辅导员——爷爷！"

爷孙俩都欢甜地笑了。

小英扛着扫把欢跳活跃地跑在林荫道上，跑着跑着。一面面队旗向她迎来，一群群白鸽向她飞来，一串串彩色的气球向她飘来，一束束鲜艳的花束向她摇来，一阵阵节日欢乐的潮流向她涌来……她唱着，跳着，心里快乐极了。

小　英（唱）：一面唱，一面跳，节日街上好热闹。

　　　　　　　白鸽子呀满天飞，咕咕连声把我叫。

　　　　　　　氢气球，一串串，好像彩云空中飘。

　　　　　　　凤凰树，排两道，头戴红帽穿绿袍。

　　　　　　　向阳花儿把手招，向我问好向我笑。

　　　　　　　学习雷锋做好事，小英快把同学邀。（重句）

小英唱毕，来到了胡小图的家门前。

小英走进小图的家。小英喊："小图——"

屋内无人，小英看去，只见地上狼藉，椅子倒下，上面架着一卷竹席，像一门"大炮"。一个画着"美国鬼"的靶牌斜在墙角，小图的衣服搭在窗上，桌上散乱放着书和作业本，铅笔掉在地上，差一点儿让小英踩着。小英看看窗外，远处一阵孩子们冲锋陷阵的喊杀声传来。她走向窗户，向外高喊："小图——"

正在厨房的小图妈妈，身围围裙闻声出来："哦，是小英来了。"

小英："阿姨好！小图呢？"

妈　妈："他呀！"指着地上的"大炮"扑哧一笑。

妈　妈（唱）：清早起来到处跑，冲呀杀呀耍枪刀；

　　　　　　　放着功课他不做，弄得屋里乱糟糟。

小英："我来收拾收拾。"动手清理房里乱扔的东西。

妈妈急阻小英："哎呀！我来做，我来做！"

小英："阿姨，我会做。"说着又收拾起来。

妈妈："小英，劳动的事让阿姨叔叔来做，你们最要紧的是做好功课争取 100 分呀！"

小英："我爷爷讲，劳动也要争取 100 分。"

妈妈："你爷爷真是一个老英雄，退休了还不愿意闲着。"

外面传来小图的喊声："冲呀——"

小英："哎，小图回来了！"

音乐声中，小图冲杀而来，跃上窗户，举着木冲锋枪，威武地站在窗上。

小图："小英，你看我在学习解放军打冲锋哩！"

妈妈："得了，得了，整天穿着爸爸的衣服乱跑，长大了就跟小英的爸爸当解放军去吧！"

小英举新扫把："你看！"

小图："扫把！"跳下窗户，直奔小英，夺过扫把。

小英："这是校外辅导员给你的节日礼物。"

小图大喜："是你爷爷给我的呀！"

小英："嗯。他还要和我们一起去打扫少年宫哩！"

小图："小英，走！"

小英："走！"

妈妈拦住小图："慢着，叫你做的算术做好了没有？"

小图："还差一点儿。"

妈妈："先做完功课再去。"

小英："小图，你先做功课，我去邀朱雷来。"

妈妈："对！"

小英："阿姨，我走了。"转身出去。

妈妈："小图呀，功课做得好，妈妈煮个荷包蛋给你吃。"

小图："荷包蛋？"

妈妈："是呀！鼓励鼓励嘛！"

小图伏在桌上做功课。

王得利一副油头滑脑的样子，手提草袋，拿一气球笑嘻嘻地走在路上。

王得利（唱）：王得利，摆小摊。收买旧货把钱赚。

今天儿童节，满街娃仔数不完。

（转数课子）　收来许多旧图书，正是出手好机缘。

只怕我卖不方便，找人帮我去捞钱。

（接唱）　　　大表舅，看外甥，来到小图家门前。

王得利走到小图家门旁，伸头瞧了瞧，见小图在家，暗笑，正要进门，屋里传来妈妈的声音，王得利就势让过一旁，驻步倾听。

妈妈捧了一碗糖水荷包蛋上："小图！"

小图跑去："荷包蛋！"

妈妈："想吃荷包蛋，拿手册给妈妈检查检查！"

小图猛然想起："哦，我差一点儿忘了，这次我得了一个100分！"

妈妈惊喜地："100分？"

小图洋洋得意地："哎，100分！"

妈妈喜不自胜地翻阅手册："真的100分！"

小图伸出手："妈……"

妈妈："好，好，给你一毛钱鼓励鼓励！"

小图喜洋洋地接过钱来。王得利在门外瞧在眼里，暗暗一笑。

妈妈又看手册："语文80分，也不错，也不错。"

小图比画着手指："妈，八分钱，八分钱。"

妈妈："好，就给八分钱，八分钱。"小图双手接过八分钱。

妈妈："算术……什么？才得20分？！"

小图支支吾吾地说："20……"

王得利跨步进屋，笑嘻嘻地插话："给两分钱。"

小图："表舅。"

妈妈："大表哥，得20分还要给钱呀？"

王得利："哎，分多钱多，分少钱少，这是鼓励鼓励嘛！"

妈妈："这两分钱，妈妈是不给的！"

王得利："小图呀，妈妈不给就不给，表舅给你一个芭蕉，鼓励鼓励！"

王得利拿出两个芭蕉，给了小图一个，小图高兴地吃起来。

妈妈："大表哥，他的算术不好，你教教他。"

王得利："对了，小图呀，你的算术不好，将来有钱都不会数啊！"

妈妈听了，觉得不顺耳，笑道："大表哥。学算术也不光是为了数钱呀！"

王得利解嘲地干笑："是呀，是呀！为人民服务！"

妈妈："我去上班了，大表哥，你坐坐！"

王得利："好，好！"

妈妈正要出门，小图拿着书包追上去。小图："妈，你看！"

小图的书包中间烂了一个指头大的洞眼。妈妈："哦！烂了。"

小图："给我买一个新的。"

妈妈："好，今天是儿童节，买一个新的，就买一个新的！"

小图："妈妈，再见！"妈妈兴冲冲地走了。

小图欢愉地举起扫把在王得利眼前一晃。

王得利："哎，怎么把这样脏的东西举在头上？"

小图："这是陈爷爷送给我的节日礼物。"

王得利"哧哧"笑："嘻嘻！难怪啰，老园丁送的，你看，表舅给你的节日礼物！"

小图："气球！"接过气球行军礼："谢谢表舅！"

王得利："哟！像个解放军啵！"

小图："嘿，你看！"说着翻了一个跟斗，用枪顶着王得利的背脊："不准动！"

王得利故意举手："投降！投降！"

小图："你看我像不像个侦察兵？"

王得利："什么？侦察兵？""扑哧"一声笑了，"要当就当个什么长嘛！"

小图："当什么长？"

王得利："要当就当个大点的，当个司令！"

小图："司令？司令有枪吗？"

王得利："当然有呀，嘿，司令有小手枪！叭！叭！"

小图："小手枪？哎呀，我要有一支小手枪就好了！表舅，司令是什么样子的？"

王得利："司令要站得高高的。"

小图："哦，司令要站得高高的。"连忙站在凳子上。

王得利卸下小图的冲锋枪，说："司令不挂这个了，要挂一个金光闪闪的大怀表！"说着从胸袋中取出一块大怀表，炫耀了一下，挂在小图胸前。

王得利："来，走两步看看，一二一，一二一。"王得利领着小图学老爷兵式的步伐。

王得利举出大拇指夸小图："你看，司令好威风，好神气！"小图觉得很好玩。

王得利拿出一本旧小人书来："小图，你看！"

小图："小人书，给我看！"拿过来看，失望地还给王得利："旧的！"

王得利："你仔细看看，这是一本《摇钱树》啵。"

小图："摇钱树？我从来没有看过？"

王得利："当然嘛，表舅小时候都是看这种书，如今有钱还买不到哩！"进一步引诱："你看，摇钱树，树摇钱，哗啦哗啦落银钱。"

小图感兴趣："哦……哦……"

王得利："送给你！"

小图："真的？"

王得利拿起铅笔在书上写了"胡小图"三字，交给小图。

王得利又拿出两大沓："还有哩！"

小图："有这么多呀！"接过书来看:《火烧红连寺》《七剑十三侠》……

王得利："表舅家里还有大批大批哩！小图呀，我问你，少先队员不是专为别人做好事的吗？"

小图："是呀！"

王得利："好，今天表舅要你超额完成一件大好事。"

小图："什么大好事？"

王得利："帮表舅拿去推销。"

小图："去卖小人书？"

王得利："怎么讲得这么难听，不是卖，是推销。"

小图："这也是好事呀？"

王得利："推销商品不是好事还是坏事？你妈妈在书店当干部，卖书还得表扬哩！"

小图："那我得先去问问中队长小英。"

王得利一顿，狡猾地夺过书来："什么？你们做好事还要到处去宣扬的？"

小图："对啵！雷锋叔叔做好事从来都不讲的。"

王得利放心地笑了："对啦！对啦！做好事是不要讲的，小图，做完了表舅给你买一支小手枪！"

小图："啊？！小手枪？"

王得利："鼓励鼓励！"

这时屋外传来"布谷"声，小图应声跑出。王得利不明，伸头向窗外瞧，见小英、朱雷在院子里正要拉小图走，急忙喊了一声："小图！"并向小图挤眉弄眼，表示暗语。

小图:"表舅,小英、朱雷来邀我去做好事。"

王得利急喊:"小图,过来,过来!"小图想过去,小英阻止了他。

王得利狡猾地将扫把举起:"你的扫把。"

小图:"哦,扫把忘了拿。"即向窗户跑去。

小图在窗外伸手要,王得利将扫把收到身后,轻声说:"你刚才不是答应帮表舅做好事的吗?"

小图:"那……"

王得利引诱地说:"小手枪呀!叭!叭!"

小图兴奋起来:"真的啵?"

王得利:"当然嘛!快去向小英请个假。"

小图回头跑向小英:"报告中队长,我今天请假。"

小英:"请假?"

朱雷一把抓住小图质问他:"什么?做好事还有请假的?"

小图:"我等下再去,不行吗?"

朱雷:"什么?等下再去?随便来,随便去,哪个陪你?"

小图:"谁要你陪我!"

朱雷发起火来:"不陪就不陪,不去就算,小英,我们走!"

王得利:"让他们走,表舅陪你!"

朱雷急躁地说:"小图!你真的不去了?!你……"

小英按住朱雷:"朱雷!"向他耳语,朱雷点头走了。

小英转向小图:"小图,你忘了我们中队订的劳动计划啦?"

小图想起来:"哦!劳动计划!"

王得利:"劳动计划?成天去扫街扫地,有什么出息?"

小英质问他:"你讲,什么叫作有出息?"

王得利:"有出息就是……"答不上了。

小图插括:"表舅,数钱是不是?"

王得利连忙否认:"不,不……为人民服务……"

小英:"扫街扫地不是为人民服务吗?"王得利无言以对。

小英不放松地说:"你讲呀!你讲呀!"

这时朱雷在背后将王得利手中的扫把夺下,回头就跑,王得利跟着追出来,直奔小图,小英、朱雷拦住他。

王得利(唱):你怎么不依从你表舅,真是一条小犟牛。

朱　雷（唱）：犟牛就犟牛，谁叫你说话不对头！

小　英（唱）：要是我是胡小图，才不要你这拉后腿的鬼表舅！

王得利："毛丫头，小图，过来！"王得利追小图，小英张开两臂护住小图，像"老鹰捉小鸡"那样追逐着。王得利钻了一个空隙，一把抓住小图的右手，小英、朱雷连忙抓住小图的左手，左拉右扯，小图大笑起来。

小　图（唱）：左也拉，右也拉，拉拉扯扯真好耍。

小英、朱雷（唱）：

　　　　左边拉你去做好事。

王得利（唱）：右边的"好事"也不差。

王得利（白）：叭！叭！

小　图（唱）：左也拉，右也拉，快把我拉断成两下。

　　　　你们两边不松手，拉来拉去为什么？

小英、朱雷把小图拉过一边（唱）：

　　　　左也拉，右也拉，老鹰要把小鸡抓。

　　　　表舅肚里有鬼码，小心沾上烂泥巴。

王得利又把小图拉往另一边（唱）：

　　　　左也拉，右也拉，你真是个小傻瓜。

　　　　跟着表舅有"鼓励"，不要忘了打"叭！叭！"

小　图（唱）：左也拉，右也拉，拉得小图没办法。

　　　　看你们哪边力气大，小图答应跟随他。

王得利（唱）：表舅人大力气大。

小英、朱雷（唱）：我们人多不怕他！

唱毕。两边使劲地拉，拉了几下，小图终于被小英、朱雷拉了过来，王得利失手，仰身跌了一跤，撞倒晒衣架。竹竿稀里哗啦打下，打在王得利身上，一条花被单正好盖在王得利的脸上，王得利狼狈得叫苦连天。孩子们得胜，大笑着跑了。

音乐急起，小英领着朱雷、小图跑在花木道的路上（一边跑，一边唱）：

　　　　快点跑，快点跑，表舅后面追来了！

王得利气喘吁吁地追上（唱）：

　　　　追追追，跑跑跑，谅你小图跑不了！

小英等（边跑边唱）：

　　　　他真坏，他真刁，大步小步追来了。

　　　　叫他累得呼呼喘，跌他一个"两头翘"。

王得利跟着追上（唱）：

　　　　真好气，真可恼，跑得我两眼发花心口跳。

　　　　小图若是追不着，错过财路没得捞。

小英等跑到一个交叉路口，停下来。

小　英（唱）：不要急，且莫跑，我把计谋说一条。

小英向朱雷、小图耳语。

小英等（齐唱）：管叫他，团团转，转团团，晕头转向找不到。

小英等躲入树丛中。王得利追至交叉路口，没见人影。

王得利（唱）：紧着追，赶着跑，看着看着不见了。

王得利不断擦汗，四下张望，忽见另一条路的树丛里露出一把扫把，大喜。王得利（唱）：原来走的这条道，看你再往哪里跑，哪里跑！

王得利追过去猛把那扫把往上一扯，才发现扯出来的不是小图，而是一个老爷爷。大窘。

二

少年宫前一块绿茵草地。小英、朱雷和小图浇水扫地，在欢快的音乐舞蹈中劳动。（小英领唱，小图、朱雷和画外童声齐唱）：

小扫把，三尺八，戴上一朵大红花。

扫把虽小意义大，唱支歌儿把它夸。

……（词同第一场）

劳动完，小英要去打水，小图夺过脸盆，争着去打水，小英和朱雷愉快地坐在石凳上休息。

朱雷发现挂在一边的小图外衣上有条链子，便扯出来看，是一块怀表。

朱雷："怀表？！"

小英："怀表？"

朱雷："是他爸爸的？"

小英想了想："我看是他表舅的，我们问问他。"

朱雷生气地说："哼！小娃仔挂个怀表，像什么样子！我去！"起步要去找小图。

小英拦住朱雷："看，你又急起来了！"

朱雷不好意思地笑了起来。朱雷："我这个鬼脾气就是改不了，小英，还是你去问他吧！"说着把表交给了小英。

小英接过怀表，欲走又止，想了想，又交给朱雷："还是你去问他。"

朱雷："我？"

小英望着朱雷，眼光中充满了激励和期望："对，你。"

朱雷明白小英的意思。有信心地说："是！中队长同志！"随即又紧张起来，说："要是我又急起来呢？"

小英想了想："扯耳朵呀！"念着："千万记住莫急躁！"

朱雷接着念下去："耐心帮人最重要。"

小英："对！"

小英走了，复又躲入树后。

朱雷在酝酿着"耐心"的情绪。小图端水上来。

朱雷一反常态地笑着上前接水盆，生硬地说了一句："小图，你好！"

小图一愣，奇怪地："我好？"

朱雷放下水盆，亲热过分地拉着小图去石凳上坐。

朱雷："小图，你坐，你坐！"小英在树后暗笑，表示赞许。

小图摸不着头脑地愣望着朱雷，朱雷笑着说："小图，你今天带了一样什么东西来？"

小图："扫把。"

朱雷："还有呢？"

小图："没有了！"

朱雷："想一想！"

小图："没有！"

朱雷："摸一摸衣服！"

小图摸衣服："没有！"

朱雷压制着火气："你扯谎！"

小图不服地："哪个扯谎！"

朱雷终于发火了，喊道："你！你！你！……"

小图："什么？！"

小英正着急，朱雷立即使劲地扯耳朵，终于压住了火气，然后又缓和地把怀表拿出来。

朱雷："这是什么？"

小图："怀表呗！"

朱雷："哪里来的？"

小图："表舅给我当司令的。"

朱雷一听，有点儿火："司令？"

小图把怀表挂在胸前，向他炫耀："哎，司令，你看！"

小图学着表舅的老爷兵式的操法。

朱雷再也忍不住了，大吼一声制止住他。

朱雷："嗨，解放军哪有这么走法的，你看！"

朱雷学解放军雄赳赳气昂昂的步伐给小图看。

朱雷："这样走的！原来你是挂怀表充司令呀，这是什么思想？"

小图："司令思想！"

朱雷更气了："赶快把怀表取下来！"

小图："不！"

朱雷强硬地说："取下来！"

小图更强硬地回击道："不！"

朱雷："钩手指！"向小图伸出食指。

小图："钩就钩！"也向朱雷伸出食指。

小英急忙跑出来，拉住二人的手。小英暗示朱雷扯耳朵，朱雷顿脚说："这回耳朵扯掉也不灵啦！你看！"指了指小图胸前的怀表。

朱　雷（唱）：朱雷说话像爆炸，气得两眼冒火花！

　　　　　　戴个怀表充司令，坏思想爬满你脑瓜。

小　图（唱）：刚才还和我讲好话，一下鼓眼翘嘴巴。

　　　　　　要钩手指随便你，哪个怕你"冒火花"！

这时陈爷爷扛着扫把出现在后面大树旁。他在暗暗地观察着这一场有意思的"战斗"。

小英拉住朱雷（唱）：

　　　　　　你说话好像要打架，吓跑了树上的小乌鸦。

小英又走向小图（唱）：

　　　　　　小图小图想想吧，好好听听同学的话。

小　图（唱）：他要取下我的司令表，还讲坏思想爬满我脑瓜。

小　英（唱）：少先队员挂怀表，冒充司令思想差。

朱雷将小英拉过来说："把他的怀表取下来！"

小英："你今天取下来，明天表舅又给他挂上呢？"

朱雷："又挂又取下来！"

小英："朱雷，只要我们耐心帮助他，他会自己取下来的。"

小图赌气地把怀表解下来，交给小英。

小图："小英，给，我不挂就是了！"

小英高兴地："小图，这才对嘛！"

陈爷爷笑了起来，孩子们回头喊爷爷。朱雷正想告状，小英制止了他。

陈爷爷说："刚才这场小战斗我全看见了！"

小英："爷爷，战斗结束了！"

陈爷爷："结束了？"

小英脸上挂着胜利的微笑，拿出怀表交给爷爷："你看！"

陈爷爷问："小图为什么要挂怀表呀？"

小英："他要充司令！"

陈爷爷："他为什么要充司令呢？"

小英答不出："为什么？……"

朱雷也答不出："哎，为什么？……"

小图在一旁插话："表舅讲当司令站得高高的，威风神气，还有小手枪呢！"陈爷爷："那不是解放军的司令！"

小图："不是解放军的司令？"

朱雷："解放军叫司令员，才不叫司令！"

小英："我爸爸讲司令员和战士都是一样的！"

陈爷爷："对！小图，你要站得高高的，去向哪个威风，去对哪个神气呀？"

小图："我……陈爷爷，我要学解放军，不学表舅那……那种司令了！"

陈爷爷："这就对了，喏，把怀表拿回去，还给你表舅！"

小图："噢！"小图高兴地把表收起来，然后去穿外衣。

陈爷爷望了望小英和朱雷，小英省悟地拉住爷爷的手："爷爷，我明白了。"

陈爷爷："明白什么？"

小英、朱雷齐声："战斗现在结束了。"

陈爷爷："不！我们还要继续战斗哩！"陈爷爷呵呵地笑了起来。

陈爷爷（唱）：你，你，你，三个小把戏。

              学习雷锋好榜样，个个得第一。

小   英（唱）：打扫少年宫，大家一起去。

朱   雷（唱）：拿工具，

小   图（唱）：做准备，

三人（齐唱）：快快做准备。

陈爷爷（唱）：排好队，一起去。

三人（齐唱）：目标看得准，步伐要整齐。

王得利来到树后见陈爷爷在不敢上前，又缩回头去。

踏着音乐的节拍，陈爷爷领头，带着三个孩子列队向少年宫走去。喊着："一二三——四！"

王得利从树后钻出来，无奈地向少年宫那边张望，正在想方设法地转圈圈。

小图扛着扫把回来拿面盆，王得利发现了他，喜出望外地喊："小图，小图！"

小图："表舅！"

王得利："小图呀！表舅到处找你。"

小图："我们在打扫少年宫，我要去打水！"

王得利："表舅帮你去打水！"把面盆夺下，对小图说："你看桥头那边有好多娃仔，快拿去推销，用不着几分钟你就超额完成一件好事了！"

小图："那……"

王得利连忙推小图："小图呀，小人书表舅家里多的是，以后你帮表舅做好事做多了，表舅给你买机关枪，哒哒哒……"

小图大喜地问："机关枪？"

王得利："鼓励鼓励！"一手拿下小图手中的扫把："快走！"

小图拿着旧图书高兴地跑下。

王得利见小图走了，对着扫把笑了笑，把它藏在树上的枝叶中。

小英从少年宫跑出，呼唤小图，迎面碰上王得利，小英戒备地望着他。

王得利狡猾地问:"小图呢?"

小英反问:"小图呢?"

王得利:"我问你呀?"

小英不示弱地说:"我问你呀!"

王得利:"嗨!"

小英:"嗨!"王得利转笑脸拦住小英(唱):

          嫩鸡仔,尾不长,莫和老鹰捉迷藏。

          小图分明在这里,是你把他来隐藏。

小 英(唱):癞蛤蟆,跳上墙,肚里一定有名堂。

          小图他要做好事,你来拉他为哪桩?

王得利(唱):我找他也是做好事,你盘根问底不应当!

小 英(唱):你哪里叫小图做好事,老狐狸不敢见太阳!

王得利(唱):我是小图的大表舅。

小 英(唱):谁知你安的什么鬼心肠!

王得利(唱):我的外甥我要管!

小 英(唱):我的同学我要帮!

王得利(唱):要管要管偏要管!

小 英(唱):要帮要帮硬要帮!

王得利气焰受挫:"咦!好厉害啵!"

小英逼进一步拿出那本《摇钱树》指着王得利。

小英:"你为什么拿这本《摇钱树》给小图看?"

王得利一怔,忙掩饰地说:"是……是他自己拿去玩耍的!"

小英:"玩耍?你拿坏书来害人!"

王得利慌了:"什么?害人?它不是毒药。"

小英:"这种坏书就是有毒!"

王得利狡辩:"书是拿来看的,又不是拿来吃的。"

小英上前扒开王得利的草袋一看,大惊。

小英:"啊,还有这么多呀!你想拿出来卖?"

王得利色厉内荏:"你管不着。"

小英理直气壮指着王得利:"老师要我们向雷锋叔叔学习,你要我们去学习这种坏东西,你是什么思想?"

王得利:"我是什么思想?"

小英："走！见陈爷爷去！"

王得利一惊，忙赔笑脸："这些小事，何必认真呢？"

小英："这是大事，我就得认真。"

王得利嬉皮笑脸地剥开一个芭蕉："来，表舅请你吃水果。"王得利见小英不理睬，十分尴尬，只好吃了芭蕉，顺手将芭蕉皮扔在地上，然后掏出五分钱勾引小英。

王得利："好，不吃水果去买雪条也好，奶油雪条——"

小英气极，一掌打掉王得利手中的五分钱，钱在地上滚了一圈，王得利正想去拾，小英一脚踩住。小英正气凛然，指着王得利（唱）：

> 我问你是什么人？敢来玷污红领巾！
>
> 你睁开眼睛看一看，这是红旗的一角，革命的心！

小英："走，见我爷爷去！"

王得利："走就走！"

小英边喊边跑去："爷爷——"

王得利见陈爷爷真的要来了，连忙回头溜走。

陈爷爷和小英、朱雷急跑上。陈爷爷："王得利呢？"

小英四处望："他溜了，爷爷，你说王得利会不会拉小图去卖坏书呢？"

陈爷爷："嗯，王得利以前卖过这种坏书，被摊贩管委会警告过。"

朱雷着急地问："那……那怎么办呢？"

小英庄严地说："决不能让红领巾涂上黑点！"

陈爷爷："对，你们先到摊贩管委会向韦叔叔报告这个情况，我去找小图！"小英、朱雷应声跑去，陈爷爷起身下去。

小图一边数钱一边回到草坪上来。

小图："一毛，两毛，五毛………"然后用手绢包起钱，放在裤袋里，忽然发现妈妈来了："妈妈来了！"高兴地躲入树后。

妈妈背一书袋，兴致勃勃地走上来。

妈妈（唱）：一路花开一路红，新书送到少年宫。

> 好儿童，树新风，学习榜样是《雷锋》。
>
> 《刘文学》《红孩子》《草原姐妹》小英雄。
>
> 孩子手上有新书，努力学习思想红。

小图从树后跳出。

小图："妈！"

妈妈："小图！"

小图："妈！你又送书到少年宫呀！"

妈妈："对，妈妈也要做好事呀！"

小图："妈，告诉你，今天我又超额完成一件大好事啦！"

妈妈："什么好事？"

小图正要讲，旋又止："做好事是不要讲的！"

妈妈："不讲就不讲，等妈妈下班，给你买一个大菠萝鼓励鼓励！"

小图："好，妈妈再见！"

妈妈："好，再见！"兴冲冲地走了。

小图欢喜地说："目标，回家向表舅要小手枪——冲呀！"

小图冲锋，一脚踩着王得利扔下的芭蕉皮，扑地摔在地上。

小图："哎哟！哎哟！"

陈爷爷从远处跑来："小图，小图！"

小图："陈爷爷，陈爷爷，我摔跤啦！"

陈爷爷："我就晓得你要在这里摔跤哩！"

小图指着地上的芭蕉皮想哭："咧！咧！"

陈爷爷："哦！是它害了你呀，好，我把它丢进垃圾箱去。"说完把芭蕉皮拾起扔入垃圾箱内。

陈爷爷："怎么？跌了一跤就爬不起来了？"

小图要强地说："谁说爬不起，你看嘛！"说着一使劲站了起来。

陈爷爷："好！小图，你刚才上哪里去了？"

小图："我去帮表舅做一件好事。"

陈爷爷："什么好事？"

小图："我讲给你听，你不要讲给别人听呵！"

陈爷爷："好，好！"

小图："表舅叫我去推销小人书！"

陈爷爷："哦，去卖小人书！"

小图连忙纠正："不是卖，是推销，是推销。"

陈爷爷："哦，推销，推销。"

小图："推销完了，表舅还要给我鼓励呢！"

陈爷爷："鼓励？小图，这些书你还有吗？"

小图："咦，陈爷爷，你也要？"

陈爷爷："要，你有多少，我就要多少！"

小图："表舅那里多得很哩！我带你去要！"

陈爷爷："好，我们回家去，等一下表舅会来找你的！"

小图高兴得跳起来："好！……哎哟！"脚有些疼痛。

陈爷爷："要不要爷爷背你？"

小图逞能地说："不要！你看！"说着翻了个跟斗跑了。陈爷爷在小图翻跟斗处拾起掉下的怀表追着小图去了。

桥头小花园的灯柱下，小英正在向小朋友们收坏书。

小英手里拿着几本："你们还有这种书吗？"

小朋友："没有了！""都给你了！"

朱雷跑过来交给小英几本："小英，那边的坏书收完了。"

一个小胖孩子气喘吁吁地赶着跑过来："小英姐姐，还有一本大坏书！"

小英："好！大家做得对，回头把买书的钱退给你们，大家快去少年宫吧！今天又到许多节日新书哩！"

小朋友："好！""走！快去少年宫！"

三

小图和陈爷爷回到家里。

小图："陈爷爷，你喝茶，表舅怎么还不来呢？"

陈爷爷坐下来："莫急，他一定会来的。"随手翻开小图的作业成绩册。

小图："陈爷爷，你检查我的功课呀？"

陈爷爷："啊，体育 100 分！"

小图本能地伸出手来："哎，100 分，你给我……"

陈爷爷："给什么？"

小图不好意思地说："不……不给什么！"

陈爷爷："妈妈又给你'鼓励鼓励'了？"

小图："妈妈鼓励我科科都得 100 分。"

陈爷爷："小图呀！你的思想也应该争取得 100 分才对呀！"

小图不解地说："思想也要打分的呀？那我妈妈没有和我讲过啵？"

陈爷爷："思想分比功课分还重要哩！"

小图："陈爷爷，那你考考我，看我的思想能打多少分？"

陈爷爷："考考你？"

小图："哎！"

陈爷爷："好啊！"拿起破了洞眼的书包问道："小图，这个书包烂了，怎么办？"

小图不假思索地说："买一个呗！"

陈爷爷："买一个？"

小图："哎！妈妈答应给我买一个新的。"

陈爷爷："这个烂的呢？"

小图："不要了！"

陈爷爷："不要了？……小图，你说我该给你打多少分呀！"

小图不解地："什么分？"

陈爷爷："思想分呀！"

小图大悟："哦，爷爷，你在考我呀？"

陈爷爷："雷锋叔叔一双袜子补了多少次呀？"小图惭愧地笑了。

陈爷爷："来来，爷爷帮你补！"说着从口袋里掏出一个针线包来。

小图："针线包！"陈爷爷在穿针，小图拿起针线包在看。

小图："爷爷，这个针线包也太旧了。"

陈爷爷："我要永远把它带在身边。"

小图："你为什么这么爱它，莫非它是个什么宝贝？"

陈爷爷："它是爷爷的老师。"

小图："一个针线包怎么是你的老师呢？"

陈爷爷："小图呀，这个针线包还是爷爷当赤卫队员闹革命的时候我们政委送给我的。你看看，上面绣着几个什么字呀？"

小图："将革命进行到底！"

陈爷爷语意深长地："小图，你说将革命进行到底要靠谁呀？"

小图："靠谁？"

陈爷爷（唱）：手捧书包绣红星，绣出爷爷一片心。

孩子啊！孩子啊！

祖国河山多美好，红星处处放光明。

红旗为何这么艳，这是烈士血染成。

只见今日东方亮，可知西方黑沉沉。

革命道上风雪紧，长征步步不能停。

共产主义是远景，一代一代向前奔。

革命重担谁来挑，要靠红色接班人。

陈爷爷唱完后，小图感动地："爷爷！"

陈爷爷把绣上了红星的书包给小图："给！"

小图接过一看大喜："红星书包！"

妈妈提着一个大菠萝和一个新的塑料书包欢容满面地回到家里。一边喊着："小图，小图！你看，妈妈给你买了什么？"

小图："妈妈回来了。"

妈妈："哦，陈爷爷，你老人家来了。"

小图："妈妈！"

妈妈："小图，你今天超额做了一件好事，妈妈也超额鼓励你，给！"

小图："菠萝！"小图欢笑地捧着菠萝进内室去了。

陈爷爷："啊！超额鼓励？小图妈妈，你知道小图超额做了一件什么好事？"

妈妈："我还没来得及问他哩！"

陈爷爷："你该好好地问一问啵！"

这时小英和朱雷边喊边上，气冲冲地跑进屋来，见小图妈妈在，都闷不作声了，小英把一沓坏书交给陈爷爷。小图听见小英、朱雷来了，高兴地跑出来："小英、朱雷。"小英、朱雷生气地把头扭过去，不理睬他。

陈爷爷把一沓坏书交给妈妈。

妈妈接书翻看，大为惊讶："什么？《火烧红莲寺》？！"

小英指着另一本："还有《七剑十三侠》！"

小图得意地指着书补充道："还有《摇钱树》哩！"

妈妈着急起来："小英，你们怎么找这种坏书来看呀？"

小图一惊："坏书？"

陈爷爷故意地问："小图妈妈，这也是坏书吗？"

妈妈："当然是坏书，陈爷爷，你看看，这本《摇钱树》，它教孩子们去学什么啊？"

朱雷："学做大肥猪资本家呗！"

小英："学好吃懒做剥削人！"

小图在一旁大惊失声："哎呀！"

陈爷爷有意地说："小图妈妈，这还是买来的哩！"

妈妈："买来的？"

小英、朱雷："哎，买来的！"

妈妈："什么，还有人敢拿出来卖？"

朱雷："哼！为了要鼓励，什么坏事做不出？"

小图像挨了一棒似的转过头去。

妈妈："要是真有人卖，我们赶快报告市场管委会去追查！"

陈爷爷严肃地："这件事是要追查追查！"

妈妈："小英，快和阿姨一起去检举这种坏人！"

小英和朱雷相互望望，又望着爷爷。陈爷爷注视着神色慌乱的小图。

小图忽然"哇"一声哭了起来："妈妈，我是坏人，我是坏人！"

妈妈大惑不解，一把拉住小图："小图，这些坏书是你买来看的？"

小图哭着说："是我拿去卖的！"

妈妈惊疑地问："什么？"

小英："是他帮他表舅拿去卖的！"

妈妈惊诧失声："啊？！小图，是真的？"

小图把卖书的钱拿出来交给妈妈："钱！"

妈妈气得发昏，站立不定，举手追打小图："小图！你……"

小图躲在陈爷爷背后哭着说："你还讲要超额鼓励我一个大菠萝哩！"

妈妈顿口无言，痛心地："啊？！……我……我天天卖红书，可是我的孩子他……"

陈爷爷："小图妈妈，这件事值得好好地想一想呀！"

妈　妈（唱）：这一棒重重地打在心上，怎不叫做妈妈的把心伤。

陈爷爷（唱）：错误出在谁身上，平心静气细思量。

妈　妈（唱）：只恨得利耍花样。

陈爷爷（唱）：是你帮了他的忙。

妈　妈（唱）：爷爷为何这样讲？

陈爷爷（唱）："鼓励鼓励"招祸殃！

妈妈醒悟地："鼓励鼓励……"

陈爷爷（唱）：思想教育最重要，莫把"鼓励"当良方。

前进道上不指引，孩子容易迷方向。

小图跑上前去，把钱交给妈妈："妈妈，我以后再不要这种鼓励了！"

妈妈感愧万分："小图！"

妈　妈（唱）：陈爷爷一席话语重心长，叫我心愧难搭腔。

物质鼓励成家规，溺爱孩子不应当！

小图今天迷方向，只怪我这糊涂娘。

感谢爷爷来提醒，党的教导记心房。

要做革命的好父母，必须把培养接班人的重任来担当。

小图把红星书包拿给妈妈看，妈妈惭愧地捧着书包，感激地望着陈爷爷说不出话来。

陈爷爷："孩子们呀！"（唱）：

爷爷问句话，你们活着为什么？

朱　雷（唱）：我要学雷锋，做一颗永不生锈的螺丝钉！

小　英（唱）：我要学爷爷，活着为了干革命！

小　图（唱）：爷爷刚才把我教，要做革命接班人！

妈　妈："对！对！"（唱）：

方向看准娘放心，沿着大路向前行。

陈爷爷（唱）：大路宽广有坎坷，江河滚滚浪不平！

爷爷再问一句话，见没见过蛀木虫？

小英、朱雷："见过，见过！"（合唱）：

蛀木虫，蛀木虫，嘴巴尖尖肚子拱，

专把树木来蛀空！专把树木来蛀空！

小　英（唱）：爷爷讲的蛀木虫，不蛀木头蛀人心。

小　图（唱）：蛀木虫，蛀人心，妈妈从未讲我听。

妈　妈（唱）：蛀木虫，蛀人心，妈妈从前未看清。

陈爷爷（唱）：它会蛀烂人的心，还想把社会主义高楼大厦来蛀崩！

妈妈："陈爷爷，你说得真对！我找王得利去！"

陈爷爷："还是先去摊贩管委会谈谈！"

妈妈："好！我们走，小图！"把手绢包的钱还给他，"快把这些钱退给小朋友！"陈爷爷和妈妈走了。

小图："小英，我们一起退钱去。"

（画外）传来王得利的喊声："小图——"

小英："慢着，你们听，蛀木虫来了！"

小图大悟："哦，蛀木虫！"

小英与朱雷、小图耳语，三人摆好阵势等王得利来。

王得利跑上，一脚跨进屋来，感到势头不对，戒备地招手："小图，小图。"

小图在小英的暗示下走向王得利。

王得利："小图，表舅喊你做的那件好事，莫讲啵！"

小图："我要讲，我要讲！"

王得利："小手枪！叭！叭！"

小图："不要！不要！"

王得利："机关枪啵，哒哒哒……"

小图一手夺下王得利的草袋，拿出两大沓坏图书："小英，你看！"

王得利慌张起来，去追小图；小图将图书抛给朱雷，王得利又去追朱雷；朱雷又抛给小英，王得利又奔向小英。

王得利讨好地："小英，给我！给我！"

小　英："慢着，先问你一个问题！"

王得利无奈："问吧！问吧！"

小　英（唱）：小图表舅你听着，你活着为什么？

小图、朱雷（唱）：你活着为什么？（重句）

王得利（唱）：这还不好答，我活着为……为……

孩子们："哎？"

王得利答不出，着急起来："嗨！怎么想出这种问题来问表舅。"

小　英（唱）：要是答不出，你活得太糊涂！

小图、朱雷（唱）：

　　　　　　要是答不出，你活得太糊涂！太糊涂！

王得利窘笑："哪个答不出，我活着要做一个……"脱口而出，"专门利己、毫不利人的……"

孩子们："什么？！"大笑起来。

王得利仍未觉察，拍着胸脯："专门利己、毫不利人……"

孩子们严厉地顿足喝道："什么！"

王得利猛醒，用手捂嘴："哎呀，我昏了，我昏了！"连忙向孩子们解释："我讲反了，我讲反了！"

小英："哼！你不是讲反了，你是想惯了。"

小图、朱雷："你是想惯了！"

王得利苦笑解嘲地说："只怪表舅学习不够，学习不够。"

小英乘胜追击："你见过蛀木虫吗？"

小图、朱雷："哎，你见过蛀木虫吗？"

王得利招架不及："见过，见过，专门蛀木头的。"

小英："不，我讲的这种蛀木虫，它是专门蛀人心的！"

王得利一怔，觉得有弦外之音，忙掩饰地："讲怪话，哪有这种蛀木虫，我没见过。"

小图灵机一动："没见过？我去拿给你看！"

小图跑进屋去，拿了一面镜子藏在身后跑出来。

王得利："拿来看看呀？"

小图猛将镜子对着王得利的脸孔："你看！"

王得利失声叫起来："啊？！"狼狈地转过脸去。

孩子们（数课子）：

蛀木虫，蛀木虫，嘴巴尖，肚子拱。

专把人心来蛀空！专把人心来蛀空！

王得利："嘿！你们这些小娃仔，挖苦起大人来了！"

小英挺身："你拉小图去做坏事，我们就挖你的坏思想！"

朱　雷（唱）：你拉小图卖坏书，散布毒素放黑枪。

小　英（唱）：花言巧语把人骗，硬拉小图下泥塘！

孩子们（唱）：你讲讲，你讲讲，你要把我们引向哪一方？

王得利佯装镇定，狡赖地说："买进卖出犯什么法，商业局还发给我摊贩牌照的啵。"

小英（唱）：你还敢扯谎，实在太荒唐！

（数课子）我们去摊贩管委会告了状，真相大白记在本本上。

王得利大惊："啊？"

小英（接唱）：坏图书，早停卖，你明知故犯违反规章！

王得利软了："完了，完了！"

孩子们围着王得利，指着他。

（唱）：　　　　　　你是一个蛀木虫，专把人心来蛀空！

红领巾，立场稳，眼睛明亮心里红。

告诉你！赶快挖掉坏思想。

社会主义美好江山不许你动一动，不许你动一动！

王得利求饶地说："好啦，我回去检讨，我回去检讨，小图，还我怀表。"

小图摸口袋："哼！以后我再也不挂你这种……啊？！掉了！"

王得利："什么，掉了？"

小图："我翻跟斗！……"

王得利急问："你在哪里翻跟斗？"

小图："在展览馆！"

王得利："嗨呀！"急向左跑。

小图高喊："哎，哎，不对，不对，在体育场！"

王得利："嗨呀！"扭头又向右跑。

小图："不，不，不！"

王得利煞住："到……底在哪里？"

小图："在少年宫草坪我摔了一跤！"

王得利："完了，完了，那里人来人往，还找得到个鬼呀！"

小英："嗨！就是丢了金子也找得回来！"

王得利："哪有捡得东西不要的好人？"

王得利边喊边走，迎面碰上扛着小图的扫把进来的陈爷爷。

陈爷爷："王得利，你要往哪里跑呀？"

王得利："陈爷爷……"

陈爷爷："哼！我正要找你！"

小图："扫把，我的扫把！"

陈爷爷："王得利，是你把小图的扫把藏在树上的吗？"

王得利："这……这……"

小图："就是你！就是你！"

陈爷爷狠狠地："哼！"

王得利急忙岔开："陈爷爷，小图搞掉我的表，他把我害苦了。"

这时妈妈捧一纸盒上，愤愤地说："不是他害你，是你害他！"

王得利："表妹……你……"

妈妈憎恶地:"你……政府安排你在合作商店,你不好好地干,要退出来摆摊子,今天又骗小图去做这种坏事!"

陈爷爷拿出坏书:"从旧社会到新社全,你一贯唯利是图,损人利己。王得利,马上到摊贩管委会去,韦主任在等你!"

王得利:"是,是,我回去检讨……"

陈爷爷:"回来!"把怀表掏出,"拿去!"

王得利:"哦!找到了,您老真是一个好人!"

小英:"你不是讲没有这种好人的吗?"

王得利:"不,不,如今新社会,个个都是好人,没有一个坏人。"

陈爷爷:"胡说,在我们新社会里,既然还存在着阶级和阶级斗争,怎么说没有坏人呢?"

王得利:"是,是。"王得利狼狈已极,低头溜走,小图捧着气球追出门去,向王得利狠狠掷去:"拿去!"

气球打在王得利后脑壳,"叭"一声破了。王得利抱头鼠窜,狼狈而逃。

妈妈:"小图、小英、朱雷,你们看。"

小图从妈妈手里接过三本新小人书。

小英:"小八路!"

朱雷:"刘文学!"

小图:"红孩子!"

妈妈:"还有哩!"打开纸盒,拿出一个雷锋叔叔的半身塑像,小英把它举得高高的。

妈妈庄重而亲切地说:"孩子们,向雷锋叔叔学习,做毛主席的好孩子!"

陈爷爷拿着扫把,语意深长地说:"孩子们,要记住,大路上还有着许多绊脚石、残枝败草和霉臭的垃圾,要是我们不把它清除掉,它就会挡住我们向前走的!小图,给!"小图接过扫把,意气昂扬地把它扛在肩上。

小英:"走!参加劳动去!"

朱雷、小图:"走!"

音乐声急起,热烈、欢快而又庄严。

孩子们(高唱):红领巾,红鲜鲜,朵朵红花开满园。

阳光照耀红旗展，高举火炬奔向前！

哎嗨哟，哎嗨哟，我们是毛主席的好少年。

爱劳动，爱人民，革命熔炉把心炼。

不怕狂风巨浪卷，继承先辈永向前！

哎嗨哟，哎嗨哟，我们是毛主席的好少年！

歌声中，小英、朱雷、小图扛着扫把走在少先队队伍的行列中，他们在鲜红的队旗映照下，精神抖擞地大踏步前进，陈爷爷和妈妈向队伍中的孩子们招手致意。

孩子们的队伍逐渐幻化成无数鲜花，万紫千红的花丛中，矫健地盛开着三朵小红花，它们在阳光雨露中茁壮地成长着。

剧终

1965 年 10 月 10 日于北京电影制片厂